Manhattan by
GOLDMANN

Buch

Kuba, Sommer 1942: Joe Lucas, ein hartgesottener, professioneller FBI-Agent, kommt auf Befehl von J. Edgar Hoover nach Havanna, um dort ein Auge auf Ernest Hemingway und dessen Aktivitäten zu werfen. Der hat sich mit der ihm eigenen Verwegenheit – und mit dem Segen des FBI – dazu entschlossen, in das Weltkriegsgeschehen einzugreifen und in der Karibik deutsche U-Boote auszuspionieren. Zu diesem Zweck schart er die »Crook Factory« (= Gaunerbande) um sich, Amateure aus seinem Freundes- und Bekanntenkreis, spanische Bürgerkriegsflüchtlinge, Barmänner, Huren, Hafenarbeiter usw. Doch den Profis vom FBI sind die Kriegsspiele an Bord der Pilar suspekt. Lucas' Auftrag ist es zunächst, das Vertrauen des berühmten Schriftstellers zu gewinnen. In trügerischer Sicherheit verbringt man die Tage am Swimmingpool von Hemingways Finca und die Abende auf Partys mit illustren Gästen wie Ingrid Bergman, Marlene Dietrich und Gary Cooper. Schnell stellt sich heraus, daß Lucas den physischen und geistigen Potentialen seines Widerparts nicht gewachsen ist. Die beiden Männer mögen sich nicht – der Beginn einer lebenslänglichen Haßliebe –, und an konspirative Zusammenarbeit ist nicht zu denken. Da wird im Bordell von Havanna ein Mann mit deutschem Paß ermordet, und es mehren sich bedrohliche Anzeichen: Deutsche Saboteure sollen über Kuba in die USA eingeschleust werden …

Autor

Dan Simmons' erster Roman »Göttin des Todes« wurde mit dem World Fantasy Award ausgezeichnet. Seither erhielt er für seine weiteren Romane in schöner Regelmäßigkeit die begehrtesten Preise der Phantastik. Seine Werke sind internationale Bestseller, und sie werden von Kritikern mit Lobeshymnen überhäuft. Dan Simmons lebt in Colorado, am Fuße der Rocky Mountains.

Bereits erschienen:

Die Feuer von Eden. Roman (41597), Endymion – Pforten der Zeit. Roman (43351), Endymion – Die Auferstehung. Roman (43352)

Dan Simmons

Fiesta in Havanna

Roman

Deutsch
von Joachim Körber

Manhattan by GOLDMANN

Die amerikanische Originalausgabe erschien 1999 unter dem Titel
»The Crook Factory«
bei Avon Books, New York

Umwelthinweis:
Alle bedruckten Materialien dieses Buches
sind chlorfrei und umweltschonend.

Manhattan Bücher erscheinen im Goldmann Verlag

Deutsche Erstausgabe 2/2000

Die Nutzung des Labels Manhattan
erfolgt mit freundlicher Genehmigung
des Hans-im-Glück-Verlags, München
Umschlaggestaltung: Design Team München
Umschlagfoto: Zefa/Index Stock
Satz: Uhl + Massopust, Aalen
Druck: Graphischer Großbetrieb Pößneck
Verlagsnummer: 54126
Redaktion: Sabine Wiermann
V. B. · Herstellung: Katharina Storz/Str
Made in Germany
ISBN 3-442-54126-3

1 3 5 7 9 10 8 6 4 2

»Ernest scharte auf der Stelle eine Mannschaft um sich, die aus acht seiner engsten Vertrauten bestand. Der Kodename für das Unternehmen war *Friendless*, nach einer seiner Lieblingskatzen auf der *finca*. Zu seinem Ersten Offizier wählte er Winston Guest, einen großen, athletischen Millionär, der jüngst Gast auf der *finca* gewesen war. Colonel Thomason heuerte einen Oberfeldwebel der Marines von der amerikanischen Botschaft als Schützen an. Sein Name war Don Saxon, und er konnte im Dunkeln ein Maschinengewehr innerhalb von Sekunden zerlegen und wieder zusammenbauen. Unter den anderen befand sich kein weiterer Amerikaner: Juan Dunabeitia, ein großer, schlanker Baske mit fröhlichem Blick, der das Meer so gut kannte, daß er Sindbad der Seefahrer genannt wurde, was man später zu Sinsky verkürzte; Patchi, einer der Jai-Alai-spielenden Ibarlucia-Brüder, der die *finca* seit Jahren besuchte und Hemingway oft beim Tennis besiegt hatte; Gregorio Fuentes von den Kanarischen Inseln, Ernests ältester Maat und Koch an Bord der *Pilar*; Fernando Mesa, ein Exil-Katalane, der in Barcelona einmal Kellner gewesen war; ein vierschrötiger, blasser Hispano-Kubaner namens Roberto Herrera, dessen älterer Bruder Luis Arzt bei den Loyalisten gewesen war; und ein schweigsamer Mann, der lediglich als Lucas bekannt war und dessen Herkunft rätselhaft bleibt.«

Carlos Baker:
Ernest Hemingway: Ein Leben

Verzeichnis der Geheimdienstbezeichnungen und Abkürzungen

DEUTSCHLAND

Abwehr: Deutscher Militärgeheimdienst – der älteste der verschiedenen Geheimdienste – 1942 unter Leitung von Admiral Wilhelm Canaris. Obwohl Hitler die Zusammenarbeit mit Heinrich Himmlers SD/RSHA, dem politischen Geheimdienst der Nazis, befohlen hatte, waren die beiden Institutionen Todfeinde.

RSHA: *Reichssicherheitshauptamt* – unter dem Befehl von Heinrich Himmler. Himmler, dem auch die SS und schließlich der SD unterstand, sah als sein vordringlichstes Ziel die Vernichtung von Canaris und dessen Abwehr-Netz: Die eigentliche Spionage und Spionageabwehr kamen erst an zweiter Stelle.

SD: *Sicherheitsdienst*. Der Spionage- und Spionageabwehrflügel von Himmlers RSHA, der (bis zu dessen Ermordung im Mai 1942) von Himmlers ruchlosem Protegé Reinhard Heydrich geleitet wurde. Nach Heydrichs Tod übernahm Himmler selbst das Kommando über den SD, wie über die SS und das RSHA.

Amt VI: Die Abteilung des SD des RSHA, die für Auslandsspionage zuständig war.

Abteilung D4 von Amt VI: Unter dem Befehl von Gruppenleiter Theodor Päffgen die Abteilung des SD/RSHA, die für die politische Spionage in Lateinamerika zuständig war.

SS: *Schutzstaffel*. Einheit der Nazis, die ursprünglich als persönliche Leibwache von Adolf Hitler gegründet worden war und deren Aufgabenbereich unter Himmler stark ausgedehnt wurde und fortan Spionage, innere Sicherheit, Polizeiaktionen und die Beseitigung unerwünschter Elemente beinhaltete. Auf einigen antiken Schreibmaschinen in Deutschland findet man immer noch die Taste mit dem »doppelten Blitz«, dem Symbol der SS.

Gestapo: Die gefürchtete Geheimpolizei des Dritten Reiches. Eigentlich das von Himmler beherrschte Amt IV des RSHA.

Marine-Nachrichtendienst: Geheimdienst der deutschen Marine. Genau wie die Abwehr ein unabhängiger militärischer Nachrichtendienst, der nicht unmittelbar vom politischen Flügel der Nazis kontrolliert wurde.

Vertrauensmann: Geheimagent oder V-Mann der deutschen Abwehr.

Mikropunkt: Vom Institut für Technologie in Dresden entwickelter Mikrofilm, den Agenten der Abwehr benutzten.

GROSSBRITANNIEN

MI6: Britischer Auslandsgeheimdienst.

MI5: Britischer Inlandsgeheimdienst/Spionageabwehr.

XX Program: Wortwörtlich »Doppeltes Kreuz« – der höchst erfolgreiche Versuch des britischen Geheimdienstes, feindliche Agenten »umzudrehen«. Gegen Ende des Krieges arbeiteten sämtliche deutsche Agenten in England für die Briten.

NID: Naval Intelligence Division. Unter dem Befehl von Admiral John Godfrey, der persönlich den jungen Tunichtgut Ian Fleming einstellte, der als Spion glänzte und es im NID zum Rang eines Commanders brachte.

Assault Unit 30: Einer von zahlreichen unerhörten und erfolgreichen Einfällen Ian Flemings – eine Gruppe Schurken und Verbrecher, die für höchst gefährliche Einsätze hinter den deutschen Linien ausgebildet wurden. Später Grundlage für den Film **Das dreckige Dutzend.**

BSC: British Security Coordination. Eine Abteilung von MI6, die von New York City aus betrieben wurde, um Spionageabwehreinsätze in Nord- und Südamerika durchzuführen. Ihr heimliches Ziel vor dem 7. Dezember 1941 war, die Vereinigten Staaten in den Krieg zu ziehen. Leiter der BSC war William Stephenson, Codename »Intrepid«, wahrscheinlich der erfolgreichste Geheimagent des Zweiten Weltkriegs.

Camp X: Spezielles Ausbildungs- und Operationszentrum der BSC bei Oshawa in Kanada. Viele Spionageabwehrleute des FBI und SIS wurden dort von britischen Experten ausgebildet. Der Plan für das Attentat auf Reinhard Heydrich, den Chef des deutschen SD, wurde in Camp X ausgearbeitet.

AMERIKA

FBI: Federal Bureau of Investigation. Direktor: J. Edgar Hoover.

SIS: Special Intelligence Service: Während des Krieges gegründete Spionageabwehr-Abteilung des FBI, speziell für Einsätze in Lateinamerika (das Spezialgebiet von »Joe Lucas«).

COI: Coordinator of Intelligence: Auslandsspionage- und Spionageabwehrdienst der USA, gegründet und geleitet von William »Wild Bill« Donovan. Das COI (später OSS und schließlich CIA) war bekannt für seine tollkühnen Einsätze und dafür, daß »ungewöhnliche« Geheimagenten angeheuert wurden – wie zum Beispiel Marlene Dietrich, Julia Child, berühmte amerikanische Schriftsteller, etc.

OSS: Office of Strategic Services: Geänderter Name für Donovans COI ab Juni 1942. Gemäß einer in diesem Jahr getroffenen Vereinbarung sollte das OSS für »auswärtige Geheimdiensttätigkeit« zuständig sein – z. B. Spionage in Übersee –, während FBI/SIS die Befehlsgewalt über alle Spionageabwehroperationen in der westlichen Hemisphäre haben sollten. In Wirklichkeit gab es ununterbrochen Kompetenzgerangel zwischen den beiden Institutionen. J. Edgar Hoovers Ziel war kein geringeres als die totale Kontrolle über sämtliche Geheimdienstoperationen im In- und Ausland.

CIA: Central Intelligence Agency: entstand direkt aus dem OSS, einer der zahlreichen Institutionen, die damit beauftragt waren, Informationen für die US-Regierung zu sammeln. Bill Casey, der Chef des CIA während der Reagan-Ära, war ein Protegé von Bill Donovan.

ONI: Office of Naval Intelligence. Anfang 1942 war das ONI höchst besorgt über die außereheliche Affäre eines seiner jungen Agenten in Washington – John F. Kennedy – mit einer älteren Frau, die im Verdacht stand, eine Spionin der Nazis zu sein. Kennedy wurde nach Übersee versetzt.

Die lateinamerikanische Abteilung des ONI wurde 1941 bis 1942 von einem buckligen Zwerg namens Wallace Beta Philipps geleitet, einem Spion mit Leib und Seele, der die Naval Intelligence verließ, nachdem seine Arbeit und Kooperation mit der BSC ständig vom FBI behindert wurde. Später trat er dem OSS bei.

G2: Geheimdienst des US-Militärs. 1942 verwendete der G2 einen Großteil seiner Zeit und Energie darauf, mögliche feindliche Agenten wie den Vizepräsidenten der Vereinigten Staaten, einen ehemaligen Staatssekretär, Eleanor Roosevelt und einen jungen Lt. John F. Kennedy zu beschatten, abzuhören und auszuspionieren.

SDI: Geheimdienst des amerikanischen Innenministeriums.

RUSSLAND

NKVD: *Narodnii Kommisariat Vnutrennikh Del* – das Volkskommissariat für innere Angelegenheiten – Stalins Geheimdienst und de facto Geheimpolizei unter dem Kommando des Psychopathen Lavrenty Beria.

GPU: Sowjetische Geheimpolizei bis 1935, später MVD.

SONSTIGE

DOPS: (Delgacio Especial de Ordem Politica e Social) Brasilianische Polizei mit dem Spezialgebiet Spionageabwehr, häufig in Zusammenarbeit mit FBI/SIS.

1

An einem Sonntag, dem 2. Juli 1961, tat er es schließlich, droben in Idaho, in einem neuen Haus, das ihm, wie ich vermute, wenig bedeutet hat, das aber Ausblick durch das Tal bis zu den hohen Gipfeln bot, und über das Tal hinaus zu einem Friedhof, auf dem Freunde begraben lagen.

Ich war auf Kuba, als ich die Neuigkeit erfuhr. Darin lag eine gewisse Ironie, denn ich war in den neunzehn Jahren seit meiner Zeit mit Hemingway nicht mehr auf Kuba gewesen. Noch ironischer war die Tatsache, daß der 2. Juli 1961 mein neunundvierzigster Geburtstag war. Ich verbrachte ihn damit, einem schmuddeligen kleinen Mann durch schmuddelige kleine Bars zu folgen und dann die ganze Nacht hindurch zu fahren – immer noch auf seinen Fersen –, dreihundertfünfzig Kilometer hinaus in die Provinz, weiter als bis zu jener Stelle, an der der gepanzerte Zug nach Santa Clara die Straße nach Remedios kreuzt. Ich verbrachte noch einen Tag und eine Nacht in den Zuckerrohrfeldern und Palmenwäldern, bis meine Sache mit dem schmuddeligen kleinen Mann erledigt war, und ich hörte erst Radio, als ich im Hotel Perla in Santa Clara einen Drink nahm. Das Radio dort spielte traurige Musik – fast Trauerklänge –, aber ich dachte mir nichts dabei und fragte niemanden. Ich hörte erst von Hemingways Tod, als ich an jenem Abend wieder in Havanna war und das Hotel verließ, in dessen Nähe die amerikanische Botschaft gewesen war, bevor Castro die Amerikaner vor wenigen Monaten, im Januar, mit einem Tritt hinausbefördert hatte.

»Haben Sie gehört, *Señor?«* sagte der siebzigjährige Page, der meine Taschen zum Bordstein trug.

»Was?« fragte ich. Der alte Mann kannte mich nur als Geschäftsmann aus Kolumbien. Wenn er persönliche Nachrichten für mich hatte, konnten sie ziemlich schlimm sein.

»Der Schriftsteller ist tot«, sagte der alte Mann. Seine dünnen Wangen unter den grauen Stoppeln bebten.

»Welcher Schriftsteller?« sagte ich und sah auf die Uhr. Ich mußte ein Flugzeug um acht Uhr erreichen.

»*Señor* Papa«, sagte der alte Page.

Ich erstarrte mit erhobener Hand. Einen Augenblick fiel es mir schwer, mich auf das Zifferblatt meiner Uhr zu konzentrieren. »Hemingway?« sagte ich.

»Ja«, entgegnete der alte Mann. Er nickte noch lange, nachdem die Silbe verklungen war, mit dem Kopf.

»Wie?« sagte ich.

»Gewehrschuß«, sagte der alte Page. »In den Kopf. Eigenhändig.«

Natürlich, dachte ich. Ich sagte: »Wann?«

»Vor zwei Tagen«, antwortete der Alte. Er seufzte tief. Ich konnte den Rum riechen. »In den Vereinigten Staaten«, fügte er hinzu, als würde das alles klären.

»*Sic transit hijo de puta*«, hauchte ich. Eine wohlwollende Übersetzung davon könnte »Aus und vorbei mit dem Hurensohn« sein.

Der alte Page drehte so ruckartig den Kopf auf seinem dünnen Hals, als hätte er eine schallende Ohrfeige bekommen. In seinen unterwürfigen, für gewöhnlich tränenden Augen stand eine plötzliche Wut, die an Haß grenzte. Er stellte meine Taschen auf dem Boden der Halle ab, als wollte er die Hände für einen Kampf freimachen. Mir wurde klar, daß der alte Mann Hemingway durchaus gekannt haben könnte.

Ich hob die Hände mit nach außen gekehrten Handflächen. »Schon gut«, sagte ich. »Das ist ein Spruch, den der Schriftsteller immer gesagt hat. Hemingway sagte es, als Batista während der ruhmreichen Revolution vertrieben wurde.«

Der Page nickte, aber sein Blick war noch wütend. Ich gab ihm zwei Pesos, ließ meine Taschen nahe der Tür stehen und ging hinaus.

Mein erster Impuls war, das Auto zu suchen, das ich benutzt – und in einer Straße am Rand der Altstadt stehengelassen – hatte, um zu der *finca* hinauszufahren. Sie lag nur zwölf Meilen entfernt. Aber mir wurde klar, daß das keine gute Idee war. Ich mußte so schnell ich konnte zum Flughafen und dieses Land verlassen, und nicht herumschlendern wie ein gottverdammter Tourist. Außerdem hatte die Revolutionsregierung die Farm beschlagnahmt. Im Augenblick standen Soldaten da draußen Wache.

Wache weswegen? dachte ich. Wegen seiner Tausende von Büchern, die er nicht mehr außer Landes schaffen konnte? Seiner mehrere Dutzend Katzen? Seiner Gewehre und Schrotflinten und Jagdtrophäen? Seines Bootes? Wo war die *Pilar?* fragte ich mich. Noch in Cojímar vor Anker, oder zum Einsatz für den Staat herangezogen?

Wie auch immer, ich wußte mit Sicherheit, daß die Finca Vigía im vergangenen Jahr geschlossen worden war und ein Bataillon ehemaliger Waisen und Bettler auf dem Gelände eine militärische Ausbildung erhielten. Man sagte in Havanna, daß die zerlumpte Miliz das Haus nicht betreten durfte – die Leute schliefen in Zelten in der Nähe der Tennisplätze –, aber ihr *Commandante* schlief im Gästehaus, mit ziemlicher Sicherheit in genau dem Bett, das meines gewesen war, als wir im selben Gebäude unter dem Namen »Gaunerbande« aktiv gewesen waren. Und ich hatte einen Film im doppelten Futter meines Koffers, auf dem eindeutig zu sehen war, daß Fidel eine Flugabwehreinheit auf der Veranda des Hauses der Steinharts stationiert hatte, das auf dem Hügel neben Hemingways Farm lag – sechzehn sowjetische 100-Millimeter-AA-Geschütze, um Havanna von der Höhe aus zu verteidigen. Siebenundachtzig kubanische Schützen hielten sich dort auf und sechs russische Berater.

Nein, nicht die Finca Vigía. Nicht an diesem heißen Sommerabend.

Ich ging elf Blocks die Calle Obispo hinunter bis zum Floridita. Schon jetzt, anderthalb Jahre nach der Revolution, schienen die Straßen, mit dem Gedränge verglichen, das Anfang der vierziger Jahre hier geherrscht hatte, menschenleer zu sein. Vier russische Armeeoffiziere kamen aus einer Bar auf der anderen Straßenseite; sie waren offenbar betrunken und sangen sehr laut. Die Kubaner auf der Obispo – junge Männer in weißen Hemden, hübsche Mädchen in kurzen Röcken – sahen alle weg, als hätten die Russen in der Öffentlichkeit uriniert. Keine der Huren ging zu ihnen.

Das Floridita war ebenfalls verstaatlicht worden, wie ich wußte, hatte aber an diesem Dienstag abend geöffnet. Ich hatte gehört, daß die Bar in den fünfziger Jahren eine Klimaanlage gehabt hatte, aber entweder war mein Informant falsch informiert gewesen, oder aber die Kosten, die Bar zu kühlen, waren nach der Revolution untragbar geworden, denn heute abend waren sämtliche Läden und die Türen zum Bordstein geöffnet, genau wie in alten Zeiten, als Hemingway und ich hier getrunken hatten.

Ich ging natürlich nicht hinein. Ich zog meinen Fedora tiefer ins Gesicht und schaute die meiste Zeit weg; nur einmal, als mein Gesicht im Schatten lag, riskierte ich einen Blick.

Hemingways liebster Barhocker – der ganz links an der Wand – war unbesetzt. Das überraschte mich nicht. Der momentane Besitzer der Bar – der Staat – hatte angeordnet, daß niemand dort sitzen durfte. Ein gottverdammter Altar. An der Wand über dem Hocker stand eine Büste des Autors, die dunkel, amorph und lächerlich aussah. Ich hatte gehört, daß Hemingways Küßchen-Freunde sie ihm geschenkt hatten, nachdem er für diese alberne Fisch-Geschichte den Nobelpreis bekommen hatte. Ein Barkeeper – nicht Constante Ribailagua, der *cantinero,* den ich gekannt hatte, sondern ein jüngerer Mann mittleren Alters mit Hornbrille – wischte die Theke vor Hemingways Hocker, als würde er damit rechnen, daß der Schriftsteller jeden Moment von der *baño* zurückkehrte.

Ich drehte mich auf der schmalen Calle O'Reilly zum Hotel um. »Herrgott«, flüsterte ich und wischte mir den Schweiß unter dem Hut ab. Hier unten würden sie wahrscheinlich so eine Art von prokommunistischem Heiligen aus Hemingway machen. Das hatte ich in katholischen Ländern schon nach einer erfolgreichen marxistischen Revolution erlebt. Die Gläubigen wurden mit Arschtritten aus ihren Scheißkirchen herausgekickt, aber ihre *santos* brauchten sie trotzdem. Der sozialistische Staat beeilte sich immer, sie zu liefern – Büsten von Marx, gigantische Wandgemälde von Fidel, Poster von Che Guevara. Hemingway als der Schutzheilige von Havanna. Ich lächelte, als ich hastig eine Nebenstraße überquerte, um nicht von einem Konvoi von Militärfahrzeugen mit russischen Fahrern überfahren zu werden.

»La tenía cogida la baja«, flüsterte ich und versuchte, den Ausdruck aus halb vergessenen Bruchstücken der Umgangssprache Havannas zusammenzustückeln. Diese Stadt sollte mehr als alle anderen »ihre Schwachstellen kennen« – und wissen, welcher geheime Code sich unter ihrer Oberfläche verbarg.

In dieser Nacht verließ ich Havanna mit dem Flugzeug und dachte mehr an die Bedeutung meines heimlichen Besuches in dem getarnten Lager südlich von Remedios nach als über die Einzelheiten von Hemingways Tod, aber in den kommenden Wochen und Jahren wuchsen sich gerade diese Einzelheiten, der einsame Tod, zu einer Besessenheit bei mir aus.

In den ersten Meldungen von AP hieß es, daß Hemingway eines seiner Gewehre gereinigt hatte, als es aus Versehen losging. Ich wußte gleich, daß das Quatsch war. Hemingway hatte seine Gewehre und Schrotflinten gereinigt, seit er ein kleiner Junge gewesen war, und hätte nie so einen Fehler gemacht. Er hatte sich – wie die Nachrichten wenig später bestätigten – das Gehirn weggepustet. Aber wie? Welche Einzelheiten? Ich erinnerte mich, zur einzigen Schlägerei, die Hemingway und ich je gehabt hatten, kam es auf der *finca,* weil er vorführte, wie man Selbstmord beging. Er hatte den Kolben seiner Mannlicher .256 auf den Teppich in seinem Wohnzimmer gestützt, die Mündung an den Mund gezogen und gesagt: »In den Mund, Joe; der Gaumen ist die weichste Stelle des Kopfes«, und dann mit dem großen Zeh den Abzug betätigt. Der Hammer schlug mit einem leeren Klicken auf, und Hemingway hatte den Kopf gehoben und gelächelt, als würde er Beifall erwarten.

»Das ist völliger Quatsch«, hatte ich gesagt.

Hemingway hatte die Mannlicher an den häßlichen Blumensessel gelehnt, auf den Ballen seiner bloßen Füße balanciert, die Finger gespreizt und geantwortet: »Was haben Sie gesagt, Joe?«

»Das ist völliger Quatsch«, hatte ich wiederholt. »Und selbst wenn nicht, nur ein *maricón* würde sich den Lauf einer Schußwaffe in den Mund stecken.«

»Tunte« oder »Homo« ist als Übersetzung für *maricón* nicht hart genug. Danach waren wir zum Pool hinausgegangen und hatten uns geprügelt – wir hatten nicht geboxt, sondern waren mit bloßen Fäusten und Zähnen aufeinander losgegangen.

An jenem Julitag des Jahres 1961 in Idaho hätte sich Hemingway den Lauf nicht in den Mund zu stecken brauchen. Tage nachdem seine letzte Frau den Unfalltod gemeldet hatte, wurde klar, daß er sich mit einer Schrotflinte getötet hatte; einer doppelläufigen Zwölfkalibrigen, allerdings wichen spätere Berichte voneinander ab, was das Fabrikat betrifft. Hemingways Bruder Leicester schrieb später, daß sich der Schriftsteller für eine Richardson Kaliber zwölf mit silbernem Lauf entschieden hatte. Sein erster Biograph berichtete, daß es eine doppelläufige Boss Kaliber zwölf mit verzögernder Würgebohrung war, Hemingways Lieblingswaffe zum Taubenschießen. Ich glaube, es war die Boss. Die Richardson mit ihren glänzenden Läufen war eine wunderbare Vorzeigewaffe, aber zu schick für die Aufgabe, sich den Kopf wegzuballern. Ich entsinne mich, wie Hemingway einmal auf der *Pilar* einen Artikel über die beiden Pistolen mit Perlmuttgriffen, die General George Patton trug, in einer zwei Wochen alten Ausgabe der *New York Times* las. Hemingway hatte gelacht: »Patton wird stinkesauer sein. Er verbessert diese strunzdummen Journalisten andauernd. Es sind Pistolen mit *Elfenbein*griffen. Er sagt, nur ein Zuhälter würde Pistolen mit Perlmuttgriffen bei sich tragen, und da stimme ich ihm zu.« Ich glaube, die Richardson mit ihren silbernen Läufen wäre ihm für diese ernste Aufgabe zu albern erschienen.

Aber im Laufe der folgenden Wochen und Monate und Jahre wurde mir klar, daß nicht so wichtig war, welches Gewehr er an jenem Morgen benutzt hatte, sondern daß andere Einzelheiten zählten.

In den Monaten vor seinem Tod war Hemingway zu der Überzeugung gelangt, daß das FBI sein Telefon anzapfte, ihn beschatten ließ und in Zusammenarbeit mit der Steuerfahndung eine Anklage gegen ihn vorbereitete, die ihn finanziell ruinieren würde. Diese Wahnvorstellungen über Nachstellungen durch das FBI überzeugten seine vierte Frau davon, daß er paranoid geworden war und unter Zwangsvorstellungen litt. Danach hatten seine Frau und Freunde ihn zu Elektroschockbehandlungen in die Mayo-Klinik bringen lassen.

Die Behandlungen zerstörten sein Gedächtnis, seinen Geschlechtstrieb und seine Fähigkeit zu schreiben, befreiten ihn aber nicht von seiner Paranoia. Am Abend vor seinem Selbstmord gingen Hemingways Frau und einige Freunde mit ihm zum Essen ins Christina Restaurant in Ketchum. Hemingway bestand darauf, mit dem Rücken zur Wand zu sitzen und betrachtete argwöhnisch zwei Männer an einem Tisch in der Nähe. Als Hemingways Frau und George Brown, ein Freund, die Kellnerin namens Suzie zu sich riefen und sie um eine Bestätigung baten, wer die beiden Fremden waren, sagte Suzie: »Sie sind wahrscheinlich zwei Vertreter aus Twin Falls.«

»Nein«, sagte Hemingway. »Sie sind vom FBI.«

Hemingways zeitweiliger Freund A. E. Hotchner schrieb über einen ähnlichen Vorfall im selben Restaurant, aber acht Monate früher, im November 1960. Hemingway hatte Hotchner schon zuvor erklärt, daß das FBI ihn beschattete, sein Telefon anzapfte und sein Haus und Auto verwanzt hatte. Hotchner und Mary, Hemingways Frau, hatten den Schriftsteller zum Essen im selben Christina Restaurant eingeladen. Hemingway war gerade dabei, eine amüsante Geschichte aus der Zeit zu erzählen, als Ketchum während des Goldrauschs noch eine florierende Stadt gewesen war, da verstummte er plötzlich mitten im Satz und sagte, daß sie alle sofort gehen müßten. Sie hatten noch nicht zu Ende gegessen. Als Hemingways Frau fragte, was los sei, sagte er: »Diese FBI-Männer an der Bar.«

Hotchner war zu einem Tisch in der Nähe gegangen, an dem ein Bekannter – Chuck Atkinson – und seine Frau aßen und fragte Atkinson, ob er die beiden Männer kannte. »Klar«, sagte der Mann aus Ketchum. »Sie sind Vertreter. Die kommen seit fünf Jahren einmal im Monat hierher. Sag mir nicht, daß Ernest sich *ihretwegen* Sorgen macht.«

Heute weiß ich, daß die beiden Männer seit fünf Jahren vor diesem Tag nach Ketchum gekommen waren, in der ganzen Gegend von Tür zu Tür gingen und Enzyklopädien zum Kauf anboten. Sie *waren* FBI-Männer, Special Agents aus dem Büro in Billings. Genau wie die beiden anderen Männer an jenem Samstag abend des 1. Juli 1961 im Christina. Sie folgten Hemingway. Sie hatten sein Telefon angezapft. Sein Haus war verwanzt, aber nicht sein Auto. Zuvor, im Winter und wieder im Frühjahr, waren andere FBI-Agenten Hemingway gefolgt, als er mit einem Privatflugzeug nach Rochester, Minnesota, geflogen war, wo der Schriftsteller seine Elektroschockbehandlungen bekommen sollte. Bei jener ersten Reise im November 1960, gerade zwei Wochen nach Hemingways »paranoiden Wahnvorstellungen« in dem Restaurant, landeten die FBI-Leute mit einem Privatflugzeug nur wenige Minuten nachdem die Piper Comanche mit Hemingway und seinem Arzt aufgesetzt hatte. Aber vier Agenten des Büros in Rochester waren Hemingways Gruppe bereits mit zwei zivilen Chevrolets in die Stadt gefolgt – einer vor und einer hinter dem Auto, das den Schriftsteller und Dr. Saviers beförderte.

Bei jenem ersten Ausflug im November 1960 waren die FBI-Leute, die Hemingway beschatteten, laut dem »inoffiziellen« FBI-Bericht – einem von Tausenden der persönlichen OV-Akten von J. Edgar Hoover (»OV« für »Offiziell/Vertraulich«), die nach dem Tod des FBI-Direktors im Mai 1972 »verloren« gingen – dem Schriftsteller ins St. Mary's Hospital gefolgt, wo er unter dem falschen Namen George Saviers aufgenommen wurde, waren aber vor der Tür der Mayo-Klinik geblieben, als Hemingway dorthin verlegt wurde. Freilich blieben sie nicht lange draußen. Spätere Akten belegen, daß das FBI Dr. Howard P. Rome verhört hatte, den Chef der Psychiatrie, der die Verantwortung für Hemingways »psychotherapeutisches Programm« trug. Dieselben Akten beweisen, daß Dr. Rome und die FBI-Männer sich darüber unterhalten hatten, ob es ratsam sei, Hemingway einer Elektroschockbehandlung zu unterziehen – noch bevor dem Schriftsteller oder seiner Frau diese Möglichkeit vorgeschlagen wurde.

Wie schon gesagt, gingen die persönlichen Unterlagen der OV-Akten – ganze dreiundzwanzig Aktenschränke voll – in den Tagen und Wochen nach dem Tod des Direktors (er starb am 2. Mai 1972 im Alter von siebenundsiebzig Jahren) »verloren«. An jenem Morgen, keine Stunde nachdem der Tod des Direktors bekannt geworden war, bat Richard Kleindienst, der Generalbundesanwalt der Vereinigten Staaten, John Mohr, den stellvertretenden Direktor, nach einer Unterredung mit Präsident Nixon ins Büro des Bundesanwalts, wo Kleindienst dem stellvertretenden Direktor befahl, Hoovers Büro zu versiegeln und keinerlei Unterlagen dort anzurühren. Kurz nach zwölf Uhr desselben Tages schickte Mohr dem Bundesanwalt folgende Aktennotiz:

»Gemäß Ihren Anweisungen wurde Mr. Hoovers privates, persönliches Büro heute um 11:40 Uhr versiegelt. Um das zu bewerkstelligen war es erforderlich, das Schloß an der Tür auszuwechseln.

Meines Wissens ist der Inhalt des Büros genau so, wie Mr. Hoover ihn heute morgen vorgefunden hätte. Der einzige Schlüssel zu dem Büro befindet sich in meinem Besitz.«

Binnen einer Stunde meldete Kleindienst an Präsident Nixon, daß »die Akten sicher sind« – womit die »geheimen Akten« gemeint waren, die sich laut allgemeiner Einschätzung in Washington in Hoovers Büro befinden mußten.

Allerdings hatte John Mohr dem Generalbundesanwalt Kleindienst nicht gesagt, daß Hoover keinerlei Akten in seinem Büro aufbewahrte. Die geheimsten Akten des FBI befanden sich ausnahmslos im Büro von Miss Helen Gandy, die vierundfünfzig Jahre lang Hoovers Sekretärin gewesen war. Und schon zu dem Zeitpunkt, als Hoovers Büro an dem besagten Morgen versiegelt wurde, hatte Miss Gandy damit begonnen, die persönlichen OV-Akten des Direktors durchzusehen, die sie beiseite legte, aussortierte, zum Teil – zum größten Teil – vernichtete, und zum Teil in Pappkartons verstaute, damit sie im Keller von Hoovers Haus, Thirtieth Place NW, versteckt werden konnten.

Binnen sechs Wochen wurden diese Geheimakten erneut weggeschafft, und niemand beim FBI oder den offiziellen Stellen in Washington hat sie je wiedergesehen.

Aber ich eile voraus. Im Augenblick kommt es nur auf die Ereignisse am Morgen des 2. Juli 1961 an, meines neunundvierzigsten Geburtstags, und Hemingways letzte Augenblicke auf diesem Planeten. Diese Ereignisse führten dazu, daß ich mir schwor, vor meinem Tod noch zwei Dinge zu tun. Erstens – die geheime FBI-Akte über Hemingway und seinen Spionageabwehrring auf Kuba aufzuspüren und an mich zu bringen – das sollte mehr als zehn Jahre in Anspruch nehmen und mein Leben und meine Freiheit in Gefahr bringen. Aber das zweite Versprechen, das ich im Juli 1961 ablegte, würde, wie mir da schon bewußt war, ungleich schwerer einzuhalten sein. Es war, diese Schilderung zu Papier zu bringen. Obwohl ich im Lauf der Jahrzehnte Tausende Berichte über Fälle geschrieben hatte, bereitete mich nichts darauf vor, diese Geschichte auf diese Weise zu erzählen. Der Schriftsteller Hemingway hätte mir helfen können – tatsächlich hätte es ihn gewiß auf eine verschmitzte Art amüsiert, daß ich schließlich gezwungen war, eine Geschichte zu schreiben und dabei auf alle hinterlistigen Tricks eines Romanciers zurückzugreifen. »Dichtung ist eine Möglichkeit, zu versuchen, etwas auf eine Weise zu erzählen, die wahrhaftiger als die Wahrheit ist«, hatte er in jener Nacht an der Küste zu mir gesagt, als wir darauf warteten, daß das deutsche U-Boot auftauchte. »Nein«, hatte ich damals geantwortet. »Wahrheit ist Wahrheit. Dichtung ist nichts als Lügen, die vorgeben, die Wahrheit zu sein.«

Wir werden sehen.

Die Ereignisse am Morgen des 2. Juli 1961 in Ketchum, Idaho… Nur Ernest Hemingway kannte die Wahrheit dieser wenigen Augenblicke, aber die Ergebnisse schienen auf der Hand zu liegen.

Laut Aussagen seiner vierten Frau und vieler Freunde hatte Hemingway in den Monaten zuvor, nach seiner zweiten Reihe Elektroschockbehandlungen in der Mayo-Klinik im Mai und Juni, einige linkische Versuche unternommen, sich umzubringen. Einmal, als er gerade in die Mayo-Klinik zurückkehrte, hatte er versucht, in den laufenden Propeller eines Kleinflugzeugs zu springen, das zum Warmlaufen auf dem Asphalt stand. Ein andermal hatte ein Freund bei Hemingway zu Hause ihm eine geladene Schrotflinte entringen müssen.

Ungeachtet all dessen hatte Mary Hemingway die Gewehre des Schriftstellers zwar in einer Vorratskammer im Keller eingeschlossen, die Schlüssel aber deutlich sichtbar auf dem Fenstersims in der Küche liegen lassen, weil »niemand das Recht hatte, einem Mann Zugang zu seinem Besitz zu verweigern«. Darüber dachte ich jahrelang nach. Sie – Miss Mary und Freunde – waren der Meinung gewesen, daß sie das Recht gehabt haben, eine Reihe von Elektroschockbehandlungen zu genehmigen, die Ernest Hemingways Gehirn und Persönlichkeit so gut wie zerstörten, aber sie war zu dem Ergebnis gekommen, daß sie seine Gewehre nicht vor ihm wegschließen konnte, obwohl er bis zur Selbstmordgefahr an Depressionen litt.

An jenem Sonntag morgen, dem 2. Juli 1961, wachte Hemingway wie immer früh auf. Der Morgen war wunderschön, sonnig und wolkenlos. Miss Mary schlief als einzige Mitbewohnerin des Hauses in Ketchum im einem separaten Schlafzimmer. Sie wachte nicht auf, als Hemingway auf Zehenspitzen die teppichbelegte Treppe hinab schlich, die Schlüssel vom Fenstersims nahm, in die Vorratskammer ging und – wie ich glaube – seine getreue Boss Kaliber zwölf nahm. *Dann ging er zurück nach oben, durchquerte das Wohnzimmer bis zum gefliesten Foyer am Fuß der Treppe, lud beide Läufe, stellte den Kolben der Schrotflinte auf den Fliesenboden, hielt sich die Mündungen beider Läufe an die Stirn – ich glaube nicht, daß er sie in den Mund nahm – und drückte beide Abzüge.*

Ich betone diese Einzelheiten so sehr, weil ich es wichtig finde, daß er das Gewehr nicht einfach nur in der Vorratskammer geladen und es dort getan hat, im Keller, wo selbst das Geräusch vielleicht von den dazwischenliegenden Türen, Teppichböden und Hohlblockwänden verschluckt worden wäre. Er ging mit dem Gewehr ins Foyer, zur Treppe, der einzigen Stelle im Haus, an der gewährleistet war, daß Miss Mary nicht zum Telefon oder der Eingangstür gelangen konnte, ohne über seinen Leichnam und die Blutlache zu steigen, über seinen zertrümmerten Schädel und die Spritzer der Hirnmasse, die einst Ursprung seiner Romane, seiner Kurzgeschichten, seiner Lügen gewesen war, die, wie er mir einmal weismachen wollte, wahrhaftiger als die Wahrheit waren.

Einige Monate zuvor war Hemingway gebeten worden, einen oder zwei einfache Sätze für ein Buch zu schreiben, das anläßlich der Wahl von JFK erscheinen sollte. Nach zwei Stunden vergeblichem Bemühen war Hemingway schluchzend vor seinem Arzt zusammengebrochen: Der große Schriftsteller konnte keinen einfachen Satz mehr beenden.

Aber er konnte noch kommunizieren, und ich glaube, Ort und Art seines Todes waren eine letzte Botschaft. Sie war natürlich an Miss Mary adressiert, aber auch an J. Edgar Hoover, das FBI, den OSS… oder die CIA, wie er inzwischen genannt wurde… und an das Andenken aller, die in jenem Jahr zwischen April und Mitte September 1942 dabei waren, als der Schriftsteller Spion spielte und zwischen Nazi-Agenten, FBI-Spitzel, britische Dunkelmänner und kubanische Politiker und Polizisten geriet. Spanische Priester und Adlige, zehn Jahre alte Geheimagenten und deutsche U-Boote. Ich will mir nicht schmeicheln und glauben, daß Hemingway an jenem letzten Morgen an mich dachte, aber wenn seine Botschaft die war, für die ich sie halte – ein letzter, verzweifelter Zug, um ein jahrzehntealtes Spiel mit einem Remis zu beenden, statt von einem geduldigen, aber unerbittlichen Gegner schachmatt gesetzt zu werden –, dann war ich möglicherweise in den Gobelin seiner Gedanken an diesem Morgen eingewoben, eine unbedeutende Figur in einem barocken Muster.

Ich hoffe, daß Hemingway am Morgen meines neunundvierzigsten Geburtstags, in seinen letzten Augenblicken, nicht nur an seine letzte, endgültige, zwölfkalibrige Geste des ultimativen Trotzes gedacht hat, wenn sein Kummer und seine Depressionen ihm den Luxus zusammenhängenden Denkens überhaupt ermöglichten, sondern an die Siege, die er in seinem langen Krieg gegen unsichtbare Gegner errungen hatte.

Ich frage mich, ob er an die Gaunerbande gedacht hat.

2

Mr. Hoover bestellte mich Ende April 1942 zu sich nach Washington. Die Kabeldepesche erreichte mich in Mexico City, und ich wurde darin aufgefordert, mich »schnellstmöglich« bei dem Direktor zu melden. Das machte mich einen Moment stutzig, weil jeder im Bureau wußte, was für ein Pfennigfuchser Mr. Hoover sein konnte. Normalerweise bedeutete ein Rückruf nach Washington, und sei es aus Mexico City oder Bogotá, eine Reise mit Esel, Auto, Boot oder Zug, wobei man das Spesenkonto sorgfältig im Auge behalten mußte.

Am Morgen meines Termins bei Mr. Hoover war ich – nach Zwischenstopps in Texas, Missouri und Ohio – auf dem Washington National Airport gelandet. Ich sah interessiert zum Fenster meiner silbernen DC-3 hinaus. Es war nicht nur ein wunderschöner Frühlingsmorgen, an dem die Kuppel des Capitols und das Washington Monument im strahlenden Aprilsonnenschein funkelten, auch der Flughafen selbst war neu. Bei meinen bisherigen Flügen nach Washington war ich immer auf dem alten Flughafen Hoover Field, auf der anderen Seite des Potomac, in Virginia gelandet, nicht weit entfernt vom Arlington National Cemetary. Ich war seit dem vergangenen Sommer außer Landes gewesen, hatte aber gehört, daß die Armee – noch vor Pearl Harbor und ohne Zustimmung des Präsidenten – damit begonnen hatte, ein neues, fünfeckiges Hauptquartier zu bauen, wo der alte Flughafen gewesen war.

Als wir vor der Landung einmal kreisten, konnte ich sehen, daß der neue National Airport viel bequemer in Innenstadtnähe lag. Man konnte deutlich erkennen, daß der neue Flughafen noch nicht fertiggestellt war: Um die brandneue Schalterhalle herum standen noch Baufahrzeuge, und Arbeiter schwärmten wie Ameisen um sie herum. Außerdem konnte ich einen Blick auf das im Bau befindliche neue Hauptquartier der Armee werfen. Die Presse bezeichnete es bereits als »das Pentagon«, und aus einer Höhe von neunhundert

Metern schien die Bezeichnung zutreffend zu sein, denn obwohl nur die Hälfte des monströsen Gebäudes hochgezogen worden war, ließen Fundamente und Außenmauern die fünfeckige Form eindeutig erkennen. Allein die Parkplätze beanspruchten das gesamte ehemalige Hoover Field sowie den angrenzenden Vergnügungspark, und ich konnte ganze Kolonnen von Armeefahrzeugen sehen, die sich dem vollendeten Teil des Bauwerks näherten, um vermutlich alle Schreibtische und Schreibmaschinen und den anderen bürokratischen Schutt der neuen, vergrößerten Armee anzuliefern.

Ich lehnte mich zurück, als das Dröhnen der großen Rotoren vor der Landung eine andere Frequenz annahm. Mir hatte das alte Hoover Field gefallen, auch wenn es nichts weiter als ein schmaler Streifen zwischen einem Vergnügungspark auf der einen und einer Müllhalde auf der anderen Seite gewesen war. Ein Highway des County, eine Militärstraße, war über die Landebahn verlaufen – nicht parallel dazu, sondern *darüber* –, und ich hatte ein paar Jahre zuvor gelesen, daß der Geschäftsführer des Flughafens verhaftet und verurteilt worden war, weil er versucht hatte, eine Ampel aufzustellen, die den Verkehr regelte, wenn Passagiermaschinen landeten. Die Straßenmeisterei des County hatte die illegale Ampel entfernen lassen. Sie hatte offenbar ohnehin keine nennenswerte Rolle gespielt; wenn ich dort gelandet war, schienen die Piloten stets geschickt genug gewesen zu sein, trotz Verkehrs und parkender Autos zu landen. Ich erinnerte mich, daß es überhaupt keinen Kontrollturm gegeben hatte und die Windfahne auf dem höchsten Punkt der Achterbahn neben dem Rollfeld geweht hatte.

Wir landeten, rollten aus, und ich verließ als vierter das Flugzeug und rückte den .38er an meinem Gürtel zurecht, während ich rasch die Treppe auf den warmen Asphalt hinunter ging. Ich hatte eine Reisetasche mit Unterwäsche zum Wechseln, ein sauberes Hemd und meinen anderen dunklen Anzug dabei, wußte aber nicht, ob ich die Zeit haben würde, vor meinem Termin bei Mr. Hoover ein Hotel zu suchen, einzuchecken, zu duschen und mich zu rasieren und umzuziehen. Der Gedanke beunruhigte mich. Mr. Hoover hatte nichts für Agenten übrig, die nicht im besten Sonntagsstaat erschienen, auch dann nicht, wenn besagte Agenten einen ganzen Tag und eine Nacht damit verbracht hatten, quer durch Mexiko und die Vereinigten Staaten Flugzeuge zu erwischen.

Als ich durch die neue Schalterhalle ging, die noch nach Farbe und frischem Verputz roch, blieb ich kurz stehen und studierte die Zeitungen am Kiosk. Eine Schlagzeile der *Washington Daily News* lautete: GENÜGEND FÄLLE VON GESCHLECHTSKRANKEN IN D. C., UM DAS STADION ZU FÜLLEN. Ich versuchte mich zu erinnern, wie viele Leute das alte Griffith-Stadion fassen konnte. Mindestens dreißigtausend. Als ich die Scharen von Männern in neuen, frisch gebügelten Uniformen sah – Armee, Marine, MP, SP, Marines, Küstenwache –, von denen die meisten mindestens einem Mädchen einen Abschiedskuß gaben, war ich überrascht, daß das Problem mit Geschlechtskrankheiten seit Ausbruch des Krieges so gering geblieben war.

Ich durchquerte die neue Schalterhalle und ging zu den Telefonzellen bei den Eingangstüren. Meine einzige Chance, zu duschen und mich umzuziehen, bestand darin, mit Tom Dillon Verbindung aufzunehmen, einem Freund, der mit mir in Quantico gewesen war und ein bißchen Ausbildung in Camp X mitbekommen hatte, bevor man ihn nach Washington und mich zum SIS versetzt hatte. Tom war immer noch Junggeselle – jedenfalls war er es gewesen, als ich vor zehn Monaten mit ihm gesprochen hatte –, und sein Apartment lag nicht weit vom Justizministerium entfernt. Ich steckte einen Nickel in den Schlitz, bat das Fräulein vom Amt, mich mit seiner Privatnummer zu verbinden und hoffte, daß heute sein freier Tag war, da ich wußte, als Außendienstler würde Tom wahrscheinlich nicht in seinem Büro sein, wenn er arbeitete. Ich hörte, wie das Telefon läutete. Niedergeschlagen suchte ich nach einem weiteren Nickel, als eine behaarte Hand über meine Schulter griff, mir den Hörer aus der Hand nahm und auflegte.

Ich wirbelte herum und war bereit, dem Soldaten oder Matrosen, der den Fehler gemacht hatte, sich mit mir anzulegen, eins auf die Nase zu geben, aber statt dessen sah ich Tom Dillons lächelndes Gesicht wenige Zentimeter von meinem eigenen entfernt.

»Ich habe gehört, wie du nach meiner Nummer gefragt hast, Joe«, sagte Dillon. »Ich bin nicht zu Hause.«

»Das warst du noch nie«, sagte ich grinsend. Wir schüttelten einander die Hände. »Was machst du hier, Tom?« Ich glaubte nicht an Zufälle.

»Mr. Ladd hat mich geschickt. Er sagte, daß du um elf Uhr dreißig einen Termin im Ministerium hast und ich dich hinbringen soll. Und dafür sorgen, daß du dich in meinem Apartment frisch machen kannst, wenn du willst.«

»Prima«, sagte ich. Mr. Ladd war D. M. Ladd – für seine Freunde im Bureau »Mickey« –, einer der Assistenten des Direktors und mittlerweile Chef der Abteilung Inlandsspionage, für die Tom arbeitete. Dillon hatte nichts von meinem Termin beim Direktor gesagt und kannte diese spezielle Information wahrscheinlich gar nicht. Es war nicht meine Sache, sie ihm zu geben.

»Dein Flugzeug ist zu früh gelandet«, sagte Tom wie als Entschuldigung dafür, daß er mich nicht am Flugsteig abgeholt hatte.

»Mußte nicht warten, bis der Autoverkehr von der Landebahn runter war«, sagte ich. »Gehen wir.«

Tom schnappte sich meine Tasche und drängt sich durch die Menge zu seinem Ford Coupé, das direkt vor dem Haupttor am Bordstein parkte. Das Verdeck des Ford war heruntergeklappt, und Tom warf meine Tasche auf den Rücksitz und lief mit derselben jungenhaften Energie zur Fahrerseite, die ich noch von Quantico in Erinnerung hatte. Ich ließ mich in die dicken Polster sinken, als wir den Flughafen hinter uns ließen und Richtung Innenstadt fuhren. Die Luft war warm und feucht, aber längst nicht so warm und feucht, wie ich es die vergangenen Jahre in Kolumbien und Mexiko gewöhnt gewesen war. Das Jahr war zu weit vorangeschritten, um Washingtons berühmte japanische Kirschbäume in voller Blüte zu sehen, aber der Duft ihrer restlichen Blüten erfüllte die breiten Straßen noch und vermischte sich mit dem durchdringenden Aroma der Magnolienbäume, die der Stadt die altbekannte Südstaatenatmosphäre verliehen.

Ich sage altbekannt, aber in Wahrheit hätte es eine vollkommen andere Stadt sein können als das Washington, in dem ich einen Teil der Jahre '38 und '39 verbracht, und dem ich im vergangenen Sommer einen kurzen Besuch abgestattet hatte. Dieses Washington war eine verschlafene Südstaatenstadt gewesen, auf deren breiten Straßen sich der Verkehr staute und deren Atmosphäre entspannter wirkte als die vieler südamerikanischer Städte, in denen ich seither meine Zeit verbracht hatte. Jetzt war alles verändert.

Die »Tempos«, von denen ich gehört hatte, waren allgegenwärtig: häßliche, dröge Gebäude aus grauen Asbestplatten, jedes etwa einen halben Block lang und mit fünf Flügeln an einer Seite, die alle binnen einer Woche aus dem Boden gestampft worden waren, um den anstürmenden Heerscharen von Kriegsarbeitern und Bürokraten Unterkunft zu gewähren, solange der Krieg dauerte. Tempos erstreckten sich auf beiden Seiten des Teichs vor dem Lincoln Memorial und versperrten die Sicht auf den Teich an sich. Die unschönen Bauwerke selbst waren mit überdachten, baufällig wirkenden Brücken verbunden, die sich hin und her über das Wasser erstreckten. Weitere Tempos beanspruchten das gesamte Areal entlang der Constitution Avenue und verdeckten einen hübschen Park, in dem ich oft hastig zu Mittag gegessen hatte, und ein Rudel aggressiver Tempos hatten das Washington Monument umzingelt wie graue, räudige Raubtiere, die zum tödlichen Angriff vorrückten.

Die Straßen waren so breit, wie ich sie in Erinnerung hatte, aber nun staute sich der Verkehr darauf, einschließlich ganzer Konvois olivgrüner Militärlastwagen, auf deren Ladeflächen ich die Schreibtische und Stühle und Schreibmaschinen sehen konnte, die ich mir am Fenster meines Flugzeugs nur vorgestellt hatte. Amerika zog in den Krieg. In dreifacher Ausfertigung. Die Bürgersteige waren überfüllt, und obwohl man ziemlich viele Uniformen sehen konnte, trug die Mehrheit der Leute die zivile Uniform des Tages – graue und schwarze Anzüge, die Röcke der Frauen kürzer, als ich sie in Erinnerung hatte, Schultern bei Männern wie Frauen gleichermaßen gepolstert. Alle wirkten jung und gesund und schienen auf dem Weg zu wichtigen Sitzungen zu sein. Aktentaschen waren allgegenwärtig; sogar einige der Frauen trugen welche.

Straßenbahnen fuhren trotz des dichten Automobilverkehrs auch noch, aber mir fiel auf, daß die Straßenbahnen irgendwie *älter* wirkten. Ich brauchte einen Moment, bis mir klarwurde, daß sie älter *waren* – daß die Stadt ausrangierte Bahnen aus dem Depot geholt haben mußte, um mit den Anforderungen der sprunghaft gestiegenen Bevölkerung fertigzuwerden. Vor meinen Augen rollt ein kurioses beidseitiges Holzrelikt aus dem neunzehnten Jahrhundert vorbei, Glasfenster unter dem Dach, das Trittbrett dicht mit Leuten bevölkert, die sich an Messingstangen oder Lederschlaufen festhielten. Die meisten waren Neger.

»Ja«, sagte Tom Dillon, der herübersah und meinen Blick bemerkte. »Noch mehr Nigger in der Stadt als vor dem Krieg.«

Ich nickte. Jemand, der uns aus diesen Straßenbahnwagen betrachtete, hätte uns für Brüder halten können, vielleicht sogar für eineiige Zwillinge. Tom war einunddreißig und ich erst neunundzwanzig, aber seine Haut war glatter, und er hatte noch eine Andeutung von Sommersprossen auf dem Nasenrücken. Und im Gegensatz zu meiner war seine Nase nie gebrochen worden. Wir trugen beide die dunklen Anzüge, auf die Mr. Hoover Wert legte, dazu weiße Hemden – Toms war zugegebenermaßen momentan glatter als meines – und fast identische Hüte mit schmalen Krempen. Wir trugen unser Haar beide nach Vorschrift vier Zentimeter über dem Kragen geschnitten, und wenn uns die Hüte von den Köpfen geweht worden wären, hätte jeder sehen können, wie sorgfältig wir unsere Haare gescheitelt hatten, um das »Spitzkopfaussehen« zu vermeiden, das Mr. Hoover so sehr mißfiel. Beide trugen wir das vom Bureau vorgeschriebene weiße Taschentuch in der rechten Hosentasche, damit wir uns vor dem Händeschütteln die Hände abwischen konnten, wenn wir nervös waren oder trainiert hatten. Mr. Hoover verabscheute »feuchte Handflächen« und wollte nicht, daß einer seiner Special Agents mit diesem Makel behaftet war. Tom und ich trugen beide Police Positive-Revolver Kaliber .38 in schwarzen Halftern an den Gürteln, die wir auf die rechte Seite geschoben hatten, damit sie unsere Anzugjacketts nicht zu deutlich ausbeulten. Wenn Tom keine Gehaltserhöhung bekommen hatte, verdienten wir beide fünfundsechzig Dollar die Woche: 1942 eine anständige Summe, aber nicht besonders beeindruckend für die Collegeabsolventen und Jurastudenten, die den Mindestanforderungen des Bureau an seine Angestellten entsprachen. Wir waren beide in Texas als Söhne katholischer Familien zur Welt gekommen, hatten zweitklassige Südstaatencolleges besucht und Jura studiert.

Aber damit waren die Gemeinsamkeiten zu Ende. Tom Dillon sprach immer noch mit dem bedächtigen, tiefen Akzent von West-Texas. Meine Familie war nach Kalifornien gezogen, als ich drei war, dann nach Florida, als ich sechs war, und soweit ich das selbst beurteilen konnte, hatte ich keinen erkennbaren Akzent. Tom hatte mit dem Geld seiner Familie das College besucht. Ich hatte mich mit einem Football-Stipendium und einem Nebenjob durchgemogelt. Tom hatte seinen Jura-Abschluß gemacht, bevor er angeheuert worden war und damit Mr. Hoovers Anforderungen entsprochen, aber ich war eine Ausnahme und am Anfang meines zweiten Studienjahrs rekrutiert worden, als ich gerade aufgrund mangelnder Mittel und fehlender Motivation abbrechen wollte. Die Gründe für diese Ausnahme waren einfach: Ich sprach fließend Spanisch, und Mr. Hoover hatte Special Agents mit Spanischkenntnissen für den speziellen Geheimdienst gebraucht, den er plante – Spionageabwehragenten, die in der Menge untertauchen, mit Informanten sprechen und im spanischsprachigen Lateinamerika »Danke« sagen konnten, ohne das Wort wie »Grassias« auszusprechen. Ich konnte mich qualifizieren. Mein Vater war Mexikaner gewesen, meine Mutter Irin. Was zu einem weiteren Unterschied zwischen Tom Dillon und mir führte.

Als Dillon »Noch mehr Nigger in der Stadt als vor dem Krieg« gesagt hatte, mußte ich den Impuls unterdrücken, den anderen Agenten mit beiden Händen am Hinterkopf zu packen und ihm das Gesicht auf das Lenkrad zu schlagen. Mir war scheißegal, daß er Neger beleidigte – ich hatte nie mit Schwarzen gearbeitet und kannte keine persönlich so gut, die Vorurteile auszuräumen, die wir alle gegen diese amerikanischen Mitbürger vierter Klasse hatten –, aber als Tom Dillon »Nigger« sagte, hatte ich »Bohnenfresser« oder »Kanacke« oder »Illegaler« gehört.

Mein Vater war Mexikaner gewesen. Meine Haut war hell genug, und ich hatte genügend vom Knochenbau und den Gesichtszügen meiner Mutter geerbt, um als typischer anglo-protestantischer Amerikaner durchgehen zu können, aber als Kind hatte ich mich der mexikanischen Herkunft meines Vaters geschämt und alle und jeden verprügelt, die mich als »Mexikaner« bezeichnet hatten. Und da mein Vater gestorben war, als ich sechs Jahre alt war, und meine Mutter kein Jahr später, schämte ich mich dieser Scham nur um so mehr – weil ich meinem Vater nie sagen konnte, daß ich ihm vergeben hatte, daß er kein rein weißer Amerikaner war, und weil ich mich bei meiner Mutter nie dafür entschuldigen konnte, daß ich sie wegen ihrer Heirat mit einem Mexikaner gehaßt hatte.

Es war seltsam. Je älter ich wurde, desto mehr wünschte ich mir, ich hätte meinen Vater besser kennenlernen können. Ich war noch keine fünf gewesen, als er in den Großen Krieg, in den Ersten Weltkrieg, zog, und ich war sechs, als wir erfuhren, daß er da drüben gestorben war – an der Grippe, drei Monate nach Kriegsende. Wie konnte ich jemanden, den ich nie richtig kennengelernt hatte, so sehr vermissen?

Es gab noch andere Unterschiede zwischen Tom Dillon und Joe Lucas. Toms Arbeit bei der Inlandsspionage beinhaltete das, was die meisten FBI-Agenten machten – Ermittlung. Das Bureau – darauf hatte Mr. Hoover beflissene Kongreßabgeordnete und Senatoren immer wieder hingewiesen – war nicht in der Polizeibranche tätig. Es war eine *Ermittlungs*behörde. Tom verbrachte einen Großteil seiner Zeit damit, Verhöre zu führen, Berichte zu schreiben, Indizien mit anderen Indizien zu vergleichen und gelegentlich Leute zu beschatten. Er hatte eine gewisse Erfahrung mit verdeckten Einsätzen und dem Anbringen illegaler Abhöreinrichtungen, aber das blieb weitgehend den Experten überlassen. Ich war so ein Experte.

Und Tom hatte nie jemanden getötet.

»Also«, sagte Tom, als wir am Weißen Haus vorbeifuhren. »Du bist immer noch beim SIS?«

»Hm-hmm«, sagte ich. Mir fiel auf, daß sie am Eingang Pennsylvania Avenue des Weißen Hauses eine Art Wachposten aufgestellt hatten. Die Torflügel standen noch offen, aber es sah aus, als würde der Polizist am Tor einen Ausweis verlangen, wenn man versuchte, das Gelände des Weißen Hauses zu betreten. Als ich die Stadt im vergangenen Sommer besucht hatte, konnte noch jeder über das Gelände spazieren, ohne aufgehalten zu werden, es konnte höchstens vorkommen, daß einen ein Wachposten der Marines ansprach, wenn man das Haus selbst betrat. Als ich Mitte der dreißiger Jahre zum erstenmal in der Stadt gewesen war, hatte das Weiße Haus keine Tore gehabt, und ganze Sektionen der Anlage keine Zäune. Ich erinnere mich, daß ich in jenem ersten Sommer auf dem südlichen Rasen Baseball gespielt habe.

»Immer noch in Mexiko?«

»Hmm«, sagte ich. Wir hielten vor einer roten Ampel. Angestellte des Weißen Hauses liefen hastig vorbei, manche mit braunen Vespertüten in den Händen. »Sag mir eines, Tom«, sagte ich, »was hat sich seit Pearl Harbor hier in der Inlandsspionage getan?« Wenn ihn jemand fragte, würde Tom Dillon wahrscheinlich sagen, daß er und ich von Anfang an Vertraute waren und über fast alles offen sprachen. In Wahrheit sprach *Tom* offen über alles. »Irgendwelche Spione von den Nazis oder Japsen geschnappt?«

Tom kicherte und legte den Gang des Coupés ein, als die Ampel umschaltete. »Verdammt, Joe, wir sind so sehr damit beschäftigt, unseren eigenen Leuten hinterherzuspionieren, daß wir keine Zeit für Nazis oder Japse haben.«

»Welche Leute?« Ich wußte, Tom liebte es, Namen zu nennen. Wahrscheinlich würde ihn das eines Tages seinen Job kosten. »Hinter wem ist das Bureau her, seit der Krieg angefangen hat, Tom?«

Er packte einen Streifen Wrigley's aus und fing lautstark an zu kauen. »Oh, hinter dem Vizepräsidenten«, sagte er beiläufig.

Ich lachte. Vizepräsident Henry Agard Wallace war ein Idealist und ein ehrlicher Mann. Außerdem war er bekanntermaßen ein Idiot und ein gutgläubiges Opfer für die Kommunisten.

Tom schien wegen meines Lachens gekränkt zu sein. »Im Ernst, Joe. Wir sind seit letztem Frühjahr an ihm dran. Wanzen, Tonbänder, Beschattung, Ermittlung ... der Mann kann nicht pissen gehen, ohne daß Mr. Hoover einen Laborbericht bekommt.«

»Hm-hmm«, sagte ich. »Wallace *ist* eine Bedrohung ...«

Tom entging meine Ironie. »Verdammt richtig«, sagte er. »Wir haben Beweise dafür, daß ihn die Kommunisten als aktiven Agenten benützen wollen, Joe.«

Ich zuckte die Achseln. »Die Russen sind jetzt unsere Verbündeten, weißt du nicht mehr?«

Tom warf mir einen Blick zu. Er war so schockiert, daß er seinen Kaugummi zu kauen vergaß. »Herrgott, Joe, mach über so etwas keine Witze. Mr. Hoover ist nicht ...«

»Ich weiß, ich weiß«, sagte ich. Die Japaner hatten Pearl Harbor angegriffen, und Adolf Hitler war der gefährlichste Mann der Welt, aber Mr. Hoover war berühmt für seinen Wunsch, zuerst der Bedrohung durch den Kommunismus zu begegnen. »Mit wem verbringt ihr neuerdings noch eure Zeit?« fragte ich.

»Sumner Welles«, sagte Tom und kniff im grellen Sonnenlicht die Augen zusammen, als wir wieder vor einer roten Ampel hielten. Rumpelnd und quietschend fuhr eine Straßenbahn vorbei. Wir waren nur wenige Blocks von Toms Apartment entfernt, aber der Verkehr hier war praktisch zum Stillstand gekommen.

Ich schob die Hutkrempe zurück. »Sumner Welles?« wiederholte ich. Welles war Unterstaatssekretär und ein persönlicher Freund und enger Ratgeber des Präsidenten. Welles war Experte für Lateinamerikapolitik und für die dortigen Geheimdienstleute von entscheidender Bedeutung; sein Name war ein dutzendmal auf dem Schreibtisch der kolumbianischen Botschaft gelandet, als Entscheidungen anstanden, die auch mich betrafen. Es gab Gerüchte, daß Sumner Welles lange vor meiner Ankunft von seinem Job in der Botschaft in Kolumbien abberufen worden war, aber über die Gründe wußte niemand etwas Genaues.

»Ist Welles Kommunist?« fragte ich.

Tom schüttelte den Kopf. »Nn-nnn. Eine Schwuchtel.«

»Pardon?«

Er sah mich an, und das altbekannte Tom-Dillon-Grinsen war wieder da. »Du hast schon richtig verstanden, Joe. Eine Tunte. Ein Homo. Ein warmer Bruder.«

Ich wartete.

»Es fing vor fast zwei Jahren an, Joe. September 1940. Im Sonderzug des Präsidenten auf dem Rückweg von Speaker Bankheads Beerdigung in Alabama.«

Tom sah mich an, als müßte ich an dieser Stelle neugierige Fragen stellen. Ich wartete.

Die Ampel schaltete um. Wir fuhren einige Meter vorwärts und kamen hinter einer Menge Lastwagen und Autos zum Stillstand. Tom mußte die Stimme heben, um sich über den Lärm von Hupen und Motoren Gehör zu verschaffen. »Ich schätze, Welles hatte zuviel getrunken, läutete nach dem Pagen... mehrere kamen... und dann entblößte er sich vor ihnen und schlug vor... nun, du weißt schon, Joe, Schwuchtelkram.« Tom errötete. Er war ein harter G-Mann, aber tief in seinem Herzen immer noch ein anständiger katholischer Junge.

»Das ist sicher?« fragte ich und überlegte mir, welche Auswirkungen es auf den SIS haben würde, sollte Welles ausgetauscht werden.

»Ja, verflucht«, sagte Tom. »Mr. Hoover hat Ed Tamm darauf angesetzt, und das Bureau hat Welles anderthalb Jahre beobachtet. Die alte Schwuchtel betrinkt sich und streift auf der Suche nach kleinen Jungs durch den Park. Wir haben SA-Berichte, Augenzeugenberichte, eidesstattliche Erklärungen, Tonbandaufzeichnungen von Telefongesprächen...«

Ich zog die Hutkrempe tiefer über die Augen. Wollte man den

Leuten in der Botschaft Glauben schenken, denen ich am meisten vertraute, war Sumner Welles der klügste Kopf im Innenministerium. »Hat Mr. Hoover den Präsidenten informiert?« fragte ich.

»Januar vor einem Jahr«, sagte Tom. Er spuckte den Kaugummi über die Tür des Coupés. Der Verkehr setzte sich wieder in Bewegung. Wir bogen von der Wisconsin rechts ab. »Laut Dick Ferris, der mit Tamm an dem Fall gearbeitet hat, sprach Mr. Hoover keine Empfehlungen aus... wurde um keine gebeten... und der Präsident hat eigentlich nichts gesagt. Dick meint, Generalstaatsanwalt Biddle hat versucht, die Sache später mit dem Präsidenten zu besprechen, aber FDR sagte nur: ›Nun, er macht es nicht während seiner Arbeitszeit, oder?‹«

Ich nickte. »Homosexuelle Avancen zu machen ist eine Straftat«, sagte ich.

»Klar, und Dick meint, Ed Tamm hätte gesagt, daß Mr. Hoover den Präsidenten darauf hingewiesen hat und erklärte, daß Welles damit erpreßbar werden würde. Der Präsident sitzt es derzeit einfach aus, aber das wird nicht mehr lange gehen...«

»Warum nicht?« fragte ich. Ich sah den Block, in dem ich vor vier Jahren gewohnt und mir ein Apartment mit zwei anderen Special Agents geteilt hatte. Toms Apartment lag nur drei Blocks westlich.

»Bullitt ist jetzt auf Welles angesetzt«, sagte Tom und drehte das Lenkrad mit beiden Händen.

William Christian Bullitt. Ein Mann, den Klatschreporter einmal den »Jago aller Jagos« genannt hatten. Ich hatte Shakespeare nie gelesen, verstand die Anspielung aber. Mr. Hoover hatte auch eine Akte über Bullitt, und während eines meiner früheren Einsätze in Washington war ich gezwungen gewesen, sie zu lesen. William Christian Bullitt war auch ein Busenfreund von FDR, ein Botschafter, der sich in jedem Land Feinde machte, in das er entsandt wurde; und er war ein Opportunist; außerdem jemand, der einen Holzhaufen auf den vagen Verdacht hin in Einzelteile zerlegen würde, es könnte eine Schlange darin sein. Zumindest hatte Bullitt, so die Akte, die ich gelesen hatte, FDRs ihm blind ergebene und naive Sekretärin verführt, damit er leichter Zugang zum Präsidenten hatte.

Wenn Bullitt auf Sumner Welles angesetzt war, würde er ihn eines Tages zu Fall bringen... indem er Geschichten an FDRs politische Gegner durchsickern ließ, indem er den Klatschreportern

Hinweise gab, indem er Cordell Hull, dem Staatssekretär, seine Betroffenheit gestand. Bullitt würde Welles auf Teufel komm raus schaden und damit die Abteilung Lateinamerika des Innenministeriums zerstören, die Politik der guten Nachbarschaft beenden, die da unten angewendet wurde und die Nation in Kriegszeiten schwächen. Aber ein Mann, der betrunken homosexuelle Neigungen zeigte, würde aus dem Dienst der Regierung verschwinden, und Mr. William Christian Bullitt würde wahrscheinlich einen Vorteil im endlosen Spiel der Macht gewinnen.

Ah, Washington.

»Hinter wem ist das Bureau noch her?« fragte ich resigniert.

Erstaunlicherweise war direkt vor Toms Mietshaus ein Parkplatz frei. Er steuerte das Coupé in die schmale Lücke, ließ den Motor laufen, zog die Handbremse an. Er rieb sich die Nase. »Darauf wirst du nie kommen, Joe. Ich habe persönlich damit zu tun. Ich muß heute nacht daran arbeiten. Die Schlüssel lasse ich dir hier... vielleicht sehen wir uns morgen.«

Wahrscheinlich werde ich morgen nicht mehr hier sein, dachte ich. Ich sagte: »Prima.«

»Na los, dreimal darfst du raten.« Tom wollte sein Spielchen immer noch spielen.

Ich seufzte. »Eleanor Roosevelt«, sagte ich.

Tom riß die Augen auf. »Verdammt. Du hast von den Ermittlungen gehört?«

»Das kann doch nur ein Witz sein«, sagte ich. Mr. Hoover hatte Offizielle /Vertrauliche Akten über die meisten wichtigen Leute in Washington – in den Vereinigten Staaten –, und alle wußten, daß er Eleanor Roosevelt haßte, aber der Direktor würde nie einem Mitglied der Familie des amtierenden Präsidenten nachspionieren. Dazu lag ihm zuviel an seinem eigenen Job.

Tom sah, daß ich im dunkeln tappte. Er schob den Hut mit einer selbstbewußten Geste in den Nacken und legte den Arm auf das Lenkrad, als er mich ansah. »Kein Witz, Joe. Natürlich folgen wir Mr. Roosevelt nicht persönlich, aber...«

»Du hast mich angeschmiert, Tom.«

»Nein, nein«, sagte er und beugte sich näher, so daß ich das Spearmint in seinem Atem riechen konnte. »Die alte Dame ist seit drei Jahren ganz vernarrt in einen Jungen namens Joe Lash...«

Ich wußte alles über Lash, hatte seine Akte im Zusammenhang mit einem Fall im Umfeld des American Youth Congress gesehen, an dem ich 1939 gearbeitet hatte, hatte ihn sogar selbst einmal interviewt und dabei so getan, als wäre ich ein Student, der sich für seine Organisation interessiert. Damals war Lash Bundessekretär des Youth Congress und selbst Student gewesen, älter als ich, aber in jeder Hinsicht, auf die es ankommt, Jahrzehnte jünger – einer dieser Jungs in Männerkörpern, die auf die Dreißig zugehen, aber nicht mehr Weisheit und Bildung besitzen als ein Zehnjähriger. Der Youth Congress war ein linker Debattierclub, genau die Art von Organisation, die die Kommunisten gerne finanzierten und infiltrierten, und er war ein ganz besonderes Steckenpferd von Mr. Roosevelt.

»Sie sind ein Liebespaar...«, sagte Tom.

»Quatsch«, sagte ich. »Sie ist sechzig Jahre alt –«

»Achtundfünfzig«, sagte Tom. »Lash ist dreiunddreißig. Mrs. Roosevelt hat ihr eigenes Apartment in New York, Joe. Sie hat *den Schutz durch den Geheimdienst verweigert.*«

»Und?« sagte ich. »Das beweist überhaupt nichts, außer daß die alte Fregatte Verstand besitzt. Wer möchte schon, daß einem diese Arschlöcher vom Finanzamt rund um die Uhr an den Fersen kleben?«

Tom schüttelte den Kopf. »Mr. Hoover weiß, daß das etwas zu bedeuten hat.«

Ich hatte Kopfschmerzen. Einen Augenblick spürte ich den Wunsch, Tom an der Krawatte zu packen und seinen Kopf auf das Armaturenbrett des Coupés zu hämmern, bis seine Nase eine formlose, blutige Masse war. »Tom«, sagte ich leise, »willst du mir sagen, daß wir Mrs. Roosevelt ausspionieren? Ihre Post lesen?«

Er schüttelte wieder den Kopf. »Natürlich nicht, Joe. Aber wir fotografieren *Lashs* Post und hören *sein* Telefon und Apartment ab. Du solltest die Briefe lesen, die unsere teure First Lady Niggerliebchen diesem Kommunistenaas schickt... starker Tobak, Joe.«

»Jede Wette«, sagte ich. Der Gedanke, daß die freundliche ältere Dame diesem Jungen leidenschaftliche Briefe schrieb, machte mich traurig.

»Dorthin gehe ich heute abend«, sagte Tom und rückte wieder seinen Hut zurecht. »Lash wurde vor zwei Wochen eingezogen, und wir übergeben die Ermittlung an das CIC.«

»Paßt«, sagte ich. Das Counter-Intelligence oder Spionageabwehr-Corps, eine Unterabteilung der Military Intelligence Division unter Leitung von General John Bissell, hätte man wohlwollend als eine Bande arschfickender betrunkener Schimpansen beschreiben können. Es hätte auch Leute geben können, die Bissells Gruppe als eine Bande von rechtsradikalen Arschlöchern bezeichnet hätten, aber ich nicht. Nicht heute. Eines wußte ich mit Sicherheit – das CIC würde Mrs. Eleanor Roosevelt ohne zu zögern abhören, überwachen und beschatten lassen. Und ich wußte auch, daß FDR bei aller Geduld, die er mit traurigen Narren wie Sumner Welles hatte, Bissell im Handumdrehen in den Südpazifik versetzen würde, sollte er herausfinden, daß die Armee hinter seiner Frau her war.

Tom warf mir seine Schlüssel zu. »Kaltes Bier ist im Eisschrank«, sagte er. »Sorry, nichts zu essen. Wir können morgen abend essen gehen, wenn ich Dienstschluß habe.«

»Hoffentlich«, sagte ich. Ich ließ die Schlüssel in meiner Hand klirren. »Danke, Tom. Wenn ich abreisen muß, bevor du morgen abend zurück kommst…«

»Leg sie über die Tür, wie in alten Zeiten«, sagte Tom. Er beugte sich herüber, um mir über dem heißen Metall der Autotür die Hand zu schütteln. »Bis später, Kumpel.«

Ich sah ihm nach, wie er sich mit dem Coupé in den Verkehrsstrom einfädelte, ehe ich zur Treppe lief. Tom Dillon war der perfekte FBI-Mann – stets zu Diensten, aber im Grunde genommen träge, bereit, sich jede Demütigung gefallen zu lassen, die Mr. Hoovers Männer ihm antun konnten; er befolgte Befehle schnellstens, machte sich aber selten einmal eigene Gedanken, ein Verteidiger der Demokratie, der Nigger, Itaker, Polacken und Kanacken haßte. Zweifellos feuerte Tom seine .38er mit religiöser Inbrunst auf dem Schießstand im Keller des Justizministeriums ab, konnte perfekt mit Maschinenpistolen, Schrotflinten, Präzisionsgewehren umgehen und war ein As im Zweikampf. Auf dem Papier war er ein kompetenter Killer. Bei einem Einsatz des SIS würde Tom keine drei Tage überleben.

Ich ging die Treppe hinauf, um zu duschen und dachte nicht weiter an ihn.

3

Der Haupteingang des riesigen Justizministeriums lag an der Ecke Neunte Straße und Pennsylvania Avenue. Die klassischen Säulengänge, jeder mit vier massiven Säulen an jeder Seite der Ecken, begannen über den Fenstern des ersten Stocks und verliefen vier Stockwerke hoch bis unter das Dach. Auf der Seite zur Pennsylvania Avenue hin, nahe der Ecke, lag links von diesen Säulen der einzige Balkon vor dem Fenster im vierten Stock. Das war Mr. Hoovers persönlicher Balkon. 1942 hatte er von dort bereits achtzehn Jahre lang US-Präsidenten bei der Amtseinführung vorbeiparadieren gesehen, und dann stand er dort und sah einige bei Beerdigungsprozessionen zurückkehren.

Ich kannte das Gebäude selbstverständlich, hatte aber nie einen Schreibtisch dort gehabt, da ich während meiner früheren Aufenthalte im District of Columbia zu verschiedenen Büros vor Ort oder verdeckter Arbeit delegiert worden war. Das wirkte sich nun zu meinen Gunsten aus, als ich zehn Minuten vor meinem Termin um elf Uhr dreißig eintraf – geduscht, rasiert, Pomade im Haar, mit frischem Hemd und sauberem Anzug, polierten Schuhen und einem Hut, den ich vorsichtig in meinen trockenen Händen hielt. Das Gebäude war riesig, und es gab einige Leute, deren Gesichter ich erkannt hätte, und sie meines, aber ich begegnete keinem davon, als ich im vierten Stock aus dem Fahrstuhl trat und zum Allerheiligsten des Direktors ging.

Mr. Hoovers Büro lag nicht im Zentrum des Gebäudes, sondern fast versteckt abseits. Um es zu finden, mußte man einen langen Flur entlang gehen, dann durch ein großes Konferenzzimmer mit Aschenbechern auf einem polierten Tisch, dann durch das Vorzimmer, wo Miss Gandy wartete wie der sprichwörtliche Drache, der die legendäre Jungfrau bewacht. 1942 war Miss Gandy selbst schon fast eine Legende: Hoovers einzige unersetzliche Angestellte, teils Beschützerin, teils Kindermädchen und der einzige Mensch auf der Welt, der Hoovers persönliche Akten einsehen, katalogisieren, auflisten und lesen durfte. Sie war fünfundvierzig Jahre alt, als ich das Büro 1942 betrat, aber Hoover bezeichnete sie seinen engsten Freunden und Mitarbeitern gegenüber bereits als »die alte

Glucke«. Und es stimmte auch, daß sie etwas Gluckenhaftes an sich hatte.

»Special Agent Lucas?« sagte sie und sah mich an, während ich mit dem Hut in der Hand dastand. »Sie sind vier Minuten zu früh.«

Ich nickte.

»Bitte setzen Sie sich. Der Direktor hält sich an seinen Terminplan.«

Ich unterdrückte den Impuls zu lächeln, weil sie das Wort »Direktor« betonte, als wäre es in Großbuchstaben geschrieben und setzte mich wie befohlen. Das Zimmer war fast hausbacken – zwei Plüschsessel und ein Sprungfedersofa an der Wand. Ich setzte mich auf das Sofa. Ich wußte, dies war das einzige, was die meisten Special Agents je von J. Edgar Hoovers Büro zu sehen bekamen: Der Direktor (bei mir war er nicht in Großbuchstaben geschrieben) empfing seine rangniederen Untergebenen für gewöhnlich in dem Konferenzraum vor dem Vorzimmer. Ich schaute mich um und rechnete fast damit, John Dillingers Skalp auf einem der wenigen Regale des Schaukastens auf der anderen Seite zu sehen, aber das Ausstellungsstück, das Tom und meine anderen Freunde vom SA so wortreich beschrieben hatten, war nicht da. Nur einige Orden und staubige Trophäen standen dort. Vielleicht hatten sie den Skalp zur Reinigung gegeben.

Um exakt elf Uhr dreißig sagte Miss Gandy: »Der Direktor wird Sie jetzt empfangen, Special Agent Lucas.« Ich muß gestehen, daß mein Pulsschlag schneller als gewöhnlich ging, als ich durch die innere Tür trat.

Mr. Hoover sprang auf, als ich eintrat, wuselte um seinen Schreibtisch herum und winkte mich zu einem Stuhl rechts vom Schreibtisch, während er zu seinem Platz zurückkehrte. Ich wußte von den Schilderungen anderer Special Agents, daß dies die übliche Routine war, wenn man sich glücklich genug schätzen durfte, im Büro des Direktors persönlich empfangen zu werden.

»Nun denn, Special Agent Lucas«, sagte Mr. Hoover, während er sich wieder auf seinem Thron niederließ. Ich sage Thron ohne Sarkasmus, weil sein Büro auf diese Weise angelegt war – sein Stuhl und sein Schreibtisch standen auf einem erhöhten Podest, sein eigener Stuhl war weitaus massiver als der Gästestuhl, auf dem ich saß, und daß hohe Fenster befand sich hinter seinem Rücken, die Jalousien offen, so daß Mr. Hoover wenig mehr als eine kompakte Silhouette war, wenn die Sonne schien. Aber seit dem strahlenden Morgen hatte sich der Himmel ein wenig bewölkt, das Licht hinter ihm war gedämpft, und ich konnte Hoovers Gesichtszüge deutlich erkennen.

J. Edgar Hoover war an jenem Apriltag im Jahr 1942 – das einzige Mal, daß ich ihm jemals persönlich begegnet bin – sechsundvierzig Jahre alt, und ich studierte ihn, während er gleichzeitig mich studierte. Wenn ich anderen Männern begegnete, war es meine Gewohnheit – *Schwäche* wäre vielleicht das bessere Wort –, sie danach einzuschätzen, wie ich mich ihnen bei einem Faustkampf nähern würde. Körperlich wäre Hoover kein Problem gewesen. Für einen Agenten war er recht klein – exakt meine Größe, hatte ich beim Händeschütteln bemerkt –, aber während ich mich noch für die Kategorie Mittelgewicht qualifiziert hätte, mußte er mindestens zwanzig Pfund schwerer gewesen sein. Er muß rund einen Meter fünfundsiebzig groß gewesen sein und rund neunzig Kilo gewogen haben, deutlich über dem Größe/Gewicht-Verhältnis, das er für seine FBI-Agenten festgelegt hatte. Der erste Eindruck war der von Grobschlächtigkeit, und dieser Eindruck wurde durch die Tatsache betont, daß der gedrungene Torso in die kleinsten Füße überging, die ich je bei einem Mann gesehen hatte. Hoover war makellos gekleidet, sein dunkler Zweireiher maßgeschneidert, seine Krawatte enthielt Rosa- und Burgundertöne, die zu tragen keiner seiner Agenten gewagt hätte, und mir entging auch das passende rosa Taschentuch nicht, das aus der Brusttasche ragte. Sein Haar sah schwarz aus und war so straff am Kopf zurückgekämmt, daß seine charakteristische finstere Miene und die zusammengekniffenen Augen den Eindruck erweckten, als wären sie die Folge einer zu engen Perücke.

Hoover wurde auf populären Karikaturen stets als Bulldogge dargestellt – die zusammengekniffenen Glubschaugen, die plattgedrückte Nase, der kantige, verkniffene Kiefer –, und diese Elemente sah ich ebenfalls alle bei dieser unserer ersten Begegnung, aber ich selbst mußte mehr an einen Pekinesen als eine Bulldogge denken. Hoover bewegte sich schnell – Vorrücken bis zur Mitte des Zimmers, Handschlag und Rückzug hatten keine fünfzehn Sekunden gedauert –, aber er war von einer nervösen, zielstrebigen Energie erfüllt. Hätte ich gegen diesen Mann kämpfen müssen, hätte ich auf seinen

Bauch gezielt – offensichtlich seine zweitempfindlichste Stelle, gleich nach den Hoden –, aber ich hätte verdammt darauf geachtet, ihm nicht den Rücken zuzuwenden, wenn er fiel. Diese Augen und der Mund gehörten einem Mann, der versuchen würde, einen totzubeißen, wenn man ihm Arme und Beine abgetrennt hatte.

»Nun, Special Agent Lucas«, sagte er wieder und schlug eine dicke Personalakte auf, die ganz sicher meine war. Abgesehen von einigen anderen Akten und einem dicken, schwarzen, ledergebundenen Buch wenige Zentimeter von seinem linken Ellbogen entfernt – die Bibel, Geschenk seiner Mutter und ein Gegenstand, von dem wir alle schon gehört hatten – war sein Schreibtisch leer. »Hatten Sie eine angenehme Reise nach Washington, Lucas?«

»Ja, Sir.«

»Wissen Sie, warum ich Sie hergebeten habe, Lucas?« Hoover sprach in einem schnellen, abgehackten Stakkato.

»Nein, Sir.«

Der Direktor nickte, setzte mich aber nicht in Kenntnis. Er blätterte durch mein Leben, als sähe er es zum erstenmal, obwohl ich sicher war, daß er die Akte vor meiner Ankunft gründlich studiert hatte.

»Wie ich sehe wurden Sie 1912 geboren«, sagte Hoover. »In... äh... Brownsville, Texas.«

»Ja, Sir.« Obwohl es sinnlos war, über die Gründe für meinen Rückruf zu spekulieren, hatte ich auf der Fahrt von Mexiko einige Mutmaßungen angestellt. Ich schmeichelte mir nicht damit, daß ich für eine Beförderung oder spezielle Auszeichnung vorgesehen war. Von den meisten anderen der rund viertausend Special Agents, die für J. Edgar Hoover arbeiteten, unterschied mich die Tatsache, daß ich zwei Menschen getötet hatte... drei, wenn man Krivitsky vom letzten Jahr mitzählen wollte. Der letzte Mann beim FBI, der sich einen Ruf als Killer erworben hatte, war der leitende Special Agent Melvin Purvis gewesen, der Agent, dem die Erschießung von John Dillinger und Pretty Boy Floyd zugeschrieben wurde; zwar war allgemein bekannt, daß Purvis keinen der beiden Verbrecher selbst getötet hatte, aber es war auch bekannt, daß Purvis 1935 von Hoover zum Rücktritt gezwungen worden war. Purvis war berühmt geworden... berühmter als sein Direktor, der nie einen Verbrecher persönlich erschossen oder auch nur jemanden festgenommen hatte.

Die Öffentlichkeit sollte nur einen Namen mit dem FBI assoziieren – J. Edgar Hoover. Purvis mußte gehen. Das war ein Grund, warum ich sorgfältig darauf geachtet hatte, keine besonderen Verdienste für mich selbst geltend zu machen – nicht in dem Fall, als wir die letzten Agenten der Abwehr in Mexiko beseitigt hatten, nicht für die beiden Erschossenen in dem dunklen Pueblohaus, als Schiller und sein bezahlter Killer versucht hatten, mich zu töten, nicht für Krivitsky.

»Sie haben zwei Brüder und eine Schwester«, sagte Hoover.

»Ja, Sir.«

Er schaute von der Akte auf und sah mich an. »Eine reichlich kleine Familie für mexikanische Katholiken«, sagte er.

»Mein Vater wurde in Mexiko geboren«, sagte ich. »Meine Mutter war Irin.« Das war die andere Möglichkeit, daß das Bureau erst kürzlich herausgefunden hatte, welcher Nationalität mein Vater war.

»Mexikaner und Irin«, sagte Hoover. »Dann grenzt es an ein Wunder, daß die Familie nur vier Kinder hatte.«

Ein Wunder namens Grippeepidemie und Lungenentzündung, dachte ich, ließ mir aber nichts anmerken.

Hoover studierte wieder die Akte. »Hat man Sie zu Hause José genannt, Agent Lucas?«

Mein Vater, ja. Er war erst im Jahr bevor er starb amerikanischer Staatsbürger geworden. »Der Name, der auf meiner Geburtsurkunde steht, ist Joseph, Mr. Hoover«, sagte ich.

Wenn das der Grund war, warum man mich nach Washington beordert hatte, war ich bereit. Nicht, daß das Bureau diskriminierte. 1942 arbeiteten 5702 Neger als Special Agents beim FBI – ich hatte die Zahl keine Woche vorher in einem Bericht im Büro in Mexico City gesehen. Rund 5690 dieser Special Agents waren in den vergangenen sechs Monaten eingestellt worden – allesamt schwarze Chauffeure, Hausmeister, Köche und Bürohilfen, die Hoover nicht zum Militärdienst einziehen lassen wollte. Hoover hatte hart gearbeitet, um dafür zu sorgen, daß die Special Agents des FBI vom Militärdienst befreit wurden, aber gleichzeitig in den Wochen nach Pearl Harbor alle Special Agents wissen lassen, daß sie sich freiwillig melden konnten, wenn sie wollten, aber kein Platz beim Bureau auf sie warten würde, wenn sie zurückkehrten.

Ich wußte, daß vor Pearl Harbor mindestens fünf Neger G-Männer gewesen waren – natürlich Mr. Hoovers drei Chauffeure, ebenso John Amos und Sam Noisette. Amos war ein alter Mann. Er war Theodore Roosevelts Kammerdiener, persönlicher Leibwächter und Freund gewesen – TR war buchstäblich in Sam Amos' Armen gestorben –, und als Hoover 1924 Direktor des Bureau of Investigation geworden war, stand Amos bereits auf der Gehaltsliste. Ich hatte den alten Farbigen einmal auf dem Schießstand gesehen, wo seine Aufgabe darin bestand, die Waffen zu reinigen.

Sam Noisettes Erfolgsstory war jüngeren Datums; er war als Special Agent Mr. Hoovers Büro persönlich zugeteilt – mich überraschte, daß ich ihn auf dem Weg hierher nicht gesehen hatte – und diente häufig als Musterbeispiel für den wohlmeinenden Umgang des Bureau mit Schwarzen. Als mir einmal jemand einen Artikel in der Zeitschrift *Ebony* zeigte, in dem die enge Verbundenheit zwischen Special Agent Noisette und Mr. Hoover hinausposaunt wurde, mußte ich über folgenden Satz lächeln: »Die Beziehung zwischen den beiden Männern steht buchstäblich für die Beziehungen zwischen den Rassen in der riesigen Behörde.« Das stimmte, aber wahrscheinlich nicht so, wie es der Reporter von *Ebony* gemeint hatte. Noisette – »Mr. Sam«, wie Hoover und alle anderen ihn nannten – war der persönliche Assistent und Majordomus, dem die Aufgabe zufiel, dem Direktor ein trockenes Handtuch zu reichen, wenn Hoover aus seinem privaten Badezimmer kam, oder ihm in den Mantel zu helfen und – am wichtigsten–, die Fliegen zu erschlagen, die J. Edgar Hoover so leidenschaftlich verabscheute, wie er sonst nur die Kommunisten haßte und fürchtete.

Hat man Sie zu Hause José genannt? Hoover sagte mir damit, er… das Bureau… wußte, daß mein Vater zur Zeit meiner Geburt kein amerikanischer Staatsbürger gewesen war, daß ich rein rechtlich gesehen der Sohn eines Bohnenfressers war, eines Einwanderers.

Ich sah dem Pekinesen von einem Mann ins Gesicht und wartete.

»Wie ich sehe, sind Sie als Junge viel herumgekommen, Special Agent Lucas. Texas. Dann Kalifornien. Dann Florida. Dann wieder nach Texas, aufs College.«

»Ja, Sir.«

Hoover betrachtete nach wie vor die Akte. »Ihr Vater starb 1919 in Frankreich, wie ich sehe. Als Folge von Kriegsverletzungen?«

»Grippe«, sagte ich.

»Aber er war dort in der Armee?«

»Ja, Sir.« *In einem Arbeitsbataillon. Das als letztes nach Hause zurück verschifft wurde. Darum war er noch dort und konnte sich auf dem Höhepunkt der Epidemie mit der Grippe anstecken.*

»Ja, ja«, sagte Hoover und tat meinen Vater ab, ohne von der Akte aufzuschauen. »Und Ihre Mutter starb im selben Jahr.« Nun sah er auf und hatte eine dunkle Braue leicht hochgezogen.

»Lungenentzündung«, sagte ich. *Gebrochenes Herz,* dachte ich.

Hoover raschelte mit den Papieren. »Aber Sie und die anderen Kinder kamen nicht in ein Waisenhaus?«

»Nein, Sir. Meine Schwester kam zur Familie meiner Tante.« *In Mexiko,* dachte ich und betete, daß diese Einzelheit nicht in meinem Dossier stand. »Meine beiden Brüder und ich lebten beim Bruder meines Vaters in Florida. Er hatte nur einen Sohn, der ihm auf seinem Fischerboot helfen konnte. Meine Brüder und ich arbeiteten mehrere Jahre bei ihm auf dem Boot, während wir die Schule besuchten – als ich das College absolvierte, kehrte ich jeden Sommer zurück, um für ihn zu arbeiten.«

»Demnach sind Sie mit der Karibik vertraut?« sagte Hoover.

»Eigentlich nicht, Sir. Wir haben auf der Golf-Seite gefischt. Im Sommer arbeitete ich auf einem Charterboot, das um Miami und dann bis Bimini segelte, aber die anderen Inseln haben wir nie zu sehen bekommen.«

»Aber Sie kennen sich mit Booten aus«, sagte Hoover, der mich mit seinen Glubschaugen ausdruckslos musterte. Ich hatte keine Ahnung, was er dachte.

»Ja, Sir. Genug, um auf einem zurechtzukommen.«

Der Direktor sah wieder in die Akte. »Erzählen Sie mir von dem Zwischenfall in Vera Cruz, Special Agent Lucas.«

Ich wußte, daß er meinen zehnseitigen, einzeilig getippten Bericht in der Akte überflog. »Sind Sie, Sir, mit den Einzelheiten der Operation bis zu dem Punkt vertraut, als Schiller von einem Informanten der mexikanischen Polizei einen Hinweis bekam?«

Hoover nickte. Die Sonne war einen Moment herausgekommen, sie leuchtete durch die Jalousien hinter dem Direktor, sorgte genau für den Effekt, den er beabsichtigte. Ich konnte Hoovers Augen nicht mehr sehen – nur die Silhouette seiner breiten Schultern, die auf beiden Seiten über den dunklen Umriß seines Stuhls herausragten… und den Glanz der Sonnenstrahlen auf seinem pomadisierten Haar.

»Ich sollte mich um elf Uhr in dem Haus in der Calle Simón Bolívar treffen und die Übergabe durchführen«, sagte ich. »Genau wie schon Dutzende Male vorher. Ich kam stets mindestens eine Stunde vor dem Treffen hin, um die Lokalität zu überprüfen. Nur waren sie diesmal neunzig Minuten vor dem genannten Termin da. Sie warteten in dem dunklen Haus, als ich zur Eingangstür hineinging. Im letzten Augenblick wurde mir klar, daß sie da waren.«

»Was hat Ihren Verdacht geweckt, Special Agent Lucas?« kam Hoovers Stimme aus der dunklen Silhouette.

»Der Hund, Sir. Bei allen vorherigen Besuchen war ein alter brauner Hund dagewesen, der gebellt hat, als ich kam. Normalerweise sind Hunde in Mexiko nicht so revierbewußt, aber diese Hündin gehörte dem Bauern, der für Schiller auf das Haus aufpaßte. Sie war am Hof angekettet. Der Bauer war zwei Tage zuvor bei unserer Razzia festgenommen worden, die Hündin ausgehungert.«

»Also haben Sie das Tier bellen gehört?«

»Nein, Sir. Ich habe es *nicht* bellen gehört. Ich vermute, die Hündin hatte seit Schillers Ankunft gebellt, und er hat dem Mann in seiner Begleitung gesagt, daß er ihr die Kehle durchschneiden soll.«

Hoover nickte. »Genau wie bei diesem Fall von Sherlock Holmes. Der Hund in der Nacht.«

»Pardon, Sir?«

»Haben Sie Sherlock Holmes nicht gelesen, Special Agent Lucas?«

»Nein, Sir. Ich lese keine erfundenen Geschichten.«

»Erfundene Geschichten? Sie meinen Romane?«

»Ja, Sir.«

»Nun gut, fahren Sie fort. Was geschah dann?«

Ich zerknautschte die Krempe meines Huts, den ich auf dem Schoß liegen hatte. »Nicht viel, Sir. Oder besser gesagt, eine Menge, aber sehr schnell. Ich war schon an der Tür, als mir auffiel, daß der Hund nicht bellte. Ich beschloß, trotzdem reinzugehen. Sie hatten nicht so früh mit mir gerechnet. Sie hatten noch keine guten Schußpositionen gefunden. Ich stürmte schnell rein. Sie schossen auf mich, aber es war dunkel und sie verfehlten mich. Ich erwiderte das Feuer.«

Hoover faltete die Hände wie zum Gebet. »Aus den ballistischen Berichten geht hervor, daß die beiden zusammen mehr als vierzig Schüsse abgefeuert haben. Neun Millimeter. Luger?«

»Lopez, der Auftragskiller, hatte eine Luger«, sagte ich. »Schiller schoß mit einer Schmeisser.«

»Maschinenpistole«, sagte Hoover. »Muß laut in dem kleinen Raum gewesen sein.«

Ich nickte.

»Und Sie haben nur vier Kugeln mit Ihrer .357er Magnum abgefeuert, Special Agent Lucas?«

»Ja, Sir.«

»Zwei Kopfschüsse und ein Treffer im Oberkörper. Auf dem Bauch liegend. In der Dunkelheit. Bei dem ganzen Lärm und Chaos?«

»Ihr Mündungsfeuer hat sie verraten, Sir. Ich war nicht zwangsläufig auf Kopfschüsse aus, sondern habe nur über die Lichtblitze gefeuert. Für gewöhnlich schießt man im Dunkeln etwas höher. Und ich glaube, der Lärm hat Schiller durcheinandergebracht. Lopez war ein Profi. Schiller war Amateur und Narr.«

»Jetzt ein toter Narr.«

»Ja, Sir.«

»Haben Sie die .357er Magnum immer noch, Agent Lucas?«

»Nein, Sir. Ich habe die vorgeschriebene .38er bei mir.«

Hoover sah wieder in die Akte. »Krivitsky«, sagte er leise zu sich selbst.

Ich erwiderte nichts. Wenn ich wegen eines Problems hier war, konnte es das sein. Hoover blätterte Seiten in der dicken Akte um.

General Walter Gregorievit Krivitsky war bis Ende 1937, als er in Den Haag an die Öffentlichkeit gegangen war, um politisches Asyl im Westen gebeten und gesagt hatte, daß er »mit Stalin gebrochen habe«, Chef des NKVD gewesen, des sowjetischen Geheimdienstes in Westeuropa. Niemand bricht mit Stalin und überlebt. Krivitsky war ein Anhänger von Leo Trotzki, der in Mexico City zum Musterbeispiel für dieses ungeschriebene Gesetz geworden war.

Die Abwehr, der Geheimdienst der Deutschen, hatte sich für das interessiert, was Krivitsky wußte. Ein Top-Agent der Abwehr, Commander Traugott Andreas Richard Protze – ehemaliger Spionageabwehrchef des Marine-Nachrichtendienstes –, hatte seine Leute darauf angesetzt, Krivitsky zum Überlaufen zu bewegen, und dieser hatte entschieden, daß ein Luxusleben in Paris seine Fahrkarte in die Sicherheit war. Aber es gab keine Fahrkarte in die Sicherheit. Attentäter der GPU waren von der Sowjetunion unterwegs, und Protzes Abwehragenten allgegenwärtig – einer kam in Krivitskys unmittelbäre Nähe, indem er sich als jüdischer Flüchtling ausgab, der von den Nazis und den Kommunisten gleichermaßen verfolgt wurde –, und so wurde das Leben des ehemaligen NKVD-Agenten mit jeder Minute riskanter.

Krivitsky floh aus Paris in die Vereinigten Staaten, wo sich das FBI und das amerikanische Büro des Marinegeheimdienstes bald zusammen mit Abwehr und GPU an die Verfolgung des kleinen, schlanken Mannes mit den buschigen Brauen machten. Wieder entschied der ehemalige Russe, daß es am sichersten wäre, in der Öffentlichkeit präsent zu sein. Krivitsky schrieb ein Buch – *I Was Stalin's Agent* –, veröffentlichte Artikel in der *Saturday Evening Post* und sagte schließlich vor dem Dies-Komitee über unamerikanische Aktivitäten aus. Bei jedem öffentlichen Auftritt erzählte Krivitsky jedem, der zuhörte, daß er von Attentätern des GPU verfolgt wurde.

Das stimmte natürlich – und der eifrigste unter ihnen war ein Killer mit Namen »Hans der rote Judas«, der gerade aus Europa eingetroffen war, nachdem er Ignace Reiss ermordet hatte, Krivitskys alten Freund und einen weiteren Deserteur des sowjetischen Geheimdienstes. Als 1939 in Europa der Krieg ausbrach, konnte Krivitsky nicht zum Zeitungsstand an der Ecke gehen und sich die neueste Ausgabe von *Look* kaufen, ohne daß ein halbes Dutzend Behörden, ausländische und heimische, über seine Schulter hinweg mitlasen.

Meine Aufgabe war es nicht, Krivitsky zu folgen – dafür hätte ich eine Nummer ziehen und mich hinten anstellen müssen –, sondern »Hans den roten Juden« zu beschatten, den Agenten der Abwehr, der Krivitsky folgte. Das war Dr. Hans Wesemann, ein ehemaliger Marxist, ein höflicher europäischer Mustermann und Spezialist für die Entführung oder Ermordung ehemaliger *émigrés*. Wesemann war mit einem Journalistenpaß in die USA eingereist, aber obwohl das FBI praktisch unmittelbar nach seiner Einreise über seine Anwesenheit informiert worden war, hatte das Bureau Wesemann ignoriert, bis nicht mehr zu übersehen war, daß er es auf Krivitsky abgesehen hatte.

Daher wurde ich im September 1939 in die Staaten zurückgeholt, um an der FBI/BSC-Operation mit dem Ziel teilzunehmen, die Krivitsky-Roter-Judas-Hans-Wesemann-Situation zu unserem Vorteil zu wenden. Wesemann mußte gespürt haben, daß sich Kräfte sammelten, um seinen Versuch zu vereiteln, Krivitsky zu schnappen, denn der Abwehr-Agent bat Kommandant Protze, seinen Vorgesetzten, um die Erlaubnis, das Land verlassen und untertauchen zu dürfen. Das erfuhren wir später, weil die Briten den Code der Deutschen geknackt hatten und uns ab und an solche Brosamen zuspielten. Protze konferierte mit Admiral Canaris, dem Chef der Abwehr, und Ende September 1939 befand sich Wesemann an Bord eines japanischen Schiffes auf dem Weg nach Tokio. Dorthin konnten sie ihm nicht folgen, aber ONI und BSC der Briten konnten – und taten es auch –, und sie informierten uns sofort darüber, als Wesemann in Tokio eintraf, wo er auf der Stelle eine Kabeldepesche von Protze erhielt, mit der er ihn in die Vereinigten Staaten zurückbeorderte.

Das ist der Punkt, an dem ich ins Spiel kam. Ich war im vergangenen Herbst nach Washington gebracht worden, weil wir gehofft hatten, daß Wesemann in Mexiko landen würde, dem Zentrum der meisten Operationen der Abwehr in dieser Hemisphäre. Statt dessen verbrachte der Deutsche Oktober und November 1940 in Nicaragua und wartete auf seine Rückkehr in die Vereinigten Staaten. Die Organisation der Abwehr in Nicaragua war lückenlos, daher nahm Wesemanns Sorge um seine eigene Sicherheit Krivitskysche Ausmaße an. Eines Abends wurde der elegante Wesemann von drei Straßenräubern überfallen und entging nur durch das beherzte Eingreifen eines verkommenen, ausgebürgerten amerikanischen Seemanns der Handelsmarine ernsthaften Verletzungen, der sich in das Handgemenge einmischte und sich eine gebrochene Nase und eine Messerwunde an den Rippen holte, ehe es ihm gelang, die Angreifer in die Flucht zu schlagen. BSC und SIS hatten die drei Straßenräuber bezahlt, Wesemann anzugreifen, und sich darauf verlassen, daß ich aufgrund meiner Nahkampfausbildung siegreich bleiben würde, als ich mich in die Schlägerei einmischte. Die drei Idioten hätten mich beinahe umgebracht.

Meine Tarnung war einfach und umfassend – ich war ein nicht besonders heller, aber hin und wieder brutaler, durchtrainierter Seemann und Ex-Boxer, unehrenhaft entlassen, weil er seinen Bootsmann verprügelt hatte, auf der Flucht vor der Polizei von Managua, die ihn suchte, um sämtliche Papiere und seinen amerikanischen Paß gekommen und bereit, fast alles zu tun, um diesem Höllenloch zu entkommen und zurück in die Staaten zu gelangen. In den folgenden zwei Monaten mußte ich in den Diensten von Wesemann *wirklich* fast alles tun – eingeschlossen Kurierdienste für die Gruppe resignierter Agenten der Abwehr in Panama, die seit zwei Jahren den Kanal beobachteten, und wieder Leibwächter für den Aristokraten spielen, diesmal bei einem echten Angriff durch einen russischen Agenten mit Händen wie Schaufeln –, bis Wesemann Vertrauen in mich setzte und offen vor mir sprach. Der hirngeschädigte alte Joe verstand kaum Englisch, aber Special Agent Lucas hatte keine Mühe mit dem Deutsch, Spanisch und Portugiesisch der Gruppe.

Als Wesemann im Dezember grünes Licht bekam, wieder in die Staaten einzureisen, war ich der einzige Handlanger, den er mitnahm. Die Abwehr war so freundlich, einen gefälschten Paß für mich anzufertigen.

Ich konnte sehen, wie J. Edgar Hoover die letzten Seiten seines offiziellen/vertraulichen Berichts durchblätterte. Hoover selbst hatte den SIS – den Special Intelligence Service – Anfang 1940 als selbständige Abteilung des FBI gegründet, der eng mit der British Security Coordination zusammenarbeitete und die Spionageabwehr in Lateinamerika aufbaute. Aber der SIS arbeitete mit Methoden, die denen des britischen Militärgeheimdienstes näherstanden als der Vorgehensweise des FBI, und mich hätte erstaunt, wenn das Hoover nicht nervös gemacht hätte. Als Beispiel – FBI-Agenten hatten rund um die Uhr erreichbar zu sein; für Tom Dillon war es ein Grund zur Entlassung, wenn er sein Büro mehr als eine oder zwei Stunden verließ und nicht angerufen werden konnte. Als ich in Nicaragua, New York und Washington an dem Fall Wesemann arbeitete, hatte ich manchmal mehr als eine Woche keinen Kontakt mit meinen Vorgesetzten oder Einsatzleitern gehabt. So war es eben bei der verdeckten Spionageabwehr.

Wie auch immer, ich hatte Silvester 1940 in New York mit Dr. Wesemann und drei anderen Agenten der Abwehr verbracht. Dr. Wesemann und seine Freunde besuchten ein halbes Dutzend der besten Nachtclubs in New York – kaum das unauffällige Verhalten, das man von seriösen Spionen erwartet –, während der alte Leibwächter Joe draußen neben dem Auto im Schnee stand, die Jubelrufe aus Richtung des Times Square hörte und hoffte, daß sein Arsch nicht abfröre, bis die ausgelassenen Sauerkrautfresser genug hatten. Zu dem Zeitpunkt war der arme Walter Krivitsky nicht nur für den NKVD und Josef Stalin peinlich geworden, sondern auch für die Abwehr und das FBI. Der verängstigte Agent hatte alles ausgeplaudert, was er über das mittlerweile seit fünf Jahren überholte russische Geheimdienstnetz in Europa wußte und wollte nun im Licht der Öffentlichkeit bleiben, indem er alle Einzelheiten über das deutsche Netz preisgab, das zu vernichten einmal seine Aufgabe gewesen war. Die GPU-Killer waren immer noch hinter ihm her. Und dann kam über Protze die Anweisung von Canaris an Dr. Wesemann, daß Krivitsky nicht mehr entführt und verhört, sondern nur noch eliminiert werden sollte.

Wesemann übertrug diese Aufgabe seinem Vertrauten, dem dummen, unwissenden und brutalen gedungenen Schurken. Er übertrug es mir.

Ende Januar verließ Krivitsky New York und floh. Ich folgte ihm nach Virginia, wo ich Kontakt mit ihm aufnahm und mich als Agent von FBI und SIS zu erkennen gab, der ihn vor der Abwehr und der GPU beschützen konnte. Zusammen reisten wir über Washington, D.C., zurück, wo er am Abend des 9. Februar 1941, einem Sonntag, im Hotel Bellevue in der Nähe der Union Station abstieg. Es war eine kalte Nacht. Ich ging zum nächstgelegenen Imbiß und kam mit einer fettigen weißen Tüte voller Sandwiches und zwei ekligen Kaffees zurück. Wir aßen die Sandwiches zusammen in seinem Zimmer im vierten Stock.

Am nächsten Morgen fand das Zimmermädchen Krivitsky tot und mit einer Waffe in der Hand, die nicht seine eigene war, in seinem Bett. Die Tür seines Zimmers war abgeschlossen, und es gab keine Feuerleiter vor dem Fenster. Die Detectives der Washingtoner Polizei schlossen auf Selbstmord.

Dr. Hans Wesemann stand zu seinem Wort; er hatte gesagt er würde mich außer Landes bringen, und das tat er auch – per Bahn, Auto und zu Fuß nach Mexiko, wo ich mich zum weiteren Dienst bei einem gewissen Franz Schiller melden sollte. Ich gehorchte. In den nächsten zehn Monaten entlarvten wir mit Hilfe des BSC und des dortigen regulären FBI-Büros achtundfünfzig Agenten der Abwehr in Mexiko und zerstörten damit effektiv ihre Operationsbasis in diesem Land.

Hoover sah von der Akte auf. »Krivitsky«, sagte er wieder und sah mich an. Die Sonne war wieder hinter Wolken verschwunden, daher konnte ich die dunklen Augen des Direktors sehen, deren Blick sich in meinen bohrte. In meinem Bericht stand zu lesen, wie ich drei Tage mit Krivitsky geredet und ihm die Ausweglosigkeit seiner Situation verdeutlicht hatte. Die Waffe, die neben seiner Hand gefunden wurde, war selbstverständlich meine gewesen. Ich konnte die Frage in Hoovers schwarzen Augen sehen – *Haben Sie ihn getötet, Lucas? Oder haben Sie ihm eine geladene Waffe in die Hand gedrückt, ohne zu wissen, ob er sie auf Sie oder sich selbst richten würde, um danach daneben zu sitzen, während er sich das Hirn weggepustet hat?*

Der Augenblick zog sich in die Länge. Der Direktor räusperte sich und blätterte Seiten der Personalakte durch.

»Sie wurden im Camp X ausgebildet.«

»Ja«, sagte ich, obwohl es keine Frage gewesen war.

»Was haben Sie davon gehalten?«

Camp X war das Hauptquartier des BSC in Kanada, in der Nähe von Oshawa, nicht weit von Toronto entfernt am Ontariosee. Auch wenn das Zentrum einen melodramatischen Namen hatte – »Camp X« hörte sich für mich immer nach einem billigen Kinofilm an –, war seine Aufgabe todernst: Britische Guerillas und britische Spionageagenten wurden dort zum weltweiten Einsatz ausgebildet, und auch einige FBI-Agenten, die neu in der gefährlicheren, brutaleren Welt der Spionage waren, durften an dieser Ausbildung teilnehmen. Wir alle vom SIS hatten unsere Grundausbildung im Camp X erhalten. Dazu gehörte das Sondieren von Post – sie abzufangen und zu fotografieren und anschließend wieder den normalen Zustellkanälen zuzuführen –, ebenso wie die Kunst und Wissenschaft der Durchführung von Überwachungsaufgaben; persönliche, fotografische und elektronische Beobachtungstechniken; Ausbildung in tödlichem Zweikampf; fortgeschrittener Kryptographie; Ausbildung an exotischen Waffen; Funktechnik und vieles mehr.

»Ich fand sie sehr effizient, Sir«, sagte ich.

»Besser als Quantico?« fragte Hoover.

»Anders«, sagte ich.

»Sie kennen Stephenson persönlich«, sagte Hoover.

»Ich bin ihm mehrmals begegnet, Sir.« Stephenson war William Stephenson, ein kanadischer Millionär und Chef aller Einsätze des BSC. Winston Churchill persönlich hatte Stephenson 1940 mit zwei Direktiven in die USA geschickt: die offizielle war, eine weitverzweigte Operation des MI6 in den Vereinigten Staaten zu beginnen, um Agenten der Abwehr aufzuspüren; die inoffizielle war, Amerika zum Eintritt in den Krieg zu bewegen, koste es, was es wolle.

Ich war nicht auf Mutmaßungen angewiesen, was diese beiden Direktiven betrifft. In Camp X war eines meiner Ziele, die Briten auszuspionieren, und das setzte ich in die Tat um – es war die schwierigste und gefährlichste Aufgabe meiner gesamten Laufbahn bis zu diesem Zeitpunkt – und fotografierte nicht nur Churchills private Aktennotiz für Stephenson, sondern auch den Plan des Hauptquartiers, 1942 Guerillas in die Tschechoslowakei einzuschleusen, um Reinhard Heydrich, den Chef der Gestapo, zu ermorden.

»Beschreiben Sie ihn«, bellte Hoover.

»William Stephenson?« fragte ich verdattert. Ich wußte, Direktor Hoover kannte Stephenson, hatte mit ihm zusammengearbeitet, als die Kanadier zum erstenmal ins Land gekommen waren. Hoover brüstet sich gern damit, daß er sich den Namen British Security Coordination für die Operation ausgedacht hatte.

»Beschreiben Sie ihn«, wiederholte der Direktor.

»Gutaussehend«, sagte ich. »Klein. Bantamgewicht. Trägt gern dreiteilige Savile-Row-Anzüge. Still, aber sehr selbstbewußt. Läßt sich nie fotografieren. Er war mit dreißig schon Multimillionär … hat etwas erfunden, um Fotografien per Funk zu übertragen. Keine spezielle Geheimdienstausbildung, aber er ist ein Naturtalent, Sir.«

»Sie haben in Camp X mit ihm geboxt«, sagte Hoover und sah wieder in die Akte.

»Ja, Sir.«

»Wer hat gewonnen?«

»Es waren nur ein paar Sparringsrunden, Sir. Technisch gesehen hat keiner von uns gewonnen, weil –«

»Aber Ihrer Meinung nach, Agent Lucas, wer hat gewonnen?«

»Ich hatte eine größere Reichweite als er, Sir. Und mehr Gewicht. Aber er war der bessere Boxer. Er hätte jede Runde nach

Punkten gewonnen, wenn ein Schiedsrichter dabei gewesen wäre. Er schien imstande zu sein, jede Menge Treffer einzustecken, ohne zu Boden zu gehen, und er liebte den Nahkampf. Er hat gewonnen.«

Hoover grunzte. »Und Sie glauben, er ist ein guter Leiter der Spionageabwehr?«

Mit ziemlicher Sicherheit der beste der Welt, dachte ich. Ich sagte: »Ja, Sir.«

»Kennen Sie einige der prominenten Amerikaner, die er angeworben hat, Lucas?«

»Ja, Sir«, sagte ich. »Errol Flynn, Greta Garbo, Marlene Dietrich... einen Krimischreiber namens Rex Stout... und er benützt Walter Winchell und Walter Lippmann, damit er Nachrichten bekommt, die er bekannt werden lassen will. Rund zweitausend Leute arbeiten für ihn, darunter etwa dreihundert amerikanische Amateure wie die, die ich genannt habe.«

»Errol Flynn«, murmelte J. Edgar Hoover und schüttelte den Kopf. »Gehen Sie ins Kino, Lucas?«

»Ab und zu, Sir.«

Hoover ließ wieder sein spezielles Lachen sehen. »Erfundene Geschichten stören Sie nicht, solange sie auf der Leinwand sind, und nicht gedruckt, hm, Lucas?«

Darauf wußte ich keine Antwort, also sagte ich nichts.

Hoover ließ sich in seinem Sessel zurücksinken und betrachtete die umfangreiche Akte. »Special Agent Lucas, ich habe eine Aufgabe für Sie auf Kuba. Ich möchte, daß Sie morgen vormittag dorthin fliegen.«

»Ja, Sir«, sagte ich und dachte: *Kuba?* Was war auf Kuba? Ich wußte, daß das FBI dort präsent war, wie überall in dieser Hemisphäre, aber ganz sicher mit nicht mehr als zwanzig Agenten. Ich erinnerte mich, daß Raymond Leddy, ein Attaché in der Botschaft in Havanna, der Kontaktmann des Bureau auf der Insel war. Davon abgesehen wußte ich nichts von Operationen auf Kuba. Die Abwehr war dort ganz sicher nicht sehr aktiv – jedenfalls meines Wissens.

»Kennen Sie einen Schriftsteller namens Ernest Hemingway?« fragte Hoover und stützte sich in dem schweren Bürostuhl auf den Ellbogen. Die Kiefer hatte er so fest zusammengebissen, daß ich fast seine Zähne mahlen hören konnte.

»Nur aus Zeitungsberichten«, sagte ich. »Ist er nicht Großwildjäger? Macht eine Menge Geld. Freund von Marlene Dietrich. Seine Bücher werden verfilmt. Ich glaube, er lebt auf Key West.«

»Lebte«, sagte Hoover. »Er ist vor ein paar Jahren nach Kuba gezogen. Hat seit Jahren Zeit dort verbracht. Er und seine dritte Frau wohnen jetzt dort, ganz in der Nähe von Havanna.«

Ich wartete.

Hoover seufzte, streckte den Arm nach der Bibel auf seinem Schreibtisch aus, berührte sie und seufzte wieder. »Hemingway ist ein Schwindler, Special Agent Lucas. Ein Lügner und Schwindler, wahrscheinlich ein Kommunist.«

»Inwiefern ein Lügner, Sir?« *Und warum kümmert das Bureau das?*

Hoover lächelte wieder. Nur ein kurzes Zucken seiner Lippen und ein noch kürzeres Aufblitzen seiner kleinen weißen Zähne. »Sie werden die Akte gleich zu sehen bekommen«, sagte der Direktor. »Aber ein Beispiel… nun, dieser Hemingway war im Ersten Weltkrieg Ambulanzfahrer in Italien. Ein Mörsergeschoß explodierte in seiner Nähe, er wurde mit Schrapnellwunden ins Lazarett eingeliefert. Seither erzählt Hemingway Reportern, daß er auch von großkalibrigen Maschinengewehrkugeln getroffen wurde – unter anderem in die Kniescheibe –, trotzdem will er einen verwundeten italienischen Soldaten hundertfünfzig Meter bis zu einem Gefechtsstand getragen haben, ehe er selbst zusammenbrach.«

Ich konnte nur nicken. Wenn Hemingway das gesagt hatte, *war* er ein Lügner. Eine Knieverletzung ist eine der schmerzhaftesten Angelegenheiten, die man sich vorstellen kann. Wenn dieser Hemingway Schrapnellsplitter ins Knie bekommen hatte und nur noch ein paar Meter gelaufen wäre, ganz zu schweigen davon, einen verwundeten Mann zu tragen, mußte er ein verdammt zäher Hurensohn sein. Wenn dieser Schriftsteller behauptete, daß er von einem Maschinengewehr in Knie und Bein getroffen worden war und jemanden noch hundertfünfzig Meter getragen hatte, war der Mann ein Lügner. Na und?

Hoover schien in meinem Gesicht zu lesen, auch wenn ich sicher war, daß ich außer höflicher Aufmerksamkeit keinen Ausdruck gezeigt hatte.

»Hemingway möchte einen Spionageabwehr-Ring auf Kuba einrichten«, sagte der Direktor. »Er hat am Montag mit Ellis Briggs und Bob Joyce in der Botschaft gesprochen und hat am Freitag einen

Termin bei Spruille Braden, um den Vorschlag offiziell zu unterbreiten.«

Ich nickte. Heute war Mittwoch. Hoover hatte mich am Dienstag benachrichtigt.

»Ich glaube, Sie kennen Botschafter Braden«, sagte der Direktor.

»Ja, Sir.« Ich hatte mit Braden gearbeitet, als er im vergangenen Jahr in Kolumbien stationiert gewesen war; heute war er der amerikanische Botschafter auf Kuba.

Hoover sagte: »Sie haben eine Frage?«

»Ja, Sir. Warum wird einem Zivilisten... einem Schriftsteller... gestattet, die Zeit des Botschafters damit zu vergeuden, offiziell den hirnrissigen Vorschlag zu unterbreiten, einen Spionagering zu leiten?«

Hoover rieb sich das Kinn. »Hemingway hat eine Menge Freunde auf der Insel«, sagte der Direktor. »Viele sind Veteranen des Spanischen Bürgerkriegs. Hemingway behauptet, daß er 1937 ein Netz verdeckter Agenten in Madrid ins Leben gerufen hat –«

»Stimmt das, Sir?«

Hoover blinzelte wegen der Unterbrechung, wollte etwas sagen, schüttelte dann aber den Kopf und meinte nur: »Nein. Hemingway war in Spanien, aber nur als Korrespondent. Das Geheimdienstnetz scheint eine Ausgeburt seiner Phantasie zu sein, auch wenn er Kontakte zu den wenigen kommunistischen Agenten dort unterhielt. Die Kommunisten haben ihn schamlos benutzt, um ihre Nachrichten außer Landes zu bringen... und er ließ es zu, daß sie ihn schamlos benutzten. Das steht alles in der Akte, die ich Ihnen heute zu lesen geben werde.«

Hoover beugte sich über seinen Schreibtisch und faltete wieder die Hände. »Special Agent Lucas, ich möchte, daß Sie nach Kuba fliegen und dort eigens als Verbindungsmann zu Hemingway und seiner albernen Geheimdienstorganisation fungieren. Sie werden verdeckt arbeiten und Hemingway von der Botschaft zugeteilt werden, aber nicht das FBI repräsentieren.«

»Wen soll ich dann repräsentieren, Sir?«

»Botschafter Braden wird Hemingway mitteilen, daß Ihr Einsatz eine Grundvoraussetzung dafür sein wird, daß die Botschaft seinem Plan zustimmt. Sie werden als Agent des SIS vorgestellt, der auf Spionageabwehr spezialisiert ist.«

Ich mußte lächeln. Hoover hatte gesagt, dies wäre ein verdeckter Einsatz, aber das entsprach meiner wahren Identität. »Wird Hemingway nicht kapieren, daß der SIS das FBI ist?«

Der Direktor schüttelte den kantigen Schädel, so daß sich das Deckenlicht in seinem pomadisierten Haar spiegelte. »Wir glauben, daß er nicht einmal die grundlegendsten Fakten über Spionage und Spionageabwehr versteht, geschweige denn die Einzelheiten der Organisation der Jurisdiktion. Außerdem wird Botschafter Braden Hemingway versichern, daß Sie nur von ihm – von Hemingway – Befehle entgegennehmen und ohne Hemingways Erlaubnis keine Berichte an die Botschaft oder andere Kontaktpersonen übermitteln.«

»Und wem werde ich in Wahrheit Meldung machen, Sir?«

»Sobald Sie in Havanna eintreffen, wird man sich mit Ihnen in Verbindung setzen«, sagte Hoover. »Wir arbeiten außerhalb der Botschaft und der FBI-Organisation vor Ort. Im wesentlichen wird es nur einen Einsatzleiter zwischen Ihnen und mir geben. Die Einzelheiten der Kontaktaufnahme stehen in den Unterlagen, die Miss Gandy Ihnen aushändigen wird.«

Ich bemühte mich um einen unbeteiligten Gesichtsausdruck, war aber schockiert. Was konnte so wichtig sein, daß es nur einen Puffer zwischen mir und dem Direktor persönlich gab? Hoover liebte das System, das er geschaffen hatte, und haßte Leute, die es umgingen. Was konnte rechtfertigen, die Hierarchie so außer Kraft zu setzen? Ich hielt den Mund und wartete.

»Sie haben eine Reservierung für den Flug morgen früh nach Havanna, über Miami«, sagte der Direktor. »Sie werden morgen kurz mit Ihrem Einsatzleiter Kontakt aufnehmen und am Freitag bei der Sitzung anwesend sein, wenn Hemingway dem Botschafter seinen Plan unterbreitet. Dem Plan wird zugestimmt werden. Man wird Hemingway gestatten, sein albernes Spiel zu spielen.«

»Ja, Sir«, sagte ich. Vielleicht war das die Degradierung, mit der ich gerechnet hatte – daß ich auf ein vollkommen irrelevantes Abstellgleis geschoben wurde und so lange alberne Spielchen spielen mußte, bis ich es nicht mehr ertragen konnte und kündigte oder mich zur Armee meldete.

»Wissen Sie, wie Hemingway laut Bob Joyce und Ellis Briggs seine Organisation nennen möchte?« fragte Hoover gepreßt.

»Nein, Sir.«

»Crime Shop.«

Ich schüttelte den Kopf.

»Hier sind Ihre Befehle«, sagte Hoover und beugte sich weit über seinen Schreibtisch zu mir. »Erringen Sie Hemingways Vertrauen, Special Agent Lucas. Berichten Sie mir, wer der Mann ist. *Was* er ist. Wenden Sie Ihr ganzes Geschick auf, um die Wahrheit über diesen Schwindler herauszufinden. Ich will wissen, was ihn antreibt und was er wirklich will.«

Ich nickte und wartete.

»Und halten Sie mich auf dem laufenden, was seine alberne Organisation auf Kuba treibt, Lucas. Ich will Einzelheiten. Tägliche Berichte. Pläne, falls erforderlich.«

Der Direktor schien fertig zu sein, aber ich spürte, daß noch etwas kam.

»Dieser Mann mischt sich auf einem Gebiet ein, auf dem mehrere diffizile Einsätze und Fragen der nationalen Sicherheit zu bedenken sind«, sagte der Direktor schließlich und lehnte sich in seinen Stuhl zurück. Donner grollte außen vor den Jalousien. »Hemingway kann nur Mist bauen«, fuhr Hoover fort. »Ihre Aufgabe besteht darin, uns wissen zu lassen, was er treibt, damit wir den Schaden begrenzen können, den er mit seinem amateurhaften Herumpfuschen wahrscheinlich anrichten wird. Und Sie werden – auf unseren Befehl hin – auch eingreifen, um das schlimmste Herumpfuschen zu verhindern. Aber bis dieser Befehl erfolgt, wird Ihr Job genau darin bestehen, was wir Hemingway weismachen – Berater, Attaché, Assistent, verständnisvoller Beobachter und Handlanger.«

Ich nickte zum letztenmal und nahm den Hut vom Schoß.

»Sie werden heute noch die OV-Akte über den Schriftsteller lesen«, sagte der Direktor. »Aber Sie werden sie sich einprägen müssen.«

Das verstand sich von selbst. Keine OV-Akte verließ jemals dieses Gebäude.

»Miss Gandy wird Ihnen die Akte für genau zwei Stunden aushändigen«, sagte Hoover, »und Ihnen ein ruhiges Zimmer zuweisen, in dem Sie lesen können. Ich glaube, der stellvertretende Direktor Tolson ist heute nicht in seinem Büro. Es ist eine umfangreiche

Akte, aber zwei Stunden sollten genügen, wenn Sie schnell lesen.« Der Direktor stand auf.

Ich stand ebenfalls auf.

Wir schüttelten einander nicht mehr die Hände. Hoover kam ebenso schnell und zielstrebig um den Schreibtisch herum wie bei der Begrüßung, aber diesmal durchquerte er das Büro, öffnete die Tür und bat Miss Gandy um die Akte, während er eine Hand am Türknauf ließ und mit der anderen an dem Taschentuch in seiner Brusttasche herumspielte.

Ich ging zur Tür hinaus und drehte mich dabei um, damit ich dem Direktor nicht den Rücken zudrehte.

»Special Agent Lucas«, sagte Hoover, derweil Miss Gandy in der Nähe wartete.

»Ja, Sir?«

»Dieser Typ Hemingway ist ein Schwindler, aber es heißt, daß er einen gewissen rustikalen Charme besitzt. Lassen Sie sich von diesem Charme nicht becircen und vergessen Sie nicht, für wen Sie arbeiten und was Sie möglicherweise tun müssen.«

»Ja, Sir … ich meine, nein, Sir.«

Hoover nickte und machte die Tür zu. Ich sah ihn nie wieder.

Ich folgte Miss Gandy in Tolsons Büro.

4

Das Flugzeug von Washington nach Miami am nächsten Morgen war überfüllt und laut, aber der Anschlußflug nach Havanna fast leer. In den wenigen Minuten, bevor Ian Fleming sich neben mich setzte, hatte ich Zeit, über J. Edgar Hoover und Ernest Hemingway nachzudenken.

Miss Gandy war lange genug bei mir im Büro des stellvertretenden Direktors Tolson geblieben, um sicherzustellen, daß ich auf einem der Gästestühle Platz nahm, und nicht etwa auf dem von Mr. Tolson, und dann schlich sie fast auf Zehenspitzen hinaus und machte leise die Tür zu. Ich ließ mir einen Moment Zeit und sah mich in Clyde Tolsons Raum um: das übliche Büro eines Washingtoner Bürokraten – an den Wänden wie Trophäen Bilder, die den Mann zeigten, wie er von FDR bis hin zu einer sehr jungen Shirley

Temple praktisch jedem die Hand schüttelte; jede Menge Fotografien von Urkunden und Auszeichnungen, die ihm von J. Edgar Hoover ausgehändigt worden waren, und sogar eine Aufnahme eines nervösen Tolson, der hinter einer enormen Filmkamera in Hollywood stand und offenbar als Berater für einen vom FBI sanktionierten Film oder eine Dokumentation fungierte. Hoovers Büro war eine bemerkenswerte Ausnahme von diesem standardmäßig mit Fotografien geschmückten Büro-Typ gewesen: Ich erinnere mich, daß bei ihm nur ein Foto an der Wand hing – ein Porträt von Harlan Fiske Stone, dem ehemaligen Generalstaatsanwalt, der Hoover 1924 für den Posten des Direktors des Bureau of Investigation vorgeschlagen hatte.

Im Büro des stellvertretenden Direktors hingen keine Bilder von Clyde Tolson und J. Edgar Hoover, die sich küßten oder Händchen hielten.

Bis in die dreißiger Jahre zurück gab es Gerüchte, versteckte Andeutungen und sogar ein paar fiese gedruckte Artikel – besonders einen in *Colliers*, von einem Schreiber namens Ray Tucker –, in denen angedeutet wurde, daß Hoover eine Schwuchtel war und etwas Merkwürdiges zwischen ihm und Clyde Tolson, seinem engsten Mitarbeiter, vor sich ging. Alle aus meinem Bekanntenkreis, die den Direktor und seinen Assistenten seit Jahren kannten, hielten diese Geschichten für reinen Quatsch. Ich auch. J. Edgar Hoover war ein Muttersöhnchen – er hatte bei seiner Mutter gelebt, bis sie starb – da war er zweiundvierzig –, und sowohl er wie auch Tolson waren außerhalb des Büros schüchterne, sozial gehemmte Typen, aber allein in den wenigen Minuten in Gegenwart des Direktors hatte ich eine Unterströmung presbyterianischer Sonntagsschul-Korrektheit gespürt, die ein derartiges geheimes Leben undenkbar machte.

Meine Persönlichkeit und die Ausbildung beim SIS machten mich theoretisch zu einem Experten in der Beurteilung von Menschen – darin, mich einem potentiellen verdeckten Agenten zu nähern und die verborgene Persönlichkeit tief im Inneren der konstruierten Person aufzuspüren. Aber die Vorstellung, ein paar Minuten in Hoovers Gegenwart, und noch weniger in Tolsons Büro, könnten mir etwas über die beiden Männer verraten, war absurd. Wie auch immer, nach diesem Tag stellte ich die Beziehungen zwischen dem Direktor und dem stellvertretenden Direktor nie wieder in Frage.

Als ich damit fertig war, Tolsons Wände zu bewundern, schlug ich Hemingways Akte auf und fing an zu lesen. Hoover hatte mir die Akte zwei Stunden lang anvertraut. Es war keine besonders umfangreiche Akte, aber man hätte die vollen zwei Stunden brauchen können, um alle einzeilig getippten Berichte und Ausrisse von Zeitungartikeln zu lesen. Ich brauchte keine zwanzig Minuten, um alles zu lesen und es mir perfekt einzuprägen.

1942 war ich noch nicht auf den Begriff »fotografisches Gedächtnis« gestoßen, wußte aber, daß ich über diese Gabe verfügte. Es war kein Können ... ich hatte es nicht gelernt ... aber mich an Seiten mit Gedrucktem oder komplexe Fotografien mit absoluter Präzision zu erinnern, sie buchstäblich *im Geiste vor mir zu sehen*, wenn ich sie mir vergegenwärtigte, das war ein Talent, das ich schon in der Kindheit gehabt hatte. Vielleicht war das ein Grund, weshalb mir Bücher mit erfundenen Geschichten nicht zusagten: Sich an Bände voller Lügen zu erinnern, Wort für Wort und Bild für Bild, war eine niederschmetternde Last.

Mr. Ernest Hemingways Akte bot keine besonders anregende Lektüre. Sie enthielt das Standardformblatt des biografischen Hintergrunds – das erfahrungsgemäß von sachlichen Fehlern strotzte: Ernest Miller Hemingway war am 21. Juli 1899 in Oak Park, Illinois – damals noch ein eigenständiges Dorf in Chicago –, geboren worden. Es war vermerkt, daß er als zweites von sechs Kindern zur Welt gekommen war, aber die Namen der Geschwister standen nirgends zu lesen. Name des Vaters: Clarence Edmonds Hemingway. Als Beruf des Vaters war »Arzt« angegeben, der Mädchenname der Mutter lautete Grace Hall.

Nichts über Ernest Hemingways Kindheit und Jugend, davon abgesehen, daß er seinen Abschluß an der Oak Park High School gemacht, kurz für den *Kansas City Star* gearbeitet und versucht hatte, während des Ersten Weltkrieges in die Armee einzutreten. Eine Kopie des Ablehnungsschreibens war beigefügt – Sehschwäche. Am unteren Rand des Ablehnungsschreibens hatte jemand, offensichtlich vom Bureau, handschriftlich vermerkt: »Ging als Ambulanzfahrer zum Roten Kreuz – Italien – im Juli 1918 bei Fossalta di Piave durch Mörsergeschoß verwundet.«

Am Ende des biographischen Abrisses fanden sich die persönlichen Informationen: »Heiratete Hadley Richardson 1920, geschieden 1927; heiratete Pauline Pfeiffer 1927, geschieden 1940; heiratete Martha Gellhorn 1940...«

Unter »Beruf/Anstellung« war das Formblatt kurz und bündig: »Hemingway behauptet, daß er seinen Lebensunterhalt als Schriftsteller verdient und Romane wie *Fiesta, In einem anderen Land, Haben und Nichthaben* und *Der große Gatsby* geschrieben hat.«

1935 schien der Schriftsteller dem Bureau zum erstenmal aufgefallen zu sein, als er einen Artikel mit dem Titel »Who Murdered The Vets?« in der linksliberalen Zeitschrift »New Masses« veröffentlichte. Auf rund zehn Manuskriptseiten – herausgerissen und dieser OV-Akte des FBI beigefügt – hatte Hemingway die Folgen des Hurrikans beschrieben, der am Labor Day 1935 über die Florida Keys hinweggefegt war. Es war der verheerendste Sturm des Jahrhunderts gewesen und hatte viele Menschenleben gekostet, darunter die von fast tausend CCC-Arbeitern – überwiegend Veteranen – in den Lagern auf den Keys. Der Schriftsteller befand sich offenbar an Bord eines der ersten Boote, die den Ort der Verwüstung erreichten, und schien beinahe Vergnügen bei der Beschreibung zweier Frauen zu empfinden, »nackt, auf den Bäumen am Wasser, aufgedunsen und stinkend, ihre Brüste groß wie Ballons, Fliegen zwischen ihren Beinen.« Aber beim größten Teil des Artikels handelte es sich um eine Polemik gegen die Regierung und die Washingtoner Bürokraten, die die Arbeiter an einen derart gefährlichen Ort geschickt und es dann nicht geschafft hatten, sie zu retten, als der Sturm losbrach.

»Wohlhabende Leute, Bootsbesitzer, Angler wie Präsident Hoover und Präsident Roosevelt«, meiden die Keys während der Hurrikansaison, um ihre Jachten und ihren Besitz keiner Gefahr auszusetzen, schrieb Hemingway. »Aber Veteranen, speziell auf finanzielle Zuwendung angewiesene Veteranen, sind kein Besitz. Sie sind nur menschliche Wesen und haben nichts als ihr Leben zu verlieren.« Hemingway erhob den Vorwurf des Totschlags gegen die Bürokraten.

Es waren Ermittlungsakten enthalten, aber dabei handelte es sich im wesentlichen nur um Kopien von Berichten über andere Leute – mehrheitlich Amerikaner oder kommunistische Agenten, oder beides, die am Spanischen Bürgerkrieg teilgenommen hatten –, in denen Hemingway nur beiläufig erwähnt wurde. Linke Intellektuelle hatten sich 1937 von Madrid angezogen gefühlt wie Fliegen von Scheiße, ein großes Aufhebens um Hemingways Teilnahme zu machen, kam mir albern vor. Hemingways Hauptlieferant von Material und Hintergrundinformationen im Hotel Gaylord's war Michail Koltsov gewesen, ein junger, intellektueller Korrespondent von *Prawda* und *Iswestija*, und der amerikanische Schriftsteller schien alles, was der Kommunist ihm zugespielt hatte, als ein wahres Evangelium betrachtet zu haben.

In weiteren Berichten wurde erschrocken auf Hemingways Rolle in dem Propagandafilm *The Spanish Earth* hingewiesen – der Schriftsteller hatte darin die Rolle des Erzählers übernommen und auf Partys gesprochen, mit denen finanzielle Mittel für das linke Projekt gewonnen werden sollen –, aber mir kam es kaum subversiv vor. Zwei Drittel der Hollywood-Stars und neunzig Prozent der New Yorker Intellektuellenbande hatten sich seit dem Höhepunkt der Depression für kommunistische Ziele engagiert; wenn überhaupt, war Hemingway erst spät auf den fahrenden Zug aufgesprungen.

Die aktuellsten Berichte dokumentierten Hemingways Kontakte zu anderen kommunistischen oder politisch links orientierten Amerikanern, einschließlich eines FBI-Observierungsberichts vom letzten Monat aus Mexiko. Hemingway und seine Frau hatten einen amerikanischen Millionär in dessen dortigem Feriendomizil besucht. Der Millionär wurde von dem Agenten, der eine gewisse Ähnlichkeit mit Tom Dillon hatte, als »einer der vielen reichen nützlichen Idioten der Kommunistischen Partei« bezeichnet. Ich kannte den Millionär, von dem die Rede war, da ich ihn zwei Jahre zuvor in einem vollkommen anderen Zusammenhang observiert hatte. Der Mann war kein nützlicher Idiot, nur ein einfühlsamer Mensch, der während der Weltwirtschaftskrise reich geworden war, während Millionen leiden mußten, und der immer noch nach einem gangbaren Weg der Buße suchte.

Das letzte Blatt war eine Aktennotiz.

VERTRAULICHE AKTENNOTIZ
VON FBI-AGENT R.G. LEDDY, HAVANNA, KUBA
AN FBI-DIREKTOR J. EDGAR HOOVER;
JUSTIZMINISTERIUM, WASHINGTON, DC,
15. APRIL 1942

Es wird daran erinnert, daß Mr. Hemingway zu denjenigen gehörte, die eine Deklaration unterschrieben, mit der harsche Kritik an dem Bureau geübt wurde, als sich das Bureau Anfang 1940 schweren Vorwürfen ausgesetzt sah, nachdem in Detroit mehrere Personen festgenommen und angeklagt worden waren, denen man Verletzung der Neutralität vorwarf, da sie dazu aufgefordert hatten, der Spanischen Volksarmee beizutreten. Beim Besuch einer Jai-Alai-Veranstaltung mit Hemingway wurde der Verfasser dieser Zeilen einem Freund gegenüber von dem Schriftsteller als Mitglied der Gestapo vorgestellt. Bei jenem Anlaß mißfiel mir diese Bemerkung, worauf er sich prompt verbesserte und behauptete, ich sei ein Konsul der Vereinigten Staaten ...

Ich lachte laut auf. In der Aktennotiz wurden weiter die jüngsten Vorschläge Hemingways aufgeführt, die er Robert Joyce, dem ersten Sekretär der Botschaft, wegen des Aufbaus seines Spionagerings unterbreitet hatte, aber Leddy kam immer wieder auf die von ihm empfundene persönliche Beleidigung bei dem Jai-Alai-Spiel zurück. Das FBI war natürlich nichts anderes als die amerikanische Gestapo, und diese Bemerkung machte Leddy rasend vor Wut, was er versuchte, hinter dem unbeholfenen, unverbindlichen Stil der Aktennotiz des Bureaus zu verbergen.

Ich schüttelte den Kopf und stellte mir vor, wie der Agent inmitten des Trubels eines Jai-Alai-Spiels und dem Brüllen der Wettenden vorgestellt wurde. Mr. Hoover hatte recht gehabt. Wenn ich nicht vorsichtig war, würde ich den Schriftsteller mit der Zeit vielleicht sogar mögen.

»Joseph? Joseph, alter Knabe, ich dachte mir gleich, daß ich einen bekannten Hinterkopf entdeckt habe. Wie geht es Ihnen, mein Junge?«

Ich erkannte die Stimme sofort – den abgehackten und doch gleichzeitig gedehnten Oxbridge-Akzent und die polternde Stimme von jemandem, der genau wußte, wie man seinen Spaß hatte.

»Hallo, Commander Fleming«, sagte ich und schaute zu der schlaksigen Gestalt auf.

»Ian, Joseph, alter Knabe. Im Camp hatten wir uns auf Ian geeinigt, wissen Sie nicht mehr?«

»Ian«, sagte ich. Ich hatte ihn zuletzt vor mehr als einem Jahr gesehen, aber er schien sich überhaupt nicht verändert zu haben: groß, schlank, eine Locke, die ihm in die blasse Stirn hing, lange Nase und sinnlicher Mund. Trotz Jahreszeit und Hitze trug er den unvermeidlichen britischen Tweed-Anzug, der durchaus teuer und maßgeschneidert aussah, allerdings, als wäre er für jemanden geschneidert worden, der zwanzig Pfund schwerer war. Er rauchte mit einer Zigarettenspitze, und die Art, wie er das Ding zwischen zusammengebissenen Zähnen hielt und zur Bekräftigung damit herumfuchtelte, erinnerte mich an jemanden, der versuchte, FDR nachzuahmen. Ich konnte nur hoffen, daß er sich nicht auf den freien Platz neben mir setzen würde, am Gang.

»Darf ich mich zu Ihnen setzen, Joseph?«

»Unbedingt.« Ich wandte mich vom Fenster ab, wo das Grün der seichten Küstenregion dem tiefen Blau des Golfs wich. Ich sah über die Schulter. Vier Reihen um uns herum saß niemand; das Flugzeug war fast menschenleer. Jedwede Unterhaltung, die wir führten, würde vom Dröhnen der Motoren und Propeller übertönt werden.

Schön, Sie hier zu treffen, mein Junge. Wohin des Wegs?«

»Das Flugzeug fliegt nach Kuba, Ian. Wohin wollen Sie?«

Er schnippte Asche in den Mittelgang und schüttelte das Handgelenk. »Ach, nur über Bermuda nach Hause. Ich dachte mir, ich könnte ein wenig lesen.«

Wenn er vom Hauptquartier der BSC in New York über Bermuda zurückflog, bedeutete Kuba immer noch einen immensen Umweg, aber den Wink mit dem Zaunpfahl, was das Lesen betraf, hatte ich verstanden. Eine der erfolgreichsten Operationen der British Security Coordination in den vergangenen drei Jahren war ihr riesiges Postzentrum in Bermuda. Die gesamte Post zwischen Südamerika und Europa, einschließlich der diplomatischen Depeschen sämtlicher Botschaften, wurde über diese Insel umgeleitet. William Stephenson hatte eine Institution gegründet, wohin die Post gebracht, kopiert oder fotografiert, gleich vor Ort von einem großen Team von Code-Knackern in die Mangel genommen und gelegentlich verändert wurde, bevor sie nach Berlin oder Madrid oder Rom oder Bukarest weitergeleitet wurde.

Aber warum Fleming derart aus dem Nähkästchen plauderte, war wieder eine andere Sache.

»Übrigens, Joseph«, sagte der Brite, »ich habe William erst letzte Woche getroffen, und er sagte, ich soll Ihnen einen schönen Gruß bestellen, sollten sich unsere Wege wieder einmal kreuzen. Ich glaube, Sie waren einer seiner Lieblinge, alter Junge. Der Beste und Klügste, und so weiter. Ich wünschte nur, mehr Ihrer Kumpel würden es so schnell so weit bringen.«

Ich hatte Commander Ian Fleming über William Stephenson im Camp X der BSC in Kanada kennengelernt. Fleming war auch einer der begabten Amateure, die die Briten – allen voran Churchill – bei der Beförderung gern tüchtigeren Profis vorzogen. In Ian Flemings Fall war es nicht Churchill gewesen, der ihn entdeckt hatte, sondern Admiral John Godfrey, der Chef von Englands Naval Intelligence Division, im Rang Admiral Canaris von der deutschen Abwehr vergleichbar. Wie ich die Geschichte gehört hatte, war Fleming ein einunddreißigjähriger Londoner Stutzer gewesen, der sich die Zeit im Maklerbüro seiner Familie vertrieben hatte, als 1939 der Krieg ausbrach. Fleming war auch einer jener ewigen britischen Schuljungen, stets zu Streichen aufgelegt, stets auf der Suche nach aufregenden Abenteuern auf Skipisten oder in schnellen Autos oder in den Betten schöner Frauen. Admiral Godfrey hatte die Kreativität dieses Dandys erkannt, denn er hatte dem jungen Börsenmakler einen Job bei der Marine gegeben und ihn als seinen eigenen Assistenten eingestellt. Danach hatte er ihn von der Kette gelassen, damit er mit eigenen Ideen daherkam.

Über einige dieser von Fleming inspirierten Ideen war offen im Camp X gesprochen worden. Eine davon war die Angriffseinheit Nummer dreißig – eine Gruppe von Gaunern und Schurken, die für Himmelfahrtskommandos hinter den deutschen Linien ausgebildet wurden. Eine Schar von Flemings Typen der Angriffseinheit Nummer dreißig waren nach Frankreich geschickt worden, als die Deutschen dieses Land überrannt hatten, und hatten ganze Wagenladungen fortschrittlichsten Kriegsgeräts in ihre Gewalt gebracht. Gerüchten zufolge hatte Fleming Schweizer Astrologen angeheuert, die den höchst abergläubischen Nazi Rudolf Heß beraten und ihm weismachen sollten, sein Schicksal wäre es, den Führer zufrieden zu stimmen, indem er einen Frieden zwischen Deutschland und England einfädelte. Die Folge war Heß' Irrsinnsflug von Deutschland nach England gewesen; er sprang mit dem Fallschirm über Schottland ab, war seitdem Gefangener und erzählte MI5 und MI6 jede Menge Einzelheiten über die innere Struktur der Nazi-Hierarchie.

Und aufgrund meiner geheimen nächtlichen Ermittlungsarbeiten im Camp X wußte ich, daß es Commander Ian Fleming gewesen war, den man nach Nordamerika geschickt hatte, um Stephenson zu helfen, die Vereinigten Staaten zum Kriegseintritt zu bewegen.

»Das Problem mit den Burschen, die Edgar seit Ihren Zeiten in das Camp schickt, alter Knabe«, plapperte Fleming weiter und sprach von Direktor Hoover als »Edgar«, »ist schlicht und einfach, daß die Kerle in den Einsatz geschickt werden und keine andere Direktive mehr bekommen, als ›sich einmal umzuschauen‹. Sämtliche Jungs von Edgar sind gut im Umschauen, Joseph, aber die wenigsten haben gelernt zu *sehen*.«

Ich nickte unverbindlich. Ich war geneigt, Flemings und Stephensons Einschätzung der Spionagefähigkeiten des FBI zuzustimmen. Auch wenn Hoover ständig von *Ermittlung* statt von *Polizeiarbeit* sprach, war das Bureau im Grunde genommen eine Polizeiorganisation. Es nahm Spione fest – Mr. Hoover hatte sogar William Stephenson verhaften wollen, als bekannt wurde, daß der Leiter des BSC den Befehl gegeben hatte, in New York einen Nazi-Agenten zu töten. Der Agent hatte die Aufgabe gehabt, die Routen aller U-Boot-Konvois in Erfahrung zu bringen und Tausende Tonnen Fracht der Alliierten zu versenken, aber darin sah Mr. Hoover keinen Grund, gegen US-Recht zu verstoßen. Aber mit Ausnahme einiger Einsatzleute des SIS dachte niemand im Bureau wirklich wie ein Spion – daran, Spione zu beobachten, zum Überlaufen zu bewegen oder zu enttarnen, statt sie nur festzunehmen.

»Da wir gerade vom Sehen sprechen, alter Junge«, sagte Fleming, »ich sehe, daß ein amerikanischer Schriftstellerkumpel da unten in Havanna in unsere Branche einsteigen könnte.«

Ich bin sicher, mein Gesicht blieb ausdruckslos, aber im Geiste blinzelte ich erschrocken. Es war – wie lange? – keine Woche her, seit Hemingway den Leuten von der Botschaft in Havanna seinen Vorschlag unterbreitet hatte. »Ach ja?« sagte ich.

Fleming nahm die Zigarettenspitze aus dem Mund und zeigte mir sein schiefes Grinsen. Er war ein Charmeur. »Ah, aber es stimmt, Joseph, mein Junge. Ich hatte es ganz vergessen. Wir haben uns einmal in Kanada darüber unterhalten. Sie lesen keine Romane, richtig, alter Haudegen?«

Ich schüttelte den Kopf. *Warum, zum Teufel, erzählte er mir das alles in aller Öffentlichkeit? Warum interessierten sich Stephenson und die BSC für diesen unwichtigen Auftrag von mir?*

»Joseph«, sagte Fleming nun mit leiserer Stimme, ernster und mit nicht ganz so unerträglichem Akzent, »erinnern Sie sich an unsere Unterhaltung über den liebsten Schachzug des Gelben Admirals gegen Konkurrenten?«

»Eigentlich nicht«, antwortete ich. Ich erinnerte mich genau an die Unterhaltung. Fleming war im Camp gewesen, als Stephenson und ein paar andere sich über die unheimliche Fähigkeit des deutschen Admirals Canaris – Canaris wurde der »Gelbe Admiral« genannt – unterhielten, einen Keil zwischen rivalisierende Geheimdienste zu treiben, die gegen ihn operierten, in diesem Fall gegen MI5 und MI6, die in- und ausländischen Dienste Englands.

»Einerlei«, sagte Fleming und schnippte Asche von seiner Zigarette. »Sie fiel mir nur kürzlich wieder ein. Möchten Sie die Geschichte hören, Joseph?«

»Klar«, sagte ich. Fleming mochte das Geheimdienstspiel als Amateur begonnen haben, aber ein Narr war er nie gewesen – jedenfalls nicht, was Spionage betraf –, und nach drei Jahren Krieg war er ein Experte. Diese Geschichte war der Grund dafür, weshalb er »zufällig« Vorkehrungen getroffen hatte, mit mir zusammen nach Kuba zu fliegen – da war ich ganz sicher.

»Letzten August«, sagte Commander Fleming, »hielt ich mich zufällig in Lissabon auf. Sind Sie schon einmal in Portugal gewesen, Joseph?«

Ich schüttelte den Kopf und ging davon aus, er wußte, daß ich diese Hemisphäre noch nie verlassen hatte.

»Interessantes Land. Besonders jetzt, im Krieg, wenn Sie verstehen, was ich meine. Wie auch immer, dort hielt sich dieser jugoslawische Kerl namens Popov auf. Bin ihm mehrmals über den Weg gelaufen. Bringt der Name ein Glöckchen zum Läuten, mein Junge? Popov?«

Ich tat so, als würde ich mich konzentrieren und schüttelte wieder den Kopf. Diese »Geschichte« mußte von allergrößter Bedeutung sein, wenn Fleming den richtigen Namen von jemandem derart in aller Öffentlichkeit ausposaunte. Trotz der fast menschenleeren Kabine und des lauten Dröhnens der Propeller kam ich mir fast so vor, als würden wir etwas Unanständiges tun.

»Nicht einmal ein kleines Glöckchen, Joseph?«

»Tut mir leid«, sagte ich.

Dušan »Dusko« Popov war in Jugoslawien geboren, aber von der Abwehr als Geheimagent in England rekrutiert worden. Praktisch von dem Moment an, als er das Land betrat, hatte Popov als Doppelagent für die Briten gearbeitet. Zu der Zeit, von der Fleming sprach – August des vergangenen Sommers, 1941 –, spielte Popov den Deutschen schon seit drei Jahren echte und falsche Informationen zu.

»Nun, auch das spielt keine Rolle«, sagte Fleming. »Es gibt auch keinen Grund, weshalb Sie von dem Jungen gehört haben sollten. Wie auch immer, um zum eigentlichen Thema zurückzukehren – ich war nie ein besonders guter Geschichtenerzähler, weiß Gott, also passen Sie bitte gut auf –, dieser Bursche namens Popov, dem manche den Spitznamen ›Flotter Dreier‹ gaben, hatte in Lissabon sechzigtausend Dollar von seinem Auftraggeber auf dem Kontinent bekommen, um seine eigenen Angestellten damit zu bezahlen. In einem Anfall von Barmherzigkeit beschloß dieser Bursche ›Flotter Dreier‹, das Geld unserer Firma zu übergeben.«

Ich übersetzte, während Fleming weiterplapperte. Man munkelte, daß die Briten Popov den Codenamen »Flotter Dreier« gegeben hatten, weil der Doppelagent ein echter Frauentyp war, selten allein ins Bett ging und es gern sah, wenn auf beiden Seiten von ihm eine Frau lag. Der »Auftraggeber auf dem Kontinent« war die Abwehr, die immer noch glaubte, daß Popov einen Spionagering in England führte. Die sechzigtausend Dollar, die ihm die Abwehr gegeben hatte, sollten dazu dienen, Popovs sagenhafte Informanten in England zu bezahlen. »Das Geld unserer Firma zu übergeben« hieß übersetzt, Popov wollte das Geld dem MI6 überlassen.

»Ach ja?« sagte ich in gelangweiltem Tonfall und schob mir einen Kaugummistreifen in den Mund. Angeblich herrschte Innendruck in der Kabine, aber die Höhenschwankungen drückten auf mein Gehör.

»Ach ja, genau«, sagte Fleming. »Das Problem war, unser Freund, der Flotte Dreier, mußte in Portugal Zeit totschlagen, bevor er das Geld übergeben konnte. Unsere Freunde bei Fünf und Sechs rissen sich nicht gerade darum, dem armen Mann dort die Zeit zu vertreiben, daher fiel mir die Aufgabe zu, ihm Gesellschaft zu leisten, bis er nach Hause kommen konnte.«

Übersetzung: MI5 und MI6 hatten sich in juristische Händel verstrickt, wer Popov beschatten und sicherstellen sollte, daß das Geld auch tatsächlich übergeben wurde. Fleming, der für die in Fragen der Jurisdiktion weitgehend neutrale Naval Intelligence Division arbeitete, hatte den Befehl erhalten, Popov die paar Tage im vergangenen August zu folgen, bis der Doppelagent nach England zurückkehren und das Geld übergeben konnte.

»Na gut«, sagte ich. »Ein Bursche ist in Portugal an Knete gekommen und hat vor, sie in England für wohltätige Zwecke zu verwenden. Hat es Ihnen Spaß gemacht, ihm Portugal zu zeigen?«

»Er hat es mir gezeigt, mein Junge. Ich hatte die Gelegenheit, ihm nach Estoril zu folgen. Schon mal gehört?«

»Nein«, sagte ich wahrheitsgemäß.

»Ein hübsches, kleines portugiesisches Küstenstädtchen, mein Junge«, sagte Fleming. »Die Strände sind passabel, aber die Casinos sind mehr als passabel. Unser Flotter Dreier kannte die Casinos wie seine Westentasche.«

Ich unterdrückte ein Lächeln. Popov war für seine Unverfrorenheit bekannt. In diesem Fall hatte er Geld der Abwehr genommen, das er seinen Vorgesetzten bei MI6 versprochen hatte, und damit gespielt.

»Hat er gewonnen?« fragte ich, da mich die Geschichte meiner Vorsicht zum Trotz interessierte.

»Ja, ziemlich viel«, sagte Fleming, der damit beschäftigt war, eine frische Zigarette in das lange schwarze Mundstück seiner Zigarettenspitze zu pfriemeln. »Ich habe die ganze Nacht dabei gesessen und mit angesehen, wie unser Flotter Dreier einen armen litauischen Grafen, den er nicht ausstehen konnte, fast bis aufs Hemd ausgezogen hat. Irgendwann einmal blätterte unser Dreier-Freund fünfzigtausend Dollar in bar auf den Tisch ... dem hatte unser armer Litauer nichts entgegenzusetzen. Tatsächlich mußte er zutiefst gedemütigt von dannen ziehen. Ich persönlich fand das alles recht erbaulich.«

Dessen war ich ganz sicher. Fleming hatte Tollkühnheit stets vor allen anderen Eigenschaften geschätzt.

»Und die Moral dieser Geschichte?« fragte ich. Die Tonhöhe der Propeller veränderte sich. Wir begannen den Landeanflug auf Kuba.

Commander Fleming zuckte mit dem Mundstück in der Hand die Schultern. »Bin nicht sicher, ob es eine Moral gibt, mein Junge. In diesem Fall hat mir der Disput zwischen unseren Dienststellen eine wunderbare Nacht in Estoril beschert. Aber manchmal sind die Folgen nicht ganz so günstig.«

»Ach?«

»Kennen Sie den anderen interessanten William?« fragte Fleming. »Donovan?«

»Nein«, antwortete ich. »Wir haben uns nie kennengelernt.« William »Wild Bill« Donovan war natürlich der Chef der anderen Spionageeinrichtung Amerikas, des COI, Coordinator of Intelligence, und Hoovers größter Rivale. Donovan war der Favorit von FDR – er hatte in der Nacht von Pearl Harbor eine Unterredung mit ihm gehabt – und neigte dazu, seine Angelegenheiten mehr auf die Art und Weise von William Stephenson und Ian Fleming zu erledigen; das heißt extravagant, tollkühn, ein klein wenig verrückt, keinesfalls aber auf die behäbige, bürokratische Art, die Mr. Hoover und sein Bureau bevorzugten. Ich wußte, daß Stephenson und die BSC Donovan und dem COI immer mehr Avancen machten, da Hoovers Interesse, mit den Briten zusammenzuarbeiten, zunehmend abkühlte.

»Sie sollten ihn kennenlernen, Joseph«, sagte Fleming und sah mir direkt in die Augen. »Ich weiß, Sie haben William S. gemocht. Sie würden William D. aus denselben Gründen mögen.«

»Und hat William D. etwas mit Ihrer Glücksspiel-Geschichte zu tun, Ian?«

»Zufällig ja«, sagte Fleming und sah über die Schulter zu der grünen Insel, die zu uns heraufzuschweben schien. »Ihnen ist bekannt, daß Edgar ... äh ... die Methoden dieses William mißbilligt, nicht wahr, mein Junge?«

Ich zuckte die Achseln. Wahrscheinlich wußte ich mehr darüber, wie sehr Mr. Hoover Donovan haßte, als Fleming. Einer der erfolgreichsten Coups des COI in den vergangenen sechs Monaten war der Einbruch in sämtliche Botschaften in Washington – befreundeter wie feindlicher Länder – und der Diebstahl sämtlicher Codebücher gewesen, ohne daß das Botschaftspersonal etwas davon mitbekam. Donovan hatte vor, in einigen Wochen in die spanische Botschaft einzubrechen, die sich als Schatzkästlein für den US-Geheimdienst erweisen müßte, da das faschistische Spanien regelmäßig Geheimdienstinformationen nach Berlin übermittelte. Von meinen Kontaktpersonen beim SIS wußte ich, daß Mr. Hoover die Absicht hatte, in der Nacht des Einbruchs zusammen mit der Washingtoner Polizei dort aufzukreuzen – mit Sirenen und Blaulicht –, um die Männer des COI beim Einbruch in die spanische Botschaft auf frischer Tat zu ertappen. Erneut maß Hoover rechtlichen Fragen größere Bedeutung als der nationalen Sicherheit bei.

»Nun, von alledem abgesehen«, sagte Fleming, »scheint es so zu sein, als wäre unser Freund, der Flotte Dreier, unmittelbar nach meinem kurzweiligen Abend mit ihm letzten August in die Vereinigten Staaten gekommen.«

Das war zutreffend, wie ich wußte. Ich hatte den Bericht gelesen, wonach Dušan »Dusko« Popov am 12. August 1941 mit einer Boeing 314 »Flying Boat«, dem sogenannten Pan-Amerika-Klipper, von Lissabon kommend in die Vereinigten Staaten eingereist war. Popov war von Canaris und der Abwehr in die Staaten geschickt worden, um dieselbe Art von erfolgreichem Spionagering aufzubauen, wie er ihn in England »geleitet« hatte. Sechs Tage später, am 18. August, hatte sich Popov mit Percy »Bud« Foxworth getroffen, dem stellvertretenden Direktor des FBI. Wie aus Foxworths Meldung hervorging, hatte Popov ihm achtundfünfzigtausend Dollar in kleinen Scheinen gezeigt, die ihm die Abwehr in Lissabon gegeben hatte, und weitere zwölftausend, die er laut eigenen Angaben in einem Spielcasino gewonnen hatte. Popov war bereit, mit dem US-Geheimdienst dasselbe Spielchen zu spielen, das sich in England so gut für ihn ausgezahlt hatte.

In dem Bericht waren einige »vielversprechende Informationen« erwähnt worden, die Popov übergeben hatte, aber keine Einzelheiten – etwas, als ich jetzt darüber nachdachte, das ungewöhnlich für einen Bericht des Bureau war.

Ich wußte von Freunden beim SIS und in den Washingtoner Abteilung des Bureau, daß William Donovan und die Haudegen des COI lautstark Zugang zu Popov und den Informationen, die er preisgegeben hatte, verlangt hatten. Donovan hatte Jimmy, den Sohn von FDR, als Verbindungsmann zu Mr. Hoover geschickt, um einige handfeste Informationen herauszulocken. Hoover war höflich gewesen, hatte aber nichts preisgegeben. Und die Informationen waren auch nicht über das eigene Spionageabwehrnetz des Bureau verbreitet worden.

Ian Fleming beobachtete mich eingehend. Er nickte bedächtig, beugte sich näher und flüsterte über den anschwellenden Lärm der Propeller: »Unser Flotter Dreier hat einen Fragebogen mit ins Land gebracht, Joseph. Das war eine hilfreiche Geste vom Gelben Admiral an ihre gelben Verbündeten…«

Ich übersetzte: Canaris und die Abwehr hatten über Popov Fragen an Agenten der Abwehr in Amerika weitergeleitet, deren Antworten den Japanern nützen würden. Das war ein seltener Fall, aber nichts Unerhörtes. Andererseits war es vier Monate vor Pearl Harbor gewesen.

»Eigentlich ein Mikrofilm«, flüsterte Fleming. »Er wurde schließlich von Edgars Kumpels… euren Jungs, Joseph… am siebzehnten September entziffert. Möchten Sie den Fragebogen gern sehen, mein Junge?«

Ich sah Fleming in die Augen. »Sie wissen, daß ich jedes Wort dieser Unterhaltung weitermelden muß, Ian.«

»Ganz recht, mein Junge«, sagte Fleming mit kaltem und starrem Blick. »Sie werden tun, was Sie tun müssen. Aber möchten Sie den Fragebogen gern sehen?«

Ich sagte nichts.

Fleming holte zwei zusammengefaltete Blätter Papier aus der Anzugtasche und gab sie mir. Ich verdeckte sie, als die Stewardeß vorbei ging und uns wissen ließ, daß die Landung auf dem Flughafen José Marti unmittelbar bevorstand und ob wir bitte unsere Sicherheitsgurte anlegen könnten? Sie würde uns helfen, wenn wir nicht wüßten, wie.

Fleming schickte sie mit einem Scherz ihres Weges, woraufhin ich die beiden Blätter studierte.

Lichtpausen eines vergrößerten Mikrofilms. Das Original war

auf deutsch. Das andere Blatt enthielt die Übersetzung. Ich las den ursprünglichen Fragebogen. Popovs Anweisungen, den japanischen Verbündeten im August 1941 zu helfen, lauteten folgendermaßen:

1. Genaue Einzelheiten und grober Umriß der Situation des staatlichen Kais und von Energieversorgung, Werkstätten, Petroleumanlagen, Situation von Trockendock Nr. 1 und des neuen Trockendocks, das in Pearl Harbor, Hawaii.
2. Einzelheiten über die U-Boot-Anlagen in Pearl Harbor (Lageplan). Welche Anlagen existieren an Land?
3. Wo ist die Station für Minensuchformationen? Wie weit sind die Aushebungen am Eingang und an den östlichen und südöstlichen Schleusen gediehen? Wassertiefe?
4. Anzahl der Ankerplätze?
5. Gibt es ein schwimmendes Dock in Pearl Harbor oder ist die Verlegung eines solchen Docks dorthin geplant?

Sonderaufgabe – Berichte über neue Torpedoschutzeinrichtungen der britischen und amerikanischen Marine. Inwieweit existieren sie bereits in der Handels- und Kriegsmarine?

Ich schaute zu Fleming auf und gab ihm die beiden Seiten, als wären sie mit Säure besudelt. Ein Agent der Nazis, der im August 1941 – um den Japanern gefällig zu sein – solche Fakten über Pearl Harbor wissen wollte. Er hätte uns vielleicht keinen Hinweis auf den Angriff gegeben, aber ich wußte mit Sicherheit, daß Bill Donovan ein großes Team von Ermittlern des COI darauf angesetzt hatte, die Pläne der Japaner für Sommer und Herbst vergangenen Jahres herauszufinden – ein Rätsel, das seine Lösung am 7. Dezember in aller Öffentlichkeit fand. Hätte dies das fehlende Teil des Puzzles für das Team sein können, wenn Mr. Hoover die Informationen des Mikrofilms weitergeleitet hätte?

Ich wußte es nicht. Aber ich wußte, daß der Mikrofilm-Fragebogen in Flemings Händen – offensichtlich keine Fälschung; ich konnte die vertrauten Stempel und Unterschriften des Bureau sehen – J. Edgar Hoover mit Pauken und Trompeten um seinen Job hätte bringen können, wenn er im Klima der Hysterie und der gegenseitigen Schuldzuweisungen nach Pearl Harbor im vergangenen Winter veröffentlicht worden wäre.

Ich starrte Fleming an. Das Flugzeug schwankte und bebte, während es auf der Suche nach einer Landebahn tief über heißen Feldern dahinflog. Ich konnte grüne Hügel, Palmen und blaues Wasser durch das kleine Fenster auf der anderen Seite des Mittelgangs sehen, aber mein Blick blieb auf Fleming gerichtet.

»Warum erzählen Sie mir das, Ian?«

Der Mann vom NID drückte die Zigarette aus und verstaute die lange Zigarettenspitze langsam und anmutig in derselben Tasche, in die er die Lichtpausen gesteckt hatte. »Nur als Geschichte zur Warnung, was passiert, wenn eine Einrichtung … sagen wir … zu sehr von ihrer eigenen Überlegenheit überzeugt ist und vergißt, sich mit anderen auszutauschen.«

Ich starrte ihn weiterhin an. Ich hatte nicht die geringste Ahnung, was das alles mit mir zu tun hatte.

Ian Fleming legte mir seine Hand mit den langen Fingern auf den Arm. »Joseph, wenn Sie zufällig nach Havanna fliegen, um sich auf was auch immer mit diesem Schriftsteller und seinen kleinen Eskapaden einzulassen, haben Sie schon einmal darüber nachgedacht, warum Edgar *Sie* als Verbindungsmann ausgesucht hat?«

»Ich weiß nicht, wovon Sie sprechen«, sagte ich.

»Natürlich nicht, mein lieber Junge«, sagte Fleming. »Natürlich nicht. Aber Sie besitzen eine einmalige Gabe, die sich im Falle dieses Schriftstellers als nützlich erweisen könnte. Eine gewisse Berufserfahrung, die Edgar in dieser Situation zu schätzen weiß, sollte Ihr Schriftstellerfreund zum Beispiel über etwas stolpern, das er nicht wissen sollte. Eine Erfahrung, die Sie von allen anderen Angestellten Edgars unterscheidet.«

Ich schüttelte den Kopf. Im ersten Moment begriff ich wahrhaftig nicht, was Fleming da sagte. Das Flugzeug setzte auf. Reifen quietschten. Die Propeller dröhnten. Luft strömte in die Kabine.

Bei all dem Lärm sagte Fleming, ohne sich zu mir zu beugen, mit einer leisen Stimme, die ich kaum verstehen konnte: »Sie töten Menschen, Joseph. Und das machen Sie auf Befehl.«

5

Wir trafen uns an einem Freitagvormittag in Botschafter Bradens gemütlichem Büro in der amerikanischen Botschaft. Ich war beizeiten hingefahren und hatte mich mit Spruille Braden, der mich in Kolumbien als »Notnagel« des Innenministeriums in enger Zusammenarbeit mit dem SIS kennengelernt hatte und wußte, daß er mich Hemingway als solchen vorstellen sollte, über die Situation unterhalten. Nach meinem Privatgespräch mit Braden stießen Robert P. Joyce und Ellis O. Briggs dazu. Joyce war einer der ersten Sekretäre der Botschaft, ein großstädtischer, gutgekleideter Mann mit festem Händedruck und sanfter Stimme. Briggs war bis zu Bradens Ankunft ranghöchster Offizier der Botschaft gewesen, schien aber keinerlei Verstimmung darüber zu hegen, daß er eine Sprosse hinuntergestoßen worden war; es herrschte eine herzliche Atmosphäre in dem Raum. Zehn Uhr, der Termin Hemingways beim Botschafter, kam und verstrich. Weitere zehn Minuten vergingen. Kein Hemingway.

Wir drei plauderten. Briggs und Joyce schienen an meine Tarnung als dem SIS zugeteilter Spionageabwehrexperte des Innenministeriums zu glauben. Wahrscheinlich waren sie in Aktennotizen aus Kolumbien oder Mexiko über meinen Namen gestolpert, und in derlei Unterlagen blieb meine exakte Position stets verschleiert. Das Gespräch wandte sich dem unpünktlichen Schriftsteller zu, und Briggs erzählte von einem Hobby, das er mit dem Schriftsteller gemeinsam hatte – das Schießen, sowohl Tontauben wie auch lebende Tiere, entweder im hiesigen Club oder in den Sümpfen nahe Cienfuegos. Ich mußte im Geiste die Karte von Kuba durchgehen, die ich mir eingeprägt hatte, um mir zu vergegenwärtigen, wo Cienfuegos lag – das Bild entstand vor meinem geistigen Auge, während Briggs weiter schwadronierte, wie er in der Provinz Pinar del Río *yaguasas* gejagt hatte. Cienfuegos war eine Bucht, ein Hafen, eine Stadt und eine Provinz an der Südküste.

Während Briggs von Hemingways Schießkünsten erzählte, sah ich verstohlen auf meine Uhr. Zwölf Minuten über der Zeit. Mich überraschte, daß sich Botschafter Braden diese Unverschämtheit gefallen ließ. Die meisten Botschafter, die ich kannte, hätten jeden

Termin abgesagt, wenn die angekündigte Person auch nur einen Moment zu spät gekommen wäre.

Die Tür wurde aufgestoßen, und Ernest Hemingway, der sich behende auf den Fußballen bewegte wie ein Boxer, der in die Mitte des Rings tänzelt, kam in das Zimmer gestürmt, in dem seine polternde Stimme nach dem gedämpften Tonfall unserer Unterhaltung sehr laut klang.

»Spruille, Botschafter... Entschuldigung... tut mir verdammt leid. Alles meine Schuld. Der Tank des verdammten Lincoln war leer, und ich mußte bis weit hinter die elende Universität fahren, um eine offene Tankstelle zu finden. Bob... entschuldigen Sie meine Verspätung. Ellis.« Der große Mann schüttelte dem Botschafter die Hand, schwebte zu Joyce, dessen Hand er zwischen seine beiden nahm, und danach ging er weiter zu Briggs, dem er auf den Rücken klopfte, während er die Hand des ersten Sekretärs mit seiner umfangen hielt. Dann wandte sich Hemingway mit einem Lächeln und einem fragenden Blick mir zu.

»Ernest«, sagte Botschafter Braden, »das ist Joe Lucas. Das Innenministerium dachte, daß Joe Ihnen bei Ihren Plänen mit dem Crime Shop behilflich sein könnte.«

»Joe«, sagte Hemingway. »Freut mich, Sie kennenzulernen.« Sein Handschlag war fest, aber nicht zu fest. Seine Augen strahlten, sein Lächeln wirkte echt, aber ich bemerkte einen vagen Anflug von Argwohn, was meine Anwesenheit wirklich zu bedeuten haben könnte.

Braden winkte uns alle zu unseren Stühlen zurück.

Ich führte eine hastige Bestandsaufnahme Hemingways durch. Er war ein großer Mann – einen Meter fünfundachtzig bis achtundachtzig – und wog schätzungsweise hundertfünfundneunzig Pfund, aber der größte Teil dieses Gewichts konzentrierte sich auf die obere Körperhälfte. Wir trugen alle Anzüge, Hemingway dagegen fleckige Pluderhosen, alte Mokassins und ein leichtes Baumwollhemd – wie die Einheimischen es *guayabera* nannten – über dem Gürtel. Er hatte enorme, breite Schultern, die stark zu dem Eindruck der Körpergröße beitrugen, seine Arme waren lang und muskulös. Mir fiel auf, daß sein linker Arm am Ellbogen ein wenig verkrümmt war und eine unregelmäßige Narbe aufwies. Hemingway hatte eine gewölbte Brust und einen leichten Bauchansatz, aber trotz des losen Hemds und der weiten Hose konnte man sich des Eindrucks nicht erwehren, als hätte er gar keine Hüften und Schenkel: Er bestand nur aus Oberkörper.

Als er sich setzte und mich ansah, fiel mir auf, daß sein Haar glatt und dunkel war – ein Braun, das fast ins Schwarze überging – und sein dichter, sorgsam geschnittener Schnurrbart keine einzige graue Strähne aufwies. Seine Augen waren braun. Er hatte eine rötliche Gesichtsfarbe – nach Tagen unter der karibischen Sonne braungebrannt, aber dennoch rot von Sonnenbrand und Aufregung – und Netze winziger Lachfältchen, die von den Augenwinkeln ausgingen. Seine Zähne blitzten weiß, wenn er lächelte, und er hatte Grübchen an beiden Wangen. Kinn und Kiefer waren markant und weder von Fett noch vom Alter verunziert. Ich hatte den Eindruck, als könnte Ernest Hemingway bei der Damenwelt ein Charmeur sein, wenn er wollte.

Wie immer kam ich nicht umhin, einen anderen Mann dahingehend einzuschätzen, wie ich bei einem möglichen Zweikampf zwischen mir und ihm gegen ihn vorgehen würde. Bei seinem kurzen Rundgang durch das Zimmer hatte sich Hemingway wie ein Boxer bewegt und stand sogar abwehrbereit auf den Fußballen, wenn er sich entspannte. Den Kopf bewegte er unmerklich von einer Seite auf die andere, wenn er etwas sagte, und sogar, wenn er zuhörte, was anderen den Eindruck vermittelte, als gälte seine ganze Konzentration dem, was sie sagten. Während er und Braden Höflichkeitsfloskeln wechselten, fiel mir auf, daß Hemingway immer noch mit dem breiten Akzent des mittleren Westens und Chicagos sprach, obwohl er jahrelang im Ausland und in Kanada gelebt hatte. Er schien von einer fast unmerklichen Sprachstörung geplagt zu sein, denn er sprach *l* und *r* stets ein bißchen wie *w* aus.

Hemingway war größer, schwer und muskulöser als ich, aber der leichte Bauchansatz unter dem *guayabera* deutete darauf hin, daß er nicht in bester Kämpferform war. Der behinderte linke Arm – wahrscheinlich eine alte Verletzung, da er den Arm nicht ersichtlich schonte – würde seine Haken schwächen und einem Gegner ermöglichen, ihn von links anzugreifen. Ich erinnerte mich, daß Hemingway vor Jahren wegen einer Sehschwäche nicht zum Einsatz im Ersten Weltkrieg in die Armee aufgenommen worden war. Trotz seiner langen Arme war er wahrscheinlich ein Nahkämpfer, der seinen Kontrahenten in einen Klammergriff nahm und mit kurzen, harten Hieben auf ihn einschlug, um ihn k. o zu schlagen, bevor ihm selbst die Puste ausging. Man wäre gut beraten, Hemingway in Bewegung zu halten, links von ihm zu tänzeln, niemals ein ruhiges Ziel zu bieten, auf das er sich konzentrieren konnte, stets außerhalb seiner Reichweite zu bleiben, um ihn müde zu machen, um dann vorzustoßen und sich den Bauch und die Rippen vorzunehmen…

Ich schüttelte diese Gedanken ab. Joyce und Ellis Briggs lachten, weil Hemingway einen Scherz über den Hang des Botschaftspersonals gemacht hatte, bei Jai-Alai-Spielen Geld zu verlieren. Ich lächelte. Ohne jeden Zweifel verströmte dieser Mann ein übermächtiges Gefühl von Fröhlichkeit und Wohlsein. Hemingway besaß als Mensch ein enormes Charisma, das kein Foto und keine Akte wiedergeben konnte – er gehörte zu jenen seltenen Menschen, die jeden Raum beherrschten, den sie betraten.

»Na gut, Ernest«, sagte der Botschafter, als das Lachen abgeklungen war. »Unterhalten wir uns über Ihren Vorschlag dieses Crime Shops.«

»Ich habe den Namen geändert«, sagte Hemingway.

»Pardon?«

Der Schriftsteller grinste. »Ich habe den Namen geändert. Ich denke, ich werde das Ganze Gaunerbande nennen. Crime Shop hört sich zu hochgestochen an.«

Botschafter Braden lächelte und studierte die Unterlagen auf seinem Schreibtisch. »Nun gut, Gaunerbande.« Er sah Briggs und Joyce an. »Ellis und Bob haben mich mit den Einzelheiten Ihres Vorschlags vertraut gemacht, aber vielleicht könnten Sie etwas mehr ins Detail gehen.«

»Klar«, sagte Hemingway. Er stand auf, bewegte sich anmutig und nickte mit dem Kopf, als er zu sprechen anfing. Mit seinen feisten Händen fuchtelte, winkte und zeigte er, während er seine Pläne vortrug. »Botschafter, diese Insel liegt neunzig Meilen von der amerikanischen Küste entfernt, und allmählich wimmelt es von Fünften Kolonnen der Nazis. Die Paßkontrolle auf Kuba ist ein Witz. Das FBI ist hier präsent, aber personell unterbesetzt, hat keine richtige Aufgabe, und die Agenten fallen auf wie Bestattungsunternehmer bei einem Straßenfest. Bob und ich haben uns ausgerechnet, daß es mehr als dreitausend Sympathisanten der Falangisten allein hier in

Havanna geben muß, davon viele in Positionen, in denen sie Nazi-Agenten helfen können, auf die Insel zu gelangen, und imstande sind, sie zu verstecken, sobald sie da sind.«

Hemingway schritt bedächtig auf und ab, kam bis auf einen Meter an mich heran, drehte sich wieder um und bewegte Hände und Kopf, aber nicht so sehr, daß es uns abgelenkt hätte. Er betrachtete den Botschafter unablässig mit seinen dunklen Augen.

»Verdammt, Spruille, die meisten spanischen Clubs auf der Insel sind ganz unverhohlen antiamerikanisch. Ihre kleinen Zeitungen bejubeln die Achsenmächte bei jeder sich bietenden Gelegenheit. Haben Sie schon die wichtigste kubanische Tageszeitung gelesen?«

»Diario de la Marina?« fragte Braden. »Ich habe einen Blick hineingeworfen. Die Haltung der Redaktion gegenüber den Vereinigten Staaten scheint nicht besonders wohlwollend zu sein.«

»Der Verleger würde auf der Straße tanzen, wenn die Nazis in New York einmarschierten«, sagte Hemingway. Er hielt uns seine feiste, schwielige Handfläche hin. »Ich weiß, das wäre kein besonders großes Problem, wenn es momentan in der Karibik nicht geradezu von Wolfsrudeln wimmeln würde. Aber leider ist es so. Fast jeden Tag wird ein Tanker der Alliierten versenkt. Verdammt, man kann keine Leine auswerfen, um Schwertfische zu angeln, ohne den Turm eines U-Boots zu treffen.« Hemingway grinste.

Der Botschafter rieb sich die Wangen. »Und was könnte Ihr möglicher Crime Shop … die Gaunerbande … wie immer Sie es nennen wollen, gegen die U-Boote tun, Ernest?«

Hemingway zuckte die Achseln. »Ich will nicht versuchen, die Sache wichtiger zu machen, als sie ist, Spruille. Aber wie Sie wissen, besitze ich ein Boot. Eine wunderschöne, dieselbetriebene Zwölfmeterjacht, die ich vierunddreißig gekauft habe. Doppelte Schraube mit einem Hilfsmotor. Wenn wir Informationen über deutsche U-Boote bekommen, könnte ich rausfahren und mich umsehen. Ich habe eine gute Besatzung.«

»Ernest«, sagte Bob Joyce, »erzählen Sie dem Botschafter von dem Geheimdienstnetz, das Sie in Spanien aufgebaut haben.«

Hemingway zuckte bescheiden die Achseln. Aus seiner Akte wußte ich, daß er diesbezüglich allen Grund zur Bescheidenheit hatte.

»Das war doch nichts weiter, Spruille. Als ich siebenunddreißig in Madrid war, habe ich mitgeholfen, eine private Spionageorganisation aufzubauen und zu führen. Etwa zwanzig Angestellte und etwa ebenso viele freie Mitarbeiter. Konnten ein paar nützliche Informationen beschaffen. Amateurzeug, ich weiß, aber sie hätten uns ohne zu zögern erschossen, wenn wir etwas vermasselt hätten.«

Ich hörte, wie Hemingways Stimme einen rauheren, stakkatohafteren Ton annahm, als er diese Abenteuer schilderte. War das eine Gewohnheit von ihm, wenn er log? fragte ich mich.

Braden nickte. »Und mit wem wollten Sie hier arbeiten, Ernest? Ellis hat etwas von einem Priester gesagt.«

Hemingway grinste wieder. »Don Andrés Untzaín. Guter Freund von mir. Könnte eines Tages Bischof werden. Hat in Spanien als Maschinengewehrschütze für die Loyalisten gedient. Er würde einen Nazi ebenso bereitwillig erschießen wie ihm nach der Beichte Absolution erteilen. Wahrscheinlich beides, wenn er die Möglichkeit dazu hätte.«

Ich bemühte mich, meine ausdruckslose Miene zu wahren, obwohl mir Hemingway im Moment den Rücken zudrehte. Den Namen eines unserer Agenten oder Informanten bei einem öffentlichen Treffen wie diesem auszusprechen, ohne danach gefragt zu werden, das war die höchste Form von amateurhafter Dummheit.

Botschafter Braden schien gleichzeitig amüsiert und zufrieden zu sein. »Wer noch?«

Hemingway breitete die Arme zu einer ausholenden Geste aus. »Ich verfüge über Dutzende guter Kontakte auf Kuba, Spruille. Hunderte. Kellner, Huren, Reporter, Schwarzbrenner, Jai-Alai-Spieler, Fischer, die jede Woche deutsche U-Boote sehen, spanische Adlige, die es den Dreckskerlen gerne heimzahlen würden, die sie ins Exil getrieben haben... sie alle würden mit Vergnügen an dem Spiel teilnehmen und einige von den Nazi-Ratten auffliegen lassen, die wie Treibgut an Land kommen.«

Der Botschafter legte seine Fingerspitzen zusammen. »Wieviel würde es uns kosten?«

Hemingway grinste. »Nichts, Botschafter. Es würde die billigste Spionageabwehrorganisation werden, die die US-Regierung je hatte. Ich werde den Löwenanteil der Kosten selbst tragen. Ich meine, ich könnte vielleicht einige Handfeuerwaffen oder kleinere

Ausrüstungsgegenstände brauchen… eventuell ein Funkgerät, etwas Beiwerk für die *Pilar*, wenn wir sie benutzen… aber alles andere wäre ehrenamtlich oder von mir finanziert.«

Braden schürzte die Lippen und klopfte mit den Fingerspitzen gegeneinander.

Hemingway stützte sich auf den Schreibtisch des Botschafters. Ich betrachtete die Narbe am linken Arm und bemerkte, wie kräftig und haarig diese Unterarme waren – nichts entsprach der Vorstellung, die ich von einem Romanschreiber hatte.

»Botschafter«, sagte Hemingway leise, »ich glaube an dieses Projekt. Es ist eine ernste Sache. Ich bin nicht nur bereit, selbst den größten Teil der Finanzmittel aufzubringen, ich habe sogar eine Einladung abgelehnt, nach Hollywood zu kommen und ein Drehbuch für ihre dumme Serie ›March of Time‹ über die Flying Tigers in Burma zu schreiben. Zwei Wochen Arbeit, hunderfünfzigtausend Dollar. Und ich habe nein gesagt, weil ich finde, daß die Gaunerbande wichtiger ist.«

Braden schaute zu dem großen Mann hoch, der über ihm aufragte. »Ich verstehe, Ernest«, sagte der Botschafter leise. »Und wir halten sie auch für wichtig. Ich muß mit dem kubanischen Premierminister sprechen, um die Genehmigung zu bekommen, aber das ist eine reine Formsache. Mit dem Innenministerium und dem FBI habe ich bereits alles geklärt.«

Hemingway nickte, grinste und ging zu seinem Stuhl zurück. »Prima«, sagte er. »Prima.«

»Es gibt nur zwei Bedingungen«, sagte Botschafter Braden, der wieder die Papiere auf seinem Schreibtisch betrachtete, als wären die Bedingungen dort aufgeschrieben.

»Klar«, sagte Hemingway, lehnte sich bequem zurück, lächelte und wartete.

»Erstens«, fuhr Braden fort, »Sie müssen mir Berichte schicken. Sie können kurz sein, aber ich wünsche mindestens wöchentliche Aktualisierungen. Bob und Ellis werden eine Möglichkeit ausknobeln, wie Sie sich diskret… heimlich… mit ihnen treffen können.«

Bob Joyce sagte: »Es gibt eine Hintertür zu meinem Büro im dritten Stock, Ernest. Sie können durch den kleinen Laden an der Ecke eintreten und auf diesem Weg herauf kommen, ohne daß Sie jemand die Botschaft betreten sieht.«

»Prima«, sagte Hemingway. »Kein Problem, Botschafter.«

Braden nickte. »Zweitens«, sagte er leise, »Sie müssen Mr. Lucas hier in Ihre Organisation aufnehmen.«

»Ach?« sagte Hemingway, der immer noch lächelte, mich aber mit einem harten, stechenden Blick betrachtete. »Und warum?«

»Joe ist Berater des Innenministeriums in Fragen der Spionageabwehr«, sagte der Botschafter. »Und ein anerkannter Experte im Außendienst. Ich habe in Kolumbien mit ihm zusammengearbeitet, Ernest. Dort war er eine große Hilfe.«

Hemingway ließ seinen starren Blick weiter auf mir ruhen. »Und warum sollte er hier eine Hilfe sein, Spruille?« Ohne die Antwort des Botschafters abzuwarten sagte Hemingway: »Kennen Sie Kuba, Mr. Lucas?«

»Nein«, sagte ich.

»Noch nie hier gewesen?«

»Niemals«, sagte ich.

»Habla usted español?«

»Sí«, sagte ich. *»Un poco.«*

»Un poco«, wiederholte Hemingway mit leicht angewiderter Stimme. »Tragen Sie eine Waffe, Mr. Lucas?«

»Nein.«

»Wissen Sie, wie man mit einer schießt?«

»Theoretisch«, sagte ich.

»Theoretisch«, wiederholte Hemingway. »Aber ich nehme an, Sie wissen alles über deutsche Spione.«

Ich zuckte die Achseln. Weiter als bis hierher würde dieses Vorstellungsgespräch nicht gehen. Offenbar sah der Botschafter das auch so, denn er sagte: »Das ist die einzige andere Bedingung, Ernest. Das Innenministerium besteht darauf. Sie wollen einen Verbindungsmann.«

»Verbindungsmann«, sagte Hemingway und dehnte das Wort genüßlich, als wäre es ein Schimpfwort. »Und wem werden Sie Bericht erstatten, Joe … ich darf Sie doch Joe nennen?«

Ich lächelte verzerrt. »Ich werde keinem anderen als Ihnen Bericht erstatten«, sagte ich. »Jedenfalls bis die Operation beendet ist. Danach werde ich einen Bericht für meine Vorgesetzten schreiben.«

»Eine Akte«, sagte der Schriftsteller, der nicht mehr lächelte.

»Einen Bericht«, sagte ich.

Hemingway rieb sich die Unterlippe mit einem Knöchel. »Und Sie werden keinem anderen Bericht erstatten, während wir zusammenarbeiten?«

Ich schüttelte den Kopf.

»Das wird Ihre Aufgabe sein, Ernest«, sagte der Botschafter. »Sie werden mit Bob und Ellis zusammenarbeiten ... oder sich direkt mit mir in Verbindung setzen, wenn die Ereignisse es rechtfertigen. Joe Lucas kann Ihr stellvertretender Befehlshaber sein ... oder setzen Sie ihn ein, wie immer Sie es wünschen.«

Hemingway richtete sich unvermittelt auf und kam auf mich zu. Er baute sich vor mir auf und sagte: »Lassen Sie mich Ihre Hände sehen, Joe.«

Ich streckte die Hände aus.

Hemingway betrachtete die Handflächen, drehte sie um. »Sie haben hart gearbeitet, Joe. Nicht nur Berichte getippt. Sind das alte Narben von Einsätzen?«

Ich nickte.

»Kommen Sie mit einem kleinen Boot zurecht?«

»Ganz gut«, sagte ich.

Hemingway ließ meine Hände los und drehte sich zu dem Botschafter um. »Na gut«, sagte er, »Bedingungen und neues Besatzungsmitglied sind akzeptiert. Wann kann ich die Gaunerbande vom Stapel laufen lassen, Spruille?«

»Wie wäre es mit morgen, Ernest?«

Hemingway ließ dieses breite Grinsen sehen. »Wie wäre es mit heute?« Er ging behende und leichtfüßig zur Tür. »Bob, Ellis, ich möchte Sie beide gern auf einen Drink und zum Essen einladen. Joe ... wo sind Sie untergebracht?«

»Im Ambos Mundos«, antwortete ich.

Der Schriftsteller nickte. »Dort habe ich auch schon gewohnt. Und ich habe den größten Teil eines verdammt guten Buches dort geschrieben. Aber Sie werden da nicht mehr wohnen, Joe.«

»Nicht?«

Er schüttelte den Kopf. »Wenn Sie bei der Gaunerbande mitmachen wollen, müssen Sie im Hauptquartier wohnen. Ich werde gegen drei Uhr vorbeikommen und Sie abholen. Sie bleiben auf der *finca*, bis wir ein paar deutsche Spione geschnappt oder einander satt haben.« Er nickte dem Botschafter zu und ging hinaus.

6

Ich ging zu Fuß von der Botschaft nach Hause, machte aber einen Umweg zum Hotel Ambos Mundos, schlenderte durch die Straßen der Altstadt Havannas, kaufte mir an einem Kiosk eine Zeitung, machte einen Spaziergang zur Hafenstraße und ging von da aus weiter zur Calle Obispo. Ich wurde verfolgt.

Neun Blocks vom Hotel sah ich einen schwarzen Lincoln am Bordstein halten; Ernest Hemingway stieg aus, gefolgt von Bob Joyce und Ellis Braden. Sie betraten eine Bar namens Floridita. Es war noch nicht einmal elf Uhr morgens. Ich sah in ein Schaufenster, um mich zu vergewissern, daß mir der Mann einen halben Block hinter mir immer noch folgte, dann bog ich rechts von der Obispo ab und schlenderte zum Hafen zurück. Der Mann bog ebenfalls ab. Er war gut – blieb stets hinter anderen, sah mich niemals direkt an –, aber ihn kümmerte auch nicht, ob ich merkte, daß er da war.

Am Vorplatz der Kathedrale betrat ich eine Bar mit Namen La Bodeguita del Medio und nahm an einem offenen Fenster mit Blick auf den Bürgersteig Platz. Der Mann, der mir folgte, verweilte direkt davor, lehnte sich an den Fenstersims und schlug eine *Diario de la Marina* auf, in der er las. Sein Kopf war keine dreißig Zentimeter von mir entfernt. Ich betrachtete die kupferroten Haare in seinem rasierten Nacken und die Linie, an der seine dunkle Bräune unmittelbar über dem steifen weißen Kragen seines Hemds aufhörte.

Ein Kellner kam herbeigeeilt.

»*Un mojito, por favor*«, sagte ich.

Der Kellner ging zur Bar zurück. Ich schlug meine eigene Zeitung auf und las die Ergebnisse der Boxkämpfe in den Staaten.

»Wie ist es gelaufen?« fragte der Mann draußen.

»Der Anfang ist gemacht«, entgegnete ich. »Hemingway nimmt mich heute mittag mit zu seiner *finca*. Ich werde dort wohnen.«

Der Mann nickte und blätterte die Seite seiner Zeitung um. Den Panamahut hatte er so tief ins Gesicht gezogen, daß selbst Wange und Kinnpartie, die ich sehen konnte, in dunklem Schatten lagen. Er rauchte eine kubanische Zigarette.

»Ich werde das sichere Haus zur Kontaktaufnahme benutzen«, sagte ich. »Der Zeitplan, auf den wir uns geeinigt haben.«

Delgado nickte wieder, warf die Zigarette weg, faltete die Zeitung zusammen, wandte sich von mir ab und sagte: »Behalten Sie diesen Schriftsteller im Auge. *Era un saco de madarrias.*« Er ging seines Weges.

Der Kellner brachte meinen *mojito*. Es war ein Drink, den Delgado am Abend zuvor empfohlen hatte, ein Cocktail aus Rum, Zucker, Eis, Wasser und Minze. Schmeckte wie Pferdepisse, und außerdem trank ich vormittags ohnehin so gut wie nie. *Era un saco de madarrias*. Ein schwieriger Typ. Wir würden sehen.

Ich ließ den Drink auf dem Tisch stehen und ging zur Calle Obispo und meinem Hotel zurück.

Ich hatte mich schon am Vorabend mit Delgado getroffen, nachdem ich das Ambos Mundos verlassen hatte und in ein heruntergekommenes Viertel der Altstadt von Havanna geschlendert war, wo die Mietshäuder Elendsvierteln wichen. Hühner und halbnackte Kinder liefen unbekümmert durch das hohe Gras und duckten sich durch Löcher in den ungestrichenen Zäunen. Ich erkannte das sichere Haus anhand der Beschreibung in meinen Einsatzunterlagen, fand den Schüssel dort, wo er sein sollte, unter der windschiefen Veranda, und trat ein. Es war sehr dunkel im Inneren, und es gab keinen Strom. Das Haus roch nach Mehltau und Rattenkot. Ich tastete mich zu dem Tisch, der in der Mitte des Zimmers stehen sollte, fand ihn, ertastete die Blechlaterne darauf und zündete sie mit meinem Feuerzeug an. Nach der Dunkelheit draußen wie drinnen wirkte das Licht erschreckend grell, obwohl es gedämpft war.

Der Mann saß keine vier Schritte von mir entfernt auf einem herumgedrehten Stuhl, auf dessen Rückenlehne er entspannt die Arme gelegt hatte. In der rechten Hand hielt er eine Smith und Wesson Kaliber .38 mit langem Lauf. Die Mündung war auf mein Gesicht gerichtet.

Ich hielt die rechte Hand hoch, um ihm zu zeigen, daß ich keine schnellen Bewegungen machen würde, und griff in die linke Jackentasche, um die Hälfte eines zerrissenen Dollarscheins herauszuholen. Die legte ich auf den Tisch.

Der Mann verzog keine Miene. Er öffnete die rechte Faust und legte seine Hälfte der Banknote neben meine. Ohne die rechte

Hand mit der nach außen gekehrten Handfläche zu senken, schob ich die beiden Teile zusammen. Sie paßten perfekt.

»Erstaunlich, wieviel man dafür hier kaufen kann«, sagte ich leise.

»Genug, daß man der ganzen Familie Geschenke mitbringen kann«, sagte der Mann und ließ die Pistole sinken. Er schob sie in ein Schulterhalfter unter dem weißen Jackett. »Delgado«, sagte er. Das alberne Identifizierungsritual schien ihm nicht peinlich zu sein. Er entschuldigte sich nicht dafür, daß er die Waffe auf meinen Kopf gerichtet gehabt hatte.

»Lucas.«

Wir unterhielten uns über den Einsatz. Delgado war kein Freund vieler Worte. Sein Benehmen war so schroff und zielstrebig, daß es fast ans Unhöfliche grenzte. Im Gegensatz zu vielen Agenten von FBI oder SIS, die ich kennengelernt hatte, wollte er nicht über sich oder irrelevante Nebensächlichkeiten sprechen. Er erzählte von dem alternativen sicheren Haus, Kommunikationsmöglichkeiten, warum man die FBI-Leute und Zentren in Havanna wie die Pest meiden mußte, kam kurz auf die Gegenseite zu sprechen – jede Menge Pro-Faschisten und Sympathisanten der Deutschen, aber kaum ein zusammenhängendes Netz der Nazis auf Kuba – und gab mir eine Beschreibung von Hemingways *finca*, informierte mich, wo sich die nächsten Münztelefone befanden, welche Nummern ich in Havanna oder sonstwo anrufen sollte und warum ich vermeiden sollte, mich an die örtliche oder Staatspolizei Kubas zu wenden.

Während er das alles erzählte, studierte ich ihn im Licht der Laterne. Ich hatte noch nie von einem SIS-Agenten namens Delgado gehört. Er schien ein ernster Mensch und tüchtiger Profi zu sein. Er kam mir gefährlich vor.

Seltsam, wie unterschiedlich Menschen einen berühren können. J. Edgar Hoover war mir wie ein gemeiner dicker Kerl in anständigen Klamotten vorgekommen – eine rachsüchtige Memme, die sich die Sprache und das Gebaren eines harten Burschen zueigen gemacht hatte. Als ich Hemingway schließlich kennenlernte, kam er mir augenblicklich wie ein komplexer, charismatischer Mann vor, der wahrscheinlich die interessanteste Persönlichkeit sein konnte, die man je getroffen hatte, aber zugleich auch der größte Langweiler.

Delgado war gefährlich.

Sein Gesicht wirkte im Lichtschein braungebrannt und flach: die Nase eindeutig einmal gebrochen und schief, Spuren von Narbengewebe auf den Wangenknochen und dem linken Ohr, buschige Brauen – ebenfalls vernarbt – mit kleinen, listigen Frettchenaugen, die alles aus dem Schatten dieser Brauen heraus betrachteten, sowie ein merkwürdiger Mund. Sinnlich. Amüsiert. Grausam.

Er war nur etwa zwei Zentimeter kleiner als ich, stellte ich fest, als er schließlich aufstand – in der Mitte zwischen meiner Größe und der Hemingways –, und daran, wie der weiße Anzug an ihm hing, konnte man sehen, daß er kein Gramm Fett am Körper hatte. Aber als er seine Hälfte des Dollarscheins auf den Tisch legte und die Waffe einsteckte, hatte ich die Muskeln seiner Unterarme gesehen. Seine sonstigen Bewegungen waren genau das Gegenteil derer, die ich bei Hemingway gesehen hatte. Delgado verschwendete weder Bewegungen noch Energie, die er so streng rationierte wie seine Worte. Ich hatte den deutlichen Eindruck, als könnte er einem mit einer einzigen geschmeidigen Bewegung ein Messer zwischen die Rippen stoßen, die Klinge säubern und das Messer wieder einstecken.

»Noch Fragen?« sagte er, als er mir die Zeitpläne für das sichere Haus erklärt hatte.

Ich sah ihn an. »Ich kenne die meisten Leute des SIS hier unten«, sagte ich. »Sind Sie neu?«

Delgado lächelte verhalten. »Sonst noch Fragen?«

»Ich erstatte Ihnen Bericht«, sagte ich, »aber was bekomme ich als Gegenleistung?«

»Ich gebe Ihnen Rückendeckung, wenn Sie in Havanna sind«, sagte er. »Oder außerhalb des Geländes der *finca.* Ich wette drei zu eins, der Schriftsteller wird von Ihnen verlangen, daß Sie dort draußen wohnen.«

»Was noch?« fragte ich.

Delgado zuckte die Achseln. »Meine Befehle lauten, Ihnen jedwede Information zukommen zu lassen, die Sie benötigen.«

»Akten?« fragte ich. »Vollständige Dossiers?«

»Klar.«

»OV-Akten?« fragte ich.

»Ja. Wenn Sie sie brauchen.«

Ich glaube, daraufhin blinzelte ich. Wenn Delgado mir Hoovers OV-Akten beschaffen konnte, dann stand er weit außerhalb der Hierarchie des FBI auf Kuba oder des SIS, die ich kannte. Er mußte Hoover persönlich Meldung machen und auch von ihm seine Befehle empfangen.

»Soll ich sonst noch etwas für Sie tun, Lucas?« fragte er, während er zur Tür ging. Man konnte den Sarkasmus ganz schwach aus seiner Stimme heraushören. Er hatte einen ganz leichten Akzent, den ich aber nicht einordnen konnte. Amerikanisch … aber woher? Irgendwo aus dem Westen.

»Können Sie mir hier ein gutes Lokal empfehlen?« fragte ich. »Restaurant? Bar?« Ich war neugierig, ob Delgado sich in Havanna auskannte oder so neu hier war wie ich.

»Im Floridita hängen Hemingway und seine Kumpane immer herum«, sagte Delgado. »Aber das empfehle ich nicht. Im La Bodeguita del Medio machen sie einen vorzüglichen Drink namens *mojito*. Früher hieß er Drake, nach Francis Drake, aber jetzt ist er ein *mojito*.«

»Gut?« fragte ich, nur damit er weiterredete und ich seinen Akzent identifizieren konnte.

»Schmeckt wie Pferdepisse«, sagte Delgado und ging in die heiße, schwüle Nacht hinaus.

Hemingway hatte gesagt, er würde mich um fünfzehn Uhr im Ambos Mundos abholen – ich hatte einen Chauffeur erwartet, nicht den Schriftsteller selbst –, daher war ich um fünfzehn Uhr bereit, hatte das Zimmer geräumt und saß mit Seesack und Reisetasche in der Halle, aber weder der Schriftsteller noch ein Diener ließen sich sehen. Statt dessen kam der Geschäftsführer persönlich mit einer Nachricht auf einem dünnen Zettel in der Hand zu mir. Der Sturzflut spanischer Worte und seinen häufigen Verbeugungen konnte ich entnehmen, daß ich ein weitaus bedeutenderer Gast geworden war, nachdem ich eine persönliche telefonische Nachricht von *Señor* Hemingway erhalten hatte, und als Tragödie erachtet wurde, daß sie – Manager und Personal des bescheidenen, aber exzellenten Ambos Mundos – nicht früher davon erfahren hatten, damit sie mir meinen Aufenthalt noch grandioser hätten gestalten können.

Ich dankte dem Manager, der sich davonbuckelte, als würde er sich von einem königlichen Gast entfernen, und las den Zettel: »Lucas – ich dachte mir, vielleicht wollen Sie ein wenig Lokalkolorit tanken. Nehmen Sie den Bus nach San Francisco de Paula. Steigen Sie den Hügel hinauf. Wir treffen uns auf der *finca*. EH.«

Der Manager und zwei Pförtner kamen pfeilschnell angeschossen, als ich meine Taschen zur Tür brachte. Ob *Señor* Lucas Ihnen gestatten würde, seine Taschen zum Taxi zu tragen?

Nein, *Señor* Lucas wollte kein Taxi. Er machte sich auf den Weg zur gottverdammten Bushaltestelle.

Es waren rund zwölf Meilen von Havanna zu dem Dorf, in dem Hemingways Farm lag, aber die Busfahrt dauerte über eine Stunde. Es war das übliche Erlebnis, wenn man südlich der Grenze reiste: ein knirschendes Getriebe in einem Bus mit derart schlechten Stoßdämpfern, daß ich sicher war, wir würden umkippen; alle paar hundert Meter ein Halt; brüllende Menschen; das Gackern von Hühnern und das Grunzen mindestens eines Schweins in dem Tohuwabohu; schnarchen, furzen und Gelächter der Passagiere; die Kohlenmonoxidabgase des Busses und Tausender anderer Fahrzeuge, die zu den vergitterten, offenen Fenstern hereinwehten; Gepäck, das zu den wartenden Jungs auf dem Dach hinaufgeworfen wurde.

Es war ein strahlender Nachmittag, und ich hätte sicher Gefallen am Lokalkolorit gefunden, wenn uns nicht eine weiße Limousine gefolgt wäre. Ich hatte mich aus Gewohnheit in den hinteren Teil des Busses gesetzt, durch die Heckscheibe geschaut, ohne den Kopf ganz zu drehen, und das Auto sofort gesehen, nachdem wir den Busbahnhof in der Innenstadt hinter uns gelassen hatten. Weißer Ford Baujahr '38, zwei Männer darin, ein schwerer Mann fuhr, ein deutlich schlankerer mit breitkrempigem Hut auf dem Beifahrersitz, die beide hingebungsvoll desinteressiert den Bus beobachteten. Es war schwierig im chaotischen Verkehr von Havanna –, und sie gaben sich größte Mühe, nicht zu dicht aufzufahren, bogen in Nebenstraßen ab, wenn der Bus hielt, unterhielten sich an Kreuzungen mit Zeitungs- und Gemüsehändlern – aber es konnte kein Zweifel daran bestehen, daß sie dem Bus folgten. Mir folgten. Aufgrund der Entfernung und der spiegelnden Windschutzscheibe konnte ich ihre Gesichter nicht besonders gut erkennen, aber ich war sicher, daß keiner der beiden Delgado war. Wer dann?

Möglicherweise FBI. Meinen Anweisungen zufolge hatte ich mich nicht beim befehlshabenden Special Agent Leddy oder jemand anderem in Havanna gemeldet, abgesehen vom Botschafter und Delgado, doch das hiesige FBI hatte mit Sicherheit gehört, daß ein Mann vom SIS in Hemingways hirnrissiges Unternehmen eingeschleust worden war. Aber warum sollten sie mir folgen? Hoover mußte doch irgendwelche Anweisungen erteilt haben, mich in Ruhe zu lassen. Deutsche? Das bezweifelte ich. Delgado hatte mich in meiner Überzeugung bestärkt, daß die Nazis, wenn überhaupt, ein höchst löcheriges Spionagenetz auf Kuba hatten, und es schien unwahrscheinlich, daß ihre desorganisierten Sympathisanten und Fünften Kolonnen mir so früh auf die Spur kommen konnten. Wild Bill Donovan und sein COI? Ich hatte keine Ahnung, inwieweit sie auf Kuba präsent waren, aber in Kolumbien, Mexiko und den anderen Territorien der FBI/SIS-Hegemonie, mit denen ich vertraut war, hatten sie es vermieden, Hoover in die Quere zu kommen. Möglicherweise Ian Flemings BSC? Die Polizei von Havanna? Die kubanische Staatspolizei? Der militärische Abschirmdienst Kubas?

Ich kicherte in mich hinein. Die ganze Situation hatte sich von einer verhaltenen Farce zur reinen Burleske entwickelt. Hemingway ließ mich mit dem Bus fahren, um mir eine Lektion zu erteilen und seinen Platz in der Hackordnung zu verdeutlichen. Verdammt, ich konnte mich glücklich schätzen, wenn ich nicht dazu verdonnert wurde, seinen Swimming Pool zu reinigen … wenn er einen Swimming Pool hatte. Und während ich mit diesem stinkenden, quietschenden Bus in mein berufliches Niemandsland fuhr, vergeudeten mindesten zwei bezahlte Agenten *irgendeiner* Regierung Zeit und Mühe damit, mir in der Nachmittagshitze zu folgen.

Der Bus hielt zum zweihundertsten Mal, seit wir die Innenstadt von Havanna verlassen hatten, der Fahrer rief etwas, und ich packte meine Taschen und stieg zusammen mit zwei Frauen und ihrem Schwein aus. Die drei machten sich über die Straße davon, und ich blieb einen Moment stehen und atmete ein paar Minuten Abgase und Staub des abfahrenden Busses ein. Von dem weißen Auto war keine Spur zu sehen. Ich nahm meine Sachen und stapfte bergauf.

Ich hätte in Kolumbien oder auch Mexiko sein können. Derselbe Bier- und Kochgeruch aus den offenen Fenstern, dasselbe Panorama von Wäsche auf Leinen und alten Männern an Straßenecken, dieselben anfänglich gepflasterten Straßen, die zwanzig Meter abseits der Hauptstraße in staubige Feldwege übergingen. Ein kleiner Junge hatte mich von seinem Beobachtungsposten auf einem flachen Baum, der ein Stück die Straße aufwärts stand, betrachtet, jetzt sprang er herunter und rannte wie verrückt die Straße hinauf, so daß seine bloßen Füße ihre eigenen Staubwolken aufwirbelten. Einer von Hemingways Geheimagenten? Ich hielt es für möglich.

San Francisco de Paula war ein kleiner Ort mit verwinkelten Straßen; innerhalb weniger Minuten hatte ich das Durcheinander der Häuser hinter mir gelassen und folgte der einzigen Straße bergauf. Mehrere kleine Häuser waren auf dem Hügel zu sehen, aber der Junge war zwischen zwei Torpfosten durchgelaufen, die zu einer längeren Einfahrt und einem größeren Gebäude führten. Ich ging in diese Richtung.

Hemingway kam mir entgegen. Er trug baskische Espadrilles, zerknitterte Bermudashorts und dasselbe verschwitzte *guayabera*, das er heute in der Botschaft getragen hatte. Um die Taille hatte er einen breiten Gürtel über das weite Hemd gebunden, und in diesem Gürtel steckte eine .22er Pistole. In der rechten Hand hielt er einen Drink. Die linke hatte er dem Jungen auf den dunklen Haarschopf gelegt. »*Muchas gracias, Santiago*«, sagte der Schriftsteller. Er tätschelte das Kind, das ehrfürchtig zu ihm aufschaute und an mir vorbei Richtung Dorf lief.

»Willkommen, Lucas«, sagte Hemingway, als ich durch das Tor kam. Er bot mir nicht an, meine Taschen zu nehmen, als wir uns umdrehten und die staubige Einfahrt zum Haus entlang gingen. »Was hat Ihnen die Busfahrt gebracht?«

»Lokalkolorit«, sagte ich.

Hemingway grinste. »Ja. Ich fahre hin und wieder gern mit dem Bus … es erinnert mich daran, meinen kubanischen Freunden und Nachbarn hier gegenüber nicht zu snobistisch zu werden.«

Ich schaute ihn an und sah ihm in die Augen.

Hemingway lachte. »Na gut. Verdammt. Ich bin *noch nie* mit dem Scheißbus gefahren. Aber es wäre trotzdem eine gute Idee.«

Wir hatten den Eingang der Finca Vigía erreicht. Rechts davon wuchs ein riesiger Baumwollbaum und warf seinen Schatten auf die breiten Stufen. Orchideen wuchsen aus dem rauhen Baumstamm, und ich konnte sehen, wo die durstigen Wurzeln des Baumes die

Platten der Terrasse wölbten. Das Haus selbst war eine ältere Kalksteinvilla, imposant und durchaus geräumig, aber neben dem Baumwollbaum wirkte sie klein und unscheinbar.

»Kommen Sie«, sagte Hemingway und führte mich um das Haus herum. »Wir bringen Sie im Gästepalast unter, und dann führe ich Sie herum.«

Wir gingen den Weg um das Hauptgebäude herum, durch ein Tor in einen Innenhof, einen Plattenweg entlang, an einem Swimming Pool vorbei, durch die Schatten von Mango- und Flamboyantbäumen und an einer Reihe von Platanen und Königspalmen vorbei, die wie müde Wachtposten in der Nachmittagshitze standen und blieben vor einem kleinen weißen Holzhaus stehen.

»Gästehaus«, sagte Hemingway, stieß die niedrige Tür auf und ging voran ins Innere. »Hauptquartier der Gaunerbande ist dieses Zimmer. Schlafzimmer ist da hinten.«

Das »Hauptquartier« bestand aus einem langen Holztisch, auf dem eine große Karte von Kuba ausgebreitet lag – von Muschelschalen und Steinen gehalten – daneben einige aufeinandergestapelte Aktenordner. Hemingway schob mit dem Fuß sacht die Tür zu dem kleinen Schlafzimmer auf und zeigte mit dem Drink in der Hand auf eine flache Kommode. Ich stellte meine Taschen dorthin.

»Haben Sie eine Waffe mitgebracht?« fragte er.

Er hatte mich am Morgen gefragt, ob ich eine Waffe hatte, und ich hatte nein gesagt. Jetzt sagte ich wieder nein. Es war die Wahrheit: Ich hatte die .38er und die .357er heute nachmittag in dem sicheren Haus versteckt.

»Hier«, sagte Hemingway, zog die .22er aus dem Gürtel und hielt sie mir mit dem Griff voran hin.

»Nein, danke«, sagte ich.

»Sie sollten sie hier in einer Nachttischschublade aufbewahren«, sagte Hemingway, der die Waffe immer noch so am Lauf hielt, daß die Mündung auf seinen Bauch zielte.

»Nein, danke«, sagte ich wieder.

Hemingway zuckte die Achseln und steckte die kleine Pistole wieder in den Gürtel. »Dann ist das hier für Sie«, fuhr er fort und hielt mir den Drink hin.

Ich zögerte nur einen Moment, dann streckte ich die Hand danach aus, aber bevor ich das Glas nehmen konnte, hob Hemingway es, nickte mir zu und trank selbst einen Schluck. Er hielt es mir wieder hin.

Mir wurde klar, daß es sich um eine Art von Ritual handeln mußte. Ich nahm den Drink und schluckte den Rest. Whiskey. Kein besonders guter Whiskey. Er brannte hinter meinen Augen. Ich gab das Glas zurück. Es war noch nicht einmal halb fünf Uhr nachmittags.

»Bereit für die Zwei-Cent-Führung?«

»Ja«, sagte ich und folgte ihm aus dem vergleichsweise kühlen Hauptquartier der Gaunerbande hinaus.

Die Führung begann an einem Brunnen, in dem sich ein Mann ertränkt hatte.

Hemingway führte mich an den Tennisplätzen vorbei, am Swimming Pool, am Hauptgebäude, weg von den Gärten und über ein Brachfeld zu einem kleinen, aber dichten Bambushain. In dem Miniaturdschungel des Bambus befand sich ein flacher Kreis aus Steinen mit einem Metallgitter darüber. *Ein alter Brunnen*, dachte ich aufgrund der kühlen Luft und des feuchten Geruchs, die daraus emporstiegen.

»Letztes Jahr«, sagte Hemingway, »stürzte sich ein ehemaliger Gärtner der *finca* in diesen Brunnen und ertränkte sich. Er hieß Pedro. Ein alter Mann. Es dauerte vier Tage, bis ihn jemand fand. Einer der Diener sah Geier über dem Brunnen kreisen. Verdammte Sache, Lucas. Was meinen Sie, warum er es getan hat?«

Ich sah den Schriftsteller an. Meinte er das ernst? War es eine Art von Spiel?

»Kannten Sie ihn?« fragte ich.

»Ich habe ihn kennengelernt, als wir eingezogen sind. Ich habe ihn gebeten, die Pflanzen nicht zu beschneiden. Er sagte, das wäre seine Aufgabe. Ich antwortete, von jetzt an wäre es sein Job, die Pflanzen *nicht* zu beschneiden. Er kündigte. Konnte keine andere Arbeit finden. Kam ein paar Wochen später zurück und wollte seinen Job wiederhaben. Ich hatte bereits einen anderen Gärtner eingestellt. Etwa eine Woche nachdem ich ihm das gesagt hatte, stürzte sich der alte Mann in diesen Brunnen.« Hemingway verschränkte die haarigen Arme und wartete, als wäre das ein Rätsel, das ich lösen mußte, wenn ich mit ihm in der Gaunerbande arbeiten wollte.

Ich wollte ihm sagen, daß er sich verpissen sollte, daß ich den Job in der Gaunerbande schon hätte und einen besseren gehabt hatte – als richtiger Spion. Statt dessen sagte ich: »Und was ist nun die Frage?«

Hemingway sah finster drein. »Warum mußte er sich in *diesen* Brunnen stürzen, Lucas? Warum in *meinen* Brunnen?«

Ich lächelte unmerklich. »Das ist leicht«, sagte ich auf spanisch. »Er war ein armer Mann, *no?*«

»Ja, er war ein armer Mann«, stimmte Hemingway auf spanisch zu. Auf englisch sagte er: »Hatte nicht einmal einen Pott zum Reinpissen.«

Ich breitete die Arme aus. »Also hatte er keinen eigenen Brunnen, in dem er sich ertränken konnte.«

Hemingway grinste und führte mich aus dem Halbdunkel des Bambusdickichts zurück Richtung Hauptgebäude.

»Haben Sie es getrunken?« fragte ich, während ich ihm auf dem Weg folgte. Ich konnte Hemingways leicht unregelmäßigen Haaransatz dicht über dem Kragen sehen. Er ging nicht zu einem richtigen Friseur; möglicherweise schnitt ihm seine Frau die Haare.

»Das Leichenwasser?« fragte er kichernd. »Das Wasser aus dem Brunnen, in dem der alte Pedro vier Tage lang verwest ist? Das wollen Sie von mir wissen?«

»Ja.«

»Alle wollten das wissen, als es passiert ist«, entgegnete er brüsk. »Mir macht das nichts weiter aus, Lucas. Ich habe schon aus Gräben getrunken, in denen verwesende Leichen lagen. Ich würde einem Toten Wasser aus der Vertiefung am Hals lecken, wenn es sein müßte. Mir ist das scheißegal.«

»Also haben Sie?« beharrte ich.

Hemingway blieb an der Hintertür des Hauses stehen. »Nein«, sagte er, öffnete die Tür und forderte mich mit einer etwas ungehaltenen Bewegung seines leicht verkrüppelten linken Arms zum Eintreten auf. »Dieser Brunnen lieferte nur Wasser für den Pool. Aber vielleicht habe ich in das Leichenwasser gepißt. Kann man nie sagen.«

»Marty, das ist Lucas. Lucas, das ist Martha Gellhorn, meine Frau.«

Wir befanden uns in der Küche – einer alten Küche im kubanischen Stil, keiner modernen elektrischen. Ich war sechs oder sieben der zahllosen Katzen vorgestellt worden, die im Haus das Sagen zu haben schienen, und auch den größten Teil der Dienerschaft und Ramón, den chinesischen Koch, hatte ich schon kennengelernt. Plötzlich war diese Frau da.

»Mr. Lucas«, sagte Hemingways Frau, streckte auf fast männliche Weise die Hand aus und schüttelte meine rasch. »Soweit ich weiß, werden Sie eine Zeitlang auf der *finca* wohnen und Ernest helfen, Spion zu spielen. Sind Sie mit Ihrer Unterkunft zufrieden?«

»Sehr hübsch«, sagte ich. Spion spielen? Ich hatte gesehen, wie Hemingways Wangen und Hals in dem Moment, als er das hörte, rot angelaufen waren.

»Wir erwarten heute abend Gäste«, hörte ich Gellhorn sagen, »aber der Herr übernachtet in unserem Gästezimmer hier im Hauptgebäude, und die Dame muß spät nachts wieder nach Havanna zurück, daher brauchen wir das Schlafzimmer im Gästehaus nicht. Sie sind übrigens heute abend zum Essen eingeladen. Hat Ernest Sie eingeladen?«

»Noch nicht«, sagte Hemingway.

»Nun, hiermit sind Sie eingeladen, Mr. Lucas. Das wird keine ständige Einrichtung sein – Abendessen hier im Haupthaus, meine ich. Ihnen ist vielleicht aufgefallen, daß das Gästehaus über eine funktionstüchtige kleine Kochnische verfügt, aber wir dachten, die Gesellschaft heute abend könnte Ihnen Spaß machen.«

Ich nickte. Sie hatte mir meinen Stellenwert ganz hübsch verdeutlicht – *Sie sind zum Abendessen eingeladen, aber gewöhnen Sie sich nicht daran.*

Sie wandte sich von mir ab, als wäre ich auf ihrer Liste abgehakt. »Juan fährt mich mit dem Lincoln in die Stadt«, sagte sie zu Hemingway. »Ich muß das Fleisch fürs Essen kaufen. Brauchst du etwas?«

Hemingway brauchte etwas – Farbbänder, Schreibmaschinenpapier, sein Anzug mußte zur Reinigung gebracht werden –, und während er seine Liste herunterleierte, betrachtete ich das Profil der Frau.

Martha Gellhorn Hemingway war, wie ich aus der OV-Akte über den Schriftsteller wußte, Hemingways dritte Frau. Sie hatten vor etwas weniger als zwei Jahren geheiratet, hatten davor aber mindestens drei Jahre zusammengelebt. Gellhorn war die Nachfolgerin von Pauline Pfeiffer Hemingway, die die Stelle wiederum von Hadley Richardson Hemingway übernommen hatte.

Gellhorn war groß und hatte blondes Haar, das etwas kürzer als schulterlang und auftoupiert war. Ihr Gesicht war markant und sah auf die kernige Weise des Mittelwestens ehrlich aus, aber sie hatte einen ausgeprägten Bryn-Mawr-Akzent. An diesem Tag trug sie einen leichten Leinenrock bis zur Mitte der Waden und ein weiches blaues Baumwollhemd mit weißem Kragen. Sie machte keinen besonders glücklichen Eindruck, aber ich hatte das Gefühl, als wäre das ihr Normalzustand.

Als Hemingway mit der Liste der Besorgungen fertig war, die sie für ihn erledigen mußte – er war erst vor zwei Stunden in der Stadt gewesen –, seufzte Gellhorn und sah mich an. »Brauchen *Sie* etwas aus der Stadt, Mr. Lucas?«

»Nein, Ma'am«, sagte ich.

»Gut«, antwortete sie brüsk. »Dann sehen wir uns gegen acht zum Essen. Anzug oder Jackett und Krawatte wären angemessen.« Sie ging zur Tür hinaus.

Hemingway sah ihr einen Moment schweigend nach. »Marty ist auch Schriftstellerin«, sagte er schließlich, als würde das alles erklären.

Ich sagte nichts.

»Und sie kommt aus St. Louis«, fügte Hemingway hinzu, als wäre dies das letzte Wort zu dem Thema. »Kommen Sie, ich zeige Ihnen den Rest des Hauses.«

Die Finca Vigía war eines dieser großen, schlampig gebauten, klassischen einstöckigen Häuser im spanischen Stil, die in den letzten Jahrzehnten des vorigen Jahrhunderts um Kuba herum entstanden waren. Das Wohnzimmer war riesig – wahrscheinlich fünfzehn Meter lang – und wurde von Bücherregalen und verschiedenen Jagdtrophäen an Wänden und Boden beherrscht. An einem Ende hing ein Elchkopf neben einem Ölgemälde, das einen Stierkämpfer zeigte; an der gegenüberliegenden Wand hingen die Köpfe von zwei Impalas – oder irgendwelchen afrikanischen Huftieren, die aussahen, als könnten sie nicht fassen hierzusein –, und über den langen Reihen der niedrigen Bücherregale auf der Fensterseite des

Raums waren weitere ausgestopfte Köpfe aufgehängt woren. Das Mobiliar in dem Wohnzimmer war alt und sah gemütlich aus, ganz und gar nicht so, wie man es im Haus eines reichen Schriftstellers erwartete. In der Mitte des Zimmers standen zwei Plüschsessel, der linke davon offensichtlich der Lieblingssessel des Schriftstellers – das Sitzpolster war durchgesessen, ein fadenscheiniger bestickter Fußschemel stand in Reichweite der Beine, und unmittelbar daneben ein kleines Tischchen, das vollgestopft war mit Spirituosen und Shakern. Auf einem Tisch hinter diesen beiden Sesseln stand ein Tisch mit zwei passenden Lampen und einigen Weinflaschen. Ein gemütliches Plätzchen zum Lesen, dachte ich. Oder um stinkbesoffen zu werden.

Hemingway sah, wie ich die Trophäen an den Wänden betrachtete, als wir aus dem Wohnzimmer hinausgingen. »Ich war vierunddreißig zum erstenmal auf einer Safari«, sagte er unwirsch. »Will wieder hin, sobald dieser Scheißkrieg vorbei ist.«

Die Bibliothek grenzte an das Wohnzimmer an, und obwohl der Großteil der Wände dort von Regalen beansprucht wurde, die vom Boden bis zur Decke reichten und allesamt mit Büchern, Knochen und Andenken vollgestopft waren, hingen einige weitere Köpfe grasfressender Tiere an den winzigen, freien Stellen der Wand. Der Fußboden bestand aus polierten Fliesen, aber vor einer langen, tiefen Couch sah ein Löwenfell mit aufgerissenem Maul zu mir auf. Eine Trittleiter aus Holz stand rechts vom Eingang, und ich sah, daß Hemingway mit ihrer Hilfe die oberen Buchreihen erreichen konnte.

»Ich habe mehr als siebentausend Bücher hier auf der *finca*«, sagte Hemingway, der die Arme verschränkt hatte und behende auf den Fußballen balancierte.

»Wirklich?« Bis dahin hatte ich noch nie gehört, daß sich jemand seiner Bücher brüstete.

»Wirklich«, antwortete der Schriftsteller und ging zu einem der niedrigen Bücherregale. Er zog einige Bände heraus und warf mir einen zu. »Aufschlagen«, sagte er.

Ich sah hinein. Das Buch hieß *Der große Gatsby*, und auf der ersten Seite stand eine unleserliche Widmung mit der Unterschrift »Alles Liebe, Scott.« Ich schaute gelinde gesagt verwirrt auf. Laut Mr. Hoovers OV-Akte hatte Hemingway dieses Buch geschrieben.

»Erstausgabe«, sagte Hemingway und hielt die anderen Bücher in seiner großen Hand hoch. Mit den Fingern der anderen klopfte er auf die Rücken der Bücher in drei der langen Regale. »Alles Erstausgaben mit Widmung. Joyce, Gertrude Stein, Dos Passos, Robert Benchley, Ford Madox Ford, Sherwood Anderson, Ezra Pound. Die habe ich natürlich alle gekannt.«

Ich nickte verständislos. Ein paar der Namen kannte ich. Es existierten umfangreiche OV-Akten über Dos Passos, Pound und einige andere, die Hemingway genannt hatte, aber ich hatte sie nie lesen müssen.

Er nahm *Der große Gatsby* zurück, schob das Buch brüsk ins Regal und führte mich durch das Haus zu seinem Schlafzimmer.

»Schlafzimmer«, sagte er. »Das da über dem Bett ist der *Gitarrenspieler* von Juan Gris. Wahrscheinlich haben Sie den anderen Gris im Wohnzimmer gesehen, zusammen mit dem Klee, dem Braque, Mirós *Farm* und den Massons.«

Ich brauchte einen Moment, bis mir klar wurde, daß er von dem seltsamen Bild über dem Bett sprach. Ich vermutete, bei den anderen Namen handelte es sich um Künstler oder die Titel von Bildern. Ich nickte.

In seinem Schlafzimmer stand ein großer Schreibtisch, und darauf lagen, dicht gedrängt, Zeitungen, Post, Zeitschriften, mehrere stehengebliebene Uhren, Holzschnitzereien, die afrikanische Tiere darstellten, und haufenweise sonstiger Plunder. Tassen quollen über von Bleistiften. Massenhaft Füllfederhalter auf der Schreibtischunterlage. Papierstapel auf dem Boden. An der Wand gegenüber des Betts hing der riesige Kopf eines Wasserbüffels, der sich mit einer Mischung aus Abscheu und Vorfreude umzusehen schien.

»Hier schreiben Sie also Ihre Bücher«, sagte ich, betrachtete den chaotischen Schreibtisch und bemühte mich, beeindruckt zu klingen.

»Nee«, sagte Hemingway. Er nickte zu einem brusthohen Bücherregal neben dem Bett, auf dem ich eine tragbare Schreibmaschine und einen kleinen Stapel Papier sah. »Schreibe im Stehen«, sagte er. »Morgens. Aber ich spreche nicht über das Schreiben. Nicht nötig.«

Das war mir recht.

Als wir aus dem Schlafzimmer gingen, konnte ich einen Blick in

Hemingways Badezimmer werfen: So viele Tablettenfläschchen auf den Regalen wie Whiskey- und Ginflaschen im Wohnzimmer. An einem Handtuchhalter hing eine Blutdruckmanschette. An den weißen Wänden sah ich hingekritzelte Notizen, bei denen es sich, vermutete ich, um die täglichen Blutdruckwerte, Gewicht und andere medizinische Informationen handelte. Mir kam das zwanghaft vor. Ich nahm das alles in mich auf und merkte es mir für einen späteren Zeitpunkt.

Die *finca* bestand aus acht großen Räumen, die beiden Küchen nicht mitgerechnet. Das Eßzimmer war lang und schmal; einige weitere tote Tiere glotzten auf den Mahagonitisch herunter.

»Wir legen immer ein Gedeck zusätzlich auf, falls sich unerwartet Besuch einstellt«, sagte der Schriftsteller. »Ich schätze, heute abend werden Sie das sein.«

»Schätze ich auch«, sagte ich. Ich hatte den Eindruck, als wäre Hemingway ein wenig verlegen, weil er die Führung mit mir gemacht hatte. »Mrs. Hemingway sagte, ›Jackett und Krawatte‹?« fragte ich. Das hatte mich angesichts von Hemingways schlampiger Erscheinung heute morgen in der Botschaft und der schmutzigen Kleidung, die er jetzt trug, ein wenig überrascht.

»Ja«, sagte er und sah sich in dem Raum um, als hätte er etwas vergessen. »Wir versuchen, beim Abendessen zivilisiert auszusehen.« Er richtete den Blick seiner braunen Augen wieder auf mich. »Verdammt, es wird spät. Sie trinken doch Wein, Lucas, oder nicht?«

»Ja.«

»Gut«, sagte er und kratzte sich an der Wange. »Wir trinken heute abend einen guten Tropfen zum Essen. Besonderer Anlaß, Sie wissen schon.«

Ich wußte es nicht, es sei denn, er meinte das Okay für seine Gaunerbande.

Plötzlich schaute er auf und grinste. »Wir haben heute abend einige Leute hier, aber die beiden Gäste, die Marty erwähnt hat ...«

Ich wartete.

»Die werden Sie so überraschen, daß es Ihnen die Schuhe auszieht, Lucas. Daß es Ihnen die verdammten Schuhe auszieht.«

»Nun gut«, sagte ich, nickte als Anerkennung für die Führung und ging zur Hintertür hinaus und den Weg zum Gästehaus entlang.

7

»Du wirst dir die Haare schneiden müssen, Tochter«, sagte Hemingway. »Und die Ohren zeigen. Ich hoffe, du hast schöne Ohren.«

Bergman zog das Haar straff zurück und legte den Kopf schief.

»Du hast schöne Ohren«, sagte der Schriftsteller. »Sogar perfekte Ohren. Marias Ohren.«

»Wie kurz, bitte?« fragte Bergman. »Ich habe den Abschnitt ein dutzendmal gelesen, bevor sie mich für die Rolle abgelehnt haben, aber jetzt kann ich mich nicht erinnern, wie kurz.«

»Kurz«, sagte Hemingway.

»Nicht so kurz, wie Vera Zorina ihr Haar geschnitten hat«, bemerkte Cooper trocken. »Sie sieht aus wie ein Kaninchen, das in einen Mähdrescher geraten ist.«

»Psst«, sagte Bergman und berührte Coopers Arm zaghaft, aber liebevoll. »Schrecklich, so etwas zu sagen. Davon abgesehen *hat* Vera die Rolle. Und ich nicht. Und diese ganze Diskussion um Haarlängen ist albern. Oder nicht, Papa?«

Sie sprach mit Hemingway. Ich hörte zum erstenmal, wie ihn jemand Papa nannte.

Am Kopf des Tisches runzelte Hemingway die Stirn und schüttelte den Kopf. »Sie ist nicht albern, Tochter. Du *bist* Maria. Du bist immer Maria gewesen. Du *wirst Maria sein*.«

Bergman seufzte. Ich sah Tränen an ihren Wimpern.

Am anderen Tischende räusperte sich Martha Gellhorn. »Eigentlich, Ernest, ist Ingrid *nicht* immer Maria gewesen. Du erinnerst dich, du hast einmal gesagt, als du Maria beschrieben hast, hast du an mich gedacht.«

Hemingway betrachtete sie stirnrunzelnd. »Natürlich«, fuhr er sie beinahe an. »Das weißt du doch. Aber Ingrid ist immer diejenige gewesen, die Maria *spielen* sollte.« Er sprang auf die Füße. »Wartet hier. Ich hole das Buch und lese die Beschreibung von Marias Haar vor.«

Die Unterhaltung verstummte, während wir alle am Tisch saßen und darauf warteten, daß Hemingway mit dem Buch zurückkehrte.

Ich hatte die Autos vorfahren hören, als ich im Gästehaus noch in der Badewanne saß. Es war erst halb sieben. Dann schallte Gelächter über Rasen und Pool, gefolgt von Gläserklirren. Ich konnte Hemingway mit seiner klaren Tenorstimme eine Geschichte erzählen hören, und nach der Pointe viel lautes Gelächter. Ich setzte mich in der Unterwäsche hin und las bis Viertel vor acht eine Zeitung aus Havanna. Dann zog ich meinen besten Leinenanzug an, vergewisserte mich, daß der Knoten meiner Seidenkrawatte perfekt war, und schlenderte den Weg zum Hauptgebäude entlang.

René, der Hausdiener, ließ mich ein. Eines der Mädchen führte mich in das lange Wohnzimmer. Fünf Gäste waren anwesend – vier Männer und eine junge Frau –, und ihren rosigen Gesichtern und dem Gelächter konnte ich entnehmen, daß sie seit ihrer Ankunft großzügig dem Alkohol zugesprochen haben mußten. Alle waren hübsch angezogen – der Schriftsteller mit einem zerknitterten Anzug mit salopp gebundener Krawatte, aber immerhin sah er mit dem zurückgekämmten, pomadisierten Haar und den frisch rasierten Wangen recht adrett aus; die anderen vier Männer ebenfalls in Anzügen, Gellhorn und die junge Frau in schwarzen Kleidern. Hemingway stellte mich vor.

»Ich möchte euch allen Mr. Joseph Lucas vorstellen, eine Leihgabe von der amerikanischen Botschaft, der mir bei einigen ozeanographischen Studien behilflich sein wird, die ich in den kommenden Monaten durchführen möchte. Joseph, das ist Dr. José Luis Herrera Sotolongo, mein Leibarzt und Freund seit unserer gemeinsamen Zeit im Spanischen Bürgerkrieg.«

»Dr. Herrera Sotolongo«, sagte ich und verbeugte mich ein wenig, ehe ich seine Hand schüttelte. Der Doktor trug die förmliche Kleidung eines seit zwanzig Jahren aus der Mode gekommenen Stils. Auf der Nase hatte er einen Kneifer. Das einzige Anzeichen dafür, daß er getrunken hatte, war eine leichte Rötung, die am Rand seines hohen Kragens entlang verlief.

»*Señor* Lucas«, sagte der Doktor und erwiderte meine Verbeugung.

»Dieser kleinwüchsige, ekelerregend gutaussehende Gentleman ist *Señor* Francisco Ibarlucia«,sagte Hemingway. »Alle nennen ihn Patchi. Patchi, sagen Sie Joe Lucas guten Tag. Sieht so aus, als würden wir einige Zeit an Bord der *Pilar* miteinander verbringen.«

»*Señor* Lucas«, sagte Ibarlucia und schnellte vorwärts, um mir die Hand zu schütteln. »*Encantado*. Es ist mir eine Freude, einen Meeresforscher kennenzulernen.« Patchi Ibarlucia war kein großer Mann, aber eine stattliche Erscheinung. Abgesehen von der perfekten Bräune, dem eingeölten schwarzen Haar und den perlweißen Zähnen hatte er den gestählten Körper eines leidenschaftlichen Sportlers.

»Patchi und sein Bruder sind die besten Jai-Alai-Spieler auf diesem Planeten«, sagte Hemingway. »Und Patchi ist mein liebster Tennispartner.«

Ibarlucias breites Grinsen wurde noch breiter. »*Ich* bin der beste Jai-Alai-Spieler der Welt, Ernest. Ich gestatte meinem Bruder, mit mir zu spielen. So, wie ich Ihnen ab und an erlaube, mich beim Tennis zu schlagen.«

»Lucas«, sagte Hemingway, »ich möchte, daß Sie meinen Freund und geschätzten Ersten Offizier an Bord der *Pilar* kennenlernen, Mr. Winston Guest. Wir nennen ihn alle Wolfie oder Wolfer. Er ist einer der besten Matrosen, Tennisspieler, Skifahrer und Athleten, die Sie je kennenlernen werden.«

Guest rappelte sich auf, kam zu mir und nahm meine Hand in einen freundschaftlichen Klammergriff. Er war ein großer Mann und vermittelte den Eindruck, noch größer zu sein als er tatsächlich war. Er erinnerte mich ein klein wenig an Ian Fleming, und sein Gesicht war rund, gerötet, eifrig, herzlich und fast aufgedunsen vom Trinken. Jackett, Krawatte, Hosen und Hemd waren maßgeschneidert oder aus einem exquisiten Material, und sie wurden mit der eleganten Lässigkeit getragen, die nur die Schwerreichen zustande bringen. »Freut mich, Sie kennenzulernen, Mr. Guest«, sagte ich. »Warum nennt man Sie Wolfie?«

Guest grinste. »Damit hat Ernest angefangen. Seit Gigi gesagt hat, daß ich wie der Typ in den Wolfsmensch-Filmen aussehe. Sie wissen schon, wieheißternochgleich.« Ich hatte ihn für einen Amerikaner gehalten, aber er hatte einen leichten britischen Akzent.

»Lon Chaney Jr.«, sagte die attraktive junge Frau. Sie hatte eine Stimme, die mir seltsam vertraut vorkam, und einen schwedischen Akzent. Inzwischen waren alle aufgestanden und bereit, ins Eßzimmer zu gehen.

»Ja«, sagte Guest. »Der Wolfsmensch.« Er grinste wieder.

Er sah *wirklich* wie dieser Mann aus dem Film aus.

»Gigi ist Ernests jüngster Sohn«, sagte Martha Gellhorn. »Gregory. Er ist zehn. Er und Parick kommen jeden Sommer hierher.«

Hemingway berührte die junge Frau am Arm. »Tochter«, sagte er, »ich entschuldige mich dafür, daß ich die Regeln der Höflichkeit bei dieser Vorstellungszeremonie mißachtet habe, aber ich hebe mir das Beste zum Schluß auf. Sozusagen das Kronjuwel.«

»Ich schätze, das bedeutet, daß ich der nächste bin, Mr. Lucas«, sagte der letzte männliche Gast. Er kam einen Schritt näher und streckte die Hand aus. »Gary Cooper.«

Im ersten Moment begriff ich überhaupt nicht. Ich habe eingangs gesagt, daß ich stets ein fotografisches Gedächtnis hatte, aber ein Foto zu kennen heißt nicht immer, auch den zugehörigen Namen zu kennen. Einen Augenblick schien alles falsch zu sein – der große, stattliche Mann, die schwedische Frau – als wären sie Verdächtige, auf die ich in einer OV-Akte gestoßen war, und wußte, es war nicht richtig, daß sie sich hier aufhielten, in diesem Haus. Ich konnte sie einfach nicht einordnen.

Cooper und ich schüttelten einander die Hände und plauderten. Er war ein großer, schlanker Mann, nichts als Muskeln auf den Knochen, und schien Anfang Vierzig zu sein – etwa Hemingways Alter –, aber auf eine stille Art und Weise sehr viel reifer. Coopers Augen waren sehr hell, er hatte die dunkle Bräune eines Profisportlers oder eines Mannes, der im Freien arbeitet, und seine Stimme klang leise, fast unterwürfig.

Bevor ich die Erinnerung daran, daß ich ihn schon einmal gesehen hatte, dem entsprechenden Kontext zuordnen konnte, zog Hemingway mich zu der jungen Frau.

»Und nun unser Kronjuwel heute abend, Lucas. Ingrid, ich möchte dir gern Joseph Lucas vorstellen. Joe, Mrs. Petter Lindstrom.«

»Mrs. Lindstrom«, sagte ich schüttelte ihre große, aber zarte Hand. »Es ist mir ein Vergnügen.«

»Und mir eine Freude, Ihre Bekanntschaft zu machen, Mr. Lucas«, sagte sie.

Sie war reizend und besaß den markanten Knochenbau und die makellose Gesichtshaut, die so viele skandinavische Frauen auszeichnet. Aber ihre Haare waren dunkelbraun, ihre Brauen buschig, und von den vollen Lippen bis zu dem kecken Blick verströmte sie mehr herzliche Sinnlichkeit als die meisten schwedischen Frauen, die ich kennengelernt hatte.

Martha Gellhorn sagte: »Sie kennen sie vielleicht schon als Ingrid Bergman, Mr. Lucas. *Gefährliche Liebe? Arzt und Dämon?* Demnächst in ... wofür haben Sie gerade unterschrieben, Ingrid? *Tanger?*«

»*Casablanca*«, antwortete Mrs. Lindstrom mit einem glockenhellen Lachen.

Ich brauchte einen Moment, bis mir klar wurde, daß es sich um Filmtitel handelte – von denen ich keinen gesehen hatte –, und dann endlich gelang es mir, ihre Gesichter in den richtigen Zusammenhang zu stellen. Ich schenkte Filmen selten viel Aufmerksamkeit und benützte sie häufig nur, um zu vergessen, was mich gerade beschäftigte, und vergaß den betreffenden Film wieder, sobald ich das Kino verließ. Aber *Sergeant York* hatte mir gefallen. Ich hatte die Frau nie in einem Film, aber ihr Gesicht auf den Titelbildern von Zeitschriften gesehen.

»Nun kennen wir uns also alle«, sagte Hemingway, streckte den Arm aus und verbeugte sich wie ein Oberkellner. »Sollen wir uns eine Zeitlang von der Glückseligkeit verabschieden und essen, bevor uns Ramón persönlich mit seinem kubanischen Fleischermesser verfolgt?«

Wir schlenderten in das Eßzimmer.

»Von der Glückseligkeit verabschieden«, zischte Gellhorn Hemingway zu, nahm den Arm von Dr. Herrera Sotolongo und folgte Cooper und Bergman in das lange Zimmer. Hemingway sah mich achselzuckend an, bot Ibarlucia den Arm an, erntete einen Knuff an der Schulter dafür und verbeugte sich vor Winston Guest und mir, damit wir vor ihm hineingingen.

Wir waren beim Hauptgang, Roastbeef in einer ganz ordentlichen Soße, dazu frisches Gemüse, und warteten darauf, daß Hemingway mit seinem Buch zurück kam, als Bergman über den Tisch zu mir sagte: »Haben Sie sein neues Buch gelesen, Mr. Lucas?«

»Nein«, sagte ich. »Welches Buch ist das?«

»*Wem die Stunde schlägt*«, sagte Gellhorn. Sie war während des gesamten Mahls – einem überraschend förmlichen Abendessen mit

Dienern in weißer Livree, die an den Wänden standen – eine anmutige Gastgeberin gewesen, konnte aber ihre Ungeduld in ihrer Stimme nicht verbergen, wenn sie mit mir sprach. Offenbar wurde erwartet, daß jeder Anwesende aufs intimste mit den Werken und Taten des Hausherrn vertraut war. »Es war der Bestseller des Jahres 1940 und hätte den Pulitzer-Preis gewonnen, wenn dieses, verzeihen Sie den Kraftausdruck, alte Arschloch Nicholas Murray Butler sich nicht gegen die einstimmige Empfehlung des Komitees ausgesprochen hätte. Sie haben mehr als zweihunderttausend Exemplare für den Book of the Month Club gedruckt, und Scribners hat mehr als das Doppelte davon verkauft.«

»Ist das viel?« fragte ich.

Als wollte sie Martha Gellhorns bissige Antwort verhindern, sagte Bergman: »Oh, es ist ein *wunderbares* Buch, Mr. Lucas. Ich habe es viele Male gelesen. Ich liebe die Figur der Maria darin – so unschuldig und doch so fest entschlossen. Und so wahnsinnig verliebt. Mein guter Freund David Selznick fand, ich wäre perfekt für die Rolle – Davids Bruder Myron ist Papas Filmagent, wissen Sie ...«

»Er hat die Rechte für hundertfünfzigtausend Dollar an Paramount verkauft«, sagte Cooper, der die Gabel mit einem bescheidenen Stück Roastbeef darauf halb zum Mund geführt hatte. Er aß im europäischen Stil, Gabel nach unten. »Unglaublich. Tut mir leid, Ingrid. Bitte sprechen Sie weiter.«

Sie berührte den Schauspieler wieder am Arm. »Sie haben schon recht. Es ist erstaunlich. Aber es ist auch ein erstaunliches Buch.«

»Also werden Sie die Maria sein?« fragte Dr. Herrera Sotolongo mit seiner leisen Stimme.

Bergman schlug die Augen nieder. »Leider sollte es nicht sein, Doktor«, sagte sie. »Ich habe für die Rolle vorgesprochen, aber Sam Wood – der Regisseur, der als Mr. DeMilles Nachfolger eingesprungen ist – war der Meinung, ich sei zu groß, zu alt und hätte ein viel zu dickes Hinterteil, um einen ganzen Film hindurch in Hosen herumzulaufen.«

»Unsinn, *Señora* Bergman«, sagte Patchi Ibarlucia, der das Weinglas wie zu einem Trinkspruch erhoben hatte, »Ihr Hinterteil ist ein Kunstwerk ... eine Gabe Gottes an alle Bewunderer schöner Dinge auf dieser Welt.«

»*Gracias, Señor* Ibarlucia«, sagte Bergman mit einem Lächeln,

»aber mein Mann stimmt mit Sam Wood überein. Wie auch immer, ich habe die Rolle nicht bekommen. Sie haben sie der norwegischen Ballerina Vera Zorina gegeben.«

»Trotz meiner Einwände«, sagte Hemingway, der mit seinem Buch zum Tisch zurückkehrte und alle stirnrunzelnd betrachtete. »Diesbezüglich ist das letzte Wort noch nicht gesprochen. Ich bin noch nicht fertig mit Paramount. Tochter, du wirst Maria sein.« Hemingway sah den Jai-Alai-Spieler, den Doktor und mich an. »Darum sind Coop und Ingrid zu dieser Stippvisite hergekommen. Alles streng geheim. Wenn man sie darauf anspricht, werden sie alles abstreiten. Wir haben uns heimlich verschworen, um die richtige Besetzung für diesen verdammten Film zu bekommen. Coop hat recht... ich wußte von Anfang an, daß er Robert Jordan sein muß. Und meine Tochter hier muß Maria sein.«

»Aber sie haben schon mit den Dreharbeiten begonnen, Papa«, sagte die Schauspielerin. »Letzten April. Droben in den Bergen der Sierra Nevada.«

Cooper hob einen langen Finger, als wollte er sich zu Wort melden, ehe er etwas sagte. »Nur die einleitenden Einstellungen und Kampfszenen.« Der Schauspieler kicherte. »Ich habe gehört, daß Wood und seine Leute im Dezember im tiefsten Schnee da oben Überstunden gemacht haben, um die Szene zu drehen, in der das Flugzeug kommt, um El Sordo in die Luft zu sprengen – Sam hatte sich nur für diese Szene einige Kampfbomber der Armee gemietet –, und dann saßen sie den ganzen Sonntag da, froren sich die Knie ab und fragten sich, was aus ihren Flugzeugen geworden war, bis man ihnen sagte, daß keine Flugzeuge kommen würden... sollten sie welche sehen, sollten sie es sofort melden und sich verstecken. Es war der siebte Dezember.«

»Pearl Harbor«, sagte Gellhorn zu mir, Winston Guest und dem Doktor, als wären wir nicht bei Verstand. Sie lächelte der Schauspielerin zu. »Sie werden sich an unsere Unterhaltung in San Francisco vor zwei Jahren erinnern, Ingrid, als ich Sie zum erstenmal für die Rolle der Maria empfohlen habe. Lange bevor Ernest es *Life* gegenüber erwähnt hat. Schon bevor wir verheiratet waren.« Sie sah ihren Mann an. »Erinnerst du dich, Lieber? Ich kam auf der *Rex* von Italien, hatte das Buch gelesen und sah Ingrid – Sie hatten Ihr Baby in einer kleinen Trage auf dem Rücken, wie eine wunderschöne Bäurin auf der Flucht vor den Nazis, und dann habe ich Sie in diesem Film mit Leslie Howard gesehen ...«

»*Intermezzo*«, sagte Bergman.

»Ja, und ich sagte Ernest ... das muß deine Maria sein. Dieses Mädchen *ist* Maria.«

Hemingway setzte sich. »Möchte jemand die verdammte Beschreibung hören?« fragte er.

Es wurde still am Tisch. »Bitte«, sagte Bergman und stellte ihr Weinglas ab.

Hemingway rieb sich das Kinn, schlug das Buch auf und las in einem reichlich tonlosen Tenor: »Ihre Zähne waren weiß in dem braunen Gesicht, ihre Haut und ihre Augen waren von dem gleichen goldgelben Braun ... Ihr Haar hatte das goldene Gelb eines Kornfeldes, das die Sonne gebräunt hat, aber sie trug es sehr kurz geschnitten, so daß es nicht viel länger war als die Haare eines Biberpelzes.« Er verstummte und sah die Bergman an. »Kurz, Tochter. Damit man deine Ohren sieht.«

Bergman lächelte und strich mit den Fingern durch ihr dichtes Haar. »Ich würde es kurz schneiden, aber ich würde mir den besten Friseur für kurzes Haar in Hollywood suchen. Und dann würde ich allen erzählen, daß ich es selbst geschnitten habe ... mit einer Küchenschere.«

Alle lachten höflich.

Ingrid Bergman neigte den Kopf wieder mit dieser schüchternen, beinahe bescheidenen Geste, die einstudiert und unschuldig zugleich wirkte. »Aber Vera Zorina hat die Rolle, und ich wünsche ihr Glück. Und Ihnen natürlich auch, Mr. Cooper«, sagte sie und berührte den großen Mann wieder am Arm. Sie strahlte. »Aber ich wurde vor wenigen Tagen für eine andere Rolle ausgesucht, und jetzt bin ich auf dem Weg zu den Dreharbeiten für *Casablanca*.«

»Ist das nicht gefährlich?« fragte ich. »Ich meine, wo die Deutschen doch das gesamte Gebiet besetzt haben.«

Alle lachten herzlich. Ich wartete, bis sich die Fröhlichkeit gelegt hatte.

Bergman streckte den Arm über den Tisch und berührte meine Hand. »Der Film wird in Hollywood gedreht, Mr. Lucas«, sagte sie und lächelte, aber sie lächelte mich an und freute sich nicht etwa über meine Unwissenheit. »Bis jetzt hat noch niemand das Drehbuch gelesen, aber man sagt, daß wir nicht weiter als zum Flughafen von Burbank müssen.«

»Wer spielt die männliche Hauptrolle, Miss Bergman?« fragte Winston Guest.

»Eigentlich sollte es Ronald Reagan sein, aber nun ist es Humphrey Bogart«, antwortete die Schauspielerin.

»Freuen Sie sich darauf, mit ihm zu arbeiten?« fragte Gellhorn.

Bergman schlug wieder die Augen nieder. »Um ehrlich zu sein, ich habe schreckliche Angst. Man sagt, er soll sehr verschlossen sein, hohe Anforderungen an seine Mitspieler stellen und sehr intellektuell sein.« Sie lächelte Cooper zu. »Ich hatte mich so darauf gefreut, *Sie* vor der Kamera zu küssen.«

Cooper erwiderte ihr Lächeln.

»Du bist Maria, Tochter«, knurrte Hemingway, als wäre er eifersüchtig auf die zunehmenden Vertraulichkeiten zwischen den beiden Schauspielern. »Hier«, sagte er und kritzelte etwas in das Buch, das er in der Hand hielt. Er gab es ihr.

Sie las die Widmung und lächelte ihn strahlend an. Ihre Augen glänzten feucht. »Darf ich es den anderen vorlesen, Papa?«

»Klar.« Hemingways Stimme klang verdrossen.

»Hier steht: ›Für Ingrid Bergman, die Maria dieses Buches.‹ Danke. Danke. Dies hier bedeutet mir mehr als mir die Rolle selbst bedeutet hätte.«

»Du *wirst* die Rolle bekommen, Tochter«, sagte Hemingway. »Ramón!« brüllte er in die Küche. »Wo, zum Teufel, bleibt der Nachtisch?«

Bei Kaffee und Brandy kam das Gespräch auf den Krieg und seine Anführer zu sprechen. Gellhorn sagte an ihrem Tischende, sie saß neben Patchi Ibarlucia und links von mir, daß sie Mitte und Ende der dreißiger Jahre eine Menge Zeit in Deutschland verbracht hätte und niemals etwas Abscheulicheres als die Nazischurken gesehen hätte – auf der Straße wie auch in der Regierung. Patchi Ibarlucia fuchtelte mit dem Brandyschwenker und verkündete, daß Hitler eine *puta* und ein *maricón* und Feigling sei und der Krieg noch vor Weihnachten vorbei wäre. Dr. Herrera Sotolongo, rechts von mir, gab leise zu bedenken, daß viele Weihnachtsfeste vergehen könnten, bis die Kämpfe wirklich zu Ende waren. Winston Guest nahm ein zweites Stück Limettenkuchen und hörte zu.

Gary Cooper sagte wenig, äußerte aber die stille Überzeugung, daß die Japaner der wahre Feind seien – immerhin hatten die Japse Pearl Harbor bombardiert, nicht die Deutschen.

Hemingway knurrte buchstäblich. Zu Bergman gewandt sagte er: »Siehst du jetzt, warum Coop und ich nicht über Politik sprechen können, Tochter? Er steht noch rechts von Attila dem Hunnen. Verdammt seltsame Wahl, meinen Robert Jordan zu spielen – einen Mann, der alles aufgibt, um in der Lincoln Brigade gegen die Faschisten zu kämpfen...« Hemingway grinste Cooper an, als wollte er seinen Worten die Schärfe nehmen. »Aber ich habe ihn gern und die gottverdammte Figur mit ihm vor Augen beschrieben, daher schätze ich, er wird Jordan einfach spielen müssen und wir vermeiden es, über Politik zu sprechen.«

Cooper nickte und hob die Kaffeetasse zum Salut. Zu Gellhorn sagte der Schauspieler: »Sie sind eng mit Eleanor Roosevelt befreundet, Marty, oder nicht?«

Gellhorn zuckte die Achseln, nickte aber.

»Sind Sie und Ernest im Weißen Haus gewesen, seit der Krieg angefangen hat?« fragte Cooper. »Wie stehen die Roosevelts das alles durch?«

Hemingway antwortete mit einem schroffen Lachen. »Marty und Eleanor treffen sich andauernd, aber das letztemal zum Abendessen im Casa Blanca beim Präsidentenpaar waren wir im Sommer siebenunddreißig, als wir allen dort *The Spanish Earth* gezeigt haben.«

Alle warteten höflich. Ich konnte sehen, wie Bergmans Augen leuchteten, als sie sich nach vorne beugte und das Kinn auf die verschränkten Finger stützte.

»Das Essen im Weißen Haus ist gräßlich.« Hemingway lachte. »Verdammt ungenießbar. Marty hat uns gewarnt... sie hat in der Snack Bar des Flughafens von Newport Sandwiches gegessen. Es war Juli und das Weiße Haus ein einziges Dampfbad. Alle am Tisch haben geschwitzt wie die Schweine. Und ausgesehen hat es wie in einer heruntergekommenen alten Absteige – durchgewetzte Teppiche, zerrissene Kissen, staubige Vorhänge. Übertreibe ich, Martha?«

»Nein«, sagte Gellhorn. »Eleanor liegt nichts an ihrer Umgebung, und der Präsident scheint sie überhaupt nicht zu Kenntnis zu nehmen. Und ihr Koch gehört erschossen.«

»Welchen Eindruck hatten Sie von dem Abend?« fragte Bergman, die jede Silbe sorgfältig betonte. Man hörte die Wirkung des Alkohols aus ihrem bezaubernden Akzent heraus.

Hemingway lachte wieder. »Ich mochte Eleanor und Harry Hopkins«, sagte er. »Wenn Hopkins Präsident und Eleanor Verteidigungsministerin wären, könnte dieser Krieg wirklich bis Weihnachten vorbei sein.«

»Und der Präsident?« wollte Cooper wissen. Für einen so großen und stattlichen Mann hörte sich seine Stimme fast schüchtern an.

Hemingway zuckte die Achseln. »Sie haben ihn doch schon kennengelernt, Coop, oder nicht? Er wirkt irgendwie geschlechtslos, oder nicht? Wie eine alte Frau... eine alte Dame der Gesellschaft, mit seinem verschnupften Harvard-Akzent.« Hemingway sprach es »Hah-vahd« aus.

»Und die ganze Arbeit, ihn in den verdammten Rollstuhl und wieder heraus zu bekommen«, fuhr der Schriftsteller fort, der mittlerweile in sein Brandyglas schäumte. »Es muß den halben Tag dauern, ihn nur herumzufahren.«

Ich muß gestehen, daß ich die Augen zusammenkniff, als ich das hörte. Alle hatten im Hinterkopf, daß der Präsident verkrüppelt war, aber niemand erwähnte es, und Rollstuhl und Krücken wurden in den Nachrichten nie gezeigt. Die meisten im Land hatten seinen Zustand vergessen. Es schien rüpelhaft von Hemingway, darauf hinzuweisen.

Der Schrifsteller sah angesichts des plötzlichen Schweigens auf. »Aber... verdammt...« sagte er. »Er ist unser oberster Kriegsherr, ob es uns paßt oder nicht, und wir unterstützen ihn gegen den moralischen Krüppel Hitler, richtig?«

Ein Chor zustimmender Antworten ertönte, und Hemingway füllte unsere Brandygläser nach, ob wir noch etwas wollten oder nicht. Wir waren mit der Politik noch nicht fertig. Dr. Herrera Sotolongo fragte sich, wie Hitler wirklich sein mochte.

»Ich habe vor ein paar Jahren mehrere Filme in Deutschland gedreht«, sagte Bergman zögernd. »Das war 1938. Ich war mit Pia schwanger. Karl Fröhlich hat mich zu einer dieser Großveranstaltungen der Nazis in Berlin mitgenommen. Sie wissen schon... riesiges Stadion, überall Flutlicht und Fackeln, Kapellen spielten, Sturmtruppen mit Stahlhelmen. Hitler war auch da. Mitten im Zentrum dieses organisierten Wahnsinns. Er strahlte. Und erwiderte den Sieg-heil-Salut...«

Sie machte eine Pause. Wir warteten. Ich konnte Insekten und Nachtvögel vor den Fliegengittern hören.

»Wie auch immer«, fuhr Bergman strahlend, aber mit einem, wie ich meinte, subtilen falschen Unterton in der Stimme fort, »jeder in der riesigen Menge brüllte Sieg heil, Arme wie Marionetten ausgestreckt, und ich sah mich nur um. Ich war, müssen Sie verstehen, *amüsiert*. Aber Karl Fröhlich bekam fast einen Anfall. ›Inga‹, flüsterte er, ›Mein Gott, du machst den Hitlergruß nicht mit!‹ ›Warum sollte ich, Karl?‹ antwortete ich. ›Ihr könnt das doch alle ganz prima ohne mich...‹«

Alle lachten höflich, während Bergman in ihren Cognacschwenker sah. Ihre Wimpern waren lang und hübsch, die Wangen auf liebenswerte Weise vor Freude gerötet, während das Kichern anhielt.

»Das ist die richtige Einstellung, Tochter«, grölte Hemingway, legte den rechten Arm um sie und drückte sie. »Darum *mußt* du Maria sein.«

Ich trank meinen Kaffee. Es war interessant zu sehen und zu hören, wie Bergman von ihrer schüchternen Schauspielerinnenpersönlichkeit zum richtigen Schauspielern wechselte. Sie hatte gelogen, was den *Sieg-heil*-Zwischenfall anbetraf – dessen war ich fast sicher –, aber aus welchem Grund und in welcher Weise, wußte ich nicht. Mir fiel auf, daß nur vier am Tisch saßen – Winston Guest, Dr. Herrera Sotolongo, Patchi Ibarlucia und ich selbst –, die in der Wirklichkeit lebten. Hemingway und Gellhorn schufen Fiktionen; Bergman und Cooper lebten sie.

Dann hätte ich fast laut aufgelacht. Ich war unter einem Vorwand hier und hielt sogar den wahren Grund für mein Hiersein geheim – ein Spion, der log und betrog und aufgefordert wurde, zu töten, um seinen Lebensunterhalt zu verdienen. Also blieben nur drei wahre Menschen von sechs an diesem Tisch: der Arzt, der Athlet und der Millionär waren echt. Wir anderen waren Abnorme, Zerrbilder – Schatten von Schatten –, leere Silhouetten, so wie diese indonesischen Schattenpuppen, die zum Entzücken des Publikums hinter dünnen Wänden tanzten und gestikulierten.

Schließlich machte Hemingway eine weitere Weinflasche auf – unsere vierte bei dem Essen, den Brandy mitgerechnet – und schlug vor, daß wir sie auf der Terrasse trinken sollten. Bergman sah auf die Uhr, rief aus, daß es fast Mitternacht sei und bestand darauf, sie müßte ins Hotel zurück – sie sagte, sie müßte früh am Morgen den Flug nach Los Angeles bekommen, um sich mit Michael Curtiz zu treffen, dem Regisseur von *Casablanca*, und einige Kostümproben machen, obwohl die eigentlichen Dreharbeiten erst in einem Monat anfangen würden. Auf der vorderen Veranda wurden hektisch Umarmungen und Küsse ausgetauscht – Bergman versicherte Cooper und Hemingway, wie leid es ihr tat, daß sie nicht in *Wem die Stunde schlägt* mitspielen würde, während Hemingway ihr störrisch versicherte, sie *würde* mitspielen –, und dann schlug Juan, der schwarze Chauffeur, die Autotür hinter ihr zu, und der schwarze Lincoln fuhr die Einfahrt hinab. Wir anderen folgten Hemingway und Gellhorn zur hinteren Veranda.

Bevor ich mich entschuldigen und zum Gästehaus gehen konnte, hatte Hemingway mein Weinglas nachgefüllt und wir saßen in bequemen Sesseln auf der Terrasse und erfreuten uns an den nächtlichen Geräuschen, der abkühlenden Luft, den Sternen und den fernen Lichtern von Havanna.

»Eine sehr, sehr nette Dame«, sagte Patchi Ibarlucia. »Bitte, Ernesto, wer ist dieser Lindstrom, mit dem sie verheiratet ist, und warum trägt sie einen anderen Namen?«

Hemingway seufzte. »Ihr Mann ist Arzt… Petter mit zwei *t*. Jedenfalls ist er in Schweden Arzt. Jetzt ist er in Rochester, New York, und versucht, beglaubigt oder akkreditiert zu werden, oder was auch immer ausländische Ärzte tun müssen, um ihre Arbeitserlaubnis zu bekommen. In Rochester ist sie Mrs. Petter Lindstrom, aber für den Film hat sie ihren Mädchennamen behalten.«

»Wir haben sie vor zwei Jahren in San Francisco kennengelernt«, sagte Gellhorn und schüttelte ungeduldig den Kopf, als ihr Mann ihr anbot, Wein nachzuschenken. »Petter ist sehr nett.«

Hemingway grunzte nur.

»Nun«, sagte Cooper bedächtig, »ich bin froh, daß ich hergekommen bin, um sie kennenzulernen. Zu dumm, daß Wood sich für Vera Zorina statt Ingrid entschieden hat. Natürlich wollte mich Mr. Goldwyn auch nicht an Paramount verleihen…«

»Sie verleihen?« wiederholte ich.

Cooper nickte. Er war ein eleganter Mann, fiel mir auf, und fühlte sich mit seinem teuren Anzug und der perfekt gebundenen Seidenkrawatte so wohl, wie sich Hemingway in der Abendgarderobe unwohl zu fühlen schien. Hemingway sah nach dem Abend zerknautscht aus, der Schauspieler dagegen so gelassen und frisch gebügelt wie zu Beginn des Abends. Mir war aufgefallen, daß Gellhorn den ganzen Abend stirnrunzelnd von Cooper zu ihrem Mann gesehen hatte, als würde sie die beiden miteinander vergleichen. Cooper saß neben mir, und ich bekam einen Hauch von Seife und einem dezenten Kölnisch oder Rasierwasser in die Nase, als er sich in meine Richtung drehte. »Ja, Mr. Lucas«, sagte er höflich. »Die Filmbranche ist ein wenig wie die Sklaverei vor dem Bürgerkrieg oder die Baseballvereine der Oberliga. Wir haben eiserne Verträge mit unseren Studios, und wenn wir nicht verliehen werden – für gewöhnlich als Bestandteil eines Kompensationsgeschäfts –, können wir keine Projekte für andere Studios übernehmen. In diesem Fall hat Sam Goldwyn ein Abkommen mit mir getroffen, daß ich zu Paramount gehen und diesen Film machen kann, weil Ernest der Presse gegenüber darauf bestanden hat, daß ich der richtige Mann dafür bin.«

»Was für ein Abkommen?« fragte Winston Guest. »Wurde etwas oder jemand gehandelt?«

Cooper lächelte. »Mr. Goldwyn sagte Sam Wood – der ist als Regisseur DeMilles Nachfolger bei Paramount für dieses Projekt –, daß ich in *Wem die Stunde schlägt* spielen könnte, wenn Wood einen Baseballfilm mit mir drehen würde.«

»Wann machen Sie diesen Film, *Señor* Cooper?« fragte Dr. Herrera Sotolongo.

»Der ist schon gedreht, Doktor«, antwortete der Schauspieler. »Mr. Goldwyn wollte ihn beendet haben, bevor ich für dieses Projekt zu Paramount ging. Er wird demnächst in die Kinos kommen. Und er trägt den Titel *Der große Wurf*. Ich spiele Lou Gehrig.«

»Lou Gehrig!« schrie Patchi Ibarlucia. »Ja, ja. Aber Sie sind kein Linkshänder. *Señor* Cooper!«

Der Schauspieler lächelte und schüttelte den Kopf. »Sie haben versucht, mir beizubringen, mit der linken Hand zu schlagen und zu werfen«, sagte er kläglich, »aber ich fürchte, ich habe mich sehr ungeschickt angestellt. Ich war sowieso nie so gut beim Baseball. Ich hoffe, sie können ihn durch geschicktes Schneiden retten.«

Ich starrte Cooper an. Er hatte überhaupt keine Ähnlichkeit mit Lou Gehrig. Ich hatte Gehrigs Karriere von dem Moment an verfolgt, als er 1925 zu den Yankees gekommen war. Ich hatte im Juni 1932 Radio gehört, als Gehrig vier aufeinanderfolgende Homeruns in einem einzigen Spiel schaffte. In seinen siebzehn Jahren bei den Yankees hatte Iron Horse in zweitausendeinhundertdreißig Spielen in Folge gespielt, und er beendete seine Profikarriere mit einem Trefferdurchschnitt von .340, vierhundertdreiundneunzig Homeruns und eintausendneunhundertneunzig RBIs (Runs batted in). Am 4. Juli 1939 hatte ich meinen ersten Urlaub in vier Jahren genommen, damit ich ins New Yorker Yankee Stadion konnte – um sein Abschiedsspiel zu sehen. Gehrig war vor einem Jahr gestorben, im Juni 1941. Er war siebenunddreißig Jahre alt geworden.

Ich sah Cooper an und staunte über die Arroganz, mit der er Lou Gehrig für nichts weiter als einen Film nachgeahmt hatte.

Der Schauspieler zuckte die Achseln, als hätte er meine Gedanken gelesen, und sagte: »Wahrscheinlich war ich nicht der Richtige für die Rolle, aber Mrs. Gehrig war sehr nett, und ich hatte Gelegenheit, viel Zeit mit Babe Ruth zu verbringen und den anderen ...«

»Pssst!« zischte Hemingway.

In der plötzlichen Stille konnten wir die Grillen, die Nachtvögel, ein einsames Auto auf der Straße unterhalb des Hügels und Musik von dem Farmhaus auf der angrenzenden Hügelkuppe hören.

»Gottverdammt!« brüllte Hemingway. »Dieses Aas Steinhart feiert eine Party. Und das, nachdem ich ihn gewarnt habe.«

»Oh, Ernest«, sagte Gellhorn. »Bitte nicht ...«

»Ist es ein Krieg, Ernesto?« rief Patchi Ibarlucia auf spanisch.

»*Sí*, Patchi«, sagte Hemingway und stand auf. »Es ist ein Krieg.« Und dann rief er ins Haus: »René! Pichilo! Die Waffen! Bringt Waffen und Munition!«

»Ich gehe zu Bett«, sagte Martha Gellhorn. Sie bückte sich, gab Cooper einen Kuß auf die Wange und sagte: »Wir sehen uns morgen früh, Coop«, zu dem Schauspieler und ein brüskes »Guten Abend, meine Herren«, zu uns anderen, dann ging sie ins Haus.

René, der Hausdiener, Hemingways Gärtner und José Herrero, der Aufseher über seine Kampfhähne – den Hemingway mir zuvor als »Pichilo« vorgestellt hatte –, kamen mit Schachteln voll Feuerwerkskörpern und langen, hohlen Bambusrohren heraus.

»Es wird spät«, sagte ich, stellte mein Weinglas weg und stand auf. »Ich sollte …«

»Papperlapapp, Lucas«, knurrte Hemingway und gab mir ein etwa anderthalb Meter langes Bambusrohr. »Wir brauchen jeden Mann. Suchen Sie sich Munition aus.«

Cooper, Winston Guest und Ibarlucia hatten bereits ihre Jacketts ausgezogen und die Ärmel hochgekrempelt. Dr. Herrera Sotolongo sah mich an, zuckte die Achseln, zog das Jackett aus und legte es sorgfältig über die Stuhllehne. Ich folgte seinem Beispiel.

Die »Munition« bestand aus zwei Kisten Feuerwerkskörpern – Raketen, Kanonenschlägen, ganzen Strängen von Krachern, Stinkbomben und Feuerrädern. Ibarlucia reichte mir eine Rakete mit kurzer Zündschnur. »Die sind bestens für Ihren Werfer geeignet, *Señor* Lucas.« Er grinste und nickte zu dem hohlen Bambusrohr.

»Haben Sie alle Feuerzeuge?« fragte Hemingway.

Cooper und ich hatten welche.

»Ist das eine langjährige Fehde, Ernest?« wollte Cooper wissen. Er versuchte, ein Lächeln zu unterdrücken, aber es umspielte immer wieder seine Mundwinkel.

»Lange genug«, antwortete Hemingway.

Klaviermusik und Gelächter ertönten aus dem anderen Haus im Nordosten. Steinharts Villa war das einzige andere größere Gebäude auf der Anhöhe – etwas tiefer als Hemingways *finca*, aber offenbar sehr viel älter und prunkvoller, den elektrischen Lichtern und den Impressionen von Art-nouveau-Flügeln und Giebeln nach zu schließen, die man zwischen den Bäumen erkennen konnte, die die Villa gegen Blicke abschirmten.

»Patchi, Sie und Wolfer und der Doktor kennen die Vorgehensweise«, sagte Hemingway, der sich am Rand seiner Terrasse duckte und mit dem Finger eine Karte in den feuchten Gartenboden malte. Er hatte Jackett und Krawatte bereits abgelegt und sah mit offenem Kragen viel glücklicher aus. Mit dem Finger skizzierte er Linien und Kreise, als würde er ein Footballspiel im Lehm planen.

»Wir gehen zwischen den Bäumen da runter, Coop«, flüsterte er. Wir hatten uns alle geduckt um ihn geschart. Der Schauspieler grinste. »Das ist die *finca* … hier. Das ist Steinharts Villa … hier. Wir gehen im Schutz der Bäume hier hinunter ... Gänsemarsch ... und überqueren hier, am Zaun, die feindliche Grenze. Es wird erst auf meinen Befehl hin gefeuert. Aber dann pusten wir seine Soirée zu Klump.«

Cooper zog eine Braue hoch. »Ich entnehme dem, daß Sie Einwände gegen seine Dinner-Partys haben, Ernest?«

»Ich habe ihn gewarnt«, knurrte der Schriftsteller. »Nun gut. Stopfen Sie sich alle die Taschen voll.«

Wir gehorchten: Raketen, Stinkbomben, Kracher und die großen Kanonenschläge. Guest und Ibarlucia legten sich beide Stränge von Krachern wie Patronengurte über die Schultern. Dann folgten wir dem Schriftsteller durch den Garten, durch Brachland, über eine niedrige Mauer und weiter bergab durch die Baumreihen, die uns von Licht und Lärm von Steinharts Party abschirmten.

Ich wußte, dies war kindischer Unsinn, aber darüber waren meine Adrenalindrüsen offenbar nicht informiert. Mein Herz schlug schnell, und ich hatte den Eindruck, als verginge die Zeit langsamer und meine Sinneswahrnehmung war geschärft, was bei mir stets Begleiterscheinungen eines Kampfeinsatzes sind.

Während Hemingway den Drahtzaun für uns in die Höhe hielt, damit wir durchkriechen konnten, flüsterte er: »Seien Sie nach dem Überfall vorsichtig. Es ist bekannt, daß Steinhart die Hunde von der Kette läßt und mit seiner Zwölfkalibrigen um sich schießt.«

»Madre de Dios«, flüsterte Dr. Herrera Sotolongo.

Wir blieben in geduckter Haltung, bis Hemingway wieder die Führung übernahm – ich merkte mir, wie bereitwillig wir ihm die Führerrolle überließen und wie unbekümmert er sie übernahm – und wir ihm durch ein zunehmend dünneres Mangowäldchen eine andere Anhöhe hinauf und über ein Brachfeld folgten, bis wir uns an eine hüfthohe Steinmauer drängten, die mindestens hundert Jahre alt sein mußte.

»Noch zwanzig Meter«, flüsterte Hemingway. »Wir gehen nach links, damit wir freie Schußlinie auf Eßzimmer und Terrasse haben. Coop, Sie folgen mir. Wolfer, bleiben Sie bei Coop. Dann der Doktor, dann Patchi, Sie, Lucas, bilden die Nachhut. Beim Rückzug ist jeder auf sich alleine gestellt. Ich gebe Ihnen Deckung bis zum Zaun.«

Gary Cooper lächelte. Winston Guests Wangen waren gerötet.

Ich konnte Ibarlucias weißes Grinsen in der Dunkelheit sehen. Der Doktor seufzte und schüttelte den Kopf. Herrera Sotolongo flüsterte auf spanisch: »Das ist nicht gut für Ihren Blutdruck, Ernestino.«

»Psst«, zischte Hemingway. Wir kletterten behende wie Katzen über die Steinmauer und schlichen lautlos bergauf.

Wir hatten keine fünfzehn Meter unterhalb von Steinharts hell erleuchteter Terrasse und den breiten Glastüren des Eßzimmers Stellung im Unkraut bezogen, als Hemingway uns durch ein Handzeichen aufforderte zu laden. Alle kramten nach Raketen und Stinkbomben. Ich schüttelte den Kopf und wandte dem Ziel den Rücken zu. Auf gar keinen Fall würde ich einmal eingestehen müssen, daß ich Feuerwerkskörper auf einen der bedeutenderen Einwohner Havannas abgefeuert hatte.

In dem Moment, in dem ich mich abwandte, sah ich eine Bewegung links von uns, hinter der niedrigen Steinmauer, die Hemingway am Tage während unserer Führung als »Schweinezaun« bezeichnet hatte.

Bei der militärischen Ausbildung – und im Camp X der BSC in Kanada – betonen Gefechtsausbilder immer wieder, die beste Methode, einen Gegner im Dunkeln zu sehen, besteht darin, ein wenig abseits von der Stelle zu schauen, an der man ihn vermutet. In der Dunkelheit ist die periphere Sehkraft stets ausgeprägter als die direkte. Und dann auf eine Bewegung warten.

Ich sah die Bewegung – eine kurzfristige Verfinsterung, als eine menschliche Gestalt die Lichter von Havanna zwischen den Bäumen verdeckte. Die Gestalt trug etwas, das zu dünn für eines unserer absurden Bambusrohre war. Ein Funkeln von reflektiertem Licht auf Glas verriet mir, daß es sich um ein Gewehr mit Zielfernrohr handelte, das in unsere Richtung zielte… in Hemingways Richtung.

»Jetzt!« rief Hemingway und stand auf. Er steckte eine Rakete in das Bambusrohr, zündete mit seinem goldenen Feuerzeug die Zündschnur an und legte direkt auf das Eßzimmerfenster der Steinharts an. Ibarlucia feuerte eine Sekunde später. Guest warf einen langen Strang Kracher. Cooper schleuderte einen Kanonenschlag auf die Terrasse. Der Doktor schüttelte den Kopf und feuerte eine Rakete ab, die zu hoch gezielt war, auf einem Balkon im zweiten Stock verschwand, durch ein offenes Fenster sauste und irgendwo im Inneren des Hauses explodierte. Hemingway hatte nachgeladen und feuerte wieder. Die Raketen – die gebaut waren, damit sie viele Meter über dem Boden zu Feuerregen explodieren sollten – zerstoben auf der Terrasse und an den Wänden mannigfach zu Magnesium- und Schwefelschleiern. Aus dem Haus ertönten Schreie und Rufe und das Klirren von zerbrochenem Geschirr. Das Klavierspiel verstummte.

Ich behielt die ganze Zeit den Schemen jenseits des Schweinezauns aus den Augenwinkeln im Visier. Nun stand der Schatten auf, das Licht der explodierenden Kracher spiegelte sich im Glas des Zielfernrohrs.

Ich verfluchte mich, weil ich keine richtige Pistole oder ein Messer mitgebracht hatte, zündete die kurze Lunte der Rakete an, steckte sie in das Bambusrohr und feuerte in Richtung von Schweinezaun und Straße. Sie schmierte nach oben ab und explodierte zwischen den tiefhängenden Mangozweigen. Ich lud nach und rannte zum Schweinezaun, während ich versuchte, mich zwischen dem Gewehr und Hemingway zu halten.

»Lucas«, rief der Schriftsteller hinter mir, »was, zum Teufel machen Sie da…«

Ich rannte weiter, drängte mich durch Maispflanzen und sprang über Tomatenstauden. Ich erahnte eine Bewegung jenseits des Schweinezauns, dann summte etwas an meinem Ohr vorbei. Ich warf einen Kanonenschlag, riß mit der linken Hand mein kurzes Taschenmesser auf und hielt es nach unten, und dann warf ich mich über die niedrige Mauer, ließ das Bambusrohr fallen und duckte mich, das Messer kampfbereit in der Hand.

Diese Seite der Mauer war menschenleer. Im hohen Gras raschelte es etwa zehn Meter Richtung Straße. Ich stand auf, ging in die Richtung und warf mich flach auf den Boden, als hinter mir Gewehrschüsse ertönten.

Eine Schrotflinte. Zwei Schüsse. Schreie. Hysterisches Bellen großer Hunde – Dobermänner, wie es sich anhörte. Das Bellen verstummte, als sie von den Ketten gelassen wurden. Kracher explodierten scharenweise, verwirrten die Hunde und peitschten sie zu hektischem Gebell an.

Ich zögerte nur einen Moment, dann sprang ich wieder über den Zaun und rannte in geducktem Lauf auf Steinharts Mauer und den flachen Streifen zu, der die beiden Grundstücke voneinander trennte. Kurz bevor ich über die Mauer schnellte, ertönte die Schrotflinte erneut. Die Schüsse kamen von Steinharts Villa und waren entweder absichtlich über unsere Köpfe oder auf Hemingways Haus gezielt worden.

Geduckte Schemen drängten sich am Drahtzaun. Auf der Terrasse der Steinharts brüllten Männer durcheinander, das Licht von mindestens zwei Suchscheinwerfern durchbohrte den Qualm. Ein weiterer Kanonenschlag explodierte.

»Der Teufel soll Sie holen, Hemingway!« brüllte ein Mann oben am Berg. »Gottverdammt! Das ist nicht komisch.« Die Schrotflinte knallte wieder; Schrotkugeln zerfetzten die Blätter des Mangobaums über uns.

»Los, los, los«, sagte Hemingway und klopfte den anderen Männern auf den Rücken. Guest atmete schwer, lief aber schnell bergauf. Ich konnte Cooper grinsen sehen. Er hatte das Knie seiner Hose zerrissen, und sein Hemd war lehm- oder blutverschmiert, aber er bewegte sich mühelos. Ibarlucia half dem Doktor, bergauf und unter die Bäume zu laufen.

Hemingway packte mich am Kragen. »Was, zum Teufel, haben Sie gemacht, Lucas? Warum haben Sie zur Straße geschossen?«

Ich entfernte seine Hand von meinem Hemd. Hinter uns brüllten Männer, das Unterholz knackte, als die Dobermänner unter den Bäumen bergauf zum Zaun gerannt kamen.

»Los!« bellte Hemingway und klopfte mir auf den Rücken. Ich rannte los und blieb nur kurz stehen, um mit anzusehen, wie der Schriftsteller ein rohes Steak aus der Hosentasche holte und über den Zaun in die Richtung warf, wo man die Hunde hören konnte. Gelassen zündete er den letzten Kanonenschlag an und warf ihn, dann trabte er gemächlich den Hang hinauf.

Steinhart und seine Gäste setzten die Verfolgung nicht über den Zaun hinweg fort. Die Hunde wurden in der Dunkelheit zurückgerufen. Eine Zeitlang hallten noch Rufe über die Felder, dann setzte die Klaviermusik wieder ein.

Cooper, der Doktor, Patchi, Guest und Hemingway ließen sich in ihre Sessel auf der Terrasse fallen, lachten und unterhielten sich lauthals. Der Schauspieler hatte sich am Zaun die Hand aufgerissen;

Hemingway holte Verbandszeug und Whiskey – er schüttete den guten Whiskey über die Wunde, bevor er sie verband, dann füllte er Coopers Glas.

Ich wartete ein paar Minuten außerhalb des Lichtkreises der Terrasse, aber auf der Straße war keine Spur einer Bewegung mehr zu erkennen. Ich kam zurück, nahm mein Jackett und sagte gute Nacht. Gary Cooper entschuldige sich für den Verband und schüttelte mir die Hand. »Es war mir ein Vergnügen, Sie kennenzulernen, Kamerad Lucas«, sagte er.

»Gleichfalls.«

»Gute Nacht, Mr. Lucas«, sagte Winston Guest. »Ich denke, wir sehen uns an Bord der *Pilar*.«

Der Doktor keuchte immer noch außer Atem. Er verbeugte sich in meine Richtung. Patchi Ibarlucia lächelte und drückte mir die Schulter.

»Kein Whiskey, ehe sie sich aufs Ohr hauen, Lucas?« fragte Hemingway. Sein Gesicht war ernst.

»Nein«, sagte ich. »Danke für das Essen.«

Ich ging ins Gästehaus zurück, zog dunkle Hosen und einen dunklen Pullover an, holte eine kleine Taschenlampe aus dem Seesack und schlich mich wieder Richtung Schweinezaun und der Straße davon. Vor kurzer Zeit hatte hier noch ein Auto im nassen Gras am Straßenrand geparkt. Abgebrochene Zweige im Unterholz. Am Schweinezaun sah ich das Funkeln der in den Lehm getretenen Messinghülse einer Patrone – 30.06, wie ich sah, als ich sie in den schmalen Lichtstrahl der Taschenlampe hielt –, dem Geruch nach zu urteilen erst vor kurzem abgefeuert.

Ich kehrte zur *finca* zurück und blieb gerade außerhalb des Lichtscheins der Veranda, auf der Hemingway und seine Freunde sich unterhielten und leise lachten, bis Cooper schließlich den Rückzug ins Bett anführte und schlafen ging. Ibarlucia fuhr mit dem Doktor in einem roten Roadster weg. Guest verließ das Anwesen wenig später mit einem Cadillac. Die Lichter der *finca* blieben noch rund zwanzig Minuten an und wurden dann gelöscht.

Ich kauerte dicht unterhalb des Gästehauses unter den Mangobäumen in der Dunkelheit und lauschte der Tropennacht, den Geräuschen der Insekten und Vögel. Ich dachte eine Weile über Schauspieler und Schriftsteller und Jungs und ihre Spiele nach, dann konzentrierte ich mich darauf, gar nicht mehr zu denken, während ich horchte und wartete.

Kurz vor Morgengrauen ging ich ins Bett.

8

Am Montag morgen fuhr Hemingway mit mir in das Küstenstädtchen Cojímar, wo die *Pilar*, sein Boot, vor Anker lag. Winston Guest, Patchi Ibarlucia und Gregorio Fuentes, Hemingways kubanischer Erster Maat und Koch, warteten schon, um mit uns hinauszufahren. Durch die verstohlenen Blicke, die die Männer mir zuwarfen, und Hemingways Tonfall wußte ich, daß dies eine Art von Test werden sollte.

Hemingway hatte mir gesagt, ich solle mich für eine Seereise anziehen, daher trug ich Segeltuchschuhe, kurze Hosen und ein blaues Baumwollhemd mit hochgekrempelten Ärmeln. Hemingway hatte seine ausgebeulten Shorts angezogen, die baskischen Espadrilles, die er vergangenen Freitag in der Botschaft angehabt hatte und ein zerrissenes T-Shirt mit abgeschnittenen Ärmeln. Der Maat – Fuentes – war ein hagerer Mann mit zusammengekniffenen Augen, dunkler Haut und einem raschen, festen Händedruck. An diesem Tag trug der Mann schwarze Hosen, ein weites, langes weißes Hemd über der Hose und keine Schuhe oder Socken. Guest, der Millionär, hatte beige Hosen und ein kurzärmeliges, gelb-weiß gestreiftes Hemd an, das seine rötliche Hautfarbe noch betonte. Er trat von einem Fuß auf den anderen und klimperte mit dem Kleingeld in seiner Hosentasche, während wir alle an Bord kamen. Ibarlucia war gekleidet wie ein Stierkämpfer an seinem freien Tag, weiße Hosen und ein teurer Baumwollpullover. Als Hemingway mir das Boot zeigte und Vorbereitungen zum Auslaufen traf, drängte sich mir der Gedanke auf, welch bunt zusammengewürfelte Truppe wir waren.

Die Führung dauerte nur wenige Minuten – der Schriftsteller brannte darauf, den Ausflug zu beginnen, solange das Wetter noch schön war –, aber ich konnte spüren, mit welchem Stolz das Boot Hemingway erfüllte.

Auf den ersten Blick bot die *Pilar* keinen besonders eindrucksvollen Anblick. Mit ihren zwölf Metern Länge, der schwarzen Hülle und dem grünen Dach sah sie wie eine von vielen der hundert Vergnügungsjachten aus, die man in Miami oder St. Petersburg oder auf Key West vor Anker liegen sehen konnte. Aber als ich an Bord kam und dem Schriftsteller zur Brücke folgte, bemerkte ich das polierte Hartholz im Steuerraum jenseits der Brücke und die Bronzeplakette am Tresen neben Schubhebel und Schaltung:

RUMPF/576
REEDEREI WHEELER
BOOTSHERSTELLER
1934
BROOKLYN, NEW YORK

Die Reederei Wheeler machte gute Boote. Hemingway blieb lange genug am Steuerrad stehen, um mir die Kontrollen zu zeigen, derweil er mich die ganze Zeit beobachtete, ob sie mir etwas sagten. An der Instrumentenkonsole beim Steuerrad befand sich eine weitere Plakette – NORSEMAN POWERED, stand darauf –, darunter vier Skalen: Tacho, Öldruckanzeige, Temperaturanzeige und ein Amperemeter. Links vom Steuer sah ich eine vertikale Lichterzeile mit Knöpfen, die von oben nach unten beschriftet waren: ANKERLICHT, FAHRTLICHT, LENZPUMPE, WISCHER, SUCHSCHEINWERFER. An einer der Säulen in der Kabine waren eine Uhr und ein Barometer angebracht worden.

Hemingway streckte die Hand aus, als wollte er mich dem Boot vorstellen. »Haben Sie die Außenbrücke gesehen, die ich angebaut habe?« fragte er.

»Ja.«

»Man kann von da oben steuern und den Gashebel bedienen, aber den Motor muß man hier anlassen.« Mit dem Zeh zeigte er auf zwei Knöpfe am Deck.

Ich nickte. »Zwei Motoren?« fragte ich.

»Hm-hmm. Natürlich beide Diesel. Der Hauptmotor ist ein Chrysler mit fünfundsiebzig PS. Der zweite ein Lycoming mit vierzig PS. Wenn wir unsere Geschwindigkeit erreicht haben, schalte ich den zweiten ab, um die Vibrationen zu dämpfen. Der Chrysler ist schwingend aufgehängt.« Er legte seine große Hand auf die Gashebel. »Ihr Bremsweg ist nicht länger als sie selbst, Lucas, und im Leerlauf dreht sich die Schraube bei eingelegtem Gang.«

Ich nickte wieder. »Aber warum der zweite Motor?«

»Es ist immer gut, wenn man Ersatz hat«, knurrte Hemingway.

Der Meinung war ich nicht – ich bezweifelte, ob sich das zusätzliche Gewicht und die Wartung lohnten, wenn man den Hauptmotor in Schuß hielt –, aber ich sagte nichts.

Er trat wieder ins Sonnenlicht hinaus. Guest und Ibarlucia wichen zur Seite. Fuentes war zum Bug gegangen; dort kniete er und wartete nur darauf, die Leine zu lösen.

»Das Cockpit ist dreieinhalb Meter breit und fünf Meter lang«, sagte Hemingway.

Ich betrachtete die bequemen Sitze und Bänke in dem langen Raum.

Hemingway ging nach hinten und klopfte gegen eine Klappe. »Sie faßt dreizehnhundert Liter Treibstoff, der Wassertank sechshundertfünfzig Liter Trinkwasser. Wenn es sein muß, kann ich noch einmal achthundert Liter in Korbflaschen und Fässern hier im Cockpit lagern. In der Bugkabine sind zwei Doppelkojen – und wir haben zwei weitere Kabinen mit Kojen. Die beiden haben eigene Toiletten. Aber Obacht, Lucas… wenn Sie in einer der Toiletten Klopapier benützen, werfen Sie es zum Bullauge raus, nicht in die Schüssel. Das Papier verstopft die verdammten Pumpen. Wie auch immer, in der Kombüse gibt es einen Kühlschrank und einen Herd mit drei Platten und Alkoholbrenner.« Er zeigte nach achtern. »Wie Sie sehen können, habe ich da hinten eine Fischkiste einbauen und das Heck bis einen Meter über dem Wasser abschrägen lassen.«

Ich blinzelte im Sonnenlicht und wartete. Guest und Ibarlucia beobachteten mich.

»Noch Fragen?« meinte Hemingway.

Ich schüttelte den Kopf.

»In der kleinen Kabine vorne sind zwei Regale, die wir als Äthylfach bezeichnen«, sagte Winston Guest.

Ich sah den großen Mann an. »Warum das?«

»Dort bewahren wir den Fusel auf«, sagte der umgängliche Millionär und grinste.

»Sie schafft etwa sechzehn Knoten bei ruhigem Seegang – normalerweise halte ich sie etwa bei acht – und hat bei einer siebenköpfigen Besatzung eine Reichweite von rund fünfhundert Meilen«, fuhr Hemingway fort und beachtete Guests Bemerkung gar nicht. »Fragen?« meinte er wieder.

»Warum haben Sie es *Pilar* getauft?« fragte ich.

Hemingway kratzte sich an der Wange. »Zu Ehren von Altar und *feria* in Saragossa«, sagte er. »Und jetzt habe ich eine Figur dieses Namens in *Wem die Stunde schlägt*. Ich mag den Namen.«

Patchi Ibarlucia hatte den Kühlschrank aufgemacht und ein kaltes Bier herausgeholt. Er ließ den Öffner zweimal knacken, hob es hoch und grinste über den Rand der Dose. »Und ich glaube, Ernestino, Sie haben mir einmal gesagt, daß es der heimliche Kosename für Ihre zweite *Señora – Señorita* Pauline – war, ist das richtig?«

Hemingway sah den Jai-Alai-Spieler mißmutig an. Er drehte sich wieder zu mir um und sagte: »Lösen Sie doch die Heckleinen, Lucas. Wolfer, Sie gehen auf die Brücke und lassen den Motor an. Ich begebe mich auf die Außenbrücke und steuere sie. Patchi, Sie trinken einfach nur Ihr gottverdammtes Bier – um halb zehn Uhr morgens, Herrgott noch mal – und lungern im Schatten herum. Wir wecken Sie, wenn wir das Gebiet der Schwertfische erreicht haben.«

Ibarlucia grinste und schlürfte geräuschvoll sein Bier. Guest schlurfte zur Cockpitbrücke und klimperte dabei immer noch mit seinem Kleingeld. Fuentes beobachtete alles gleichgültig vom Bug aus. Hemingway kletterte für einen so untersetzten Mann erstaunlich behende die Leiter hinauf. Ich ging nach hinten, um mich um die Heckleinen zu kümmern.

Es lag etwas in der Luft. Bevor dieser Ausflug zu Ende war, würde eine Art von Prüfung für mich stattfinden.

Fuentes und ich lösten unsere Leinen, wickelten sie auf und meldeten den Vollzug brüllend zur Außenbrücke hinauf. Beide Motoren der *Pilar* sprangen an, beide Schrauben drehten sich, dann tuckerten wir langsam hinaus, der Hafenausfahrt und dem offenen Gewässer zu.

Am Samstag hörte ich Cooper und Hemingway kurz nach der Morgendämmerung im Pool herumplanschen, kurz darauf ihre Unterhaltung auf der Terrasse, und schließlich den Motor von Hemingways Lincoln, als Cooper weggebracht wurde. Ich hatte noch kein Essen im Gästehaus und sollte in der altmodischen Küche des

Hauptgebäudes essen – wo das Gesinde aß –, aber ich ließ Hemingway und seiner Frau trotzdem Zeit, zu frühstücken, bevor ich mich zur Küche aufmachte.

Hemingway kam kurz in die Küche, als ich unter den mißbilligenden Blicken von René, dem Hausdiener, und Ramón, dem Koch, meine zweite Tasse Kaffee trank.

»Ich schreibe heute morgen«, knurrte Hemingway mich an. »Ich will zusehen, daß ich bis zum Mittag fertig bin, damit Sie ein paar Agenten der Gaunerbande kennenlernen können.« Er trug ein Glas mit, wie es aussah, Scotch mit Soda bei sich. Es war 7:45 Uhr.

Der Schriftsteller bemerkte meinen Blick. »Mißbilligen Sie das, Lucas?«

»Es steht mir nicht zu, etwas zu billigen oder zu mißbilligen«, sagte ich leise. »Wenn Sie vor acht Uhr morgens trinken wollen, ist das Ihre Sache. Und dies ist Ihr Haus … womit es in doppelter Hinsicht Ihre Sache ist.«

Hemingway hielt das Glas hoch. »Das ist kein Drink«, sagte er rauh. »Das ist das gottverdammte Haar des gottverdammten Hundes, der uns gestern abend beinahe gebissen hätte.« Plötzlich grinste er. »Das hat Spaß gemacht … Steinharts Haus zu überfallen … oder nicht, Lucas?«

»Klar«, sagte ich.

Hemingway kam herüber und nahm etwas von dem Speck und eine Scheibe Toast, die ich für mich selbst gemacht hatte. Er kaute eine Minute darauf herum. »Sie finden, die Gaunerbande ist nur ein Spiel … ein Witz … oder nicht, Sonderberater Joseph Lucas?«

Ich sagte nichts, aber mein Blick widersprach seiner Bemerkung nicht.

Hemingway aß den Speck auf und seufzte. »Ich arbeite gerade nicht an einem eigenen Buch, wissen Sie«, sagte er. »Ich gebe eine Anthologie heraus. Ein Buch mit Texten über den Krieg, das *Men at War* heißen soll. In den vergangenen zwei Monaten habe ich Wagenladungen voll Bockmist gelesen, die ein Bursche namens Wartels bei Crown – er und seine Kumpane – für ausgesuchte Texte zum Thema Krieg halten. Einen großen Teil davon haben sie schon gesetzt. Stücke wie eine dumme, durch und durch verlogene Story von Ralph Bates – über Frauen als Maschinengewehrschützen in Brunette. War nicht so. Alles Quatsch. Aber eine wunderbare Geschichte von Frank Tinker über das italienische Desaster bei Brihuega lassen sie weg.«

Hemingway verstummte einen Moment, aber ich hatte zu alldem keine Meinung. Ich sagte nichts.

Er trank einen Schluck seines Scotchs mit Soda und sah mich stechend an. »Was halten Sie vom Krieg, Lucas?«

»Ich habe nie eine Uniform getragen«, sagte ich. »Habe nie in einem Krieg gekämpft. Ich habe kein Recht auf eine Meinung.«

Hemingway nickte. Er wandte den Blick nicht von mir ab. »Ich habe eine Uniform getragen«, sagte er. »Ich war noch keine zwanzig Jahre alt, als ich auf einem Schlachtfeld schwer verwundet wurde. Ich habe wahrscheinlich mehr Kriege gesehen als Sie nackte Frauen. Und wollen Sie wissen, was ich vom Krieg halte?«

Ich wartete.

»Ich glaube, der Krieg ist ein verdammter Streich, den alte Männer den jungen Männern spielen«, fauchte Hemingway und unterbrach endlich unseren Blickkontakt. »Ich glaube, er ist eine gigantische Knochenmühle, in die schlappschwänzige alte Fürze vor Kraft strotzende junge Männer werfen, um sich die Konkurrenz vom Hals zu schaffen. Ich finde ihn kühn, grandios, wunderbar und einen verfluchten Alptraum.« Er kippte den letzten Rest Scotch und Soda hinunter. »Und ich glaube, mein ältester Sohn wird alt genug sein, in diesem beschissenen, sinnlosen Krieg zu kämpfen«, murmelte er scheinbar so sehr zu sich selbst wie zu mir. »Und Patrick und Gigi müssen vielleicht auch gehen, wenn er sich so lange hinzieht, wie ich glaube.«

Er ging zur Tür und sah mich wieder an. »Ich werde bis gegen Mittag an meinem Vorwort arbeiten. Dann ziehen wir los und besuchen einige der Agenten, die für die Gaunerbande arbeiten werden.«

Hemingways »Agenten« entpuppten sich als genau die bunt zusammengewürfelte Schar von Kumpeln, Zechkumpanen und alten Bekannten, die er Bob Joyce beschrieben und über die ich in Hoovers OV-Akte gelesen hatte: Patchi Ibarlucia und sein Bruder sollten zwischen Jai-Alai-Spielen als Spione tätig werden; mit dazu gehörte darüber hinaus Dr. Herrera Sotolongos jüngerer Bruder Roberto; ein Matrose namens Juan Dunabeitia, den Hemingway als

»Sinsky« vorstellte, ein Kürzel für Sindbad der Seefahrer; ein Exil-Katalane namens Fernando Mesa, der als Kellner arbeitete und manchmal als Besatzungsmitglied auf Hemingways Boot aushalf; ein katholischer Priester namens Don Andrés Untzaín, der jedesmal ausspie, wenn er das Wort Faschisten aussprach; ein paar Fischer aus dem Hafen von Havanna; zwei reiche spanische Adlige, die in großen Häusern wohnten, auf Hügeln, die näher an der Stadt lagen als der, auf dem Hemingways Farm stand; ein Konvoi von Huren aus mindestens drei Bordellen von Havanna; mehrere Seeleute, die nach Rum stanken; und zuletzt ein blinder alter Mann, der den ganzen Tag im Parque Central saß.

Im Stadtzentrum verbrachten wir den Rest des Samstagnachmittags damit, in den zahlreichen Hotels, Bars und Kirchen weitere »Informanten« kennenzulernen, die Hemingways Zustimmung fanden: einen Barkeeper namens Constante Ribailagua im El Floridita; ein Kellner im La Zaragozana, den Portier eines Opernhauses mit Namen Centro Callego; einen Hausdetektiv im Hotel Inglaterra; einen weiteren Priester – einen sehr jungen – in den Gewölben der Iglesia del Santo Angel Custodio, wo es nach Weihrauch roch; einen steinalten chinesischen Kellner im China-Restaurant Pazifik; ein kubanisches Mädchen, das in einem Schönheitssalon auf der Prado de Havana arbeitete; und den alten Mann, der in einem kleinen Geschäft namens Grande Generoso, direkt gegenüber der Bar Cunard, Kaffeebohnen mahlte und röstete. Hemingway stellte mich Angel Martinez vor, dem Besitzer von La Bodeguita del Medio – der Bar, in der ich den beschissenen Drink probiert hatte –, aber das war offenbar nur ein Höflichkeitsbesuch, denn Martinez wurde nicht als »einer meiner besten Agenten im Außendienst« vorgestellt wie die anderen.

Es war gegen neunzehn Uhr und wir waren in einem halben Dutzend Bars auf einen Drink gewesen, als Hemingway mich in das Café de la Perla de San Francisco führte – ein kleines Restaurant am Marktplatz mit einem kleinen Springbrunnen. Die Bar war hübsch eingerichtet, mit poliertem Stein, aber Hemingway führte mich hindurch in einen kleinen Restaurantbereich.

»Essen wir hier?« fragte ich.

»Nein, verdammt. Das Beste hier ist das Tagesessen für fünfundzwanzig Cent. Wir gehen zum Essen ins Baskische Zentrum zurück … Marty bekommt auf der *finca* Besuch von Freundinnen, und es ist besser, wenn wir erst später dort aufkreuzen. Nnnnn, ich habe Sie hierher gebracht, um Ihnen diesen Burschen zu zeigen.« Er nickte zu einem Mann, der in der Nähe der Küchentür stand. Der Mann sah wie ein Spanier oder Kubaner aus, hatte den Schnurrbart aber wie ein Österreicher gewichst und gezwirbelt; er trug das Haar kurz geschnitten und starrte uns an, als wollte er, daß wir uns entweder setzen und etwas essen oder auf der Stelle wieder verschwinden sollten.

»*Señor* Antonio Rodriguez«, sagte Hemingway. »Aber alle hier nennen ihn Kaiser Guillermo.«

Ich nickte. »Auch ein Agent im Außendienst?«

»Nein, verdammt«, sagte Hemingway. »Das ist der Besitzer. Hat keinen blassen Schimmer, wer ich bin, obwohl ich schon ein paarmal hier gegessen habe. Aber ich schlage vor, wenn wir keine richtigen Nazi-Spione schnappen können, kommen wir hierher und verhaften den Kaiser.«

Damit war unsere Besuchsreise zum Personal der Gaunerbande praktisch beendet, abgesehen von einem Pagen im Baskischen Club, den Hemingway als »unseren besten … und einzigen … Kurier« vorstellte, während wir darauf warteten, daß unser Tisch frei wurde.

Am Sonntag gab es keine Unternehmungen der Gaunerbande. Jedenfalls keine, zu denen ich eingeladen worden wäre.

Den ganzen Sonntag nachmittag über fand eine große Party statt, Leute schwammen und saßen um den Pool herum, Geplauder tönte durch die Fliegengitter, der Duft von Spanferkel schwebte über allem, und Autos kamen und gingen. Ich identifizierte die Brüder Ibarlucia und ein halbes Dutzend weitere Jai-Alai-Spieler, mehrere Exil-Basken, Winston Guest und andere wohlhabende Sportler, darunter einer, den ich als Tom Shevlin kennenlernen sollte, sowie viele andere, die ich nicht kannte. Von der amerikanischen Botschaft waren Ellis Briggs mit seiner Frau und zwei Kinder anwesend, Bob und Jane Joyce und Botschafter und Mrs. Braden – ich wußte, sie war eine chilenische Adlige und sah auch so aus; selbst aus fünfzig Schritt Entfernung bot sie eine elegante Erscheinung.

Zuvor hatte ich Hemingway gefragt, ob es eine andere Möglichkeit als den Bus gab, nach Havanna zu kommen.

»Warum?« fragte er. Womit er möglicherweise meinte, daß die Bars am Sonntag morgen geschlossen hatten.

»Um in die Kirche zu gehen«, sagte ich.

Hemingway grunzte. »Verdammt, Sie können den Lincoln nehmen, wenn Juan oder Marty oder ich ihn nicht brauchen. Wir haben ein altes Ford Coupé, aber das ist gerade in der Werkstatt. Oder Sie können das Fahrrad nehmen, das wir für Gigi gekauft haben.«

»Das wäre gut«, sagte ich.

»Vergessen Sie nicht, es sind zehn Meilen bis zu den Vororten«, sagte er. »Zwölf bis in die Altstadt.«

»Das Fahrrad wäre prima«, sagte ich.

Und das stimmte. Ich fuhr am Nachmittag weg, als die Party in vollem Gange war, und rief Delgado von einer Telefonzelle in San Francisco de Paula an. Wir trafen uns in dem sicheren Haus.

»Eine enorme Tour hatten Sie beide gestern«, sagte der andere SIS-Mann in dem halbdunklen, stickigen Zimmer. Delgado trug einen weißen Anzug und nur ein Unterhemd unter dem Leinenjackett. Ich konnte den Griff seiner Pistole im Hosenbund sehen.

»Sie waren nicht gerade unsichtbar«, sagte ich.

Er rieb sich das Kinn. »Hemingway hat mich nicht bemerkt.«

»Hemingway würde nicht merken, wenn er von einem dreibeinigen Ochsen verfolgt würde«, sagte ich. Ich übergab ihm meinen Bericht in einem versiegelten Umschlag.

Delgado brach das Siegel auf und fing an zu lesen. »Mr. Hoover hat es gern, wenn seine Berichte getippt sind.«

»Dieser Bericht ist für den Direktor bestimmt«, sagte ich.

Delgado schaute auf und ließ seine langen Zähne sehen. »Ich muß alles einsehen, das an ihn geht, Lucas. Haben Sie Probleme damit?«

Ich setzte mich auf den klobigen Stuhl auf der anderen Seite des Tisches, gegenüber von Delgado. Es war sehr heiß und ich sehr durstig. »Wer waren die beiden Männer, die mir am Freitag zur *finca* gefolgt sind und gestern in dem Buick hinter uns saßen?«

Delgado zuckte die Achseln.

»Nicht das hiesige FBI?« fragte ich.

»Nn-nnn«, antwortete Delgado. »Aber der große Mann, der Ihnen zu Fuß gefolgt ist, war von der kubanischen Staatspolizei.«

Ich runzelte die Stirn. »Welcher große Mann?«

Delgados ätzendes Lächeln wurde noch breiter. »Ich dachte mir, daß Sie ihn nicht gesehen haben. Darum bin ich da, um Ihnen Rückendeckung zu geben, Lucas. Sie sind zu sehr damit beschäftigt, mit diesem alkoholsüchtigen Schriftsteller zu picheln.« Er studierte wieder meinen Bericht. Das Lächeln erlosch. »Jemand hat tatsächlich mit einer Dreißig-null-sechser auf Sie geschossen?«

»Oder auf Hemingway. Oder auf einen der anderen Clowns unserer Gruppe.«

Delgado sah mich an. »Was meinen Sie, wer es war?«

»Wo waren Sie Freitag nacht, Delgado?«

Das Lächeln kam wieder zum Vorschein. »Im besten Hurenhaus von Havanna. Und wenn ich auf Sie geschossen hätte, Lucas... wären Sie jetzt tot.«

Ich seufzte und rieb mir den Schweiß aus den Augen. Ich konnte Kinder auf den Brachgrundstücken in der Nähe spielen hören. Über uns zog brummend ein Flugzeug vorbei. Es roch nach Abgasen, dem Meer und Abwasser. »Hemingway gibt mir morgen eine Schreibmaschine«, sagte ich. »Damit ich die Berichte der Gaunerbande schreiben kann. Mein nächster Bericht für Mr. Hoover wird getippt sein.«

»Gut«, sagte Delgado und schob den Bericht in den Umschlag zurück. »Wir möchten doch nicht, daß Sie aus dem SIS und dem Bureau entlassen werden, nur weil Sie keine Schreibmaschine haben, oder?«

»Haben wir noch etwas zu besprechen?« fragte ich schließlich.

Delgado schüttelte den Kopf.

Ich sagte: »Ich lasse Ihnen den Vortritt.«

Als ich sicher war, daß er um die Ecke und außer Sichtweite war, ging ich ins Hinterzimmer, entfernte das lockere Bodenbrett und holte das Päckchen heraus, das ich dort verstaut hatte. Ich untersuchte beide Waffen auf Feuchtigkeit – beide waren trocken, abgesehen vom Öl des Papiers –, legte die .357er Magnum zurück, packte die .38er Smith and Wesson aus und reinigte sie. Ich lud den Revolver, ließ eine Kammer leer, steckte mir zwei Kartons Patronen in die Tasche des Jacketts und steckte die Waffe so weit hinten in den Hosenbund, daß sie mir nicht in die Quere kommen würde, wenn ich in die Pedale trat.

Dann machte ich mich auf die Suche nach einem Café, das geöffnet hatte. Ich hatte vor, mindestens drei Gläser eiskalte Limonade zu trinken, bevor ich in dem dichten Verkehr zur *finca* zurückradelte.

Kaum hatte die *Pilar* den Golfstrom erreicht, gerieten wir in stürmische See. Das Barometer war den ganzen Morgen gefallen, eine dunkle Wolkenbank zog von Nordosten auf. Hemingways Boot hatte kein Funkgerät, aber in einem mit Kreide an die Seitenwand des Köderschuppens am Pier geschriebenen Wetterbericht war vor einer Gewitterfront und möglichen Sturmböen, die von Nordosten heranzogen, gewarnt worden.

»Lucas!« bellte Hemingway von der Außenbrücke. »Kommen Sie rauf!«

Ich kletterte die Leiter hinauf. Hemingway stand barfuß und mit gespreizten Beinen am Steuer, während sich Winston Guest an der Reling festklammerte. Ibarlucia trank im Schutz der Cockpitbrücke ein frisches Bier. Fuentes, der Erste Maat, saß immer noch am Bug und stemmte die Füße gegen die Reling, als Hemingway das Boot in die hohen Wellen steuerte.

»*Mal de mer*, Lucas?« fragte der Schriftsteller. Er hatte eine Münze mit langem Schirm tief ins Gesicht gezogen.

»Nein danke«, sagte ich. »Ich warte bis zum Essen.«

Hemingway sah mich aus dem Augenwinkel an. »Warum übernehmen Sie nicht eine Weile das Steuer?«

Ich übernahm. Hemingway gab mir die Kompaßrichtung, und ich schwenkte den Bug entsprechend und drosselte die Geschwindigkeit ein wenig, um das Schlingern des kleinen Boots zu verringern. Guest ging in die Führerkabine hinunter, und nach wenigen Minuten hatten er und der Jai-Alai-Spieler mit Hilfe von Fuentes Leinen zu den beiden Auslegern gespannt, um zu angeln. Fuentes ließ darüber hinaus einen gewaltigen Lockköder vom Heck zu Wasser und gab Leine. Ich sah, wie der Köder in unserem Kielwasser auf und ab hüpfte, aber außer vereinzelten Möwen nichts anlockte.

Hemingway hatte eine Hand auf der Reling liegen und hielt selbst dann mühelos das Gleichgewicht, wenn er mir Anweisungen gab, im schlechtestmöglichen Winkel zu den hohen Wellen zu steuern. Kuba war nichts weiter als die Andeutung eines Fleckchens an unserer Steuerbordseite, während backbord die Linie der schwarzen Wolken näher rückte und immer dichter wurde.

»Sie *haben* schon einmal ein kleines Boot gesteuert, Lucas.«

Das hatte ich ihm schon verraten, daher gab es darauf nichts zu erwidern. Hinter uns lachten Guest und Ibarlucia über etwas. Der Seegang war zu rauh zum Fischen.

Hemingway rutschte die Leiter hinunter und kam einen Augenblick später mit einem in Ölpapier gewickelten Bündel zurück. Er wartete, bis wir die Gischt passiert hatten, dann holte er das Gewehr aus seinem Futteral. Ich warf einen Blick darauf: eine Mannlicher .256.

»Wir wollten vor einer Boje ankern, die ich kenne«, sagte er und zielte auf fliegende Fische, die vor dem Boot hochsprangen. Er ließ die Waffe sinken. »Ein paar Zielübungen machen. Aber dieser Seegang macht uns einen Strich durch die Rechnung.«

Vielleicht hätte das meine Bewährungsprobe auf See sein sollen – die *Pilar* zu den entsprechenden Koordinaten zu steuern und mich dann auf ein Wettschießen mit diesen Männern einzulassen, die den ganzen Morgen getrunken hatten. Vielleicht war ich auch nur paranoid.

Hemingway wickelte das Gewehr wieder ein und verstaute es unter der Konsole. Er zeigte zur Küste. »Ich kenne eine hübsche kleine Bucht da drüben. Steuern wir sie an, essen gut zu Mittag und fahren nach Cojimar zurück, bevor es da draußen zu schlimm wird.« Er gab mir den Kurs, und ich schwenkte den Bug der *Pilar* landeinwärts. Sie war ein feines kleines Boot, auch wenn sie für meinen Geschmack ein wenig zu leicht durchs Wasser glitt und zu träge zu steuern war. Wenn er den Sturm vermeiden wollte, der aufzog, hätte er meiner Meinung nach gleich umkehren sollen, statt zum Essen herumzutuckern. Aber er fragte mich nicht nach meiner Meinung.

In der achterlichen See kamen wir leichter voran, und als wir in der breiten Bucht vor Anker gingen, schien die Sonne wieder strahlend, und keiner dachte mehr in erster Linie an den Sturm. Wir saßen im Schatten des Ruderhauses und aßen dick belegte Roastbeefsandwiches mit Rettich. Guest und Ibarlucia tranken jeweils ein weiteres kaltes Bier zum Mittagessen, aber Fuentes hatte einen starken, schwarzen kubanischen Kaffee aufgebrüht, den er, Hemingway und ich aus abgesplitterten weißen Tassen tranken.

»Ernesto«, sagte Fuentes, der von seinem Platz an der Reling aufstand, »sehen Sie sich das an. Auf dem Felsen dort am Strand. Er ist sehr groß.«

Wir waren etwa hundertzehn Meter vom Strand entfernt, und ich brauchte einen Moment, bis ich sah, was Fuentes meinte.

»Gregorio«, sagte Hemingway, »hol bitte die Ferngläser.«

Wir vier sahen abwechselnd durch das Fernglas. Der Leguan war wirklich sehr groß. Ich konnte die Membranen seiner Augen gelegentlich zucken sehen, wenn er beim Sonnenbaden auf dem schwarzen Felsen langsam blinzelte.

Hemingway kletterte die Leiter hinauf und wir folgten ihm. Er packte die Mannlicher aus und wickelte die Schlinge um den linken Arm, wie es auf den Schießständen der Infanterie gemacht wurde, stellte sich wegen des leichten Schaukelns breitbeinig hin und drückte den Kolben fest an die Schulter. »Lucas, Sie beobachten.«

Ich nickte und betrachtete den Leguan durch das Fernglas. Das Gewehr knallte.

»Zu tief«, sagte ich. »Etwa ein Meter. Er hat sich nicht bewegt.«

Der zweite Schuß ging zu hoch. Beim dritten Schuß schien der Leguan zu schweben und verschwand hinter dem Felsen. Ibarlucia und Guest johlten. Fuentes sagte: »Eine Handtasche für Miss Martha, nein?«

»Eine Handtasche für Miss Marty, *sí*, alter Freund«, sagte Hemingway. Er führte uns die Treppe hinunter auf Deck.

»Jammerschade, daß wir die *Tin Kid* zurückgelassen haben«, sagte Guest; er meinte das kleine Ruderboot, das wir vertäut zurückgelassen hatten, statt es wegen des schweren Seegangs am Boot festzuzurren.

Hemingway grinste. »Scheiße, Wolfer, da draußen kann man fast auf Grund stehen. Haben Sie Angst vor Haien?« Er zog Sweatshirt und Shorts aus und stand bis auf eine zerrissene Unterhose nackt vor uns. Sein Körper war sehr braungebrannt und muskulöser als ich gedacht hatte. In dem Pelz auf seiner Brust fand sich kein einziges graues Haar.

»Ernesto«, sagte Ibarlucia, der sich bis auf ein sehr kleines Paar Shorts ausgezogen hatte. Sein zierlicher Körper bestand nur aus gespannten Muskeln, Konturen und Wülsten eines leidenschaftlichen

Sportlers. »Ernesto, es besteht kein Grund, daß Sie naß werden. Ich werde ans Ufer schwimmen und dem Reptil den Garaus machen, während Sie zu Ende essen.« Der Jai-Alai-Spieler hob das Gewehr auf.

Hemingway war über die Reling geklettert und hob einen Arm. *»Dame aca, cono que a los mios los mato yo!«*

Ich dachte darüber nach, was er gesagt hatte: *Geben Sie her, verdammt; ich töte meine Beute selbst.* Zum erstenmal verspürte ich eine Verbundenheit mit Ernest Hemingway.

Hemingway nahm das Gewehr, hielt es hoch und paddelte mit dem linken Arm dem fernen Ufer entgegen. Ibarlucia tauchte ein, ohne eine einzige Welle zu erzeugen, und hatte den Schriftsteller bald überholt. Ich zog das Baumwollhemd aus, kickte die Bootsschuhe weg und stieg aus den Shorts. Obwohl die Sturmfront näher rückte, war es heiß, die Sonne brannte auf meiner Haut.

»Ich bleibe mit Gregorio an Bord«, sagte Guest.

Ich schwamm mühelos ans Ufer. In dieser breiten Bucht konnte man die Brandung vernachlässigen. Patchi und Hemingway stapften im trockenen Sand hinter dem Felsen, auf dem sich der Leguan gesonnt hatte, hin und her.

»Nichts zu sehen, Ernesto«, sagte Ibarlucia. »Der Schuß muß das Reptil nur erschreckt haben.« Er sah blinzelnd nach Nordosten. »Der Sturm kommt näher, Papa. Wir sollten ans Umkehren denken.«

»Nein«, sagte Hemingway. Er untersuchte den Felsen und tastete ihn mit den Fingern ab, als wollte er Blutspuren mit den Fingerspitzen fühlen. Zwanzig Minuten gingen wir drei am Strand und an der Küste auf und ab und studierten jeden Fels und jede Erhebung. Die schwarzen Wolken rückten näher.

»Hier«, rief der Schriftsteller schließlich und ging etwa fünfundzwanzig Meter von dem Felsen entfernt in die Hocke.

Wir standen über ihm, während der Schriftsteller einen trockenen Zweig in kleine Stücke brach, einen winzigen Blutstropfen im Sand kennzeichnete und weiter landeinwärts kroch, wobei er den Boden so eingehend studierte, daß er an einen Bluthund erinnerte, der eine Witterung aufnimmt.

»Hier«, sagte er zehn Meter weiter am Strand entlang erneut und markierte einige kaum sichtbare rote Sprenkel. »Hier.«

Die Spur führte zu einem Haufen Felsbrocken, wo die Klippen anfingen. Wir duckten uns unter einem tiefen Überhang und sahen in die winzige schwarze Öffnung der kleinen Höhle. Das Gestein war blutverschmiert.

»Er ist da drin«, sagte Hemingway, ließ seine restlichen Stöckchen fallen und nahm das Gewehr von der Schulter.

Ich trat beiseite, als er mit der Mannlicher in die winzige Öffnung zielte.

»Wahrscheinlich gibt es Querschläger, Ernesto«, sagte Ibarlucia, der ebenfalls beiseite trat. »Schießen Sie sich nicht in den Magen. Das lohnt sich nicht für eine Handtasche.«

Hemingway grunzte nur und schoß. In der Höhle konnte man das Geräusch heftigen Zappelns hören.

»Er ist tot«, sagte Hemingway. »Holt einen langen Stock.«

Wir fanden einen rund einszwanzig langen Zweig, der ans Ufer gespült worden war, konnten den Leguan aber nicht mit noch soviel Stochern zutage fördern.

»Vielleicht ist er weiter hineingekrochen«, mutmaßte Ibarlucia.

»Nein«, entgegnete Hemingway, »ich habe ihm die Gabe des Todes gebracht.« Er betrachtete die Öffnung. Sie war schmaler als seine Schultern.

»Ich gehe, Papa«, sagte der Jai-Alai-Star.

Hemingway legte dem kleineren Mann eine Hand auf die braune Schulter und sah mich an. »Lucas, Sie passen wahrscheinlich hinein. Möchten Sie Marty eine Handtasche schenken?«

Ich ließ mich auf alle viere fallen, kroch vorwärts und schürfte mir die Haut an den Schultern auf, als ich mit den Armen zuerst in das Loch glitt. Mein Körper blockierte das Licht. Die Höhle fiel schräg ab, so daß mir Felskanten die Kopfhaut aufschnitten, als ich mich vorwärts krümmte, um dem Winkel der Öffnung zu folgen. Ich hatte die Absicht, höchstens so weit hineinzukriechen, wie sie mich packen und wieder herausziehen konnten. Etwa zweieinhalb Meter tief ertastete ich mit den Fingern die schuppigen Rippen und den Bauch des Leguans. Ich tastete seitwärts zur Kehle und spürte Blut an den Fingern. Er bewegte sich nicht. Ich packte ihn fest an den Wülsten auf dem Rücken und kroch rückwärts und hielte inne, als ich mit der Schulter an der Biegung des Tunnels hängen blieb.

»Zieht mich langsam raus«, rief ich. »Ich hab ihn.«

Kräftige Hände packten mich an den Knöcheln. Haut an meinen Knien, dem Rücken und den Schultern wurde abgeschürft, als sie mich langsam ans Licht zogen.

Hemingway gab Ibarlucia die Mannlicher und tätschelte mir statt des blutigen Rückens den Arm, als ich ihm die Trophäe überreichte. Er grinste über die Maßen breit und freute sich wie ein Schuljunge.

Wir schwammen zur *Pilar* zurück, Ibarlucia mit dem Gewehr, das er über die deutlich höheren Wellen hielt, Hemingway auf dem Rücken, damit er den großen Leguan aus dem Wasser halten konnte, und ich verzog jedesmal das Gesicht, wenn das Salzwasser über meinen zerkratzten Rücken und die Schultern strömte. An Bord wurde ein enormes Aufhebens um die Größe der Echse gemacht, es gab ein zeremonielles Bier für jeden, als der Leguan in der Fischkiste verstaut und die Anker eingeholt waren, dann ließen wir die Motoren an und steuerten in die hohen Wellen außerhalb der Bucht.

Drei Meilen draußen gerieten wir in den Sturm. Hemingway hatte mich nach unten in die Bugkabine gerufen, wo er einen Erste-Hilfe-Kasten öffnete und eine Salbe auf meinen Rücken strich. Er holte Regenmäntel aus einem Fach, und wir gingen nach oben an Deck, als die ersten Schauer herunterprasselten.

Im Verlauf der nächsten Stunde hielten wir Kurs Nordwest, während das Boot unablässig schlingerte und schwankte. Ibarlucia ging nach unten und legte sich auf eine Koje, Guest saß totenblaß auf der obersten Stufe, Fuentes und ich stemmten uns auf gegenüberliegenden Seiten der geschützten Brücke an die Wände, derweil Hemingway meisterhaft die Ruderpinne bediente.

Ich hatte das Gefühl, daß dies der Ort war, an dem Ernest Hemingway – ein Mann, den ich bisher nur als eine Reihe von Posen und Persönlichkeiten gesehen hatte – sich am wohlsten fühlte, weil er ganz er selbst sein konnte. Der Seegang wurde immer rauher, und die *Pilar* pflügte durch Wellen, deren Gischt die Scheibe undurchsichtig machte, aber Hemingways Kommentare blieben ruhig und gelassen. Regen prasselte über uns auf das Dach und machte das offene Deck hinter uns schlüpfrig.

»Noch etwa eine Stunde, dann sehen wir –« begann Hemingway und verstummte. Wir waren aus dem Sturm in ein ruhigeres Fleckchen See geraten, aber auf drei Seiten zogen Regenschauer wie Vorhänge über das Meer. Hemingway schnappte sich das Fernglas und schaute nach Nordost. »Hol mich der Teufel«, flüsterte er.

»*Que?*« fragte Fuentes, der von der überdachten Brücke sprang und in die Gischt starrte, während wir den Kamm der nächsten Welle erklommen. »Ahh … ja, ich sehe es.«

Ich sah die Lichter zuerst, die etwa eine Meile voneinander entfernt aufleuchteten und durch die Blitze dahinter fast nicht zu erkennen waren. Es war kein Morsecode. Etwa drei Meilen entfernt, abseits der Steuerbordseite des Bugs, befand sich eine große, in den wallenden Regenschleiern fast nicht zu erkennende Silhouette. Auf den ersten Blick fand ich sie groß genug für einen Zerstörer, aber die Umrisse stimmten nicht. Backbord entfernte sich etwas von uns und dem größeren Schiff, eine vage Andeutung von grauem Metall, das vor den grauen Wolken aus dem grauen Meer aufragte.

»Verdammt, verdammt, verdammt«, sagte Hemingway sichtlich aufgeregt und entzückt und gab Fuentes das Fernglas. Er schob beide Gashebel zu zwei Dritteln vorwärts und steuerte so hart in die Wellen, daß Guest fast von seinem Platz auf der Stufe geschleudert wurde und Ibarlucia in der vorderen Kabine aufschrie.

»Sehen Sie das, Lucas?« fragte Hemingway und drückte die Gashebel noch eine Kerbe nach vorne.

Fuentes gab mir das Fernglas. Ich versuchte, die größere Silhouette anzuvisieren, aber die hohen Wellen und das schwankende Boot machten es fast unmöglich. »Ja«, sagte ich einen Moment später. »Eine Art große Jacht. Ich habe noch nie ein privates Boot dieser Größe gesehen.«

Hemingway schüttelte den Kopf. »Nn-nnn«, sagte er. »Das andere. Backbord. Das Boot, das gerade die Sturmgrenze erreicht.«

Ich schwenkte das Fernglas, fand das Boot, verlor es, fand es wieder. Ich starrte es fassungslos an.

»Es ist ein U-Boot«, sagte Hemingway mit lauter Stimme. »Ein gottverdammtes U-Boot der Nazis. Sehen Sie den Umriß des Turms? Sehen Sie die Nummer darauf? Ein U-Boot der Nazis. Es hat dieser Monsterjacht Signale gegeben. Und ich werde entern.«

»Die Jacht?« fragte Winston Guest, der mit gerötetem und vor Aufregung fast verkrampftem Gesicht auf die Brücke kam.

»Nein, Wolfer«, sagte Hemingway, der die Gashebel weiter nach vorne drückte, ehe er mir das Fernglas abnahm und es wieder auf den Turm richtete. »Wir werden dieses U-Boot aufbringen und an Bord gehen.«

9

»Warum wollen Sie Informationen über die *Kreuz des Südens?*« fragte Delgado.

Wir hatten uns auf einem zugewachsenen Feldweg südlich von San Francisco de Paula getroffen. Ein altes leerstehendes Bauernhaus döste in der Hitze windschief vor sich hin. Auf dem Brachland beobachtete uns ein einsamer Esel voll argloser Neugier. Mein Fahrrad hatte ich an einen lückenhaften Zaun gelehnt. Delgados altes Motorrad stand neben einem Telefonmasten ohne Kabel.

»Laut Mr. Hoovers Anweisungen für mich«, sagte ich, »ist es Ihre Aufgabe, mir die Informationen zu verschaffen, die ich brauche, und nicht zu fragen, warum ich sie brauche.«

Delgado sah mich mit seinem ausdruckslosen, toten Blick an. Trotz der Hitze trug er eine verblichene A-1-Lederjacke über dem Unterhemd. Die Knöpfe daran waren in etwa so ausdrucksstark wie seine Augen. »Wann brauchen Sie sie?« fragte er.

Das war das Problem. In Mexiko, Kolumbien und Argentinien dauerte es in der Regel zehn Tage oder mehr, bis reguläre Akten von Washington zugestellt wurden. Handelte es sich um vertrauliche Unterlagen, die einer Sicherheitsprüfung unterzogen werden mußten, konnte es sein, daß wir einen Monat oder länger auf einen Auszug warten mußten. Bis wir den Papierkram bekamen, den wir brauchten, hatten wir uns für gewöhnlich schon wieder anderen Dingen zugewandt. In diesem Fall würde die *Kreuz des Südens* wahrscheinlich bereits ausgelaufen sein, bis meine Anfrage bearbeitet wurde. »So schnell wie möglich«, sagte ich.

»Morgen nachmittag«, antwortete Delgado. »Im sicheren Haus. Um siebzehn null null Uhr.«

Ich sagte nichts, konnte aber nicht glauben, daß die Akten am nächsten Nachmittag auf Kuba sein würden. Warum sollte man mir für diesen Auftrag, die Sackgasse meiner Karriere, vertrauliche Informationen geben? Und wer *war* dieser Delgado eigentlich?

»Nur über das Boot?« fragte er und machte sich eine Notiz in seinem Spiralbuch.

»Und alles, was in direktem Zusammenhang damit steht«, sagte ich. »Alle laufenden Ermittlungen gegen Besatzung, Besitzer ... was immer mir weiterhelfen könnte.«

Delgado nickte. Ging zu seinem Motorrad und stieg auf. »Was hätte Ihr Schriftsteller getan, wenn er das U-Boot erwischt hätte, Lucas?«

Ich dachte an die irrsinnige Verfolgungsjagd durch das aufgewühlte Meer, als der graue Turm zuerst im Regen und dann in den Fluten verschwand. Hemingway breitbeinig und mit verkniffenem und entschlossenem Gesicht am Steuerrad, Gashebel so weit vorwärts gedrückt, daß ich dachte, Bug oder Rücken der *Pilar* würden an den Wellen zerbrechen, Schiff und alle Besatzungsmitglieder waren von der Gischt durchnäßt. Alle Mann ... Patchi Ibarlucia, Winston Guest, der unerschütterliche Fuentes, sogar ich selbst ... waren im Adrenalinrausch gewesen und hatten die zwölf Meter lange Vergnügungsjacht angepeitscht wie einen Vollbluthengst auf der Zielgeraden. Und dann war das U-Boot verschwunden ... plötzlich vollkommen verschwunden ... und Hemingway hatte geflucht, mit der flachen Hand auf das Schott geschlagen, den Schub zurückgenommen und auf die unvorstellbar große Jacht umgeschwenkt, während er Fuentes anbrüllte, daß er mit dem Fernglas den Namen am Heck lesen sollte.

»Wenn Sie das Unterseeboot angegriffen hätten«, fuhr Delgado fort, »hätten die Sie aus dem Wasser gepustet.«

»Ja«, sagte ich. »Morgen nachmittag um fünf? Ich werde versuchen dazusein.«

Delgado lächelte und kickte den Motor an. Er stand immer noch breitbeinig darüber, als er rief: »Oh, haben Sie den Buick mit den beiden Männern gesehen, die gestern beobachtet haben, wie Sie aus dem Hafen ausgelaufen sind? Von dem Hügel über Cojimar?«

Ich hatte sie gesehen. Das Auto mit den beiden Insassen hatte im Schatten gestanden, so daß ich nicht einmal mit dem Fernglas mehr als nur die Silhouetten auf dem Vordersitz erkennen konnte – wieder der große und der kleinere Mann. Mutt und Jeff.

»Ich konnte den Fahrer nicht erkennen«, fuhr Delgado fort,

»aber der Beifahrer war ein gewisser kahlköpfiger, buckliger Zwerg. Kommt Ihnen das bekannt vor?«

»Sie scherzen«, sagte ich. »Ich dachte, er sei nach London versetzt worden.«

»Er wurde versetzt«, sagte Delgado und drehte am Gashebel des Motorrads, so daß er noch lauter brüllen mußte. »Und ich scherze niemals.«

Der »kahlköpfige, bucklige Zwerg« mußte Wallace Beta Phillips sein, der brillante Chef des amerikanischen Office of Naval Intelligence in Lateinamerika. Es stimmte, Phillips *war* kahlköpfig und bucklig, aber eigentlich kein Zwerg... lediglich klein. Ich hatte an mehr als einer Mission in Mexico City teilgenommen, die von Phillips geplant und geleitet worden war, und empfand großen Respekt vor dem Mann. Unter seiner Führung hatten ONI, SIS, FBI und der frischgebackene COI von Wild Bill Donovan erstmals ersatzweise als Team gegen die Nazi-Agenten in Mexiko gearbeitet. Aber Phillips hatte den ganzen Winter 1941-42 hindurch auf eine Fortsetzung dieser Zusammenarbeit zwischen den Institutionen gedrängt, wogegen J. Edgar Hoover forderte, daß der COI seine Missionen in der westlichen Hemisphäre einstellte und das ONI sich auf Belange der Marine beschränkte. Nach dem Showdown in Washington, bei dem Hoover die uneingeschränkte Kontrolle über alle Einsätze von allen Spionageabwehraktivitäten des SIS und anderer Dienststellen in der westlichen Hemisphäre an sich gerissen hatte, war die tatsächliche Führerschaft des Buckligen durch hiesige FBI-Agenten unterminiert worden.

In den vergangenen paar Monaten hatten Phillips Einsätze und Agenten in Mexiko – und dem gesamten restlichen Lateinamerika – unter zunehmenden Störmanövern Hoovers zu leiden gehabt, was seinen Höhepunkt in zwei gescheiterten Missionen im Frühjahr fand. Im April hatte ich den Befehl erhalten, Phillips' Männern zu folgen, die zusammen mit Donovans Männern Nazi-Agenten in zwei wichtigen Häfen Mexikos beobachteten und Meldung über ihre Aktivitäten zu machen. Kurz darauf war Hoover direkt zu FDR gegangen und hatte darauf bestanden, daß Donovans gesamter COI aufgelöst und Wallace Beta Phillips für die Zusammenarbeit mit ihnen gerügt werden sollte.

Donovan, der sich im vergangenen Monat von den Folgen eines

schweren Autounfalls erholte – und zu dem Zeitpunkt ein möglicherweise tödliches Blutgerinsel in der Lunge hatte –, protestierte gegenüber dem Präsidenten, daß Hoovers Vorwürfe »dreckige und niederträchtige Lügen« wären, und Roosevelt glaubte ihm. Der COI war vorerst sicher, aber die Zusammenarbeit der verschiedenen Dienststellen in Mexiko und Lateinamerika war dahin wie Tau in der Morgensonne. Wallace Beta Phillips, der kahlköpfige Bucklige, hatte um seine Versetzung vom ONI zum COI gebeten, die gewährt worden war, und war – jedenfalls meinen letzten Informationen zufolge – nach London abgereist.

Was, zum Teufel, hatte er auf Kuba zu suchen und zu beobachten, wie ich mit Ernest Hemingway und seiner zusammengewürfelten Truppe mit einem Fischerboot hinausfuhr?

Ich fragte Delgado nicht. »Morgen, siebzehn Uhr«, sagte ich.

»Fahren Sie im Dunkeln nicht mit Ihrem Fahrrad gegen einen Baum«, lachte Delgado. Er legte den Gang ein und fuhr mit heulendem Motor und in einer Staubwolke, die sich langsam auf mich herniedersenkte wie die Achse eines Krematoriums, zur Straße nach San Francisco de Paula hinauf.

»Raus und auf sie mit Gebrüll, Joe Lucas!« brüllte Hemingway am Dienstag nachmittag durch das Fliegengitter der Gästehaustür. »Ziehen Sie Ihre beste Meisterspionkrawatte an. Wir gehen zur Botschaft, um einem Mann einen Vorschlag schmackhaft zu machen.«

Vierzig Minuten später saßen wir in Botschafter Bradens Büro, wo das warme Nachmittagssonnenlicht Havannas zwischen den Jalousien hindurchschien, während der Ventilator an der Decke sich größte Mühe gab, die abgestandene Luft durcheinanderzuwirbeln. Alles in allem waren wir zu fünft. Neben dem Botschafter, Hemingway, Ellis Briggs und meiner Wenigkeit war da noch Oberst John W. Thomason Jr., der neue Chef des Marinegeheimdienstes für Mittelamerika – ein durchtrainierter, kräftiger Mann, der rasch und präzise mit texanischem Akzent sprach. Ich hatte von Thomason gehört, aber das entspannte Plaudern vor der eigentlichen Konferenz hatte mir verraten, daß Hemingway den Mann schon kennengelernt haben mußte – daß er sogar Thomasons fachlichen Rat für die Anthologie mit Geschichten über den Krieg eingeholt hatte, die er herausgab. Offenbar war der Oberst selbst Schriftsteller, denn Hemingway erwähnte zweimal Thomasons Biographie von Jeb Stuart und schlug vor, daß eine der Kurzgeschichten des Oberst in der Kriegsanthologie enthalten sein sollte.

Schließlich rief Braden die Versammlung zur Ordnung. »Ernest, soweit ich weiß, haben Sie uns einen weiteren Vorschlag zu machen.«

»So ist es«, sagte Hemingway, »und zwar einen guten.« Er zeigte auf mich und den Oberst. »John, Spruille hat Ihnen wahrscheinlich gesagt, daß Lucas hier ein Experte für Spionageabwehr des Innenministeriums ist, der meiner kleinen Gaunerbande zugeteilt wurde. Ich habe mich schon mit Lucas über den Plan unterhalten und Einzelheiten ausgearbeitet…«

Hemingway hatte sich überhaupt nicht mit mir über den Plan unterhalten, abgesehen von der Erklärung, was er vorschlagen wollte, als wir mit dem schwarzen Lincoln im Höllentempo nach Havanna gebraust waren. Thomason betrachtete mich mit dem Argwohn, den jeder Mann von Militär oder Geheimdienst dem Innenministerium gegenüber empfindet.

»Ich glaube, Spruille oder Ellis haben Ihnen von unserer gestrigen Begegnung mit dem deutschen U-Boot erzählt«, sagte Hemingway.

Oberst Thomason nickte.

Ellis Briggs sagte: »Sind Sie sicher, daß es ein deutsches war, Ernest?«

»Gottverdammt, absolut sicher«, sagte Hemingway. Er beschrieb den Turm, das Deckgeschütz und die Ziffern auf der Seite.

»Mit ziemlicher Sicherheit ein deutsches U-Boot der Sieben-vierzig-Klasse«, meinte Oberst Thomason. »Und welchen Kurs hatte es gesetzt, als sie es abtauchen sahen?«

»Lucas?« forderte mich der Schriftsteller auf.

»Nord-Nordwest«, sagte ich und kam mir vor wie ein Schauspieler mit einer Nebenrolle in einer Schmierentragödie.

Thomason nickte. »Heute am frühen Morgen wurde ein U-Boot der Sieben-vierzig-Klasse vor New Orleans gesichtet. Man hält für möglich, daß sie drei oder vier deutsche Agenten in der Mündung des Mississippi abgesetzt haben. Wahrscheinlich Ihr Boot, Papa.«

Ich sah den Offizier an. *Papa?* Thomason war achtundvierzig oder neunundvierzig Jahre alt. Was sollte diese »Papa«-Scheiße? Warum wollten alle das idiotische Spitznamenspiel des Schriftstellers mitspielen... *alle* seine kindischen Spiele? Jetzt spielten wir gerade das U-Boot-Spiel. In dem stillen Zimmer herrschte ein männlicher und ernster Tonfall.

Hemingway sprang wieder auf, nickte und fuchtelte und bekräftigte seine Argumente mit Handbewegungen, während er behende auf den Ballen hin und her ging. Botschafter Braden sah höflich und zufrieden aus, wie eine Hausfrau, die dem freundlichen Vertreter den Electrolux-Staubsauger abgekauft hat und bereit ist, noch mehr Geld für Zubehör locker zu machen, das ihr Arbeit sparen soll.

»Also das ist der Plan«, sagte Hemingway und breitete die Arme aus, als wolle er uns um sich scharen. »Meine Agenten der Gaunerbande haben gemeldet, daß in den vergangenen Monaten nicht wenige hiesige Boote von U-Booten der Nazis aufgehalten und geentert wurden. Verdammt, ein alter Mann, der von Nuevitas hinausfährt, mußte einem deutschen Boot seinen gesamten Fang und frisches Obst geben. Wie auch immer, ich glaube, daß dieses Siebenvierziger-Boot die große Jacht ausgespäht hat, die wir gesehen haben... die *Kreuz des Südens*... um festzustellen, ob sie an Bord gehen oder das Schiff mit Geschützfeuer versenken sollten. Die *Kreuz* sah verdächtig aus... fast so groß wie ein Zerstörer. Aber das Meer war zu aufgewühlt, und dann sind wir auf der Bildfläche erschienen...«

Was redet er da? fragte ich mich. Wir hatten die Signallichter auf der Jacht und dem Turm des U-Boots gesehen. Es war kein Morsealphabet gewesen, sondern ein privater Code. Den ganzen gestrigen Tag waren wir der riesigen Jacht über Cojímar hinaus gefolgt, bis sie im Hafen von Havanna vor Anker gegangen war, und die ganze Zeit hatte Hemingway Mutmaßungen angestellt, daß Schiffs- und U-Boot-Besatzung gemeinsame Sache machten. Er hatte die Theorie aufgestellt, daß die Privatjacht als Tanker für die U-Boote fungierte, als »Milchkuh«, wie die Deutschen sich ausdrückten, und hatte Pläne geschmiedet, um an Informationen über Besatzung, Fracht und mögliche Mission der *Kreuz des Südens* heranzukommen. Er hatte bis Mitternacht gearbeitet und seine Matrosen, Kellner, und Barkeeper der Gaunerbande auf das Projekt angesetzt, Fakten zu sammeln. Und jetzt das. Was führte er im Schilde?

»Das ist der Plan«, sagte er wieder. »Wir nehmen mein Boot, die

Pilar, und tarnen sie als hiesiges Fischerboot... vielleicht auch als eine Art Forschungsschiff. Meereskundliche Vermessungen oder so was. Hängen ein Schild ›Woods Hole‹ über die Seite oder so. Lassen uns von den Deutschen durch ihr Periskop beobachten, wecken ihre Neugier, locken ihr Boot an die Oberfläche, und wenn sie an Bord kommen wollen... *wumm!* Wir eröffnen das Feuer mit Faustfeuerwaffen, Granaten, Maschinengewehren, Panzerfäusten... mit allem.«

»Ein Q-Boot«, sagte Botschafter Braden, der offenbar Gefallen an der Idee fand.

»Genau«, sagte Hemingway.

»Es wäre gefährlich, Ernest«, wandte Ellis Briggs ein.

Der Schriftsteller zuckte die Achseln. »Ich trommle eine gute Besatzung zusammen. Sieben oder acht tüchtige Männer müßten reichen. Sie können jemanden mitschicken, Spruille, wenn Sie wollen... vielleicht einen Marine, der das Fünfzigkalibrige und das Funkgerät bedienen kann.«

»Hat die *Pilar* denn ein Funkgerät, Papa?« fragte Oberst Thomason. »Oder ein Maschinengewehr?«

»Noch nicht«, antwortete Hemingway und grinste.

»Was würden Sie sonst noch brauchen?« fragte der Botschafter, der sich mit einem silbernen Füller Notizen auf einem Block machte.

»Nur die Faustfeuerwaffen, von denen ich gesprochen habe. Ein paar Thompson-Maschinenpistolen wären nicht schlecht. Granaten, um ihre Luken aufzusprengen, wenn wir sie stürmen. Vielleicht eine Panzerfaust oder zwei. Ein Militärfunkgerät. Oh... und eine Funkortungsanlage. Wir könnten mit den Marine-Stützpunkten an der Küste und den Kriegsschiffen in diesem Teil der Karibik zusammenarbeiten, um Signale eines Wolfsrudels durch Dreieckspeilung zu lokalisieren. Ich komme für den Proviant auf. Natürlich brauchen wir Treibstoff. Aufgrund der Knappheit und der Rationierung könnte ich nicht genügend auftreiben, um fünf Tage Patrouille zu fahren, geschweige denn die Wochen und Monate, die unsere Mission erfordern würde.«

»Was ist mit den anderen Missionen Ihrer... äh... Gaunerbande?« fragte Botschafter Braden. »Ich gehe davon aus, Sie sind gerade dabei, alles anzukurbeln. Würden Sie wegen der Q-Boot-Mission eine Pause einlegen?«

Hemingway schüttelte den Kopf. »Wir schaffen beides. Wenn die U-Boote tatsächlich ... wie unsere bisherigen Informationen zu bestätigen scheinen ... nur deshalb hier herumschnüffeln, weil sie weitere Agenten an der kubanischen und auch der amerikanischen Küste absetzen wollen, nun, dann brauchen wir beide Aspekte der Operation, um sie zu finden und aufzuhalten.«

Oberst Thomason räusperte sich. Er sprach langsam, aber keinesfalls träge. »Angenommen, Sie ziehen die Täuschung mit dem unschuldigen Fischerboot durch und die Besatzung des deutschen U-Boots schöpft Verdacht und bleibt weg und bläst Sie und die ganze *Pilar* mit der Bordkanone aus dem Wasser? Was dann, Papa?«

»Wenn sie das tun, sind wir erledigt«, antwortete Hemingway. »Aber warum sollte der U-Boot-Kommandant das Risiko eingehen, durch Geschützfeuer entdeckt zu werden, wenn er einfach Matrosen an Bord schicken und uns erledigen kann, indem sie unsere Flutventile öffnen? Er wird neugierig sein, was Fischer im Kriegsgebiet zu suchen haben. Er wird wissen wollen, was für Glücksritter versuchen, mitten im Krieg im Golfstrom Schwertfische zu fangen.«

»Und wenn er Sie erkennt?« fragte der Oberst. »Die *Pilar* ist in diesen Gewässern ziemlich bekannt. Und wenn das deutsche U-Boot wie Sie vermuten im Geheimdienstauftrag unterwegs ist, könnte er über den irren *Gringo*-Schriftsteller und sein Fischerboot Bescheid wissen.«

»Um so besser.« Hemingway grinste. »Bringen feindlichen Sportskameraden nach Berlin, damit er für den Führer schmutzige Limericks schreibt. Orden und Auszeichnung für den Kapitän. Ruhm und Beförderung für die Besatzung. Warum nicht? Diese Unterwasserjungs sind süchtig nach Aufmerksamkeit.«

Der Oberst nickte, war aber offensichtlich immer noch nicht überzeugt. »Hören Sie, Papa, selbst wenn Sie längsseits beordert werden, Ihr Nazi-Skipper ist kein Idiot. Er wird Sie nicht an Bord bitten, damit Sie ein Glas *Schnaps* mit ihm trinken. Er wird Männer an Deck haben ... vergessen Sie nicht, daß sie diesen Seekrieg seit drei Jahren führen ... und die werden nicht mit Steinschleudern bewaffnet sein.«

»Stimmt«, sagte Hemingway. »Darum brauchen wir zu den Granaten auch ein Maschinengewehr. Ich kann gut mit einem Maschinengewehr schießen, John. Hab mit meiner Großmutter geübt. Die

Nazis werden gar nicht merken, was über sie gekommen ist. Was Lucas und ich jetzt wissen müssen... wie groß ist der Turm eines typisch deutschen U-Boots? Wie breit die Schleuse? Und was wir unbedingt wissen müssen... wieviel Schaden kann eine Granate im Inneren eines U-Boots anrichten? Besteht die Möglichkeit, daß wir ein Enterkommando an Bord bringen und das Miststück in den Hafen von Havanna oder zu einem amerikanischen Militärstützpunkt steuern können?«

Ab da etwa hörte ich gar nicht mehr zu. Das war nicht nur Wunschdenken... es war Unsinn. Aber Botschafter Braden, Staatssekretär Briggs und Oberst John W. Thomason Jr., Chef des Marinegeheimdienstes für Mittelamerika, behandelten es mit vollem Ernst. Nach dreißig Minuten lag auf der Hand, daß der Schriftsteller Treibstoff, Granaten, Maschinengewehr und Einsatzbefehl bekommen würde, auch wenn Botschafter Braden betonte, daß er sich erst mit den anderen besprechen müßte, bevor er sich wieder bei Hemingway melden würde. Wahnsinn.

»Oh, Ernest«, sagte der Botschafter, als wir uns wieder alle die Hände geschüttelt hatten und ich schon mit dem Schriftsteller an der Tür stand, »ist das offiziell Teil Ihres Unternehmens Gaunerbande?«

»Anderer Codename«, grunzte Hemingway. »Nennen wir es Operation Friendless.«

»Friendless... ja... sehr gut«, sagte der Botschafter und machte sich Notizen auf seinem Block.

Draußen sagte ich im grellen Sonnenschein des Nachmittags: »Friendless?«

Hemingway rieb sich das Kinn und sah die Straße hinauf und hinab, als hätte er etwas verloren. »Sie haben Friendless schon kennengelernt«, sagte er zerstreut.

»Wirklich?«

»Wirklich. Der große Kater in der Küche. Der mit dem fiesen Gesichtsausdruck.« Er strahlte, als wäre ihm eingefallen, was er verloren hatte. »Das Floridita«, sagte er und sah auf die Uhr. »Wir haben vier Stunden bis zum Abendessen. Daiquiris.«

Drei Stunden und viele Daiquiris später sagte ich Hemingway, daß ich mit dem letzten Bus am Abend zur *finca* zurückfahren würde.

»Unsinn. Der letzte Bus am Abend fährt um sieben vom Stadtzentrum ab.«

»Dann gehe ich zu Fuß.«

»Das würde die ganze Nacht dauern, Lucas. Sie würden das Abendessen in der *finca* verpassen.«

»Ich wußte nicht, daß ich zum Abendessen in die *finca* eingeladen bin.«

»Natürlich sind Sie das. Jedenfalls wenn ich mit Marty gesprochen habe. Wahrscheinlich.«

»Ich esse in der Stadt und komme schon irgendwie zurück«, sagte ich.

Hemingway zuckte die Achseln. »Ganz vergessen. Sie müssen Ihren Herren und Meistern Bericht erstatten. Wer immer sie sein mögen. Prima. Gut. Scheiß drauf.«

Ich sah dem Lincoln nach, wie er davonfuhr, dann schlenderte ich zur Plaza de la Catedral. Ich ging im Zickzack von der Obispo zur Calle Obrapia und zwei Blocks zur O'Reilly zurück und danach wieder zur Obispo. Keine Spur von Delgado oder dem großen Mann, der laut Delgado von der kubanischen Staatspolizei war, aber an der Ecke Obispo und San Ignacio hielt der dunkle Buick am Straßenrand und der kahlköpfige Bucklige, der auf dem Rücksitz saß, sagte durch das offene Fenster: »Kann ich Sie mitnehmen, Mr. Lucas?«

»Gern.«

Ich setzte mich neben ihn auf den Rücksitz. Den anderen Mann im Auto, den Fahrer, einen schlanken Mann meines Alters, kannte ich nicht. Er trug eine Brille und einen Tweedanzug, der dem Herbst in Neu-England angemessener gewesen wäre als dem Frühling in Havanna. Die aufmerksame, übertrieben wachsame Haltung des Fahrers und die Art und Weise, wie er das Lenkrad umklammerte, verrieten mir, daß er kein aktiver Agent war.

»Das ist Mr. Cowley«, sagte Wallace Beta Phillips und nickte dem Fahrer zu. »Weder verwandt noch verschwägert mit dem verstorbenen leitenden Special Agent aus Chicago. Mr. Cowley, das ist Mr. Joseph Lucas.«

»Freut mich, Sie kennenzulernen«, sagte der Fahrer.

Ich betrachtete den Nacken des nervösen Mannes einen Moment, dann sah ich Phillips an. Der Ausdruck »kahlköpfiger buckliger Zwerg« hört sich fast grotesk an, aber leibhaftig sah Phillips gar nicht so seltsam aus: klein, ja, aber nicht erschreckend klein, und sein teurer Panamaanzug war maßgeschneidert, so daß er den verwachsenen Rücken unauffälliger wirken ließ. Das Auffälligste an Phillips war die unbehaarte Haut, seine intelligenten Augen und die Tatsache, daß er nicht zu schwitzen schien. Wir hatten uns noch nie zuvor gesehen, aber der kleine Mann tat so, als wären wir alte Bekannte.

»Mr. Cowley arbeitet in Mr. Hemingways Branche«, sagte Phillips. Er bot mir eine amerikanische Zigarette an, aber ich schüttelte den Kopf. Phillips zündete sich selbst eine mit dem Feuerzeug an und atmete zum offenen Fenster auf der anderen Seite des Buick hinaus. Wir fuhren auf der San Pedro Avenue an den Docks vorbei. »Wir hielten es für sinnvoll, die Meinung eines anderen Literaten zu Mr. Hemingways Aktivitäten einzuholen«, fuhr Phillips fort und hob den kleinen Finger zu einer affektierten Bewegung, mit der er einen Tabakkrümel von der Unterlippe entfernte.

»Warum?« fragte ich.

Wallace Beta Phillips lächelte. Er hatte ebenmäßige Zähne. »Mr. Cowley ist neu in unserer Organisation. Eigentlich ist er mehr Analytiker, kein Agent im Außendienst. Aber wir dachten, für seinen ersten Ausflug könnte dies für beide Seiten erhellend sein.«

»Wer ist ›wir‹?« fragte ich. »Nicht das ONI.«

»OSS«, antwortete der ehemalige Chef des Marinegeheimdienstes in Lateinamerika.«

»Nie gehört«, sagte ich. »Klingt deutsch. Und ich dachte, Sie würden zum COI und nach London gehen.«

»Ja, ja«, sagte Phillips. »Mr. Donovan hat das Büro des Coordinator of Intelligence umbenannt in Office of Strategic Services. Der Name wird bald offiziell werden … spätestens im Juni, glaube ich. Wir vermuten, Mr. Hoover wird unser Kürzel übersetzen als ›Oh Solche Saftsäcke‹.«

»Schon möglich«, sagte ich. »Soweit ich gehört habe, ist das Bureau für Donovan ›Fromme Bornierte Iren‹.«

Phillips machte eine Geste mit nach oben gerichteten Handflächen. »Nur an schlechten Tagen«, sagte er. »Ich glaube, das Klischee stammt daher, daß Mr. Hoover – obwohl selbst Protestant – vorzugsweise Katholiken einstellt.«

»Es herrscht das gleichermaßen verbreitete Klischee vor, daß Mr.

Donovan vorzugsweise Dilettanten und ahnungslose Amateure einstellt«, sagte ich.

Mr. Cowley sah mich im Rückspiegel stechend an.

»Anwesende selbstverständlich ausgeschlossen«, sagte ich. »Ich habe mir nur gerade überlegt, daß ›O So Sozial‹ die Bezeichnung des Bureau für Ihre neue Abkürzung sein könnte.«

Phillips kicherte. »Es stimmt, es stimmt, Mr. Donovan neigt wirklich dazu, ausgefallene Schäfchen in die Herde zu holen. Graf Oleg Cassini und Julia Child, um ein Beispiel zu nennen.«

»Von denen habe ich nie gehört«, sagte ich. Sie konnten keine richtigen Agenten sein, wenn Phillips mir ihre Namen verriet. Wahrscheinlich weitere »Analytiker« von Donovan.

»Natürlich haben Sie von ihnen gehört«, antwortete Phillips. »Einer ist Modeschöpfer, der andere Koch. Aus Gründen der nationalen Sicherheit kann ich Ihnen nicht sagen, wer was ist. Und dann haben wir Mr. John Ford.«

»Den Filmregisseur?« Ich mochte John Fords Western.

»Genau«, sagte der kahlköpfige Mann. Inzwischen fuhren wir in hohem Tempo die Straße entlang, und der Fahrtwind kühlte uns ab. »Und viele, viele Literaten. Abgesehen von Mr. Cowley hier – der sich außerordentlich für den Schriftsteller Hemingway interessiert, im Gegensatz zum Spion Hemingway –, erfreuen wir uns momentan der Mitarbeit einiger Ex-Freunde von Mr. Hemingway, darunter Archibald MacLeish und Robert Sherwood.«

Die Namen sagten mir nichts. Die gesamte Unterhaltung ergab keinen Sinn für mich.

»Mr. Hemingway hat beide Herren verraten«, fuhr Phillips fort. »Als Freunde, meine ich. Ich hoffe sehr, er verrät Sie nicht, Mr. Lucas.«

»Hemingway und ich sind keine Freunde«, sagte ich. »Was wollen Sie, Mr. Phillips?«

»Nur dieses Gespräch, Mr. Lucas. Soweit ich weiß, hatte Commodore Fleming die Möglichkeit, auf dem Flug hierher mit Ihnen zu plaudern.«

Grundgütiger Himmel, dachte ich und betrachtete die kleinen Häuser und Geschäfte, die vorbei sausten. *Jede Spionageorganisation in dieser Hemisphäre scheint sich für Hemingways Clownzirkus zu interessieren.* WARUM? Ich sagte: »Was *wollen* Sie, Mr. Phillips?«

Der Mann seufzte und legte die kleinen rosa Hände auf die Knie. Die Bügelfalte seiner Hose war perfekt. »Das unglückliche Ereignis auf der Calle Simón Bolívar in Veracruz«, sagte er leise. »Sie wissen, daß ich an den anfänglichen Planungen dieser Operation beteiligt war?«

»Ja.«

»Nun, Mr. Lucas, dann müssen Sie auch wissen, daß das ONI etwa zum Zeitpunkt Ihres... äh... Vorfalls auf der Calle Simón Bolívar vom aktiven Einsatz zurückbeordert wurde. Der Tod von Schiller und Lopez hat mich überrascht. Bevor ich das Land verließ, habe ich mir die Zeit genommen, das Haus an der Simón Bolívar zu besuchen und den Bericht des SIS über den Vorfall zu lesen.«

Ich spürte, wie mein Herz schneller schlug. SIS und Bureau hatten die Leichen untersucht und meinen Bericht gelesen, aber nie eine Untersuchung des Vorfalls angeordnet.

Wallace Beta Phillips sah mir eindringlich ins Gesicht. »Ich glaube, in Ihrem Bericht hatten Sie geschrieben, daß die Schützen in dem Haus auf Sie warteten, Mr. Lucas. Daß Sie früher dort eintrafen, spürten, daß etwas nicht stimmte, und rasch hineingingen. Die beiden haben geschossen und verfehlt. Zweiundvierzig Kugeln, glaube ich. Sie haben viermal geschossen.«

»Lopez hatte eine Luger«, sagte ich. »Schiller schoß mit einer Schmeisser auf Vollautomatik.«

Phillips lächelte. »Sie haben auf die Eingangstür und die Vorderfront des Hauses geschossen, Mr. Lucas. Sie wurden in die Hinterköpfe und Oberkörper geschossen.«

Ich wartete.

»Sie *waren* früher da, Mr. Lucas. Sie gingen an dem Hund vorbei zur Hintertür. Der Hund kannte Sie, aber Sie mußten ihm trotzdem die Kehle durchschneiden, damit er Sie nicht verriet, als Sie durch die Küche eintraten und im Dunkeln den Flur entlang schlichen. Im Zimmer sorgten Sie für eine Ablenkung an der Eingangstür... ich weiß nicht genau, wie, aber ein Nachbar erwähnte, daß er sah, wie ein Kind einen Stein gegen die Tür warf und rasch weglief. Messieurs Schiller und Lopez eröffneten das Feuer. Sie haben jedem einen Schuß in den Hinterkopf verpaßt. Sie haben sie *exekutiert*, Mr. Lucas – mit Vorsatz und Geschick, wie ich hinzufügen möchte.«

Darauf wußte ich nichts zu sagen. Ich betrachtete die vorüberziehende Landschaft. Wir fuhren einen Umweg nach San Francisco de Paula. Mir fiel auf, daß Mr. Cowley immer wieder in den Rückspiegel sah; seine Augen waren größer als einen Moment vorher.

»Über den Tod von General Walter Krivitsky im Februar vor einem Jahr wissen wir nichts«, fuhr Phillips nach einem Moment fort. »Vielleicht haben Sie ihn erschossen. Vielleicht haben Sie ihm eine Pistole gegeben und gewartet, bis er sich selbst erschossen hat. Wie auch immer, Sie haben Dr. Hans Wesemann und den Rest des Apparats der Abwehr, der in dieser Hemisphäre verblieben ist, so sehr beeindruckt, daß die Sie immer noch als einen tödlichen freiberuflichen Mitarbeiter betrachten. Wären Sie beim ONI, dann wären Sie für weitere Einsätze als Doppelagent herangezogen worden.«

»Ich bin nicht beim ONI«, sagte ich. »Und auch nicht in Ihrem künftigen OSS. Was wollen Sie, Mr. Phillips?« Plötzlich hatte ich dieses ganze Geschwätz durch und durch satt: Hemingways Palaver statt Taten, Delgados Drohungen und Ironie, Oberst Thomasons ebenso kernige wie absurde Männersprüche über das Versenken von U-Booten und Phillips Anschuldigungen. In diesem Augenblick wurden irgendwo im Pazifik anständige Amerikaner zu Hinrichtungsstätten gebracht und von aufgeblasenen japanischen Arschlöchern mit Samuraischwertern geköpft. In Europa wachten unschuldige Männer und Frauen jeden Morgen auf und Hakenkreuzflaggen wehten über ihren besetzten öffentlichen Gebäuden, während die Verbrecher der Wehrmacht mit ihren Stiefeln durch menschenleere, verregnete Straßen marschierten. Nur wenige Meilen von hier wurden anständige junge Männer der Handelsmarine von Torpedos versenkt, die sie nicht einmal sahen.

»Mr. Stephenson und Mr. Donovan glauben, Sie verstehen es, in diesem Krieg zu kämpfen, Mr. Lucas«, sagte Phillips. »Sie glauben, daß der Konkurrenzkampf zwischen den einzelnen Institutionen Sie nicht blind für die wirklich wichtigen Dinge macht.«

»Ich habe keine Ahnung, was Sie da faseln«, sagte ich. »Was hat das alles mit Hemingways kleinem Spielchen hier unten zu tun?«

Phillips maß mich erneut mit einem langen, abschätzenden Blick, als wollte er ergründen, ob ich log. Mir war scheißegal, was er dachte. Vielleicht sah er das meiner versteinerten Miene an. »Wir haben Grund zu der Vermutung«, sagte er schließlich, »daß Mr.

Hoover hier unten auf Kuba etwas Unorthodoxes vorhat. Wahrscheinlich etwas Illegales.«

»Quatsch«, sagte ich. »BSC und ONI haben dem Bureau beigebracht, wie man laviert und verdeckte Operationen durchführt. Wenn hier unten so etwas im Gange ist, weiß ich mit Sicherheit nichts davon. Hemingways sogenannte Agenten haben keine Ahnung von dem Geschäft.«

Phillips schüttelte den kahlen Kopf. »Nein, nein, ich meine nicht die üblichen Vorgehensweisen aller Institutionen, Mr. Lucas. Ich meine etwas, das die nationale Sicherheit der Vereinigten Staaten von Amerika gefährden könnte.«

Ich sah Phillips angewidert an. Das war melodramatischer Unsinn. J. Edgar Hoover war ein Lügner und leidenschaftlicher Kämpfer, der seine bürokratische Heimaterde gegen alle und jeden verteidigte, aber wenn der Mann, abgesehen von seiner eigenen Karriere, eine Religion hatte, dann waren es Sicherheit und Wohlergehen der Vereinigten Staaten.

»Geben Sie mir ein spezielles Beispiel mit unwiderlegbaren Beweisen«, sagte ich frei heraus, »oder halten Sie das verdammte Auto an und lassen mich aussteigen.« Wir waren nur noch eine Meile von Hemingways *finca* entfernt.

Phillips schüttelte den Kopf. »Ich habe noch keinen, Mr. Lucas. Ich hatte gehofft, Sie könnten mir einen beschaffen.«

»Anhalten«, sagte ich.

Cowley fuhr an den Straßenrand. Ich machte die Tür auf und stieg aus.

»Da ist Mr. Delgado, als den Sie ihn kennen«, sagte Phillips durch das offene Fenster.

»Was ist mit ihm?« Ein kubanischer Lastwagen donnerte vorbei, Hupen und Musik ertönten.

»Wir haben Grund zu der Vermutung, daß er Special Agent D ist«, sagte der Bucklige.

Das verblüffte mich.

Jeder Agent von Bureau und SIS hatte von Special Agent D gehört. Manche glaubten an ihn. Das waren die Fakten, die ich selbst kannte:

In der Nacht des 21. Juli 1934 um 22:30 Uhr verließen der Kriminelle John Dillinger und zwei Frauen – darunter Ana Cumpanas alias Anna Sage, die berüchtigte »Frau in Rot«, die den Gangster verraten hatte – das Biograph Theater in Chicago. Die Schwadron Agenten des Bureau, die im Hinterhalt auf Dillinger warteten, unterstanden offiziell dem Befehl von SAC Sam Cowley, aber der wirkliche Anführer der Gruppe war Melvin Purvis, dem bereits mehr Aufmerksamkeit zuteil geworden war als Mr. Hoover bei einem Untergebenen dulden konnte. Purvis identifizierte Mrs. Sage (da er den Handel mit ihr eingefädelt hatte, Dillinger zu verraten) und gab den restlichen Special Agents, die um das Theater herum warteten, das vorher abgesprochene Zeichen, indem er sich eine Zigarre anzündete. Besser gesagt, Purvis *versuchte*, sich eine Zigarre anzuzünden; seine Hände zitterten so sehr, daß er kaum das Streichholz halten konnte, geschweige denn, den Glimmstengel anzünden und danach die Waffe zu zücken.

Dillinger floh. Angeblich schrie Purvis mit seiner dünnen, kieksigen Stimme: »Bleiben Sie stehen, Johnny. Sie sind umzingelt.« Statt sich zu ergeben aber zog Hoovers sogenannter Staatsfeind Nummer eins einen Colt Automatik .380 aus der Tasche seines Jacketts und wurde von vier Special Agents niedergestreckt.

Gegenüber Presse und Öffentlichkeit wurde Melvin Purvis als der Todesschütze präsentiert, aber die Tatsache, daß mehrere Agenten ebenfalls geschossen hatten, war allgemein bekannt. Doch alle im Bureau hatten die wahren Einzelheiten über die Schießerei gehört: Purvis zog nicht einmal die Waffe, geschweige denn, daß er geschossen hätte. SAC Cowley – der später von Baby Face Nelson umgelegt wurde – hatte ebenfalls nicht geschossen. Die vier Männer, die tatsächlich geschossen hatten, waren die Special Agents Herman Hollis, der Dillinger verfehlte; Clarence Hurt und Charles Winstead, die Dillinger verwundet haben könnten; und ein vierter Agent, der in den Berichten nur als »Special Agent D« auftauchte und nur einen einzigen Schuß abgegeben haben soll, den tödlichen. In späteren Berichten verschwand Special Agent D vollkommen, und obwohl Hoover den Todesschuß dem verstorbenen Sam Cowley anrechnete und er inoffiziell Charles Winstead zugeschrieben wurde, vermehrten sich die Gerüchte, die sich um Special Agent D rankten.

Den Legenden des Bureau zufolge war Special Agent D ein junger Psychopath – ein ehemaliger Auftragskiller des Mob –, an den sich

Mr. Hoover und Greg Tolson in ihrer Verzweiflung gewendet haben sollen, um Dillinger und die anderen mit ihren eigenen Waffen zu schlagen, wofür er angeblich das zehnfache Salär eines normalen leitenden Special Agents bekommen hatte. Der hausinterne Mythos besagte weiterhin, daß Special Agent D in jenem blutigen Jahr 1934 für die Erschießung von Pretty Boy Floyd und Baby Face Nelson verantwortlich war, obwohl der verstorbene Cowley auch dafür den Ruhm einheimste, zusammen mit SA Herman Hollis, der beim Schußwechsel mit Baby Face Nelson ums Leben kam.

Die Legende um Special Agent D nahm derartige Ausmaße an, daß man sogar von ihm behauptete, er habe den Entführungsfall Lindbergh im Jahre 1934 aufgeklärt – allerdings auf seine eigene unnachahmliche Weise. Special Agent D sollte angeblich dem echten Entführer – einer Schwuchtel, die sich mit einem von Lindberghs Hausmädchen angefreundet haben sollte, bevor das Kind entführt und getötet wurde – nach Europa gefolgt sein, wo er dem Kidnapper rasend vor Wut den Lauf einer .38er in den Mund gesteckt und abgedrückt haben soll. Das wäre für J. Edgar Hoover natürlich keine angemessene Lösung des Falls gewesen, die man der Öffentlichkeit präsentieren konnte, daher verhaftete des Bureau Bruno Hauptmann, einen Freund und unbedeutenden Komplizen der toten Schwuchtel, um alles zu vertuschen.

In den acht Jahren seit jenem blutigen Jahr hatten alle Agenten des Bureau still und leise weiter an der Legende des psychopathischen Ex-Killers gestrickt und ihm die spektakulären, aber rätselhaften Tode einiger weiterer »Staatsfeinde« in die Schuhe geschoben. Special Agent D war der verstohlene, aber tollwütige Hund, den Mr. Hoover für Sondereinsätze im Schrank eingesperrt hielt und nur herausließ, wenn gravierende Probleme eine schnelle und endgültige Lösung erforderten.

Das war der Buhmann, mit dem Wallace Beta Phillips mir angst machen wollte. Special Agent D war mein SIS-Kontaktmann Delgado.

Ich lachte laut auf und trat von dem Buick zurück. »Es war schön, Sie kennenzulernen, Mr. Phillips«, sagte ich.

Der kahlköpfige Bucklige in seinem Maßanzug lächelte nicht. »Wenn Sie uns brauchen, Mr. Lucas, rufen Sie Zimmer drei-vierzehn im Nacional, Tag und Nacht. Und seien Sie vorsichtig, Mr. Lucas. Sehr vorsichtig.« Er nickte Mr. Cowley zu, dem Fahrer, und der Buick setzte sich in Bewegung.

Ich ging durch San Francisco de Paula und stapfte bergauf zur *finca*. Im Hauptgebäude brannte noch Licht, das Victrola spielte, ich konnte Gläser klirren und leise Unterhaltungen hören.

»Scheiße«, sagte ich. Ich hatte in der Stadt nichts gegessen, und es gab immer noch nichts zu essen im Gästehaus. Na ja … es waren nur noch rund zehn Stunden bis zum Frühstück.

Ich hatte immer noch Heißhunger, als ich kurz nach zwei Uhr wach wurde, weil jemand sich am Schloß des Gästehauses zu schaffen machte, die Tür öffnete und leise ins Nebenzimmer trat. Ich blieb liegen, wälzte mich aber ein Stück im Bett herum, so daß das Kissen zwischen mir und der Schlafzimmertür war und ich die Pistole, Mündung auf die offene Tür gerichtet, Hahn gespannt, unter dem Kissen halten konnte.

Ein dunkler Schatten tauchte im Türrahmen auf. Ich hatte am vertrauten Schritt erkannt, daß es Hemingway war, ließ den Hahn aber erst wieder vorsichtig los, als ich sein lautes Flüstern hörte.

»Lucas, wachen Sie auf!«

»Was?«

»Ziehen Sie sich an. Schnell.«

»Warum?«

»Jemand ist getötet worden«, flüsterte Hemingway mit aufgeregter, aber beherrschter Stimme und beugte sich zur Tür herein. »Wir müssen vor der Polizei dort sein.«

10

Ich rechnete halb damit, daß es sich wieder um eines von Hemingways Spielchen handelte, aber der Mann war tatsächlich tot. Verdammt tot. Man hatte ihm von einem Ohr zum anderen die Kehle durchgeschnitten. Er lag in einem Wust von roten Laken auf einem ungemachten Bett mit Kissen, die sein im Brusthaar geronnenes Blut scharlachrot gefärbt hatte, seine weiten Boxershorts dagegen obszön rosa. Die glasigen Augen standen weit offen, der Mund war zu einem stummen Schrei erstarrt, den Kopf hatte er im letzten Todeskampf weit nach hinten gekrümmt und in die Kissen gepreßt, und die unebenmäßigen Lippen der durchgeschnittenen Kehle klafften auseinander, wie das blutige Grinsen eines Hais. Das Messer – Perlmuttgriff, fünfzehn Zentimeter lange Klinge – lag in dem Durcheinander blutgetränkten Bettzeugs.

Hemingway übernahm das Kommando und betrachtete den Tatort schweigend und mit zusammengekniffenen Lippen, wie Männer es angesichts eines gewaltsames Todes meistens tun. Er und ich waren die einzigen anwesenden Männer. Vier oder fünf Frauen – allesamt Huren – hingen abwartend herum. Der Tatort war ein schäbiger Raum ohne Fenster im ersten Stock eines Hurenhauses im Stadtzentrum – eines von mehreren, wo Hemingways »Agenten« auf dem Rücken arbeiteten –, die Huren standen in Hängekleidern oder Morgenmänteln aus Gazestoff herum, manche mit stumpfen, apathischen Blicken, andere mit vor Schrecken vor die Gesichter geschlagenen Händen. Maria, die wunderschöne Hure, gehörte zu letzteren; ihre blassen Finger berührten zitternd die Wangen. Das Blut des toten Mannes tränkte ihre Seidenunterwäsche.

Bis heute war der Ausdruck »wunderschöne Hure« ein Widerspruch in sich für mich gewesen; alle Huren, die ich je kennengelernt habe, waren unattraktiv und dumm gewesen – blasser Teint, unreine Haut, stumpfe Augen –, ihre mit Lippenstift bemalten Münder nicht anziehender als die aufgeschlitzte Kehle des Toten. Diese Hure – Maria Marquez – war anders. Ihr Haar war glänzend schwarz, das Gesicht schmal und feingeschnitten, aber mit vollen Lippen und großen, braunen Augen. Im Augenblick schaute sie ängstlich drein, aber sie war offensichtlich intelligent und besaß die zarten Finger einer Pianistin. Sie sah jung aus – mit Sicherheit noch keine zwanzig, möglicherweise erst sechzehn oder siebzehn –, aber sie war eindeutig eine Frau.

Die älteste anwesende Frau war Leopoldina la Honesta – die »ehrliche Leopoldina«–, eine Prostituierte, der mich Hemingway vor ein paar Tagen mit dem Pomp und der Feierlichkeit vorgestellt hatte, die der Begegnung mit einer Königin angemessen gewesen wäre. Meiner Meinung nach muß eine ehrliche Hure noch seltener sein als eine schöne. Tatsächlich aber legte Leopoldina la Honesta mit ihrem wunderbaren dunklem Haar und den edlen Wangenknochen das Gebaren einer Königin an den Tag. In ihrer Jugend muß sie eine Schönheit gewesen sein. Selbst im Chaos dieses Mordschauplatzes gab sie sich würdevoll und ruhig.

»Schaff die anderen hier raus«, sagte Hemingway.

Leopoldina scheuchte alle Mädchen weg, ausgenommen Maria, und machte die Tür zu.

»Schieß los«, sagte der Schriftsteller.

Maria schien immer noch zu erschrocken und erschüttert zu sein, um zu sprechen, aber Leopoldina la Honesta sprach langsam und in elegantem Spanisch, mit einer von Whiskey und Zigarettenrauch heiseren Stimme.

»Dieser Mann kam gegen ein Uhr morgens her. Er verlangte ausdrücklich nach einem jungen Mädchen – unschuldig –, daher habe ich ihn natürlich zu Maria geschickt…«

Ich betrachtete die jüngere Hure. Sie sah tatsächlich so unschuldig aus, ihre Haut so glatt wie ein Babypopo. Das Haar hatte sie schulterlang geschnitten, aber es war dicht und schwarz und umrahmte ihr schmales Gesicht und die großen Augen.

»Wenig später hörten wir die Rufe, dann die Schreie«, kam Leopoldina zum Ende.

»Wer hat gerufen?« fragte Hemingway. »Wer hat geschrien?«

»Der Mann… die Männer… haben gerufen«, antwortete die ältere Prostituierte. »Ein anderer Mann war in das Zimmer gekommen. Maria hat im Badezimmer geschrien, in dem sie war, als der Mord geschah.«

Hemingway trug eine leichte Leinenjacke, die er auszog und Maria über die Schultern legte. »Geht es dir gut, meine Liebe?« fragte er das Mädchen in fließendem Spanisch.

Maria nickte, aber ihre Hände und Schultern bebten.

»Das Kind hat sich im Bad eingeschlossen«, sagte Leopoldina. »Sie kam mehrere Minuten lang nicht heraus. Sie war sehr erschrocken. Der Mann, der diesen Mann begleitete«– Leopoldina zeigte auf den Toten – »hatte sich aus dem Staub gemacht, bis die anderen Mädchen und ich auf Marias Schreie reagierten.«

»Wie ist er weggegangen?« fragte Hemingway. Wir sahen beide zum offenen Fenster. Dort ging es mehr als dreieinhalb Meter bis zur Straße hinunter, eine Feuerleiter gab es nicht.

»Er ist zur Tür hinaus«, sagte Leopoldina. »Einige von uns haben ihn gesehen.«

»Wer war er?« fragte der Schriftsteller.

Die ältere Hure zögerte. »Das wird Maria Ihnen sagen.«

»Erzähl uns, was passiert ist, Kleines«, sagte Hemingway, der Maria behutsam von dem Toten und dem Blut wegführte.

Die Brust der jungen Frau wurde von Schluchzern geschüttelt, aber nach einem Augenblick – während Hemingway ihr durch das Jackett den Rücken täschelte, als würde er eine seiner Katzen streicheln – konnte sie sprechen.

»Dieser *Señor* – dieser tote Mann – er war sehr still ... er kam mit der Aktentasche, die Sie dort sehen, auf das Zimmer ...«

Die Tasche lag auf dem Boden, der Inhalt überall verstreut. Unterlagen und Notizbücher waren auf dem Teppich und dem Bett selbst verteilt und sogen sich in Blutlachen voll. Ich bückte mich ein wenig und sah die Nadel einer Spritze und eine Luger 9 Millimeter unter dem Bett, beides offensichtlich aus der Tasche gefallen. Ich faßte nichts an.

»Hat er die Tasche vor deinen Augen aufgemacht, Maria?« fragte Hemingway.

»Nein, nein, nein«, entgegnete das Mädchen. Ihr volles Haar strich über ihre Wangen, als sie den Kopf schüttelte. »Er hat die Tasche auf den Tisch gestellt. Er ... er wollte nicht auf ... auf der Stelle Liebe machen. Er wollte reden. Mit mir sprechen. Sehen Sie, er hat sein Hemd ausgezogen ...«

Ein blauer Blazer und ein weißes Hemd waren ordentlich über die Stuhllehne gehängt worden. Die dunkelgraue Hose lag zusammengelegt auf dem Stuhl.

»Und dann?« drängte der Schriftsteller. »Worüber wollte er sprechen?«

»Er hat erzählt, wie einsam er war«, sagte das Mädchen, das mittlerweile tief und langsam durchatmete. Sie sah nicht zu dem Toten. »Wie weit entfernt von zu Hause er war.«

»Er sprach Spanisch?«

»Ja, *Señor* Papa. Sehr schlechtes Spanisch. Ich kann ein wenig Englisch, aber er bestand darauf, in schlechtem Spanisch mit mir zu sprechen.«

»Aber er sprach auch Englisch?«

»Ja, *Señor* Papa. Er verhandelte mit *Señorita* Leopoldina in Englisch.«

»Hat er dir seinen Namen verraten?«

Maria schüttelte den Kopf.

Hemingway bückte sich, nahm dem toten Mann die Börse aus der Hosentasche, holte einen Paß und eine Karte heraus und gab mir beides. Es war ein amerikanischer Paß auf den Namen Martin Kohler. Bei der Karte handelte es sich um den auf denselben Namen ausgestellten Ausweis der Matrosengewerkschaft.

»Hat er dir gesagt, wo seine Heimat liegt?« fragte Hemingway.

Maria schüttelte wieder den Kopf. »Nein, *Señor*. Er hat mir nur gesagt, wie einsam es auf dem großen Schiff ist und wie lange es dauern würde, bis er seine Familie wiedersehen kann.«

»Wie lange?« fragte Hemingway.

Das Mädchen zuckte die Achseln. »Ich habe ihm nicht richtig zugehört. Er sagte etwas von Monaten.«

»Welches Schiff?«

Das Mädchen zeigte zum Fenster. Zwischen den Backsteinwänden konnte man Mondlicht in der Bucht funkeln sehen. »Das große. Das riesige Boot, das gestern eingelaufen ist.«

Hemingway warf mir einen Blick zu. Die *Kreuz des Südens*.

Leopoldina la Honesta rieb sich die Arme. »*Señor* Papa, wir haben die Polizei noch nicht gerufen, aber das müssen wir jeden Moment tun. Ich dulde solche Sachen nicht in meinem Haus.«

Hemingway nickte. »Maria, erzähle uns von dem Mann, der in das Zimmer gekommen ist, und von dem Mord.«

Das Mädchen sah nickend zur gegenüberliegenden Wand, als würde die Szene dorthin projiziert werden. »Dieser Mann hat geredet. Er saß in der Unterwäsche auf dem Bett… wie Sie ihn sehen. Ich dachte mir, daß das zu lange dauern würde, er aber viel bezahlt haben muß, daß er soviel Zeit mit mir verbringen konnte. Es klopfte. Die Tür war nicht abgeschlossen, aber der Mann ging trotzdem hin, um aufzumachen. Er winkte mich ins Bad, aber ich ließ die Tür einen Spalt offen.«

»Also hast du gesehen, was dann passiert ist?«

»Nur teilweise, *Señor*.«

»Weiter, Maria.«

»Der andere Mann kam herein. Sie unterhielten sich wütend miteinander… aber nicht so, daß ich es verstehen konnte. Nicht Spanisch oder Englisch. Es war eine andere Sprache.«

»Was für eine Sprache, Maria?«

»Ich glaube, es war Deutsch«, sagte das Mädchen. »Oder vielleicht Holländisch. Vor dieser Nacht habe ich beides noch nicht gehört.«

»Also haben sie sich gestritten?«

»Sehr erbittert, *Señor* Papa. Aber nur einen Moment. Dann hörte ich den Kampf und spähte durch den Türspalt. Der größere Mann hatte meinen... meinen Kunden... auf das Bett gestoßen. Der andere Mann hat in der Tasche auf dem Tisch gewühlt und die Sachen herausgeworfen, die Sie sehen. Dann schrie der Mann auf dem Bett auf und griff nach seiner Pistole –«

»Wo war die Pistole, Maria?«

»In seinem Jackett.«

»Er hat auf den anderen Mann gezielt?«

»Dazu hatte er keine Zeit, *Señor* Papa. Der andere Mann schwenkte rasch den Arm. Das sah ich durch den Türspalt. Dann ließ mein Kunde die Pistole fallen und fiel so hin, wie Sie ihn sehen. Er blutete sehr stark.«

Ich betrachtete mir die Spritzer des Arterienblutes auf Bettzeug, Teppich und Wänden. Das Mädchen übertrieb nicht.

»Was geschah dann, Maria?«

»Ich schrie. Ich machte die Tür zu und schloß ab. Aus diesem Grund hat das Zimmer ein Bad – sonst keines. Besondere Kunden werden hierhergebracht. Aber wenn sie etwas... Unanständiges... verlangen, kann das Mädchen sich im Bad verstecken und um Hilfe rufen. Die Tür ist sehr dick. Die Schlösser sind massiv.«

»Hat der Killer einzudringen versucht?« fragte Hemingway.

»Nein, *Señor* Papa. Ich habe nicht gesehen, daß sich der Türknauf gedreht hat. Er muß das Zimmer einfach verlassen haben.«

»Ich habe gesehen, wie er durch die Halle gegangen ist«, sagte Leopoldina La Honesta. »Er war sehr ruhig. Und er hatte kein Blut auf seiner Uniform.«

»Uniform?« meinte Hemingway. »War er ein Matrose?«

»Nein, *Señor* Papa«, sagte Maria. »Er war ein Polizist. *Un guardia jurado*.«

Hemingway zog die dunklen Brauen ein wenig hoch. Er sah die ältere Madame an.

»*Caballo Loco*«, sagte Leopoldine la Honesta.

Ich hatte die Bemerkung des Mädchens verstanden. *Guardia jurado* war der umgangssprachliche kubanische Ausdruck für einen Polizisten im Privatauftrag, zum Beispiel ein Cop, der als Rausschmeißer für eine Bar arbeitete. Aber *Caballo Loco* bedeutete auch »Verrücktes Pferd« und das verstand ich nicht. Ich sah Hemingway an.

»Oh, Scheiße«, sagte der Schriftsteller müde und sah auf die Uhr. Zu Leopoldina sagte er: »Schaff das Mädchen hier raus und hilf ihr beim Anziehen. Pack ihre Sachen zusammen. Sie kommt mit uns.«

Die ältere Hure nickte und führte Maria aus dem Zimmer. Hemingway machte die Tür hinter ihnen zu. Er stand da, kratzte sich die Bartstoppeln und betrachtete den Leichnam.

»›Verrücktes Pferd‹?« sagte ich.

»Offenbar der Mann, der das hier getan hat«, sagte er. »*Caballo Loco* ist der hiesige Spitzname für einen gewissen Lieutenant Maldonado von der kubanischen Staatspolizei. Maria sagte, ›*guardia jurado*‹, weil jeder in Havanna weiß, daß Maldonado private Aufträge von verschiedenen reichen Familien und staatlichen Institutionen annimmt.«

»Was für private Aufträge?« fragte ich.

»Er tötet Leute«, sagte Hemingway. »Und er nimmt Befehle von Major Juan Emmanuele Pacha Garcia, ›Juanito der Zeuge Jehovas‹, entgegen, der bei der Staatspolizei in Wahrheit die Fäden in der Hand hält. Garcia befiehlt, daß Menschen getötet werden. Manchmal tut er das aus Gefälligkeit für hiesige Politiker oder befreundete Institutionen.«

»Was für befreundete Institutionen?«

Hemingway sah mich an. »Zum Beispiel die hiesige Zweigstelle des FBI, Lucas.« Er sah wieder zu dem Toten und seufzte. »Maldonado hat einen jungen Freund von mir getötet.«

Ich wartete. Wenn jemand so etwas sagt, möchte er die Geschichte immer zu Ende erzählen.

»Guido Perez«, fuhr der Schriftsteller fort. »Er war ein guter Junge. Hat bei den Raketenangriffen auf Frank Steinharts Haus mitgemacht. Ich habe ihn auf der *finca* Boxen gelehrt.«

»Warum hat Maldonado ihn getötet?«

Hemingway zuckte die Achseln. Guido war ein heißblütiger Junge. Er haßte den Schlägertyp, wie ihn *Caballo Loco* repräsentierte. Er sagte etwas zu jemandem, wie sehr er den Lieutnant verabscheute. Maldonado hat ihn ausgespürt und erschossen.« Er rieb sich wieder das Kinn. »Aber warum das?« fragte Hemingway und zeigte auf den Leichnam.

Ich sah auf die Uhr. »Wir haben nur noch ein paar Minuten. Die Sache wird sich herumsprechen. Die Cops werden kommen, und möglicherweise leitet Maldonado die Ermittlungen.«

Hemingway nickte und ging bei den Notizbüchern und Dokumenten in die Hocke, die auf dem Teppich im Blut lagen. »Lassen Sie uns nachsehen, ob etwas davon einen Hinweis auf den Grund für die Ermordung gibt.«

Ich schüttelte den Kopf. »In dem Fall hätte Maldonado sie nicht zurückgelassen.« Ich ging zu der Tasche und sah hinein. Sie war leer. »Haben Sie ein Messer?«

Hemingway gab mir ein Taschenmesser mit einer zehn Zentimeter langen Klinge. Ich schüttelte die Aktentasche und schnitt den doppelten Boden auf. Ein Notizbuch war darin versteckt. Es war klein – etwas fünfzehn mal neun Zentimeter. Hemingway nahm es an sich.

»Was soll das?« sagte ich.

Die Seiten waren dünn und perforiert wie die Telegrammblätter von Western Union. Auf manchen Seiten befand sich ein Gitter mit zehn leeren Quadraten waagerecht und fünf Reihen senkrecht. Auf einigen Seiten waren die Gitter breiter, rechteckiger, sechsundzwanzig leere Quadrate waagerecht und vier Reihen. Man sah auf den ersten Blick, daß etwa ein Drittel der perforierten Seiten des Buches herausgerissen worden waren.

Die Gitter waren allesamt leer, abgesehen von dem auf der ersten Seite. Bei diesem waren das zweite Quadrat in der ersten, die beiden letzten Quadrate in der zweiten und das fünfte Quadrat in der fünften Reihe schwarz ausgemalt. In den anderen Quadraten stand dick mit Kugelschreiber gekritzelt der folgende Code:

h-r-l-s/r-i-a-l-u/i-v-g-a-m/v-e-el-b/e-r-s-e-d/e-a-f-r-d/d-l- r-t-e/m-l-e-o-e/w-d-a-s-e/o-x-x-x-x

»Na gut, Lucas«, sagte Hemingway und gab mir das Buch zurück. »Sie sind mein offizieller Berater. Sagen Sie mir, was, zum Teufel, das ist. Und was es heißt.«

Ich würdigte das Buch nicht einmal mehr eines Blickes. Natürlich wußte ich genau, was es war. Ich dachte fieberhaft nach und versuchte zu überlegen, was ich dem Schriftsteller sagen sollte. Was genau war meine Aufgabe? Natürlich Hemingway auszuspionieren. Festzustellen, was er mit seiner iditioischen Gaunerbande im Schilde führte, dem Direktor über Delgado Meldung zu machen und auf weitere Befehl warten. Ich sollte den Ratgeber, den Spionageabwehrexperten, *spielen*. Aber sollte ich Hemingway und seinem Team Informationen zukommen lassen? Diesbezüglich hatte mir niemand Anweisungen gegeben. Offenbar war niemand auf die Idee gekommen, die Gaunerbande könnte auf echte Geheimdienstinformationen stoßen.

»Das ist ein deutsches Codebuch«, sagte ich. »Abwehr. Wir haben hier zwei Arten von Übertragungsblocks – beide basieren auf Büchern. Die erste basiert auf dem ersten Wort oder Satz auf einer bestimmten Seite eines Buchs, das Sender und Empfänger besitzen. Die zweite benutzt die ersten sechsundzwanzig Buchstaben auf der ersten Seite des Buchs, das sie an diesem Tag benutzen. Die Nachricht auf der ersten Seite war wahrscheinlich eine vergleichsweise neue, die er empfangen hatte oder senden wollte.«

»Was heißt es?« sagte Hemingway, nahm das Buch wieder an sich und studierte den Code stirnrunzelnd. »Sieht aus wie ein einfacher Code mit vertauschten Buchstaben.«

»Einfach«, sagte ich, »aber fast unmöglich zu knacken, wenn man nicht weiß, auf welchem Buch er basiert. Und es sind nicht einfach nur vertauschte Buchstaben. Vor dem eigentlichen Text der Nachricht senden die deutschen Spione ihre Chiffre in Fünfergruppen. Die Buchstaben repräsentieren jeder die Zahl ihrer Position im Alphabet.«

»Was meinen Sie damit?« Der Schriftsteller sah mich stirnrunzelnd an.

»Sagen wir, *K* ist gleich null«, erklärte ich. »Und es gibt einen Buchstaben als Attrappe. Sagen wir *e*.«

»Ja?«

»Dann stünde diese Gruppe ...« sagte ich und zeigte auf *v-e-e-l-b*, »für elftausendeinhundertsiebzehn.«

Hemingway schüttelte den Kopf. »Kein Buch hat über elftausend Seiten.«

»Richtig«, sagte ich. »Also ist das nicht der Seitencode. Mehrere

Gruppen werden falsch sein. Aber mit jeder Sendung wird eine neue Seite des Buchs zitiert werden. Normalerweise ist das Schlüsselwort für die Chiffre das erste auf dieser Seite des Buchs.«

»Welches Buchs?« fragte Hemingway.

Ich zuckte die Achseln. »Könnte jedes x-beliebige sein. Sie könnten es wöchentlich oder monatlich wechseln. Verschiedene Bücher für verschiedene Nachrichten benutzen.«

Hemingway nahm das Buch und blätterte die leeren Seiten durch. »Wo sind die fehlenden Seiten?«

»Nach jeder Sendung vernichtet«, sagte ich. »Wahrscheinlich verbrannt.«

Hemingway sah wieder den Leichnam an, als wollte er dem Toten ein paar Fragen stellen. »Auf seinem Matrosenausweis stand, daß er Funker war.«

»Erste Klasse«, sagte ich.

»Die *Kreuz des Südens*«, sagte Hemingway. Er steckte das Codebuch in seine Brusttasche. »Benutzen deutsche Agenten diesen Code, um mit U-Booten Kontakt aufzunehmen?«

»Manchmal«, sagte ich.

»Glauben Sie, das Buch oder die Bücher, die der Schlüssel für diese Chiffre sind, befinden sich auf der Jacht?«

»Möglich«, sagte ich. »Kohler wollte sie bestimmt zum Entschlüsseln in seiner Nähe haben. Es ist mit ziemlicher Sicherheit ein gebräuchliches Buch. Etwas, das ein Seemann in seiner Koje aufbewahren würde, vielleicht sogar etwas aus Kohlers Funkkabine, wenn die ganze Mannschaft Bescheid wußte.« Ich sah den Toten an. Die Augen des Mannes wurden milchig. »Vielleicht hat Lieutenant Maldonado sein Referenzbuch mitgenommen, als er ihn getötet hatte.«

Hemingway wandte sich zur Tür. »Schaffen Sie die junge Hure hier weg, bevor Maldonado und seine Freunde zurückkommen und *sie* töten.«

Das Mädchen plapperte den ganzen Weg zur *finca* auf spanisch in der Dunkelheit. Das Schnurren des leistungsstarken Motors des Lincoln schläferte mich fast ein, aber mit einem kleinen Teil meines Verstandes verfolgte ich Marias nervöses Geschwätz und die vereinzelten Fragen des Schriftstellers, während ich gleichzeitig versuchte, mir selbst einen Reim auf alles zu machen.

Dies alles war höchst melodramatisch. Der Funker der *Kreuz des Südens*, der Luxusjacht, die wir in der Nähe des deutschen U-Boots gesehen hatten, wurde von einem Lieutenant der Staatspolizei mit absurdem Spitznamen in einem Puff in Havanna ermordet. *Caballo Loco*, meine Fresse.

Aber die Chiffretafel war echt. Ich hatte schon früher in den Spionagenestern in Mexcio City und Kolumbien, die wir ausgehoben hatten, welche gesehen. Elementares Abwehr-Material. Oder *Geheimausrüstung für Vertrauensleute*, wie die stets literarischen Deutschen sich auszudrücken pflegten. Wenn dieser arme, tote Martin Kohler – oder wie immer sein richtiger Name lauten mochte – ein echter Agent gewesen war, ein Groß- oder »Superagent« obendrein, dann würde zum Rest dieser Standardausrüstung noch die Bauanleitung für ein Funkgerät gehören, ein Chiffriercode auf Mikrofilm, ein Satz Rufbuchstaben, ein Gebetbuch oder ein anderes bekanntes deutsches Buch, auf dem der Code basierte, Chemikalien zur Herstellung und Sichtbarmachung unsichtbarer Tinte, eine Lupe, um den Mikrofilm zu lesen, eine Minikamera von Leica und eine unanständige Summe in Reiseschecks oder Goldmünzen oder Juwelen oder Briefmarken oder allem zusammen.

Melodramatisch. Aber ich hatte dieses abgedroschene Zeug schon früher bei den Leichen von Agenten der Abwehr gesehen.

Vielleicht war Martin Kohler auch nur ein Funker gewesen, der freiwillig für die Deutschen gearbeitet hatte. Das wäre möglich. Welche Möglichkeit auch immer zutreffen mochte, das Chiffrierbuch sah echt aus. Es enthielt eine Botschaft, entweder vom Hauptquartier der Abwehr für ihn oder umgekehrt. Vielleicht auch für das U-Boot oder von dem U-Boot. Wir würden es nie erfahren, wenn wir das Buch nicht fanden, das ihm als Grundlage für seine Verschlüsselung gedient hatte.

Maria erklärte, daß sie aus dem winzigen Dorf Palmarito in der Nähe der Ortschaft La Pruebe auf der anderen Seite der Insel stammte, wenige Stunden Fußmarsch von Santiago de Cuba entfernt, und daß ihr älterer Bruder Jesus versucht hatte, sexuellen Kontakt mit ihr zu haben, aber ihr Vater hatte den obszönen Geschichten ihres Bruders geglaubt und nicht ihrer wahren, daher hatte er sie enterbt und ihr gedroht, er würde ihr die Nase aufschlitzen, sollte sie jemals zurückkehren – was er tun würde, da er als der brutalste Mann in Palmarito bekannt war –, und so war sie mit ihrem letztem Geld bis nach Havanna gekommen, wo *Señorita* Leopoldina gütig zu ihr war und nur von ihr verlangte, daß sie sich mit wenigen Kunden pro Woche einließ – die bereit waren, für unberührte Schönheit zu zahlen –, aber wenn sie nach Hause ging, würde ihr Vater sie töten, wenn sie in Havanna blieb, würde *Caballo Loco* sie töten, und selbst wenn sie versuchen würde, sich zu verstecken, würden die Staatspolizei oder ihr Vater oder ihr Bruder sie aufspüren und ihr die Nase und die Ohren abschneiden, bevor sie sie töteten …

Es war eine Erleichterung, als die steinernen Torpfosten der *finca* am Lichtkegel der Scheinwerfer vorbeiglitten. Hemingway machte den Motor aus und ließ den Wagen das letzte Stück der Einfahrt rollen, um seine Frau nicht aufzuwecken.

»Nehmen Sie Xenophobia mit ins Gästehaus, Lucas«, sagte der Schriftsteller. »Schlafen Sie. Wenn es hell wird, gehen wir runter zur Bucht und sehen nach dem Boot.«

Xenophobia? dachte ich. Ich sagte: »Sieht der Plan so aus, daß wir beide im Gästehaus bleiben?«

»Nur ein paar Stunden«, sagte der Schriftsteller und ging um das Auto herum, damit er der jungen Hure die Tür aufmachen konnte, als wäre sie ein Filmstar, der die *finca* besuchte. »Bevor der Tag zu Ende ist, werden wir einen sicheren Platz für Sie beide gefunden haben.«

Ich war nicht erfreut, daß meine zukünftigen Wege sich mit denen dieser verängstigten jungen Hure kreuzten, nickte aber und führte das Mädchen über den Hof und unter tropfenden Palmen hindurch zum Gästehaus.

Als ich das Licht anmachte, sah sie sich mit großen Augen um.

»Ich hole meine Sachen aus dem Schlafzimmer«, sagte ich. »Du kannst es haben und etwas schlafen. Ich mache ein Nickerchen auf der Couch hier.«

»Ich werde nie wieder schlafen«, sagte das Mädchen. Sie sah schüchtern das Bett an, dann mich. Ihre Augen nahmen einen wissenden und berechnenden Ausdruck an. »Hat dieses Haus ein Bad?«

»Bad und Dusche«, sagte ich. Ich führte sie hinein und zeigte ihr das Badezimmer und die zusätzlichen Handtücher. Ich hob ein Kissen an, mit dem ich die Pistole verbarg, die ich dort liegengelassen hatte, unternahm einen Versuch, das Bettzeug glattzustreichen, schob den Revolver unter das Jackett, als sie in die andere Richtung sah, und sagte: »Ich bin da draußen. Du kannst schlafen, so lange du willst. Ich gehe mit *Señor* Hemingway weg, sobald es hell wird.«

Ich lag auf der Couch, sah die Helligkeit der Dämmerung aufziehen und hörte das Badewasser fließen und die Dusche prasseln und dann einen gedämpften Ausruf. Vielleicht war es ihre erste Dusche. Ich döste halb, als die Tür aufging und sie da stand, eine dunkle Silhouette im gedämpften Licht aus dem Bad, das schwarze Haar naß und glänzend. Sie hatte lediglich ein Handtuch um sich gewickelt. Dieses Handtuch ließ sie nun fallen und schlug die Augen in gespielter Schamhaftigkeit nieder.

Maria Marquez war wunderschön. Ihr Körper war schlank und jugendlich straff, besaß aber nicht mehr den Babyspeck der Kindheit. Ihre Haut war so hell wie die jeder Nordamerikanerin. Ihre Brüste waren größer, als ich gedacht hätte, obwohl ich sie in dem blutbespritzten Negligé gesehen hatte, und ihre braunen Brustwarzen ragten empor, wie es sich die Phantasie eines pubertierenden Jugendlichen nur ausmalen konnte. Ihr Schamhaar war kurz und so dicht wie das Haar auf ihrem Kopf, Wassertropfen funkelten darin. Maria hielt den Blick gesenkt, aber ihre Lider flatterten wie eine stumme Aufforderung.

»*Señor* Lucas ...« sagte sie heiser.

»Joe«, sagte ich.

Sie versuchte es, konnte das Wort aber kaum aussprechen.

»José« sagte ich.

»José, ich habe immer noch Angst. Ich höre immer noch die Schreie des Mannes. Könnten Sie ... würden Sie in Erwägung ziehen ...«

Als sehr junger Mann hatte ich auf dem Fischerboot meines Onkels mitangehört, wie er seinem eigenen Sohn, der nur ein Jahr älter war als ich sagte: »Louis, weißt du, warum wir eine Prostituierte in unserer Sprache *puta* nennen?«

»Nein, Papa«, sagte mein Cousin Louis. »Warum?«

»Es stammt von einem alten Wort der Muttersprache unserer Muttersprache ab – der alten Sprache, von der Spanisch und Italienisch und alle wunderschönen Sprachen abstammen – und dieses Wort ist *pu*.«

»PU?« wiederholte mein Cousin Louis, der sich mir gegenüber viele Male mit Besuchen in Hurenhäusern gebrüstet hatte.

»Pu«, sagte mein Onkel. »Es ist ein altes Wort für ›Fäulnis.‹ Für den Gestank von Verwesung. Die Italiener nennen eine Hure *putta*. Die Franzosen sagen *putain*. Die Portugiesen sagen ebenfalls *puta*. Aber alle Wörter bedeuten dasselbe – der Geruch von Verdorbenem und Verwesung. Fäulnis. Den Gestank von Eiter. Gute Frauen riechen wie das Meer an einem klaren Morgen. Eine *puta* stinkt immer nach totem Fisch. Das ist der abgestorbene Samen in ihnen... die unfruchtbaren Schöße der Huren.«

In den anderthalb Jahrzehnten seit jenem Tag hatte ich durch meine Arbeit jede Menge Huren kennengelernt. Ein paar davon hatte ich sogar gemocht. Aber ich hatte nie mit einer gefickt. Nun stand Maria Marquez nackt im Halbdunkel vor mir und hatte den Blick schamhaft gesenkt, aber ihre Brustwarzen ragten steil auf.

»Ich meine«, sagte sie, »ich habe Angst, allein zu schlafen, José. Wenn Sie sich nur zu mir legen und mich halten könnten, bis ich eingeschlafen bin...«

Ich ging zu ihr. Sie schaute auf, als ich auf Armeslänge bei ihr war. Ihre dunklen Augen glänzten.

Ich hob das Handtuch auf und gab es ihr so, daß es Brüste und Bauch bedeckte.

»Trockne dich ab«, sagte ich. »Schlaf, wenn du kannst. Ich gehe jetzt raus.«

Hemingway und ich standen am Berghang, stützten uns auf den dunklen Lincoln, damit wir die Ferngläser ruhig halten konnten, und verfolgten, wie die ersten, flachen Strahlen der aufgehenden Sonne auf die *Kreuz des Südens* fielen. Die Jacht war absurd lang – so lang wie ein Footballplatz –, aber auch schlank und zierlich mit einer Brücke mit ansprechenden Art-deco-Wölbungen und Rundungen, einem glänzenden Teakholzdeck und rechteckigen Bullaugen zahlreicher Salons über Deck, in denen sich das Licht des tropischen Sonnenaufgangs spiegelte. Das Schiff hatte nicht im Jachtclub von Havanna oder an einem der anderen kommerziellen Anlegeplätze angelegt, sondern weit draußen in der Bucht Anker gesetzt, hart an der Grenze zum offenen Meer. Eine Sondergenehmigung des Hafenmeisters war erforderlich, daß Schiffe dort liegen durften.

Der Schriftsteller ließ das Fernglas sinken. »Großes Miststück, was?«

Ich beobachtete weiter. Das Dickicht der Funkantennen hinter der Brücke deutete auf weitreichende Kommunikationseinrichtungen hin. Dort mußte sich der Funkraum befinden. In ihrem ordentlichen Aufbau erinnerte die Jacht an ein Schiff der Marine. Zwei Offiziere in blauen Blazern waren auf die Brücke getreten und atmeten die frische Brise ein, die der Sonnenaufgang mit sich brachte, und ein halbes Dutzend Männer stand Wache, zwei auf den beiden Seiten, einer am Bug, einer am Heck. Als würde das noch nicht ausreichen, zog ein kleines Motorboot schnurrend seine Kreise um das große Schiff. Außer dem Mann am Steuerrad hielten sich zwei hünenhafte Männer in Windjacken im hinteren Teil des Bootes auf und beobachteten alles, was im Hafen vor sich ging. Jeder Mann hatte ein starkes Marinefernglas an einem Gurt um den Hals hängen, genau wie sämtliche Beobachtungsposten an Bord der Jacht. Hemingway hatte unter den Bäumen auf dem Hügel geparkt, hinter einer Steinmauer und an einer Stelle, an der sich das Sonnenlicht nicht in unseren eigenen Ferngläsern spiegeln konnte und wir nur zwei Schatten vor dem Schattenriß eines Autos sein würden.

»Marty war wach, als wir nach Hause kamen«, sagte Hemingway und schaute wieder durch das Fernglas.

Ich sah ihn an. Wollte er einen Tadel aussprechen, weil wir die Hausherrin geweckt hatten? Mir wurde klar, daß ich nicht viel für Martha Gellhorn übrig hatte.

Hemingway ließ das Fernglas sinken und grinste mich an. »Ich habe ihr beim Aufwachen geholfen«, sagte er mit seiner leisen Tenorstimme. »Hab sie zweimal bewässert, damit der Tag einen guten Anfang nimmt. Anscheinend hat mich dieses Hurenhaus auf dumme Gedanken gebracht.«

Ich nickte und sah wieder zu der Jacht. *Sie bewässert?* Herrgott, ich haßte diese angeblichen Männergespräche mit ihren Stammtischausdrücken.

Wie auf Kommando kamen ein großer, kahler Mann im blauen Morgenmantel und eine gleichermaßen große blonde Frau im weißen Bademantel aus einer Kabinentür etwa in der Mitte des Schiffs, blieben auf der sonnenwärts gelegenen Seite des Aufbaus stehen und sahen in die orangerote Sonne. Der große Mann sagte etwas zu einem der Wachmänner auf der Seite, worauf dieser salutierte, den anderen Wachmann holte und eine Strickleiter über die Backbordseite hinunterließ. Beide Männer salutierten wieder und zogen sich zurück.

Der Mann im blauen Morgenmantel sah zur Brücke und am Aufbau hinauf, als wollte er sich vergewissern, daß von dort niemand zusah. Er sagte etwas zu der blonden Frau, die ihn nicht ansah, aber den weißen Bademantel zu Boden fallen ließ. Unter dem Mantel war sie nackt. Ihre Haut war von der Sonne braungebrannt, Brüste und Unterleib so bronzefarben wie alle anderen Hautstellen, und ich konnte selbst aus dreihundert Metern Entfernung sehen, wie rosa ihre Brustwarzen waren. Sie war nicht naturblond.

Die Frau ging zu der offenen Klappe an der Reling, aber statt die Strickleiter hinunterzuklettern, verweilte sie nur einen Moment, dann sprang sie anmutig und gekonnt hinunter und erzeugte beim Eintauchen in die ruhige, goldene Wasseroberfläche des Hafens kaum eine Welle. Ich erwartete, daß der Mann im Morgenmantel ihr folgen würde, aber der ging statt dessen zur Reling, holte ein silbernes Zigarettenetui aus der Tasche, nahm eine Zigarette heraus, klopfte damit auf das Etui, wie ich es bisher nur Schauspieler in Filmen hatte tun sehen, steckte das Etui wieder weg und zündete die Zigarette mit einem silbernen Feuerzeug aus derselben Tasche an. Er stand rauchend da, als die Frau zehn Meter von der Jacht entfernt wieder zur Oberfläche kam und mit kräftigen Zügen hin und her schwamm. Weder der Wachtposten am Bug noch der am Heck warfen ihr auch nur einen Blick zu, als sie tauchte und zurück schwamm, wobei ihre langen braungebrannten Beine und der nur unmerklich hellere Hintern sich bei jedem Zug aufwärts bewegten. Als sie auf dem Rücken schwamm, konnten wir ihre Brüste und den straffen weißen Bauch, den schattenhaften Nabel und das Schamhaar deutlich sehen.

Ich hatte an einem Tag mehr nackte Frauen gesehen als in den vergangenen sechs Monaten. Und dabei war die Sonne kaum über den Horizont emporgestiegen.

Nach genau zehn Minuten schwamm sie zu der Strickleiter, kletterte ohne Scham hinauf und stand tropfend da, während der kahle Mann den weißen Bademantel um sie legte. Sie verschwanden durch die nächstbeste Tür. Einen Moment später kehrten die beiden Backbordwachen auf ihre Posten zurück. Ich konnte nicht sehen, daß die beiden Männer gekichert oder lüsterne Blicke gewechselt hätten, als sie den Hafen wieder mit ihren Ferngläsern beobachteten.

Hemingway legte das Fernglas auf die Haube des Lincoln. »Interessant.«

Ich studierte das Deck. Vor und hinter dem Aufbau waren Kisten unter Planen festgezurrt. Auf einigen Kartons stand mit Bleistift etwas geschrieben, aber keiner war soweit freigelegt worden oder stand im richtigen Winkel, daß ich von hier aus etwas lesen konnte. Interessanter waren eine Reihe von verstärkten Metallstützen mit komplizierten Verstrebungen am Bug und an mehreren Stellen an der seitlichen Reling entlang. Ich wies Hemingway darauf hin.

»Geschützaufbauten?« fragte er.

»Maschinengewehre, glaube ich«, sagte ich, obwohl ich ziemlich sicher war. Ich hatte an einem Einsatz auf einem Q-Boot der mexikanischen Küstenwache teilgenommen, das ähnliche Aufbauten besessen hatte. »Kaliber fünfzig«, sagte ich.

»Sechs Stück«, sagte Hemingway. »Könnte diese private Jacht wirklich und wahrhaftig sechs Maschinengewehre Kaliber fünfzig an Bord haben?«

»Oder eine Waffe«, sagte ich, »und sechs Halterungen, um sie aufzubauen.«

Hemingway ließ das Fernglas wieder sinken. Sein Gesicht hatte denselben verkniffenen, ernsten Gesichtsausdruck wie in Gegenwart des Toten. Ich hatte dafür Verständnis. Maschinengewehre Kaliber fünfzig waren furchteinflößende Dinger. Selbst auf diese Entfernung hätten wir uns hinter nichts verstecken können – nicht einmal hinter dem riesigen Lincoln –, das imstande gewesen wäre, den schweren, schnellen Geschossen ein Hindernis zu bieten. Ich rechnete damit, daß Hemingway von seinen »Maschinengewehrverletzungen« im Ersten Weltkrieg anfangen würde, aber statt dessen sagte er leise: »Sie sind der Ratgeber, Lucas. Was wäre erforderlich, um herauszufinden, welches Buch Kohler als Grundlage für seine Chiffrierung benutzt hat?«

»Jemand müßte an Bord der Jacht gehen und sich umsehen«, sagte ich. »Bevor die Polizei Kohlers Koje durchsucht oder jemand auf dem Schiff das Buch über Bord wirft.«

»Nichts deutet darauf hin, daß die Cops schon dort gewesen wären«, sagte Hemingway. »Und vielleicht machen sie sich die Mühe gar nicht.«

»Warum das?«

»Wenn *Caballo Loco* die Tat begangen hat, werden er und seine Genossen keine große Neigung verspüren zu ermitteln«, sagte der Schriftsteller.

»Aber sie haben das Notizbuch nicht gefunden«, sagte ich und klopfte auf die Tasche, in die ich das Notizbuch gesteckt hatte, als Hemingway es mir während der Fahrt in die Stadt gab.

»Glauben Sie, daß Maldonado danach gesucht hat?« fragte Hemingway.

»Keine Ahnung.« Ich beobachtete wieder die Jacht. Besatzungsmitglieder kamen heraus, um das Deck zu schrubben. Dafür war es schon zu spät; auf den meisten Marinebooten hätte man darauf geachtet, daß diese Aufgabe erledigt war, ehe die Sonne aufging. Aber das war kein Marineschiff. Und vielleicht gehörte das Nacktschwimmen der blonden Frau zur täglichen Routine, wenn das Boot vor Anker lag.

»Ich denke, wir sollten uns Kohlers Koje und die Funkkabine ansehen, bevor die Cops das Unterste zuoberst kehren, ich werde noch heute die entsprechenden Maßnahmen ergreifen, Lucas« sagte Hemingway. »Wir werden sehen, ob die Gaunerbande ihre Aufgabe erfüllen kann. Sollten wir das Buch stehlen, wenn wir es finden?«

»Nicht nötig«, sagte ich. »Sondieren Sie nur die vorhandenen Titel. Es muß ein gebräuchliches Buch sein.«

Hemingway grinste. »Wenn ich für Ablenkung sorge und einen Agenten an Bord bringen kann, möchten Sie dieser Agent sein? Angeblich kennen Sie sich doch mit diesem Mist aus.«

Ich zögerte. Es wäre dumm von mir, eine Verhaftung oder Schlimmeres zu riskieren, indem ich dieses Spiel mitspielte – dies war kein Angriff mit Kanonenschlägen auf die benachbarte Farm. Was immer die *Kreuz des Südens* hier zu suchen hatte, die Besatzung machte einen tüchtigen Eindruck, und die Organisation der Jacht hatte etwas Militärisches. Ich konnte mir Mr. Hoovers Gesicht vorstellen, wenn er eine Nachricht vom FBI in Havanna bekam, in der stand, daß ein Special Agent des SIS mit Schmiergeldern aus dem Gefängnis von Havanna geholt werden mußte ... oder aus dem Hafenbecken gefischt worden war, nachdem sich die Krabben an seinen Augen und Weichteilen gütlich getan hatten.

Aber im Grunde genommen war es ein Spionageeinsatz, und ich war mit ziemlicher Sicherheit der einzige in Hemingways zusammengewürfeltem Spionagering, der tatsächlich für so etwas ausgebildet worden war.

»Ja«, sagte ich. »Ich würde es machen, wenn es einen vernünftigen Plan gäbe, wie ich an Bord und wieder herunter komme, ohne erschossen zu werden.«

Hemingway warf das Fernglas auf den Rücksitz des Lincoln und glitt hinter das Lenkrad. Ich stieg auf der Beifahrerseite ein. Die Sonne war noch keine dreißig Minuten aufgegangen, und schon war es brütend heiß in dem großen Auto.

»Ich werde Ihnen den Plan beim Frühstück in Kaiser Guillermos Café de Perla de San Francisco erzählen«, sagte Hemingway. »Wenn wir zurück zur *finca* kommen, setzen wir Leute darauf an. Und wir werden Xenophobia eine andere Unterkunft suchen, wo wir sie im Auge behalten können. Und heute nacht, wenn es dunkel ist, gehen wir nachsehen, was Herr Kohler gern liest.«

Als wir in die Altstadt von Havanna fuhren, in der sich der Müll der vergangenen Nacht türmte und strahlendes Morgenlicht herrschte, sang Hemingway ein Lied, das ihm, behauptete er, sein Freund, der Priester Don Andrés, beigebracht hatte. Er sagte, daß er es der verdammten großen Jacht und allen widmete, die auf ihr fuhren:

No me gusta tu barrio
Ni me gustas tú
Ni me gusta
Tu puta madre.

Der zweite Vers ging genau wie der erste:

Ich mag dein Stadtviertel nicht
Und ich mag dich nicht
Und ich mag auch nicht
Deine Hurenmutter.

11

Ich war sicher, daß mir die Zeit für das Treffen mit Delgado um fünf Uhr in dem sicheren Haus nicht reichen würde, aber wie sich herausstellte, führten mich meine Besorgungen für die Gaunerbande an diesem Nachmittag nach Havanna, und mir blieben zwanzig Minuten Zeit. Es wurden verdammt informative zwanzig Minuten.

Als wir nach einem enormen Frühstück bei Kaiser Guillermo zur *finca* zurückgekehrt waren, saß Maria in Shorts und einem Oberteil, das sie sich offenbar von Gellhorn geborgt hatte, am Pool, las in einer Ausgabe von *Life* und kaute Kaugummi.

Gellhorn erwartete uns an der Tür zum Hauptgebäude und sagte leise: »Ist *Señorita Putita la Noche* auch ein dauerhafter Gast, Ernesto?«

Hemingway grinste. »Ich denke, wir bieten ihr das andere Gästehaus an«, sagte er und winkte Maria über Gellhorns Schultern hinweg zu.

»Welches andere Gästehaus?« fragte seine Frau.

»La Vigía – Klasse A«, sagte Hemingway. Er sah mich an. »Vielleicht sollte auch *Herr* Lucas etwas Zeit dort verbringen.«

La Vigía – Klasse A entpuppte sich als eine Molkerei auf der Straßenseite gegenüber der *finca*. Hemingway sagte, daß in der Molkerei noch gearbeitet wurde, als er hierhergezogen war – die Milch wurde in hohen Flaschen mit der Aufschrift »La Vigía – Klasse A« verkauft –, aber Julian Rodriguez, der Besitzer, hatte sie im Jahr zuvor geschlossen und das Grundstück an Hemingway verkauft. Der Schriftsteller sagte, er hätte keine Pläne mit dem Grundstück, aber ihm gefiel der Gedanke, die gesamte Hügelkuppe zu besitzen, abgesehen von Frank Steinharts Haus, das er eines Nachts bei einem seiner Raktenangriffe bis auf die Grundmauern niederzubrennen gedachte.

»Außerdem«, fuhr Hemingway in seinem weichen Spanisch fort, »besitzen der reiche Gerardo Duenas und ich eine *gallera* auf der anderen Seite des Feldes dort, und da ist es gut, wenn man nicht so viele Nachbarn hat.«

Ich verstand. Eine *gallera* war eine Grube für Hahnenkämpfe. Ich konnte mir gut vorstellen, daß sich Hemingway der Kunst und Wissenschaft widmete, Kampfhähne zu züchten, und noch besser, wie er blutrünstig grinste, wenn die Männer um die Grube herum johlten.

Das Gästehaus Klasse A bestand aus einem kleinen Schuppen neben der leerstehenden Molkereischeune, nur rund zweihundert Meter von Hemingways Farm entfernt. Der gesamte Komplex stand leer, aber es roch noch immer nach Dung. Die Hütte, die Hemingway vorschwebte, war die Unterkunft des Hausmeisters gewesen. Es war ein winziger, geweißter Schuppen, zwei kahle Räume, ein Kamin, ein Abort hinter dem kleinen Haus, ein Holzherd zum Kochen, eine Pumpe im Freien, um Wasser zu holen, kein elektrischer Strom. Boden und Wände waren vergleichsweise sauber, aber in den Ecken hatten Spinnen ihre Netze gewoben, und es sah aus, als hätte eine Ratte im Kamin gehaust. Eine Fensterscheibe war eingeschlagen, daher ließen die Decke und die Wand an der Westseite des Raums Wasserflecken vom Regen erkennen.

»Ich lasse noch heute morgen René und Juan und zwei weitere Jungs herschicken, damit sie saubermachen«, sagte Hemingway, kratzte sich an der Wange und schwang die alte Tür in quietschenden Scharnieren hin und her. »Wir stellen ein paar Möbelstücke rein, einen kleinen Eisschrank aus der alten Küche, einen oder zwei Stühle, zwei Betten.«

»Warum zwei Betten?« fragte ich.

Hemingway verschränkte die haarigen Arme. »Xenophobia verzapft nicht nur Mist, wenn sie sagt, daß alle hinter ihr her sind, um sie zu töten, Lucas. Wenn Maldonado sie findet, wird er ihr mehr als nur Nase und Ohren abschneiden, bevor er sie tötet. Wissen Sie, warum man ihn *Caballo Loco* nennt?«

»Könnte es etwas damit zu tun haben, daß er verrückt ist?« fragte ich resigniert.

Hemingway kratzte sich wieder die Wange. »Er ist ein großer Mann, Lucas. Und er hat ein Ding wie ein Pferd. Und er macht gern von dem Gebrauch, was er hat, besonders bei jungen Mädchen. Ich glaube nicht, daß wir ihn Maria Marquez finden lassen sollten.«

Ich stand vor dem Kamin und betrachtete die Schweinerei darin. Ich dachte an die Pläne für den Abend. »Werden die Huren in dem Haus nicht reden?« fragte ich. Ich hatte noch nie eine Hure kennengelernt, die ein Geheimnis für sich behalten konnte.

Hemingway schüttelte den Kopf. »Leopoldina la Honesta steht zu ihrem Wort, wie der Name schon sagt. Sie hat mir geschworen, sie und die anderen Mädchen werden sagen, daß Maria weggelaufen ist und niemand weiß, wo sie sich aufhält. Sie wird den Mädchen solche Angst machen, bis sie sich vor ihr mehr fürchten als vor der Staatspolizei; ich garantiere, keine wird der Polizei sagen, daß wir letzte Nacht dort gewesen sind.«

Ich machte ein obszönes Geräusch. »So, wie Sie ihn beschrieben haben, könnte dieser Lieutenant Maldonado jede dieser *putas* innerhalb von dreißig Sekunden zum Sprechen bringen.«

»Schon möglich«, stimmte der Schriftsteller zu, »aber Leopoldina hat eine Stunde nachdem wir gestern nacht weg waren das Haus dicht gemacht und die Huren, die etwas wissen, in ihre Dörfer und Heimatorte zurückgeschickt. Die Mädchen sind nicht gemeldet, wissen Sie, und es dürfte der Polizei schwerfallen, sie alle aufzuspüren, aber ich glaube nicht, daß sie es überhaupt versuchen werden. Es ist ja nicht so, daß an diesem Mord etwas unklar wäre ... davon abgesehen, wohin Maria geflohen ist. Und wenn *Caballo Loco* und sein Boss, Juanito der Zeuge Jehovas, hier aufkreuzen und fragen, ob wir etwas über sie wissen ... nun, in der *finca* ist sie dann auf jeden Fall nicht.«

»Nein«, sagte ich, »sie ist zweihundert Meter entfernt in diesem stinkenden alten Kuhstall.«

»Und wird Tag und Nacht von einem Experten für Spionageabwehr und Nahkampf bewacht«, sagte Hemingway.

»Lecken Sie mich«, antwortete ich.

»Und ihre Mutter auch«, sagte Hemingway in liebenswürdigem Tonfall.

Den ganzen restlichen Morgen und den Nachmittag kamen und gingen die Agenten der Gaunerbande. Maria wurde von Juan und einigen anderen Dienern in das Gästehaus Klasse A geschafft, Hemingway und ich räumten den große Tisch im richtigen Gästehaus ab, und derweil kreuzten unablässig Leute von Hemingways bunt zusammengewürfelter Truppe auf und machten Meldung, erhielten Befehle, machten wieder Meldung, tranken, machten Vorschläge und verschwanden wieder, um wenig später erneut vorstellig zu werden.

Winston Guest, »Wolfer«, war den ganzen Tag da, wenn er keine Botschaften übermittelte; dasselbe galt für Juan Dunabeitia, »Sinsky der Seemann«; ganz zu schweigen von Fuentes, dem Ersten Maat; Patchi Ibarlucia; Pater Don Andrés Untzaín, dem Komponisten von Hemingways Morgenlied, sowie Felix Ermua, El Canguro, »das Känguruh«, ein Freund von Ibarlucia und ebenfalls Jai-Alai-Spieler; des weiteren ein frettchenähnlicher kleiner Mann namens José Regidor, der große Sprüche klopfte, meiner Meinung nach aber bei einem echten Kampf zusammenschrumpeln würde wie ein Akkordeon. Darüber hinaus waren da Dr. Herrera Sotolongo und sein Bruder Robert; Hemingways Gärtner Pichilo, der erpichter zu sein schien, mit Hemingway über den spanischen Jerezanohahn zu sprechen, den er aufzog und ausbildete, als über die Geheimdienstmission; und ein Dutzend andere, einschließlich einige der Hafenarbeiter und Kellner von Havanna, die ich bei unserer ersten Inspektion der Gaunerbande kennengelernt hatte, und genau so viele, die ich nicht kannte.

Von zehn Uhr vormittags bis halb fünf Uhr nachmittags waren Autos gekommen und gegangen, das Gästehaus war bis in Kniehöhe mit Bierdosen und überquellenden Aschenbechern gefüllt, und ich war sicher, daß wir der Realisierung von Hemingways unausgegorenem Plan keinen Schritt näher waren als um acht Uhr am Morgen.

»Wir brauchen immer noch Pläne der Jacht«, sagte ich. »Ohne einen exakten Plan, wo sich Kohlers Funkkabine und seine Koje befinden, ist dieses exzessive Ränkeschmieden nichts weiter als Gewichse.«

»Bitte, Lucas«, sagte Hemingway und betrachtete die acht oder zehn verwahrlosten Säufer, Hafenarbeiter, Matrosen und vom Glauben abgefallene Priester, die in dem Zimmer herumstanden, rauchten und sich zankten. »Passen Sie auf, was Sie sagen«, fuhr er fort, »es sind Kinder anwesend.«

»Dem will ich nicht widersprechen«, sagte ich. Ich hatte Kopfschmerzen.

»Lucas, möchten Sie etwas Unerläßliches erledigen?«

Ich sah den Schriftsteller durch den blauen Zigarettenqualm an. Hemingway rauchte nicht, aber das ständige Paffen um ihn herum schien ihn nicht zu stören.

»Was?«

»Martha möchte ein paar Stunden in die Stadt gehen. Wir brauchen den Lincoln um achtzehn Uhr hier, damit wir die letzten Communiqués losschicken könen. Können Sie sie absetzen und den Wagen wieder herbringen? Juan putzt immer noch Klasse A für Xenophobia.«

Ich sah auf die Uhr. Es war mir nicht gelungen, mit Delgado zu telefonieren und unser Treffen abzusagen. Vielleicht würde ich es doch noch schaffen.

»Klar«, sagte ich. »Ich werde Mrs. Hemingway fahren.«

Delgado war da und wartete auf mich; er trug denselben weißen Leinenanzug und dasselbe Unterhemd wie zuvor. Er lächelte sein spöttisches Lächeln, als ich den Raum betrat.

»Sie sind ein vielbeschäftigter Mann, Lucas.«

»Stimmt«, sagte ich. »Und ich habe nicht viel Zeit. Haben Sie die Akte?« Ich ging nicht davon aus, daß sie hier sein würde. In den vergangenen fünfundzwanzig Stunden hatte sich meine Skepsis, ob sich derart vertrauliches Material so schnell nach Kuba transportieren lassen würde, zu regelrechten Zweifeln ausgewachsen. Delgado hatte sich nur aufgespielt. Und vergeudete meine Zeit dabei.

Delgado griff in die zerkratzte Aktentasche unter dem Tisch und holte ein Dossier heraus. Es hatte den rosa Aktendeckel und die grünen Aufkleber einer OV-Akte. Und es hatte etwa den Umfang des Telefonbuchs von Chigago.

»Jesus Christus«, sagte ich und ließ mich auf den Stuhl fallen. Ein Blick ins Inhaltsverzeichnis des Dossiers zeigte mir, daß dies mehr als zwanzig Minuten Lektüre erfordern würde: *Die Kreuz des Südens/Howard Hughes/Der Viking Fund/Paul Fejos/Inga Arvad/Arvad: Kontakte zu Hermann Göring/Adolf Hitler/Axel Werner-Gren (alias »die schwedische Sphinx«)/Gefahrenanalyse: COI-Donovan, Murphy, Dunn/Arvad: Abhörtonbänder und Mitschriften, sexuelle Beziehung zu Fähnrich John F. Kennedy (U. S. Navy – Marinegeheimdienst, Auslandsspionage)*. »Jesus Christus«, wiederholte ich.

»Geben Sie acht, was Sie sich wünschen, Lucas«, sagte Delgado.

»Ich muß diese Akte mitnehmen«, sagte ich. »Sie später lesen.«

Delgado kicherte. »Das sollten Sie besser wissen. Sie muß um Mitternacht wieder in Washington sein.«

Ich rieb mir das Kinn und sah auf die Uhr. Mir blieben zwanzig Minuten, bis ich Hemingway den Lincoln zurückbringen mußte. *Gottverdammt*. Ich schlug die Akte auf und überflog einzelne Seiten.

Die *Kreuz des Südens*: einhundertzehn Meter lang. Die größte Privatjacht der Welt. Unter amerikanischer Flagge. Befand sich im Netz von Howard Hughes, der sie eigens umbauen ließ (hier ein Verweis auf Howard Hughes' vollständige Akte).

Ich hatte Howard Hughes' Akte schon einmal gesehen. Das Ding war ein Lexikon. Jeder kannte den millionenschweren Flieger und Erfinder. Howard Hughes war genau die Art von unsicherem Kandidaten, die Direktor Hoover wahnsinnig machten – reich, an einem halben Dutzend streng geheimer Objekte des US-Militärs beteiligt, unberechenbar, tollkühn. Die Regierung gewährte dem Mann Zugang zu den geheimsten Geheimnissen und vertraute ihm immer wichtigere Rüstungsobjekte an, während Observierung und Abhöranlagen verdoppelt und verdreifacht wurden. Mich hätte nicht überrascht, wenn der Direktor mindestens einmal die Woche Alpträume wegen Howard Hughes bekommen hätte.

In diesem Fall war verdächtig, daß Howard Hughes die *Kreuz des Südens* besessen und umgebaut hatte, aber nicht so verdächtig wie die Tatsache, daß er das Boot an Axel Wenner-Gren verkauft hatte. Auch das war ein Name, den ich bestens kannte.

Axel Wenner-Gren war einer der reichsten Männer dieses Planeten. Außerdem war er – dessen waren sich FBI, BSC, COI, ONI und jeder andere Geheimdienst der Welt sicher – ein Spion der Nazis. Wenner-Gren hatte seinen eigenen Spitznamen in der Spionageabwehr-Gemeinde –»die schwedische Sphinx«. Der Millionär hatte die schwedische Elektrolux gegründet und war Mehrfachaktionär der Maschinengewehrfabrik Bofor. Wenner-Grens Kontakte zu Hitlers Offizieren und dem deutschen Geheimdienst füllten, das wußte ich, ein eigenes, noch umfangreicheres Dossier als das von Howard Hughes. In den vergangenen paar Jahren war der schwedische Industrielle auch in meinen Einflußbereich des SIS in Mexiko und der Region Lateinamerika geraten.

Als der Krieg zwischen Deutschland und England ausgebrochen war, hatte Wenner-Gren seine eigene Bank auf den Bahamas gegründet und war zum engen Freund des Herzogs von Windsor geworden, dessen Vertrauen er in dem Maße genoß, daß ihn der Herzog zu seinem persönlichem Bankier ernannte. Durch eigene mitternächtliche Spionageaktionen wußte ich, daß British Security Coordinator Stephenson und sein stellvertretender Befehlshaber, Ian Fleming, den Herzog von Windsor als Verräter betrachteten und Axel Wenner-Gren als wichtigsten Verbindungsmann des Herzogs zu Nazi-Deutschland rund um die Uhr beobachten ließen.

In der Woche, als die Japaner Pearl Harbor angegriffen hatten, also vor sechs Monaten, hatte die amerikanische Regierung Wenner-Gren auf die schwarze Liste gesetzt und ihm Visa und Einreisegenehmigung verweigert. Der Multimillionär hatte seine Operationsbasis nach Mexiko verlegt, wo meiner Gruppe des SIS seine Kontakte zu Admiral Canaris' Agenten der Abwehr im Land aufgefallen waren. Insbesondere waren wir überzeugt, daß Wenner-Gren einen Versuch finanzierte, den derzeitigen mexikanischen Präsidenten zu stürzen.

Nachdem er im vergangenen Herbst die *Kreuz des Südens* von Howard Hughes gekauft hatte, ließ Axel Wenner-Gren die Jacht weiter umbauen – er stattete sie mit hochentwickelten Funk- und Kurzwelleneinrichtungen aus und bewaffnete sie darüber hinaus mit schweren Maschinengewehren, hundertfünfzehn Gewehren und Panzerabwehrraketen – und dann übergab er sie Dr. Paul Fejos und dem Viking Fund als Geschenk.

Der Name Fejos sagte mir nichts. Fejos, 1896 in Ungarn geboren, war im Ersten Weltkrieg Kavallerieoffizier und Pilot gewesen, hatte ein Medizinstudium absolviert und danach in seiner Heimat Schauspiele, Opern und Filme inszeniert, bevor er 1929 amerikanischer Staatsbürger wurde. Da ihm die Art und Weise mißfiel, wie in Hollywood Filme gemacht wurden, war Fejos nach Europa zurückgekehrt, um dort für MGM Filme zu drehen. 1940 war er wieder in die Vereinigten Staaten eingereist und hatte 1941 in New York den Viking Fund gegründet. Die als gemeinnützige Organisation eingetragene Stiftung finanzierte Expeditionen mit dem Ziel, im peruanischen Dschungel versunkene Städte oder Inkas zu finden – besagte Expeditionen sollte Paul Fejos auf Film festhalten und trotz des gemeinnützigen Status der Stiftung kommerziell verwerten –, aber das FBI betrachtete sie als Tarnung für deutschfreundliche Geheimdienstoperationen. Letzten Winter war der erste Beitrag zum Viking Fund die umgebaute Einhundertzehn-Meter-Jacht *Kreuz des Südens* gewesen, ein Geschenk von Axel Wenner-Gren.

Das alles war interessant, aber längst nicht so interessant wie die Tatsache, daß Dr. Fejos' derzeitige Frau eine gewisse Inga Arvad war.

»Jesus Christus«, murmelte ich zum dritten- und letztenmal. Hier hatte ich nur einige Durchschläge und Duplikate von Inga Arvads Akte, aber dieser Auszug allein mußte sich auf einhundertfünfzig einzeilig getippte Zeilen belaufen. Ich blätterte sie durch und widmete nur den Fotografien und Fotokopien und Niederschriften von ELINT (elektronische Überwachung), TELSUR (Telefonüberwachung) und FISUR (persönliche Observierung) mehr Aufmerksamkeit. Inga Arvad war eine streng überwacht Dame gewesen und war es noch.

Da fiel mir ein Phänomen auf, das mir im Außendienst schon dutzendfach begegnet war. Verschiedene Institutionen waren verschiedenen Wegen in ein- und derselben Richtung gefolgt und näherten sich – wie jetzt im Falle von Arvad und der *Kreuz des Südens* – ohne Vorsatz oder Plan demselben Ziel. Donovans COI, in Kürze OSS, interessierte sich besonders für Axel Wenner-Gren, genau wie mein SIS. Flemings und Stephensons BSC interessierten sich offensichtlich für Wenner-Gren und die *Kreuz des Südens*. Der Geheimdienst der amerikanischen Marine war sicher, die Jacht war umgebaut worden, um deutsche U-Boote in der Karibik oder vor der Küste Südamerikas oder an beiden Orten aufzutanken. Das FBI war besessen von Inga Arvad und folgte ihrer Spur zu Wenner-Gren, der Jacht und allem anderen.

Inga Arvads Leben präsentierte sich mir – obwohl ich das gekürzte Dossier nur überflog – als genaue Art von wahrer Lebensgeschichte, mit der Hemingway und seine Zunft in einer erfundenen Geschichte niemals durchkommen würden. Ihr Lebenslauf grenzte an das Unwahrscheinliche – trotz der Tatsache, daß Inga Arvad erst achtundzwanzig Jahre alt war und damit nicht alt genug schien, das alles getan zu haben, was ihr hier zugeschrieben wurde.

Inga Maria Arvad war am 6. Oktober 1913 in Kopenhagen in Dänemark geboren worden. Sie war ein wunderschönes, hochbegabtes Kind gewesen, hatte bei anerkannten Meistern Tanz und Klavierspielen gelernt und war im zarten Alter von sechzehn Jahren zur dänischen Schönheitskönigin gekürt worden. Im selben Jahr nahm sie in Paris an einem Wettbewerb zu Miss Europa teil und bekam einen Job bei den Folies-Bèrgère angeboten, beschloß aber statt dessen mit siebzehn, einen ägyptischen Diplomaten zu heiraten. Zwei Jahre später ließ sie sich von ihm scheiden.

Es lagen zahllose Fotos von Arvad in dem Dossier. Das erste zeigte eine sehr junge, sehr hübsche Blondine, die offenbar in einem Sportstadion neben Adolf Hitler saß. Auf dem Schild auf der Rückseite stand »Inga Arvad und Adolf Hitler, Olympische Spiele, Berlin 1936.« Im beiliegenden Bericht stand, daß Arvad nach der Trennung von dem ägyptischen Diplomaten, einer Rolle in einem norwegischen Film, bei dem Paul Fejos Regie führte und einer Affäre mit dem Regisseur plötzlich als Korrespondentin der Kopenhagener Zeitung *Berlingske Tidende* nach Berlin gegangen war. Von einer vorherigen journalistischen Ausbildung war nicht die Rede gewesen, aber es wurde deutlich, daß die junge Miss Inga Arvad auch bekam, was sie sich in den Kopf setzte.

Die Mitschrift eines Verhörs durch das FBI, das auf den 12. Dezember 1941 datiert war, also wenige Monate vorher, war der Akte beigeheftet. In dem Verhör hatte Arvad ausgesagt, daß ihre Aufgabe in Deutschland gewesen sei, prominente Persönlichkeiten zu interviewen – einschließlich Adolf Hitler, Hermann Göring, Heinrich Himmler und Joseph Goebbels – und sie »in Hitlers Loge gewesen sein könnte, als der Führer anwesend war.« FBI-Berichte aus dieser Zeit deuteten an, daß die Beziehung etwas persönlicher gewesen sein könnte: daß Arvad zu Hermann Görings privater Trauung eingeladen gewesen war, bei der Adolf Hitler Brautführer war; daß Hitler die junge Frau als »Musterbeispiel nordischer Schönheit« bezeichnet und sie gebeten hatte, »mich jedesmal zu besuchen, wenn Sie sich in Berlin aufhalten.«

Sah so aus, als hätte sie dieser Bitte entsprochen. Obwohl sie ihren Job als »Korrespondentin« vor den Olympischen Sommerspielen 1936 aufgegeben hatte – nach der Heirat mit Dr. Paul Fejos –, war sie als Gast des Führers in dessen Privatloge bei den Olympischen Spielen gewesen und hatte eine enge Freundschaft mit Göring und eine noch engere mit Rudolf Heß geschlossen. Dem FBI-Bericht zufolge hatte Arvad Berlin zum letztenmal 1940 einen Besuch abgestattet, als sie gebeten worden war, für das deutsche Propagandaministerium zu arbeiten. In dem Verhör des FBI vom 12. Dezember 1941 sagte Arvad, daß sie das Angebot abgelehnt hätte, aber in einer eingeklebten Meldung des International News

Services von 1936 stand, daß Hitler sie trotzdem zur »Chefin der Nazi-Propaganda in Dänemark« gemacht hatte. In diesem Jahr war sie zweiundzwanzig geworden.

Dem Dossier zufolge hatte Arvad Dr. Paul Fejos 1936 geheiratet, war aber vor und nach der Trauung die Geliebte von Axel Wenner-Gren gewesen. Als Fejos und Arvad 1940 in die Vereinigten Staaten gezogen waren, hatte Wenner-Gren, ihr Liebhaber, den Viking Fund gegründet, der in Delaware eingetragen war, aber das eigentliche Hauptquartier befand sich in New York City.

Es folgten mehrere Seiten mit Gefahrenanalysen des Marinegeheimdienstes und Kopien der Baupläne der *Kreuz des Südens*. Ich zog die Pläne heraus, legte sie zusammen und steckte sie in die Tasche.

»He!« rief Delgado und fuhr kerzengerade von seinem Stuhl hoch. »Die können Sie nicht mitnehmen.«

»Ich brauche sie«, sagte ich. »Erschießen Sie mich.« Ich sah auf die Uhr – noch fünf Minuten bis ich zur *finca* zurück mußte – und widmete mich dem letzten Abschnitt des Dossiers.

Akte Arvad war noch offen, aber dieser letzte Teil bestand aus jüngsten Beobachtungsberichten, Abschriften von belauschten Telefongesprächen, Abschriften von Tonbandmitschnitten und Kopien von Briefen, die bei FBI-Einsätzen fotografiert worden waren. Alles drehte sich um eine romantische Liaison zwischen Inga Arvad und einem jungen Offizier beim amerikanischen Marinegeheimdienst, Fähnrich John F. Kennedy.

Aus den Notizen ging hervor, daß es sich um einen der Söhne von Joseph P. Kennedy handelte, dem Millionär und früheren amerikanischen Botschafter in England. Alle im Bureau wußten, daß Direktor Hoover mit Botschafter Kennedy befreundet war – und den irischen Patriarchen mit geheimen Informationen versorgte, die ihm nützlich sein konnten, aber wir wußten auch, daß Hoover Kennedy mißtraute, ihn als gefährlich pro-deutsch einstufte und eine stetig wachsende OV-Akte über den einstigen Botschafter angelegt hatte. Seit vergangenem Dezember – kurz nach dem Angriff auf Pearl Harbor – hatte die Überwachung von Arvad einen hektischen Höhepunkt erreicht, als Wenner-Grens Geliebte und Hitlers liebste nordische Schönheit eine außereheliche Affäre mit dem vierundzwanzig Jahre alten Fähnrich Kennedy angefangen hatte. Als Offizier des Marinegeheimdienstes, Abteilung Auslandsspionage, hatte Fähnrich Kennedy Zugang zu streng geheimen Unterlagen und war tagtäglich damit beschäftigt, entschlüsselte Botschaften ausländischer Sender für die verschiedenen Rundschreiben und Hausmitteilungen des ONI aufzuschreiben.

Seit Dezember verfolgten die Spionageabwehr des ONI und das FBI die Affäre zwischen Kennedy und Arvad unter der Annahme, daß man es hier nicht nur mit einem Sicherheitsleck zu tun haben könnte, sondern daß Kennedy möglicherweise aktiv an einer Spionageaktion der Nazis beteiligt war. Zur Arbeit des FBI bei der Überwachung gehörten eindeutig auch das Abfangen von Post, Abhören, persönliche Überwachung und Verhöre mit allen, von den jüngeren Schwestern Kennedys, die ihm Arvad bei der Zeitung vorgestellt hatte, in der sie arbeiteten, bis hin zur Niederschrift von Aussagen der Hausmeister, Briefträger und Pagen der Hotels und Apartments, in denen sich das Paar heimlich traf.

12. Dezember 1941 – In einer Aktennotiz für Direktor Hoover steht, daß Frank Waldrop, Chefredakteur des *Washington Times Herald*, sich mit einem Special Agent des Washingtoner Büros in Verbindung gesetzt hatte, um zu berichten, daß Miss P. Huidekoper, eine Reporterin der Zeitung, Miss Kathleen Kennedy, einer anderen Reporterin der Zeitung, gegenüber behauptet hätte, daß ihre gemeinsame Bekannte Inga Arvad, Kolumnistin des *Times Herald*, mit ziemlicher Sicherheit Spionin einer ausländischen Macht war. Das Memorandum, das Hoover an dem Tag geschickt bekommen hatte, trug die Überschrift »Mrs. Paul Fejos alias Inga Arvad.« Da Hoover seit dem Tag, an dem sie und ihr Mann im November 1940 in Amerika angekommen waren, eine vertrauliche Akte über Arvad führte, überraschte die Enthüllung den Direktor kaum.

14. Dezember 1941 – die totale Überwachung von Arvads Apartment, 1600 16. Straße Nr. 505, ist gewährleistet. An diesem Tag hatte Dr. Fejos das Land verlassen – im Rahmen seines geheimnisvollen Projekts Viking Fund erneut auf dem Weg nach Peru –, und Arvads heimlicher Liebhaber war auf der Bildfläche erschienen, um mehrere aufeinanderfolgende Nächte im Schlafzimmer der verheirateten Frau zu verbringen. Offenbar war der Liebhaber der Geliebten von Axel Wenner-Gren ein Fähnrich der US-Marine, der »mit einem grauen Mantel mit Raglan-Ärmeln und grauen Tweedhosen bekleidet ist. Einen Hut trägt er nicht und hat helles,

lockiges Haar, das immer zerzaust wirkt... er ist nur als Jack bekannt.«

Innerhalb von vierundzwanzig Stunden hat der Marinegeheimdienst »Jack» als John F. Kennedy identifiziert, Sohn von Botschafter Kennedy, ein Fähnrich des ONI, der dem Washingtoner Hauptquartier des Marinegeheimdiensts zugeteilt ist. Aber das FBI tappt noch im Dunkeln. In der Akte finden sich in zunehmendem Maße abgefangene Mitteilungen zwischen Kennedy und Arvad, Hitlers »perfekter nordischer Schönheit.«

1. Januar 1942 – Telgramm von Kennedy in New York an Arvad:

> SIE HALTEN DEN FLUGVERKEHR NICHT AUFRECHT, DAHER WERDE ICH ERST UM 23:30 UHR MIT DEM ZUG EINTREFFEN. ICH WÜRDE DIR RATEN, ZU BETT ZU GEHEN, ABER WENN DU KOMMST, KAUF EINE THERMOSKANNE UND MACH MIR ETWAS SUPPE. WER WÜRDE SICH UM MICH KÜMMERN, WENN DU ES NICHT TUN WÜRDEST?
>
> ALLES LIEBE, JACK.

Am selben Tag, Neujahr, gesteht Special Agent Hardison vom FBI ein, daß alle Versuche, die Identität des mutmaßlichen Agenten mit dem Kodenamen »Jack« herauszufinden »vollkommen unproduktiv« gewesen sind, das Bureau aber weiterhin daran arbeitet.

Inzwischen ist man beim ONI – wie aus Hausmitteilungen in dem Dossier hervorgeht – besorgt. Bei einer Konferenz verschiedener Geheimdienste am 31. Dezember wird die Mitschrift einer Unterhaltung zwischen dem stellvertretenden Direktor Captain Klingman vom ONI und den beiden hochrangigen FBI-Agenten Tamm und Ladd »Hinsichtlich Botschafter Kennedys Sohn, der Berichten zufolge eine Frau heiraten wird, die sich von ihrem derzeitigen Mann scheiden lassen möchte« bekannt. In der anschließenden Aktennotiz von Ladd an den Direktor heißt es: »Captain Klingman gab zu, man habe festgestellt, daß ›sich dieser Junge genau hier, mitten unter uns‹ befindet und wollte mehr über die Begleitumstände wissen ...«

Während Special Agent Hardison und seine Männer noch über die Identität von Arvads Neujahrs-Liebhaber rätselten, war Direktor Hoover schon am Telefon und kümmerte sich persönlich darum.

In einer Aktennotiz des Direktors heißt es: »Captain Klingman versicherte, daß er die Angelegenheit angemessen handhaben wird.«

9. Januar 1942 – In einem Schreiben vom Befehlshaber des Marineeinsatzkommandos an das Bureau of Navigation wird ausdrücklich darum gebeten, daß Fähnrich »Joseph F. Kennedy« unverzüglich aus Washington, D.C., versetzt werden soll. Sie meinten »John F. Kennedy.« Einem separaten Bericht des ONI zufolge handelte das Bureau of Navigation nicht. Die Überwachung der mutmaßlichen Nazi-Spionin und ihres Liebhabers vom Geheimdienst wurde fortgesetzt und intensiviert.

11. Januar 1942 – Ein abgefangener Brief von Dr. Paul Fejos, der derzeit für Axel Wenner-Grens Tarnorganisation Viking Fund arbeitete, an seine Frau Inga Arvad:

> *Du, Teuerste, kannst rätselhafter als die Propheten des Alten Testaments sein. Du schreibst, wenn Du achtzehn wärst, würdest Du Jack wahrscheinlich heiraten. Ich nehme an, damit ist Jack Kennedy gemeint. Dann fährst Du fort: »Aber wahrscheinlich würde ich mich für Dich entscheiden.« Nun, mein launisches Kind, was hat das alles zu bedeuten? Stimmt etwas nicht zwischen Dir und Jack? Oder handelt es sich nur wieder um Dein süßes Gefühl für Barmherzigkeit mir gegenüber? Bitte alles, nur das nicht. Weißt Du, Liebling, mit dieser Barmherzigkeit hast Du mir das Leben ziemlich schwer gemacht, und es wäre ehrlich viel humaner, wenn Du darauf verzichten würdest. Allmählich werde ich mich daran gewöhnen, daß ich ohne Dich leben muß und Du unerreichbar bist – die Wunden werden heilen (hoffe ich), und es wäre vergebens, wenn Du versuchtest, barmherzig zu sein, und damit ungewollt, aber in letzter Instanz eben doch: grausam.*
>
> *Aber eins möchte ich Dir in Zusammenhang mit Deinem Jack doch noch sagen: Bevor Du Dich Hals über Kopf noch tiefer in die Sache stürzt, hast Du daran gedacht, daß dem Vater des Jungen oder seiner Familie die Angelegenheit vielleicht nicht recht sein wird?*

Ich hörte auf zu lesen und sah auf die Uhr. Die Zeit war abgelaufen. Aber es blieben nur noch wenige Seiten des Dossiers zu überfliegen, wenige Fotografien zu betrachten. Hemingway konnte ein paar Minuten warten.

Was für ein verdammtes impotentes Arschloch war dieser Dr. Fejos, seiner Frau diese Art von Quatsch zu schreiben? Ich sah mir die Fotografien von Inga Arvad wieder an. Kurzes, lockiges blondes Haar. Feiner Lidstrich. Volle Lippen. Perfekter Teint. Wunderschön, keine Frage, aber dennoch rechtfertigte sie dieses unterwürfige Verhalten nicht. Aber welche Frau würde das schon?

Ich betrachtete die Fotos noch einen Moment. Auch wenn sie Schwestern sein konnten, das war nicht die Frau, die ich heute morgen nackt beim Schwimmen gesehen hatte. Inga Arvad sah wie eine Naturblonde aus.

Ich blätterte die letzten zwanzig Seiten des Dossiers durch.

12. Januar 1942 – Während Spionageabwehrexperten des FBI noch damit beschäftigt sind, die Identität von Arvads Kontaktperson mit dem »Codenamen Jack« herauszufinden, steht in Walter Winchells weit verbreiteter Zeitungskolumne: »Einer der qualifizierten Söhne des Ex-Botschafters Kennedy wurde zur Zielscheibe der Zuneigung einer Washingtoner Kolumnistin. In dem Maße, daß sie bereits ihren Anwalt konsultiert hat, um die Scheidung von ihrem forschenden Männe einzureichen. Das wird Pa Kennedy aber gar nicht gern hören.«

13. Januar 1942 – Fähnrich John F. Kennedy wird von Washington zum Marinestützpunkt in Charleston, South Carolina, versetzt.

19. Januar – Special Agent Hudsons Observierungsprotokoll:

Der nur als Jack bekannte Fähnrich hat die Nächte des 16., 17. und 18. Januar definitiv mit Subjekt Arvad in Arvads Apartment verbracht. Das Bureau setzt die Überwachung rund um die Uhr fort. Agent Hardison ist der Meinung, daß dieser Mann irgendwo in der unmittelbaren Umgebung lebt und in sein eigenes Apartment geht, nachdem er die Nacht mit dem Subjekt verbracht hat, seine Uniform anzieht und anschließend zum Frühstück in ihr Apartment zurückkehrt.

19. Januar 1942 – Überwachung des ONI ergibt, daß Fähnrich Jack Kennedy von Washington zu einem Treffen mit seinem Vater nach Florida geflogen ist, bevor er seinen Dienst in Charleston antrat.

19. Januar 1942 – Abgefangener Brief von Inga Arvad an das neue Postfach von Jack Kennedy im Marinestützpunkt Charleston:

> *19. Januar 1942 – zum erstenmal habe ich jemanden vermißt, war einsam und kam mir vor, als wäre ich der einzige Bewohner von Washington.*
> *Man liebt – weiß es, kann nichts dagegen tun und verspürt dennoch nichts anderes als reines Glücksgefühl. Endlich wird mir klar,was Inga bewegt.*

24.–25. Januar 1942 – Agent Hardison und seine Idiotenbande »verlieren« Inga und berichten, daß ihr Aufenthaltsort »unbekannt« ist. Aus dem ebenfalls beigelegten Bericht des ONI geht hervor, daß Inga Arvad in Charleston auf Fähnrich Kennedy wartete, als er sich bei seiner neuen Dienststelle meldete.

26. Januar 1942 – Ein abgefangener Brief von Arvad an Kennedy:

> *Je weiter sich der Zug entfernte, desto verschwommener wurde der junge, hübsche Bostoner Knabe... ich habe geschlafen wie eine Tote. Mittags trafen wir in der Hauptstadt der Vereinigten Staaten ein. Im selben Bahnhof Union Station, den ich am 1. Januar 1942 besuchte, glücklich wie ein Vogel am Himmel, unbekümmert und ohne Furcht oder Sorgen – nur verliebt – weißt Du noch?*
> *»Habt ihr schon angefangen, das Baby zu machen?« wurde ich heute gefragt. Rat mal, von wem?*

Und so geht es weiter mit den Liebesbriefen. Und um die beiden Turteltäubchen herum übernehmen immer mehr Institutionen die Beobachtung und Gegenbeobachtung. Aus den Berichten geht eindeutig hervor, daß Direktor Hoover die Arvad-Affäre dazu benutzt hat, eine Überwachung von Oberst Donovan und seinem COI zu beginnen. Aus reiner Selbstverteidigung observiert Donovans

Gruppe nun ihrerseits Arvad und den Schwarm von FBI- und ONI-Agenten, die sie beobachten.

Am 26. Januar, eben dem Tag, an dem Arvad ihren Liebesbrief an den jungen Kennedy schreibt, informiert Hoover den Generalstaatsanwalt der Vereinigten Staaten über seine »momentanen Ermittlungen gegen diese Frau als der Spionage Verdächtige« und kommt zu dem Schluß, daß Arvad durchaus in »Spionageaktivitäten gegen die Vereinigten Staaten verwickelt sein könnte.«

29. Januar 1942 – Der Special Agent, der als Nachfolger des unfähigen Harrison die Ermittlungen leitet, stellt fest, »der Fall Arvad birgt die größten Möglichkeiten, die ich seit langer Zeit gesehen habe.«

4. Februar 1942 – Der Direktor der Feindaufklärung »Alien Enemy Control Unit« im Justizministerium schreibt Hoover und verlangt einen »Bericht über sämtliche Informationen, die Sie über... Mrs. Inga Fejos, 1600–16th St., NW, Washington, D. C., in Ihren Unterlagen haben, da ich sie benötige, um in Erwägung zu ziehen, ob ein Präsidialer Haftbefehl ausgestellt werden sollte.«

Hoover will natürlich nicht, daß Inga Arvad festgenommen wird. Ihre gleichzeitige Affäre mit Wenner-Gren und dem jungen Kennedy hat dem Direktor eine *carte blanche* in die Hände gespielt, die ihm ermöglicht, die Hälfte aller Gegner des Direktors in Washington ganz unverhohlen observieren zu lassen.

Die Telefonmitschnitte des FBI Ende Januar und Anfang Februar belaufen sich auf viele Seiten:

KENNEDY: Ich möchte dich nächste Woche in Washington sehen... wenn ich hier wegkomme.

ARVAD: Ich fliege nach Charleston, Darling. Wenn das einfacher für dich ist.

KENNEDY: Würdest du das tun? Natürlich ist es besser, wenn du hierher kommst, aber es muß nicht sein, daß immer nur du die Reisen auf dich nimmst, daher werde ich nächstesmal zu dir kommen.

ARVAD: Wir können uns gern auf halbem Weg treffen, Liebling. Ich werde mich jederzeit mit dir treffen, wo du willst. Du kannst machen, was du willst, Liebling. Wenn du anderswo hin möchtest, gerne.

KENNEDY: Nein, nein, ich komme nach Washington. Wenn ich um eins hier raus komme, kann ich das Flugzeug nehmen, andernfalls, wenn ich arbeiten muß, komme ich Samstag um sechs Uhr weg.

ARVAD: Großer Gott. Du mußt am Samstag arbeiten?

KENNEDY: Ja.

ARVAD: Wann segelst du los?

[An dieser Stelle eine handschriftliche Notiz in der Mitschrift: »Versuch, geheime Informationen zu erfahren.«]

KENNEDY: Ich weiß nicht.

ARVAD: Wird es bald sein?

KENNEDY: Nein.

ARVAD: Ich glaube doch.

KENNEDY: Nein.

ARVAD: Bist du sicher?

KENNEDY: Ich sagte doch, ich würde es dir sagen.

Und so weiter, Seite um Seite. Der befehlshabende Special Agent durchforscht die Gespräche nach Hinweisen, ob der Offizier des Marinegeheimdienstes und die deutsche Spionin vertrauliche Informationen ausgetauscht haben. Besonders interessiert er sich für diesen rätselhaften Wortwechsel ein paar Tage später:

KENNEDY: Hast du gesagt, MacDonald ist besser gekleidet als ich? Hast du gesagt, ich sollte zu seinem Schneider gehen?

ARVAD: Das ist eine Lüge! Mir ist gleichgültig, was du anhast, Liebling. Ich liebe dich so, wie du bist. Liebling, am besten siehst du ohne etwas an aus.

Um den ersten Februar, während eines nächtlichen Telefongesprächs. Fähnrich Kennedy zieht Arvad zuerst auf, weil er etwas von einer »großen Orgie« gehört hätte, die sie in New York veranstaltet haben soll, macht sich am Ende aber Gedanken, was Dr. Fejos von ihm halten könnte.

KENNEDY: Was hat dein Mann noch gesagt?

ARVAD: Nun, er hat gesagt, daß ich tun und lassen kann, was ich will. Er sagte, er sei traurig, daß er mich so etwas machen sieht. Ich werde dir alles erzählen und schwöre dir, daß er uns nicht behelligen wird und du keine Angst vor ihm haben mußt. Er wird dich nicht verklagen, auch wenn er weiß, was er anrichten könnte, wenn er dich verklagen würde.

KENNEDY: Er wäre ein großmütiger Mensch, wenn er mich nicht verklagen würde.

ARVAD: Er ist ein Gentleman. Mir ist gleich, was passiert, er würde so etwas niemals tun. Er ist schwer in Ordnung.

KENNEDY: Ich wollte dich nicht wütend machen.

ARVAD: Ich bin nicht wütend. Wünschst du dir sehr, daß ich dieses Wochenende komme?

KENNEDY: Das würde mir gefallen.

ARVAD: Ich denke darüber nach und laß es dich wissen. Bis bald, Liebster.

KENNEDY: Bis bald.

Offenbar hatte Arvad nicht allzu lange nachgedacht. Vom 6. bis zum 9. Februar verließen sie und Fähnrich Kennedy kaum ihr Zimmer im Hotel Fort Sumter in Charleston. Ein Auszug aus dem Bericht des FBI-Büros Savannah:

»Freitag, 6. Februar 1942, 17:45 Uhr – Subjekt Fähnrich Kennedy trifft mit 1940er schwarzem Buick Coupé im Sumter Hotel ein. Nummernschild Florida 6D951 von 1941. Kennedy geht in Subjekt Arvads Zimmer und bleibt dort, abgesehen von einer Essenspause von einundvierzig Minuten, bis zum späten Samstagvormittag.«

Abgesehen von einigen weiteren kurzen Unterbrechungen – eine für die Messe am Sonntagmorgen – blieben Kennedy und Arvad bis Montagmorgen, dem 9. Februar, im Bett. Das Paar hatte ein eigens mit Abhöranlagen gespicktes Zimmer im Hotel Fort Sumter bekommen. In den Auswertungen der elektronischen Überwachung ist von »Geräuschen leidenschaftlichen Geschlechtsverkehrs« die Rede. Ende Februar versucht die gerissene Inga, Hoovers G-Männer abzuschütteln, indem sie Kennedy ein Zimmer für sich im Francis Marion Hotel buchen läßt, aber das FBI in Savannah belegt wieder das Nebenzimmer, während sechs Agenten des Marinegeheimdienstes vom angrenzenden Zimmer auf der anderen Seite aus mithören.

»Ein großer Teil der Gespräche, die Kennedy und das Subjekt in dem Hotelzimmer führten, konnte mitgeschnitten werden«, heißt es in Special Agent Ruggles' Bericht vom 23. Februar. »Man erfuhr, daß sich das Subjekt große Sorgen wegen einer möglichen Schwangerschaft als Folge ihrer beiden vorherigen Reisen nach Charleston machte und von der Möglichkeit sprach, ihre Ehe annullieren zu lassen. Auffällig war, daß Kennedy wenig zu diesem Thema zu sagen hatte.«

Offenbar hatte Fähnrich Kennedy Zweifel an einer Ehe mit dieser achtundzwanzigjährigen Frau.

An diesem Punkt wurde der Bericht so kompliziert, wie das für gewöhnlich der Fall ist. Inga wußte offenbar von den Dutzenden Abhöranlagen von FBI und ONI und traf geschickte Vorkehrungen, sie zu überlisten. Anfang März telefonierte Direktor Hoover persönlich mit Botschafter Kennedy und ließ ihn wissen, daß die Überwachung mittlerweile auch auf ihn ausgeweitet worden sei und vage Möglichkeit bestünde, seinen Sohn, den Fähnrich, durch den Militärgeheimdienst zu verhaften.

Joe Kennedy scheint beinahe einen Anfall bekommen zu haben. Aus einem abgehörten Telefongespräch zwischen Joseph Kennedys Haus in Hyannis Port und James Forrestal, dem Stellvertretenden Sekretär der Marine, das noch am selben Tag geführt wurde, geht hervor, daß Kennedy seinen alten Kollegen von der Wall Street bekniet haben mußte, seinen Sohn schnellstens nach Übersee zu schaffen.

»Im Südpazifik ist die Wahrscheinlichkeit groß, daß er getötet wird, Joe«, lautet Forrestals Antwort.

»Besser tot als weiter in den Klauen dieses Flittchens Arvad«, lautet die Mitschrift von Joseph Kennedys Antwort.

Danach rief Forrestal Direktor Hoover an. Der Direktor empfahl die Versetzung »aus Sicherheitsgründen.« Offenbar war Joe Kennedys jüngster Sohn in den Augen des Botschafters entbehrlich. Man munkelte, daß er seinen ältesten Sohn eines Tages im Amt des Präsidenten sehen wollte.

JFK wurde nur Tage später versetzt.

Das Dossier endete mit der Notiz des Marinegeheimdienstes, daß die *Kreuz des Südens*, das Schiff von Fejos/Wenner-Gren/ dem Viking Fund, am 8. Apri 1942 aus dem Hafen von New York ausgelaufen war. Die Marine hatte das Schiff am 17. April beim Auftanken in den Bahamas gesehen. Seitdem waren Aufenthaltsort und Mission der geheimnisvollen Jacht unbekannt.

Ich schlug das Dossier zu und gab es Delgado zurück.

»Geben Sie die Seite wieder her«, sagte er.

»Von wegen«, sagte ich.

Delgado zuckte die Achseln und verzog die Lippen zu einem spöttischen Lächeln. »Es ist Ihre Beerdigung, Lucas. Ich muß melden, daß Sie geheimes und vertrauliches Material ohne Erlaubnis an sich genommen haben.«

»Machen Sie das«, sagte ich und ging zur Tür. Ich war zwanzig Minuten zu spät.

»Lucas?«

Ich blieb an der Tür stehen.

»Haben Sie von dem Mord gestern nacht gehört?»

»Was für einem Mord?«

»Ein armer Teufel namens Kohler. Funker von der *Kreuz des Südens*. Das Boot, für das Sie sich so interessieren. Das Boot, dessen Pläne Sie gerade gestohlen haben. So ein Zufall, hm?«

Ich wartete. Delgado fläzte sich auf seinen Stuhl und sah mich unverschämt am. Seine Wangen und Brust waren schweißnaß.

»Wer hat ihn ermordet?« fragte ich schließlich.

Delgado zuckte die Achseln. »Man munkelt, daß die Polizei von Havanna nach einer Hure namens Maria sucht. Sie glauben, daß sie es getan hat.« Er lächelte wieder. »Sie wissen nicht zufällig, wo man eine Hure namens Maria finden kann, Lucas, oder?«

Ich sah ihn an. Bis jetzt hatte ich Delgado noch nicht frei heraus belogen. Nach einem Augenblick sagte ich: »Weshalb sollte ich wissen, wo sie ist?«

Er zuckte wieder die Achseln.

Ich wandte mich ab, drehte mich aber noch einmal zu ihm um. »Sie haben gesagt, daß ein Mann der kubanischen Staatspolizei mir gestern gefolgt ist.«

Delgados seltsame Lippen krümmten sich wieder. »Und Sie haben es nicht bemerkt. Obwohl er ein großer Kerl ist.«

»Wie heißt er?« fragte ich.

Delgado rieb sich die Nase. Es war sehr heiß in dem sicheren Haus. »Maldonado«, sagte er. »Die Einheimischen nennen ihn Verrücktes Pferd. Und das ist er auch.«

»Was ist er?«

»Verrückt.«

Ich nickte, ging hinaus und rannte im Laufschritt die zwei Blocks zu der Stelle, an der ich Hemingways Lincoln geparkt hatte. Eine Meute Jungs mit nacktem Oberkörper drängten sich um das Auto und schienen zu überlegen, was sie in welcher Reihenfolge stehlen sollten, aber im Moment sah der Wagen noch unversehrt aus.

»Verpißt euch«, sagte ich.

Die Jungs stoben auseinander, sammelten sich wieder und zeigten mir zwei Finger als obszönen Abschiedsgruß. Ich wischte mir den Schweiß aus den Augen, ließ das große Automobil an und fuhr wie der Teufel zur Finca Vigía.

12

Ich stand in dem Feuerwehrboot, das direkt an der Ausfahrt des Hafens von Havanna schwankend vor Anker lag. Ich trug die dicke Jacke und den Helm eines Feuerwehrmannes, plauderte auf spanisch mit den anderen acht anwesenden Idioten und wartete darauf, daß die Feuerwerksvorstellung beginnen konnte. Ab und zu hob ich das Fernglas und sah zur *Kreuz des Südens* hinüber, die unter den Gewehren der Festung der zwölf Apostel vor Anker lag. Der Überbau der Jacht war hell erleuchtet. Ich konnte über das dunkle Wasser hinweg ein Klavier spielen hören. Eine Frau lachte. Ich sah, daß die Wachen ihre Posten am Bug, Heck und der Steuerbordseite bezogen hatten. Das Motorboot zog seine Kreise und inspizierte jedes kleine Wasserfahrzeug, das in der Bahía de La Habana ein- oder auslief und blieb zwischen ihnen und der verankerten Jacht, bis die Boote außer Reichweite waren. Danach nahm das Motorboot rasch seine Patrouille wieder auf wie ein besonders gut ausgebildeter Wachhund, der seinen Herren umkreist.

Das war die gottverdammt dümmste Mission, zu der ich mich je freiwillig gemeldet hatte.

Als ich nach meinem Treffen mit Delgado ins Gästehaus der *finca* zurückgekehrt war, hatte niemand bemerkt, daß ich zu spät kam. Hemingway und alle anderen der noch Anwesenden – Guest, Ibarlucia, Sinsky der Seemann, Roberto Herrera, Don Andrés, mehrere Hafenarbeiter – sahen aus, als wäre jemand gestorben.

»Was ist los?« fragte ich.

Hemingway stützte die kräftigen Unterarme einen Moment auf den langen Tisch. Dann hob er die Hände und rieb sich die Augen. »Der Plan ist abgeblasen, Lucas«, sagte er.

»Bekommen Sie nicht alle Zutaten zusammen?«

»Wir haben alle gottverdammten Zutaten«, sagte der Schriftsteller. »Abgesehen von der exakten Lage von Kohlers Koje. Norberto hat mit einem Besatzungsmitglied der *Kreuz des Südens* über den toten Mann gesprochen, und der Matrose sagte, daß Kohler die Koje direkt neben seiner hatte, gleich neben der Vorratskammer der Kombüse.«

»Und? Das ist doch hinreichend genau.«

Hemingway sah mich an, als würde er meine Dummheit bedauern. »Wir haben nicht herausfinden können, wo sich die Vorratskammer der Kombüse befindet. Norberto, Juan und einige der anderen Jungs vom Hafen sind sicher, daß sie heute an Bord der Jacht könnten, um sich den Plan einzuprägen, aber die auf der Jacht lassen niemanden an Bord, nicht einmal die Polizei. Der Kapitän ist in die Stadt gekommen, um mit den Cops von Havanna über den Mord zu sprechen.«

»Das ist gut«, sagte ich. »Es bedeutet, Maldonados Leute konnten das Buch nicht vor uns in die Finger bekommen.«

Hemingway schüttelte den Kopf. »Sie hätten keine Chance, die Jacht in den wenigen Minuten zu durchsuchen, die Ihnen dieser Plan verschaffen würde. Und wenn wir nicht genau wissen, welche Kabine die von Kohler ist, wäre es Zeitverschwendung. Sie haben selbst gesagt, daß sich das Buch wahrscheinlicher in seiner Koje als in der Funkkabine befinden dürfte. Und wir wissen nicht einmal mit Sicherheit, wo die Funkkabine liegt.«

Ich nickte, holte den Plan des Schiffs aus der Tasche und legte ihn auf den Tisch. Hemingway starrte den Plan an, starrte mich an und dann wieder den Plan. Die anderen Männer scharten sich um uns. Mir fiel auf, daß mich Winston Guest mit einem Blick betrachtete, in dem sich Respekt und Argwohn die Waage hielten.

»Ob ich zu fragen wage, woher Sie den haben?« meinte Hemingway.

»Gestohlen«, antwortete ich wahrheitsgemäß.

»Wo, *Señor* Lucas?» fragte Roberto Herrera. »Das sind Kopien der Original-Schiffsbaupläne.«

Ich zuckte die Achseln. »Das spielt keine Rolle.« Ich zeigte mit dem Finger auf ein kleines Quadrat, das am Unterdeck eingezeichnet war. »Vorratskammer der Kombüse. Zwei Leitern führen von der Funkkabine hinunter, aber sie liegt direkt darunter. Leuchtet ein, daß Kohler sich dort seine Koje nahm. Wahrscheinlich hat er auch in der Kabine selbst eine Pritsche stehen. Hat jemand herausgefunden, ob es einen zweiten Funker gab?«

»Gab es nicht«, sagte Pater Don Andrés Untzaín. »Sie fliegen morgen einen Ersatzmann ein.«

»Ich schätze, dann werden wir die Sache heute nacht über die Bühne bringen müssen.«

Hemingway nickte und strich mit der Handfläche über den Schiffsplan, als müßte er sich vergewissern, daß er tatsächlich existierte. »Noch eines, Lucas«, sagte er. »Die *Kreuz des Südens* wird eine Zeitlang hier bleiben. Norberto und Sinsky haben heute nachmittag beide mit Besatzungsmitgliedern gesprochen. In einem der beiden Hauptschächte ist ein Kugellager defekt – es hat einen Teil des Schachts und Getriebes zerstört, bevor sie in den Hafen einlaufen konnten. Sie lassen Ersatzteile aus den Vereinigten Staaten einschiffen.«

»Trockendock?« fragte ich.

Hemingway schüttelte den Kopf. »Nn-nnn. Sie wollen versuchen, die Reparaturen in der Schiffswerft Casablanca durchzuführen.«

Ich mußte lächeln. Der amerikanische Botschafter hatte gerade Maßnahmen getroffen, daß Hemingway die *Pilar* zur Schiffswerft Casablanca bringen lassen sollte, um sie zum Q-Boot umzubauen.

»Ja«, sagte der Schriftsteller und entblößte die Zähne zu einem breiten Grinsen. »Vielleicht werden die beiden Boote Docknachbarn werden.« Er winkte Guest, Ibarlucia und die anderen – mich eingeschlossen – näher an den Tisch. »Sinsky, du informierst die

Jungs, daß die Show heute nacht stattfindet. Wolfie, Sie besorgen sich das Feldzeugmaterial, das Sie brauchen. Patchi, Sie und Lucas und ich sollten besser noch einmal diesen Plan studieren.«

Maria war nicht in Vigía – Klasse A, als ich zu Fuß dort eintraf. In Gedanken bezeichnete ich die Hütte schon als *la casa perdita* – »das kleine verlorene Haus.«

Hemingways Leute – René, der Hausdiener; Juan, der Chauffeur, und wahrscheinlich eines der Mädchen hatten den Schuppen aufgeräumt und gute Arbeit geleistet. Die Bodendielen waren frisch geschrubbt, der Kamin sauber und funktionstüchtig, die zerbrochene Fensterscheibe war mit Pappkarton überklebt worden, zwei Pritschen mit Kissen und Decken standen in dem kleineren Zimmer – als ob die Hure und ich gemeinsam dort schlafen würden –, und beim Kamin standen ein Tisch und Stühle.

»Maria?« fragte ich leise. Keine Antwort. Vielleicht war sie doch weggelaufen. Vielleicht war sie in ihr Heimatdorf zurückgekehrt, um sich dem Zorn ihres Vaters und ihrem lüsternen Bruder zu stellen, anstatt sich vom Verrückten Pferd töten zu lassen. Mir war das so oder so reichlich egal.

Draußen hörte ich Wasser fließen. Ich ging in den kleinen Innenhof zwischen dem Haus und der leeren Scheune der Molkerei und fand Maria Marquez an der Pumpe, wo sie emaillierte Behältnisse mit Wasser füllte. Sie zuckte zusammen, als mein Schatten auf sie fiel.

»Ich habe gerufen«, sagte ich.

Sie schüttelte den Kopf, so daß ihr dunkles Haar sich anmutig bewegte. »Ich habe Sie nicht gehört«, sagte sie auf spanisch. »Die Pumpe ist zu laut.«

»Es ist eine Pumpe im Haus«, sagte ich.

»Die funktioniert nicht, *Señor* Lucas. Ich wollte das Geschirr spülen, das sie mir geliehen haben.«

»Ich nehme an, das Geschirr ist sauber«, antwortete ich. »Und du kannst mich immer noch José nennen.«

Sie zuckte die Achseln. »*Cómo le gusta mi cuarto, José Lucas?*«

»*No está mal*«, sagte ich. »Es ist sauberer als vorher.«

»*Me gusta*«, sagte das Mädchen. »*Me gusta mucho. Es como én casa.*«

Ich sah zu dem kleinen Schuppen, dem zerbrochenen Fenster, der Pumpe im Hof und dem unbegrünten Garten. Es roch immer noch nach Dung. Ich konnte mir vorstellen, daß es für sie wie ein Zuhause wirken mußte. »*Bueno*«, sagte ich.

Maria kam einen Schritt näher und schaute zu mir auf. Ihre Augen strahlten, sahen mich aber fest an, die Lippen hatte sie zusammengekniffen. »Sie mögen mich nicht, José Lucas. *Por qué no?*«

Ich sagte nichts.

Sie wich einen halben Schritt zurück. »*Señor* Papa mag mich. Er hat mir ein Buch gegeben.«

»Welches Buch?« fragte ich.

Sie trug die Wassereimer in den Schuppen, stellte sie auf den Tresen und hob ein kariertes Geschirrtuch. Unter dem Tuch lagen Hemingways *Wem die Stunde schlägt* – das Buch, das er Ingrid Bergman signiert hatte – und die .22er Pistole mit dem langen Lauf, die er mir an jenem ersten Abend geben wollte.

»Er sagt, in dem Buch kommt eine Figur mit meinem Namen vor«, sagte die junge Frau.

Ich hob die Pistole auf, öffnete sie, stellte fest, daß sie geladen war, schüttelte die Patronen auf meine offene Handfläche, steckte sie in die Tasche und legte die leere Pistole auf den Tisch zurück. »Und was hat er gesagt, sollst du damit machen?«

Das Mädchen zuckte wieder die Achseln. »Er sagte, falls *Caballo Loco* hierher kommt, soll ich weglaufen. Wenn ich nicht weglaufen kann, soll ich mich damit schützen. Das kann ich jetzt nicht, weil Sie alle Kugeln haben.« Sie sah aus, als würde sie gleich in Tränen ausbrechen.

»Diese Kugeln würden *Caballo Loco* nur wütend machen«, sagte ich. »Wahrscheinlich würdest du eher dich oder jemand anderen verletzen, statt Lieutenant Maldonado zu erschießen. Ich behalte die Kugeln.«

»*Señor* Papa wird nicht froh sein, daß Sie –«

»Ich rede mit *Señor* Papa«, sagte ich. »Du liest das Buch und läßt die Pistole in Ruhe.«

Die Hure schmollte wie ein Kind. »Ich kann nicht lesen, *Señor* Lucas.«

»Dann nimm die Seiten zum Anzünden, wenn du heute abend Feuer machst«, sagte ich. »*Tengo que ir. Tengo mucho que hacer.*«

Und das machte ich auch. Es gab viel zu tun, bevor der Spaß im Hafen von Havanna heute abend losgehen konnte.

Der Spaß sollte fünfzehn Minuten nach Mitternacht losgehen, aber es war schon zweiundzwanzig Minuten nach zwölf, als die fünf Boote von Hemingways Flotte dröhnend aus der Hafeneinfahrt gerast kamen und dabei Feuerwerksraketen abschossen.

Ich zählte zwei Schnellboote und drei schnelle Fischerboote – die *Pilar* war natürlich nicht dabei, da es sich nicht um hiesige Boote handelte. Durch das Fernglas konnte ich sehen, daß die Namen der Boote übermalt oder durch scheinbar achtlos hingeworfene, überhängende Segeltuchplanen unkenntlich gemacht worden waren und alle Männer an Bord die Hüte tief in die Gesichter gezogen hatten und betrunken grölten. *Scheinbar* betrunken grölten. Die Männer brüllten und johlten über das Wasser hinweg miteinander, während die schlingernden kleinen Boote sich schwankend der beleuchteten Jacht näherten.

Ich schwenkte das Fernglas wieder auf die *Kreuz des Südens* und sah die Wachmänner rufen und zeigen. Ein Offizier kam von der Brücke und betrachtete die Flotte. Einer der Wachmänner im Ausguck zeigte zu dem Maschinengewehraufbau, aber der Offizier schüttelte den Kopf und ging zur Brücke zurück. Einen Moment später kam der kahle Mann, den wir mit der schwimmenden Frau gesehen hatten, mit dem Offizier an Deck. Der kahle Mann trug ein Dinnerjackett und rauchte wieder eine Zigarette, diesmal in einem langen, schwarzen Mundstück.

Ich sah wieder zu der Flotte der Boote. Inzwischen versuchte das Wachboot, ihnen den Weg zu versperren, aber die fünf Boote waren ausgeschwärmt, und das Wachboot konnte nichts anderes tun als hin und her schwenken wie jemand, der versucht, Murmeln bergauf zu schieben. Ich konnte die beiden Männer im Cockpit des Wachboots sehen; sie hielten Maschinenpistolen der Marke Thompson ganz unverhohlen in den Händen und sahen flehentlich zu der Jacht, um Verhaltensmaßregeln zu bekommen. Der Erste Offizier, der neben dem kahlen Mann auf der *Kreuz des Südens* stand, schüttelte den Kopf und gab mit den Armen ein Zeichen der Verneinung. Die Maschinenpistolen verschwanden. Das Patrouillenboot zog sich in die unmittelbare Nachbarschaft der Jacht zurück.

Ich konnte Hemingway am Bug des führenden Fischerboots sehen. Sein Gesicht war im Schatten der Krempe des Strohhuts verborgen, aber ich erkannte den kräftigen Oberkörper und die muskulösen Arme. Die Männer um ihn herum lachten und warfen Whiskeyflaschen in das aufgewühlte Wasser der Meerenge, als ihre Boote zwischen dem alten Fort auf dem Hügel und dem alten Fort in der Stadt den Hafen von Havanna verließen. Jemand feuerte eine weitere Rakete in den Himmel über der Jacht. Der Offizier an Bord der *Kreuz des Südens* rief den Fischerbooten durch ein Megaphon zu, daß sie sich fernhalten sollten, aber die Worte gingen im Donner von Krachern, Kanonenschlägen und explodierenden Feuerwerkskörpern unter.

Ein Schnellboot der Flotte umkreiste die Jacht mit hoher Geschwindigkeit in einer Entfernung von rund fünfzig Metern und lenkte die Aufmerksamkeit der Wachposten und des Wachboots auf sich. Da sah ich Hemingway die Leuchtkugelpistole ziehen und auf die Jacht zielen.

Auf zwei Booten der Flotte feuerten Männer scheinbar wahllos Raketen ab, aber die meisten Sternenregen explodierten über der *Kreuz des Südens*. Ich konnte durch das Fernglas erkennen, daß die Männer die albernen Bambusrohre als Panzerfäuste benutzten. Ein feuriger roter Regen erblühte kaum zehn Meter über dem Bug der Jacht, und die Männer steuerten das Schnellboot hin, um die randalierenden Fischer wegzuscheuchen.

Hemingway feuerte die erste Leuchtkugel ab. Ihr Fallschirm ging zwanzig Meter von der Jacht entfernt auf, sie fiel zischend und prasselnd ins Wasser.

»He! Gottverdammt!« brüllte der kahle Mann auf dem großen Boot. »Hör auf damit, du Schwein!« Seine Stimme war über das Wasser kaum zu hören.

Wir hatten unser Feuerwehrboot langsam von den Schiffswracks an der Spitze der Stadtseite weggesteuert, der Motor gurgelte mit geringstmöglichem Schub, die acht Männer und ich warteten gespannt. Unsere Positionslichter waren aus.

Hemingway stand am Bug und feuerte wieder. Die Leuchtkugel platzte über dem Heck der *Kreuz des Südens* und schwebte über die Backbordreling. Die Wachtposten brüllten. Das Wachboot entfernte sich aufheulend von dem Fischerboot, das abgedrängt werden sollte, und raste auf Hemingways Boot zu.

Jemand feuerte eine Rakete direkt auf die Brücke der Jacht. Der Erste Offizier und der kahle Mann duckten sich. Das Klavier spielte nicht mehr, und nun kamen Männer in Fräcken und Frauen in Abendkleidern an Deck. Der Erste Offizier drängte sie wieder hinein, als zwei weitere weiße Raketen direkt über dem Schiffsbug explodierten.

Einer der Wachtposten hob ein automatisches Gewehr und feuerte drei Warnschüsse in die Luft.

Hemingway schenkte weder den Schüssen noch dem Tohuwabohu um ihn herum Beachtung, sondern stand am Bug des vorrückenden Fischerboots, trotzte dem Wachboot, das mit blitzenden Scheinwerfern auf ihn zugerast kam und verlor trotz des heftigen Seegangs nicht den Halt, als er die schwere Leuchtkugelpistole ein paar Grad höher hielt. Einen Moment schienen die Geräusche aller anderen Raketen und Kracher zu verstummen, als Hemingway anlegte, einen Augenblick wartete und dann abdrückte.

Die Leuchtkugel schoß als flacher, roter Streifen dahin, landete hinter dem Bug auf dem Mahagonideck der Jacht, rutschte über das Deck, so daß Schaulustige und Wachtposten auseinander stoben – und verschwand unter der Segeltuchplane, die straff über die Kisten unmittelbar vor dem Überbau festgezurrt war. Fünf Sekunden später explodierte eine Feuerwerksrakete von einem anderen Boot unmittelbar über der Plane. Unter dem Segeltuch loderten Flammen auf.

Die Wachen auf dem Patrouillenboot feuerten über den Bug von Hemingways Boot. Die gesamte Flotte schwenkte unvermittelt ab, die Boote entfernten sich in unterschiedliche Richtungen, die Männer riefen Flüche auf spanisch und feuerten weiter Raketen und Kanonenschläge auf das Schnellboot ab. Eines der Schnellboote der Flotte näherte sich der Jacht als Finte, lenkte das Patrouillenboot ab und verschwand mit hoher Geschwindigkeit nach Westen.

Unser Feuerwehrboot beschleunigte und hinterließ weißes Kielwasser, gleichzeitig gingen sämtliche Positionslichter, Suchscheinwerfer und Warnlichter an, und die Sirenen ertönten. Es war ein echtes Feuerwehrboot, hatte Hemingway uns versichert, auch wenn es nur zweimal im Einsatz gewesen war: 1932, als ein Frachter mitten im Hafen Feuer gefangen hatte und bis zur Wasserlinie niedergebrannt war, während vom Feuerwehrboot aus die Niederdruckschläuche auf die verkohlte Hülle gehalten worden waren, und das zweite Mal im vergangenen Jahr, als ein Munitionsschiff der kubanischen Marine acht Meilen vor der Küste explodiert war und das Feuerwehrboot gerade so rechtzeitig eintraf, daß die Männer zwischen den schwimmenden Trümmern herumdümpeln und Leichen bergen konnten. Die achtköpfige Besatzung bestand aus Freiwilligen – alles Freunde des Schriftstellers –, die weitaus mehr Zeit damit verbrachten, auf dem morschen Feuerwehrboot zu trinken und zu fischen, als Rettungseinsätze zu üben.

Nun schossen wir dahin, die Gischt drohte mir den Feuerwehrhelm vom Kopf zu reißen, der Suchscheinwerfer strahlte über meinem Kopf die Jacht mit seinem schwankenden weißen Kreis an. Das Patrouillenboot wollte uns den Weg abschneiden, aber als der Mann am Steuer merkte, daß unser altes Boot nicht abdrehte oder bremste, wich es dröhnend aus. Rufe und Flüche begeiteten uns die letzten fünfzig Meter bis zur Steuerbordseite der Jacht, wo uns weitere Rufe, Flüche und Warnungen vom Deck empfingen.

Die fünf Männer um mich herum schenkten dem Lärm und der Sturzflut des Wassers aus unseren schlecht gezielten Schläuchen keine Beachtung, als sie an unsere Backbordseite rannten und die Fender und Enterleitern bereitlegten.

»Bleibt weg, bleibt weg, gottverdammt!« brüllte der Erste Offizier an Bord der *Kreuz des Südens*.

»*No lo he entendido*«, rief unser Steuermann zurück und brachte uns längsseits. »*Tenga la bondad de hablar español!*«

Drei »Feuerwehrmänner« schleuderten Enterhaken über die Reling, während zwei weitere Fallreeps an der Seite hinauf warfen. Eine der Leitern verfing sich, und sofort kletterten zwei Männer mit Feueräxten und Schläuchen in den Händen hinauf.

»*Runter*, ihr Abschaum!« rief der kahle Mann und kam gelaufen, um den ersten unserer Feuerwehrmänner aufzuhalten. Sehr zum Pech des kahlen Mannes war unser erster Feuerwehrmann an Bord El Canguro, das Känguruh, der kräftige Jai-Alai-Spieler. Plötzlich flog der kahle Mann nach hinten, während der Kommandant unserer Gruppe, ein echter Feuerwehrmann, den Offizieren und Zuschauern und Wachtposten in gebrochenem Englisch zurief, daß sie ihm aus dem Weg gehen sollten, daß die Feuerwehr des Hafens von Havanna in solchen Notfallsituationen die alleinige Befehlsgewalt habe und ob man bitte dabei behilflich sein könnte, den Schlauch zu sichern, der heraufgereicht worden war?

Das Feuer am Bug war fast erloschen, aber immer noch wehte Rauch über das Deck und verbarg den Aufbau. Besatzungsmitglieder der *Kreuz des Südens* rannten mit Feuerlöschern und Äxten durch den dunklen Rauch, entfernten die schwelende Plane, hackten die gespannten Seile durch und zogen schwere Kisten aus dem Feuer.

Ich ging als fünfter Mann hoch. Ich rannte mit einer Axt in der einen und einer Taschenlampe in der anderen Hand los, blieb an der Tür der Funkkabine stehen, wartete, bis zwei fluchende Besatzungsmitglieder an mir vorbeigelaufen waren und ging hinein.

Die zweite Tür führte zum Funkraum. Schleuse offen. Raum dunkel. Ich fand den Hebel des Feueralarms genau da, wo er laut den Plänen sein sollte, und zog den Griff herunter. Plötzlich ertönte das schrille Heulen im gesamten Inneren der Jacht.

Ich leuchtete mit der Lampe durch den Raum: Kurzwelle, Bordfunk, Telegraph, Stimmübertragung, mehr elektronische Ausrüstung als ich je auf einem zivilen Schiff gesehen hatte. Auf dem eingelassenen Regal standen nur wenige Bücher. Ich ging näher hin und ließ den Lichtkegel über die Bücher gleiten. Standardhandbücher für Funker und Reparaturanleitungen. Ein Funklog, das ich rasch überflog. Kohler hatte bestimmt keine heimlich gesendeten oder empfangenen Nachrichten eingetragen.

Draußen auf dem Flur hallten Schritte. Ich machte die Taschenlampe aus und wartete, während mehrere Offiziere und Matrosen vorbei liefen, die äußere Schleuse aufrissen und brüllend auf das Hauptdeck rannten.

Zur Tür hinaus, links, die Mannschaftsleiter hinunter. Links. Ventilatoren sogen den Rauch in diesen Flur herunter. Die Alarmsirenen hallten immer noch durch die Dunkelheit. Eine weitere kurze Leiter hinunter.

Die Frau, die ich nackt schwimmen gesehen hatte, kam um eine Biegung des Flurs. Ihre Augen glänzten. Sie trug ein langes, tief ausgeschnittenes Kleid aus Seide, das sich an ihren Körper schmiegte, und eine einfache Perlenkette um den Hals.

»Was machen Sie hier?« fragte sie. »Was ist los?«

»Feuer«, knurrte ich und senkte den Kopf, so daß der Helm den größten Teil meines Gesichts verbarg, als ich mich umdrehte und die Gangway hinauf zeigte. »Gehen Sie an Deck. *Sofort!*«

Die Frau holte tief Luft, lief an mir vorbei und kletterte die Leiter hinauf.

Ich zählte Türen. Dritte Schleuse, Kombüse. Fünfte Schleuse, Vorratskammer der Kombüse. Sechste Schleuse, Kohlers Raum. Ich öffnete die Luke und bereitete mich darauf vor, jeden anzuschreien, der dort schlafen sollte.

Die Kabine war klein und menschenleer. Drei Kojen, ein Tisch mit einem eingelassenen Bücherregal darüber, kaum genug Platz, sich um sich selbst zu drehen. Die Alarmsirene verstummte. Ich konnte ein Poltern an der Hülle spüren. Das Feuer war wahrscheinlich gelöscht, die »Feuerwehrmänner« wurden von Bord geschaßt, das Feuerwehrboot abgedrängt. Ich ließ das Licht ausgeschaltet und leuchtete über die Bücher.

Nur sieben Titel, vier davon ebenfalls Funkhandbücher. Das fünfte war ein Roman, *Drei Kameraden* von Erich Maria Remarque, das sechste eine Ausgabe von Haushofers *Geopolitik*, das siebte eine Anthologie deutscher Literatur. Ich nahm die Bücher, vergewisserte mich, daß sie alle in Deutsch waren, las die Erscheinungsjahre, bemerkte einige Bleistiftanstreichungen auf verschiedenen Seiten und stellte sie ordentlich wieder zurück.

Dann lief ich in den Flur zurück und kletterte die Feuerleiter hinauf.

Ich kam bis zur Hauptebene, ohne jemandem zu begegnen und war schon bereit, mich nach rechts zu wenden und den Flur hinter mir zu lassen, durch den ich gekommen war, als ich Stimmen und Schritte hörte. Schatten von Männern mit Waffen.

Ich lief den Korridor hinunter, wandte mich nach links, hörte Rufe hinter mir und trat durch eine Schleuse an der Backbordseite, weg vom Ort des Geschehens. Ich zog die Schleuse hinter mir zu und sah mich um.

Das Feuerwehrboot hatte bereits abgelegt. Der Rauch hatte sich weitgehend verzogen. Die Wachtposten würden jeden Moment wieder auf ihren Plätzen sein. Ich hob die Axt und zerschmetterte das elektrische Licht über mir. Der gesamte Abschnitt des Decks wurde in Dunkelheit gehüllt.

Ich ging zur Reling, kletterte darüber, balancierte, ließ die Axt, den schweren Mantel, die Taschenlampe und den Metallhelm ins Meer fallen.

»He!« Jemand kam vom Bug näher und sprach den Schatten an, den er gerade noch erkennen konnte.

Mit nichts als dem Badeanzug bekleidet, den ich unter der Uniform angehabt hatte, sprang ich ins Wasser.

Ich tauchte in die Tiefe, kam fünfzehn Meter entfernt wieder hoch, tauchte wieder, kam weiter draußen wieder hoch und hielt den Kopf zwischen den einen Meter hohen Wellen gesenkt. Das Wasser war kalt. Lärm und Verwirrung herrschten an Deck, aber keine Rufe, keine Schüsse ertönten. Ich tauchte wieder, kam hinter einer Welle hoch und schwamm mit kräftigen Zügen in die Dunkelheit.

13

»Helga Sonnemann kommt heute abend zum Dinner«, sagte Ernest Hemingway. »Sie sind eingeladen, wenn Sie sich ein neues Hemd kaufen.«

»Großartig«, sagte ich, ohne von dem Codebuch aufzuschauen. »Kommt Teddy Shell auch mit?«

»Natürlich«, sagte Hemingway. »Sie glauben doch nicht, Helga würde ohne Teddy zu einem Abendessen gehen, oder?«

Ich hörte auf, die Ziffern abzugleichen, und schaute zu dem Schriftsteller auf. »Ist das Ihr Ernst? Das kann nicht Ihr Ernst sein.«

»Mein voller Ernst«, sagte Hemingway. »Wurde Helga heute vormittag vorgestellt, als ich in der Botschaft war. Mochte sie sofort. Hab beide eingeladen.«

»Mutter Gottes«, sagte ich.

Helga Sonnemann war die Frau, die ich nackt schwimmen gesehen hatte und mit der ich später an Bord der *Kreuz des Südens* beinahe auf dem verrauchten Flur zusammengestoßen wäre. Teddy Shell war ihr Freund, der Playboy. Wir wußten inzwischen sehr viel mehr über sie als noch vor einer Woche, als wir den Trick mit dem Feuerwehrboot durchgezogen hatten.

»Zwanzig Uhr«, sagte Hemingway. »Drinks gegen halb sieben. Glauben Sie, wir sollten Xenophobia einladen?« Das alles amüsierte

Hemingway; ich sah es an seinen zusammengebissenen Zähnen. Teddy Shell alias Abwehr-Agent Theodor Schlegel würde Maria mit Sicherheit gern kennenlernen.

»Vielleicht könnten Sie sie fein herausputzen und als wichtigen Gast aus Spanien vorstellen«, sagte ich scherzhaft. »Und an der Seite des Mannes essen lassen, dessen Leute auf ganz Kuba nach ihr suchen. Des Mannes, der sie wahrscheinlich in dem Moment erschießen würde, wenn er sie sieht.«

Hemingway grinste, und mir wurde klar, daß er über den Vorschlag nachdachte und alle Möglichkeiten auskostete. Er schüttelte den Kopf. »Würde nicht funktionieren. Das Verhältnis durcheinanderbringen. Wenn möglich, hat Marty gern die gleiche Anzahl Männer und Frauen bei Tisch.«

Teddy Shell, Hemingway und ich waren drei Männer. Helga Sonnemann und Martha Gellhorn … »Wer ist die dritte Frau heute abend?« fragte ich.

»Heute abend kommt die Deutsche«, antwortete Hemingway.

»Welche Deutsche?«

Hemingway schüttelte wieder den Kopf. *Die* DEUTSCHE, Lucas. In Großbuchstaben. *Meine* Deutsche.«

Ich fragte nicht mehr. Hemingway gab keine weitere Erklärung ab. Heute abend würde ich es herausfinden.

Acht Tage waren seit dem mitternächtlichen Feuerwerk im Hafen von Havanna vergangen. Die Polizei von Havanna und die Hafenpatrouille waren alles andere als amüsiert gewesen, aber die Besatzung des Feuerwehrboots bestand darauf, man habe keine bösen Absichten gehabt und lediglich das Feuer löschen wollen, die Fischerboote und die betrunkenen Fischer waren nicht gefunden oder identifiziert worden, und Mr. Teddy Shell aus Rio de Janeiro, der Zivilist, der »Schwein« vom wissenschaftlichen Forschungsschiff *Kreuz des Südens* heruntergebrüllt hatte, entpuppte sich im Umgang mit den kubanischen und amerikanischen Behörden selbst als ein derart arrogantes Schwein, daß niemand übertrieben große Lust verspürte, ihm zu helfen.

Es hatte länger gedauert, ein Exemplar des mutmaßlichen Codebuchs aufzutreiben, als wir gedacht hatten. Remarques *Drei Kameraden* war noch ziemlich neu und so populär, daß wir am nächsten Tag in einer Buchhandlung in Havanna, die deutsche Titel führte, ein Exemplar davon fanden, aber Haushofers *Geopolitik* und die Anthologie deutscher Literatur aus dem Jahr 1929 hatten eine Weile gedauert. Fast eine Woche nach unserer Eskapade war schließlich ein Luftpostpäckchen aus New York mit Exemplaren beider Bücher eingetroffen.

»Ich wußte, daß Max mich nicht hängen lassen würde«, sagte Hemingway.

»Und wer ist Max?«

»Maxwell Perkins«, sagte Hemingway. »Mein Lektor bei Scribner's.«

Ich hatte nur eine vage Vorstellung davon, was ein Lektor machte, aber ich war dankbar, daß dieser die New Yorker Buchläden durchforstet hatte, bis er die Bücher fand, die Hemingway per Kabeldepesche angefordert hatte.

»Gottverdammte Scheiße«, sagte der Schriftsteller. Er hatte den Zettel gelesen, der mit den Büchern gekommen war.

»Was?«

»Oh, das gottverdammte Verlagshaus Garden City möchte ›Macomber‹ nachdrucken lassen, und Max will es ihnen erlauben.«

»Was ist ›Macomber‹?« fragte ich. »Eines Ihrer Bücher?«

Hemingway sah mich gelassen an, da er sich mittlerweile an meine Unkenntis gewöhnt hatte. »›Das kurze, glückliche Leben des Francis Macomber‹«, sagte er. »Das ist eine meiner Kurzgeschichten. Lange Kurzgeschichte. Hat mich soviel Arbeit und Schweiß gekostet wie ein Roman. Ich habe sie achtunddreißig als Glanzstück für eine Sammlung meiner kürzeren Texte genommen. Diese Sammlung hat Scribner's oder mir nie Geld eingebracht, und nun will Garden City die Story in einer beschissenen, billigen Neunundsechzig-Cent-Ausgabe herausbringen.«

»Ist das schlecht?«

»Es malo«, sagte Hemingway. *»Es bastante malo*. Es bedeutet, daß ich mir selbst Konkurrenz mache – nicht nur der ursprünglichen Sammlung von Scribner's, auch der Ausgabe der Modern Library, die demnächst erscheint. *Eso es pésimo. Es beschissen tonto!«*

»Könnte ich sie haben?« fragte ich.

»Was? Was haben?«

»Die beiden deutschen Bücher. Ich muß die Botschaft entschlüsseln«, sagte ich.

»Oh«, antwortete Hemingway und gab mir die Bücher. Er knüllte den Brief seines Lektors zusammen und warf ihn ins Gras, wo eine der Katzen mit dem Papierknäuel spielte.

Es war eine betriebsame Woche für die Gaunerbande gewesen. Als die drückende Hitze des Mai in die unerträgliche Hitze des kubanischen Sommers überging, fingen Hemingways Amateuragenten damit an, Lieutenant Maldonado zu beobachten, der eine landesweite Suche nach der Hure namens Maria gestartet hatte, die des Mordes am Funker der *Kreuz des Südens* verdächtigt wurde. Ich deutete dem Schriftsteller gegenüber an, jemanden zu beschatten, der gleichzeitig ein kaltblütiger Killer, ein Mitglied der Staatspolizei und oberster Ermittler bei der Suche nach der Frau war, die wir in der Nähe der *finca* versteckt hielten, wäre eine riskante Sache, aber Hemingway hatte mich nur angesehen und nichts gesagt. Derweil blieben viele seiner Helfershelfer einfach in Deckung – eine Fähigkeit, die sie in Spanien und anderswo vervollkommnet hatten –, bis Gras über den Zwischenfall mit den Feuerwerksraketen gewachsen war.

Die Hafen- und Dockarbeiter berichteten Hemingway, daß der neue Funker der Jacht eingetroffen sei – per Flugzeug von Mexico City –, aber die Schäden am Schacht und dem Lager schlimmer waren als anfangs vermutet und die Ersatzteile frühestens in einer Woche eintreffen würden. Noch während die *Kreuz des Südens* im Hafen von Havanna festsaß, brachten Hemingway und sein Erster Maat Fuentes die *Pilar* zur Schiffswerft Casablanca, wo Fuentes beim Schiff blieb, um den Umbau für den Geheimdiensteinsatz zu überwachen, während ich mit dem Lincoln hinfuhr, um den Schriftsteller abzuholen. Im Lauf der folgenden Woche erhielten wir regelmäßig Meldungen von Fuentes und Winston Guest der täglich zur Schiffswerft fuhr, um sich nach dem Stand der Arbeiten zu erkundigen.

Die beiden Motoren der *Pilar* wurden überholt und für größere Geschwindigkeiten eingerichtet. Weitere Ersatztanks für Treibstoff wurden eingebaut, um Patrouillenfahrten über größere Strecken hinweg zu ermöglichen. Die kubanische Marine bot an, zwei tragbare Maschinengewehre Kaliber .50 einzubauen, aber der Berater der US-Armee, der den Umbau beaufsichtigte, stimmte mit Fuentes darin überein, daß die Geschütze und ihre Aufbauten zu schwer für das Zwölf-Meter-Boot wären. Und so wurden die Waffen nie richtig verankert. Statt dessen bauten Zimmerleute verborgene Schränke, Kabinen und Nischen ein, in denen man Thompson-Maschinenpistolen, drei Panzerfäuste, zwei Panzerabwehrwaffen, ein paar kleine magnetische Minen, eine Kiste Dynamitladungen, Zündschnur, Zündhütchen und mehrere Dutzend Handgranaten verstecken konnte. Komplizierte »Glashalter« wurden eingebaut, um die Granaten vor Blicken zu schützen.

Als Guest mit der Nachricht von diesen Verbesserungen nach Hause kam, grunzte Hemingway und sagte: »Wenn das alte Mädchen auf See Feuer fängt, bekommen wir das beste Wikingerbegräbnis, das die Karibik je gesehen hat.«

Die amerikanische Marine stellte Funkausrüstung auf dem neuesten Stand der Technik zur Verfügung, einschließlich Peilsendern, um in Zusammenarbeit mit Marinestützpunkten an Land oder Kriegsschiffen der Alliierten auf See Funkübertragungen von Schiff zu Schiff, von Schiffen zum Land und zwischen Unterseebooten per Dreieckspeilung zu orten. Als Hemingway einwandte, daß er keine Zeit hätte, die Bedienung zu lernen oder seine Mannschaft mit der Funktionsweise vertraut zu machen, stellten Botschafter Braden und Oberst Thomason einen Marine für die Operation Friendless ab. Der Funker hieß Don Saxon; er hatte etwa meine Größe, war aschblond, hatte im Korps im Weltergewicht geboxt, und zur Liste seiner Fähigkeiten gehörte, daß er ein Maschinengewehr Kaliber fünfzig in völliger Dunkelheit zerlegen und wieder zusammenbauen konnte. Unglücklicherweise, erklärte Hemingway dem Marine beim Essen im La Bodeguita del Medio, hatten wir keine Maschinengewehre Kaliber .50, aber Saxon würde sämtlichen Funkverkehr und unsere Codebücher unter sich haben. Von dem deutschen Codebuch, das wir in Hemingways Gästehaus zu entschlüsseln versuchten, erzählten wir ihm nichts.

Das i-Tüpfelchen beim Umbau der *Pilar* zum Q-Boot war die Installation eines Schilds mit der Aufschrift NATURGESCHICHTLICHES MUSEUM AMERIKAS, das rasch entfernt werden konnte. »Das sollte den Teutonenskipper verwirren, wenn er uns durch das Periskop beobachtet«, knurrte Hemingway an dem Tag, als er zur Schiffswerft ging, um die *Pilar* nach Hause zu holen. »Vielleicht macht es ihn so neugierig, daß er in unserer Nähe auftaucht und ein Enterkommando rüberschickt, um herauszufinden, was, zum Teufel, wir da zu suchen haben, und dann werden wir das Kommando mit Maschinenpistolen empfangen und die Flak-Raketen und Panzerfäuste gegen das U-Boot einsetzen.«

»Ja«, sagte ich. »Vielleicht wird der deutsche Kapitän aber auch nur das Wort *Amerikas* lesen und eine halbe Meile entfernt bleiben, während er uns mit einem Schuß aus seiner Hundertfünf-Millimeter-Kanone versenkt.«

Hemingway verschränkte die Arme und sah mich böse an. »Deutsche U-Boote der Sieben-vierziger Klasse haben keine Hundertfünf-Millimeter-Kanonen«, sagte er geringschätzig. »Nur Achtundachtzig-Millimeter und ein paar Zwanzig-Millimeter zur Fliegerabwehr.«

»Das Neue Modell Klasse IX hat eine Hundertfünf-Millimeter-Kanone«, sagte ich. »Und die Maschinengewehre Kaliber fünfzig würden die *Pilar* in Stücke schießen, bevor Sie auch nur eine Flak-Rakete oder Panzerfaust an Deck schaffen können, geschweige denn landen.«

Hemingway sah mich lange an, dann grinste er. »In dem Fall, mein geheimnisvoller Freund Lucas, sind wir – wie ich schon dem guten Oberst gesagt habe – wirklich und wahrhaftig im Arsch. Aber Sie sind dann mit uns allen zusammen im Arsch.« Am Tag nach dem Feuerwerk wußte ich, daß ich wirklich und wahrhaftig im Arsch war. Ich hatte mich in eine Position gebracht, in der ich mich entscheiden mußte, ob ich meine nächtlichen Aktivitäten melden sollte – den Einbruch in eine Jacht, die unter amerikanischer Flagge fuhr und einer legitimen, gemeinnützigen Organisation der Vereinigten Staaten gehörte, ganz zu schweigen von meiner Mittäterschaft an der Straftat, Feuer auf besagter Jacht zu legen –, wodurch ich mit ziemlicher Sicherheit meinen Job verloren hätte, oder ob ich den unorthodoxen verdeckten Einsatz *nicht* melden, sondern abwarten sollte, bis Delgado oder jemand anders meine Verstrickung meldete, wenn sie davon erfuhren, wodurch ich mit absoluter Sicherheit meinen Job verlieren würde. Dazu kam das Problem des verschwundenen Codebuchs und der verschwundenen Hure. Wegen dieser Kleinigkeiten hatte ich meinen Bericht hinausgezögert, und je länger ich wartete, desto offensichtlicher würden meine Inkompetenz und/oder Unehrlichkeit werden, wenn sie ans Licht kamen. Aber *wenn* ich das alles tat, würde es aussehen, als hätte ich in meiner Rolle als Spion bei Hemingways Untersuchungen versagt und gleichzeitig dem Schriftsteller auf Kosten des Bureau zugearbeitet.

Ich schrieb am Tag nach dem Vorfall auf der Jacht alles in den Bericht und machte einen Abstecher zu dem sicheren Haus, um ihn Delgado zu geben, als ich in Angelegenheiten der Gaunerbande in Havanna unterwegs war.

Delgado traf wenige Minuten nach dem vereinbarten Zeitpunkt ein und trug ein sauberes *guayabera* und einen Strohhut, den er tief ins Gesicht gezogen hatte. Er riß meinen zugeklebten Bericht in seiner gewohnt dreisten Weise auf, las ihn und sah mich über den Tisch hinweg an.

»Lucas, Lucas, Lucas.« Er hörte sich amüsiert und angewidert zugleich an.

»Leiten Sie ihn einfach weiter«, fauchte ich. »Und sehen Sie zu, ob Sie das Bureau dazu bringen können, die Frau und den kahlen Typ auf der Jacht zu identifizieren. Falls nötig werde ich Fotos und Fingerabdrücke der beiden beschaffen, damit wir ihre Akten anfordern können, wenn sie welche haben.«

Delgado klopfte auf den Bericht. »Wenn ich das Mr. Hoover gebe, werden Sie nicht mehr lange genug in dieser Mission oder beim SIS tätig sein, um diese Akten zu lesen.«

Ich sah ihn an. Nicht zum erstenmal überlegte ich mir, daß ich mit den Fäusten auf seinen Magen und das Gesicht einschlagen würde, sollte es zu einem Kampf kommen. Leicht würde es nicht werden. Delgado würde nicht nur boxen, sondern versuchen, mich mit bloßen Händen zu töten, das wußte ich. »Was meinen Sie damit?« fragte ich. »Das war nicht die erste verdeckte Aktion, an der ich teilnehmen mußte.«

»Aber es war die erste, die Sie ohne Genehmigung durchgezogen haben«, sagte Delgado mit seinem nervtötenden Lächeln. »Es sei denn, Sie betrachten Hemingways Befehl als Genehmigung.«

»Mir wurde aufgetragen, seinen Befehlen Folge zu leisten, um sein Vertrauen zu erringen«, sagte ich. »Ich kann meine Arbeit nicht tun, wenn Hemingway mir nicht traut.«

»Wie kommen Sie darauf, daß er Ihnen traut?« fragte Delgado. »Und glauben Sie wirklich, der Direktor möchte, daß einer seiner

Jungs vom SIS Huren vor der rechtmäßig etablierten kubanischen Polizei versteckt? Eine mutmaßliche Mörderin obendrein.«

»Sie hat Kohler nicht getötet«, sagte ich.

Delgado zuckte die Achseln. »Da seien Sie mal nicht so sicher, Lucas. In diesem Metier ist einfach alles möglich.«

»Leiten Sie den Bericht einfach weiter.«

Der schlanke Mann schüttelte den Kopf und warf den Umschlag auf meine Seite des Tischs. »Nein«, sagte er.

Ich blinzelte.

»Schreiben Sie den Bericht so um, daß unklar bleibt, wie Sie zu dem Codebuch und den Titeln von Kohlers Referenzbüchern gekommen sind«, sagte Delgado. »Bleiben Sie zweideutig – als ob Hemingways Clowns über das Material gestolpert wären. Und erwähnen Sie die Hure überhaupt nicht. Auf diese Weise werden Sie Ihren Job behalten und wir müssen das Unternehmen nicht noch einmal von Grund auf neu anfangen.«

Ich lehnte mich auf dem Holzstuhl zurück und sah den anderen Agenten an. *Warum, zum Teufel, machen Sie das, Delgado... wie immer auch Ihr wirklicher Name lauten mag?*

Delgado lächelte, als hätte er meine Gedanken gelesen, nahm den Hut ab und wischte mit einem Taschentuch aus seiner Hosentasche über die Krempe. »Welche verborgenen Motive kann ich haben, Ihnen diesen Befehl zu geben, Lucas?«

»Sie können mir keine Befehle geben«, sagte ich in sachlichem Tonfall. »Sie sind mein Verbindungsmann bei diesem Einsatz, nicht mein Vorgesetzter. Mir wurde gesagt, daß ich über Sie Mr. Hoover direkt Bericht erstatten muß.«

Delgados Lächeln blieb standhaft, aber sein Blick war ausdruckslos und kalt. »Und als Ihr Verbindungsmann zu Mr. Hoover sage ich Ihnen, daß Sie diesen verdammten Bericht umschreiben sollen, Arschloch. Halten Sie sich an die Fakten. Spielen Sie Ihre eigene Rolle dabei herunter. Wenn der Direktor glaubt, daß Sie nach Hemingways Pfeife tanzen, wird er Sie so schnell von hier abziehen, daß Ihnen ganz schwindlig in Ihrem Bohnenfresserkopf wird. Und was dann? Hemingway wird keinen neuen ›Verbindungsmann‹ akzeptieren. Und ich werde die Observierung der Gaunerbande von außen verzehnfachen müssen, während mir die ganze Zeit die Pißköpfe vom Büro des FBI in Havanna im Nacken sitzen.«

Ich betrachtete meinen getippten Bericht und sagte nichts. Ich fragte mich, wer gründlicher in Nahkampf ausgebildet worden war – Delgado oder ich? Es wäre interessant, das herauszufinden.

Delgado griff in seine Aktentasche, holte zwei dünne Dossiers heraus und legte sie auf den Tisch. »Ich dachte mir, die würden Sie interessieren.« Er stand auf und streckte sich. »Ich gehe die Straße runter was trinken. Lesen Sie sie und lassen Sie sie auf dem Tisch liegen. Ich nehme sie mit, wenn ich wiederkomme.«

Ich wußte, er meinte nicht, daß ich vertrauliches Material in dem leerstehenden sicheren Haus zurücklassen sollte. Er würde irgendwo draußen warten bis ich ging.

Ich schlug die dünnere Akte zuerst auf. Das war keine von Hoovers OV-Akten – lediglich ein normales Dossier des Bureau. Ich sah schon an der Zusammenfassung auf der ersten Seite, daß ich hier keine Überwachungsberichte oder Gesprächsmitschnitte finden würde, keine Kopien abgefangener Post oder Analysen von Agenten; diese Frau hatte eine FBI-Akte wie Millionen andere amerikanische Staatsbürger – eine Folge von vereinzelten Kontakten mit anderen Subjekten oder Gruppen, die vom FBI beobachtet wurden; von anonymen Hinweisen oder einfach, weil der Name der betreffenden Person einmal gefallen und die Akte angelegt worden war.

Helga Sonnemann war im August 1911 als Helga Bischoff in Düsseldorf geboren worden. Ihr Vater war 1916 im Dienst für den Kaiser bei einem Giftgasangriff während der Schlacht an der Somme gefallen. 1921 hatte Helgas Mutter wieder geheiratet, diesmal Karl Friedrich Sonnemann. Herr Sonnemann hatte zwei Töchter und drei Söhne aus erster Ehe; eine der Halbschwestern der jungen Helga war Emmy Sonnemann, die spätere Frau von Hermann Göring.

Helga hatte Inga Arvad 1939 über ihre Halbschwester Emmy kennengelernt. Arvad war als Korrespondentin in Berlin und hatte wegen eines Interviews mit der zukünftigen Frau Göring Verbindung aufgenommen. Die beiden Frauen hatten sich so gut verstanden, daß Emmy Sonnemann Inga Arvad zuerst in ihr Landhaus einlud – wo sie die fünfundzwanzigjährige Helga kennenlernte, die Deutschland besuchte, um die Errungenschaften des Dritten Reichs zu sehen –, und danach zu ihrer privaten Trauzeremonie.

Dem kurzen Bericht zufolge war Helga Sonnemann 1929 in die Vereinigten Staaten gekommen, kurz nach dem Börsencrash, zuerst als Studentin am Wesley College – wo sie Anthropologie und Archäologie studierte –, danach kurzzeitig als die Frau eines amerikanischen Chirurgen in Boston, dann – in der zweiten Hälfte der dreißiger Jahre –, nach der Scheidung von dem Chirurgen, als naturalisierte amerikanische Staatsbürgerin in New York, wieder unter ihrem Mädchennamen. Helga Sonnemann hatte ihren Lebensunterhalt im vergangenen Jahrzehnt als freie Begutachterin von frühgeschichtlichen Kunstgegenständen verdient – speziell von Schnitzereien und Töpferwaren der Mayas, Inkas und Azteken. Sie hatte für einige der führenden Universitäten Amerikas gearbeitet und stand im Augenblick beim Museum für Naturgeschichte in New York unter Vertrag.

In dem Bericht wurde auf die Verbindung zu Göring und anderen hohen Würdenträgern der Nazis hingewiesen – offenbar verband die Sonnemanns eine besonders herzliche Freundschaft mit Rudolf Heß –, aber Helgas Reisen nach Deutschland in den dreißiger Jahren waren sporadisch und offenbar ereignislos gewesen. Scheinbar interessierte sich die attraktive Blondine nicht für Politik. In den vergangenen zehn Jahren hatten ihre Reisen sie gelegentlich nach Europa geführt, häufiger jedoch nach Mexiko, Brasilien, Peru und in andere Länder in Süd- und Mittelamerika.

Natürlich erhielt das Dossier Verweise auf Inga Arvad. Davon abgesehen, daß sie sie von Deutschland und mehreren Ausflügen nach Dänemark kannte, war Helga eine der Personen gewesen, die Inga 1940 nach ihrer Ankunft in den Vereinigten Staaten aufgesucht hatte. Tatsächlich hatte Arvad einige Wochen in Sonnemanns Apartment in New York gewohnt, bis Dr. Paul Fejos aus Europa eingetroffen war. Querverweise in Helga Sonnemanns Akte bezogen sich auf Kommentare zur Observierung von Arvad in Restaurants oder auf Partys mit Axel Wenner-Gren, erwähnten aber nur, daß »Miss Helga Sonnemann, eine Freundin von Mrs. Fejos, ebenfalls anwesend war.«

Im Spätherbst 1941, kurz nachdem Ingas Geliebter Wenner-Gren die *Kreuz des Südens* dem Viking Fund gespendet hatte, hatten Dr. Fejos und der Aufsichtsrat der Stiftung Helga Sonnemann als Archäologin für die Expedition und Kuratorin der entdeckten Altertümer eingestellt. In einer hastig getippten Notiz hieß es, daß sie am 15. April dieses Jahres auf die Bahamas geflogen war – wahrscheinlich, um auf die *Kreuz des Südens* zu gelangen, das Schiff des Viking Fund, das dort am 17. April 1942 beim Auftanken gesichtet worden war. Ende der Akte. Teddy Shell wurde nicht erwähnt.

Teddy Shells Dossier war weitaus substantieller als das von Helga Sonnemann.

Aus Fotografien und Fingerabdrücken, die der befehlshabende Special Agent R. G. Leddy (Büro Havanna) diese Woche dem Bureau geschickt hatte, ging eindeutig hervor, daß es sich bei dem kahlen Geschäftsmann, der an Bord der *Kreuz des Südens* als Mr. Teddy Shell bekannt war, ohne jeden Zweifel um einen gewissen Theodor Schlegel handelte, einen Agenten der Abwehr, der von der brasilianischen Bundespolizei, der DOPS (Delegacia Especial de Ordem Politica e Social – die brasilianische, auf Spionageabwehr spezialisierte Geheimpolizei) und dem FBI (SIS) wegen Spionagetätigkeit in Brasilien gesucht wurde.

Theodor Schlegel war 1892 in Berlin zur Welt gekommen. Im Weltkrieg hatte Schlegel als Soldat gedient, war 1918 mit sechsundzwanzig Jahren als Leutnant entlassen worden und hatte eine erfolgreiche Karriere in der freien Wirtschaft eingeschlagen, in deren Verlauf er es bis zum Leiter eines deutschen Stahlwerks in Krefeld brachte. 1936 hatte die Firma Schlegel nach Rio de Janeiro geschickt, um dort eine verlustreiche Tochterfirma abzustoßen. Diese Aufgabe hatte er schnell erledigt und dann eine neue Zweigstelle aufgebaut – Companhia de Acos Marathon – im weiteren Verlauf des Dossiers als »Stahlgesellschaft Marathon« bezeichnet. In den Jahren, als das Dritte Reich für den Krieg und die Vorherrschaft in Europa aufrüstete, blieb Schlegel in Brasilien stationiert, leitete die Stahlgesellschaft Marathon vom Firmensitz in Rio de Janeiro aus und unternahm hin und wieder Reisen zur Zweigstelle in São Paulo. Darüber hinaus führten ihn regelmäßig Abstecher nach Deutschland und in die Vereinigten Staaten, um die dortigen Stahlwerke zu besuchen. 1941 besuchte Schlegel New York häufig mit einem Paß auf den Namen Theodore Shell – deutsch-holländischer Geschäftsmann und Philanthrop. Eine der in den USA ansässigen gemeinnützigen Organisationen, denen Mr. Shell finanzielle Unterstützung zukommen ließ, war, wie aus Unterlagen der Steuerbehörde IRS hervorging, der in Delaware ansässige Viking Fund. In den gesellschaftlichen Kreisen von New York kannte man den kahlen

Mann, der stets eine Krawatte trug, nur als »Teddy«. Auf einem beiligenden Foto posierte »Teddy Shell« mit einem Drink in der Hand neben einem grinsenden Nelson Rockefeller.

Aus dem Bericht ging nicht eindeutig hervor, wann Theodor Schlegel alias Teddy Shell von der Abwehr angeworben worden war. Vermutlich bei seiner jährlichen Deutschlandreise im Jahr 1939. 1940 vermuteten DOPS und die amerkanischen FBI-Berater, daß es sich bei Schlegel um den als »Salama« bekannten deutschen Agenten handelte, der über einen geheimen Sender in oder um Rio über Schiffe der Alliierten berichtete. Gleichzeitig wanderten Finanzmittel und verschlüsselte Botschaften über die Firma Deutsche Edelstahlwerke von und zu Salama, ein Unternehmen, das bei Tag Geschäfte mit dem Stahlbaron Schlegel machte und bei Nacht seine umfangreichen Nachrichten zur Abwehr in Berlin beförderte.

Schlegel war aufgrund von Kontakten zu einem deutschen Ingenieur namens Albrecht Gustav Engels, einem Meisterspion der Abwehr und Funkspezialisten, der den Spionageabwehrexperten in Süd- und Mittelamerika unter dem Decknamen »Alfredo« bekannt war, in Verdacht geraten.

Die Geheimdienstunterlagen über Schlegels Freund Engels mußte ich nicht lesen. Durch meine Arbeit in Mexiko, Kolumbien und anderswo war mir Alfredo nur zu gut bekannt.

Engels, theoretisch Theodor Schlegels Funkkontakt in Brasilien, hatte sein Geheimdienstnetz für die Nazis so erfolgreich eingerichtet, daß sein zentraler Sender in Rio de Janeiro – vom SIS mit dem Kodenamen »Bolivar« bedacht – der Hauptumschlagplatz für Abwehr-Informationen geworden war, die von New York, Baltimore, Los Angeles, Mexico City/Quito, Valparaiso und Buenos Aires kamen. Mehr noch, Alfredo – Herr Albrecht Gustav Engels – kontrollierte mehrere hundert Agenten, die ohne jede Behinderung in diesen und einem Dutzend weiteren Städten operierten.

Ich wußte aus eigener Erfahrung, daß im Oktober vergangenen Jahres, 1941, Dusko Popov – eben der »Flotte Dreier«, den Ian Fleming vergangenen August durch die Casinos Portugals geschleppt hatte – nach Rio geflogen war, um sich mit Engels über die Möglichkeit zu beraten, einen großen geheimen Sender in den Vereinigten Staaten zu errichten. Den Notizen in dieser Akte zufolge war Theodor Schlegel bei diesem Treffen anwesend gewesen und unter dem falschen Namen Teddy Shell mit Popov nach New York zurückgeflogen.

Und Engels war es auch gewesen, der die Anfragen von Berlin an Popov weitergeleitet hatte – Anfragen von den Japanern nach der Verteidigung von Pearl Harbor, Hawaii.

Ich blätterte zum Ende von Schlegels Akte.

Im Frühling dieses Jahres hatten amerikanische Militärbehörden die Brasilianer gedrängt, gegen deutsche Spionagetätigkeiten von ihrem Land aus vorzugehen. US-Stabschef George Marshall hatte einen eigenhändigen Brief an General Goes Monteiro geschrieben, in dem er nicht nur darum bat, sondern forderte, daß brasilianische Polizei und Militär einschreiten sollten. General Marshall hatte Auszüge vertraulicher Funksprüche von ONI und BSC beigelegt – abgefangene Funkmeldungen von Engels' Sender »Bolivar« –, in denen Position und Geschwindigkeit der *Queen Mary* durchgegeben worden waren, die zu dem Zeitpunkt ohne Begleitschutz unterwegs war und neuntausend amerikanische Soldaten in den Fernen Osten transportierte.

Das FBI hatte General Marshalls Brief abgefangen und kopiert. In einem der abschließenden Abschnitte hieß es: »Wäre dieses Boot mit Tausenden unserer Soldaten an Bord versenkt worden, hätte der Vorfall die historische Freundschaft zwischen unseren Ländern zerstört, wenn Gerüchte darüber, wie das Schiff an den Feind verraten worden war, an die Öffentlichkeit gedrungen wären ...«

Übersetzung: Wenn die *Queen Mary* aufgrund der Funksprüche von »Bolivar« und Tatenlosigkeit und Inkompetenz seitens der Brasilianer torpediert worden wäre, hätten die Amerikaner ihre militärische und sonstige Unterstützung den Bach hinuntergehen lassen.

Als Reaktion darauf, hieß es in dem Bericht weiter, hatten DOPS und die brasilianische Bundespolizei – unter Anleitung von ONI, BSC, SIS, FBI und US-Armee, die die Einheiten überwachte und aus der Observierung gewonnenen Erkenntnisse weiterleitete – widerwillig begonnen, in den Regionen um Rio de Janeiro und São Paulo Verhaftungen vorzunehmen.

Theodor Schlegel gehörte nicht zu den Verhafteten. Die Festnahmen hatten Mitte März begonnen und dauerten bis Ende April an. Am 4. April, berichtete der letzte Report in der Akte, war Theodor Schlegel – der als Teddy Shell reiste und offenbar nichts von den Verhaftungen seiner Kollegen wußte – auf die Bahamas und von dort weiter nach New York geflogen. In Nassau hatte er sich mit seinem Freund Axel Wenner-Gren getroffen. In New York fand eine Sitzung mit Dr. Fejos und dem Aufsichtsrat des Viking Fund statt, wo man den kahlen, krawattentragenden Deutschen als Gegenleistung für eine weitere selbstlose Spende des Geschäftsmanns Shell zum Leiter der ersten Expedition des Forschungsschiffs des Viking Fund, der *Kreuz des Südens*, ernannt hatte.

»Jesus Christus«, murmelte ich und wischte mir den Schweiß von der Stirn. Mit diesem Material verglichen wirkte der legendäre gordische Knoten wie eine simple Schleife eines Pfadfinders.

Ich ließ die Akten auf dem Tisch liegen und ging in Hitze und Sonnenlicht hinaus.

Das Codebuch des toten Mannes machte mich rasend vor hilfloser Wut.

Ich muß gestehen, daß Kryptographie nie meine starke Seite gewesen war, weder in Quantico noch im Camp X. Als ich Hemingway das System der Abwehr erklärt hatte, hatte ich mich reichlich selbstbewußt angehört, aber in Wahrheit verhielt es sich so, daß ich zwar in Mexiko und anderswo oft genug mit deutschen Codes zu tun gehabt hatte, aber für gewöhnlich hatte ich nichts anderes tun müssen, als sie den SIS-Experten vor Ort oder im Bureau in Washington weiterzuleiten. Offen gesagt war das FBI auch nicht gerade eine Hochburg des Entschlüsselns von Codes und überließ diese Aufgabe nicht selten ONI oder G-2 der Armee oder dem Geheimdienst des Innenministeriums, jener nebulösen Unterabteilung des Geheimdienstes, für die ich Hemingways Meinung nach arbeitete.

Meine grundsätzliche Annahme war korrekt, dessen war ich ziemlich sicher. Die Gitter in Kohlers persönlichem Notizbuch waren im Standardformat. Eines traf auf die Deutschen zu: Wenn sie einmal ein elegantes System gefunden hatten, dann hielten sie sich daran, auch wenn das in einer Welt, in der selbst der beste Code von den Experten des Gegners geknackt werden konnte, idiotisch war. Zwar hatte ich im Rahmen meiner Spionage im BSC-Camp in Kanada keine Bestätigung dafür finden können, aber es kursierten Gerüchte, wonach die Briten bereits die kompliziertesten deutschen

Codes entziffert hatten und viele ihrer gerissenen Einsätze und Siege zur See dieser Tatsache zu verdanken waren. Andererseits mehrten sich die Siege der Deutschen auf See und dem Kontinent, und wenn die Briten tatsächlich die deutschen Codes und Codierungseinrichtungen geknackt hatten – besonders für die U-Boot-Flotte der Nazis, bezahlten sie einen hohen Preis an Schiffen und Menschenleben, um diese Tatsache geheimzuhalten.

Ich für meinen Teil hatte nur den elementarsten Funkercode zur Verfügung.

Ich war ganz sicher, daß die Grundlage so einfach war, wie ich es Hemingway erklärt hatte. Eines oder mehrere der Bücher aus Kohlers Kabine enthielt mit an Sicherheit grenzender Wahrscheinlichkeit das Schlüsselwort oder den Ausdruck, der die Basis jeder verschlüsselten Mitteilung war. Die Gitter waren allesamt für sechsundzwanzig Quadrate waagerecht und fünf senkrecht ausgelegt, also würde es sich um die ersten sechsundzwanzig Buchstaben der zugrundeliegenden Seite in dem zugrundeliegenden Buch handeln. Aber hin und wieder waren nur Teile der sechsundzwanzig waagerechten Gitterquadrate benutzt worden, wobei das erste Wort auf der betreffenden Seite des betreffenden Buches die Zahl bestimmte.

Aber welche betreffende Seite in welchem betreffenden Buch?

Ich wußte, die Deutschen hatten die Angewohnheit, bei Verschlüsselungen mit den ganzen sechsundzwanzig Buchstaben jedem Tag des Jahres eine Seite des Buches zuzuordnen. Damit schied Erich Maria Remarques *Drei Kameraden* aus – der Kurzroman war nur hundertsechs Seiten lang. Ich ging davon aus, daß *Drei Kameraden* die Quelle für das »erste Wort« sein würde, das bestimmte, wie das Gitter unterteilt wurde. Aber welche Seite? Das hätte vor der eigentlichen Nachricht als kodiertes Signal gesendet werden müssen. Und bezog sich die verschlüsselte Nachricht, die wir in dem Buch hatten, auf den Code der sechsundzwanzig Buchstaben oder auf den Code des ersten Wortes?

Ich fand, daß das einerlei war. Ich hatte Kohlers handschriftliche Notizen für die Übertragung selbst: *h-r-l-s-l / r-i-a-l-u / i-v-g-a-m*… und so weiter. Ich mußte nur herausfinden, welche Übertragung zu welchem Code gehörte und auf welchem Wort oder Satz aus welchem Buch und von welcher Seite dieser Code basierte.

Nun denn. Hundertundsechs Seiten waren nicht die Welt… ich

würde einfach das erste Wort auf jeder der einhundertsechs Seiten ersetzen, die Gitter entsprechend ausmalen und feststellen, wie die verschlüsselte Botschaft sich darstellte. Aber vorher zog mich die schlichte Prosa von Remarque in ihren Bann – »*Meinen letzten Geburtstag hatte ich im Café International gefeiert* …« –, und so versank ich in der Geschichte von Automobilen, Liebe, Krankheit und Verlust. Nach sechzig Seiten hörte ich auf – »*Und da kam sie aus dem Gebrodel der Nacht, die ruhige Stimme Kosters* …« Es war kein guter Zeitpunkt, um mein erstes erfundenes Buch zu lesen.

Zahlreiche der ersten Worte konnte ich als zu kurz vernachlässigen: *Ich, Und, Die*, und so weiter. Viele weitere – *überflutete* (Seite 11), *müssen* (Seite 24), *Gottfried* (Seite 25) und so weiter – fingen vielversprechend an, ergaben aber Unsinn, wenn ich versuchte, das Gitter auszumalen und die gesendete Folge zu entziffern.

Am Nachmittag unserer Dinnerparty mit Helga Sonnemann, Teddy Shell und der geheimnisvollen »Deutschen« war ich kein Stück weiter gekommen. Die Deutsche sollte ein paar Tage im Gästehaus bleiben, daher half ich Hemingway, die Karten, Akten, Dossiers und Schreibmaschine der Gaunerbande zu verpacken – Kohlers Notizbuch und die drei deutschen Bücher brachten wir in den Tresor im Hauptgebäude –, und dann packte ich meinen eigenen Kram und schleppte ihn zu Vigía – Klasse A, *la casa perdita*, von Maria Marquez, die meinen Einzug mit einer hochgezogenen Braue und einem vagen Lächeln ihrer vollen Lippen begrüßte. Xenophobia war erlaubt worden, mit der Dienerschaft im großen Haus zu essen und sich nachmittags am Pool aufzuhalten, wenn Hemingway in der Nähe war, um sie zu beschützen, aber heute war der Zutritt zur *finca* streng verboten, daher war das Mädchen mürrischer Laune.

Ich sollte ein halbes Dutzend Besorgungen in Havanna machen, bevor der Lincoln wieder auf der Farm erwartet wurde. Wer immer die Deutsche sein mochte, Hemingway wollte um halb fünf Uhr nachmittags persönlich zum Flughafen fahren und sie abholen. Ich hatte zwei Stunden.

An der ersten Telefonzelle hielt ich an. Die Stimme am anderen Ende sagte: »Gewiß, Mr. Lucas. Kommen Sie doch gleich. Wir erwarten Sie.«

Das Nacional war das teuerste Hotel in Havanna. Ich hatte das Auto in Ufernähe geparkt und war mehrere Blocks weit gelaufen, immer wieder umgekehrt, vor fahrende Autos über die Straße gerannt, hatte in Schaufenster gesehen und ganz allgemein benützt, was man mir beigebracht hatte, um mich zu vergewissern, daß ich nicht verfolgt wurde. Es war keine Spur von Maldonado, Delgado oder einer der anderen Gruppen zu erkennen, die sich in jüngster Zeit für mich interessierten. Dennoch zögerte ich, bevor ich das Hotel durch die breite Doppeltür betrat. Alles, was ich bis zu diesem Punkt getan hatte, konnte ich dem Bureau erklären. Daß ich meine tragende Rolle beim Angriff mit den Feuerwerkskörpern und die Tatsache, daß wir das Codebuch besaßen, verschwiegen hatte, bis wir es entschlüsseln konnten, ließ sich ebenfalls erklären, wenn der Rest der Mission erfolgreich verlief.

Was ich jetzt vorhatte, widersprach den Vorschriften des Bureau, der Vorgehensweise des SIS und der Etikette zwischen den Agenturen.

Scheiß drauf.

»Ah, treten Sie ein, Mr. Lucas«, sagte Wallace Beta Phillips an der Tür von Zimmer 314.

Es war noch ein Mann in dem Zimmer anwesend, aber nicht Mr. Cowley, der Fahrer bei unserer letzten Begegnung. Dieser Mann war ein Profi, groß, schlank, schweigsam. Er behielt trotz der schwülen Hitze sein Jackett an. Ich vermutete, wegen eines großkalibrigen Revolvers im Schulterhalfter. Mr. Phillips stellte uns einander nicht vor. Der kahle Zwerg nickte, worauf der andere Mann auf den Balkon der Suite hinaus ging und die Tür hinter sich ins Schloß zog.

»Scotch?« fragte der kleine Mann und schenkte sich selbst einen ein.

»Klar«, sagte ich. »Mit etwas Eis.«

Phillips setzte sich auf einen der vergoldeten Stühle und bot mir einen Platz auf der Couch an. Das Dröhnen des Verkehrs von Havanna drang durch die hohen Fenster und Türen. Mir fiel auf, daß die Füße des Buckligen nicht ganz den Boden berührten, als er sich gesetzt hatte. Seine Schuhe waren auf Hochglanz poliert, sein beigefarbener Anzug maßgeschneidert und so glatt gebügelt wie der, den er trug, als ich ihn das letzte Mal im Auto gesehen hatte.

»Welchem Anlaß verdanken wir das Vergnügen, Mr. Lucas?« Das Eis klirrte in seinem Scotchglas aus Kristall, als er trank. »Ich hoffe, Informationen, die Sie uns mitteilen möchten?«

»Einer Frage«, sagte ich.

Der kahle Mann nickte und wartete.

»Hypothetisch gesprochen«, sagte ich »würde Ihr Interesse an dieser Hemingway-Situation so weit gehen, daß Sie mir Ihre Hilfe beim Entschlüsseln einer abgefangenen Funknachricht anbieten würden?«

Wallace Beta Phillips ließ keine Überraschung erkennen. »Natürlich eine hypothetische abgefangene Funknachricht.«

»Natürlich.«

»Ihr Bureau verfügt über eine außerordentliche Dechiffrierabteilung, Mr. Lucas. Und wenn die versagt, können Sie immer noch Ihre Kanäle zu Mr. Donovan oder dem ONI ausnutzen, was allgemein üblich ist.«

Ich wartete.

Phillips lächelte verhalten. »Vielleicht erfordert dieses hypothetische Problem aber auch eine nicht ganz so offizielle Vorgehensweise.«

»Vielleicht«, sagte ich.

»Bitte stellen Sie Ihre Frage«, bat der Chef des Marinegeheimdienstes, Abteilung Lateinamerika.

Ich trank von dem Scotch und stellte das Glas vorsichtig ab. »Nehmen wir an, jemand hätte das Codebuch eines Funkers der Abwehr gefunden«, sagte ich. »Standardgitter auf jeder Seite. Mehrere Funksprüche außerhalb der Gitter niedergeschrieben.«

»Man müßte selbstverständlich die Bücher kennen, die der Funker benutzt hat«, sagte Phillips und betrachtete die bernsteinfarbene Flüssigkeit in seinem Glas. Das Licht funkelte auf dem Kristall und wurde durch den Whiskey gefiltert.

»Ja«, sagte ich.

Phillips wartete gleichmütig. Mir fiel auf, wie trocken und glatt seine rosa Haut wirkte. Seine Nägel waren vor kurzem manikürt worden.

Ach, zum Teufel, dachte ich. Ich steckte schon bis über die Ohren drin. Ich nannte ihm die drei Titel.

Phillips nickte wieder. »Und die Frage, Mr. Lucas?«

»Irgendwelche Vorschläge, wie man Seiten und Schlüsselworte finden kann?« fragte ich. »Die Abwehr verändert das Muster ab und zu.«

»Recht häufig«, stimmte der Zwerg zu. Er trank den letzten Schluck Scotch und stellte das Glas auf dem Louis XV-Beistelltisch ab. »Darf ich fragen, wie eine oder beide Dienststellen an diesem Punkt durch eine Zusammenarbeit von ONI und OSS profitieren könnten, Mr. Lucas?«

Ich machte eine Handbewegung. »Hypothetisch gesprochen, Mr. Phillips, jede entschlüsselte Information, die Einsätze von COI... Pardon, OSS... oder ONI betrifft, würde weitergegeben werden.«

Phillips sah mich eine ganze Weile an. Seine Augen waren leuchtend blau. »Und wer würde entscheiden, ob solche hypothetischen Informationen für Einsätze des OSS relevant sind, Mr. Lucas? Wir oder Sie?«

»Ich«, sagte ich.

Phillips atmete aus und studierte einen Moment das Muster des Orientteppichs unter seinen polierten Schuhen. »Kennen Sie den Ausdruck ›die Katze im Sack kaufen‹, Mr. Lucas?«

»Klar«, sagte ich.

»Nun. Ich glaube, ich bin im Begriff, ein solches Haustier im Sack zu kaufen.« Er stand auf, nahm auf dem Weg zur Bar mein Glas mit, schenkte uns noch zwei Drinks ein, gab mir meinen und ging zu dem hohen Fenster. »Wissen Sie von dem Einsatz in Brasilien?« fragte er.

»Ja.«

»Ich glaube, die Abwehr kennt das wahre Ausmaß der Verhaftungen oder Maßnahmen der DOPS dort nicht«, sagte Phillips. »Ihr FBI hielt es für vorteilhaft, den geheimen Funkverkehr über den Knotenpunkt ›Bolivar‹ fortzusetzen, und Mr. Donovans Spezialisten sind sich einig, daß Admiral Canaris und seine Leute noch nicht herausgefunden haben, daß Engels und einige seiner besten Männer verhaftet worden sind.«

Ich runzelte die Stirn. »Ich habe von dem Feldzug gegen den Sender in Rio Ende März gehört«, sagte ich. »Wie kann die Abwehr nicht wissen, daß ihre Organisation enttarnt wurde?«

Phillips drehte sich zu mir um. Seine Silhouette an dem hellen Fenster erinnerte mich an einen J. Edgar Hoover im Kleinformat. »Engels – mit dem Codenamen ›Alfredo‹, wie Sie sich vielleicht erinnern – gehörte Mitte März zu den ersten, die verhaftet wurden. Aber wie ich schon sagte, er sendet fleißig weiter.«

Ich nickte. Das FBI hatte diesen Trick schon früher durchgezogen und dem Feind vertrauliches Material zugespielt, um später Nutzen aus dem Kontakt zu ziehen. »Das muß direkt aus der amerikanischen Botschaft in Brasilien passieren«, sagte ich. »In keiner Meldung des SIS war die Rede davon.«

»So ist es«, sagte Wallace Beta Phillips. »Kennen Sie Special Agent Jack West?«

»Nein, aber ich glaube, ich habe den Namen gehört. Arbeitet unter D. M. Ladd.«

»Genau. Agent West wurde Mitte März, kurz nach dem Zwischenfall um die *Queen Mary* am 12. März, nach Brasilien versetzt …«

Mit dem »Zwischenfall« war gemeint, als der Sender in Rio die Route des britischen Schiffs mit neuntausend amerikanischen Soldaten an Bord ausgestrahlt hatte.

»… und er hat die Festnahmen zusammen mit der brasilianischen Bundespolizei persönlich überwacht«, fuhr Phillips fort. »Die Abwehr empfängt seitdem sporadische Sendungen von ›Alfredo‹, in denen von wachsendem Druck seitens der Polizei die Rede ist, was erforderlich macht, daß die Organisation eine Weile in Deckung bleibt …

»Ohne zu wissen, daß die Leute in Gefängniszellen sitzen«, sagte ich. »Aber das kann das Bureau nicht mehr lange durchziehen.«

Phillips hob die Handfläche zu einer wegwerfenden Geste. »Lange genug.«

Da begriff ich. Lange genug, daß Theodor Schlegel zu seiner Mission für den Viking Fund aufbrechen konnte, ohne mitzubekommen, daß Engels und seine anderen Kameraden entweder festgenommen worden waren oder unter Beobachtung standen. Lange genug, um Admiral Canaris in Sicherheit zu wiegen … aber zu welchem Zweck? Um das wie auch immer geartete Projekt der Abwehr auf und um Kuba fortzusetzen.

Einen Moment gefror mir fast das Blut in den Adern. Der britische und amerikanische Geheimdienst *waren das Risiko eingegangen, daß die* Queen Mary *mit neuntausend amerikanischen Soldaten an Bord von deutschen U-Booten torpediert wurde, nur um diese Operation nicht preisgeben zu müssen.* Was, zum Teufel, war hier los?

Ich hätte Wallace Beta Phillips einfach fragen können, aber ich wußte, daß es mir der kleine Mann nicht sagen würde. Nicht jetzt. Wie auch immer meine Rolle im Labyrinth dieses Spiels aussehen sollte, ich mußte selbst dahinter kommen, bevor ich irgendwelche Antworten fand. Aber Phillips *war* bereit, diese Katze im Sack zu kaufen, und damit riskierte er mehr als ich. Offensichtlich *hatten* das ONI und Donovans neues OSS schon einen Teil des deutschen Codes, oder den gesamten, wenn sie die FBI-Sendungen von ›Alfredo‹ über ›Bolivar‹ mitverfolgten.

»Was ist der Schlüssel?« fragte ich. »Wo in *Drei Kameraden?*«

Phillips lächelte wieder. Im Gegensatz zu Delgados höhnischer Fratze war das Lächeln des buckligen Zwergs ziemlich freundlich und niemals spöttisch. »Seit Ende April benutzen die Abwehr und Schlegel *Geopolitik* und die Anthologie deutscher Literatur, die Sie erwähnt haben, mein Freund. Ich fürchte, das Buch von Remarque hat überhaupt nichts damit zu tun.«

»Warum hatte Kohler es dann bei sich?« fragte ich.

Phillips ging zu seinem Stuhl zurück und hüpfte hinauf. »Vielleicht schätzte er einfach nur ein gutes Buch.«

»Der Seitencode?« fragte ich.

»Im Augenblick nehmen sie den zwanzigsten April als ›Tag eins, Seite eins‹«, sagte Phillips. »Das war der Tag, an dem der Schlüssel geändert wurde, und weitere Änderungen sind mir zur Stunde nicht bekannt.«

»Bücher?« fragte ich.

»Ich vermute, der auf dem Wort basierende Code ist in *Geopolitik*, und der auf dem Alphabet basierende Code in der Anthologie«, antwortete Phillips.

Ich nickte, stellte mein leeres Glas auf den Beistelltisch und ging zur Tür.

»Mr. Lucas?«

Ich hielt die Tür auf und wartete.

»Kennen Sie zufällig die Bedeutung des zwanzigsten April?«

»Das ist Adolf Hitlers Geburtstag«, sagte ich. »Ich wußte nicht, daß Admiral Canaris so sentimental ist.«

Phillips lächelte. »Wir auch nicht, Mr. Lucas. Wir vermuten, daß unser Freund im Hafen, Herr Schlegel, der Sentimentale … um nicht zu sagen Einfältige … ist, der das Datum vorgeschlagen hat.«

Ich drehte mich um.

»Mr. Lucas?«

Der Flur draußen war menschenleer. Ich stand an der offenen Tür und sah die winzigkleine, bucklige Gestalt an, die nun im hellsten Sonnenschein stand.

»Sie werden großzügig bei der Beurteilung sein, was für den OSS von Interesse sein könnte, ja?«

»Ich melde mich«, sagte ich und ging zur Tür.

Ich sagte zu Hemingway, daß ich Codebuch und Referenzbücher noch einmal sehen mußte. Der Schriftsteller war geschäftig, band sich die Krawatte und bereitete sich auf die Fahrt zum Flughafen vor, aber er öffnete mir den Tresor.

»Sie können nicht im Gästehaus daran arbeiten«, sagte er. »Dort übernachtet die Deutsche heute.«

»Ich nehme sie mit in Klasse A«, sagte ich.

»Lassen Sie Xenophobia nicht sehen, was Sie da machen.«

Ich starrte ihn an. Hielt Hemingway mich für einen Idioten?

»Oh… und Helga und Teddy Shell kommen schon früher als halb sieben«, sagte er. Gellhorn rauschte auf dem Flur an uns vorbei, rief Juan, dem Chauffeur, zu, daß er sich beeilen sollte und bat Hemingway im selben Tonfall wie den Chauffeur, sich ebenfalls zu beeilen. Der Schriftsteller blieb vor dem Spiegel stehen und strich sich mit den Händen über das pomadisierte Haar. Wer auch immer die Deutsche sein mochte, Hemingway wollte Eindruck schinden.

»Wir werden vor der Cocktailstunde eine kleine Party am Pool feiern«, sagte Hemingway, »allerdings wird es auch im Pool ausreichend Cocktails geben. Bringen Sie Ihre Badehose mit.«

»Badehose?«

Hemingway entblößte sämtliche Zähne zu einem breiten Grinsen. »Ich habe heute nachmittag mit Helga telefoniert. Sie war ganz außer sich, als sie hörte, daß wir einen Pool haben. Offenbar hat sie gerade erfahren, daß es Haie in den Gewässern rund um die Bucht von Havanna gibt… und sie schwimmt doch so gern.«

»Ernest!« Das war Gellhorns Ruf aus dem Auto. »Ich schwöre bei Gott, du läßt mich nicht einmal mehr Make-up auflegen, und dann läßt du mich hier warten.«

»Viel Glück damit«, sagte Hemingway und gab mir die vier Bücher fast beiläufig, bevor er zu dem wartenden Lincoln lief.

Ich ging zu *la casa perdita* und fragte mich, wo ich Xenophobia unterbringen würde, während ich die Funksprüche der Nazis dechiffrierte.

14

Es fiel schwer, nicht zu den drei Frauen in den Badeanzügen zu sehen. Martha Gellhorn trug einen elastischen, weißen Einteiler mit Litzen um das Oberteil. Helga Sonnemann hatte einen zweiteiligen Badeanzug aus Baumwolle mit Streifen auf dem Oberteil und den dazugehörigen Shorts an. Marlene Dietrich trug einen engen Anzug in Marineblau, aber so dunkel, daß er fast schwarz wirkte. Sie waren vom Typus her ganz unterschiedlich: Sonnemann mit ihrer athletischen, fast drallen deutschen Üppigkeit; Gellhorn eine amerikanische Mischung aus Kanten und sanften Rundungen; die Dietrich von herber Erotik.

Mich hatte nicht besonders überrascht, als sich »die Deutsche« ebenfalls als Filmschauspielerin entpuppte ... speziell diese. Zu dem wenigen, das ich bis vor Wochen noch über Hemingway gewußt hatte, gehörte seine Freundschaft zu dieser Frau. Ich ging nicht so oft ins Kino, aber wenn, dann entschied ich mich normalerweise für Western oder Gangsterfilme. Ich hatte die Dietrich in diesem Film mit Jimmy Stewart gesehen – *Der große Bluff* –, das war kurz vor Hitlers Einmarsch in Polen gewesen. Normalerweise mochte ich Jimmy Stewart, aber dieser Film hatte mir nicht besonders gut gefallen; er schien sich über andere Western lustig zu machen und die Frau, die Dietrich spielte, wurde »Frenchy« genannt, obwohl sie mit ihrem überdeutlich deutschen Akzent sprach. Das kam mir albern vor. Dann hatte ich sie letzten Sommer in *Manpower* gesehen – einem grottenschlechten Film um zwei harte Typen, mit zwei meiner liebsten harten Typen, Edward G. Robinson und George Raft. In diesem Film hatte ihre Rolle nebensächlich, fast überflüssig gewirkt, und ich konnte mich nur noch an die Szenen erinnern, in denen sie ihre Beine zeigte – immer noch bestens in Form, obwohl sie da schon vierzig gewesen sein mußte –, und an eine, in der sie in einer Küche kochte. Als ich in dem Kino in Mexico City saß, an andere Dinge dachte und versuchte, nicht auf die spanischen Untertitel zu achten, war mir klar geworden: *Sie kocht diesen Eintopf wirklich.*

Bevor ich zu der Pool-Party gehen konnte, mußte ich das Codebuch und die Referenzbücher verstecken. Mit Wallaces System hatte ich keine fünfzehn Minuten gebraucht, die Schlüsselwörter zu finden, die Gitter entsprechend auszumalen und an der Entschlüsselung zu arbeiten. Ich brannte darauf, Hemingway die Ergebnisse zu zeigen, aber als ich zur *finca* hinüberging, war der Schriftsteller voll und ganz damit beschäftigt, seinen Gästen das Haus zu zeigen, und ich fand, daß es ganz und gar keine gute Idee wäre, ihm das Codebuch im Beisein von Teddy Shell alias Theodor Schlegel zu bringen, dem Mann, der mit ziemlicher Sicherheit Martin Kohler eingestellt hatte, damit er diese geheimen Funksprüche sendete oder empfing.

Ich konnte die Bücher nicht in der Hütte der Molkerei lassen. Als ich hingekommen war, hatte es keine Probleme mit Xenophobia gegeben; sie war einfach fort gewesen. Die junge Hure durfte eigentlich nicht alleine herumlaufen, aber sie war verdrossen, weil sie die *finca* den ganzen Tag nicht betreten durfte, und ich konnte nur vermuten, daß sie in den Hügeln spazieren ging oder gar bergab bis San Francisco de Paula gegangen war. Ich hoffte inbrünstig, daß sie nicht in eine der Bars oder eines der Geschäfte im Dorf gegangen war, da angeblich sowohl die Staatspolizei wie auch Schlegels Leute nach dem Mädchen suchten und die freundlichen Dorfbewohner mit Sicherheit genügend Angst vor *Caballo Loco* hatten, um seinen Leuten zu sagen, was sie wissen wollten. Ganz zu schweigen davon, daß Schlegels Schmiergelder die Leute im Dorf mit Sicherheit gesprächig machen würden.

Ich sagte mir, daß Maria Marquez nicht mein Problem war. Mein Problem war, ein sicheres Versteck für diese Bücher zu finden, besonders für das Codebuch, bis diese dumme Party vorbei war und ich mit Hemingway sprechen konnte. Ich nahm meine Bücher und Notizen, zog meine Badehose an, wickelte die Bücher in das karierte Tuch auf dem Tisch, trug sie zum Hintereingang der *finca*, während alle im Pool lachten und planschten, machte Hemingways Tresor auf – ich hatte von der anderen Seite des Zimmers genau zugesehen, als er den kleinen Safe heute nachmittag geöffnet hatte – und schloß die Bücher ein, bevor ich den Spion der Abwehr, die Hüterin frühgeschichtlicher Kunstgegenstände und die Schauspielerin aufsuchte.

Die Dietrich war eindeutig zuvor noch nie auf der *finca* gewesen. Vorher hatte ich das letzte Stück der Fünfundzwanzig-Cent-Führung durch das Haus mitbekommen, bei der Helga Sonnemann höfliche Bemerkungen machte, sich aber offenbar von den Tiertrophäen abgestoßen fühlte, Theodor Schlegel an seinem Drink nippte und dazwischen höflich grunzte, aber Marlene Dietrich bei allem und jedem laute Ausrufe von sich gab – angesichts der Jagdtrophäen, Bücher, Kunstwerke, der großen, kühlen Räumlichkeiten, der Stelle bei dem hohen Bücherregal am Bett, wo Hemingway schrieb, einfach alles begeisterte sie. Ihr deutscher Akzent war fast, aber nicht ganz so ausgeprägt, wie ich ihn in dem Film gehört hatte, aber ihr Tonfall hatte etwas weitaus Entspannteres und Freundlicheres, als ich es je in einem Kino gehört hatte.

Während die drei Frauen schwammen, saßen wir Männer mit Drinks in der Hand am Pool. Hemingway sah in seinem verwaschenen gelben T-Shirt und den Hosen, die so ausgebleicht waren, daß ich ihre ursprüngliche Farbe nicht einmal erahnen konnte, braungebrannt und zufrieden aus, und Theodor Schlegel – ich brachte es nicht fertig, ihn als »Teddy Shell« zu sehen – machte mit seinem weißen Dinnerjackett mit hohem Kragen, schwarzer Krawatte, schwarzen Bundfaltenhosen und polierten schwarzen Lackschuhen ganz den Eindruck, als wäre ihm heiß und unwohl. Es hatte etwas Besitzergreifendes, wenn drei Männer drei spärlich bekleideten Frauen beim Schwimmen zusehen, und es konnte kein Zweifel daran bestehen, daß Schlegel Helga Sonnemann mehr als nur besitzergreifend betrachtete. Hemingway war in Hochform, erzählte Witze, lachte über Schlegels klägliche Versuche, geistreich zu sein, rief Gellhorn und Dietrich scherzhafte Bemerkungen zu und brachte Sonnemann jedesmal, wenn das blonde Mädchen an die Oberfläche kam, Drinks an den Rand des Pools. Seine besitzergreifende Haltung schien beide einzuschließen, seine Frau als auch die Schauspielerin, möglicherweise sogar auch Sonnemann.

Es war interessant, Hemingway in Gegenwart von Frauen zu sehen. Es half mir, ihn ein wenig besser zu verstehen. Einerseits war der Schriftsteller förmlich, beinahe zurückhaltend Frauen gegenüber – selbst bei der Hure Maria. Er hörte zu, wenn sie etwas sagten, unterbrach sie selten – selbst wenn seine Frau ihm wegen einer Kleinigkeit die Hölle heiß machte – und schien sich aufrichtig für das zu interessieren, was sie zu sagen hatten. Andererseits hatte Hemingways Umgang mit dem anderen Geschlecht immer die vage Aura einer Beurteilung – nicht das übliche abfällige Geschwätz in Männerumkleideräumen, auch wenn er sich ab und an Ausrutscher gönnte wie die Bemerkung, daß er seine Frau vor dem Frühstück zweimal »bewässert« hatte –, sondern eine Art von stummer Beurteilung, als überlegte er dauernd, ob diese oder jene Frau seiner Zeit und Aufmerksamkeit überhaupt wert war.

Die Dietrich war es offensichtlich. Nach einer halben Stunde Geplänkel am Pool konnte ich spüren, wie hochintelligent die Schauspielerin war und wie sehr Hemingway das gefiel. In Gegenwart intelligenter Frauen schien er stets zu Bestform aufzulaufen – seine Frau, Ingrid Bergman, Leopoldina la Honesta und nun Marlene Dietrich –, dabei hatte ich diesen Charakterzug bei aktiven, charismatischen Männern selten gesehen. Solche Männer zeigten ihre Stärke für gewöhnlich im Beisein anderer Männer und schienen in Gegenwart von Frauen häufig hilflos zu sein – besonders Frauen, die nicht ihre eigenen waren. Mein Onkel war so gewesen. Mein Vater vermutlich auch. Hemingway nicht. Welchen heimlichen Test er auch immer für Frauen hatte, den sie in Geist, Aussehen, Konversation und Intelligenz absolvieren mußten, es war eindeutig, daß die Dietrich ihn schon längst mit wehenden Fahnen bestanden hatte.

Theodor Schlegel hatte den Test, den Hemingway für Männer reservierte … oder Geheimagenten, was das betraf … offenbar nicht bestanden. Schlegel sah auf jeden Fall nicht wie ein tollkühner deutscher Spion aus: ein nichtssagendes, rundes Gesicht unter einem fast kahlen Schädel; ein femininer Mund; markanter Kiefer und Augen wie ein Basset, die aussahen, als würde er bei der geringsten Provokation anfangen zu weinen. Sein deutscher Akzent war so ausgeprägt wie der Marlene Dietrichs, aber bei ihm so abgehackt und häßlich wie bei der Schauspielerin weich und sinnlich. Ich bewunderte das Geschick, mit dem Schlegel seine Krawatte gebunden hatte. Die Unterhaltung des Agenten mit Hemingway war so glatt und bedeutungslos gewesen wie dieser Krawattenknoten – nichts als seidige Oberfläche.

Helga Sonnemann sagte nur wenig, aber zu meiner Überraschung hatte sie überhaupt keinen deutschen Akzent. Für jemanden, der in Deutschland geboren worden war und dort gelebt hatte bis er in die

Staaten ans College kam, war dieses akzentfreie Sprechen bemerkenswert. Wenn überhaupt, konnte man einen ganz leichten hochgestochenen Neu-England-Akzent heraushören – längst nicht so ausgeprägt wie Martha Gellhorns Bryn-Mawr-Nuscheln –, den New Yorker Vokale milderten.

Ich war als Gast und Kollege Hemingways vorgestellt worden, der ihn bei seiner bevorstehenden meereskundlichen Expedition begleitete, und damit schienen sich alle zufrieden zu geben. Ich betrachtete Helga Sonnemanns Gesicht ganz genau, als wir einander vorgestellt wurden – und wartete auf das verräterische Zucken eines Muskels um die Mundpartie oder das unwillkürliche Weiten der Pupillen beim Schock, wenn sie mich als den Feuerwehrmann unter Deck erkannte –, aber sie schien mich nicht wiederzuerkennen. Wenn sie schauspielerte, dann war sie eine bessere Schauspielerin als die Dietrich. Was natürlich auf alle echten Spione zutraf – wir spielten unsere Rollen vierundzwanzig Stunden pro Tag und oft Jahre ohne Unterbrechung.

Gegen neunzehn Uhr gingen alle in ihre jeweiligen Zimmer, um sich für das Abendessen umzuziehen. Ein letzter Blick auf den Agenten, bevor ich nach Klasse A hinüberlief, zeigte mir einen kahlen Mann, der durch Hemingways Bibliothek schlenderte, stirnrunzelnd die Titel betrachtete, als wären sie irgendwie nicht schicklich, und eine Zigarette nach der anderen rauchte. Ich vermutete, daß Teddy nervös war.

Irgendwie hatten Hemingway und Gellhorn ihren temperamentvollen chinesischen Koch Ramón dazu gebracht, heute ein traditionelles kubanisches Gericht zum Dinner zuzubereiten. Hemingway hatte mir gesagt, daß Ramón nur Verachtung für kubanische Gerichte empfand, auch wenn der Schriftsteller selbst sie liebte. Wie auch immer, zum Menü dieses Abends gehörte *sofrito* – eine Paste aus fein gehackten Zwiebeln, Knoblauch und grünen Peperoni, in hochwertigem Olivenöl gedünstet – als Vorspeise, danach *ajiaco*, ein Eintopf mit Jucca, Malanga und Boniato, dazu *tostones* – frittierte Scheiben grüner *plátano* oder Banane – und anschließend wieder *plátano* als Beilage in *fufú*, einem Gericht, das, wie uns Hemingway versicherte, aus Westafrika eingeführt worden war und aus gekochten Bananenstücken mit Olivenöl und knusprig gebackenem Schweinebauch bestand.

Als Hauptgang gab es gebratenes Schweinefleisch – das *palomilla*-Steak, das die Feinschmecker Havannas so schätzen – mit schwarzen Bohnen, Reis und wieder Bananen. Zu den Gewürzen, die ich identifizieren konnte, gehörten Minze, Kümmel, Oregano, Petersilie, saure Orangen und *ajo* – das war Knoblauch mit Knoblauch in noch mehr Knoblauch. Mir fiel auf, daß Schlegels blasse Wangen mit jedem Gang rötlicher wurden, aber Hemingway genoß das Essen und drängte jedem einen zweiten und dritten Nachschlag auf.

Wie immer hatte der Schriftsteller seinen Lieblingswein ausgesucht – Tavel, einen französischen Rosé – und schenkte jedem ein, wobei er die Flasche am Hals hielt.

»Ernest«, sagte die Dietrich, als er ihr Glas gerade wieder nachgefüllt hatte, »warum hältst du die Flasche so, Herzblatt? Bei einem so anmutigen Mann wirkt es so unbeholfen.«

Hemingway grinste nur. »Flaschen am Hals«, sagte er. »Frauen an der Taille.« Und damit füllte er Sonnemanns und Schlegels Gläser nach. Gellhorn und ich gaben zu verstehen, daß uns reichte, was wir noch in unseren Gläsern hatten.

Wir saßen am Eßzimmertisch, Hemingway an einem Ende, Gellhorn am anderen, die Dietrich rechter Hand des Schriftstellers, Schlegel der Schauspielerin gegenüber an Hemingways Linker, Sonnemann mir gegenüber und rechts von Gellhorn. Wie immer, wenn ich Gast am Tisch des Schriftstellers war, sprudelten die Gespräche, die Hemingway und Gellhorn in Gang hielten, aber selten an sich rissen, noch reichhaltiger als der Wein. An Hemingways Tisch herrschte eine gute Atmosphäre, als würde Energie von dem Schriftsteller zu allen anderen fließen, und das traf auch dann zu, wenn sich unter seinen Gästen ein Nazi mit blassem Teint und eine mysteriöse Frau mit Verbindungen zu den Nazis befanden. Die Dietrich hielt offenbar große Stücke auf Hemingway wie auf Gellhorn – besonders auf Hemingway –, und ihre Energie entsprach der des Schriftstellers, ohne je aufdringlich zu werden.

Die wichtigsten Gründe, weshalb Schlegel und Sonnemann mit ihrer Jacht im Hafen von Havanna lagen, waren bereits am Pool diskutiert worden. Pflichtschuldige Bewunderung für die Schauspielkünste der Dietrich waren geäußert und von der Schauspielerin beiläufig abgetan worden. Sonnemann und Gellhorn hatten ein gutmütiges Geplänkel über ihre beiden Alma maters angefangen –

offenbar existierte eine gewisse Rivalität zwischen Bryn Mawr und Wellesley College. Am Ende stimmten die beiden Frauen darin überein, daß in beiden Institutionen die Schulen für Studentinnen lediglich als Brutstätte für Frauen zukünftiger Absolventen von Harvard, Princeton und Yale dienten. Danach hatte sich das Gespräch dem Essen zugewandt, der politischen Situation, der seltsamen Energie von Kuba im allgemeinen und Havanna im besonderen und dem Krieg.

»Dieses Abendessen, Ernest und Martha«, sagte die Dietrich. »Es ist wie ein Treffen des Bundes, ja?«

Schlegel erbleichte, Sonnemann sah fragend drein.

»Wir vielen Deutschen«, sagte die Schauspielerin. »Mich würde nicht überraschen, wenn uns das FBI von der Küche aus beobachten würde.«

»Das ist nur Ramón«, sagte Hemingway kichernd. »Er vergewissert sich, ob wir sein kubanisches Mahl auch wirklich essen.«

»Diese kubanischen Gerichte sind köstlich«, sagte Sonnemann mit einem Lächeln, das dem Ingrid Bergmans nicht unähnlich war. »Die besten, die ich seit unserer Ankunft gegessen habe.«

Nachdem der etwas unbehagliche Augenblick verstrichen war, fragte Hemingway Sonnemann nach den Zielen der archäologischen Expedition der *Kreuz des Südens* in Südamerika. Sie gab ihm einen lebhaften und äußerst intelligenten Abriß der Hochkultur der Inkas vor Kolumbus. Sie wollten an der peruanischen Küste nach neuen Ruinen suchen.

Mir fielen bei dem Vortrag fast die Augen zu, aber Hemingway schien fasziniert zu sein. »War es nicht Politik der Inkas, eroberte Völker in ihrem gesamten Reich umzusiedeln?« fragte er. »Ethnische Gruppen herumzuschieben?«

Sonnemann trank von ihrem Wein und sah den Schriftsteller lächelnd an. »Sie wissen *einiges* über die Geschichte der Inkas, Mr. Hemingway.«

»Ernest«, sagte der Schriftsteller. »Oder Ernesto. Oder Papa.«

Sonnemann lachte leise. »Ja, Papa. Sie haben recht, Papa. Von der Zeit Viracochas bis zur Eroberung durch die Spanier 1532 haben die Inkas eroberte Völker in ihrem Reich umgesiedelt.«

»Und warum haben sie das getan?« fragte Gellhorn.

»Um für Stabilität zu sorgen«, antwortete Sonnemann. »Um

Revolten zu erschweren, indem ethnische Gruppen verstreut wurden.«

»Vielleicht hat Hitler das mit dem eroberten Europa vor«, meinte Hemingway unschuldig. Die Nachrichten über den Krieg diese Woche waren schlimm gewesen.

»Ja«, sagte Schlegel mit sorgfältiger Aussprache. »Es wäre möglich, daß die Deutschen genau das tun, wenn sie die slawischen Völker und das Sowjetreich unterworfen haben.«

Die hübschen Augen der Dietrich blitzten. »Oh, Herr Shell? Glauben Sie, daß die Russen so leicht zu besiegen sein werden? Daß die Deutschen möglicherweise unbesiegbar sind?«

Schlegels rotes Gesicht wurde um eine weitere Nuance dunkler, und er zuckte die Achseln. »Wie ich schon sagte, Madame, ich bin gebürtiger Holländer. Ja, meine Mutter war Deutsche und wir haben die Sprache zu Hause oft gesprochen, aber ich glaube weder an die Deutschen noch an den Mythos ihrer Unverwundbarkeit. Aber die Nachrichten von der Ostfront deuten doch gewiß darauf hin, daß den Russen nicht mehr viel Zeit bleibt.«

»Und letztes Jahr«, konterte die Dietrich, »schien das auch auf England zuzutreffen. Und die britische Flagge weht noch immer.«

Hemingway füllte die Gläser nach. »Aber ihre Konvois müssen schreckliche Verluste hinnehmen, Marlene. Kein Inselreich kann Krieg führen, wenn seine Seewege abgeschnitten sind.«

»Fordern die Wolfsrudel in den südlichen Gewässern ähnlich große Verluste?« fragte Sonnemann unbekümmert. »Wir haben Gerüchte gehört, ehe wir in Nassau ausgelaufen sind, aber ...« Sie verstummte.

Hemingway schüttelte den Kopf. »So weit südlich sind keine Wolfsrudel, Tochter. Die U-Boote jagen im Nordatlantik im Rudel, aber hier unten sind einzelne U-Boote hinter Handelsschiffen her. Ja, es werden in erschreckendem Maße Schiffe versenkt. Etwa fünfunddreißig pro Woche, hat man mir in der Botschaft gesagt. Mich überrascht, daß Ihr Kapitän keine Angst davor hat, von einem U-Boot der Nazis versenkt zu werden ... oder zumindest geentert.«

Schlegel räusperte sich. »Wir sind ein friedliches Forschungsschiff mit Zivilisten an Bord«, sagte er förmlich. »Kein Unterseeboot würde uns behelligen.«

Hemingway kicherte. »Seien Sie da nicht so sicher, Teddy. Ein

Blick durch ein Periskop auf Ihre riesige Jacht, und ein neugieriger deutscher U-Boot-Kommandant könnte einfach mal zum Nachschauen auftauchen und Sie aus reiner gekränkter Eitelkeit versenken.« Der Schriftsteller sah wieder Sonnemann an. »Aber das hoffe ich natürlich nicht«, sagte Hemingway, »da Ihr Schiff Forschungszentrum und Hotel sein wird, während Sie nach diesen Ruinen suchen.«

»Exakt«, sagte Sonnemann. »Und es ist ein höchst komfortables Hotel.« Sie strich mit einem schlanken Finger über das Tischtuch, als wollte sie eine Karte zeichnen. »Die Inkas haben mehr als zweitausendfünfhundert Meilen Straßen an der Küste entlang hinterlassen, und ebenso lange Straßen, die ins Landesinnere führen. Wir hoffen, daß es uns gelingen wird, eine der verlorenen Städte an den südlichen Ausläufern der Küstenstraße zu finden.« Sie lächelte. »Auch wenn der Viking Fund eine gemeinnützige Organisation ist, kann man viel Geld verdienen, wenn gewisse Kunstgegenstände entdeckt werden.«

»Töpferwaren?« fragte Gellhorn. »Kunsthandwerk?«

»Ein paar Töpferwaren«, sagte Sonnemann. »Aber das Aufregendste… Darf ich Ihnen von Toledos Gobelin erzählen, Teddy?« fragte sie mit einem Blick zu Schlegel.

Schlegel hatte ganz offensichtlich keine Ahnung, was sie da redete. Nach einem Moment der Unentschlossenheit sagte er: »Ja, ich denke, das wäre statthaft, Helga.«

Sonnemann beugte sich nach vorne. »Vizekönig Toledo schrieb an Philipp den Zweiten – der Brief befindet sich noch in den Archiven der Indies und ich besitze eine Kopie –, daß er vier gigantische Wandteppiche nach Spanien schicken würde, riesige Karten dieser Region der Anden, deren Schönheit und Kunstfertigkeit alle anderen bis dahin in Peru oder der christlichen Welt entdeckten Gobelins und Wandbehänge bei weitem übertraf. Der Brief traf ein, aber keiner der Teppiche.

»Und Sie glauben, die könnten im Dschungel von Peru sein?« fragte die Dietrich mit ehrfürchtiger Stimme. »Würde Tuch in diesem Klima nicht verrotten?«

»Nicht, wenn es ordentlich verpackt und hinreichend tief vergraben wurde«, sagte Sonnemann, deren Stimme vor Enthusiasmus fast bebte.

»Das genügt, Helga«, sagte Schlegel. »Wir dürfen unsere Gastgeber nicht mit unseren Spezialgebieten langweilen.«

Ramón und zwei Dienstmädchen kamen mit flambierten Desserts. Nach dem traditionellen kubanischen Mahl hatte der chinesische Koch seinem Hang zu üppigen Desserts nicht widerstehen können, in diesem Fall: Baked Alaska.

»Und warum Kuba?« wiederholte Hemingway beim Dessert. »Warum haben Sie Ihr Forschungsschiff hierher gebracht?«

»Das Schiff wurde an der Atlantikküste ausgestattet und umgebaut«, antwortete Schlegel steif. »Der Kapitän und die Besatzung führen Manöver auf See durch, während die Wissenschaftler ihre Ausrüstung kalibrieren und Suchtechniken vervollkommnen. Derzeit reparieren wir einige Schäden ... am Antriebsschacht. Wir sollten noch diesen Monat nach Peru aufbrechen.«

»Durch den Kanal?« fragte Gellhorn.

»Natürlich«, entgegnete Schlegel.

Hemingway trank von seinem Wein. »Wie lange existierte das Reich der Inkas, Miss Sonnemann?«

»Bitte nennen Sie mich Helga«, sagte die Blondine. »Oder ›Tochter‹, wenn Ihnen das besser gefällt. Auch wenn ich glaube, daß Sie nur zehn Jahre älter sind als ich, Ernest.«

Der Schriftsteller ließ sein einnehmendes Lächeln sehen. »Dann also Helga.«

»Um Ihre Frage zu beantworten, Ernest«, sagte Sonnemann, »man könnte sagen, daß die wahre Inka-Dynastie nur zwei Jahrhunderte andauerte – etwa von Beginn des vierzehnten Jahrhunderts während der Expansion von Capac Yupanqui, bis 1532, als Pizarro mit seiner kleinen Streitmacht zurückkehrte, um ihr Reich zu erobern. Danach blieb das Gebiet mehr als dreihundert Jahre unter spanischer Herrschaft.«

Hemingway nickte. »Ein paar hundert Spanier in Rüstungen besiegten ... wie viele Inkas, Helga?«

»Zu der Zeit, als die Spanier eintrafen«, antwortete Sonnemann, »beherrschten die Inkas Schätzungen zufolge mehr als zwölf Millionen Menschen.«

»Großer Gott«, sagte die Dietrich. »Wenn man sich vorstellt, daß so viele von so wenigen Invasoren zu Fall gebracht werden konnten.«

Hemingway gestikulierte mit der Dessertgabel. »Ich muß einfach zwangsläufig an unseren Freund Hitler denken. Er plant ein tausendjähriges Reich, aber ich frage mich, ob dieses Jahr nicht die Hochwassermarke für sein kleines Imperium sein wird. Es gibt immer einen stärkeren Hurensohn, der des Weges kommt... wie die Spanier bei den Inkas.«

Schlegel starrte mit versteinerter Miene vor sich hin. Sonnemann lächelte und sagte: »Ja, aber wir wissen, daß die Spanier während eines Streits um die Nachfolge auf dem Thron der Inkas eintrafen... und zu einer Zeit, als das Reich von schweren Krankheiten heimgesucht wurde. Selbst das erstaunliche Straßensystem der Inkas... das höher entwickelt ist als alles in Europa, wie ich hinzufügen möchte... half den Spaniern bei ihrer Eroberung.«

»Wie Hitlers Autobahnen?« fragte Hemingway grinsend. »Meiner Schätzung zufolge wird Patton in zwei oder drei Jahren mit Sherman-Panzern auf diesen schicken deutschen Straßen vorrükken.«

Schlegel fühlte sich bei dem Thema offensichtlich unwohl in seiner Haut. »Ich glaube, die Deutschen werden zu sehr damit beschäftigt sein, gegen die kommunistischen Horden zu kämpfen, um sich Gedanken über eine Expansion zu machen«, sagte er leise. »Ich sympathisiere natürlich nicht mit den Zielen der Nazis, aber man muß doch zugeben, daß Deutschland in vielerlei Hinsicht für die westliche Zivilisation in ihrem Krieg gegen die slawischen Nachkommen von Dschingis Khan kämpft.«

Marlene Dietrich fuhr in die Höhe. »Mr. Shell«, sagte sie schneidend, »Nazi-Deutschland weiß *nichts* über die westliche Zivilisation. Glauben Sie mir, ich weiß es. Die Russen, die Sie so verabscheuen... unsere Alliierten... lassen Sie sich von mir gesagt sein, Mr. Shell, ich habe eine mystische Verbindung zu diesen Russen. Als ich jung war gab es viele von ihnen in Berlin. Sie waren nach der Revolution dorthin geflohen. Ich liebte ihre Begeisterung, diese tapferen Russen, ihre Lebensfreude, wie sie den ganzen Tag und die ganze Nacht trinken konnten, ohne die Besinnung zu verlieren –«

»Aber, aber«, sagte Hemingway.

»Den ganzen Tag über Trinksprüche!« fuhr die Dietrich mit deutschem Akzent und Timbre in der Stimme fort. Sie hob ihr Weinglas. »Tragische Kinder... das ist das russische Volk, Mr. Shell. Noël

Coward hat vor nicht allzu langer Zeit über mich gesagt: ›Sie ist Clown und Realistin.‹ Damit haben Sie eine perfekte Definition der russischen Seele, Mr. Shell. In diesem Sinne bin ich mehr Russin als Deutsche. Und so, wie ich mich niemals den Nazi-Bestien ergeben würde, wird es das russische Volk auch niemals tun!«

Sie trank den letzten Schluck Wein, und Hemingway hob das Glas und prostete ihr schweigend zu. Ich fragte mich, was J. Edgar Hoover zu diesem Gespräch sagen würde. Eines Tages mußte ich mir einmal die OV-Akte der Dietrich ansehen.

»Ja«, sagte Schlegel und sah sich am Tisch um, als würde er Unterstützung suchen, »aber Sie sind doch gewiß... Sie müssen doch...«

»Die Nazis wissen *nichts* über die westliche Zivilisation«, wiederholte die Dietrich mit nach wie vor freundlichem Lächeln, aber schneidender Stimme. »Die Hierarchie der Nazis besteht aus Degenerierten... impotenten Perversen... heimtückischen Homosexuellen... tut mir leid, Martha. Das ist kein Thema für ein Abendessen.«

Gellhorn lächelte. »An *unserem* Tisch ist jede Schmähung von Nazi-Deutschland akzeptabel und wird ermuntert, Marlene. Fahren Sie ruhig fort.«

Die Dietrich schüttelte den Kopf. Ihre blonde Haarwelle fiel nach vorne über die vorstehenden Wangenknochen und schwang wieder zurück. »Ich bin fertig, ich möchte nur noch das spanische Wort für solche Perversen wissen. Ernest?«

Hemingway sah Schlegel an, als er antwortete. »Nun, da gibt es natürlich das übliche Wort für Schwule – *maricón* –, aber das wenden Kubaner nur auf Homosexuelle an, die passiv sind. Aktive Homosexuelle nennt man *bujarones*, was soviel bedeutet wie das Wort Mannweib auf Lesben angewendet.«

»Herrje«, sagte Gellhorn, »nun verkommt unser Tischgespräch aber *wirklich*, oder nicht?«

Hemingway sah sie ausdruckslos an. »Wir sprechen immer noch über Nazis, meine Liebe.«

Das Lächeln der Dietrich war so liebenswürdig wie zuvor. »Und welcher Ausdruck, teurer Ernest, wäre der abfälligere von beiden?«

»*Maricón*«, antwortete der Schriftsteller. »Den hiesigen Codes des *Machismo* zufolge empfindet man noch mehr Verachtung für einen passiven, femininen Homosexuellen. Das Wort wird mit Schwäche und Feigheit gleichgesetzt.«

»Dann werde ich mir *maricón* für die Nazis vorbehalten«, sagte die Dietrich in einem endgültigen Tonfall.

»Nun«, sagte Martha Gellhorn und verstummte.

Nun, dachte ich. *Interessant*. Abendessen mit einem Agenten der Abwehr – höchstwahrscheinlich *zwei* Agenten –, aber auf jeden Fall mit der Halbschwester von Hermann Görings Frau ... falls das Gespräch über *maricónes* und Perverse Helga Sonnemann kränkte, ließ sie sich jedenfalls nichts anmerken. Ihr Lächeln wirkte so frisch und aufrichtig wie zuvor, als hätte ein privater Scherz sie amüsiert – aber es war schwer zu sagen, ob es sich bei diesem Scherz um die unhöflichen Worte über ihre Nazi-Bekannten oder Teddy Shells wachsendes Unbehagen handelte.

Gellhorn hatte das Gespräch übernommen und erzählte von ihren Reiseplänen in den kommenden Wochen.

»Ich werde nächste Woche nach St. Louis reisen, um meine Familie zu besuchen«, sagte Gellhorn gerade. »Aber im Sommer ... wahrscheinlich im Juli ... werde ich ein interessantes Projekt in Angriff nehmen.«

Hemingway hob ruckartig den Kopf. Ich vermutete, er hörte gerade zum erstenmal von diesem interessanten Projekt.

»*Colliers* ist bereit, mir eine sechswöchige Rundreise durch die Karibik zu bezahlen«, sagte Gellhorn. »Reportagen über die Inseln im Krieg und den ganzen Mist. Sie sind bereit, für diese Reise eine Neun-Meter-Schaluppe zu mieten und sogar drei Neger als Besatzungsmitglieder anzuheuern.«

»Meine Frau!« polterte Hemingway mit einer kräftigen Stimme, die sich für mich ein wenig hohl anhörte, los. »Hat die Absicht, den Sommer über mit drei Negern zwischen den Inseln zu segeln. Fünfunddreißig Schiffe werden pro Woche versenkt, und es soll noch schlimmer werden. Zahlt *Colliers* auch die Versicherung, Marty?«

»Natürlich nicht, Liebling«, entgegnete Gellhorn und erwiderte sein Lächeln. »Sie wissen, daß die U-Boote der Frau eines so berühmten Schriftstellers nie und nimmer etwas tun würden.«

Die Dietrich beugte sich näher zu Gellhorn. »Martha, Liebes, das hört sich wunderbar an. Faszinierend. Aber ein Neun-Meter-Boot ... das ist ziemlich klein für eine sechswöchige Reise, nicht?«

»Ja«, antwortete Hemingway, stand auf und brachte eine Flasche Brandy mit zum Tisch zurück. »Zweieinhalb Meter kleiner als unsere *Pilar.*« Er hielt die Flasche am Hals und sah Gellhorn an, als wünschte er, es wäre ihr Hals, den er zwischen den Fingern hätte. »Patrick und Gigi kommen im Juli, Marty.«

Gellhorn schaute zu ihm auf. Ihr Blick war nicht gerade trotzig, aber definitiv eisern. »Das weiß ich, Ernest. Ich werde am Anfang ihres Besuches hier sein. Und du sagst schon seit Jahren, daß du mehr Zeit allein mit ihnen verbringen möchtest.«

Der Schriftsteller nickte ernst. »Besonders, da dieser gottverdammte Krieg immer näher rückt.« Er schien sich aus seiner mürrischen Stimmung zu reißen. »Genug von diesen düsteren Worten. Sollen wir den Brandy auf der Terrasse trinken? Es ist eine klare Nacht, und der Wind wird die Moskitos fernhalten.«

Gellhorn und die Dietrich waren ins Haus gegangen, um nach etwas zu suchen. Schlegel rauchte in mürrischem Schweigen eine Zigarette, und das lange, schwarze Mundstück betonte die Aura eines preußischen Aristokraten noch. Sonnemann saß bei Hemingway auf einem der bequemen Holzstühle. Es hatte geregnet, die Nacht roch nach nassem Gras, feuchten Palmwedeln, tropfenden Mangobäumen und dem fernen Meer. Die Sterne leuchteten hell, und wir konnten die Lichter tief unter dem Hügel sehen. Außerdem konnten wir die Lichter weiter oben erkennen ... und Gelächter und ein Klavier spielen hören.

»Der Teufel soll diesen Steinhart holen«, murmelte Hemingway. »Schon wieder eine Party. Ich habe ihn *gewarnt.*«

O Gott, dachte ich.

Aber diesmal ließ Hemingway keine Bambusrohre und Feuerwerkskörper bringen. Statt dessen sagte er plötzlich: »Wir werden diesen Sommer einige wissenschaftliche Forschungen durchführen.«

»Oh?« sagte Sonnemann, deren Augen selbst im schwachen Licht der Kerzen in den Sturmlampen, die um die Veranda hingen, funkelten. »Was für Forschungen, Ernest?«

»Ozeanografische«, sagte Hemingway. »Das amerikanische Museum für Naturgeschichte hat uns gebeten, einige Studien über die Strömung, Tiefe und die Migrationsgewohnheiten der Schwertfische anzustellen ... so etwas in der Art.«

»*Wirklich?*« antwortete Sonnemann und sah Schlegel an, der betrunken zu sein schien. Sie schwenkte den letzten Rest Brandy in dem großen Glas und sagte: »Ich habe einige Freunde im Naturgeschichtlichen Museum. Wer hat diese faszinierenden Forschungen in Auftrag gegeben, Ernest? War es Dr. Herrington oder vielleicht sogar Professor Meyer?«

Hemingway lächelte, und mir fiel auf, daß er auch ziemlich betrunken war. In seiner Sprechweise, der Balance oder dem allgemeinen Verhalten merkte man dem Schriftsteller seinen täglichen Alkoholkonsum nicht an, aber mir war klar geworden, daß zuviel Alkohol ihn gemein und ein wenig unvorsichtig machte. Das war ein Sachverhalt, den ich mir merkte. »Der Teufel soll mich holen, wenn ich das noch weiß, Tochter. Sie haben Joe hier zu uns runtergeschickt, damit er mit mir zusammenarbeitet. Wer hat es in Auftrag gegeben, *Señor* Lucas?«

Sonnemann wandte ihr strahlendes Lächeln mir zu. »War es Freddie Harrington, Mr. Lucas? Es scheint seine Abteilung zu betreffen.«

Ich runzelte leicht die Stirn. Schlegel hatte sich soweit aufgerafft, daß er mich mit unverhohlener Frechheit ansehen konnte. Ich fragte mich, ob das Gespräch über *maricónes* und *bujarones* den kleinen, kahlen Mann etwas zu sehr getroffen hatte. Zu Sonnemann sagte ich: »Nein, Harrington ist in der Abteilung für Ichthyologie, oder nicht? Abgesehen vom Studium der Schwertfische konzentrieren wir uns auf ozeanografische Echolotmessungen, Temperaturbestimmungen, Tiefenlinienverlauf, Kartografierung... solche Sachen.«

Sonnemann beugte sich näher zu mir. »Also war es Professor Meyer, der das Geld aufgetrieben hat? Soweit ich mich erinnere, hatte er immer mit der Meeresforschung zu tun.«

Ich schüttelte den Kopf. »Dr. Cullins, der für Kartografie und ozeanische Studien zuständig ist, hat mich eingestellt.«

Die Frau runzelte ein wenig die Stirn. »Peter Cullins? Ein kleiner Mann? Alt wie Methusalem? Trägt gern karierte Westen, die überhaupt nicht zu seinen Anzügen passen?«

»Dr. Howard Cullins«, sagte ich. »Er ist nicht viel älter als ich. Zweiunddreißig oder dreiunddreißig, würde ich sagen. Er hat die Abteilung gerade von Sandsberry übernommen. Ich glaube, Professor Meyer war für die plastischen Schaubilder zuständig. Soweit ich weiß, ist er letzten Dezember gestorben.«

»Herrje, ja«, sagte Sonnemann und schüttelte den Kopf über ihre eigene Torheit. »Muß am Wein liegen. Ich glaube, ich habe Dr. Cullins nie kennengelernt, aber soweit ich höre, ist er berühmt für seine kartografischen Kenntnisse.«

»Er hat vor zwei Jahren ein Buch veröffentlicht«, sagte ich. »*The Unknown Seas*. Eine Art Geschichte nautischer wissenschaftlicher Expeditionen von der Reise der *Beagle* bis zu den modernen Arktiserforschern. Es kam sogar beim allgemeinen Publikum gut an.«

»Cullins hat meinen Namen wahrscheinlich von dem Ichthyologen Henry W. Fowler«, sagte Hemingway. »Ich schicke Henry schon seit über zehn Jahren Informationen über die Wanderung der Schwertfische. 1934 habe ich mit Charlie Cadwalader von Key West aus eine meereskundliche Forschungsfahrt unternommen. Ich beschäftige mich schon seit Jahren mit so etwas.«

»Charles Cadwalader?« fragte Sonnemann. »Direktor des Naturwissenschaftlichen Museums der Akademie von Philadelphia?«

»Derselbe«, sagte Hemingway. »Wir haben gern einen Tom Collins zusammen getrunken, während wir versucht haben, Schwertfische zu angeln.«

»Nun«, sagte Sonnemann, drehte sich um und drückte Hemingway die Hand, »viel Glück bei Ihrer wissenschaftlichen Mission. Uns allen viel Glück.«

Wir tranken den letzten Brandy auf den Trinkspruch.

Juan fuhr Schlegel und Sonnemann zum Pier zurück, an dem das Schnellboot von der *Kreuz des Südens* wartete. Helga hatte versprochen, am Sonntag zur Soirée auf die *finca* zurückzukehren. Man umarmte sich und schüttelte sich die Hände. Theodor Schlegel riß sich lange genug aus seinem verdrossenen Schweigen, um Gastgeber und Gastgeberin für den »äußerst aufschlußreichen Abend« zu danken.

Ich wollte mich entschuldigen und die Hemingways mit ihrer Freundin, der Schauspielerin, alleine lassen, aber Hemingway bat mich, zu bleiben. Ein Glas Brandy später verkündete die Dietrich, daß sie müde sei und sich hinlegen wollte. Gellhorn führte sie den Weg zum Gästehaus hinunter; die beiden Frauen unterhielten sich immer noch angeregt.

Als wir allein waren sagte der Schriftsteller: »Woher, zum Teufel, wußten Sie das alles, Lucas? Über das Naturgeschichtliche Museum?«

»Sie werden zwei äußerst teure Ferngespräche nach New York auf Ihrer Telefonrechnung finden«, antwortete ich.

»Sie haben Glück«, sagte Hemingway. »Normalerweise dauert es Stunden, nach New York durchzukommen. Wenn wir es überhaupt schaffen.«

Ich sah ihm in die Augen. »Warum fanden Sie es nötig, dieses Spiel zu spielen? Wenn einer oder beide wirklich für die Abwehr arbeiten, war es gefährlich und dumm.«

Hemingway sah den Weg hinunter. »Was halten Sie von ihr, Lucas?«

Die Frage überraschte mich, dann wurde mir klar, daß er von Sonnemann sprechen mußte. »Helga?« sagte ich. »Sie ist äußerst abgebrüht. Wenn sie eine deutsche Agentin ist, dann ist sie eine zwanzigmal bessere Schauspielerin als Teddy Shell.«

Hemingway schüttelte den Kopf. »Von der Deutschen«, sagte er leise. »Marlene.«

Ich hatte keine Ahnung, warum er mein Urteil über seine Freundin wissen wollte. Dann fiel mir ein, daß der Schriftsteller sehr betrunken war. Aufgrund seiner deutlichen Sprechweise und den ruhigen Händen fiel es schwer, daran zu denken. »Sie ist eine Dame«, sagte ich. »Und wunderschön.«

»Ja«, stimmte Hemingway zu. »Sie hat einen wunderbaren Körper... ein zeitlos hübsches Gesicht. Aber wissen Sie was, Lucas?«

Ich wartete.

»Wenn Marlene nichts außer ihrer Stimme hätte... nichts sonst... könnte sie einem immer noch das Herz brechen.«

Ich rutschte unbehaglich auf dem Stuhl herum. Diese Art von persönlichem Gespräch gehörte nicht zu unserer Vereinbarung. »Möchten Sie ...« begann ich.

Hemingway hielt einen Finger hoch. »Wissen Sie«, sagte er und sah immer noch den Weg hinab, auf dem seine Frau und die Schauspielerin in das beleuchtete Gästehaus gegangen waren, »ich bin immer am glücklichsten, wenn ich etwas geschrieben habe, von dem ich weiß, daß es gut ist... und es gefällt ihr.«

Ich folgte seinem Blick in die Dunkelheit. Er hätte über Gellhorn sprechen können, aber ich war sicher, daß er die Dietrich meinte.

»Ich schätze die Meinung dieser Deutschen höher ein als die der berühmtesten Kritiker, Lucas. Wissen Sie, warum?«

»Nein«, sagte ich. Es war spät. Die Dietrich blieb über das Wochenende, sie hatten ihre verdammten Partys vor sich, und ich wollte Hemingway das Codebuch zeigen und etwas schlafen.

»Sie versteht etwas davon«, sagte Hemingway. »Versteht etwas von den Dingen, über die ich in meinen Büchern schreibe. Wissen Sie, worüber ich schreibe, Lucas?«

Ich schüttelte den Kopf. »Erfundene Leute und Ereignisse?« sagte ich schließlich.

»Hol Sie der Teufel«, sagte der Schriftsteller, aber er sagte es auf spanisch, leise und mit einem Lächeln. »Nein, Lucas, ich schreibe über echte Menschen, das Land, Leben und Tod, Fragen von Ehre und Verhalten. Und ich schätze die Meinung der Deutschen, weil sie etwas davon versteht … von allem. Und von der Liebe. Sie weiß mehr über die Liebe als alle anderen, die Sie je kennengelernt haben, Joe Lucas.«

»Na gut«, sagte ich. Ich hob mein leeres Brandyglas von der breiten Armlehne des Holzstuhls und strich mit dem Finger über den Rand. »Wollen Sie das Codebuch sehen?«

Hemingways Blick schien klarer zu werden. »Sie haben es geschafft? Sie haben es entschlüsselt?«

»Ja.«

»Gottverdammt«, sagte der Schriftsteller. »Was stehen wir hier noch rum? Marty wird noch mindestens eine halbe Stunde da unten bleiben und mit Marlene tratschen. Gehen wir in die alte Küche und sehen nach, was die Nazis einander da draußen auf dem dunklen Meer zu sagen haben.«

Wir hatten das Notizbuch geholt und die alte Küche fast erreicht, als an die Eingangstür geklopft wurde. Ich schob das Buch in dem Moment in die Jackentasche, als Hemingway die Tür öffnete.

Zwei Polizisten standen draußen. Sie hielten die zappelnde, um sich tretende, keifende und weinende Maria Marquez in einem festen Klammergriff.

15

Hemingway schätzte die Situation sofort richtig ein.

Auf spanisch schrie er Maria an: »Wo bist du gewesen? Wir haben schon nach dir gesucht!« Dann machte er einen Schritt vorwärts und nahm den überraschten Polizisten das zappelnde Mädchen ab.

Das waren keine Staatspolizisten, nicht einmal die Cops von Havanna. Sie trugen die schmutzigen Uniformen von Provinzkonstablern. Einer der Männer hatte keine Mütze auf, und das fettige Haar hing ihm über das rechte Auge. Beide sahen aus, als hätten sie mit einem Panther gekämpft. Der größere und ältere der beiden strich seine zerknitterte Uniform glatt, ehe er den Schriftsteller auf spanisch ansprach.

»*Señor* Hemingway, wir bedauern, daß wir um diese Nachtzeit in Ihr Haus eindringen müssen, aber ...«

»Das ist nicht weiter schlimm«, erwiderte Hemingway immer noch auf spanisch. »Wir haben bis vor wenigen Minuten gegessen. Kommen Sie. Bitte treten Sie ein.«

Die beiden Polizisten betraten das Foyer. Beide sahen die Hure finster an, als wären sie nicht sicher, ob sie sie wieder ergreifen sollten. Aber Hemingway hatte den rechten Arm inzwischen unter Marias linken gehakt, die große Hand um ihre schlanke Taille gelegt und hielt sie fest, als würde sie ihm sonst entschlüpfen. Das Haar der jungen Frau war zerzaust, und sie hielt das Gesicht gesenkt, wurde aber immer noch von Schluchzen geschüttelt.

»*Señor* Hemingway«, begann der ältere Mann wieder, »diese Frau ... sie sagt, ihr Name sei Celia. Sie wurde von Leuten in San Francisco de Paula gemeldet. Offenbar ist sie den ganzen Abend herumgelaufen ... wir fanden sie schlafend in einer Scheune, die *Señorita* Sanchez gehört.«

Hemingway sah die Polizisten lächelnd an, aber seine Stimme klang hart, als er sagte: »Verstößt es gegen das Gesetz, in jemandes Scheune zu schlafen, Officer?«

Der ältere Polizist schüttelte den Kopf, stellte fest, daß er immer noch die Mütze aufhatte, nahm sie hastig ab und klemmte sie unter den Arm. Hemingway mochte ein *yanqui* sein, aber er war dennoch ein bedeutender Mann, ein berühmter Schriftsteller, mit vielen wichtigen Leuten in Havanna und der kubanischen Regierung befreundet. »Nein, nein, *Señor*... ich meine, ja, rechtlich gesehen ist es Hausfriedensbruch... aber, nein, wir haben dieses Mädchen festgenommen, weil uns die Staatspolizei gebeten hat, nach so einer Person Ausschau zu halten. Einer *jinetera* aus Havanna mit Namen Maria, die in einer Mordsache gesucht wird...« Die beiden Cops hatten das höfliche Wort für »Prostituierte« benützt. Er räusperte sich und fing von vorne an. »Diese Frau, sie behauptet, daß sie hier für Sie arbeitet, im Haus, *Señor* Hemingway...«

»Natürlich arbeitet sie hier«, herrschte Hemingway ihn an und betrachtete die Polizisten wieder grinsend. »Sie arbeitet seit Monaten hier... auch wenn ›arbeiten‹ vielleicht übertrieben ist. Ihre Mutter hat gesagt, daß sie eine gute Dienerin sein würde, aber bis jetzt hat das Mädchen nichts anderes gemacht als vor Heimweh geflennt.« Er drehte sich zu der Hure um. »Celia, hast du wieder nach Hause weglaufen wollen?«

Maria hielt den Kopf gesenkt, nickte aber und schniefte.

Hemingway tätschelte ihr voller Zuneigung den Kopf. »Ah, nun... heutzutage ist gutes Personal so schwer zu finden, meine Herren. Danke, Officers, daß Sie sie zurückgebracht haben. Möchten Sie gerne auf einen Schlummertrunk bleiben?«

Die beiden Polizisten sahen einander an und spürten offenbar, wie ihnen die Kontrolle über die Situation aus den Händen glitt. »Ich glaube...« sagte der Ältere. »Ich meine, *Señor* Hemingway, wir sollten dieses Mädchen besser nach Havanna bringen. Ich meine, in dem Haftbefehl der Staatspolizei stand...«

»Das ist nicht nötig«, sagte Hemingway und ging zur Tür. »Wenn Sie mit ihr dorthin fahren, muß irgend jemand sie vor Morgengrauen wieder zurückbringen. Sie haben Ihre Pflicht getan, Officers. Und Sie sind ganz sicher, daß Sie nicht doch einen kleinen Schluck möchten?«

»Nein, nein, danke, *Señor* Hemingway.« Der ältere Mann setzte die Mütze wieder auf, während der Schriftsteller sie zur Tür hinaus auf die Terrasse begleitete.

»Dann müssen Sie einmal zu einem unserer Grillfeste am Sonntag kommen«, sagte Hemingway großzügig. »Bürgermeister Menocal wird diesen Sonntag unser Gast sein. Bitte geben Sie uns die Ehre Ihrer Anwesenheit, Officers.«

»Ja, ja, danke«, sagten beide Männer und salutierten, als sie den Weg zum Tor hinab gingen.

Hemingway winkte von der Terrasse – mit der Linken, weil er die Rechte immer noch fest um Marias Handgelenk geklammert hatte. Kaum war das uralte Auto der Polizisten aus der Einfahrt verschwunden, zog er Maria ins Haus, wo ich wartete.

»Du«, sagte er leise zu der Hure, »gehst bitte in die neue Küche und wartest dort, bis wir dich rufen.«

Marquez nickte und entfernte sich wortlos.

»Maldonado wird davon hören und herkommen«, sagte ich. »Um persönlich nachzusehen.«

Der Schriftsteller zuckte die breiten Schultern. »Dann werde ich Maldonado erschießen müssen«, sagte er. »Ist längst fällig.« Er sprach immer noch Spanisch, obwohl ich meine Bemerkung in Englisch gemacht hatte.

Ich schlug auf dem Tisch in der alten Küche das Notizbuch auf. Abgesehen von Maria befand sich niemand in dem alten Haus, und die konnte uns durch die Wände und dicken Türen nicht hören.

Meine Notizen waren in dem Codebuch, aber ich hatte noch keines von Kohlers Gittern ausgefüllt. Ich schrieb das Wort *Brazilians* über das erste Gitter und malte die entsprechenden Quadrate aus.

Das Gitter sah nun folgendermaßen aus:

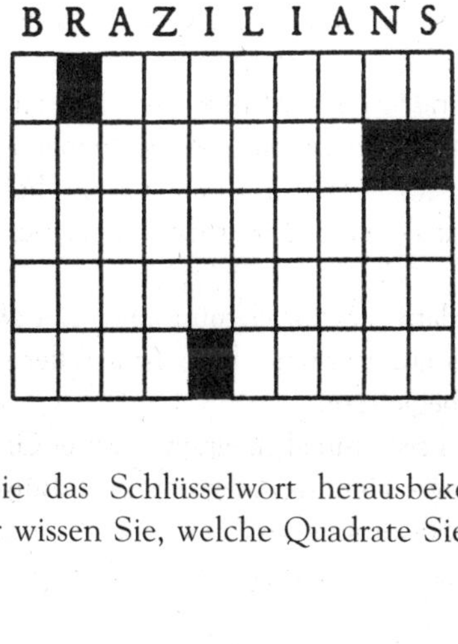

»Wie haben Sie das Schlüsselwort herausbekommen?« fragte er. »Und woher wissen Sie, welche Quadrate Sie ausmalen müssen?«

»Es war das erste Wort auf Seite hundertneunzehn von *Geopolitik*«, sagte ich.

»Woher wußten Sie, auf welcher Seite Sie nachschlagen mußten?«

»Im Vorspann zu der Übertragung hieß es, daß es Seite neun war, und es wurde am 29. April gesendet«, sagte ich. »Sie haben den 20. April als Ausgangspunkt benützt.«

»Warum?«

»Spielt keine Rolle«, sagte ich. »20. April war Zero. Das ist der einhundertundzehnte Tag des Jahres. Also ist ›Seite neun‹ eigentlich Seite eins-neunzehn. Das erste Wort auf dieser Seite ist *Brazilians*.«

»Na gut«, meinte Hemingway. »Was ist mit den ausgemalten Quadraten?«

»Sie weisen dem Schlüsselwort entsprechend Nummern zu – *Brazilians*«, sagte ich. »Der erste Buchstabe ist das B – also der zweite Buchstabe des Alphabets. Also habe ich das zweite Quadrat geschwärzt. In diesem Fall haben sie einfach Zahlen durch Buchstaben ersetzt... *k* ist Zero und *x* ein leerer Buchstabe. Vor der eigentlichen Sendung kam ›*x-k-k-i-x*‹... übersetzt ›Seite zero-zero-neun‹, was... mit dem 20. April als Punkt Null angefangen, Seite einsneunzehn war.«

Hemingway nickte.

»Der zweite Buchstabe von *Brazilians*«, legte ich dar, »ist *r*, und das ist, den für Zero reservierten Buchstaben *k* nicht mitgerechnet, die siebzehnte Stelle. Also habe ich vom ersten geschwärzten Quadrat hier an zweiter Stelle siebzehn Kästchen gezählt und wieder eins ausgemalt. Dann ist der Buchstabe *a* der erste Buchstabe, und so –«

»Ich verstehe«, sagte Hemingway ungeduldig. »Wo ist der Code?«

Ich zeigte ihm Kohlers Notizen auf der gegenüberliegenden Seite. »Ziehen Sie die beiden anfänglichen Fünfergruppen ab«, sagte ich, »weil das Luschen sind, dann noch den Seitencode ›*x-k-k-i-x*‹, dann beginnt die eigentliche Übertragung des neunundzwanzigsten April hier.« Ich zeigte darauf.

h-r-l-s-l / r-i-a-l-u / i-v-g-a-m / v-e-e-l-b / e-r-s-e-d / e-a-f-r-d / d-l-r-t-e / m-l-e-o-e / w-d-a-s-e / o-x-x-x-x

»Ich verstehe immer noch nicht...« begann Hemingway, dann sagte er: »Ahh...« als ich mit dem Bleistift die Buchstaben einzutragen begann. »Sie werden vertikal geschrieben«, meinte er.

»Ja«, bestätigte ich. »Fünfergruppen.«

Ich füllte rasch den Rest des Gitters aus.

»Lassen Sie mich sehen«, bat der Schriftsteller.

B	R	A	Z	I	L	I	A	N	S
H		U	M	B	E	R	T	O	A
R	R	I	V	E	D	D	E		
L	I	V	E	R	E	D	M	E	S
S	A	G	E	S	A	L	L	W	E
L	L	A	L		F	R	E	D	O

Er las die Nachricht sehr leise vor. »Humberto arrived, delivered messages, all well, Alfredo.« Er sah mich an. »Humberto eingetroffen, Botschaften überbracht, alles bestens, Alfredo. Wer ist Alfredo?«

»Der Codename eines Funkers«, sagte ich. *Albrecht Gustav Engels*, dachte ich. *Der bislang von der geheimen Sendestation »Bolivar« in Rio gesendet hat und jetzt im Hochsicherheitstrakt einsitzt.*

»Glauben Sie, das ist Kohler?« fragte Hemingway mit der Stimme eines aufgeregten Schuljungen.

»Möglich«, sagte ich. »Aber möglicherweise auch ein an Land stationierter Funker.«

Hemingway nickte und sah wieder das Codebuch an, das er fast ehrfürchtig hielt, als wäre er Tom Sawyer und das eine echte Schatzkarte. »Und wer ist Humberto, was meinen Sie?«

Ich zuckte die Achseln. An sich hatte das in der letzten Akte gestanden, die mir Delgado mitgebracht hatte. »Humberto« war der Codename der Abwehr für einen gewissen Herbert von Heyer, einen einundvierzigjährigen Brasilianer, der in Santos geboren worden war, aber in Deutschland die Schule besucht hatte und dort zu Engels Assistent ausgebildet worden war. »Humberto« war Mittelsmann zwischen Engels und unserem Essensgast heute abend, Theodor Schlegel, gewesen. Sie hatten von Heyer zwei Tage nachdem Schlegel zu seiner Mission für den Viking Fund aufgebrochen war, verhaftet.

»Was noch?« fragte Hemingway aufgeregt. »Was ist der restliche Code hier?«

Die gegenüberliegende Seite war mit Kohlers winziger Handschrift vollgekritzelt.

»Nun gut«, sagte ich. »Diese nächste Seite bezieht sich auf Seite achtundsiebzig.«

»Von *Geopolitik?*«

»Nein, von dieser umfangreichen Anthologie deutscher Literatur«, sagte ich. »Dieser Ziffernvorspann bezieht sich auf die ersten sechsundzwanzig Buchstaben auf dieser Seite.« Ich schrieb den Auszug: *it took years for him to realize*.

»Moment mal«, sagte Hemingway. »Das ist Englisch.«

»Sehr fein beobachtet«, sagte ich. »Das Original ist auf deutsch. Ihre letzte Hürde war, daß sie es ins Englische übersetzten, ehe sie den Code transkribiert haben.«

»Gerissene Hunde«, murmelte Hemingway.

Ich mußte lächeln. Das war der einfachste Code, den die Deutschen benutzten – überwiegend zur Bequemlichkeit ihrer Funker in Gegenden, in denen sie eine Überwachung für unwahrscheinlich hielten.

»Ja«, sagte ich. »Nun, hier haben sie eine andere Verschlüssellung benutzt. Ich glaube, das liegt daran, daß dies *tatsächlich* ein Funkspruch von Kohler war, den er am siebten Mai über das Meer geschickt hat. Diese ersten sechsundzwanzig Buchstaben sind die Schlüsselgruppe. Kohler hat jedem Buchstaben einen Zahlenwert zugeordnet... eins für die *a*, zwei für alle *e*, drei für den Buchstaben *f*...«

»Moment mal«, sagte Hemingway. »Was ist mit den... oh, ich verstehe. Es waren keine *b*, *c* oder *d* in dem Satz ›it took years for him to realize‹.«

»Genau«, sagte ich. »Also würde dieser Satz in Ziffern wiedergegeben werden als 5-12-12-9-9-6-13-2-1-10-11-3-9-10-4-5-8-12-9-10-2-1-7-5-14-2.«

»Hmmm«, sagte der Schriftsteller.

»Jetzt wird es ein bißchen kompliziert«, sagte ich. »Kohler sendete die Buchstaben in denselben Fünfergruppen, aber statt mit der ersten Reihe senkrecht anzufangen, folgte die erste gesendete Gruppe dem ersten *a*. In diesem Fall dem *a* in *years*.«

Ich zog einen Kreis um Kohlers Gekritzel auf der gegenüberliegenden Seite, das seine gesamte zweite Übertragung enthielt:

o-t-o-d-o/v-y-l-s-o/c-s-n-e-m/o-d-b-u-m/e-e-d-t-w/o-y-r-t-d/ e-s-i-a-a/b-l-r-e-r/n-i-f-t-i/s-s-t-b-r/s-d-o-i-a/e-e-e-t-r/ c-g-e-i-l/t-n-y-r-i/i-e-n-m-d/y-e-e-i-e/r-t-n-n-t/n-r-f-e-r/ t-r-c-n-t/g-e-a-m-o/v-o-f-s-e/r-s-d-t-i/i-o-a-e-n/r-t-n-n-t/ h-e-o-n-d/s-t-o-e-o

»Ich verstehe«, sagte Hemingway. Er nahm den Bleistift und trug die ersten fünf Buchstaben unter dem *a* in *years* ein. Dann käme diese zweite Gruppe... unter dem nächsten *a* in der Botschaft?«

»Ja«, sagte ich.

Hemingway schrieb *v-y-l-s-o* unter das *a* in *realize*.

»Und diese dritte Gruppe«, sagte er, »müßte dann unter dem ersten *e* stehen. Dem nächsten Buchstaben im Alphabet dort.«

»Sie haben es begriffen«, sagte ich. Ich sah zu, wie Hemingway rasch den Rest des Gitters ausfüllte.

i	t	t	o	o	k	y	e	a	r	s	f	o	r	h	i	m	t	o	r	e	a	l	i	z	e
b	r	i	t	i	s	h	c	o	n	v	o	y	t	e	n	c	a	r	g	o	v	e	s	s	e
l	s	o	n	e	d	e	s	t	r	o	y	e	r	s	i	g	h	t	e	d	y	e	s	t	e
r	d	a	y	n	o	o	n	o	f	f	r	e	c	i	f	e	u	n	a	b	l	e	t	o	d
e	t	e	r	m	i	n	e	d	e	s	t	i	n	a	t	i	o	n	m	u	s	t	b	e	t
r	i	n	i	d	a	d	m	o	r	e	d	e	t	a	i	l	s	t	o	m	o	r	r	o	w

Hemingway las die Nachricht laut vor und ergänzte dabei die fehlenden Worte: »Britischer Konvoi mit zehn Frachtschiffen und einem Zerstörer gestern am Mittag vor Recife gesichtet. Wir sind außerstande, sein Ziel zu bestimmen, aber es muß Trinidad sein. Mehr Einzelheiten morgen.«

Er lehnte sich auf dem Stuhl zurück und ließ den Bleistift auf den Tisch fallen. »Jesus Christus, Lucas, das ist echt. Diese Wichser helfen mit, Schiffe zu versenken.«

Ich nickte. »Aber wir spekulieren nur, daß dies Kohlers Funkspruch war. Vielleicht ist es eine andere Übertragung aus Brasilien … vielleicht sogar von Kuba … die er empfangen hat. Es hätte sogar von dem U-Boot gesendet worden sein können, das wir gesehen haben.«

Hemingway rieb sich die Wange. »Was ist mit den restlichen Codegruppen?«

Ich grinste. »Jetzt wird es interessant. Soweit ich sagen kann, hat Kohler die entweder an dem Tag übersetzt, als er getötet wurde oder am Tag davor.« Ich hob den Bleistift auf, schwärzte das nächste Gitter, schrieb die sechsundzwanzig Schlüsselbuchstaben darüber und füllte die Reihen mit Lichtgeschwindigkeit aus: *»15. Mai – drei Agenten gelandet, U-176, Position: Breite 23 Grad 21 Min. N. Länge 80 Grad 18 Min. W. Alle in Sicherheit.«*

»Me cago en Dios!« entfuhr es Hemingway. *»Estamos copados!«*

Ich zuckte zusammen, so vulgär war die erste Hälfte dieser Bemerkung: »Ich scheiße auf Gott! Wir sind umzingelt!«

Er rannte in sein Büro, um die Seekarten zu holen. Ich ging das kurze Stück bis zur neuen Küche und sah nach der Hure. Sie saß mit einem Glas Wasser in der Hand kläglich am Tisch. Sie sah mit roten Augen zu mir auf. Ich nickte ihr zu, schloß die Tür, ging zur alten Küche zurück und legte Codebuch und Notizen wieder zurecht.

Hemingway breitete eine Karte der kubanischen Gewässer aus. Es war eine alte Karte mit zahlreichen Bleistift- und Kugelschreiberkommentaren. »Hier«, sagte er und zeigte mit seinem dicken Finger. »Das ist etwa sieben bis acht Meilen südwestlich des alten Leuchtturms bei Bahía de Cadiz Key. Ich kenne die verdammte Stelle. Sie ist perfekt geeignet, um feindliche Spione an Land zu bringen. Die Brandung ist nicht sehr stark, und sie wären in zwanzig Minuten an der Straße. *Gottverdammt!«* Er schlug mit der Faust auf den Tisch.

»Es sind noch zwei Übertragungen«, sagte ich. Ich machte mir nicht die Mühe, die Gitter zu schwärzen, sondern zeigte ihm nur meine Notizen.

Die erste Nachricht lautete: »13. Juni, drei Agenten« – gefolgt von Breiten- und Längengrad. Dann etwas Rätselhaftes: »Alum Corp. Amer., Niag. Fälle hydroelekt., NY Wasserversorgung.«

»Ich glaube, das sind Ziele von Sabotageakten«, sagte ich leise. »Die Aluminium Corporation of America. Das große hydroelektrische Kraftwerk an den Niagarafällen, New York. Und die Wasserversorgung der Stadt New York.«

»Dreizehnter Juni!« brüllte Hemingway so laut, daß ich ihn zur Mäßigung rufen mußte, damit die Hure uns nicht hörte. »Das ist noch nicht passiert. Sie müssen versuchen, über Kuba in die Vereinigten Staaten zu kommen. Wir können diesen Dreckskerlen eine Falle stellen. Das U-Boot *und* das Floß der Spione versenken! Nein, wir warten, bis sie landen, und packen sie dann an den *cojones*.«

Er sprang wieder auf die Füße und brütete über seiner Karte. »Moment mal«, sagte er nach nur einer halben Minute. »Diese Position ist weit entfernt. Das ist nicht in kubanischen Gewässern. Warten Sie hier.«

Er kam mit einem großen Atlas zurück. Schlug ihn auf, blätterte Seiten um. »Hier«, sagte er schließlich. »Ach du Scheiße. Heilige Mutter Gottes. Himmel Herrgott.«

Ich beugte mich hinüber, um mir anzusehen, wohin er zeigte, obwohl ich mir die Koordinaten im selben Atlas nachgeschlagen hatte, bevor ich heute nachmittag zu der Pool Party gegangen war. »Long Island«, sagte ich. »Interessant.«

»Ganz in der Nähe von Amangansett«, sagte Hemingway. Er brach fast auf den Stuhl zusammen. »Von da können sie mit dem gottverdammten Bus zu den Niagarafällen und ihren anderen Zielen fahren. Verfluchte Scheiße. Wir können sie nicht selbst abfangen, aber...« Er packte mich am Handgelenk. »Wir müssen das der Botschaft mitteilen... dem FBI, der Marine, Lucas. Sie werden das U-Boot und diese Nazi-Agenten schnappen können. Auf frischer Tat ertappen.«

»Ja«, sagte ich. »Es war noch eine Nachricht dabei. Sie lautet nur: ›19. Juni – vier Agenten‹, und dann diese Koordinaten. Das sind südliche Gewässer, nicht?«

»Keine kubanischen«, sagte Hemingway und blätterte wieder Seiten um. Er zeigte. »Hier oben. Die Küste von Florida. Nicht weit von Jacksonville entfernt.« Er strich mit den Fingern durch das Haar und ließ sich wieder zurück sinken. Für die Abendparty hatte er sich das Haar mit Pomade nach hinten gekämmt gehabt, nun standen dunkle Strähnen ab. »Mein Gott, Lucas. Sie kommen wie die Ratten ans Ufer. Wir sollten damit sofort zum Botschafter gehen.«

»Morgen früh dürfte ausreichend sein«, sagte ich.

»Sind noch mehr Nachrichten da?« Er sah das Gekritzel in dem Notizbuch fast gierig an.

Ich schüttelte den Kopf. »Aber wenn Kohlers Nachfolger den Code nicht ändert, könnten wir auf See weitere abfangen.«

Der Schriftsteller nickte. »Wir müssen unverzüglich in See stechen. Don Saxon an Bord bringen, damit er die Funkgeräte und Peileinrichtungen bedient und nach U-Booten suchen.«

»Wir müssen uns überlegen, was wir mit Maria anstellen sollen«, sagte ich.

»Was? Xenophobia? Warum?« Hemingway strich sich das Haar wieder glatt.

»Ich glaube, Sie haben recht und Maldonado wird dem Bericht der beiden Provinzpolizisten auf den Grund gehen«, sagte ich. »*Caballo Loco* wird bald hier sein und herumschnüffeln.«

»Wir lassen uns morgen etwas einfallen«, sagte der Schriftsteller, der immer noch die Codegitter betrachtete. Plötzlich grinste er. »Wenn es zum Schlimmsten kommt, können wir sie mitnehmen.«

Ich dachte, daß er einen Witz machte. »Als Köchin?« sagte ich.

Hemingway sah vollkommen ernst aus, als er den Kopf schüttelte. »Gregorio ist unser Koch. Der Beste, der je auf einem Boot gefahren ist. Xenophobia kann Socken stopfen und Munition durchreichen, wenn es brenzlig wird.«

Himmel, dachte ich.

Plötzlich stand der Schriftsteller auf und drückte mir fest die Schulter. »Sie haben gute Arbeit geleistet, Lucas. Sehr gute. Ich weiß immer noch nicht, was oder wer Sie wirklich sind, aber solange Sie der Gaunerbande zu solchen Informationen verhelfen, habe ich Sie gern mit dabei.« Er nahm Codebuch und Notizen an sich. »Ich werde sie heute nacht mit ins Bett nehmen. Und gleich morgen früh fahre ich zu Spruille Braden.«

Ich nickte.

»Gute Nacht, Lucas«, sagte Hemingway und grinste immer noch, als er das Licht in der alten Küche ausschaltete. »Gute Arbeit.«

Als ich mit Maria in Klasse A eintraf, riskierten wir nicht, Licht zu machen. Während sie im kleineren Zimmer war, sich auszog und im Dunkeln fertig machte, ins Bett zu gehen, zog ich die .38er Pistole aus dem Versteck hinter dem lockeren Backstein im Kamin hervor, vergewisserte mich, daß sie geladen war, abgesehen von der Kammer direkt unter dem Hahn, und schob die Pistole unter mein Kissen. Draußen war es sehr dunkel und es fing an zu regnen. Ich hatte meine Pritsche ins äußere Zimmer gezogen, war aber noch nicht unter die Decke geschlüpft, als die Hure ihre Koje mitsamt den Decken neben meine zog. Ich sah sie stirnrunzelnd an.

»Bitte, *Señor*«, flüsterte sie. »Bitte. Ich liege nur hier neben Ihnen. Ich werde Sie nicht anfassen. Ich habe solche Angst.« Sie kroch unter die Decke. Ihre Pritsche war keine dreißig Zentimeter von meiner entfernt.

»Was, zum Teufel, hast du da unten in der Stadt zu suchen gehabt?« flüsterte ich schroff. »Wenn es mit rechten Dingen zuginge, würde *Caballo Loco* dich schon längst verhören.«

Sie fing an zu zittern. Ihr Flüstern klang abgehackt. »Ich war so einsam. Ich war so unglücklich. Ich ging da runter ... ich habe nicht nachgedacht. Ich konnte nicht nach Hause. Ich hatte kein Geld für den Bus. Ich dachte, mir würde etwas einfallen ... eine Möglichkeit. Ich weiß nicht, *Señor* José. Ich werde das Gelände nie wieder verlassen, ich schwöre es bei den Augen meiner Mutter.«

Ich seufzte und starrte zur Decke. Nach einem Augenblick hörte ich ihre Decke leise rascheln, dann berührte sie mich mit ihrer kleinen Hand an der Schulter. Ihre Finger waren kalt und zitterten noch. Ich hob nicht den Arm, um ihre Hand zu drücken, aber ich stieß sie auch nicht weg.

Himmel, dachte ich, während der Regen auf das Dach trommelte und der Wind draußen in den Palmwedeln raschelte. *Und dabei fängt der Sommer gerade erst an.*

16

Der Mai ging zu Ende, der Juni begann, und ich kam zu der Überzeugung, daß sich unerbittlich eine Schlinge zuzog. Aber ich hatte keine Ahnung, was für eine Schlinge und um wessen Hals. Die tropische Hitze, die eindrucksvoll gewesen war, wurde fast unerträglich, und wenn die Passatwinde nicht wehten, dröhnte mein Kopf, als schlüge jemand mit einem Hammer auf einen Amboß.

Die Kriegsmeldungen beider Seiten waren überwiegend schlecht und enthielten gerade ausreichend tröstliche Nachrichten, daß die Verzagten nicht völlig verzweifelten.

Am ersten Juni erklärte Mexiko den Achsenmächten den Krieg.

»Tja, das war's dann«, sagte Hemingway, als er die Neuigkeit über das neue Kurzwellenfunkgerät der *Pilar* hörte. »Hitler und Tojo werden wahrscheinlich das Handtuch werfen, wenn sie das erfahren. Die ganzen Elitedivisonen mexikanischer Soldaten werden Europa und den Inselstaat stürmen, noch ehe der Monat vorbei ist.«

Am 4. Juni begannen die Japaner einen gigantischen Angriff auf die Insel Midway. Alle an Bord der *Pilar* hörten sich vier Tage lang die nüchternen Meldungen über die Kämpfe an; alle außer mir hatten eine ausgeprägte Meinung zu diesem neuen Zeitalter der Kriegsführung zur See. Hemingway bestand darauf, daß die Tage von Kriegsschiffen und Marineartillerie gezählt waren, daß sie aussterben würden wie Pfeil und Bogen, und daß die Art von Kämpfen, von denen wir gerade hörten – Träger, von denen Flugzeuge starteten, die feindlichen Flotten aus einer Entfernung von Hunderten von Meilen angriffen –, einen Krieg entscheiden würden. Offenbar stimmte Admiral Ernest King, der oberste Befehlshaber der US-Flotte, mit Hemingway überein, denn während der Ausgang der Schlacht noch ungewiß war, gestand King Reportern gegenüber ein, daß das Ergebnis dieser Schlacht den Verlauf des Krieges verändern würde. Am 7. Juni verkündete die Marine ihren Sieg, aber es sollten noch Monate vergehen, bis uns allen klar wurde, wie wichtig und entscheidend dieser Sieg gewesen war.

Am vierten Juni erfuhren wir ebenfalls aus dem besetzten Osteuropa, daß ein tschechischer Patriot SS-Chef Reinhard Heydrich in der Tschechoslowakai ermordet hatte. Aufgrund meiner Spionagetätigkeit im Camp X des BSC wußte ich, daß es sich bei dieser »Tat eines tschechischen Patrioten« in Wahrheit um eine sorgfältig geplante britische Operation handelte, zu der tschechische Nationalisten herangezogen worden waren. Es war William Stephensons und Ian Flemings Einfall gewesen, Heydrich zu töten. Ebensowenig überraschte mich, als wir am 10. Juni erfuhren, daß die Nazis die ganze tschechische Stadt Lidice dem Erdboden gleich gemacht und mehr als tausenddreihundert Zivilisten als Vergeltung für das Attentat auf Heydrich erschossen hatten. Der einzige Grund, weshalb sich die Nazis für Lidice entschieden hatten, war der, daß das Gerücht ging, einer der Attentäter hätte möglicherweise eine Nacht dort verbracht.

Und so zog sich der Krieg hin. Mitte des Monats trat Feldmarschall Rommel den Briten in ganz Nordafrika in die Ärsche. Die Japaner eroberten zwei Inseln der Aleuten, und amerikanische Flugzeuge versenkten sechs japanische Schiffe bei dieser Inselkette Alaskas. Trotz Marlene Dietrichs aufmunternden Worten, wie zäh die Russen waren, wurde deutlich, daß die Deutschen die Sowjets weiter über die Steppen zurückdrängten und Sewastopol, der bedeutendste russische Marinestützpunkt am Schwarzen Meer, kurz vor der Eroberung stand.

Am 13. Juni genehmigte FDR die Gründung des Office of Strategic Services und konsolidierte und erweiterte damit die Machtbefugnisse von Wild Bill Donovans früherem COI. Ich war versucht, Mr. Wallace Beta Phillips eine Glückwunschkarte zu schicken, aber ich hatte Phillips schon die entschlüsselte Nachricht über den britischen Konvoi zum Geschenk gemacht – wohl wissend, daß das für Donovans Leute ein alter Hut war, aber wenigstens hatte ich damit meinen Teil der Abmachung erfüllt –, und als ich Ende Mai versucht hatte, Phillips im Nacional anzurufen, wurde mir mitgeteilt, daß der kleine Mann abgereist war und London als Nachsendeadresse hinterlassen hatte.

Nachrichten, die in engerem Zusammenhang mit unseren Bemühungen standen, verkündeten die amerikanischen und kubanischen Zeitungen am 29. Juni: Das FBI hatte acht deutsche Saboteure auf Long Island festgenommen. Dieser Artikel erwies sich in fast allen Einzelheiten als falsch, aber er war die erste Reaktion, die wir auf Hemingways vertraulichen Bericht vor mehr als einem Monat erhielten.

Hemingway war enttäuscht gewesen, wie wenig Begeisterung sein Bericht ausgelöst hatte. Botschafter Braden hatte nicht mit Lob gegeizt, Hemingways Einsatz bewundert und seiner Zuversicht Ausdruck verliehen, daß FBI und Marine unverzüglich handeln würden, sobald sie die Einzelheiten erfuhren und bestätigt hatten. Oberst Thomason hatte Hemingway über die diplomatischen Kanäle der Botschaft ein kodiertes Glückwunschtelegramm geschickt. Aber das Lob beider Männer enthielt einen Unterton von Skepsis, der Hemingway rasend vor Wut machte.

Ich gab meinen eigenen Bericht Delgado und war nicht überrascht, als seine einzige Reaktion nach der Lektüre aus leicht in die Höhe gezogenen Augenbrauen und einer kaum merklichen Krümmung der Lippen bestand. Einen Monat später erfuhr ich von Delgado Einzelheiten über die Festnahme der Saboteure.

Auf Long Island waren keine deutschen Spione verhaftet worden.

Trotz Hemingways Bericht an die amerikanische Botschaft und meines Berichts, der über Delgado direkt an Direktor Hoover weitergeleitet worden war, waren die deutschen Spione am 13. Juni an Land gekommen, ohne vom FBI oder der Marine gefaßt oder aufgehalten zu werden. Ihre Landung wäre unbemerkt geblieben, wären sie nicht zufällig einem einsamen jungen Mann der Küstenwache namens John Cullen über den Weg gelaufen. Dieser junge Mann ging in der Nacht des 13. Juni an einem verlassenen Küstenabschnitt in der Nähe von Amagansett, Long Island, Streife, als er vier Männer sah, die ein großes Boot durch die starke Brandung steuerten. Cullen wartete, bis die Männer an Land gekommen waren. Sie versicherten ihm – mit kaum merklichem deutschen Akzent –, daß sie Fischer wären, ihr Boot gekentert sei und sie zu Fuß in die Stadt gehen wollten, um Hilfe zu holen.

Das überzeugte Cullen nicht völlig. Abgesehen vom deutschen Akzent und der Tatsache, daß die vier Männer wie Zivilisten aus der Stadt gekleidet waren, vergaß sich einer der Männer offenbar und sprach die anderen drei in fließendem Deutsch an. Des weiteren waren die Männer eindeutig mit Lugers bewaffnet. Schließlich kam noch hinzu, daß das deutsche U-Boot in der Morgendämmerung deutlich fünfzig Meter vom Ufer entfernt an der Wasseroberfläche zu sehen war, wo es versuchte, sich von einer Sandbank zu lösen.

Schließlich schickte die Küstenwache Cullen und eine Patrouille zurück, um die Lage zu überprüfen. Die Agenten waren fort und das Unterseeboot entkommen, aber man fand Spuren, die darauf hindeuteten, daß vor kurzer Zeit in den Dünen gegraben worden war und legte ein Lager mit Sprengstoff, Zündhütchen, Zeitzündern, Lunten und als Kugelschreiber und Füllfederhalter getarntem Zubehör frei. Außerdem Kisten mit deutschen Uniformen, Brandy und Zigaretten. Die Offiziere der Küstenwache besannen sich auf ihre jahrelange Ausbildung, steckten die Köpfe zusammen und kamen zu dem Ergebnis, daß das alles keine eindeutigen Beweise waren. Sie beschlossen, mit der Weiterleitung ihres Berichts abzuwarten.

Am selben Tag, aber später, erfuhr das FBI durch einen Polizeichef von Long Island, der den ganzen Vormittag beobachtet hatte, wie die Küstenwache Sachen ausgrub, von der Landung. Am frühen Nachmittag handelte das Bureau und schickte ein halbes Dutzend Eliteagenten zum Strand, um eine »diskrete Beobachtung« vorzunehmen. Zu den diskreten Beobachtern in dem Gebiet gesellten sich rund dreißig Zivilisten, die Campingstühle zum Strand geschleppt hatten, um mit anzusehen, wie die Küstenwache ihre Grabungen beendete.

Derweil waren die vier deutschen Agenten mit dem Zug nach New York City gefahren und hatten sich in zwei Zweiergruppen aufgeteilt. Sie machten sich daran, teure Hotelzimmer zu buchen und teure Mahlzeiten zu sich zu nehmen. Am selben Tag verhängte Direktor Hoover eine Nachrichtensperre und alarmierte die Agenten des FBI für die, wie sich herausstellte, größte Menschenjagd in der Geschichte des Bureau. Aber die Agenten der Abwehr waren spurlos verschwunden.

»Und ab da«, erklärte Delgado später, »wird es richtig gut.«

Zwei der deutschen Agenten – Georg Johann Dasch, der Anführer, und Ernst Peter Burger, sein Partner – hatten unabhängig voneinander beschlossen, daß sie ihre Mission nicht fortzusetzen gedachten. Dasch hatte fast zwanzig Jahre in den Vereinigten Staaten gelebt, bevor er von der Abwehr angeworben wurde, und seine Loyalität gegenüber Deutschland war offensichtlich nicht felsenfest. Burger hatte gerade beschlossen, die vierundachtzigtausend Dollar zu nehmen, die Admiral Canaris für ihren Einsatz zur Verfügung gestellt hatte, und sich damit aus dem Staub zu machen. Beide hatten sich insgeheim überlegt, den anderen zu töten, sollte er dem Verrat am Vaterland nicht zustimmen.

Die beiden Männer einigten sich. Dasch nahm das Geld und zog los, um das New Yorker Büro des FBI anzurufen und sich mit seinem Partner zu stellen. Der Special Agent, der an dem Tag Telefondienst hatte, hörte sich Daschs detaillierte Schilderung der Landung auf

Long Island, des Sabotageauftrags und der vierundachtzigtausend Dollar an, die sie dem FBI übergeben wollten.

»Klar«, sagte der Special Agent, »und gestern hat Napoleon angerufen.« Und legte auf.

Abwehragent Georg Johann Dasch war beleidigt, ließ sich aber nicht entmutigen, packte das Geld in einen Koffer und nahm den Zug nach Washington, damit er mit J. Edgar Hoover persönlich sprechen konnte. Nach einem langen Nachmittag im Justizministerium, wo er von einem Büro zum nächsten geschickt worden war, gelang es Dasch schließlich, fünf Minuten bei D. M. »Mickey« Ladd zu bekommen. Offenbar zeigte sich Ladd so wenig beeindruckt wie es der Agent in New York gewesen war und wollte Dasch gerade zur Tür geleiten, als der deutsche Agent den Koffer mit dem Geld auf den Boden von Ladds Büro kippte.

»Großer Gott«, soll J. Edgar Hoovers drittwichtigster Assistent gesagt haben. »Ist das Zeug echt?«

Das Bureau verhörte Dasch acht Tage. In dieser Zeit spuckte der deutsche Agent, so Delgado, alles über die Kontaktpersonen des Teams der Abwehr, Codes, Ziele von Sabotageanschlägen und Zeitpläne aus. Als das Interesse des FBI nachließ, gab Dasch weitere Informationen über die Rüstungsproduktion der Nazis, Waffenpläne und Einzelheiten über das Unterseeboot preis, das sie nach Long Island gebracht hatte. Außerdem erzählte er dem Bureau von der Landung in Jacksonville, Florida, die Hemingway in seinem Bericht vorhergesagt hatte.

Am 20. Juni wurden Burger und die beiden anderen Agenten in New York verhaftet. Sie sangen ebenfalls wie Kanarienvögel.

Hoover wartete, bis die Saboteure, die in Florida an Land gegangen waren, mit ihren Kontaktpersonen in Chicago Verbindung aufgenommen hatten, dann ließ er alle vier deutschen Agenten am 27. Juni verhaften. Am selben Tag gab er die Meldung an die Presse weiter, machte aber keine Angaben dazu, wie das FBI den Fall aufgeklärt hatte. »Das muß warten«, sagte der Sprecher des FBI offiziell und diensteifrig, »bis nach dem Krieg.« Aber, erklärte Delgado, in einer Reihe von Aktennotizen an Präsident Roosevelt und in zahlreichen »inoffiziellen« Pressekonferenzen mit Reportern erweckte Hoover eindeutig den Eindruck, als hätte ein speziell ausgebildeter Agent des FBI (oder mehrere Agenten) nicht nur das Oberkommando der Abwehr infiltriert – um danach an derselben Sabotageschule ausgebildet zu werden, an der auch die glücklosen deutschen Saboteure ausgebildet worden waren –, sondern auch die Gestapo und möglicherweise sogar das deutsche Oberkommando. Hoover ließ ebenfalls durchblicken, ohne es jemals laut auszusprechen, daß er persönlich vor Ort gewesen war, auf Long Island und in Florida, um mitzuverfolgen, wie die deutschen Agenten an Land gingen.

Anderthalb Monate nach den Landungen fragte ich Delgado, welche Belohnung Georg Johann Dasch und Ernst Peter Burger dafür bekommen würden, daß sie sich gestellt, ihre Kameraden verraten und dem Bureau die ganzen Informationen zur Verfügung gestellt hatten.

»Die geheimen Gerichtsverhandlungen wurden bereits abgehalten«, antwortete Delgado. »Alle acht wurden zum Tode verurteilt. Sechs wurden bereits im Bezirksgefängnis von Columbia auf dem elektrischen Stuhl geröstet. Aufgrund des Dienstes, den sie den Vereinigten Staaten erwiesen hatten, wurde Burger zu lebenslänglich Arbeitslager und Dasch zu dreißig Jahren Arbeitslager begnadigt.«

»Der Direktor wird auf seine alten Tage weich«, sagte ich. Dann fuhr ich fort: »Was, zum Teufel, ist mit unseren Berichten passiert? Hoover hätte *wirklich* am Strand sein und darauf warten können, daß diese Idioten an Land kommen.«

Delgado zuckte die Achseln. »Ich leite den Mist nur weiter, den Sie mir geben, Lucas. Ich kann niemanden zwingen, ihn auch zu lesen.«

Obwohl die *Kreuz des Südens* erst Mitte Juni repariert und wieder seetüchtig sein sollte, begann Hemingway schon im Mai seine Patrouillen mit der *Pilar* und bereitete seine Besatzung auf die längeren Patrouillen im Juni vor. Manchmal nahm Hemingway seine gesamte Besatzung mit – seinen »Ersten Offizier« Winston Guest, den Ersten Maat und Koch Fuentes, Sinsky den Seemann, Juan Dunabeitia, Patchi Ibarlucia, den (wie ich fand unzuverlässigen) Kellner im Exil Fernando Mesa aus Barcelona, Roberto Herrera, den amerikanischen Funker Don Saxon von den Marines und mich.

Ich lernte die landschaftlichen Merkmale kennen, an denen sich alle Fischer orientierten. Für uns war ein altes Haus an der Küste bei Cojímar das Zeichen, daß wir den Hondón de Cojímar erreichten, eine unterirdische Rinne mit ausgezeichneten Fischgründen. Dieses Merkmal nannten wir rosa Haus oder Haus des Priesters. Von da aus war es wenig mehr als eine Seemeile – »Hemingways Meile« nannten wir sie – bis zum Schießstand von La Cabaña, einer Festung am Eingang der Bucht von Havanna. Hemingway und Ibarlucia versicherten mir, daß es in diesem Gebiet von Schwertfischen wimmelte, wenn die Strömung stark genug war, aber bei diesen »Ausbildungsfahrten« hatten wir keine Zeit für Schwertfische.

Der Golfstrom fließt in östlicher Richtung an Havanna vorbei, ein enormer Fluß im Meer, rund sechzig Meilen breit und mit einer Strömung, die zwischen 1,2 und 1,4 Knoten schwankt. Die Geschwindigkeit nimmt zu, wo das Meer tiefer wird, und das Wasser des Golfstroms ist weitaus intensiver blau als die Küstengewässer ringsum. Auf diesem blauen Fluß kreuzten die Müll-Leichter von Havanna in Richtung tieferer Gewässer, um ihre stinkenden Ladungen Abfall zu verklappen; diesen Leichtern folgten Hunderte Möwen und ein Dutzend Fischerboote aus der Umgegend, die es allesamt auf die Fische abgesehen hatten, die sich von dem Abfall ernährten. Manchmal steuerte Hemingway die *Pilar* ans Ende dieses Konvois – Leichter voll Abfall, Möwen, Fischerboote und wir –, und nicht selten hatte das Forschungsschiff des Naturgeschichtlichen Museums von Amerika sein kleines Beiboot im Schlepp, die *Tin Kid.* »Sehen Sie sich das an, Lucas«, rief er eines heißen, sonnigen Morgens. »Das Meer gibt uns alles – Leben, Nahrung, Wetter, das Tosen der Brandung bei Nacht, Wirbelstürme, die das Leben interessant machen –, und so vergelten wir es ihm.« Er zeigte auf die Tonnen Abfall, die über Bord in das tiefblaue Wasser gekippt wurden. Ich zuckte die Achseln. Der Ozean schien mir groß genug zu sein, daß er ein wenig Abfall aufnehmen konnte.

Hemingway wählte ein Gebiet um Cayo Paraíso – Paradise Key – zu unserem Ausbildungsplatz. Wir zerrten stapelweise Spritfässer für Zielübungen heraus. Statt die Dinger einfach über Bord zu werfen und mit den Thompson-Maschinenpistolen und anderen Waffen zu üben, bestand der Schriftsteller darauf, daß wir Gesichter auf die Fässer malten – normalerweise dunkle Haarlocken, die über stechende Augen hingen, und einen Charlie-Chaplin-Schnurrbart. Kein Wunder, daß die Mannschaft bald nur noch davon sprach, daß wir mit Schiffsladungen voll »Hitlers« auf das Meer hinausfuhren, um zu üben.

Häufig gingen wir in der Nähe einer Boje vor Anker und übten den Umgang mit Handgranaten. Patchi Ibarlucia und Roberto Herrera waren dabei die Favoriten und warfen die schweren »Ananasfrüchte« weiter als ich für möglich gehalten hätte – und trafen mit ihnen nicht selten einen Punkt, innerhalb eines Kreises mit drei Metern Durchmesser.

»Mitten rein in den Kommandoturm«, rief Hemingway von der Außenbrücke, wo er die Explosionen mit dem Fernglas beobachtete.

Vor der Nordspitze der Insel lag ein halb gesunkener Frachter, hier führte Hemingway seine Enterübungen durch, näherte sich dem Wrack mit hoher Geschwindigkeit auf der höheren Seite und warf Leinen hinüber, worauf wir alle mit Maschinenpistolen und Granaten in den Händen auf das Deck hinaufstürmen, uns an den Seilen hochhangeln, auf die schräge, verfallene Kabine des Frachters springen und dabei »Hände hoch!« und andere beleidigende deutsche Ausdrücke rufen mußten, bis sich die unsichtbare Nazi-Besatzung ohne Gegenwehr ergab. Manchmal jedoch deutete Hemingway an, daß die Besatzung Widerstand leisten wollte, dann mußten wir Granaten und Dynamit die Luken hinunterwerfen und danach laufen und die Seile hinunterklettern, als wäre uns der Teufel persönlich auf den Fersen.

Auf einer wesentlich realistischeren Basis führten wir auch Rettungsübungen durch – wobei unser Rettungsboot aus einem aufblasbaren Schlauchboot bestand, das uns die amerikanische Marine zur Verfügung gestellt hatte. Das Schlauchboot war hellgelb, die Ruder kleine, zusammenklappbare orangerote Paddel. Ich kann mir nicht vorstellen, daß ich mich jemals törichter gefühlt oder törichter ausgesehen habe als bei diesen Rettungsübungen – wir drängten uns zu acht oder neunt in dem idiotisch kleinen Schlauchboot und paddelten wie die Bescheuerten gegen eine Strömung, die es darauf abgesehen hatte, uns nach Europa zu treiben, wobei jeder von uns seinen wissenschaftlichen »Sombrero« trug – Hüte der Einheimischen mit breiten Krempen, die Hemingway eigens für die Operation Friendless gekauft hatte und die »wissenschaftlich« hießen, weil zu der Zeit *alles* an Bord der *Pilar* als wissenschaftlich bezeichnet wurde, und vor allem wegen des dummen Schildes, das an unserem Bug hing.

»An der Stelle nehmen sie uns also als Gefangene und erschießen uns, richtig, Ernesto?« fragte Guest während einer dieser Rettungsübungen.

Hemingway hatte nur die Stirn gerunzelt, aber als wir uns wieder auf der *Pilar* befanden und kaltes Bier tranken, zeigte er uns etwas. Das Dokument war auf dickem, teurem Papier mit einem eindrucksvollen Briefkopf gedruckt:

BÜRO DES MARINEATTACHÉS
UND ATTACHÉS FÜR AERONAUTIK
AMERIKANISCHE BOTSCHAFT
HAVANNA, KUBA

18. Mai 1942

Wen immer es angeht:

Sr. Ernest Hemingway, der Ausstellungsstücke für das Naturgeschichtliche Museum Amerikas fängt, führt gleichzeitig mit seinem Motorboot Pilar einige Experimente mit Funkausrüstungen durch; diese Experimente sind dem Agregado Naval bekannt und somit arreglado und in keiner Weise subversiv.

unterschrieben von
Hayne D. Boyden
Oberst, Korps der U.S. Marine
Agregado Naval de los Estados Unidos,
Embajada Americana

»Das ist unser Kaperbrief«, sagte Hemingway. »Genau wie in alten Zeiten. Dieser Kaperbrief garantiert uns einen rechtlichen Status … macht uns zu etwas anderem als Spionen und Piraten … und wird die Deutschen daran hindern, uns zu erschießen, sollte sich bei einem Angriff gegen eines ihrer U-Boote das Glück gegen uns wenden. Die Deutschen sind Dreckskerle, aber penibel, was rechtliche Dinge angeht.«

Hemingway mußte lang und breit erklären, was Kaperbriefe in den Zeiten der Segelschiffe und Freibeuter waren, und während er es erklärte, konnte ich mir nicht verkneifen, den Schriftsteller anzustarren und mich zu fragen, ob er allen Ernstes glaubte, daß dieses

Stück Papier uns vor 9-Millimeter-Geschossen in den Hinterkopf retten würde, wenn die Besatzung eines deutschen Unterseeboots uns dabei ertappte, wie wir versuchten, ihr Schiff zu versenken. Nicht zum erstenmal wurde mir klar, daß Sr. Ernest Hemingway nicht nur komplexe fiktive Welten für seine Bücher erschuf, sondern auch die Neigung hatte, darin zu leben.

An manchen Tagen fuhren nur Hemingway und ich mit der *Pilar* hinaus; diese Tage standen ganz im Zeichen von Navigationsübungen und Unterricht im Bedienen des Funkgeräts. Hemingway war überrascht, als ich ihm sagte, daß ich den codierten Kurzwellensender und die Ortungsanlage bedienen konnte. »Verdammt«, sagte er, »wir hätten Don Saxon nicht gebraucht.«

»An den Tagen, an denen ich daheim bleibe und mich um die Gaunerbande kümmere, schon«, sagte ich. Diese Tage waren häufig – etwa jeder zweite –, und ich verbrachte sie damit, entweder herumzufahren und mich mit den »Agenten« des Schriftstellers zu treffen und ihre Berichte entgegenzunehmen, oder ich saß im Gästehaus der *finca* und bekam die Berichte von verstohlenen Besuchern gebracht, die sich durch Felder und Hecken anschlichen und auf demselben Weg wieder verschwanden.

In den Tagen kurz bevor die *Kreuz des Südens* wieder in See stechen sollte, las sich das Logbuch der *Pilar* folgendermaßen:

12. Juni 1942: Patrouille nach Puerta Purgatori ... Rückkehr 17.30 Uhr

13. Juni: Wache von 2:00 bis 7:00 Uhr. Vor Tagesanbruch los, Patrouille 12 Meilen draußen bis zur Dunkelheit. Zu Hause um 20:00 Uhr. Win Guest mit dem Beiboot nach Bahí Honda.

14. Juni: Wache von 4:00 Uhr. Bei Tageslicht raus. 7:20. Patrouille bis 13:00 Uhr, um 16:00 Uhr mit Vorräten vor Anker.

Hinter dem knappen Eintrag »Win Guest mit dem Beiboot nach Bahí Honda« verbarg sich ein kleineres Drama. An diesem Tag waren wir zu sechst an Bord gewesen und hatten in einem Gebiet nach Unterseebooten gesucht, in dem kubanische Fischer welche gesehen haben wollten, als ein codierter Funkspruch von der US-

Marine eintraf und uns zu einer bestimmten Stelle beorderte, um Befehle entgegenzunehmen. Das Wetter war schlecht an diesem Tag – schwere Sturmzentren im Norden und Westen von uns, das Meer rauh, mit anderthalb Meter hohen Wellen –, aber Hemingway schickte Winston Guest und Gregorio Fuentes mit der *Tin Kid* los, um nach Bahí Honda zu steuern, wo die geheimen Befehle warteten.

»Das Wetter ist ziemlich beschissen, Ernest«, sagte Guest und hielt sich wegen der hohen Wellen an der Reling der *Pilar* fest.

Fuentes hatte nichts gesagt, aber sein Stirnrunzeln und der verkniffene Blick zum Horizont vermittelten dieselbe Botschaft.

»Mir ist scheißegal, wie das Wetter ist«, schnappte Hemingway. »Wir haben *Befehle*, meine Herren. Die ersten, seit wir dieses Unternehmen angefangen haben. Tot oder lebendig, ich möchte, daß Sie vor der Dämmerung mit diesen Befehlen hier sind.«

Der reiche Mann und der wettergegerbte Kubaner hatten genickt, etwas Wasser und Proviant eingepackt und sich in das kleine Boot gezwängt. Später berichteten sie, daß die Überfahrt so erbärmlich gewesen war, wie sie es sich vorgestellt hatten und sie Bahí Honda erst gegen neun Uhr am Abend erreichten, worauf sie ihren amerikanischen Kontaktmann getroffen und einen versiegelten Umschlag in einer wasserdichten Tasche bekommen hatten. Guest und Fuentes öffneten den Umschlag nicht – das war Hemingways Aufgabe –, sondern aßen einen kalten Imbiß, schliefen ein paar Stunden und machten sich auf den schweren Rückweg zur *Pilar*.

Bei Sonnenaufgang hatte Hemingway die versiegelten Befehle genommen und war unter Deck gegangen. Einige Zeit später kam er nach oben und befahl Fuentes und Ibarlucia, den Anker zu lichten.

»Wir fahren zurück nach Cojímar«, sagte er und legte eine Karte auf die Kontrollkonsole der *Pilar*. »Proviant einkaufen. Lucas, Sie bleiben auf der *finca* und kümmern sich um die Gaunerbande. Wir anderen wurden … hierher beordert.« Er zeigte mit dem Finger auf die Karte.

Wir bückten uns alle und sahen nach. Hemingway zeigte auf eine Inselkette nördlich von Camagüey, vor der Nordküste Kubas, wohin unsere Patrouillen uns noch nicht geführt hatten.

»Lucas«, sagte er während der unruhigen Fahrt zurück zum Hafen, »davon abgesehen, daß Sie sich um die Bande kümmern, müssen Sie die *Kreuz des Südens* im Auge behalten und uns über Funk verständigen, sobald Anstalten zum Auslaufen getroffen werden.«

»Klar«, sagte ich. Hemingway erzählte mir keine Einzelheiten über seine »geheimen Befehle«, wie immer sie auch aussehen mochten. Das störte mich nicht weiter, aber ich bedauerte, daß ich an Land sitzen mußte, während die *Pilar* zu einer richtigen Reise aufbrach. Mir gefiel das Meer besser als die Farm, und so albern einige unserer Übungen auch gewesen waren, jeder Ausflug aufs Meer war realer als die Geschäfte der Gaunerbande.

In der Zeit, als der Schriftsteller unterwegs war, leitete ich den Spionagering, paßte auf die Hure auf und dachte über Ernest Hemingway nach. »Finden Sie heraus, wer er ist«, hatte Direktor Hoovers Befehl gelautet. Ich war nicht sicher, ob ich damit überhaupt schon angefangen hatte.

Aber während ich an Land wartete, dachte ich über den Hemingway nach, den ich auf dem Meer erlebt hatte.

Es gab, glaubte ich, ein paar Dinge, die die wahre Natur eines Mannes auf die Probe stellten. In eine Kampfsituation zu geraten mochte eine sein, aber das wußte ich nicht, da ich nie im Krieg gewesen war. Meine eigenen Kämpfe waren privat und verborgen gewesen, innerhalb von Sekunden oder Minuten vorbei, und das Überleben die einzige Belohnung, die ich dafür bekommen hatte. Wenn man es mit einer Bedrohung der eigenen Familie zu tun hatte, auch das, fand ich, war so eine Prüfung, aber ich hatte nie eine Familie gehabt, die ich beschützen mußte … oder verlieren konnte – jedenfalls nicht, seit ich erwachsen geworden war.

Aber das Meer … diese Prüfung begriff ich.

Hunderttausend Männer waren zur See gefahren, aber mit dem eigenen Boot außer Sichtweite des Landes zu fahren, wie es Hemingway regelmäßig machte, das war eine seltenere Herausforderung. Man konnte den Charakter eines Mannes daran ermessen, ob er das Meer gleichgültig oder mit dem Respekt behandelte, den es verdiente, und ob sein Ego ihn blind machte für die wahre Macht, die einen Mann oder Männer allein auf dem weiten Ozean umgab.

Hemingway behandelte das Meer mit dem Respekt eines Erwachsenen. Er stand auf der Außenbrücke, hatte die Beine gespreizt und stemmte sich unbewußt gegen das Schlingern und Schwanken seines Boots: die nackte Brust von der Sonne gebräunt, das Haar darauf schweißnaß, die Stoppeln eines Zwei-Tage-Barts im Gesicht, die Augen im Schatten des langen Schirms seiner Mütze verborgen. *Hemingway schenkte dem Meer seine Aufmerksamkeit.* Wenn es darum ging, das Wetter, die Strömungen und Gezeiten zu beobachten; wenn es darum ging, in den Hafen zurückzukehren, wenn auch nur der Hauch eines Sturms den Horizont verdunkelte oder das Barometer fallen ließ; oder diesem Sturm erhobenen Hauptes zu trotzen, wenn es nicht möglich war, in den sicheren Hafen zurückzukehren... dann ließ Hemingway nichts von seiner Raufboldmentalität erkennen. Auf seinem Boot drückte sich Hemingway nie... zauderte nie, die späteste oder früheste Wache zu übernehmen, arbeitete in stinkendem Kielraumwasser, beschmierte sich am Motor über und über mit Öl oder holte, wenn nötig, die Scheiße mit der bloßen Hand aus dem verstopften Klo. Er tat, was getan werden mußte.

Ich war sechs Jahre alt gewesen, als mein Vater in Europa gestorben war. Als er das Haus verließ, war ich gerade fünf geworden. Auf den beiden Fotografien, die wir von ihm besaßen, hatte mein Vater nicht die geringste Ähnlichkeit mit Hemingway. Der Schriftsteller hatte eine tonnenförmige Brust, stämmige Beine, einen Stiernacken und einen vierschrötigen Kopf, wogegen mein Vater schlank und anmutig war, lange Finger und ein schmales Gesicht und eine Haut hatte, die im Sommer so dunkel wurde, daß ihn Fremde in unserem texanischen Städtchen regelmäßig als »Nigger« bezeichneten.

Aber etwas an Hemingway auf See weckte meine wenigen Erinnerungen an meinen Vater, und noch mehr an meinen Onkel. Vielleicht lag es daran, wie er sich so anmutig abstützte oder eine Unterhaltung führte, ohne seine Aufmerksamkeit je ganz vom Meer und dem Wetter abzuwenden. Hemingway war kein anmutiger Mann – ich hatte schon gesehen, daß er zu Ungeschicklichkeiten neigte und eine Sehschwäche hatte –, aber auf der *Pilar* bewegte er sich mit einer Anmut, wie sie nur wahre Seeleute besitzen.

Ich begriff allmählich, daß Ernest Hemingway dem Meer genau so seine ungeteilte Aufmerksamkeit schenkte, wie er sich darauf konzentrierte, was Frauen – jedenfalls Frauen, die ihn interessierten – zu ihm sagten. Und vielleicht handelte er in beiden Fällen aus denselben Beweggründen so: Weil er glaubte, daß sie ihn etwas lehren konnten.

Und Hemingway lernte schnell, das hatte ich bereits festgestellt. In unseren Gesprächen war deutlich geworden, daß er als Junge gar keinen und als junger Mann kaum Kontakt mit dem Meer gehabt hatte, davon abgesehen, daß er den Atlantik auf großen Schiffen überquert hatte – zuerst, als er in den Krieg gezogen war, um Fahrer eines Krankenwagens zu werden; dann als er – ein verwundeter Veteran – zurückkehrte, um als Reporter nach Europa zu gehen; und schließlich als er als ein verheirateter Mann wiederkam und vorhatte, sich mit seiner Frau in Kanada niederzulassen, und so weiter. Erst ab 1932 fuhr Hemingway regelmäßig mit einem kleinen Boot aufs Meer hinaus, der *Anita*, die einem Freund namens Joe Russel gehörte, der auf Key West lebte. Russell hatte Hemingway die Grundkenntnisse von Navigation und den Umgang mit einem Boot beigebracht – und auch, wie man Alkohol schmuggelte, wenn man dem Schriftsteller Glauben schenken wollte – und ihm danach das Hochseefischen und die Insel Kuba schmackhaft gemacht.

In jüngster Zeit, wußten Ibarlucia und die anderen zu berichten, war Russell nach Kuba gekommen, um seinen Freund zu besuchen, und war von Hemingway wie ein großväterlicher Freund behandelt worden, der mit dem alten Schmuggler auf der *Pilar* hinaus fuhr, ihm Limonade servierte und immerzu fragte: »Haben Sie es bequem, Mr. Russell?« Hemingway ehrte seinen alten Lehrer, auch wenn die Rollen von Lehrer und Schüler längst umgekehrt waren.

Das, wurde mir klar, war ebenfalls eine Eigenschaft von Hemingway, die von allen in seiner Umgebung übersehen oder unterschätzt wurde. Der Schriftsteller gehörte zu den seltenen Menschen, die sich von anderen von der Leidenschaft für etwas anstecken ließen – meinethalben Stierkampf, Forellenfischen, Großwildjagd oder Hochseeangeln, edle Weine oder lukullische Genüsse, Skifahren oder die Berichterstattung über den Spanischen Bürgerkrieg –, und innerhalb von wenigen Jahren, manchmal Monaten, war *Hemingway* der Experte, der anderen von der Schönheit und Ästhetik der Sportart oder Aktivität berichtete, die ihn in ihren Bann gezogen hatte. Und dann verneigten sich selbst seine ehemaligen Lehrmeister vor Hemingways Kenntnis und behandelten den offensichtlichen Amateur als den Meister, zu dem er geworden war.

Was Spionage anbetraf, war Hemingway immer noch ein Dilettant; bis jetzt hatte er immer nur aus dem Stegreif gehandelt. Was würde passieren, wenn ich ihn mit den Realitäten des Spiels vertraut machte? Würde aus seiner Spielerei binnen weniger Monate tödliches Geschick werden? Würde er den komplexen Charakter von Spionage und Spionageabwehr genau so verstehen, wie er jetzt die tödlichen, gleichgültigen Capricen des Meeres begriff?

Vielleicht. Aber ich hatte keinen Grund, ihm etwas beizubringen. Noch nicht.

Delgado sah sofort die Ironie darin, daß ausgerechnet ich während der ersten zehntägigen Mission des Schriftstellers in den Camagüey-Archipel das Kommando über die Gaunerbande erhielt. »Sie wurden hierhergeschickt, um diese Torheit im Auge zu behalten«, sagte Delgado. »Und nun sind Sie der Chef davon.«

Darauf hatte ich keine Antwort. Ich war zu sehr beschäftigt, um zu widersprechen.

Ohne Hemingway und seine Freunde ging es auf der *finca* vergleichsweise ruhig zu. Pichilo, der Gärtner, machte sich in den Blumenbeeten und Hecken zu schaffen, Pancho Castro, der Zimmermann, hämmerte und sägte und baute neue Bücherregale für das Haus, Ramón, den Koch, konnte man ab und an lauthals fluchen hören, und René Villaréal, Hemingways Leibdiener, schlich katzengleich auf dem Gelände herum, teilte die anderen Diener für bestimmte Aufgaben ein und beaufsichtigte das Anwesen in Abwesenheit von Roberto Herrera, dem eigentlichen Manager der *finca*. Roberto war momentan mit dem Boß auf See.

Den ganzen Mai und Anfang Juni hindurch behielten Hemingway und Gellhorn die Angewohnheit bei, an Sonntagen ausgiebige Partys auf der *finca* zu feiern. Die Zusammenkünfte waren fröhlich und gut besucht, und sonntags trieben sich stets dieselben Leute auf dem Anwesen herum – Botschafter Braden und seine Frau, eine Schar Basken, darunter der übliche harte Kern von Jai-Alai-Spielern; Leute von der Botschaft wie Ellis Briggs, Bob Joyce und deren Frauen und Kinder; einige spanische Priester – meistens mit Don Andrés Untzaín; des weiteren einige Millionäre, Winston Guest und Tom Shevlin waren Stammgäste, aber auch Jachtbesitzer, die zu Besuch weilten. Helga Sonnemann hatte an zwei oder drei der sonntäglichen Zusammenkünfte teilgenommen, solange die *Kreuz des Südens* repariert wurde, aber Theodor Schlegel setzte nie wieder einen Fuß auf das Gelände der *finca*. Hinzu kam ein bunter Haufen von Leuten, die zufällig vorbeikamen und zum Dinner oder auf einen abendlichen Drink blieben – Shipwreck Kelly, berühmte einheimische Fischer wie Carlos Gutierrez sowie alte Freunde, die von Key West herüberkamen, um einen Tag mit dem Schriftsteller und seiner Frau zu verbringen. Nun waren die Partys verschoben, und die Sonntagnachmittage waren so ruhig, daß ich die Bienen im Garten summen hören konnte, wenn ich im Gästehaus Berichte las.

Wir hatten das Problem, Maria Marquez vor Lieutenant Maldonado zu beschützen, einfach dadurch gelöst, daß wir die Hure in aller Öffentlichkeit versteckten. Xenophobia… ich benutzte nur noch diesen Spitznamen, wenn ich an sie dachte… schlief immer noch in Klasse A, aber tagsüber arbeitete sie als Mitglied des Personals auf der *finca*. Martha Gellhorn hatte darauf bestanden, daß die junge Hure niemals etwas von dem Essen berühren durfte, das zubereitet wurde, aber abgesehen von diesem Verbot – und der Tatsache, daß Gellhorn das Mädchen nicht sehen wollte – gliederte sich Maria in den Zeitplan und den Arbeitsrhythmus auf der Farm ein. Wenn Gellhorn unterwegs war – und das war sie im Juni meistens; Juan Pastor Lopez, der Chauffeur, fuhr sie am Morgen mit dem großen Lincoln nach Havanna und kehrte erst spät abends wieder zurück –, durfte sich Xenophobia zwischen ihren einfachen Haushaltstätigkeiten am Pool entspannen oder sich frei auf dem Anwesen bewegen.

Lieutenant Maldonado war nicht gekommen, um nach dem Mädchen zu suchen. Aus den Berichten der Gaunerbande wußte ich, daß die Staatspolizei immer noch nach der verschwundenen Hure aus Havanna suchte, ebenso wie einige von Theodor Schlegels Kontaktmännern unter den Falangisten auf Kuba, aber aus den Berichten wußte ich auch, daß Maldonado und der Agent der Abwehr zu beschäftigt waren, um viel Zeit auf die Suche nach der angeblichen Mörderin zu verschwenden.

Als ich die Berichte von Hemingways Agenten sammelte und eine einflußreichere Rolle bei dem Unternehmen einnahm, sah ich das Spionagenetz des Schriftstellers in einem neuen Licht. Es gibt zwei Möglichkeiten, einen wirksamen Spionage- oder Spionageabwehrring aufzubauen. Die erste und gebräuchlichste besteht darin, die Agenten im Außendienst in »Zellen« einzuteilen – wobei jede Zelle autonom handelt und nichts von den anderen Zellen weiß, und alle, die die Zellen kontrollieren, Namen, Kontaktpersonen, Codes und Einsatzdirektiven nur insoweit kennen, als es wirklich unumgänglich notwendig ist. Das funktionierte auf dieselbe Weise, wie wasserdichte Kammern in einem großen Schiff funktionieren: Man kann ein Leck in einer oder mehreren Zellen begrenzen und abriegeln und das Schiff retten. Die andere Möglichkeit, eine wirksame Gruppe zu gründen – besonders für die Spionageabwehr –, besteht darin, daß jeder jeden kennt. Ein solcher Kader löst viele Sicherheitsprobleme, weil es fast unmöglich ist, so eine Gruppe zu infiltrieren oder zu unterwandern und verschiedene Agenten Informationen teilen und Aufgaben gemeinsam meistern können. Professionelle Spionagegruppen benutzen diese Form selten – die Gruppe der British Security Coordination war eine Ausnahme –, weil bei einem Leck in einer dieser Zellen das gesamte Schiff untergehen würde.

Aber im Fall der Gaunerbande funktionierte die bunt zusammengewürfelte Schar erstaunlich gut.

Es wurde deutlich, daß weder Lieutenant Maldonado noch sein Boß, Juan der Zeuge Jehovas, große Fortschritte bei der Suche nach Maria Marquez machten, weil sie zu sehr damit beschäftigt waren, Schmiergelder anzunehmen und Aufträge für das FBI und den deutschen Geheimdienst gleichermaßen zu erledigen.

Zuerst hatte ich meine Zweifel an diesen Schlußfolgerungen, aber je mehr sich die Berichte der Gaunerbande überlappten, desto deutlicher wurde das Mosaik von *Caballo Locos* Korruption. Aber es ergab überhaupt keinen Sinn.

Die Berichte schienen zu bestätigen, daß Hemingways Agenten nichts in und um Havanna entging. Der Page des Hotels Plaza berichtete, daß Lieutenant Maldonado und Teddy Shell alias Theodor Schlegel sich sechsmal in einer Suite getroffen hatten, die Shell in dem Hotel gemietet hatte. Jedesmal war der Lieutenant der Staatspolizei mit einer schweren Aktentasche gegangen. Zweimal war ein Mädchen, das im Schönheitssalon auf der Prado arbeitete, Maldonado zur Banco Financiero Internacional in der Calle Linea gefolgt. Viermal wurde Maldonado auf dem Weg vom Hotel Plaza zur Bank erfolgreich von einem Agenten Hemingways beschattet, der lediglich den Namen Agent 22 trug. Ich wußte nicht, wer Agent 22 war, aber seine Observierungen waren erfolgreich, auch wenn seine Berichte so viele Rechtschreibfehler enthielten und so krakelig mit Bleistift geschrieben wurden, daß es aussah, als hätte ein Zehnjähriger sie verfaßt. Ein ehemaliger spanischer Adliger, der heute im Aufsichtsrat der Banco Financiero Internacional saß, wußte zu berichten, daß Lieutenant Maldonado kein Privatkonto bei der Bank hatte, es aber ein spezielles Konto mit der Bezeichnung Orishas Incorporated gab – wörtlich übersetzt »Götter GmbH« – und Maldonado sechzigtausend amerikanische Dollar auf dieses Konto einbezahlt hatte, und Juan der Zeuge Jehovas, sein Boß, noch einmal fünfunddreißigtausend.

Warum bezahlte die Abwehr die kubanische Staatspolizei? Es handelte sich nicht um Schutzgeld, da war ich sicher. Die kubanische Polizei sah ohnehin schon weg, wenn es um Nazi-Sympathisanten, rechte Falangisten und deutsche Agenten im Land ging.

Aber dann kam das FBI ins Spiel. Ein chinesischer Kellner im China-Restaurant Pazifik hatte gesehen, wie sich *Caballo Loco* vor ihrem Restaurant zweimal mit einem Amerikaner namens Howard North getroffen hatte. Der blinde alte Mann im Parque Central kannte das Geräusch von Howard Norths 1936er Chrysler und berichtete, daß er beide Male auf der Prado Richtung Nordosten zum Malecón gefahren war. Beim zweitenmal war unser geheimnisvoller Agent 22 dem Chrysler irgendwie auf der Quinta Avenida hinaus bis zu der Hafenstadt Mariel gefolgt und war dort nahe genug herangekommen, um mit anzusehen, wie der Lieutenant der Staatspolizei und *Señor* Howard North allein auf den menschenleeren Piers spazieren gegangen waren. North gab Lieutenant Maldonado eine kleine braune Aktentasche. Am selben Nachmittag, wußte unser Kontaktmann in der Bank, hatte Maldonado fünfzehntausend amerikanische Dollar auf das Konto Orisha einbezahlt. Am Tag des ersten Zusammentreffens mit Howard North war dieselbe Summe eingezahlt worden.

Howard North war ein Special Agent des Federal Bureau of Investigation im Büro von Havanna.

Ich hatte Delgado nicht gebeten, diesen Sachverhalt zu bestätigen. Am Donnerstag der Woche, die Hemingway im Camagüey-Archipel verbrachte, hatte ich den wöchentlichen Bericht zu Bob

Joyce in der Botschaft gebracht und beiläufig gefragt, ob ein neuer FBI-Agent in der Stadt war.

»Woher wissen Sie das?« fragte Joyce und betrachtete den aufpolierten Bericht, den ich für ihn abgetippt hatte. Er schaute grinsend auf. »Raymond Leddy, der Top-Mann des Bureau und unser Verbindungsmann hier, hat sich ziemlich darüber aufgeregt, daß er einen neuen Mann bekam. Special Agent North. Wurde vor zehn Tagen von Washington hierhergeschickt. Ich schätze, er wurde nicht angefordert und wird eigentlich auch nicht gebraucht... wir haben schon sechzehn Agenten hier in Havanna.«

»Ist Special Agent North in einer wichtigen Angelegenheit hier?« fragte ich. »Ich meine, Sie müssen es mir natürlich nicht sagen, wenn es vertraulich ist. Ich war nur neugierig, ob es etwas mit Hemingways Unternehmen zu tun haben könnte.«

Bob Joyce kicherte. »Ich glaube nicht, daß Special Agent North mit irgendeinem Unternehmen zu tun haben wird«, sagte er. »Er ist eine Art Buchhalter. Darum sind Leddy und die anderen Jungs im Büro von Havanna so ausgerastet. Sie glauben, daß North hergeschickt wurde, um ihre Bücher zu prüfen... um sicherzugehen, daß alle Pennies und Pesos verbucht sind.«

»Ich schätze, irgend jemand muß es tun«, sagte ich.

Zehntausende Dollar flossen von Theodor Schlegel und dem FBI zur kubanischen Staatspolizei. Was, zum Teufel, war hier los? Man mußte davon ausgehen, daß die Schmiergelder der Abwehr in direktem Zusammenhang mit den Geheimdienstaktivitäten um die *Kreuz des Sündens* standen, aber wieso mußte ein Buchhalter des FBI *Caballo Loco* und seinen Boß bezahlen? Noch seltsamer war die Tatsache, daß die hiesigen FBI-Leute keine Ahnung zu haben schienen, was hier vor sich ging.

In der dritten Juniwoche, kurz bevor Hemingway und seine Kumpels von ihrer geheimen Mission zurückkehrten, rief ich Agent 22 zu mir.

Es war der 23. Juni, und ich befand mich auf der *finca,* saß mit Dr. Herrera Sotolongo im Schatten und unterhielt mich über die Gaunerbande, als sich Agent 22 schließlich meldete.

Der Doktor wußte natürlich von Hemingways Spionageaktivitäten, hatte sich aber, anders als sein Bruder, nicht bereiterklärt, dem Unternehmen beizutreten.

»Ernesto hat darauf bestanden«, sagte der Doktor, »aber ich habe mich geweigert. Er hatte sogar schon einen Codenamen für mich ausgesucht – Malaboto –, doch ich lachte nur und weigerte mich wieder.«

Ich lachte ebenfalls. Ein *malaboto* war ein spezieller Typ von Kampfhahn.

»Ernesto und seine Codenamen«, sagte der Doktor grübelnd und trank von seinem Gin Tonic. »Wußten Sie, *Señor* Lucas, daß er sich bei diesem Spionagespiel, das er da spielt, selbst Agent Zero-Acht nennt?«

Ich lächelte immer noch. Ich wußte, daß Hemingway seine gesamten Berichte mit »Agent 08« unterzeichnete.

»Warum wollen Sie nicht an derlei Aktivitäten teilhaben, Doktor?« fragte ich. Ich wußte, daß Herrera Sotolongo die Faschisten mehr haßte als die meisten Männer, die sich an diesem Tag mit Hemingway auf der *Pilar* befanden.

Der ruhige Doktor stellte sein Getränk ab und überraschte mich, indem er mit der Faust auf die Armlehne des Stuhls schlug. »Ich will kein Polizist sein!« sagte er unversöhnlich auf spanisch. »Gottverdammt, ich war Soldat und würde jederzeit wieder Soldat sein... Hippokratischer Eid hin oder her... aber kein Polizist! Ich habe Polizisten oder Spione nie leiden können!«

Darauf wußte ich nichts zu sagen. Dann nahm der Doktor sein Glas wieder in die Hand und sah mir direkt in die Augen. »Und nun ist Ernesto von Spionen umgeben. Von Leuten umgeben, die nicht sind, was sie zu sein vorgeben.«

Ich hielt dem Blick des Doktors stand, als ich antwortete: »Was meinen Sie damit?«

Herrera Sotolongo trank den letzten Rest Gin Tonic. »Dieser Millionär... sein Freund... Winston Guest.«

Ich muß gestehen, daß ich zusammenzuckte. »Wolfer?«

Der Doktor schnaubte. »Diese Spitznamen, mit denen Ernesto uns beehrt. Das ist wie eine Krankheit. Wußten Sie, *Señor* Lucas, daß *Señor* Guest Fuentes und den anderen nicht ganz so gebildeten Mitgliedern von Ernestos Truppe gesagt hat, er, Guest, sei Winston Churchills Neffe?«

»Nein«, sagte ich.

»Es stimmt«, sagte der Doktor. »*Señor* Guest war ein angesehener

Polospieler in England. Außerdem ein viel besserer Großwildjäger als Ernesto. Wissen Sie, daß sie sich in Kenia kennengelernt haben… 1933 glaube ich?«

»*Señor* Hemingway erwähnte, daß sie sich in Afrika kennengelernt haben, ja.«

»Es stimmt«, sagte Dr. Herrera Sotolongo, daß *Señor* Guest *muy preparado* ist. Sie kennen den Ausdruck?«

»*Sí*«, sagte ich. »Sehr kultiviert. Gebildet.«

»Mehr *preparado* als Ernesto weiß«, murmelte der Doktor. »*Señor* Guest ist ein Spion.«

»Wolfer?« sagte ich genauso belämmert wie beim erstenmal. »Für wen, Doktor?«

»Für die Briten natürlich. Jeder in Havanna hat ihn gesehen –«

Genau in diesem Moment kam ein zehnjähriger, in Lumpen gekleideter Straßenjunge zum Pool und hob die Hand zur Stirn – ein Salut, wie mir später klar wurde.

»Ja, was ist, Junge?« fragte ich leise. Ich erkannte den Jungen als das Kind, das bei meinem ersten Besuch hier vor mir zur Finca Vigía gelaufen war. Wenn einer von Hemingways Leuten seinen Bericht durch diesen Jungen überbringen ließ, würde ich ihn herbeordern und ihm einen Vortrag über Sicherheit und Vernunft halten müssen.

»Ich bin Santiago Lopez, *Señor* Lucas«, sagte der Junge. Das Hemd des Jungen war offen – es hatte keine Knöpfe –, und man konnte seine Rippen deutlich sehen. Er sah aus, als hätte er seit Tagen nichts gegessen. Was immer er wollte, ich würde ihn in die Küche schicken und Maria oder einer der anderen dort sagen, daß sie ihm ein gutes Essen zubereiten sollte, bevor er wieder auf den Straßen von Havanna betteln ging.

»Ja, ja?« sagte ich und versuchte, nicht zu grob mit dem Jungen zu sein.

»Sie haben Agent 22 gerufen«, fuhr der Junge mit fester Stimme fort, aber ich konnte sehen, daß seine Beine leicht zitterten.

Ich sah Dr. Herrera Sotolongo an und verdrehte die Augen. Die Hoffnungen, die ich hinsichtlich der Tüchtigkeit von Hemingways Gaunerbande gehegt hatte, lösten sich mit der Tatsache auf, daß dieses Kind mit einem Bericht hergeschickt wurde.

»Konnte er oder sie nicht persönlich kommen?« fragte ich.

»Er oder sie ist persönlich gekommen, *Señor* Lucas«, sagte das Kind. »Ich meine, *ich* bin gekommen. Sobald ich Ihren Befehl erhalten hatte, Sir.«

Ich sah den guten Doktor wieder an, der meinen leeren Blick mit seinem weisen, aber resignierten Lächeln erwiderte, dann führte ich Agent 22 in den Schatten der Ficusbäume und befragte ihn nach den neuesten Taten des Mörders Lieutenant Maldonado.

17

Die folgenden Wochen verliefen vergleichsweise ereignislos für die Gaunerbande und schienen weitgehend von Hemingways familiären Angelegenheiten beherrscht zu werden. Später jedoch sollte ich diesen Juni und Juli als Ruhe vor dem Sturm betrachten … und auch wenn ich keine Ahnung hatte, was für ein Sturm sich zusammenbraute – wenn überhaupt –, entsinne ich mich deutlich, daß jeder Tag von derselben Art nervöser Spannung erfüllt schien, die ein Matrose empfindet, wenn er sieht, wie sich am Horizont Sturmwolken auftürmen, während er auf dem schnellsten Weg nach Hause möchte.

Hemingway wurde am 21. Juli 1942 dreiundvierzig Jahre alt. Den größten Teil jener Nacht und der darauffolgenden verbrachte ich mit dem Schriftsteller bei Gesprächen in der Kabine der *Pilar*.

Wir waren seit sechs Jahren auf U-Boot-Patrouille. Hemingways Söhne – Patrick und Gregory, oder Mousie und Gigi, wie er sie nannte – hielten sich an Bord auf, ansonsten aber bestand die Besatzung nur aus Fuentes, Winston Guest und mir. Drei Tage hatten wir die *Kreuz des Südens* auf ihrer scheinbar ziellosen und endlosen Seereise verfolgt, die Funksprüche abgehört, gelegentlich die von atmosphärischen Störungen überlagerten Gespräche mitbekommen, die deutsche U-Boot-Kommandanten miteinander führten, und Verbindung mit dem kleinen Militärstützpunkt in Cayo Confites gehalten, während wir eigentlich darauf warteten, daß die Jacht des Viking Fund ihren ersten Zug machte. Am vierten Tag verloren wir das große Schiff in einem schweren Sturm. Nach Funk- und Navigationshinweisen eines U-Boots, das aus der Gegend von Key Romano funkte, schlugen wir am Abend des fünften Tages diese Richtung ein.

Hemingway half mir bei der schwierigen Navigation, als wir uns Key Romano in der Dämmerung näherten. Zuerst überquerten wir die Mündung von Punta Practicos, bis wir den Leuchtturm von Maternillos auf Key Sabinal sehen konnten. Danach nahmen wir den Schub weitgehend zurück, als wir den gefährlichen Old Bahamas Kanal durchquerten. Fuentes stand am Bug und hielt sorgfältig nach Riffen und Sandbänken Ausschau.

Als wir die innere Zone der Inseln erreicht hatten, wurde der Weg zu einem Labyrinth von Untiefen – mitunter mit sechzig Zentimetern Wassertiefe oder weniger –, und viele Kanäle gingen in Bäche und schmale Flüßchen über, die von der Insel herabflossen. In einer kleinen Bucht lag das Dorf Versailles – ein halbes Dutzend Häuser, die meisten auf Pfählen, und die Hälfte davon verlassen. Dort gingen wir an einer Stelle vor Anker, die Punta de Mangle genannt wurde, und verbrachten drei Tage damit, mit der *Tin Kid* die Meeresarme und Kanäle zu erforschen, fragten die Fischer, ob sie eine große Jacht in den Hauptkanälen gesehen hätten und versuchten mit codierten Funksprüchen, die wir empfingen, Dreieckspeilungen durchzuführen.

Hemingways Geburtstag verlief so angenehm, wie wir es an Bord der *Pilar* machen konnten, so lange wir zwischen Pfefferbuschwäldern und Mangrovenwurzeln am Arsch der Welt festsaßen. Patrick und Gregory hatten bunt verpackte Geschenke für ihren Papa gekauft, Winston Guest überreichte Hemingway zwei Flaschen eines sehr teuren Champagners, Fuentes hatte eine kleine Figur aus Holz geschnitzt, über die sich der Schriftsteller sehr freute, und es gab ein besonderes Abendessen. Ich hatte ihm natürlich nichts gekauft, trank aber am Abend ein Glas Champagner auf sein Wohl.

Ich erinnere mich an das Essen, weil ich dem Ersten Maat beim Kochen zugesehen habe. Zum Auftakt gab es ein Spaghettigericht. Fuentes nahm eine ganze Packung Spaghetti und brach sie in der Mitte entzwei, bevor er sie in das kochende Wasser fallen ließ. Er hatte ein Huhn aus der Eisbox geholt und kochte es in einem speziellen Fond aus Rinder- und Schweineknochen. Als das Huhn gar war, schüttete er die Brühe ab, nahm die krossen Krümel, die im Sieb hängen geblieben waren und gab die Mischung zu dem Huhn. Dann salzte er das Ganze und pürierte alles. In der kleinen Kombüse roch es bereits so gut, daß ich auf der Stelle hätte anfangen können zu essen.

Danach nahm Fuentes galizisches Schweinefleisch und Chorizo – eine spanische Wurst – und pürierte das ebenfalls. Er mischte es unter das pürierte Huhn und die köchelnde Brühe, gab Paprika dazu und kochte alles auf kleiner Flamme auf dem winzigen Herd. Dann schüttete er die Spaghetti ab und servierte sie mit ein paar Prisen Zucker. Er goß die Soße in eine separate Schüssel, stellte alles auf den Tisch und brüllte, daß alle ihre Arbeit liegen lassen und schleunigst in die Kombüse kommen sollten.

Während wir alle dieses erstaunliche Spaghettigericht aßen, bereitete Fuentes den Hauptgang zu. Am Morgen hatten wir einen Schwertfisch gefangen, von dem er schon beizeiten sechs große Scheiben abgeschnitten und mariniert hatte. Während wir nun Spaghetti aßen, guten Wein tranken und uns unterhielten, zerließ Fuentes ein halbes Pfund Butter und briet die Schwertfischscheiben bei geringer Hitze. Er nahm ebenfalls an der Unterhaltung teil, während er Zitronensaft auf die Scheiben träufelte und sie wendete, damit sie gleichmäßig braun wurden. Das Aroma war erstaunlich, besser als von brutzelnden Steaks. Dann legte er jede Scheibe auf einen Teller, salzte zurückhaltend und garnierte jeden Teller mit frischem Salat und Gemüse, das er sautiert hatte. Für Hemingway hatte er als zusätzliche Beilage noch eine spezielle Soße aus Peperoni, Petersilie, schwarzem Pfeffer, Rosinen und Kapern zubereitet, die er neben dem Schwertfisch in einer Pfanne mit sehr fein gehacktem Spargel geköchelt hatte.

»Tut mir leid, Ernesto«, sagte der Erste Maat und Koch, während wir alle die köstliche Mahlzeit verspeisten. »Ich hatte Ihnen frische Krabben mit Zitrone und Oktopusfrikassee machen wollen, aber wir haben keine Krabben gesehen, und ich habe diese Woche keinen Oktopus gefangen.«

Hemingway klopfte Fuentes auf den Rücken, schenkte ihm ein großes Glas Wein ein und sagte: »Dieser Schwertfisch ist der beste, den ich je gegessen habe, *compadre*. Er ist ein Geburtstagsgeschenk, das eines Königs würdig wäre.«

»*Sí*«, stimmte Fuentes zu.

Am Abend des Tages nach seinem Geburtstag übernahmen Hemingway und ich zusammen die Nachtwache, und da redete er mehr mit mir als jemals zuvor. Anfangs sprachen wir über unsere Chancen, die *Kreuz des Südens* wiederzufinden, und über unsere Pläne, falls wir sie fanden; er äußerte sich erstaunt über die Wendung, die die Arbeit der Gaunerbande in den vergangen Wochen genommen hatte; dann folgten zaghafte, verbitterte Kommentare über seine abwesende Frau – Gellhorn war zu ihrer Karibikkreuzfahrt für *Colliers* aufgebrochen –, und zuletzt hielt er auf der Brücke einen Monolog. Die Brücke war dunkel, abgesehen vom schwachen Lichtschein einer Kompaßhauslampe und dem Glanz der Sterne, die über uns standen wie ein Baldachin und nicht einmal da schwächer strahlten, wo sie zwischen den Sträuchern und Mangrovenbäumen hindurch schienen, die unsere kleine Bucht umgaben.

»Was meinen Sie, Lucas? Wird dieser grandiose kleine Krieg noch ein Jahr dauern ... zwei Jahre ... drei?«

Ich zuckte in der Dunkelheit die Achseln. Wir tranken Flaschenbier aus der Eisbox der *Pilar*, das immer noch kalt war. Die Nacht war ziemlich warm, an den Flaschen perlte kaltes Kondenswasser hinunter.

»Ich glaube, er wird noch mindestens fünf Jahre dauern«, sagte Hemingway, der leise sprach, wohl um die Jungs und die beiden schlafenden Männer nicht zu wecken, wahrscheinlicher aber, weil er müde und leicht betrunken war und eigentlich Selbstgespräche führte. »Vielleicht zehn. Vielleicht ewig. Kommt darauf an, was wir als Kriegsziele versprochen haben. Eines steht jedenfalls fest ... er wird ein verdammtes Vermögen kosten. Dieses Land kann die Rechnung bezahlen ... wir mußten in den Vereinigten Staaten noch nicht einmal auf unsere Reserven zurückgreifen ... aber Länder wie England, die sind im Arsch, auch wenn sie nicht von den Deutschen überrannt werden. Diese Art von Krieg wird ihr Empire auch dann in den Ruin treiben, wenn sie gewinnen, Lucas.«

Ich saß schweigend daneben und betrachtete den Schriftsteller im schwachen Licht. In den vergangenen zwei Wochen hatte sich Hemingway nicht rasiert – er sagte, das ständige Sonnenlicht hätte seine Haut so sehr gereizt, daß er es nicht konnte –, und sein Bart wuchs dunkel wie der eines Piraten. Ich vermutete, daß das Piratenaussehen der eigentliche Grund für das Gestrüpp war.

»Ich trage meinen Teil zur Finanzierung des gottverdammten Krieges bei, den ich nie wollte«, fuhr der Schriftsteller fort und befleißigte sich der übertrieben sorgfältigen Aussprache, die mir sagte, daß er viel zuviel getrunken hatte. »Mußte mir zwölftausend Piepen borgen, nur damit ich letztes Jahr meine hundertunddreitausend Dollar Einkommensteuer zahlen konnte. Entschuldigen Sie, daß ich von Geld spreche, Lucas. Mach ich sonst nie. Aber … Herrgott noch mal, hundertunddreitausend Dollar Einkommensteuer. Können Sie das glauben? Wen die Götter vernichten wollen, den machen sie zuerst in seiner Branche erfolgreich. Ich meine, ich muß dieses Darlehen zurückzahlen und diesen Sommer, nächsten Winter und wann auch immer noch genügend verdienen, daß ich nicht vollkommen mittellos und pleite dastehe, wenn ich aus dem Krieg zurückkehre. *Wenn* ich überhaupt jemals in diesen Scheißkrieg ziehe.«

Er trank sein Bier und lehnte sich tiefer in die Kissen zurück. Ein Nachtvogel rief in dem Mangrovendickicht dreißig Meter achtern von uns.

»Pauline, meine zweite Frau, bekommt jeden Monat fünfhundert Piepen von mir, Lucas. Steuerfrei. Dieses Jahr habe ich nicht viel geschrieben … Scheiße, ich habe so gut wie gar nicht geschrieben … daher ist das ein gravierender Verlust von Kapital. In zehn Jahren macht das … wieviel? Sechzigtausend Dollar. Ich wäre in nicht einmal fünf Jahren mittellos. Sie sehen, es ist gar nicht so einfach, ein erfolgreicher Schriftsteller zu sein.«

Die *Pilar* ächzte in ihren Tauen, Hemingway stand umständlich auf, sah nach dem Heckanker und kam zu seinem Platz neben mir auf der Brücke zurück geschlurft. Im Licht der Kompaßhauslampe konnte ich seine dunklen Augen und die sonnenverbrannte Nase sehen.

»Marty versteht überhaupt nichts von Geld«, sagte er langsam und leise. »Sie knausert schrecklich mit Pennies und gibt Riesensummen aus, ohne einen Gedanken daran zu verschwenden. Sie nimmt es tapfer, weiß aber nicht, daß man Reserven haben muß, von denen man zwischen den Büchern leben kann – zwischen den Büchern vergeht immer mehr Zeit, je älter man wird, Lucas. Zumindest wenn man nur gute Bücher schreiben will.«

Mehrere Minuten herrschte Schweigen, abgesehen vom Plätschern der Wellen am Rumpf und dem leisen Ächzen, das jedes kleine Schiff von sich gibt.

»He«, sagte er schließlich, »haben Sie die Goldmedaille gesehen, die der Schützenverein Gigi verliehen hat?«

»Nein«, sagte ich.

»Verdammt eindrucksvoll«, sagte Hemingway, dessen Stimme plötzlich unbeschwerter klang. Darauf steht: ›Für Gigi, als Zeichen der Bewunderung von den Schützenkollegen, Club de Cazadores del Cerro.‹ Herrgott, Lucas, Sie hätten letzte Woche dasein sollen. Mit neun Jahren hat er vierundzwanzig gestandene Männer besiegt, alle gute Schützen, manche sogar ausgezeichnete Schützen, und es wurde auf lebende Tauben geschossen. Er ist mit einer Vierzehner gegen Männer mit Zwölfkalibrigen angetreten. Und auf lebende Tauben schießen ist nicht gerade Routine, wie bei Tontauben. Jeder Vogel ist anders. Und man muß sie nicht nur treffen, man muß sie innerhalb einer gewissen Strecke töten. Und Patrick ist als Schütze noch viel besser. Im Augenblick schießt Patrick besser als Gigi, aber er macht es so bescheiden und leise und mit so wenig Form oder Stil, daß es keinem auffällt, außer den Altvorderen und Buchmachern, während Gigi in den Zeitungen als *el joven fenómenico Americano* bezeichnet wird, und am Tag bevor wir zu dieser Patrouille aufgebrochen sind… ich glaube, es war am Tag davor… wurde er in einem Zeitungsartikel *el popularísimo Gigi* genannt.«

Hemingway schwieg einen Moment. Dann wiederholte er: *»El popularísimo Gigi«*, und seine Stimme klang belegt. »Also muß ich jetzt sagen: Geh runter zum Postamt und hol die Post, *popularísimo*. Oder: Zeit, ins Bett zu gehen *popularísimo*. Vergiß nicht, dir die Zähne zu putzen, *popularísimo*.«

Ein Meteorit zog seine Bahn vom Zenit zum Horizont. Wir saßen beide ein paar Minuten schweigend nebeneinander, hatten die Köpfe zurückgelegt, betrachteten den Himmel und warteten auf einen weiteren. Der Himmel enttäuschte uns nicht.

»Ich wünschte, ich könnte erleben, wie einige der Kriegstreiber, die uns diesen Krieg eingebrockt haben, selbst kämpfen müssen, bevor ich oder meine Jungs einrücken müssen«, sagte Hemingway sehr leise. »Bumby… Sie wissen, Bumby ist mein Ältester… er wird teilnehmen. Er hat ein altes Auto gekauft. Als Bumby letztes Frühjahr hier war, haben wir über nichts anderes gesprochen. Hadley, seine Mutter, meine erste Frau…«

Hemingway schien den Faden zu verlieren und verstummte einen Moment.

»Seine Mutter hat mir gerade geschrieben, daß Bumby die Karre quer durch das ganze Land fahren und selbst nach Osten bringen möchte«, sagte er schließlich. »Aber ich werde ihr schreiben und sagen, daß das sinnlos ist. Er würde auf dem Weg nach Osten die Reifen abfahren, und die Benzinrationierung ist heutzutage so streng, daß ein Auto kaum von Nutzen ist, ist man erst einmal dort. Außerdem, sagt Bumby, hat es nicht einmal einen Ersatzreifen, daher bezweifle ich, daß es eine Fahrt quer über den Kontinent überstehen würde. Er soll es lieber stehenlassen, wo es ist, damit er es hat, wenn er zuückkommt… oder wenn er aus dem Krieg zurückkehrt. *Falls* er aus dem Krieg zurückkehrt.«

Der Schriftsteller schien begriffen zu haben, was er gerade gesagt hatte, denn er verstummte, schüttelte den Kopf und trank den letzten Rest Bier.

»War dieser Schwertfisch nicht gut, Lucas?«

»Das war er.«

»Ist das Fischen nicht herrlich? Ich möchte nicht sterben, Lucas, niemals, denn jedes Jahr macht mir das Fischen und Schießen mehr Spaß. Beides mache ich noch so gern wie mit sechzehn, und jetzt, wo ich genügend gute Bücher geschrieben habe, daß ich mir darüber keine Gedanken mehr machen muß, würde ich mich mit Vergnügen auf das Fischen und Jagen konzentrieren und einmal jemand anderem das Spielfeld überlassen. Meine Generation hat genug getan, und wenn man nicht weiß, wie man das Leben genießt, wo wir nur ein Leben haben, dann ist das eine Schande und man hat das Leben gar nicht verdient.«

Irgendwo jenseits des Bugs sprang ein großer Fisch. Hemingway horchte eine Weile, dann wandte er mir wieder das Gesicht zu. Seine Augen glänzten verschwommen im Licht der Kompaßhauslampe.

»Natürlich ist es mein Pech, Lucas, daß ich mein Leben lang hart gearbeitet und mein Vermögen zu einer Zeit gemacht habe, in der alles, was man verdient, von der Regierung konfisziert wird. Das ist Pech. Ein Glück dagegen ist, wenn man die schöne Zeit und die wunderbaren Dinge hat, die ich hatte… die wir hatten… besonders Hadley und ich. Vor allem als wir so arm waren, daß wir buchstäblich keinen Pott hatten, um reinzupissen. Wir waren jung und pleite, konnten gut schreiben, lebten in Paris und saßen mit Freunden in Cafés, bis der Himmel hell wurde und die Jungs in den weißen Schürzen anfingen, die Bürgersteige vor den Bistros zu fegen, dann stolperten wir nach Hause, um miteinander zu schlafen, und dann wieder früh raus und schwarzen Kaffee… wenn wir Kaffee hatten… und dann den ganzen Tag schreiben, gut schreiben.«

Hemingway drückte sich tiefer in die Kissen der Brücke. Er sah zum Himmel, während er erzählte. Ich glaube, er wußte gar nicht mehr, daß ich da war.

»Himmel, ich erinnere mich an die Rennen draußen bei Enghien, wie wir das erste Mal selbst nach Pamplona segelten, dieses wunderbare Boot… die *Leopoldina*… und Cortina d'Ampezzo und der Schwarzwald. Ich habe die letzten paar Nächte wach gelegen… kann nicht schlafen… und dabei fielen mir diese Sachen ein, diese vielen Sachen, und die Lieder.

»A feather kitty's talent lies
In scratching out the other's eyes.
A feather kitty never dies
Oh, immortality.«

Hemingway hatte eine angenehme Tenorstimme. »Sind Ihnen meine Katzen auf der *finca* aufgefallen, Lucas?« Er sah mich wieder an und merkte, daß ich da war und zuhörte.

»Ja,«, sagte ich. »Man kann sie schwerlich übersehen.«

Hemingway nickte langsam. »Tagsüber bemerkt man sie fast gar nicht… sie streunen überall herum… aber zur Futterzeit findet eine verdammte Völkerwanderung statt, nicht? Wenn ich auf der *finca* nachts nicht schlafen kann, hole ich mir drei Katzen ins Zimmer und erzähle ihnen Geschichten. In der letzten Nacht vor der Patrouille habe ich Tester hereingeholt – das ist die rauchgraue Perserkatze – und Dillinger, den schwarzweißen Kater, den wir auch Boissy d'Anglas nennen, und diesen Maltesermischling, dem wir den Namen Willy gegeben haben. Ich erzähle ihnen Geschichten von anderen Katzen, die ich hatte… die wir hatten. Ich erzähle ihnen von F. Puss und von Mooky, unserer größten und tapfersten Katze, die mit uns im Westen war, und die einmal gegen einen Dachs gekämpft hat. Und wenn ich, ›Der *Dachs!*‹ sage, verschwindet Tester unter der Bettdecke, solche Angst hat sie.«

Wir saßen eine Zeitlang schweigend auf dem schwankenden

Boot. Langsam zogen Wolken vor die Sterne. Die leichte Brise hatte sich gelegt, aber die Wellen kamen noch langsam und regelmäßig. Es flogen keine Moskitos.

»Sind Sie noch wach, Lucas?«

»Ja.«

»Entschuldigen Sie diesen nostalgischen Mist.«

Da ich nichts sagte, fügte Hemingway hinzu: »Das ist ein Vorrecht, wenn man dreiundvierzig ist. Wenn Sie so lang gelebt haben, Lucas, werden Sie wissen, was ich meine.«

Ich nickte fast unmerklich und sah dem müden Mann zu, wie er sein Bier austrank.

»Nun, noch einen Tag hier herumdümpeln und nach Funkphantomen suchen«, sagte er, »und dann fahren wir zurück. Gigi und ich schießen am Sonntag bei der kubanischen Meisterschaft, und ich möchte, daß er sich vor dem Wettkampf einmal an Land ausschlafen kann.« Plötzlich grinste er. »Haben Sie gesehen, daß sich die Jungs bewaffnet haben, falls wir ein U-Boot finden, Lucas? Pat hat seine Lee Enfield drei-null-drei, und Gigi hat die alte Mannlicher-Schoenauer seiner Mutter gereinigt und geölt. Ich erinnere mich noch, wie Pauline in Afrika damit geschossen hat, auf der Löwenjagd ...«

»Warum haben Sie sie mitkommen lassen?« fragte ich. »Die Jungs.«

Hemingways Grinsen verschwand. »Stellen Sie mein Urteilsvermögen in Frage, Lucas?«

»Nein«, sagte ich. »Ich bin nur neugierig.«

»Wenn es bei den Patrouillen ernst wird«, sagte der Schriftsteller, »lasse ich die Jungs in dem kleinen kubanischen Marinestützpunkt Cayo Confites, während wir tagsüber U-Boote jagen. Bis dahin können sie gern an dem Abenteuer teilhaben. Gott weiß, das Leben ist ernst genug, auch ohne ihm den ganzen Spaß zu nehmen.«

Ich trank den letzten Schluck Bier. Es war spät. Die Sterne waren fast vollständig hinter dunklen Wolken verschwunden. Es schien sehr spät zu sein. Es roch, als wäre es noch später.

»Herrgott«, flüsterte Hemingway, »ich wünschte, Bumby könnte dieses Wochenende dabeisein. Er schießt ausgezeichnet auf Tauben. Fast so gut wie der kleine *popularísimo*. Einer der führenden Kritiker in Havanna hat geschrieben, daß es keine vier Schützen auf Kuba gibt, die die Kombination Bumby, Papa, Gigi und Mouse schlagen können. Ich wünschte mir, Bumby wäre am Sonntag hier, weil er so ruhig und gelassen schießt, wie er beim Tennisspielen nervös ist.«

Hemingway erhob sich, und zum erstenmal seit wir auf dem Boot waren, sah ich ihn den Bruchteil einer Sekunde um das Gleichgewicht ringen. »Ich gehe nach unten, Lucas. Werde nach den Jungs sehen und mich hinlegen. In etwa einer Stunde wird Wolfer raufkommen und Sie ablösen. Kurz nach der Dämmerung werden wir nördlich von Cayo Romano kreuzen ... mal sehen, ob wir die *Kreuz des Südens* durch Glück und Gottes Hilfe wiederfinden können.«

Der Schriftsteller entfernte sich, verschwand unter dem Vordach der Brücke in der Dunkelheit und ging die Treppe hinunter in die vordere Kabine. Ich konnte ihn in der Nacht leise summen hören und die Worte verstehen:

»*A feather kitty's talent lies*
In scratching out the other's eyes.
A feather kitty never dies
Oh, immortality.«

Die Jungs waren in der zweiten Juliwoche angekommen, kurz bevor Gellhorn abgereist war. Ich weiß nichts über Kinder, davon abgesehen, daß man sie für gewöhnlich in zwei Kategorien einteilen kann – unerträglich nervtötend und ein bißchen nervtötend –, aber Hemingways beide Jungs schienen ganz in Ordnung zu sein. Beide waren schlank, hatten Sommersprossen, zerzaustes Haar und ein freundliches Lächeln – aber Gregory, der jüngere, zeigte sein Lächeln oder andere Gefühlsregungen wesentlich schneller als sein älterer Bruder. Patrick war im Sommer 1942 vierzehn Jahre alt – sein Geburtstag war Ende Juni gewesen –, und er bekam allmählich die schlaksige Gestalt der Pubertät. Obwohl Hemingway mir versichert hatte, daß sein neunjähriger Sohn jeden beim Taubenschießen besiegen konnte, war Gregory in diesem Sommer schon zehn. Der Junge sagte mir, daß er am 12. November Geburtstag hatte und 1931 geboren worden war. Ich wußte nicht, ob es üblich war, daß Eltern das Alter ihrer Kinder vergaßen, aber bei Hemingway konnte ich mir gut vorstellen, daß es passierte, zumal er sie nur ein- oder zweimal im Jahr sah.

Es hatte ewig gedauert, bis der Antriebsschacht der *Kreuz des Südens* repariert war, und sie mußte noch zweimal für weitere Reparaturen die Schiffswerft Casablanca anlaufen, und so wurde es Juli, bis sie wieder in See stechen konnte, und danach führte ihr Kapitän drei Wochen lang vorsichtige Manöver mit ihr durch, die sie selten außer Sichtweite des Landes brachten. Trotzdem war Hemingway nervös und konnte es kaum erwarten, die Spur der großen Jacht aufzunehmen, daher wurden die Jungs fast auf der Stelle in die Besatzung der *Pilar* aufgenommen.

In einer warmen Nacht Mitte Juni lief ich hinter der *finca* herum, auf dem Weg zu *la casa perdita*, um mit Xenophobia zu Abend zu essen, als ich Gellhorn und Hemingway darüber diskutieren hörte, daß er die Jungs mit auf Patrouille nehmen wollte. Gellhorns Stimme hatte diesen unerträglichen Tonfall angenommen, der Glas zerspringen lassen kann und den Frauen bei Ehestreitigkeiten so nützlich zu finden scheinen, und Hemingways Stimme fing leise und versöhnlich an und wurde erst im Lauf der Unterhaltung lauter. Ich blieb nicht stehen, um zu lauschen, aber zwischen Garten und Straße hörte ich genug.

»Hast du den Verstand verloren, Ernest? Und wenn ihr bei deinem albernen U-Boot-Suchspiel ein echtes Unterseeboot aufschreckt und die Jungs an Bord sind?«

»Ich schätze, dann können sie zusehen, wie wir es mit Granaten versenken«, antwortete Hemingways Stimme. »Ihre Namen werden in jeder Zeitung in den Vereinigten Staaten stehen.«

»Ihre Namen werden in einer Menge Zeitungen stehen, wenn ihr die Besatzung eines U-Bootes wütend macht und sie auf tausend Meter Entfernung gehen und die *Pilar* mit ihrem Zwölf-Zoll-Deckgeschütz einfach wegpusten.«

»Das sagen alle«, knurrte Hemingway. »Aber dazu wird es nicht kommen.«

»Und woher willst du wissen, wozu es kommen wird, Ernest? Was weißt du vom Krieg? Vom *richtigen* Krieg?«

Nun klang Hemingways Stimme aufgeregt. »Glaubst du, ich wüßte nicht, wie der Krieg wirklich ist? Ich hatte genügend Zeit darüber nachzudenken, wie er wirklich ist, während die Ärzte mir im Krankenhaus von Milano zweihundertsiebenunddreißig verwichste Schrapnellsplitter aus dem Bein geholt ha –«

»Wage nicht, in meiner Gegenwart solche Ausdrücke zu benutzen«, schnappte Gellhorn. »Und als du die Geschichte zum letztenmal erzählt hast, da waren es noch zweihundert*acht*unddreißig verwichste Schrapnellsplitter.«

»Wie auch immer«, knurrte Hemingway.

»Liebling«, sagte Gellhorn tonlos, »wenn du mit deinen lächerlichen Granaten die siebzig Zentimeter breite Schleuse verfehlst, die du so verzweifelt suchst, dann werden sie keine zweihundertachtunddreißig Stücke von *dir* finden. Oder den Jungs.«

»Sag das nicht«, sagte Hemingway. »Du weißt, ich würde Mouse und Gigi nicht in Gefahr bringen. Aber das Projekt ist soweit gediehen, daß ich es nicht mehr stoppen kann. Die ganze Ausrüstung ist erprobt und quittiert. Und die Besatzung ist schrecklich aufgeregt ...«

»Diese Besatzung wäre aufgeregt, wenn du ihnen vesprechen würdest, daß du ihnen einen Rinderknochen hinwirfst«, sagte Gellhorn.

»Marty, das sind alles gute Männer –«

»O ja, gute Männer«, sagte Gellhorn mit höhnischer Stimme. »Und was für intellektuelle Kaliber. Gestern habe ich Winston Guest gesehen, wie er *Das Leben Jesu* gelesen hat, und als ich ihn fragte, warum er so schnell liest, hat er gesagt, er könne kaum erwarten, wie das Buch ausgeht.«

»Ha, ha, ha«, sagte Hemingway. »Wolfer ist ein guter Mann, und loyal. Ich habe nie jemanden kennengelernt, der loyaler gewesen ist. Wenn ich sagen würde: ›Wolfie, spring aus diesem Flugzeug; ich weiß, du hast keinen Fallschirm, aber auf dem Weg runter wirst du einen bekommen‹, dann würde Wolfie lediglich sagen: ›Ja, Papa‹ und zur Tür hinaus springen.«

»Wie ich sagte«, entgegnete Gellhorn. »Ein nicht zu verachtendes intellektuelles Kaliber.«

»... und Wolfer paßt perfekt zu uns«, sagte Hemingway mit anschwellender Stimme. »Er hat eine Menge Erfahrung auf See.«

»Ja«, sagte Gellhorn. »Ich glaube, Guests Onkel ist mit der *Titanic* untergegangen.«

Ich wartete auf Hemingways Antwort, aber es folgte nur wütendes Schweigen.

»Und dein Funker von den Marines«, fuhr Gellhorn fort. »Mein

Gott, Ernest, er sitzt nur herum und liest Comics. Und ist dir eines aufgefallen, Liebster? Seine Füße riechen ganz schrecklich.«

»Ich glaube, Saxon ist ganz in Ordnung«, knurrte Hemingway. »Er hat Kampferfahrung. Vielleicht hat er einfach nur zuviel vom Krieg gesehen... Kampfmüdigkeit oder so. Und was seine Füße angeht... vielleicht ist es Dschungelfäule. Du weißt, dieser Pilz, den sie im Pazifik bekommen?«

»Was immer es ist, Ernest, du solltest es besser behandeln lassen, bevor du deine ganzen Freunde in die arme kleine *Pilar* zwängst. Am Ende dieser Patrouillen riecht ihr auch so schon schlimm genug.«

»Was meinst du damit, wir riechen schlimm genug?«

»Ich meine, Liebster, ihr stinkt, wenn ihr von diesem Boot kommt. Ihr alle, aber du am meisten, Ernest. Du stinkst nach Fisch und Blut und Bier und Schweiß, du bist mit Fischschuppen bedeckt und schmutzig, Ernest, *schmutzig*. Warum badest du nicht öfter?«

An diesem Punkt war ich fast außer Hörweite, aber ich konnte Hemingways Stimme noch verstehen. »Hör zu, Marty, um Fisch und Blut und Bier und Schweiß, darum geht es bei Booten doch nur. Und wir baden nicht auf dem Boot, weil wir Wasser sparen müssen. Du weißt das doch –«

Gellhorns Stimme war schrill und noch deutlich zu hören. »Ich spreche nicht nur von dem Boot, Ernest. Warum badest du *hier* nicht öfter?«

»Gottverdammt, Marty«, brüllte Hemingway, »ich glaube, du brauchst Ferien. Du bist noch kampfesmüder als Saxon.«

»Ich leide an einer schlimmeren Klaustrophobie als jeder von euch«, stimmte Gellhorn zu, »sie ist unheilbar.«

»Na gut, Kätzchen. Sag diese dumme Bootsfahrt für *Colliers* ab. Wir könnten statt dessen die Küste runter nach Guanabacoa fahren und du könntest diesen anderen Artikel machen, den du für *Colliers* schreiben wolltest...«

»Welchen anderen Artikel?«

»Du weißt schon, wie die Chinesen da unten die menschlichen Fäkalien wässern, die sie den Farmern verkaufen... den du *Colliers* versprochen hast... wie die Käufer das Zeug mit dem Strohhalm kosten müssen, um festzustellen, ob es sämig genug ist. Ich werde dich mit der *Pilar* hinbringen und dir persönlich die Strohhalme kaufen, damit du selbst...«

Ich hörte keine Stimme mehr, als ich auf die Straße zur Molkerei einbog. Aber das Geräusch von zerschellendem Geschirr war bis zu Klasse A deutlich zu hören.

Gegen Ende Juli sah es eine Zeitlang so aus, als würde sich Hemingway mehr dafür interessieren, mit den Jungs herumzutollen, als für die Gaunerbande oder seine Anti-U-Boot-Patrouillen. Aus Sicht der Jungs müssen sie anfangs verdammt abwechslungsreiche Sommerferien gehabt haben. Davon abgesehen, daß er sie mit zu dem aufregenden Schützenwettstreit im Club de Cazadores del Cerro mitnahm, dem exklusiven und teuren Schützenverein etwa fünf Meilen von der *finca* entfernt, ließ Hemingway morgens die Arbeit liegen – sobald Patrick und Gregory sich regten – und spielte Tennis mit ihnen, nahm sie mit zum Fischen auf die *Pilar* oder ging mit ihnen Baseballspielen.

Die Baseballmannschaft wurde gegründet, als Hemingway einige Jungs aus dem Dorf San Francisco de Paula erwischte, die Steine auf seine Mangobäume warfen. Es hatte sich bei Hemingway zur Besessenheit ausgewachsen, daß seine heißgeliebten Mangobäume nicht durch die Steinwürfe der Jungs beschädigt werden durften.

»Hören Sie«, sagte Patchi Ibarlucia eines Tages, als wir im Gästehaus Berichte tippten, »möchten Sie nicht, daß aus diesen Jungs gute Baseballspieler werden? Steinewerfen ist eine gute Übung für sie!«

Da entschied Hemingway, daß Baseballspielen eine bessere Übung für die Rasselbande wäre. Er bestellte Baseballtrikots für sie und kaufte Schläger, Bälle und Handschuhe. Das Altersspektrum der Spieler reichte von sieben bis sechzehn Jahren. Sie nannten die Mannschaft Las Estrellas de Gigi – »Gigis Stars« –, nach Gregory, und traten sofort gegen andere Teams aus der Gegend von Havanna an. Hemingway fuhr die Mannschaft im reparierten Pickup der *finca* herum und fungierte als ihr Manager. Innerhalb von zwei Wochen waren weitere fünfzehn Jungs aufgekreuzt, um Gigis Mannschaft beim Trainieren zuzusehen, und da kam Hemingway zu dem Ergebnis, daß seine Hinterhofliga eine zweite Mannschaft brauchte. Wieder stellte er einen Scheck aus, und nun spielten zwei mit Trikots ausgestattete Mannschaften jeden Nachmittag und Abend auf einem Brachfeld des flachen Landstücks zwischen der *finca* und dem

Dorf. Agent 22 – alias der kleine Santiago Lopez – gehörte dieser zweiten Mannschaft an und entpuppte sich trotz seiner vorstehenden Rippen und spindeldürren Arme und Beine als solider Schläger; er hatte einen mörderischen Schwung drauf, wenn er vom linken Feld einwarf.

Nachdem Gellhorn zu ihrer Kreuzfahrt für *Colliers* aufgebrochen war, ging Hemingway mit seinen beiden Jungs zum Essen ins Floridita oder in das chinesische Dachrestaurant namens El Pacífico. Ich begleitete sie bei einigen dieser Ausflüge und dachte mir, daß allein schon die Fahrstuhlfahrt zu dem Restaurant im vierten Stock eine Lehre für die Jungs sein mußte. Der Fahrstuhl war uralt und offen – nur ein Schiebegitter diente als Tür. Er hielt auf jeder Etage. Im ersten Stock befand sich ein Ballsaal, in dem ein chinesisches Quintett eine Kakophonie von Tönen von sich gab, die denen von Hemingways Katzen bei Vollmond nicht unähnlich klang. Im zweiten Stock lag das Hurenhaus, wo Leopoldina la Honesta wieder arbeitete. Der dritte Stock beherbergte eine Opiumhöhle, und wenn der Fahrstuhl die offenen Türen passierte, konnte ich sehen, wie die Jungs den ausgemergelten Gestalten, die in dem verrauchten Inneren um ihre Pfeifen herumlagen, verstohlene Blicke zuwarfen. Wenn man das Restaurant im vierten Stock erreichte, war die eigene Abenteuerlust ebenso angeregt wie der Appetit. Es war immer ein spezieller Tisch unter einem flatternden Baldachin reserviert, von dem man einen herrlichen Ausblick auf das nächtliche Havanna hatte. Die Jungs bestellten Haifischflossensuppe und hörten sich die Geschichten ihres Vaters an, wie er Affenhirn direkt aus dem Affenschädel gegessen hatte, als er im Jahr zuvor mit Marty in China gewesen war.

Nach dem Essen ging Hemingway häufig mit den Jungs zu Jai-Alai-Spielen ins Frontón. Patrick und Gregory schienen das temporeiche Spiel zu lieben, bei dem die Spieler – von denen sie viele gut kannten – vom Spielfeld an den Wänden hinauf sprangen und die harten Bälle, die so schnell flogen, daß man sie kaum sehen konnte, was nicht ungefährlich war, mit anderthalb Meter langen Köchern aus Weidengeflecht – *cestas* –, die sie an den Handgelenken festgeschnallt hatten, fingen und warfen. Die Jungs liebten offensichtlich nicht nur das Spiel, sondern auch die Wetten. Beim Jai Alai ändern sich die Quoten mit jedem Spiel, und die Menge setzt während der ganzen dreißig Spielrunden. Am meisten Spaß schien Gregory und Patrick zu machen, wenn sie Hemingways Einsatz in einen hohlen Tennisball stopfen und zu dem Buchmacher hinunterwerfen konnten, der stets die Quittung zurückwarf und dann wartete, bis der Ball schnell wieder geworfen wurde. Da die Spieler in kurzen Abständen sprangen, die schnellen Jai-Alai-Bälle von den Wänden abprallten, unablässig Einsätze gerufen und gebrüllt wurden, war es ein Spiel, das Kinderherzen erfreute und alle anderen ein bißchen schwindelig machte. Hemingway liebte es ganz offensichtlich.

Ich verstand nichts von Vaterschaft, kam aber allmählich zu der Überzeugung, daß Hemingways Zuneigung zu den Jungs manchmal die Grenze zum Verwöhnen überschritt. Patrick und Gigi durften trinken, soviel sie wollten, sowohl auf dem Gelände der *finca* als auch in den Restaurants, und beide Jungs zeigten eine Neigung zum Trinken. Eines Morgens las ich Berichte vor dem Gästehaus und sah, wie sich Gregory gegen zehn Uhr zum Pool schleppte.

Hemingway begrüßte ihn. Der Schriftsteller hatte sein morgendliches Schreibpensum absolviert und saß mit einem Glas Scotch und Soda im Schatten. »Was möchtest du heute machen, Gig? Mittagessen im Floridita? Gregorio sagt, der Seegang ist heute zu rauh zum Fischen, aber heute nachmittag könnten wir zur Übung ein paar Tauben schießen.«

Der Zehnjährige torkelte zum Stuhl und ließ sich hineinfallen. Sein Gesicht war blaß, seine Hände zitterten.

»Vielleicht sollten wir es heute auch ein bißchen ruhiger angehen«, sagte Hemingway und beugte sich zu seinem Sohn. »Du siehst nicht gut aus, Kumpel.«

»Ich fühle mich, als würde ich etwas ausbrüten, Papa. Fast so, als wäre ich seekrank.«

»Ahh«, sagte Hemingway, der sich erleichtert anhörte. »Du hast nur einen Kater, Gig. Ich mach dir eine Bloody Mary.«

Fünf Minuten später kam der Schriftsteller mit dem Drink zurück und sah Patrick neben Gregory in einem Stuhl hängen.

»Jungs?« sagte Hemingway, gab dem jüngeren den Drink und sah den älteren eindringlich an. »Meint ihr nicht, ihr solltet das Trinken vielleicht ein wenig zurückschrauben? Wenn nicht« – er verschränkte gespielt streng die Arme vor der Brust – »muß hier eine strengere Disziplin einkehren. Wir können euch am Ende des Sommers nicht im Delirium tremens zu eurer Mutter zurückschicken.«

In diesem Sommer machte eine Polio-Epidemie öffentlichen Versammlungen einen Strich durch die Rechnung, und nicht lange nach Hemingways Geburtstagskreuzfahrt wurde Gregory krank und ließ mögliche Symptome erkennen. Der Junge wurde mit rauher Kehle, Fieber und schmerzenden Beinen ins Bett gelegt. Ich wurde mit dem Lincoln losgeschickt, um Dr. Herrera Sotolongo zu holen, der zwei Spezialisten aus Havanna hinzuzog. Drei Tage lang kamen und gingen die Ärzte, klopften Gregory auf die Knie, kitzelten ihn an den Fußsohlen, unterhielten sich flüsternd, gingen und kamen wieder.

Es war offensichtlich, daß ihre Diagnose nicht optimistisch war, aber Hemingway schenkte ihnen keine Beachtung und scheuchte alle aus dem Zimmer des Jungen; nur er selbst blieb. Fast eine ganze Woche lang schlief er auf einer Pritsche neben Gregorys Bett, fütterte ihn und maß alle vier Stunden das Fieber. Tag und Nacht konnten wir Hemingways leise murmelnde Stimme durch die offenen Fenster hören und gelegentlich Gelächter des Kindes.

Später, als Gregory sich von welchem Leiden auch immer erholt hatte, saßen wir auf dem Hügel, als er mir plötzlich von seiner Quarantäne erzählte.

»Papa hat sich jede Nacht neben mich auf das Bett gelegt und mir Geschichten erzählt, Lucas. Wunderbare Geschichten.«

»Was für Geschichten?« fragte ich.

»Oh, über sein Leben in Michigan, als er noch ein Junge war. Wie er seine erste Forelle gefangen hat und wie wunderschön die Wälder waren, bevor die Holzfäller gekommen sind. Und als ich zugab, daß ich Angst hatte, ich könnte Polio haben, erzählte mir Papa, wie oft er als Kind Angst gehabt hatte, wie er von einem pelzigen Monster träumte, das jede Nacht größer wurde und er in dem Moment, als es ihn gerade fressen wollte, über den Zaun sprang. Papa sagte, daß Angst etwas vollkommen Natürliches ist und man sich ihrer nicht schämen muß. Er sagte, ich müßte nur lernen, meine Phantasie zu zügeln, aber er wüßte, wie schwer das für einen Jungen ist. Und dann erzählte mir Papa Geschichten von dem Bären aus der Bibel.«

»Dem Bären aus der Bibel?« sagte ich.

»Ja«, antwortete Gregory. »Der Bär, von dem er als kleiner Junge in der Bibel gelesen hatte, als er noch nicht gut lesen konnte. Sie wissen schon, Gladly, der schielende Bär.«

»Oh«, sagte ich.

»Aber meistens«, sagte der Junge, »erzählte mir Papa nur Geschichten, wie er in den Wäldern des nördlichen Michigan geangelt und gejagt hatte, und wie er sich wünschte, er hätte für immer in meinem Alter bleiben können und nie erwachsen werden müssen. Und dann schlief ich ein.«

Eine Woche nach Gregorys vollständiger Genesung fuhren wir mit der *Pilar* los, um die *Kreuz des Südens* zu beschatten – nur die Jungs, Hemingway, Fuentes und ich –, und als die Jacht in den Hafen von Havanna zurückkehrte, steuerte der Schriftsteller das Schiff zu einem vorgelagerten Korallenriff, damit die Jungs ein wenig schwimmen konnten. An diesem Tag war ich auf der Außenbrücke. Hemingway schwamm mit den Jungs in der Nähe des Tiefseeriffs, und Fuentes war mit der *Tin Kid* unterwegs und nahm die Fische, die sie mit dreizackigen Speeren fingen, von den Speeren ab. Zu dem Zeitpunkt wußten wir nicht, daß es Gregory satt hatte, mit seinem Fang zu dem Dingi zurückzuschwimmen und die Fische mit den Kiemen an seinem Gürtel aufzureihen, so daß er eine Spur Fischblut im Wasser um sich herum hinterließ.

Plötzlich fing der jüngste Sohn an zu schreien. »Haie, Haie!«

»Wo?« rief Hemingway, der etwa vierzig Meter von dem Jungen entfernt Wasser trat. Fuentes und die *Tin Kid* waren weitere dreißig Meter entfernt, Patrick fast bei der *Pilar*, die fünfzig Meter von dem Dingi und fast hundert Meter von Gregory entfernt lag. »Können Sie sie sehen, Lucas?« rief Hemingway.

Ich brauchte kein Fernglas. »Drei Stück!« rief ich zurück. »Direkt hinter dem Riff.«

Die Haie waren riesig, jeder länger als sechs Meter, und sie näherten sich Gregory in langgezogenen S-förmigen Kurven, wobei sie offensichtlich dem Blutgeruch des Fisches folgten, den er weiter draußen aufgespießt hatte. Ihre glatten Leiber waren schwarz im tiefen Blau des Golfstroms.

»Lucas!« rief Hemingway mit gepreßter, aber beherrschter Stimme. »Holen Sie eine Thompson!«

Ich glitt bereits die Leiter hinunter und lief zum nächsten Waffenspind. Als ich wieder heraus kam, hatte ich keine der Maschinenpistolen bei mir – dafür war die Entfernung viel zu groß –, sondern eine der beiden schweren BARs an Bord. Die Browning Automatic Rifles, klobige, gasbetriebene automatische Waffen, waren erst jüngst als Ersatz für die fehlenden Fünfzigkalibrigen an Bord gebracht worden.

Hemingway schwamm zu seinem Sohn. Und zu den Haien.

Ich hob die schwere BAR und stützte sie auf die Reling der Außenbrücke. Der Seegang war zu stark. Nun befanden sich Hemingway und der Junge zwischen mir und den schnellen Haifischflossen, die durch die Wellen pflügten, die sich am Riff brachen. Ich hatte kein freies Schußfeld.

»Okay, Kumpel«, rief Hemingway dem Jungen zu, »keine Bange. Wirf ihnen etwas zu, um sie abzulenken, und schwimm zu mir.«

Ich schaute durch das Visier der BAR und sah Gregorys Taucherbrille unter der Wasseroberfläche verschwinden, als er sich an seinem Gürtel zu schaffen machte. Einen Moment später warf er drei oder vier kleine Knurrfische in Richtung der Haie und schwamm so schnell wie Johnny Weismüller von dem Riff weg.

Hemingway nahm den Jungen auf halbem Weg in Empfang, hob ihn auf seine Schultern und versuchte, den Körper des Kindes so weit es ging aus dem Wasser zu halten. Dann schwamm der Schriftsteller mit kräftigen Stößen zu dem Dingi zurück. Fuentes ruderte wie verrückt, aber es lagen immer noch vierzig oder fünfzig Meter Wasser zwischen ihnen.

Ich entsicherte die BAR, vergewisserte mich, daß das kurze Magazin eingerastet war und zielte über Gregorys Kopf. Die Haie waren dicht außerhalb des Riffs. Das Wasser brodelte, und ihre Flossen zuckten, als sie um die Knurrfische kämpften.

Hemingway schwamm mit seinem Sohn auf den Schultern weiter und sah gelegentlich zurück und dann zu mir. Als sie das Dingi erreichten, half Fuentes dem schluchzenden, zitternden Jungen ins Boot, Hemingway vergewisserte sich, daß sein Sohn wohlbehalten aus dem Wasser war, ehe er sich selbst hinaufzog.

Später, auf der *Pilar*, sagte Hemingway leise zu mir: »Warum haben Sie nicht geschossen?«

»Der Junge war im Weg und sie waren nicht nahe genug. Wären sie über das Riff gekommen, hätte ich das Feuer auf sie eröffnet.«

»Die BAR wurde gerade an Bord gebracht«, sagte er. »Wir haben nie damit geübt.«

»Ich kann damit schießen«, sagte ich.

»Sind Sie ein guter Schütze, Lucas?«

»Ja.«

»Hätten Sie die drei Fische getötet?«

»Das bezweifle ich«, sagte ich. »Nicht alle drei. Es gibt kein besseres Hindernis für Kugeln als Wasser, und um zu Ihnen zu gelangen, hätten die Haie nichts weiter tun müssen als bei dem Angriff zwei Meter tief zu tauchen.«

Hemingway nickte und wandte sich ab.

Ein paar Minuten später, als Gregory zugab, daß er die Fische an seinem Gürtel festgehakt hatte, begann Hemingway damit, dem Jungen verbal den Arsch aufzureißen. Das dauerte den ganzen Rückweg bis Cojímar.

18

»Diese Berichte taugen einen Scheißdreck, Lucas«, sagte Delgado, dem die Tatsache, daß seit Wochen nicht viel passiert war, nicht entging.

»Sorry«, mehr sagte ich nicht. Ich konnte – und wollte – in den Berichten nichts von meinem Gefühl schreiben, daß etwas Großes bevorstand.

»Das ist mein Ernst. Es ist, als würde man über einen gottverdammten Andy-Hardy-Film lesen. Nur Judy Garland fehlt.«

Ich zuckte die Achseln. Wir hatten uns am Ende der Sackgasse außerhalb von San Francisco de Paula getroffen. Delgado war mit seinem Motorrad gekommen. Ich zu Fuß.

Delgado steckte meinen zweiseitigen Bericht in die Satteltasche und stieg auf sein Motorrad. »Wo ist der Schriftsteller heute?«

»Mit seinen Jungs und ein paar Freunden mit dem Boot rausgefahren«, sagte ich. »Wieder auf der Spur der *Kreuz des Südens*.«

»Und Sie haben keine Funksprüche von dem Boot aufgefangen?« fragte Delgado.

»Nee. Keine im Code der Abwehr.«

»Und warum sind Sie hier, wenn Hemingway auf See ist?«

Ich zuckte wieder die Achseln. »Er hat mich nicht eingeladen.«

Delgado seufzte. »Sie sind der traurige Abklatsch eines Geheimagenten, Lucas.«

Ich sagte nichts. Delgado schüttelte den Kopf, ließ das Motorrad an und ließ mich in einer Staubwolke stehen. Ich wartete, bis er nicht mehr zu sehen war, dann ging ich in die dichten Büsche bei dem leerstehenden Schuppen. Dort wartete Agent 22 mit einem kleinen Motorrad... mit dem er ab und an Lieutenant Maldonado folgte.

»Rutsch rüber, Santiago«, sagte ich. Der Junge sprang herunter, wartete, bis ich aufgestiegen war, und zwängte sich hinter mich.

Der Junge legte mir die Arme um die Taille. Ich drehte mich um und betrachtete sein dunkles Haar, seine dunklen Augen. »Santiago«, sagte ich, »warum tust du das?«

»Was, *Señor* Lucas?«

»*Señor* Hemingway helfen... Verletzungen riskieren... ist das ein Spiel für dich?«

»Kein Spiel, *Señor.*« Die Stimme des Jungen klang vollkommen ernst.

»Warum dann, Santiago?«

Der Junge sah zu dem Schuppen, aber ich konnte sehen, daß ihm Tränen in die dunklen Augen traten, die er niemals vergießen würde. »Es liegt daran, wie sie *Señor* Hemingway nennen... das trifft auf mich zu. Er trägt den Namen des Mannes, den ich nie hatte.«

Im ersten Moment begriff ich nicht. Dann sagte ich: »Papa?«

»*Sí, Señor* Lucas«, antwortete der Junge und schaute wieder zu mir auf, während er die dünnen Arme fest um meine Taille geschlungen hatte. »Wenn ich gute Arbeit für ihn mache oder gut mit dem Baseball spiele, während er zusieht, dann schaut mich Papa manchmal an, und in seinen Augen ist etwas, das auch da ist, wenn er seine richtigen Söhne ansieht. Dann tue ich manchmal so – einen Moment –, als könnte ich ihn auch Papa nennen, als wäre es echt und er würde mich so umarmen, wie er die Jungs umarmt, die wirklich seine Söhne sind.«

Ich wußte nicht, was ich darauf sagen sollte.

»Bitte fahren Sie vorsichtig, *Señor* Lucas«, bat der Zehnjährige.

»Ich brauche das Motorrad, um heute abend *Caballo Loco* zu folgen, und eines Tages muß ich es dem Mann zurückbringen, von dem ich es geborgt habe.«

»Keine Sorge«, sagte ich. »Bis jetzt habe ich es nicht beschädigt, oder? Halt dich fest, mein Freund.« Der kleine Motor sprang mit einem Aufheulen an, und wir fuhren die Straße hinunter in die Richtung, die Delgado eingeschlagen hatte.

Da Hemingway den Jungs soviel Zeit und Aufmerksamkeit widmete, blieb es mir überlassen, die Gaunerbande zu leiten und die verwirrenden Geheimdienstmeldungen zu ordnen, die bei mir eintrafen.

Seit Beginn dieser Operation ergab sehr wenig einen Sinn, und ich bemühte mich, die Figuren auf dem Brett neu zu ordnen. Warum interessierte sich der Direktor so sehr für Hemingways Dilettantenorganisation hier unten? Warum die Besuche von Ian Fleming (BSC) und Wallace Beta Phillips (OSS)? Warum wurde mir jemand, der so ernst und so tödlich war wie Delgado, als Kontaktmann zugeteilt? Warum wurde der Funker der *Kreuz des Südens* ermordet und wer hatte ihn ermordet? Welche Mission hatte die *Kreuz des Südens* wirklich, und warum wurde ein kläglicher Abwehr-Jammerlappen wie Theodor Schlegel zu ihrem Leiter gemacht? Gehörte Helga Sonnemann ebenfalls zu dieser Abwehr-Mission, und wenn ja, welche Rolle spielte sie dabei? Bekam sie Befehle von Schlegel oder erteilte sie ihm welche? War es wirklich reines Anfängerglück, daß Hemingway Martin Kohlers Funkercodes in die Hände gefallen waren, oder lief hier etwas Komplizierteres ab? Warum, zum Teufel, gab das FBI der kubanischen Staatspolizei über einen Killer wie Lieutenant Maldonado große Summen, während gleichzeitig Schlegel und die Abwehr den Mann bezahlten?

Ich erteilte den Agenten der Gaunerbande über Hemingways Kopf hinweg Befehle und versuchte, einen Sinn in den Informationen zu erkennen, die ich bekam. Nach ein paar Tagen fragte ich mich – nicht zum erstenmal –, für wen ich eigentlich genau arbeitete. Ich hatte Delgado nie getraut, und nun traute ich auch J. Edgar Hoovers Motiven nicht mehr. Ich war von meinen üblichen SIS-Kontakten abgeschnitten und hatte keine Verbindung mit dem hiesigen FBI, davon abgesehen, daß mich ab und zu ein Agent beschattete. Der britische Geheimdienst und Donovans neues OSS hatten mir beide Avancen gemacht, aber ich gab mich nicht der Illusion hin, daß sie um mein Wohlergehen besorgt waren. Beide Institutionen hatten ein heimliches Interesse an dieser konfusen und verwirrenden Operation... ich wußte nur nicht, was das für Interessen waren. Derweil verbrachte ich jeden Tag mit Ernest Hemingway, spionierte für ihn, spionierte *ihm nach*, erzählte ihm nur einen Bruchteil dessen, was ich über die Situation um uns herum wußte und fragte mich, wann ich den Befehl bekommen würde, den Mann zu verraten.

Ich beschloß, daß ich weiter Informationen sammeln würde, um zu begreifen, was hier eigentlich los war, um dann zu entscheiden, für wen ich arbeitete.

Was dazu führte, Delgado zu folgen. In den vergangenen vier Tagen hatte ich meine gesamte Freizeit darauf verwendet, genau das zu tun. Wenn das FBI eines kann, dann observieren; und zwar, weil sie immer genügend Agenten für diese Aufgabe haben. Daß eine Person einer anderen unbemerkt folgt, ist fast unmöglich – besonders, wenn der Verfolgte in dem Metier ausgebildet wurde. Um eine Observierung korrekt auszuführen braucht man mehrere Teams, die zu Fuß folgen, zwei Teams mit Fahrzeugen und mindestens ein Team *vor* dem Observierten; andere Teams müssen bereitstehen, falls das Opfer Verdacht schöpft.

Ich hatte nur Agent 22. Aber bis jetzt hatten wir unsere Sache gut gemacht.

Wir hefteten uns auf der Hauptstraße von Havanna an Delgado, als er gerade in den dichten Stadtverkehr geriet. Wir hielten uns rund sechzig Meter hinter ihm, und auf der Straße drängten sich hupende Autos, schwerfällige Lastwagen und wendige Motorräder wie unseres. Nichtsdestotrotz blieb ich hinter einem hoch mit Holz beladenen Lastwagen und scherte nur ab und zu einmal aus, damit wir das Motorrad des anderen Agenten in Sichtweite behielten. Es sah aus, als würde er wieder Richtung Innenstadt fahren. In den vergangenen paar Tagen waren wir ihm bis zu seinem Zimmer im billigen Cuba Hotel gefolgt, zu verschiedenen Restaurants und Bars, einmal zu einem Hurenhaus... nicht das unter dem chinesischen Restaurant... zweimal zum FBI-Hauptquartier am Park und einmal zur Malecón, wo er mit Lieutenant Maldonado einen langen Spaziergang auf dem Wellenbrecher gemacht hatte. Der kleine Santiago wollte auf ihrer Höhe an dem Wall entlanglaufen, um zu hören, worüber sie sich unterhielten, aber ich konnte den Jungen davon überzeugen, daß die erste Pflicht eines Geheimagenten bei einem wichtigen Observierungsauftrag war, nicht enttarnt zu werden. Wir wollten nicht, daß er Maldonado oder Delgado auffiel. Santiago stimmte widerwillig zu, und so beobachteten wir aus fünfzig Meter Entfernung, wie sich die beiden Männer unterhielten.

Es war der Nachmittag des 3. August 1942, Montag. Bevor dieser Tag zu Ende ging, sollte ich ein neues Teil des Puzzles in Händen halten, und nichts würde wieder wie früher sein.

Der Juli war mit Gregorys Krankheit und Genesung und Hemingways anhaltender Verärgerung darüber zu Ende gegangen, daß das FBI und der Marinegeheimdienst, ganz zu schweigen von seinen Freunden bei der Botschaft, nicht mit Glückwünschen zu ihm gekommen waren, weil es der Gaunerbande gelungen war, davor zu warnen, daß deutsche Spione bei Amagansett illegal in die USA einreisen wollten. Er hatte geschworen, ihnen keine Funksprüche mehr weiterzuleiten, bis wir sie selbst überprüft hatten. »Die nächste Bande Nazi-Agenten bringen wir ihnen gefesselt und geknebelt, wollen mal sehen, ob sie das auch ignorieren können«, knurrte der Schriftsteller.

Der August begann mit weiteren schlimmen Meldungen aus dem Krieg. Die Deutschen hatten die Eroberung von Sewastopol am Schwarzen Meer abgeschlossen und drängten die Russen mit einem Vorstoß zurück, der offenbar mit der Eroberung von Leningrad, Stalingrad und Moskau enden sollte. Ende Juli hatten die Japaner eine Invasion im Osten von Neuguinea begonnen. Man behauptete, amerikanische Marines stünden bereit, um Guadalcanal oder eine andere Insel der Salomonen zu erstürmen, aber die Kämpfe im Südpazifik hatten, was die Schwere anbelangte, längst das Stadium des Schrecklichen hinter sich gelassen und das des Unfaßbaren erreicht. Die Japaner gaben keinen Quadratzentimeter des von ihnen eroberten Terrains ohne blutige Gegenwehr auf. Derweil setzten die Franzosen … die guten alten französischen Kollaborateure … die gesamte Polizei von Paris ein, um ausländische Juden zusammenzutreiben – dreizehntausend, wie es in den Zeitungsmeldungen hieß –

und im Winter Velodrom einzupferchen, bevor sie den Deutschen halfen, diese Juden Gott weiß wohin zu transportieren.

»Hadley und ich haben uns Radrennen im Velodrom angesehen«, hatte Hemingway traurig gesagt, als er den Bericht Ende Juli gelesen hatte. »Ich hoffe, es *gibt* eine Hölle, und sei es nur, damit Pierre Laval dort bis in alle Ewigkeit brennen und verrotten kann.«

Das FBI meldete fast täglich Verhaftungen weiterer »Nazi-Agenten« – einhundertachtundfünfzig allein bis zum zehnten Juli –, aber diese »Agenten« waren, vermutete ich (und Delgado bestätigte es), nur deutsche Einwanderer fragwürdiger Gesinnung, deren Verbrechen sich auf der Ebene abspielten, daß sie Mitglieder der German-American Vocational League in New York waren.

An der Heimatfront war Martha Gellhorn immer noch abwesend – kreuzte mit ihren drei Negermatrosen in der von U-Booten verseuchten Karibik –, unsere anhaltende Observierung von Maldonado hatte keine Geldübergaben mehr ergeben, Theodor Schlegel verbrachte neuerdings die meiste Zeit an Bord der *Kreuz des Südens*, aber Helga Sonnemann war zweimal mit Hemingway und seinen Kumpels auf der *Pilar* zum Angeln hinausgefahren. Ich hatte mir die Bemerkung erlaubt, daß das angesichts der vielen Waffen und hochentwickelten Funkausrüstung, die wir an Bord versteckt hatten, vielleicht nicht die beste Idee war, besonders falls *Fräulein* Helga tatsächlich, wie wir vermuteten, eine deutsche Agentin war, aber Hemingway hatte meinen wohlmeinenden Rat achselzuckend in den Wind geschlagen und die Frau zum Abendessen und auf Angelausflüge eingeladen, um Schwertfische zu fangen. Er genoß ihre Gesellschaft.

Andernorts an der Heimatfront hatte Hemingways Lektor Perkins geschrieben, daß Gary Coopers Film *Der große Wurf* Mitte Juli Premiere gehabt hatte. Perkins hatte Coopers Schauspielkünste in dem Film gelobt, aber Hemingway lachte nur, als er mir das vorlas. »Coop wirft wie ein Mädchen«, sagte der Schriftsteller. »Gigis Arm ist zehnmal kräftiger. Verdammt, unser kleiner Linksaußen … Santiago … könnte besser laufen, werfen und schlagen als Coop. Ich werde nie verstehen, wieso sie Cooper für einen Film über Lou Gehrig engagiert haben.« In derselben Woche kam ein Telegramm von Ingrid Bergman. Offenbar hatte der Regisseur von *Wem die Stunde schlägt* die Allüren der anderen Schauspielerin satt gehabt, sie gefeuert und dann Ingrid die Rolle der Maria angeboten. »Ich habe ihr doch gesagt, ich würde die Sache regeln«, sagte Hemingway verschmitzt und faltete das Telegramm zusammen. Wenn ich an den Terminplan des Schriftstellers in den vergangenen zwei Monaten dachte, hatte ich meine Zweifel, ob er irgend etwas »geregelt« hatte. Hemingway hatte die Angewohnheit, sich das Verdienst für Ereignisse anrechnen zu lassen, mit denen er nicht das geringste zu tun hatte.

An der ganz persönlichen Heimatfront hatte sich die Lage zwischen mir und Maria Marquez kompliziert.

Ich könnte sagen, daß ich nicht weiß, wie es passiert ist, aber das wäre eine Lüge. Es passierte, weil wir im selben Zimmer schliefen, weil sie eine Frau war und in nichts weiter als einem dünnen Baumwollnachthemd neben mir lag, und weil ich ein Narr war.

Sie hatte in jener ersten Nacht, als wir dachten, daß Maldonado kommen würde, um sie zu töten, ihre Pritsche zu meiner gestellt und mir die Hand auf die Schulter gelegt, und ich verlangte nicht, daß sie die Hand wegnahm oder am nächsten Tag die Pritsche zurückstellte. Manchmal schlief Maria in ihrem Bett am Kaminfeuer, wenn ich nach Klasse A zurückkehrte. Manchmal war ich tagelang mit Hemingway und der *Pilar* unterwegs, aber wenn ich im Regen die Straße von der *finca* heraufkam, war Maria da; manchmal schlief sie, aber häufiger wartete sie auf mich und hatte heißen Kaffee auf dem Herd stehen, den Juan und die Jungs hereingestellt hatten, und das Kaminfeuer prasselte leise, wenn es eine kalte Nacht war. Ein besseres Heim hatte ich in den vergangenen zwölf Jahren nicht gehabt und wurde durch die Gesellschaft und den Komfort träge und zufrieden.

Eines Nachts Ende Juli – es muß das Wochenende des Wettschießens im Club de Cazadores del Cerro gewesen sein, weil den ganzen Abend niemand in der *finca* war – war ich gegen Mitternacht schlafen gegangen, und Maria lag neben mir auf der Pritsche. In dieser Nacht brannte kein Feuer. Es war den ganzen Tag heiß und schwül gewesen, und die Fenster standen offen, um die leichte Brise einzulassen.

Plötzlich erwachte ich und tastete unter der Decke nach der .38er S & W. Etwas hatte mich aus dem Tiefschlaf gerissen. Zuerst dachte ich, es wäre das Gewitter draußen, die Blitze, die die Scheune der Molkerei erhellten, der Donner, der den Hügel herunter hallte, aber dann wurde mir klar, daß Marias Hand mich geweckt hatte.

Ich muß gestehen, ich hatte mich daran gewöhnt, daß sie neben mir schlief – an ihren Atem und ihren angenehmen Duft und die kindliche nächtliche Berührung ihrer Hand an meiner Schulter, als hätte sie Angst vor der Dunkelheit.

Heute nacht hatte ihre Berührung nichts Kindliches. Sie war mit der Hand in meine Pyjamahose geglitten und umklammerte und streichelte mich mit ihren Fingern.

Wäre ich wach gewesen, hätte ich sie vielleicht weggestoßen. Aber mein Traum war heiß und erotisch gewesen – und zweifellos durch ihre Berührung ausgelöst worden, als ich noch schlief –, und diese warme, angenehme Reibung schien nichts weiter als eine Fortsetzung des Traums zu sein. Ich hatte Zeit zum Nachdenken – *Sie ist eine Hure, eine Puta* –, aber dann konnte ich keinen klaren Gedanken mehr fassen, als sie die Hand fester zusammenpreßte und schneller rieb. Sie rollte sich von ihrer Pritsche auf meine, und da hob ich bewußt die Hände – nicht, um sie wegzustoßen, sondern um ihr das weite Nachthemd über den Kopf zu ziehen und ihren Körper zu entkleiden.

Marias Haar befreite sich aus dem Nachthemd, als sie sich auf mich setzte. Mit den Händen zog sie meine Pyjamahose hinunter. Im ersten Moment war die kühle Nachtluft wie ein Schock, aber nur eine Sekunde, dann wich Marias warme Hand der Wärme ihrer Schenkel, ihres Bauchs und Unterleibs. Wir bewegten uns schnell und rhythmisch, sprachen kein Wort, küßten uns nicht; Maria krümmte den Rücken, während sie auf mir saß, und auf ihren Brüsten glänzten Schweißperlen im Licht der Blitze. Ich hörte den Donner nicht mehr. Oder besser gesagt, der Donner pulsierte in meinen Ohren, mein Puls raste und die Welt wurde ausgeblendet.

Ich hatte seit mehr als einem Jahr keine Frau mehr gehabt. Dieser Akt dauerte nur eine Minute. Maria schien es ebenso eilig zu haben und nach Befriedigung zu dürsten wie ich, sie schrie nur Sekunden nach mir auf und ließ sich auf mich fallen.

Und damit hätte es vorbei sein sollen. Aber noch während wir schwitzend und keuchend auf der Pritsche lagen, nicht so sehr in einer Umarmung, sondern mehr in einem Durcheinander von

Gliedmaßen und abgestreiften Kleidungsstücken, fing alles von vorne an. Diesmal dauerte es viel länger als nur ein paar Minuten.

Am nächsten Tag verloren weder die junge Frau noch ich ein Wort darüber, was in der Nacht passiert war. Kein Grinsen, keine Tränen ihrerseits, auch keine wissenden Blicke, nur ein Schweigen, das immer tiefer wurde und jedesmal, wenn wir einander begegneten, mehr vermittelte. In der Nacht, als ich nach einer langen Sitzung mit Hemingway aus dem Gästehaus zurückkehrte, war Maria wach und wartete auf mich. Fünf Kerzen brannten auf dem alten Kaminsims und auf dem Boden vor unseren Betten. Es war wieder eine heiße Nacht, aber keine Gewitter brauten sich in der Dunkelheit zusammen, jedenfalls nicht draußen. Aber diese inneren Stürme tobten weiter Nacht für Nacht, wenn ich nicht mit der *Pilar* unterwegs war oder – was häufiger vorkam – Delgado noch spät nach Mitternacht folgte.

Ich kann diese Wochen der Intimität nicht erklären. Ich habe keine Entschuldigung dafür. Maria Marquez war Xenophobia – eine junge Hure, die von mehreren Killern gesucht wurde –, und ich hätte keine andere Beziehung zu ihr haben dürfen als die eines Agenten, der für ihr Überleben verantwortlich war. Aber die tagtäglichen Ereignisse auf der *finca* – Hemingways zunehmende Entfremdung von seiner Frau, die seltsame Herzlichkeit während des Besuchs der Jungs, die langen Sommertage und Abende auf See und die generelle Aura von Ferien und Zeitlosigkeit, die die Farm und uns alle umgab –, das alles trug dazu bei, daß ich mich entspannte, mich auf die gemeinsamen Mahlzeiten und Abende in der Hütte Klasse A freute – und noch mehr auf die Nächte verschwitzter, leidenschaftlicher, stummer Liebesakte.

Eines Nachts, in der zweiten Woche, weinte Maria. Sie lag in der Nacht an meiner Brust und ich spürte Tränen und das verhaltene, stumme Schluchzen, das sie schüttelte. Da hob ich ihr Gesicht und küßte die Tränen weg. Dann küßte ich sie auf den Mund. Das war das erste Mal, daß wir uns küßten. Es war nur der Auftakt zahlloser Küsse, die noch folgen sollten.

Ich betrachtete sie nicht mehr als Hure, sondern als eine verwirrte junge Frau aus einem kleinen Fischerdorf, die vor gewalttätigen Männern geflohen war, nur um in Havanna auf weitere zu treffen. Sie hatte nur wenig in ihrem Leben selbst bestimmt – wahrscheinlich nicht einmal, eine Hure zu werden, als sie die Großzügigkeit von Leopoldina la Honesta akzeptiert hatte, ohne die Folgen dieser Hilfe zu begreifen –, aber jetzt hatte sie sich für mich entschieden. Und ich hatte mich für einen menschlichen Aspekt des Lebens entschieden, um den ich mich vorher noch nie gekümmert hatte: Ich kam jeden Abend, den ich auf der Insel verbrachte, zu derselben Frau nach Hause, aß mit ihr in der Hütte, statt allein oder unter dem feindseligen Blick des Kochs der *finca* und ging danach mit derselben Frau ins Bett – wußte genau, was passieren würde, und freute mich darauf. Ich lernte, welche Bedürfnisse sie hatte, während sie sich bemühte, meine zu lernen und vorherzusehen. Auch das war etwas Neues für mich. Für mich war Sex nie etwas anderes gewesen als eine vorübergehende Liaison, die zu einem notwendigen Dampfablassen führte. Dies war… *anders*.

Eines Nachts, lange nach Mitternacht, als wir nebeneinander auf meiner Pritsche lagen, Marias Bein über meinem, ihr Kopf in der Höhlung unter meinem Kinn, flüsterte sie: »Du wirst niemandem davon erzählen, ja?«

»Nein, ich werde es niemandem erzählen«, flüsterte ich zurück. »Es geht nur uns und das Meer etwas an.«

»Was?« sagte das Mädchen. »Ich verstehe nicht… das Meer?«

Ich schaute verwirrt zur Decke, weil ich sicher war, daß es sich um ein auf Kuba weit verbreitetes Sprichwort handelte. Bestimmt hatte sie es in ihrem kleinen Dorf schon gehört. Andererseits lag ihr Dorf in den Bergen, einige Meilen landeinwärts. Vielleicht gebrauchten die Männer dort nicht dieselben Redewendungen wie die Fischer in den Küstendörfern.

»Es ist unser Geheimnis«, sagte ich. Was meinte sie, wem ich es sagen würde? Machte sie sich Sorgen, *Señor* Hemingway würde nicht mehr höflich zu ihr sein, wenn er wußte, daß sie »meine Frau« war? Wovor hatte Xenophobia jetzt Angst?

»Danke, José«, flüsterte sie und legte ihre langen Finger auf meine Brust. »Danke.«

Erst später wurde mir klar, daß sie mir nicht nur dafür dankte, daß ich ihr Geheimnis bewahrte.

Bei den anderen Gelegenheiten, bei denen Santiago und ich Delgado gefolgt waren, selbst da, als er sich mit Lieutenant Maldonado getroffen hatte, hatte sich der Agent keine nennenswerte Mühe gegeben, mögliche Verfolger abzuschütteln. An diesem Nachmittag, dem dritten August, wendete Delgado jeden erdenklichen Kunstgriff seiner Zunft an, um eine Beschattung zu vermeiden. Trotzdem war ich sicher, daß er mich und den Jungen nicht gesehen hatte.

Delgado fuhr mit seinem Motorrad im dichten Verkehr in die Altstadt von Havanna, parkte die Maschine in einer Gasse an der Progreso, ging in das Plaza Hotel, verließ es durch den Kücheneingang, überquerte die Monserrate und betrat das weitläufige Bacardi-Gebäude mit der riesigen Fledermausstatue auf dem Turm. Ich setzte Santiago an der Ecke ab und fuhr im dichten Verkehr einmal um den Block. Als ich wieder in die Monserrate einbog, winkte mich der Junge wie von Sinnen an den Bordstein.

»Er ist hinten raus gegangen, *Señor* Lucas. Er sitzt im Bus Nummer drei und fährt die O'Reilly hinauf.« Der Junge sprang auf das Motorrad, während ich es anließ und die schmale Strada O'Reilly hinauffuhr.

Santiago hatte den Bus nicht aus den Augen gelassen. Delgado war noch an Bord – und sah mit Sicherheit zur Heckscheibe des überfüllten Busses hinaus, ob ihm jemand folgte. Ich hielt mich im dichten Verkehr, überholte den Bus und blieb mehrere Autolängen davor, während Santiago über die Schulter sah. Delgado sprang an der Plaza de la Catedral hinaus, woraufhin Santiago vom Sozius des Motorrads sprang, um ihm zu folgen, während ich dem Verkehrsstrom die San Ignacio hinauf und an der Kathedrale von Havanna vorbei folgte.

Ich fuhr im Kreis zurück und folgte dem Jungen, der auf dem Bürgersteig lief. Als ich ihn abholte, war Santiago eine Minute so außer Puste, daß er kein Wort heraus brachte, zeigte aber auf ein Taxi, das die Aguiar hinunterfuhr. Ich behielt das Taxi in Sichtweite, als es im Bogen durch La Habana Vieja und am Floridita vorbei zurückfuhr, bis es zum Parque Central zurückkehrte, nur einen halben Block von der Stelle entfernt, wo Delgado sein Motorrad geparkt hatte. Wir hielten uns im Verkehr verborgen, als Delgado die Straße überquerte und den Parque Central Distrikt betrat.

Ich zog das Motorrad auf den Bürgersteig an den alten Steinmauern, die einmal die Altstadt von Havanna umgeben hatten, wo wir die Maschine auf den Ständer hievten. »Er wird im Parque Central einen Bogen laufen und sich vergewissern, daß er nicht verfolgt wird«, sagte ich zu dem Jungen. »Du kürzt über die Ecke des Parks ab und läßt ihn nicht aus den Augen. Wenn er auf der Süd- oder Westseite herauskommt, gehst du zur Ecke beim Gran Teatro und behältst ihn im Auge. Ich fahre zum Hotel Plaza und behalte beide Kreuzungen im Auge. Du winkst mit deinem Taschentuch in Hüfthöhe, um mich wissen zu lassen, daß er rausgekommen ist.«

Der Parque Central war nicht nur ein Park, sondern das Zentrum einer Hauptstadt, die die nach dem spanisch-amerikanischen Krieg gerade unabhängig gewordenen Kubaner so prachtvoll wie Paris oder Wien geplant hatten. Über den grünen Palmwedeln des Parks erhoben sich ringsum die verschnörkelten Rokoko- und Neobarockfassaden der Gebäude, die der ganze Stolz von Havanna waren. Ich sah Delgado in der Menschenmenge um die weiße Marmorstatue von José Marti im Zentrum der schattigen Plaza verschwinden und wußte, daß jeder, der versuchte, ihm in den Park zu folgen, entdeckt werden würde. Er war wirklich sehr gut. Wenn ich falsch geraten hatte, welchen Ausgang aus dem Park er nehmen würde, würden wir ihn verlieren.

Ich hielt mich in der dichten Menschenmenge auf dem Bürgersteig am nördlichen Ende des Parque Central, schlenderte zwischen dem Plaza Hotel an der Nordseite und dem weitläufigen Komplex des Hotel Inglaterra an der Westseite entlang und betrachtete die Menge. Mehrere Minuten vergingen, und ich war fast sicher, daß Delgado wieder zurück und beim Bacardi-Gebäude hinausgegangen war und uns abgehängt hatte, als ich Santiago am Bordstein vor dem Gran Teatro sah. Er schwenkte sein rotes Taschentuch in Hüfthöhe.

Ich lief die Straße hinunter. Der Junge zeigte nach Süden zu einer perfekten Kopie des Capitols in Washington, D. C. »Er ist in das Capitolio Nacional gegangen, *Señor* Lucas.«

»Gute Arbeit, Santiago«, sagte ich und klopfte dem Jungen auf die knochige Schulter. »Du bleibst hier draußen.«

Ich betrat das Gebäude des Capitol, lief die hallenden Flure entlang und an dem Diamanten im Flur der Lobby vorbei, der das erklärte Zentrum von Havanna darstellte. Der Hauptgang war menschenleer, aber das Geräusch einer Tür, die zugeschlagen wurde, hallte einen der seitlichen Flure herab. Ich schlich leise auf meinen Bootsschuhen weiter und versuchte, darauf zu achten, daß die Sohlen nicht auf dem polierten Boden quietschten. An der Ornamentglastür blieb ich stehen, machte sie einen Spalt auf und sah gerade noch Delgados Panamaanzug zwanzig Meter entfernt in dem spärlich erleuchteten Flur. Ich machte die Tür in dem Moment lautlos zu, als sich der andere Agent umdrehte.

Ich war sicher, er würde am anderen Ende des Flurs warten, bis er sich vergewissert hatte, daß wirklich niemand hinter ihm war. Aber ich hatte eine Ahnung, wohin er wollte.

Ich lief rasch zum Hauptgang zurück, hastete die Marmortreppe zum Zwischengeschoß hinauf, ging schnellen Schrittes in den Ostflügel des Gebäudes, versuchte mein Glück an mehreren Türen, bis ich eine fand, die nicht abgeschlossen war, und dann betrat ich den ersten Stock des Museo Nacional de Ciencias Naturales. Es war der traurige Abklatsch eines naturkundlichen Museums, dessen Schaukästen überwiegend leer oder mit unzulänglich präparierten Tieren mit staubigen Glasaugen gefüllt waren, aber ein perfekter Platz für Delgado, auf Spiegelbilder zu achten und den Weg im Auge zu behalten, den er gekommen war. Ich umrundete das schmale Zwischengeschoß, bis ich seine weißen Schuhe auf der Südseite des zentralen Ausstellungsraums sah, dann wich ich hastig zurück und hielt fast den Atem an. Nach endlosen zehn Minuten machte Delgado auf dem Absatz kehrt und ging zum verschlossenen Südtor des Museums hinaus.

Ich mußte mit den Händen den Staub vom oberen Fenster schrubben, aber schließlich hatte ich in dem Schmutz einen Kreis sauber genug gewischt, der groß genug war, daß ich sehen konnte, wie Delgado den breiten Boulevard südlich des Capitolgebäudes hinunterging und den klobigen Klotz der Zigarrenfabrik Partagas betrat. Ich glaubte nicht, daß es sich dabei wieder um ein Manöver handelte. Das, davon war ich überzeugt, war das Ziel des Agenten.

Ich ging zum Osttor des Museums hinaus und überquerte den Boulevard an der Ecke. Delgado war zum Haupteingang der Zigarrenfabrik hineingegangen, aber ich ging einen halben Block südlich und dann die Gasse zu den Verladedocks hinunter. Ich wußte, wie schwierig es sein würde, Delgado in den riesigen Lagerräumen des Gebäudes zu finden. Andererseits wußte ich, daß es in den meisten Zigarrenfabriken kleine Bars dicht an den Roll- und Verpackungszentren gab. Das wäre ein guter Platz für einen Treffpunkt, falls das Delgados Ziel war.

Ich marschierte entschlossen vorwärts, als würde ich mich in der Fabrik auskennen und hätte dort etwas zu suchen und ging durch die Türen der Lagerhallen in den Hauptbereich. Hier saßen mehr als hundert Arbeiter an ihren Bänken, ihren *galeras;* die Handroller schnitten mit ihren abgerundeten Messern die Deckblätter und rollten sie. Ein »Leser« saß am anderen Ende des Raums an seinem Podium und las aus einem billigen Liebesroman vor. Ich wußte, der Brauch, den Zigarrendrehern etwas vorzulesen, stammte aus dem vorigen Jahrhundert, als José Marti den Rollern bei der Arbeit pronationalistische Propaganda hatte vorlesen lassen. Heutzutage bekamen sie vormittags aus den Zeitungen vorgelesen und nachmittags aus Abenteuer- oder Liebesromanen.

Ich ging durch die *galeras*. Die meisten Handroller waren zu beschäftigt, um aufzuschauen, aber ein paar sahen mich fragend an. Ich nickte ihnen zu, als würde ich ihre Arbeit würdigen, und ging weiter. Einige Roller arbeiteten am *tripa*, dem kleinen Blatt, das der Zigarre ihre Form gibt. Andere waren mit dem *tripa* fertig und rollten das *hoja de fortalenza*, das »Blatt der Kraft«, das der Zigarre ihren Geschmack gibt, während andere bereits das *hoja de combustión* rollten, durch das die Zigarre gleichmäßig brannte. Die letzten Bänke waren dem auf Reisbasis hergestellten Leim für das letzte große Blatt, das *copa*, vorbehalten, das der Zigarre ihre endgültige Form gab. Die Hälfte der Arbeiter waren Männer, und die meisten – Männer und Frauen gleichermaßen – rauchten Zigarren, während sie ihrer Arbeit nachgingen. Ich hatte keine zwei Minuten gebraucht, die große Halle zu durchqueren, und in dieser Zeit hatte der alte Mann am Ausgang vor meinen Augen sämtliche Blätter einer Zigarre geschnitten und gerollt.

Ich ging zu einer Seitentür hinaus, wo *depalillos* die Stiele von den dünnen Blättern entfernten und die dünnen Blätter an die *rezgagados* weiter reichten, die sie nach Güteklassen sortierten. Jenseits des Sortierbereichs konnte ich einen Blick auf die *revisadores* werfen, die Zigarren durch Löcher in Holzbretter zogen, um sich zu vergewissern, daß eine jede die perfekte Größe hatte. Patchi Ibarlucia hatte mir einmal einige zotige Witze über diese Qualitätskontrolle erzählt, die in jeder kubanischen Zigarrenfabrik durchgeführt wurde.

Auf dem dunklen Flur vor dem Raum der *revisadores* sah ich die Ornamentglastür der kleinen Bar, wo Zigarren, Rum und Kaffee verkauft wurden. Auf einem Schild an der Tür stand »Geschlossen«. Ich blieb einen Moment auf dem Flur stehen, dann machte ich die Tür einen Spalt auf.

Delgado saß in der dritten kleinen Nische und hatte mir den Rücken zugedreht. Der Mann ihm gegenüber schaute auf, als die Tür aufging, aber ich machte sie wieder zu, bevor er mich deutlich gesehen haben konnte. Mehr als diesen kurzen Blick brauchte ich nicht.

Ich ging hastig den Flur hinunter und versteckte mich in der Herrentoilette, als gerade die Tür zu der Bar aufging und Schritte auf dem Flur erklangen. Ein Fenster mit Ornamentglas führte zur Gasse. Ich schob das Fenster hinauf, kletterte hinaus, hing knapp zwei Meter über dem abfallübersäten Kopfsteinpflaster der Gasse und ließ mich fallen. Dann rappelte ich mich auf und rannte um die Biegung der Gasse, bevor mich jemand aus dem offenen Fenster sehen konnte.

Maria und ich liebten uns die ganze nächste Nacht, und unsere Leidenschaft fand erst ein Ende, als kurz nach Einbruch der Dämmerung leise an die Tür von Klasse A geklopft wurde. Es war Santiago, der klopfte, weil ich ihm gesagt hatte, daß er sich beizeiten melden sollte, und der kleine Junge klopfte nur einmal, dann wartete er wie befohlen auf dem Hof der Molkerei. Ich weiß nicht, warum die junge Hure und ich in jener Nacht so ausdauernd und erregt waren. Vielleicht ahnte sie, was ich herausgefunden hatte – daß die Fundamente unserer kleinen Phantasiewelt ins Wanken geraten waren und die Wirklichkeit bald wie ein Wirbelsturm hereinwehen würde.

Am Abend zuvor hatte Hemingway verkündet, daß wir früh mit der *Pilar* aufbrechen würden. Don Saxons Entzündung an den Füßen hatte schließlich ein Ausmaß erreicht, daß er bei diesem Ausflug nicht als Funker auf dem Boot arbeiten konnte und niemand ihn an Bord haben wollte, solange es seinen Füßen nicht besser ging. Ich sollte mitkommen und die Funkanlage bedienen. Der Marinegeheimdienst hatte dem Schriftsteller ein verschlüsseltes Communiqué geschickt und ihm befohlen, an der kubanischen Küste hinunter zu fahren bis zu einer Stelle, an der deutsche U-Boote möglicherweise eine bestimmte Höhle als Nachschublager benutzten. Hemingways Besatzung bestand aus Fuentes, Guest, Ibarlucia, Sinsky, Roberto Herrera, mir und den Jungs – Gregory und Patrick. Der Schriftsteller vermutete, daß wir etwa eine Woche weg sein würden – um der *Kreuz des Südens* ein wenig zu folgen, deren Ziel dieselben Gewässer waren –, aber ich vermutete, daß er den Einsatz nicht besonders ernst nahm, wenn die Jungs mitkommen durften.

»Ich sollte hierbleiben«, sagte ich. »Wer kümmert sich um die Gaunerbande?« Nach der Enthüllung am Nachmittag wollte ich nicht auf See und damit weit weg vom Schuß sein.

Hemingway hatte die Zähne gezeigt und nach dem Einwand abgewunken. »Die Gaunerbande können wir ein paar Tage sich selbst überlassen. Sie kommen mit uns, Lucas. Das ist ein Befehl.«

Als ich am Morgen aus der Hütte Klasse A kam, saß Santiago auf einem flachen Steintrog im Zentrum des Innenhofs und wartete geduldig. Ich ging mit ihm die Straße hinunter, an der *finca* vorbei.

»Santiago, ich fahre ein paar Tage mit *Señor* Hemingways Boot hinaus.«

»Ja, *Señor* Lucas. Ich habe es gehört.«

Ich fragte den Jungen nicht, wo er die Neuigkeit gehört hatte. Agent 22 wurde in zunehmendem Maße unser wichtigster Mann im Einsatz. »Santiago«, sagte ich. »Ich möchte nicht, daß du Lieutenant Maldonado folgst, während wir weg sind. Auch nicht dem Mann, dem wir gestern gefolgt sind. Ich möchte, daß du *überhaupt niemandem* folgst.«

Die Gesichtszüge des Jungen entgleisten. »Aber, *Señor* Lucas, leiste ich keine gute Arbeit?«

»Du leistest ausgezeichnete Arbeit«, sagte ich und berührte den Jungen an der Schulter. »Die Arbeit eines Mannes. Aber es hat keinen Zweck, wenn du *Caballo Loco* oder dem anderen Mann folgst ... oder einem anderen, den wir beschattet haben ... solange *Señor* Hemingway und ich auf See sind.«

»Sie wollen nicht wissen, mit wem sich der Lieutenant trifft?« sagte der Junge verwirrt. »Ich dachte, es wäre wichtig, daß wir so etwas wissen.«

»Es ist wichtig«, sagte ich. »Aber wir wissen mittlerweile genug, so daß es nicht nötig ist, die Observierung fortzusetzen, bis ich wiederkomme. Dann habe ich wahrscheinlich einige äußerst wichtige Aufgaben für dich.«

Der Junge strahlte über das ganze Gesicht. »Und wenn sie alle wieder da sind, spielen wir Baseball gegen Gigis Stars? Und diesmal werden Sie in unserer Mannschaft mitspielen, so wie *Señor* Hemingway manchmal in der Mannschaft seines Sohnes spielt?«

»Vielleicht«, sagte ich. »Ja, das würde mir gefallen. Wirklich.« Ich sagte die Wahrheit. Ich liebe Baseball und hatte den Mannschaften frustriert beim Spielen zugesehen, während ich auf dem Rasen des Seitenstreifens saß. Zu den wenigen Dingen, die ich im Lauf der Jahre stets in meinem Seesack dabei gehabt hatte, gehörte der Baseballhandschuh, den mir mein Onkel geschenkt hatte, als ich acht war. Ich hatte mit diesem Handschuh am College und auf der Universität gespielt, und auch auf dem Rasen des Weißen Hauses, als ich noch ein regulärer FBI-Agent gewesen war. Es würde mir nichts ausmachen, Hemingway eine Schlappe beizubringen.

Der Junge grinste und nickte. »Sollte ich denn *überhaupt etwas* tun, während Sie weg sind, *Señor* Lucas?«

Ich gab ihm drei Dollar. »Iß etwas Eiskrem in einer der Eisdielen auf der Obispo«, sagte ich. »Kauf etwas zu essen für deine Familie.«

»Ich habe keine Familie, *Señor* Lucas«, sagte der Junge, der immer noch lächelte, aber die Scheine auf seiner Handfläche fragend ansah. Er hielt sie mir wieder hin.

Ich faltete seine Finger um die Banknoten. »Kauf Mandelkuchen auf der Calle Obispo«, sagte ich. »Iß in einer der *bodegas* zu Mittag, in der sie dich kennen. Agenten müssen bei Kräften bleiben. Vor uns liegen wichtige Einsätze.«

Das Grinsen des Jungen überstrahlte die Morgensonne. »*Sí, Señor* Lucas. Danke für Ihre Großzügigkeit.«

Ich schüttelte den Kopf. »Das ist dein Sold, Agent 22«, sagte ich. »Und jetzt lauf. Gib dem unbekannten Mann sein Motorrad zurück, wenn du willst. Wir werden ein anderes für dich finden. Ein *legales*. Wir sehen uns spätestens in einer Woche.«

Der Junge lief in einer Staubwolke die staubige Straße an der *finca* vorbei.

Die *Pilar* lief an einem wolkenlosen Tag schnurrend aus dem Hafen von Cojímar aus, und die *brisa* – wie die Einheimischen den Passatwind aus Nordosten bezeichneten – wehte gerade stark genug, um uns abzukühlen, aber nicht so stark, daß sie den Golfstrom aufgewühlt hätte. Hemingway war bester Laune und zeigte den Jungs immer wieder besondere Merkmale: La Terreza, das große alte Haus, in dem sich eines ihrer Lieblingsrestaurants an der Küste befand, den großen Baum hinter La Terreza, unter dem der Schriftsteller gern saß und trank und mit den einheimischen Fischern sprach, und dann forderte er die Jungs heraus, auf eine Entfernung von dreihundert Metern oder mehr die Fischer von den *guajiros* zu unterscheiden, den Landarbeitern.

»Auf die Entfernung können wir ihre Gesichter nicht sehen, Papa«, sagte Gregory.

Hemingway lachte und legte einen Arm um den kleineren Jungen. »Du mußt ihre Gesichter nicht sehen, Gigi. Weißt du, der *guarijo* ist nervös, wenn er in die Stadt oder zur Küste kommt und diese vornehmen Hemden tragen muß ... die plissierten ... und die engen Hosen, die breiten Hüte und die Reitstiefel.«

»Ja, natürlich!« rief Patrick, der mit dem großen Fernglas auf die Außenbrücke gegangen war. »Das hast du uns schon einmal erklärt, Papa. Und sie haben immer ihre Macheten dabei. Die kann man von hier ohne Fernglas sehen.«

Gregory nickte glücklich in der Umarmung seines Vaters. »Ja, jetzt sehe ich es, Papa. Was die *guarijos* tragen, das ist wie ein Kostüm. Aber was ist mit den Fischern?«

Hemingway lachte und zeigte auf Gregorio Fuentes, der gemütlich auf dem schmalen Sims auf der Backbordseite der Kabine stand. »Die Fischer sind fröhlich und selbstbewußt, Gig. Sie tragen, wozu immer sie gerade Lust haben. Fetzen und Lumpen und Teile von alten Kleidungsstücken. Und wenn du durch das Fernglas von Mouse sehen würdest, könntest du sie von den *guarijos* daran unterscheiden, wie vernarbt und knotig und braun ihre Hände sind.«

»Aber die Landarbeiter sind auch braun, Papa«, sagte der kleinere Junge.

»Ja, Gigi, aber das Haar auf ihren Händen und Armen ist dunkel. Kannst du nicht selbst aus der Ferne sehen, wie verblaßt das Haar auf den Armen der Fischer ist ... von Sonne und Salz ausgebleicht?«

»Ja, Papa«, sagte der Junge, obwohl wir mittlerweile so weit draußen am Wellenbrecher waren, daß man die Gestalten der Fischer am Ufer kaum noch erkennen konnte, geschweige denn ihre bloßen Arme.

An diesem Tag fuhren wir an der Nordküste von Kuba entlang Richtung Südosten. Unser Plan sah vor, die Nacht in dem neuen kubanischen Militärstützpunkt auf der winzigen Cayo Confites zu verbringen und am nächsten Tag weiter östlich nach den Höhlen und der *Kreuz des Südens* zu suchen. Die Wasser des Golf waren blau und purpurn, der Himmel blieb wolkenlos, die *brisa* wehte sanft aus Nahost, und zahlreiche Fischerboote und Vergnügungsjachten, die aufgrund der kriegsbedingten Benzinknappheit überwiegend Segel gesetzt hatten, sprenkelten das Meer. Es war ein perfekter Tag für eine Kreuzfahrt, aber die Perfektion ging in die Brüche, als festgestellt wurde, daß der erste Offizier Winston Guest vergessen hatte, die drei Kästen Bier einzuladen, die Hemingway als absolutes Minimum für eine sechs- bis siebentägige Mission festgesetzt hatte. Ich war unten, machte mir Notizen und dachte über die Folgen von Delgados Treffen in der Zigarrenfabrik nach, als an Deck Verwünschungen auf spanisch, englisch und französisch ausgestoßen wurden. Ich rannte im Glauben nach oben, ein deutsches U-Boot wäre an die Oberfläche gekommen – was bei Tag natürlich so gut wie nie vorkam – und wir würden gerade geentert oder versenkt.

Alle, sogar die Jungs, verfluchten Guest nachdrücklich, weil er das Bier vergessen hatte. Der Millionär blieb standhaft am Steuer, seine geröteten Wangen nahmen immer noch mehr Farbe an, aber er hatte die Augen niedergeschlagen und trug eine Schafsmiene zur Schau.

»Schon gut, Wolfer«, sagte Hemingway schließlich und gebot dem Schwall der Verwünschungen Einhalt. »Wahrscheinlich haben sie Bier und anderen Proviant für uns auf Cayo Confites bereit.«

»Wenn nicht«, murmelte Sinsky drohend, »müssen wir meutern und dieses Boot nach Havanna zurücksteuern.«

»Oder nach Miami«, sagte Patchi Ibarlucia.

»Oder einfach den Stützpunkt auf Cayo Confites überfallen und den kubanischen Selbstgebrannten mitgehen lassen«, sagte Roberto Herrera.

»Vielleicht gibt es auch Bier in der geheimen Höhle der Deutschen«, sagte Patrick. »Eisgekühltes bayerisches Bier im hinteren Teil der Höhle, gleich neben den aufgestapelten Fässern voll Treibstoff.«

»Bayerisches Bier und Würstchen und Sauerkraut«, rief Gregory.

»Aber wir müssen an den Wachtposten und zähnefletschenden deutschen Schäferhunden vorbei, die Wache stehen.«

»Ich werde für Ablenkung sorgen, indem ich *Señor* Guest in Brand stecke«, sagte Sinsky.

»Und wir stürmen rein, solange sie noch damit beschäftigt sind, Wolfer zu löschen«, sagte Patrick von der Außenbrücke. »Wir nehmen der gesamten U-Boot-Flotte der Krauts Fusel und Mampf weg. Die Moral wird am Boden sein. Die Nazis werden sich aus der Karibik zurückziehen. Die Marine wird uns das Silberne Kreuz verleihen.«

»Einen goldenen Kirchenschlüssel«, sagte Ibarlucia.

Fuentes, der alles mit zusammengekniffenen Augen und gequälter Miene mit angehört hatte, sagte: »Dieses ganze Gerede von kaltem Bier macht mich durstig.«

Hemingway hangelte sich die Leiter zur Außenbrücke hinauf und übernahm das Steuer. Winston Guest seufzte und setzte sich auf eines der Cockpitkissen.

»Mut, Männer!« rief Hemingway von oben. »Mit Gottes Hilfe wird bald eine Lösung gefunden werden!«

Ich schüttelte den Kopf und ging nach unten, um den momentanen Status von Verrat und Gegenverrat im Umfeld der Gaunerbande zu durchschauen.

19

Mein Hauptquartier zum Nachdenken war die »Funkkabine« – eigentlich das ehemalige Klo der *Pilar,* in das man inzwischen Funkausrüstung der Regierung im Wert von fünfunddreißigtausend Dollar gequetscht hatte. Es blieb kaum Platz, um sich auf einen winzigen Hocker zwischen Reihen mit Kurzwellenempfängern und Sendern der Marine zu setzen. Die beiden Bücher, die ich von der *Kreuz des Südens* mitgenommen hatte, befanden sich in einer wasserdichten Tasche neben dem Hauptfunkgerät, wo der alte Toilettenpapierspender gewesen war. Wenn ich mir Notizen machte, mußte ich mir das Notizbuch auf die Knie legen. Es war sehr heiß und stickig hier unten, wenn die Tür geschlossen war, aber wenigstens konnte man die Tür schließen. Mit neun Männern an Bord der *Pi-*

lar gab es keine Privatsphäre, um zu schlafen oder die Notwendigkeit zu erledigen, für die das einstige und zukünftige Klo einmal gedacht gewesen war. Ein beliebter Witz – besonders bei den beiden Jungs – war der, daß unser erstes Kriegsopfer derjenige sein würde, der über Bord fiel, während er versuchte, bei rauhem Seegang zu scheißen.

Wenn ich die Ohrstöpsel des Funkgeräts trug, konnte ich den größten Teil des Geschwätzes und Lärms vom Deck oben nicht hören. Nun versuchte ich, den Unsinn dieses »Einsatzes auf See« aus meinem Denken zu verdrängen und mich auf das zu konzentrieren, was wichtig war.

Ich hatte den Mann, der Delgado in der Zigarrenfabrik gegenübersaß, zwei Sekunden lang gesehen, bevor ich die Tür geschlossen hatte, konnte ihn aber problemlos identifizieren. Ich hatte seine Fotografie vor zwei Jahren in einem Dossier in Mexico City gesehen und seinen Namen und Codenamen jüngst in der Akte von Theodor Schlegel gelesen, die Delgado mir gezeigt hatte. Es war derselbe Mann: das lange dunkle Haar streng im südamerikanischen Stil zurückgekämmt, es reichte über die Ohren; die traurigen Welpenaugen, die linke Braue buschiger als die rechte (aber nur die linke hatte er überrascht hochgezogen, als die Tür einen Spalt aufgegangen war), die vollen, sinnlichen Lippen, die nur teilweise von dem exakt geschnittenen dunklen Schnurrbart verdeckt wurden. Er hatte einen teuren hellen Anzug getragen und eine burgunderfarbene, perfekt geknotete Seidenkrawatte mit einem dezenten Muster aus Goldfäden.

Das war Obersturmführer Johann Siegfried Becker von der SS… inzwischen möglicherweise Hauptsturmführer Becker, wenn die Berichte des SIS vom April zutrafen, im April war gemeldet worden, daß Becker für Anfang Mai von Rio nach Berlin zurückbeordert wurde – möglicherweise wegen einer Beförderung und um neue Einsatzbefehle zu erhalten.

Becker war achtundzwanzig, fast in meinem Alter. Er war am 21. Oktober 1912 in Leipzig geboren worden und der NSDAP unmittelbar nach seinem Abitur in Leipzig beigetreten. 1931 wurde er in die SS aufgenommen. Es war höchst ungewöhnlich, daß ein Neunzehnjähriger in die gefürchtete schwarzgekleidete Schutzstaffel aufgenommen wurde – Hitlers ursprüngliche Gruppe privater Leibwächter aus den zwanziger Jahren, die inzwischen zur furchteinflößendsten aller furchteinflößenden Organisationen der Nazis geworden war und mit der Gestapo und den Konzentrationslagern und dem eigenen Nachrichtendienst der SS identifiziert wurde, dem SD –, aber Johann Siegfried Becker war ein außergewöhnlicher junger Mann. In Dokumenten der Nazis wurde ihm bescheinigt, daß er ein Organisationsgenie und unermüdlicher Arbeiter war. Am 30. April 1937 wurde Becker zu einem Untersturmführer der SS befördert und auf der Stelle nach Buenos Aires versetzt, wo er am 9. Mai an Bord der *Monte Pascoal* eintraf. Dort arbeitete er bis zum vorigen Monat offiziell als Repräsentant der in Berlin ansässigen Firma Centro de Exportacion del Commercio Aleman, dann war er nach Berlin zurückbeordert worden, um erneut befördert zu werden und neue Befehle zu erhalten.

FBI und SIS in Mittel- und Südamerika wußten, daß Becker der beste Nazi-Agent in der westlichen Hemisphäre war. 1940 hatte die argentinische Polizei den Kreis um Becker fast geschlossen gehabt, aber der SS-Mann war nach Brasilien entkommen, wo er seine Dienste der dortigen umtriebigen Abwehr-Organisation unter Leitung von Albrecht Gustav Engels anbot – Thodor Schlegels Boss und der »Alfredo« unserer entschlüsselten Funksprüche. In einem für Berlin bestimmten Communiqué, das 1941 durch das ONI abgefangen worden war, hatte Engels persönlich Becker als den »einzig wirklich professionellen Agenten« in seinem Netz und in ganz Südamerika bezeichnet und gab zu, daß der SS-Mann »Hirnschmalz und Energie« aufgewendet hatte, die erforderlich waren, das weitverzweigte Spionagenetz mit Zentrum in Rio am Leben zu erhalten. So ungewöhnlich, daß ich in Kolumbien und Mexiko davon erfahren hatte, war das alles deshalb, weil Becker zum SD gehörte – dem Nachrichtendienst der SS – und Engels Spionagenetz eine Organisation der Abwehr war.

Der SD und die Abwehr haßten und verabscheuten einander fast so sehr wie ihre jeweiligen Chefs – Reinhard Heydrich und Admiral Wilhelm Canaris – einander persönlich haßten und verabscheuten. Jeder Mann wollte, daß seine Organisation der alleinige und einzig wahre Geheimdienst des Dritten Reiches wurde. Die Rivalität entsprach der zwischen BSC und MI5 oder der unversöhnlichen Abneigung, die das FBI gegenüber dem jetzigen OSS empfand, nur endeten in Deutschland solche Rivalitäten bekanntermaßen mit Maschinengewehrmassakern und buchstäblichen Dolchstößen in den Rücken.

Und nun war Johann Siegfried Becker – SS-Mann und Spion des SD – vom Führer gerade zum Hauptsturmführer befördert und vermutlich mit wesentlich weitreichenderen Kompetenzen ausgestattet worden. Sogar beispiellosen Kompetenzen, da die Spionagetätigkeiten von Abwehr und SD in Südamerika unter Beckers Führerschaft *vereint* waren. Und nun traf sich ebendieser Mann in einer Zigarrenfabrik in Havanna mit meinem Verbindungsmann und der einzigen Nabelschnur zum Bureau, Agent Delgado.

Darüber mußte ich nachdenken.

Nachdem ich fünfundvierzig Minuten nachgedacht hatte, wurde mir klar, daß es nach wie vor nur vier Möglichkeiten gab.

Erstens: Delgado war zum Doppelagenten geworden und traf sich mit Becker, um irgendwie einen Verrat an mir, an Hemingway, am Bureau und an den Vereinigten Staaten zu planen.

Zweitens: Delgado arbeitete an einem weitaus wichtigeren Unternehmen als meine Ferien bei der Gaunerbande zu beaufsichtigen – einem wichtigeren Unternehmen, zu dem unter anderem gehörte, Obersturmführer Johann Siegfried Becker zu einem Doppelagenten umzudrehen, der gegen das Reich arbeitete.

Drittens: Delgado arbeitete selbst verdeckt und gab sich möglicherweise als Agent oder bezahlter Informant aus, der unter Becker arbeitete, oder er gab sich als Doppelagent aus, um den Deutschen falsche Informationen zuzuspielen.

Viertens: Ein anderes Szenario, das ich nicht durchschauen konnte.

Von diesen Möglichkeiten schien mir die dritte die plausibelste zu sein – ich war hineingeplatzt, als Delgado gerade das tat, was wir Agenten des SIS eben tun, was ich selbst viele Male getan hatte, wenn ich verdeckt arbeitete –, aber ich fühlte mich trotzdem nicht wohl in meiner Haut.

Ein großer Teil dieses Unbehagens, wurde mir klar, resultierte aus dem zeitlichen Ablauf der Ereignisse und dieser seltsamen Zusammenarbeit zwischen SD und Abwehr. Das zeitliche Zusammentreffen war nicht nur wegen der beinahe absurden Konzentration von Geheimdienstaktivitäten auf Kuba und rund um Hemingways

Amateurgruppe herum seltsam, sondern auch, weil Schlegel und Becker ihre Mission auf Kuba – wie immer sie auch beschaffen sein mochte – mehrere Monate nach ihrer Beinahe-Festnahme im Zuge des FBI-Einsatzes gegen ihre Spionagenetze in Brasilien durchführten. Es war möglich, daß keiner der beiden Männer etwas über die Verhaftung und falschen Sendungen wußte, die nun aus Rio kamen, aber das schien unwahrscheinlich. Andererseits hatte Schlegel Brasilien verlassen, bevor die Verhaftungswelle auch nur in seine Nähe gekommen war, und Ermittlungen des SIS hatten ergeben, daß Becker dieses Frühjahr Schwierigkeiten gehabt hatte, nach Berlin zurückzukommen, da die italienischen Transatlantikflüge nach Pearl Harbor abgesagt worden waren.

Beunruhigender war diese Zusammenarbeit zwischen dem Sicherheitsdienst – dem SD – und der Abwehr. In den vergangenen sechs Jahren hatte ich diesbezüglich mehr gelesen und ermittelt als die meisten Agenten des SIS. Verdammt, ich hatte die Sache wahrscheinlich gründlicher studiert als jeder andere in dieser Hemisphäre, abgesehen von Donovans Spezialisten des OSS. Und wenn sonst nichts dabei herauskam, so rechtfertigte es doch wenigstens im nachhinein, daß ich am College und an der Uni Deutsch gelernt hatte.

Oberflächlich gesehen schien die klare Trennung von Aufgaben und Befehlsgewalt zwischen SD und Abwehr logisch: Heydrichs SD war für die politische Spionage weltweit zuständig; Canaris' militärische Abwehr ausschließlich für den gesamten militärischen Bereich. Zu diesem *modus vivendi* war man 1936 gekommen, als die Rivalität zwischen Himmlers SS und dem traditionellen Nachrichtendienst der Abwehr ein derartiges Ausmaß erreicht hatte, daß Hitler selbst gezwungen gewesen war, für einen Waffenstillstand zu sorgen. Dieser »Waffenstillstand« war in Wahrheit ein weiterer Riesenschritt auf dem Weg der SS und ihrer Geheimdienstorganisation, des SD, zur Macht.

Heinrich Himmler hatte die Macht der SS eigentlich am letzten Tag des Juni 1934 konsolidiert, während der Nacht der langen Messer, als die SS – unter direktem Befehl von Hitler – Ernst Röhm und Hunderte weitere Führer der SA ermordet hatt – der Braunhemden, die Hitlers Stoßtrupp auf dem Weg zur Macht gewesen waren. In dieser einen blutigen Nacht hatte Himmler aus der unbedeutenden

SS einen einmaligen, furchteinflößenden Machtfaktor im Dritten Reich gemacht und nicht nur die homosexuelle Führungsriege der Braunhemden ermordet, sondern gleichzeitig die Macht der zwei Millionen Mann starken Truppe gebrochen. Keine drei Wochen nach dem Massaker hatte Himmler den jungen Reinhard Heydrich zum neuen Führer des Geheimdienstes der Partei, des Sicherheitsdienstes, gemacht.

Seit 1934 war Heydrichs erbittertster Gegner nicht einer der ausländischen Geheimdienste, sondern die altehrwürdige Abwehr von Canaris. Nach Unterzeichnung des Pakts von 1936 hatten beide Dienststellen eingewilligt, sich an die Zehn Gebote des deutschen Geheimdienstwesens zu halten – und die jeweilige Verantwortung der beiden Organisationen zu respektieren. In der Praxis arbeiteten Heydrich und sein Vorgesetzter Himmler unablässig daran, Canaris' Glaubwürdigkeit beim Führer zu unterminieren und zu zerstören. Ihr Endziel war, die hundertjährige Abwehr aufzulösen und die gesamte Polizei-, Spionage- und Spionageabwehrmacht der NSDAP unter einem Dach zu vereinen.

Heinrich Himmler leitete SS und SD. Reinhard Heydrich hatte – bis zu seiner Ermordung im Juni – das Reichssicherheitshauptamt RSHA geleitet. Heydrichs RSHA bestand aus mehreren Unterabteilungen:

RSHA I war Personal. RSHA II war Verwaltung. RSHA III war Inlandsspionage. RSHA IV war die gefürchtete Gestapo. RSHA V bestand aus Polizeibeamten. RSHA AMT VI war für Auslandsspionage zuständig.

Seit 1941 war der Direktor von AMT VI ein stattlicher junger SS-Offizier namens Walter Schellenberg gewesen. Schellenberg, der erst zweiunddreißig Jahre alt war, schien bei weitem gebildeter und zivilisierter als sein jüngst ermordeter Boss zu sein – Heydrich war ein Hurenbock gewesen, ein kaltblütiger Ränkeschmied, der während seiner kurzen Amtszeit als Verwalter des Protektorats Böhmen und Mähren den Beinamen »Schlächter von Prag« bekommen hatte –, aber Berichte deuteten darauf hin, daß Schellenberg in jeder Hinsicht ebenso fest entschlossen zu sein schien, die Abwehr zu beherrschen und auszuschalten, wie es Heydrich gewesen war. In Spionagekreisen war Schellenberg berühmt wegen der tollkühnen Entführung von zwei britischen Agenten in Holland 1939. Der Nazi hatte sich als ein »Major Schemmel« getarnt gehabt, der sich dafür interessierte, bei einer Verschwörung deutscher Generäle mitzumachen, deren Ziel es war, Hitler zu stürzen und Frieden mit England zu schließen. Der britische Geheimdienst hatte den Köder geschluckt und zwei Agenten losgeschickt, die sich am 9. November 1939 in der holländischen Stadt Venlo mit Schellenberg treffen sollten. Schellenberg hatte seinen Männern ein Zeichen gegeben, die mit einem Automobil durch die Absperrungen gerast waren, und dann hatte er den beiden verblüfften Agenten Handschellen angelegt und sie zum Verhör nach Deutschland verschleppt, nachdem er den Kugelhagel anderer britischer Agenten überstanden hatte.

Der Vorfall hatte Schellenbergs Ansehen bei Heydrich und Hitler keinen Abbruch getan.

1940 hätte Schellenberg um ein Haar eine weitere Entführung durchgezogen – diesmal den Herzog von Windsor, den ehemaligen König Edward VIII. von England. Aufgrund von beifälligen Äußerungen über Hitler glaubten die Deutschen, daß der Idiot ein gutes Sprachrohr für das Dritte Reich abgeben würde. Schellenberg schmiedete einen komplizierten Plan, Herzog und Herzogin in Spanien zu entführen, wenn der einstige König und die Frau, die er liebte, in ihr Exil auf die Bahamas reisten. Trotz zahlreicher Anläufe, fanden BSC und SIS später heraus, hatte Schellenberg den Herzog verpaßt, als der Adlige seine Pläne im letzten Moment änderte und nicht nach Spanien zurückkehrte.

Dieser Fehlschlag hatte Schellenbergs Aufstieg zur Macht nicht sichtlich gebremst, und Heydrich machte ihn zu seinem Favoriten und ernannte ihn schließlich im Juni 1941, ein Jahr zuvor, zum Leiter von RSHA AMT VI.

Schellenberg und AMT VI hatten mich schon immer interessiert. Die Abwehr hatte sich in Mexiko und Südamerika wiederholt schwere Schnitzer geleistet, was zur Verhaftung des Großteils ihrer Agenten führte, aber die Leute des SD waren weitaus erfolgreicher gewesen. Schellenberg traute offenbar niemandem und schätzte Kühnheit. Das Hauptquartier von Amt VI lag offenbar abseits aller anderen Büros des SD im Südwesten von Berlin in der Berkaerstraße 32, Ecke Hohenzollerndamm. Schellenbergs Büro dort war – Aussagen britischer Agenten zufolge, die dort gewesen waren – mit zwei im Schreibtisch verborgenen Maschinengewehren ausgerüstet, mit denen er jeden niederschießen wollte, der ein Attentat auf ihn versuchte.

Das war der Mann, der Johann Siegfried Becker im Mai nach Berlin zurückbefohlen hatte, um ihm eine spezielle Mission in Südamerika oder der Karibik zu übertragen. Wahrscheinlich war diese Operation von Heydrich, Beckers Vorgesetztem, oder SS-Chef Heinrich Himmler selbst genehmigt – und möglicherweise ersonnen worden.

Warum arbeiten sie bei diesem Einsatz mit der Abwehr zusammen? Und was, zum Teufel, hat das mit der Kreuz des Südens *und Hemingways Farce zu tun? Und welche Rolle spielt Delgado dabei?*

Als es im Funkgerät zu knistern begann, schlug ich die Augen auf. Ich zog mir hastig den Kopfhörer über die Ohren und griff nach dem Notizbuch und der wasserdichten Tasche.

Jemand sendete auf der für die *Kreuz des Südens* reservierten Frequenz. Und es war dieselbe Verschlüsselung wie die im Codebuch des toten Funkers.

Ich hatte an dem Nachmittag und Abend keine Zeit, mit Hemingway unter vier Augen über die Funksprüche zu sprechen. Und ich hatte nicht die Absicht, im Beisein der anderen mit ihm darüber zu reden.

Wir gingen kurz vor Einbruch der Nacht bei Cayo Confites vor Anker. Das Fleckchen Land war zu klein, um es eine Insel zu nennen, sogar fast zu winzig für die Bezeichnung »key«. Der kleine Gregory sagte, daß sie wie die Rollschuhbahn im Rockefeller Center aussah – nur rund hundert Meter im Durchmesser und ziemlich flach und, abgesehen von einem Schuppen in der Mitte, völlig konturlos. Die kubanische Marine hatte den Schuppen als Kommunikationsposten und Nachschubbasis für Hemingways Operation Friendless und einige andere Projekte der Marine eingerichtet, aber die einzigen Anzeichen dafür, daß es sich um eine militärische Einrichtung handelte, waren die hohen Funkantennen auf dem Schuppen und ein viel zu großer Flaggenmast daneben. Die kubanische Flagge wehte, als wir uns dem Inselchen näherten, und als wir gerade den Anker setzten, kamen drei uniformierte Kubaner in strenger Formation aus dem Schuppen marschiert. Einer stand stramm an den Seilen, während der Offizier auf die Uhr sah und dann dem dritten Mann ein Zeichen gab, worauf der eine abgehackte Tonfolge auf einer rostigen Trompete spielte.

»Papa, sieh doch«, sagte Gregory, »nur der Offizier trägt eine alte, zerlumpte Tunika. Die anderen haben nur Khakishorts an.«

»Psst, Gigi«, sagte Hemingway. »Sie tragen, was sie haben. Es spielt keine Rolle, was sie anhaben.«

Der kleinere Junge schien betroffen über seinen *fauxpas* zu sein, aber Patrick flüsterte wie ein Souffleur: »Was hat der Offizier für ein rostiges Seil auf der Schulter, Papa?«

»Ich glaube, das soll eine Kordel sein«, sagte Heminway.

Die drei Kubaner hatten die Flagge eingeholt. Das gräßliche Trompetentröten hörte auf. Ein Mann trug die Flagge in den Schuppen, während der Offizier und der andere Mann in Shorts uns zusahen, wie wir vor Anker gingen.

Ibarlucia, Herrera und Guest hatten die *Tin Kid* gelöst und ruderten ans Ufer, als der Anker der *Pilar* noch nicht einmal auf Grund war. Zehn Minuten später ruderten sie zurück, und ein Blick in ihre Gesichter verriet mir, daß auf dem Stützpunkt kein Bier für uns lagerte. Ein seltsames Wimmern war aus dem Dingi zu hören, aber ich konnte nicht glauben, daß es tatsächlich von den drei Männern stammte.

»Bier?« rief Hemingway vom Heck.

»Nein!« Die Stimmen der drei Männer verschmolzen mit dem Gequietsche. Sie schienen sich mit etwas abzumühen.

»Irgendwelche Befehle?« brüllte der Schriftsteller.

»Nein.« Das war Roberto Herrera im Bug des Dingis. Guest und der Jai-Alai-Star rangen immer noch mit etwas, das sich anhörte wie ein Kind, das erwürgt wurde, aber Herreras Körper versperrte uns die Sicht.

»Wurde die *Kreuz des Südens* gesichtet?« wollte Hemingway wissen.

»Nö«, rief Herrera. Sie waren jetzt bis auf sechs Meter Entfernung bei uns. Der Lärm, der aus dem Dingi kam, war unglaublich.

»Proviant für uns?« brüllte Fuentes vom Bug.

»Nur Bohnen«, antwortete Ibarlucia. »Dreiundzwanzig Dosen Bohnen. Und das hier.« Er und Winston Guest hielten ein quiekendes Schwein hoch.

Patrick und Gregory lachten und klopften sich auf die bloßen

Schenkel. Ihr Vater sah angewidert drein. »Warum bringt ihr es heute nacht an Bord? Wir wollen nicht, daß das gottverdammte Schwein bei uns schläft.«

Ibarlucia grinste zu uns herauf. In der Dämmerung wirkten seine Zähne strahlend weiß. »Wenn wir unser Schwein heute nacht auf der Insel lassen, Ernesto, werden die Soldaten zum Frühstück Speck und zu Mittag Schinkensandwiches essen. Ich glaube nicht, daß sie mit uns teilen würden.«

Hemingway seufzte. »Laßt das verdammte Vieh im Dingi. Und *du*«, fauchte er und drehte sich zu dem Basken namens Sinsky um, der neben ihm lachte und feixte, »*du* wirst morgen früh das Dingi reinigen.«

Mit dem quiekenden Schwein im Dingi und neun schnarchenden, grunzenden und furzenden Männern, die jede horizontale Fläche auf der *Pilar* belegten, war es in dieser Nacht nicht leicht, Schlaf zu finden. Gegen drei Uhr ging ich die Leiter zur Außenbrücke hinauf, wo Winston Guest an der Reling lehnte und sich aufrecht hielt, damit er während seiner Wache nicht einschlief. Ich werde nie erfahren, weshalb wir eigentlich Wache hielten. Vielleicht fürchtete Hemingway, ein U-Boot könnte in die Nähe des Riffs kommen und versuchen, den Schuppen der Kubaner zu versenken.

»Schöne Nacht«, flüsterte Guest, als ich mich ihm gegenüber an die Reling lehnte. Und es war eine schöne Nacht: das Geräusch der Wellen, die sich am Ufer brachen und die phosphoreszierende Gischt, die fast mit dem Schein der Milchstraße an der schwarzen Kuppel über uns verschmolz. Es war keine einzige Wolke am Himmel zu sehen.

»Können Sie nicht schlafen?« flüsterte der Millionär. Wir waren nur zwei Meter über den Köpfen der Männer, die auf den Kissen rund um das Cockpit schliefen, aber aufgrund der Brise und der Wellen, die gegen den Schiffsrumpf schlugen und der Brandung, die sich am Riff brach, konnte niemand das Flüstern auf der Brücke hören.

Ich schüttelte den Kopf.

»Besorgt wegen der Höhlen morgen?« flüsterte er. »Daß das U-Boot möglicherweise noch da sein könnte?«

»Nein«, sagte ich leise.

Guest nickte. Obwohl die Sterne die einzige Lichtquelle bildeten, konnte ich den Sonnenbrand auf seiner Nase und seinen Wangen und sein herzliches Lächeln sehen. »Ich schätze, ich auch nicht«, flüsterte er. »Ich wünschte, sie wären da. Ich wünschte, wir könnten nur eines schnappen.«

So, wie er es sagte, mußte ich an ein Kind denken, das eine Sternschnuppe gesehen hat und sich etwas wünscht. *Wenn* Winston Guest ein Agent war, britisch oder sonstwie, dann war er ein verdammt guter Schauspieler. Aber, wie ich schon bemerkt habe, waren wir das nicht alle in diesem Metier?

»Haben Sie gesehen, daß Ernest mit der Taschenlampe gelesen hat, als die anderen eingeschlafen waren?« flüsterte Guest.

Ich nickte.

»Wissen Sie, was er gelesen hat?«

»Nein.« Ich hoffte, daß nicht noch mehr melodramatischer Quatsch über geheime Einsatzbefehle oder so etwas kommen würde.

»Eines von Marthas Manuskripten«, flüsterte Guest mit so leiser Stimme, daß selbst ich sie kaum über die Brandung hinweg hören konnte. »Ein Buch, an dem sie arbeitet, das sie ihm von ihrer verdammten Kreuzfahrt geschickt hat. *The Purple Orchid* oder so ein Scheißtitel. Sie möchte, daß Ernest es liest und ihr sagt, was er davon hält, und das tut er ... nach vierzehn Stunden am Steuer heute.«

Ich nickte und sah zum Schuppen der Kubaner, der im Sternenlicht glänzte. Eine Zeitlang hatten wir nach Einbruch der Dunkelheit noch das Licht von Laternen gesehen, aber die dreiköpfige Garnison hatte sich früh hingelegt.

Guest sagte: »Ja, diese armen Schweine sitzen vorerst hier fest. Ernest hat gesagt, daß der Offizier wahrscheinlich in dieses Dreckloch versetzt wurde, weil er die Frau des Kommandanten gevögelt hat, und die anderen beiden leisten hier eine Strafe für unbedeutende Diebstähle ab.«

Ich nickte. Ich war nicht wegen Konversation auf die Außenbrücke gekommen, aber wenn Guest reden wollte, sollte es mir recht sein. Ich dachte immer noch an die beiden Funksprüche, die ich vorhin aufgefangen hatte.

»Da wir gerade von Frauen sprechen«, flüsterte Guest, »was halten Sie von ihr?«

»Von wem?« fragte ich. Ich hatte keine Ahnung, wovon er redete.

»Martha. Ernests dritter.«

Ich zuckte im Dunkeln die Achseln. »Sie hat Nerven«, sagte ich, »wenn sie immer noch mit diesem kleinen Boot durch die Karibik tuckert.«

Guest gab ein Geräusch von sich. »Mumm, meinen Sie«, flüsterte er sehr leise. »Martha war immer der Meinung, daß sie in der Familie die Hosen anhaben müßte.«

Ich betrachtete den Sportsmann, dessen massige Gestalt sich vor der leuchtenden Gischt der Wellen am Riff abzeichnete.

Nach einem Augenblick fuhr Guest hektisch flüsternd fort. »Ernest hat mir ein paar Seiten des Buches gezeigt, das sie geschrieben hat… *Liana,* so heißt es, glaube ich. Es handelt von einem Mann und seiner Frau, die in einem Haus wie der *finca* leben. Und der Mann läuft immer barfuß und in Shorts herum, ist schmutzig und trinkt zuviel und sagt dumme Sachen und dies und das. Das macht mich wütend, Lucas. Sie hat ganz eindeutig über Ernest geschrieben und ihn in einem unvorteilhaften Licht geschildert, und er ist hier, hundemüde, mit Bauchschmerzen und Kopfschmerzen nach vierzehn Stunden U-Boot-Patrouille in der Sonne, und er macht sich Notizen und behandelt ihren Quatsch wie Literatur, dabei nutzt sie ihn nur aus, mehr nicht.«

Ich lehnte mich auf die Reling. Nach einem Moment stieß Guest einen Stoßseufzer aus.

»Ich weiß, ich sollte so etwas nicht sagen, aber Sie wohnen da oben auf der *finca*, Lucas. Nun, nicht direkt in der *finca*, aber in der Nähe. Sie haben die beiden gesehen. Sie wissen, was ich meine.«

Ich sagte nichts. Guest nickte, als hätte ich ihm zugestimmt.

»Etwa eine Woche bevor sie zu dieser dummen Kreuzfahrt für *Colliers* aufgebrochen ist«, flüsterte der andere Mann, »bat Ernest mich, mit ihr zu laufen… mit Martha. Er war mit den Jungs unterwegs, beim ersten Turnier dieses Taubenschießens, und er wollte nicht, daß sie sich einsam fühlt. Also lief ich mit ihr. Sie läuft beschissen, darum lief ich eine halbe Meile voraus, kehrte um zu ihr, lief eine halbe Meile voraus und wieder zurück, um nachzusehen, ob sie sich noch bewegte… Sie kennen das ja.«

Eine Möwe flog im Sternenlicht über uns hinweg. Wir sahen ihr beide nach. Sie gab keinen Laut von sich. Guest hob ein imaginäres Gewehr und zielte auf die Möwe, bis sie hinter dem Schuppen der Kubaner verschwunden war.

»Wie auch immer«, flüsterte er, »plötzlich… als wir ein paar Schritte nebeneinander her liefen… fragte sie mich, was ich zur Wahl ihres Ehemannes meinen würde. Ich sagte: ›Was meinen Sie? Wollen Sie wissen, was ich von Ernest halte?‹ und Gellhorn antwortet: ›Nein… ich meine, was halten Sie von meiner Wahl?‹ Und dann fährt sie fort, obwohl sie hechelt wie ein Hund und aussieht, als würde sie gleich umkippen – fährt fort und sagt, daß sie sich hauptsächlich für Ernest entschieden hat, weil er ein guter Schriftsteller ist… ›Kein großer Schriftsteller‹, sagte sie, ›aber ein ziemlich guter‹… und er könnte ihr ganz sicher dabei helfen, selbst als Schriftstellerin zu wachsen, und ihrer Karriere dienlich sein. ›Und‹, sagte sie, ›dann ist da noch das Geld für die Bücher, die er schon geschrieben hat. Das ist auch ganz nett.‹

Herrgott, Lucas, Sie hätten mich mit einer Feder umstoßen können. Was für eine Megäre. Was für eine kaltschnäuzige, egoistische Schlampe. Vor mir so über Ernest zu sprechen. Sie hat mit keinem Wort auch nur angedeutet, daß sie ihn liebt, wissen Sie, was ich meine? Nur, daß er ihrer Karriere dienlich sein könnte. Was für ein Miststück.«

Das Flüstern des Millionärs wurde lauter. Ich konnte die Gefühlswallung in seiner Stimme hören. Ich machte eine Kopfbewegung zu den schlafenden Männern hin. Hemingway schlief vorne unter Deck, zusammen mit den Jungs, aber jemand hätte zumindest den Tonfall von Guests aufgebrachtem Flüstern hören können. Ich zog eine Braue hoch.

Er nickte, als hätte ich ihn zurechtgewiesen, und flüsterte fast unhörbar weiter. »Und außerdem weiß jeder in Havanna und Dojimar… jeder außer Ernest… daß sie eine Affäre mit José Regidor gehabt hat.«

»El Canguro?« flüsterte ich überrascht.

»Ja«, antwortete Guest. »Dem Känguruh. Dem hübschen Jai-Alai-Spieler. Genau Martys Typ. Und Ernests guter Freund. Der Dreckskerl. Oh, diese Schlampe.«

Ich schüttelte unverbindlich den Kopf, dann flüsterte ich: »Ich gehe nach unten. Es sei denn, ich soll Sie ablösen. Es war ein langer Tag.«

Guest schüttelte den Kopf. »Patchi wird in einer halben Stunde aufstehen und die Wache übernehmen.« Er klopfte mir linkisch auf die Schulter. »Danke, Lucas. Danke, daß Sie mit mir geredet haben.«

»Gern geschehen«, sagte ich und glitt lautlos die Leiter hinunter.

Am nächsten Morgen fuhren wir nach Südosten, ließen Cayo Confites und Cayo Verde achtern hinter uns zurück und konnten nur einen flüchtigen Blick auf die Landmassen von Cayo Romano und dann Cayo Sabinal im Süden erhaschen – beides Verlängerungen der Hauptinsel, keine richtigen Inseln –, und folgten dem Rand des Golfstroms weiter bis Punta Maternillos. Das Schwein machte uns verrückt. Das Tier war immer noch in der *Tin Kid*, aber mittlerweile quiekte es unaufhörlich.

»Ich werde es töten und brühen und schaben«, sagte Fuentes. »Das wird es zum Schweigen bringen und unsere Nerven schonen.«

»Ich will die Schweinerei im Augenblick nicht haben«, sagte Hemingway im Cockpit am Steuer. »Und ich will nicht ankern, damit du es im Dingi machen kannst.«

Fuentes schüttelte den Kopf. »Ich glaube, noch bevor wir die Höhlen erreichen, werden wir alle so verrückt wie dieses Schwein sein.«

Hemingway nickte. »Ich habe eine Idee.«

Die *Pilar* schwenkte nach Norden auf etwas zu, das wie eine weiße, im blauen Meer treibende Fata Morgana aussah. Es war eine winzige Insel – ein Viertel so groß wie Cayo Confites, ihr höchster Punkt keine dreißig Zentimeter über der Meereshöhe. Es gab kein Riff und keine richtige Vegetation. Kein anderes Land in Sicht. Ich schätzte, daß diese Insel etwa fünfundzwanzig Meilen von Confites und etwa zwanzig von der Hauptinsel entfernt war.

»Die ist nicht auf der Karte«, sagte Guest.

Hemingway nickte wieder. »Ich weiß, aber ich habe sie eingezeichnet, als unsere Patrouille uns zum letztenmal hierher geführt hat. Sie sieht aus, als sei sie für unserer Zwecke perfekt.«

»Unsere Zwecke?« fragte Guest.

Heminway zeigte die Zähne. »Wir brauchen einen Stall für das Schwein.« Zu Fuentes sagte er: »Geh nach achtern, Gregorio. Steuere die *Kid* und *el cerdo* durch die Untiefen und zeig ihm sein neues Zuhause. Heute abend oder morgen auf dem Rückweg holen wir es wieder ab.«

Die Jungs lachten, als sie sahen, wie das Schwein zu einem Ende der Insel rannte, die Schnauze in die wogende Brandung tauchte, quiekte und zum anderen Ende lief.

»Es wird nichts zu essen haben, Papa«, sagte Gregory. »Oder zu trinken.«

»Paß auf«, sagte Hemingway. »Ich habe Gregorio gesagt, daß er diese Kokosnuß mit der Machete aufschlagen und eine Hälfte mit Wasser füllen soll, damit das Schwein nicht leidet, bis wir zurück kommen. Und morgen essen wir.«

»Die Kokosnuß oder das Schwein, Papa?«

»Das Schwein«, sagte Heminway.

Am frühen Nachmittag erreichten wir die mutmaßliche U-Boot-Höhle. Der amerikanische Marinegeheimdienst hatte uns auf diese Mission geschickt und wie beim Marinegeheimdienst so üblich, war die Mission mehr ein Witz als ein Job. Hemingway legte bei einem Dorf auf der Hauptinsel an und fragte, ob sie etwas von großen Höhlen an der Küste wüßten, und die Leute dort sagten aber natürlich wüßten sie etwas, die Höhlen seien eine berühmte kubanische Touristenattraktion. Sie trugen einem Jungen etwa in Santiagos Alter auf, uns den Weg zu zeigen.

Eine Meile an der Küste hinab zeigte uns der Junge, wo wir Anker legen sollten; Fuentes blieb an Bord der *Pilar*, wir anderen ruderten abwechselnd in eine kleine Bucht. Auf einem verwitterten Schild über einem weißen Fleckchen Strand stand in fehlerhaftem Spanisch: BESUCHEN SIE DIE SPEKTAKULÄREN HÖHLEN – DAS ZEHNTE NATÜRLICHEN WELTWUNDER.

»La cuevas espectacular«, murmelt Hemingway finster bei sich. Sein Gesicht über dem neuen Bart war dunkler als man mit Sonnenbrand allein erklären konnte. Er war übelster Laune.

»Der Junge sagt, seit der Krieg angefangen hat sind keine Touristen mehr hierher gekommen«, sagte Guest. »Die Deutschen könnten sie benutzen.«

»Ja, Papa!« rief Gregory. »Die Höhle ist wahrscheinlich voll von Proviant und Munition.«

»Ich hoffe nur, daß das verdammte Bier da ist«, murmelte Ibarlucia, dessen Stimmung noch finsterer war als die Hemingways.

Wir folgten dem Jungen den schmalen Pfad am Strand entlang, zwischen einem Wirrwarr von Felsen hindurch und in die größte von mehreren Höhlen an der Klippe. Hemingway trug seine .22er in einem alten Halfter, Ibarlucia hatte eine der Maschinenpistolen vom Boot, Patrick trug die alte Mannlicher .256 seiner Mutter. Als wir im Höhleneingang standen, konnten wir nur den unebenen Höhlenboden sehen, der sich bis in die völlige Dunkelheit erstreckte, aber die Echos deuteten darauf hin, daß die Höhle sehr groß war. Eine kühle, feuchte Brise wehte aus den Tiefen herauf und fühlte sich nach dem langen Tag in Sonne und Hitze angenehm an.

»Ich habe Laternen mitgebracht«, sagte Roberto Herrera.

»Wir haben Taschenlampen!« riefen Hemingways Jungs.

»Das ist nicht nötig«, sagte der kleine kubanische Junge. »Ich schalte das Licht ein.«

»Licht?« fragte Hemingway.

Hunderte bunte Glühbirnen gingen an. Sie waren rings um die riesige Höhle herum angebracht wie Weihnachtsbeleuchtung, hingen von und zwischen Stalaktiten, bildeten Bögen über dunklen Öffnungen, eine Lichterkette stieg bis zum höchsten Punkt der Höhle fast dreißig Meter über uns empor.

»Mann!« sagte Gregory.

»Herrgott noch mal«, murmelte Hemingway.

»Schau her, Papa«, rief Patrick, der voraus lief. »Man kann sehen, wie sie hier schmaler wird. Da muß es sein! Dort haben die Deutschen ihre Vorräte versteckt. Wahrscheinlich führt der Durchgang in einen anderen riesigen Tunnel. Sie würden ihre Sachen nicht einfach hier draußen stehenlassen.«

Der kubanische Junge wußte nicht, wohin dieser Tunnel führte, nur, daß er »gern von Liebespaaren besucht wurde.« Dort gab es keine elektrische Beleuchtung, daher zündeten wir die Laternen an und schalteten die Taschenlampen ein und folgten Patrick und Gregory mehrere hundert Meter in den schmalen Korridor. Als wir an einer Biegung eine Pause machten, schnitt sich Sinsky die Hand an einer Felskante auf. Guest hatte ein Taschentuch dabei, konnte die Blutung aber nicht stoppen, daher kehrten er, Sinsky, Herrera und der kubanische Junge um. »Ihr bringt die deutschen Würstchen und das Bier mit, dann machen wir ein Picknick am Strand«, rief Guest, als er in dem schmalen Durchgang verschwand.

Patrick, Gregory, Hemingway und ich gingen weiter. Ich betrachtete den Hinterkopf des Schriftstellers, wenn er sich unter Felsvorsprüngen und Stalaktiten duckte, die Laterne hochhielt und versuchte, mit seinen aufgeregten Söhnen Schritt zu halten. An manchen Stellen mußten wir durch Schlamm oder über schlüpfrigen Fels. An anderen mußten wir um Pfützen herum, die entweder zwei Zentimeter tief oder mit dem grundlosen Meer verbunden waren. Und immer noch ging der Tunnel weiter. Wir krochen voran und zwängten uns durch, und es schien Stunden zu dauern. Warum machte Hemingway das?

In diesem Augenblick begriff ich etwas über den Mann und wie er Wirklichkeit und Phantasie vermengte. Hemingway hatte den Krieg gesehen und wußte, was kommen würde. Er wußte, daß sein ältester Sohn mit Sicherheit dabeisein würde – und die jüngeren mit großer Wahrscheinlichkeit auch, wenn sich der Konflikt weiter in die Länge zog. Der Schriftsteller gab seinen Söhnen in diesem Sommer einen Geschmack von jungenhaften Abenteuern, bevor die grimmige Realität des Krieges über Amerika kam. Die Gaunerbande, die U-Boot-Patrouillen – das alles war ein Weg, um diesen schrecklichen Weltkrieg in etwas Kleines und Persönliches und Romantisches zu verwandeln, mit einem Schuß Gefahr, aber nur sehr wenig von dem gewöhnlichen Elend, der schrecklichen Vulgarität und der ekelerregenden Tragik eines echten Krieges.

Entweder das, oder er war verrückt.

Ich spürte, wie ich zornig wurde, aber Gregory unterbrach diese Anwandlung. »Papa! Papa! Hier wird es schmaler. Es ist nicht so breit wie die vordere obere Luke der *Pilar!* Ich wette, das ist der Eingang zu ihrem geheimen Lagerhaus!«

Wir duckten uns vor der winzigen Öffnung. Sie lag ein kleines Stück unter dem Höhlenboden, eine Rampe aus schlüpfrigem Stein, die unter der scharfkantigen Unterseite eines Felsblocks in die Dunkelheit hinabführte. Mit einem hatten die Jungs recht... hier war der Haupttunnel zu Ende.

»Passen Sie da rein, Lucas?« fragte Hemingway, der sich auf den Bauch legte und mit einer der Taschenlampen in die Dunkelheit leuchtete.

»Nein«, sagte ich.

»Ich aber, Papa!« rief Patrick.

»Ich auch!« sagte Gregory.

»Na gut, Jungs«, sagte Hemingway und gab seinem jüngsten Sohn die Taschenlampe zurück. »Gigi, du bist der kleinste, darum gehst du zuerst. Mouse, du ziehst Gigi an den Knöcheln heraus, wenn er feststeckt.«

»Kann ich die Pistole mitnehmen, Papa?« fragte Patrick. Der Vierzehnjährige schien außer Atem zu sein.

»Du mußt die Hände frei haben, damit du graben kannst«, sagte Hemingway. »Und sie könnte sich in deiner Hosentasche verhaken. Ich gebe sie dir runter, wenn du sie brauchst.«

Der ältere Junge sah enttäuscht aus, nickte aber.

Hemingway klopfte beiden Jungs auf den Rücken. »Geht weiter bis zum Ende, wenn es eines *gibt*. Viel Glück. Ich weiß, ihr werdet nicht aufgeben. Ihr wißt beide, was es bedeutet, wenn wir das Depot finden.«

Beide nickten im Licht der Laterne mit leuchtenden Augen, dann zwängte sich Gregory in die Öffnung und verschwand. Patrick folgte ihm ein paar Sekunden später. Beide Jungs schafften es durch die ersten beiden Engpässe. Hemingway rief auch noch nach ihnen, als sie nicht mehr zu sehen waren, aber man konnte nur Patricks Stimme hören, die leise aus dem schmalen Tunnel heraufkam. Dann herrschte Schweigen.

Der Schriftsteller lehnte sich an die Höhlenwand. Ich konnte geplatzte Äderchen auf seiner Nase und den Wangen erkennen – winzige Blutungen, die man normalerweise im Sonnenlicht nicht sehen konnte. Er sah sehr glücklich aus.

»Und was ist, wenn sie steckenbleiben?« fragte ich leise.

Er sah mich mit ruhigem Blick an. »Ich schätze, dann ist es aus mit ihnen«, sagte er. »Aber ich werde sie für das Navy Cross vorschlagen.«

Ich schüttelte den Kopf. Wir waren zum erstenmal allein, seit ich die Funksprüche aufgefangen hatte, aber dies schien nicht der richtige Zeitpunkt zu sein, darüber zu sprechen. Hemingway hatte keine Probleme damit, Wirklichkeit und Phantasie zu verschmelzen, aber ich wollte beide getrennt halten.

Zehn Minuten später war ein gedämpftes Geräusch aus dem Durchgang zu hören und Patricks Turnschuhe ragten heraus. Wir halfen mit, den Jungen das letzte Stück des Tunnels heraufzuziehen.

Einige Sekunden zwängte sich Gregory heraus. Beide Jungs waren von Kopf bis Fuß mit Lehm beschmiert. Gregory hatte seine Shorts an mehreren Stellen zerrissen. Er hatte das karierte Hemd ausgezogen und um etwas Klobiges gewickelt. Das Bündel klirrte, an manchen Stellen mischte sich Blut aus kleineren Schürfwunden mit dem Lehm auf Gregorys Brust und Rücken, und die Hände beider Jungs waren völlig zerkratzt. Sie waren sehr aufgeregt.

»Bis zum Ende, Papa!« sagte der kleinere Junge mit so lauter Stimme, daß sie in dem dunklen Tunnel widerhallte. »Es war ganz am Ende, so schmal, daß nicht einmal ich weiter kriechen konnte, und ich dachte, wir hätten versagt … aber dann habe ich *die hier* gefunden!«

»Das stimmt, Papa! Ich hab ihm geholfen, sie einzuwickeln. Wir dachten, die Höhle wäre leer, aber dann haben wir die gefunden!« Patricks Stimme klang so aufgeregt wie die seines jüngeren Bruders.

Hemingway hielt die Laterne dichter, als Gregory das Bündel mit zitternden Fingern auspackte. »Gute Arbeit, Jungs. Gute Arbeit!« Hemingways Stimme klang so aufgeregt wie die der Jungs. Plötzlich kam ich mir vor wie ein Eindringling, ein Erwachsener, der in das Universum kleiner Jungs geraten ist.

»Du hast es geschafft, Gigi! Du hast es geschafft!« sagte Hemingway und klopfte dem Jungen so heftig auf die Schulter, daß der Zehnjährige kaum sein Bündel auspacken konnte. »Laß sehen, was du hast!« sagte Heminway.

Gregory zog vier Flaschen heraus, deren braunes Glas unter einer Patina von Lehm lag.

»Das sind deutsche Bierflaschen, Papa«, sagte Patrick und versuchte, den Lehm abzurubbeln. »Wir haben sie da unten mit den Taschenlampen angesehen. Es sind wirklich deutsche!«

Hemingways Gesicht nahm einen betroffenen Ausdruck an, als er eine der Flaschen in die Hand nahm und ins Licht der Laterne hielt.

»*Sie* waren hier, Papa!« sagfte Gregory. »Die Krauts. Wir dachten, daß der Tunnel einfach aufhört, aber dann haben wir die hier gefunden. Ich meine, ihr Hauptdepot muß am Ende einer dieser anderen kleinen Gänge sein, die vom Haupttunnel abzweigen. Wir können sie heute nicht alle durchsuchen, aber wir können morgen früh wiederkommen! Ich gehe in die schmalen. Ich hatte gar keine

Angst, Papa… nicht einmal, als ich mit den Schultern stecken blieb und nicht mehr vor und zurück konnte, bis Patrick mir einen kräftigen Schubs gegeben hat. Wirklich nicht, Papa!«

Patrick sah den Gesichtsausdruck seines Vaters. »Das *sind* doch deutsche Flaschen, oder nicht, Papa? Die hier hat noch ein Etikett, und die Aufschrift ist Deutsch…«

Hemingway stellte die Flasche ab. »Stimmt, das sind deutsche Bierflaschen«, sagt er. »Aber von naturalisierten Deutschen in den Staaten hergestellt. Dieses Bier wurde in Wisconsin gebraut. Wahrscheinlich haben Leute die Flaschen bei einem Picknick da runter geworfen. Touristen, die in diesen langen Tunnel gekrochen sind, um… was auch immer.«

Das Schweigen wurde nur vom Zischen der Laterne unterbrochen. Plötzlich drehte sich Gregory zur Höhlenwand um und brach in Tränen aus. Seine Schultern wurden von einem stummen Schluchzen geschüttelt. Ich konnte sehen, wie sich Patrick auf die Lippen biß; der ältere Junge weinte ebenfalls. Hemingway sah aus, als würde er auch jeden Moment zu weinen anfangen. Er legte seine große Hand auf die kleinen Schultern Gregorys. »Du hast dein Bestes getan, Alter. Ich bin stolz auf dich. Es ist sogar so…«

Hemingway wartete, aber der Junge hielt das Gesicht abgewendet und weinte weiter. Patrick schaute auf. »Es ist sogar so, daß ich euch beide für das Naval Cross vorschlagen werde, weil ihr diese Expedition geleitet habt. Und außerdem…«

Diesmal drehte sich Gregory um. Er weinte immer noch leise, hörte aber zu.

»Und außerdem«, sagte Hemingway und lächelte dabei, »für eine baldige Versetzung zum Marinegeheimdienst.«

Der kubanische Junge nahm sein Trinkgeld von einem Dollar – ein Vermögen – und ging zu Fuß zu seinem Dorf zurück. In dieser Nacht gingen wir in der Bucht der spektakulären Höhle vor Anker. Hemingway genehmigte, daß der Äthylschrank geöffnet wurde, und jeder bekam drei Gläser Whiskey, sogar die Jungs. Wir machten am Strand ein großes Feuer aus Treibholz und vernichteten einen Großteil unseres Proviants. Während der hastigen Fahrt an der Küste entlang hatten wir uns nicht die Zeit zum Angeln genommen, daher servierte Fuentes Brot, Dosenfleisch, kaltes Huhn und Roastbeefscheiben aus der Eisbox, verschiedene Gemüse und frisch angemachten Kartoffelsalat. Hemingway aß mehrere dicke Sandwiches mit rohen Zwiebeln auf dunklem Roggenbrot, die er mit seiner Ration Whiskey hinunterspülte.

In dieser Nacht hielt niemand Wache.

Am nächsten Morgen machten wir einen kleinen Abstecher Richtung Norden, nach Cayo Cerdo, wie die Jungs die Insel genannt hatten, um unser Schwein zu holen.

»Da hol mich doch der Teufel«, sagte Hemingway.

»Unser Schwein ist weg«, sagte Gregory.

»Die verdammte Insel ist weg«, sagte Winston Guest.

Die Insel war eigentlich noch da, aber sie lag rund neunzig Zentimeter unter Wasser – eine häßliche kleine Sandbank, mehr als zwanzig Meilen vom nächsten Land entfernt.

Gregory suchte den Horizont mit dem Fernglas ab. »Ich frage mich, ob Cerdo versucht hat zu schwimmen«, sagte er leise.

»Wahrscheinlich schnurstracks zur Hauptinsel«, sagte Hemingway. »Es sei denn, es wäre nach Norden und Osten geschwommen statt nach Süden und Westen.«

»Ich habe so etwas schon einmal gesehen«, murmelte Fuentes. »Dieses Riff ist hoch genug, daß es den Sand zwischen den Gezeiten hält. Aber wenn die Flut kommt... *schschsch*. Fort.«

»Armer Cerdo«, sagte Gregory.

»Wir hätten ihn bei den Kubanern lassen sollen«, meinte Sinsky.

»Scheiß auf die Kubaner«, entgegnete Hemingway. »Sparen wir uns Cayo Confites und fahren auf direktem Weg nach Hause. Ohne den Proviant, der angeblich auf Confites für uns bereit stehen sollte, können wir weder *Kreuz des Südens* noch sonst wem folgen. Wir füllen die Vorräte auf und brechen in ein paar Tagen wieder auf.«

»Es wird ein langer Tag und eine lange Nacht für Sie am Steuer, Ernest«, sagte Guest.

Hemingway zuckte die Achseln. Ibarlucia und die Jungs diskutierten darüber, wie man die Heute-hier-morgen-fort-Insel auf ihrer revidierten Karte nennen sollte. Sie entschieden sich für Cayo Cerdo Perdido – die Insel des verlorenen Schweins.

Spät in der Nacht, im Endstadium unserer Fahrt nach Cojímar, konnte ich einige Zeit mit Hemingway allein auf der Außenbrücke verbringen. Ich holte das Notizbuch heraus und zeigte ihm den ersten Funkspruch, den ich abgefangen hatte.

»Gottverdammt«, sagte der Schriftsteller. »Und das stammt definitiv von der *Kreuz des Südens?*«

»Derselbe Abwehr-Code wie der von Kohler«, sagte ich.

Hemingway band das Steuerrad fest und hielt die Taschenlampe näher, um im Lichtkegel zu entziffern:

> [ZWEIAGENTENANLAND 13/8 BG 21°25' – LG 76°48'30"
> 2300 UHR U516]

»Gottverdammt«, sagte er wieder. »Dieses dreizehn/acht muß der dreizehnte August sein, das ist in nicht mal einer Woche. U-516 ist sicher die Nummer des U-Boots, das die beiden Spione absetzt. Ich muß auf meiner Karte nachsehen, glaube aber, daß diese Koordinaten in der Nähe von Bahía Manati, Point Roma oder Point Jesus liegen müssen.«

»Stimmt«, sagte ich. »Point Roma. Ich habe auf der Karte nachgesehen.«

»Warum, zum Teufel, haben Sie mir das nicht früher gesagt?« fauchte Hemingway.

»Wann?« konterte ich. »Wir haben beschlossen, solche Sachen vor den anderen geheimzuhalten.«

»Ja«, sagt Hemingway und sah mich im Sternenlicht finster an, »aber... gottverdammt, Lucas...« Er löste das Seil am Steuerrad und sah ein paar Minuten zur schwarzen Küste, die unaufhaltsam näher rückte. »Spielt keine Rolle. Point Roma wäre ein perfekter Platz für zwei Agenten, um an Land zu gehen. Früher gab es dort einen Leuchtturm, aber der ist seit fünf Jahren außer Betrieb. Die Bucht ist seicht, aber bis dahin ist das Wasser sehr tief. Die Raffinerie Manatí wurde aufgegeben, aber man kann den alten Schuppen vom tiefen Gewässer aus sehen, und wenn sie gelandet sind, können die Eindringlinge der alten Eisenbahnlinie bis rauf zur Straße folgen.«

Ich wartete ein paar Minuten, während Hemingway nachdachte. »Wir melden das nicht weiter, Lucas.«

Ich war nicht überrascht.

»Beim letztenmal haben mich diese Arschlöcher von der Botschaft und dem FBI mit keinem Wort erwähnt«, fuhr der Schriftsteller mit sehr leiser, aber fester Stimme fort. »Diesmal schleppen wir ihnen zwei Gefangene an, mal sehen, was sie dazu zu sagen haben.«

»Und wenn sich die beiden Gefangenen nicht anschleppen lassen wollen?« fragte ich.

Hemingway grinste mich in der Dunkelheit an. »Sie werden, Lucas. Glauben Sie mir.«

Ich sah eine Weile zum Land. Wir hatten eine achterliche See, die heute nacht rauher war, und wir waren schnell wie ein durchgegangenes Pferd.

»Was ist?« fragte Hemingway.

Ohne mich zu ihm umzudrehen sagte ich: »Sie betrachten das alles als ein Spiel.«

Ich hörte nur seine Stimme, konnte aber *spüren*, wie er hinter meinem Rücken immer noch grinste. »Natürlich ist das alles ein Spiel. Alle guten und harten und sogar bösen Dinge des Lebens sind nur ein Spiel. Was stimmt bloß mit Ihnen nicht, Lucas?«

Ich sagte nichts. In der Morgendämmerung erreichten wir den Hafen von Cojímar.

Am Vormittag, als ich zur *finca* ging, durch die Eingangstür eintrat und an Hemingways Schlafzimmertür hämmerte, war es grau und regnerisch. Er machte im Pyjama auf. Sein Haar war zersaust, sein Blick verschwommen. Eine große schwarze Katze – ich glaube, sie hieß Boise – sah mich von dem zerwühlten Bett an.

»Was zum Teufel …« begann er.

»Ziehen Sie sich an«, sagte ich. »Ich warte mit dem Auto vor der Tür.«

Hemingway kam zwei Minuten später heraus. Er hatte etwas zu trinken in einer korkverkleideten Thermosflasche dabei. Ich dachte, es wäre Tee, bis ich den Whiskey roch.

»Würden Sie mir jetzt bitte sagen, was Sie sich eigentlich dabei denken –« begann er.

»Ein Junge war hier«, sagte ich und fuhr den Lincoln sehr schnell den schlammigen Weg entlang und durch das Tor, das ich schon geöffnet hatte, den Hügel hinab, durch das Dorf und auf die Straße nach Havanna.

»Was für ein Junge?« fragte Hemingway. »Santiago? Einer der –«

»Nein«, sagte ich. »Ein schwarzer Junge, den wir nicht kennen. Seien Sie einen Moment still.«

Hemingway blinzelte, bemerkte endlich, wie schnell ich mit dem Lincoln auf der regennassen Straße fuhr und verstummte.

Nach sechs Meilen Richtung Havanna, unmittelbar nach dem langgestreckten Hügel, an dem er Juan, seinem Chauffeur, immer befahl, daß er langsam fahren sollte, bog ich auf eine unbefestigte Straße ab. Schlamm und Wasser spritzten an die Seitenfenster. Die Straße führte zu einer Ansiedlung kleiner Hütten an einem verwahrlosten Zuckerrohrfeld. Dort wartete der schwarze Junge auf seinem Motorrad. Ich brachte den Lincoln zum Stehen und stieg trotz des Regens aus. Hemingway trank einen Schluck, ließ die Flasche auf dem Vordersitz stehen und stieg ebenfalls aus.

Das andere Motorrad konnte man gerade noch im Straßengraben erkennen. Jemand hatte ein paar Zweige abgebrochen und einen halbherzigen Versuch unternommen, es zu verbergen, aber das Hinterrad glänzte feucht im grauen Licht. Niemand hatte sich die Mühe gemacht, den Toten zu bedecken.

Santiago lag mit dem Kopf nach unten im Gras des Straßengrabens. Seine dünnen Beine sahen im strömenden Regen sehr blaß aus, etwas nasses Gras klebte an seinem rechten Knie, und er hatte die linke Sandale verloren. Seine Fußsohle war weiß und runzlig, wie Finger, die zu lange in Badewasser gewesen sind. Ich unterdrückte den Drang, ihm die billige Sandale wieder anzuziehen.

Obwohl er kopfunter und in einer verdrehten Haltung, die schrecklich unbequem aussah, an einem Hang lag, hatte Santiago friedlich die Augen geschlossen, das Gesicht nach oben gewendet und lächelte verhalten, als würde er versuchen, etwas von dem Regen abzubekommen. Man hatte ihm die Kehle von einem Ohr zum anderen durchgeschnitten.

Hemingway gab einen tiefen, kehligen Laut von sich und wich von dem Straßengraben zurück.

Ich nickte dem schwarzen Jungen zu, der sein Motorrad anließ und Richtung Stadt zurück fuhr, wobei er sorgsam darauf achtete, daß er auf dem schlammigen Weg nicht rutschte.

»Wann?« fragte Hemingway.

»Sein Freund hat ihn in der Nacht gefunden«, sagte ich. »Etwa zu der Zeit, als wir die Lichter des Hafens gesehen haben.«

Hemingway trat in den Straßengraben, ohne auf den Schlamm zu achten, der in seine Stiefel quoll, und ließ sich neben dem Kind auf ein Knie nieder. Hemingway berührte mit seiner großen, braungebrannten Hand die kleine, weiße Handfläche des Jungen.

»Finden Sie immer noch, daß es ein verdammtes Spiel ist?« fragte ich.

Hemingway drehte ruckartig den Kopf und sah voll unverhohlenem Haß zu mir auf. Ich hielt dem Blick stand. Nach einem Moment betrachtete der Schriftsteller wieder das Gesicht des Jungen.

»Wissen Sie, was als nächstes kommt?« fragte ich.

Eine Minute war nur das Geräusch des Regens auf dem Gras, auf den Pfützen der Straße, auf unseren Rücken und auf dem Jungen zu hören. Dann sagte er: »Ja.«

Ich wartete.

»Zuerst begraben wir unsere Toten«, sagte der Schriftsteller. »Dann finden wir Lieutenant Maldonado. Dann töte ich ihn.«

»Nein«, sagte ich. »So läuft das ganz und gar nicht.«

20

VERTRAULICHES MEMO
VON FBI/SIS AGENT J. LUCAS
AN FBI-DIREKTOR J. EDGAR HOOVER
9. AUGUST 1942

Ihr Befehl lautete, als ich diesen Auftrag angenommen hatte, die »wahre Natur« von Ernest Miller Hemingway, einem dreiundvierzig Jahre alten amerikanischen Staatsbürger, zu erforschen und Bericht darüber abzulegen. Mit diesem Memorandum möchte ich versuchen, meine Beobachtungen über das Subjekt bis zu diesem Punkt zusammenzufassen.

Ernest Hemingway ist, dessen ist sich dieser Beobachter sicher, weder freiwillig noch gezwungenermaßen Agent einer ausländischen Regierung, Organisation, Macht oder Gruppe. Er *ist* allerdings ein Mann, der das Leben eines verdeckten Agenten führt – einer dieser entschlossenen, gequälten, paranoiden und beharrlichen Maulwürfe, vor denen alle Spionageabwehrprofis Furcht empfinden. Warum er seine eigene Identität aufgegeben hat, um in der Hülle einer selbst erschaffenen Persönlichkeit zu leben, ist schwer zu verstehen.

Ernest Hemingway ist ein Mann, der süchtig nach Worten und Gedanken ist. Als ein Mann, der, wie berichtet wird, in seinen Werken und seinem Leben das Handeln glorifiziert, verwechselt Hemingway Handeln häufig mit bloßem Impuls, die Wirklichkeit mit einem selbst aufgebürdeten Melodram. Als Mann unter Männer schließt Hemingway schnell Freundschaften und verliert sie ebenso schnell wieder. Man könnte sagen, daß er die Führerschaft sowohl an sich reißt als auch vorschützt und anderen Männern mit der Selbstverständlichkeit eines Herrschers Befehle erteilt. Als Verbündeter ist er sowohl loyal als auch verräterisch. Im täglichen Leben folgen auf höchst großzügige Taten Intervalle unerbittlicher Gemeinheit. Im Laufe eines einzigen Tages kann er großes Mitgefühl und Anteilnahme an den Tag legen, gefolgt von durch und durch egoistischen Taten. Als Vertrauter ist er jemand, auf den man sich ab und an verlassen, dem man aber nie völlig vertrauen kann. Als Kapitän eines kleinen Bootes ist er geschickt und handelt instinktiv. Sein Umgang mit Waffen ist bedacht, aber gelegentlich unreif. Er ist ein guter Vater, aber manchmal tollkühn. Als Schriftsteller… ich habe keine Ahnung, was für ein Schriftsteller Ernest Hemingway ist.

Ich kann sagen, daß Mr. Hemingway der belesenste Mann ist, mit dem ich es je zu tun hatte. Er liest am Morgen Zeitungen, Romane auf der Toilette, Magazine wie den *New Yorker* und *Harper's* wenn er am Swimmingpool trinkt, Geschichtsbücher beim Mittagessen, wieder Romane im Cockpit seines Boots, wenn andere das Steuer übernehmen, ausländische Zeitungen, wenn er im Floridita trinkt, Briefe in den Pausen zwischen Schießwettbewerben, Kurzgeschichtensammlungen, wenn er weit draußen im Golf darauf wartet, daß ein Fisch anbeißt, und das Manuskript seiner Frau im Licht einer Petroleumlampe, wenn sein Boot bei einer namenlosen Insel vor der Küste Kubas auf U-Boot-Patrouille vor Anker liegt. Hemingway ist höchst empfänglich für Erinnerungen und Nuancen. Er reagiert überempfindlich auf Lob und Beleidigungen. Derlei Neigungen würden – sollte man meinen – den Mann dazu bringen, ein College-Professor oder Gefangener in seinem eigenen Elfenbeinturm zu sein. Aber statt dessen werden wir mit der Persönlichkeit konfrontiert, die Hemingway für uns geschaffen hat – dem großspurigen Angeber, dem Großwildjäger, dem trinkfesten Abenteurer, dem Sex-Protz.

Hemingway ist körperlich anmutig und beeindruckend, Mr. Direktor, aber gleichzeitig kann er so unbeholfen wie ein Ochse in einer Telefonzelle sein. Sein Sehvermögen ist nicht gut, dennoch gelingt es ihm irgendwie, ein exzellenter Schütze zu sein. Er verletzt sich andauernd. Er hat sich einen Angelhaken in den Daumen gestoßen, einen Gaffel gesplittet und sich dabei Splitter ins Bein gebohrt, eine Autotür zugeschlagen, als sein Fuß noch dazwischen war, und sich den Kopf am Türrahmen gestoßen; das alles habe ich selbst gesehen. Wenn er eine Religion hat, dann heißt sie Training; er zwingt alle in seiner Umgebung dazu, sich der einen oder anderen Form eines brutalen Trainings zu widmen – was sogar so weit geht, daß er seinem Ersten Offizier an Bord der *Pilar,* einem Millionär namens Guest, den Befehl erteilt, Sport zu treiben und mehrere Meilen täglich mit der derzeitigen Mrs. Hemingway zu laufen. Aber beim ersten Anzeichen eines rauhen Halses oder einer Erkältung kann sich Hemingway stunden- oder tagelang ins Bett legen. Er ist ein gewohnheitsmäßiger Frühaufsteher, aber häufig schläft er auch bis in den Vormittag hinein.

Ich gehe davon aus, daß Sie kein Boxer sind, Herr Direktor – und wenn Sie je trainiert haben, dann mit einer Memme von Sparringspartner aus dem Bureau, einem speichelleckenden Untergebenen, der sich lieber das Hirn aus der Nase hätte rausprügeln lassen, als Ihnen einen nennenswerten Schlag in Ihre Bulldoggenfresse zu verpassen – aber Ernest Hemingway hat geboxt. Letzte Woche, als

Hemingway mit Dr. Herrera Sotolongo, einem seiner Freunde, am Pool saß, habe ich gehört, wie der Schriftsteller in einer komplexen Boxer-Metapher über sein Werk sprach: »Zuerst habe ich versucht, Mr. Turgenjew nachzuahmen, das war nicht besonders schwer. Dann habe ich hart trainiert und Mr. Maupassant geschlagen, aber es hat vier meiner besten Storys gefordert, ihn zu besiegen. Ich habe zwei Tage mit Mr. Stendhal gekämpft und glaube, am zweiten hatte ich eine gewisse Überlegenheit. Aber niemand wird mich dazu bringen, mit Mr. Tolstoj in den Ring zu steigen, es sei denn, ich bin verrückt und werde viel besser. Aber ich nehme an, das stimmt so nicht, denn mein endgültiges Ziel ist es, Mr. Shakespeare eins auf die Nuß zu geben. Sehr schwierig.«

Ich habe keine Ahnung vom Schreiben, Herr Direktor, aber ich weiß, das war – bitte entschuldigen Sie den Ausdruck – großer Mist.

Es gibt einen weiteren Zwischenfall, bei dem es um das Boxen geht, der, glaube ich, Hemingway weitaus besser beschreibt als seine Angeberei.

Vor nicht allzu langer Zeit, als wir eines Nachts mit seinem Boot hinausgefahren waren, erzählte mir der Schriftsteller von einer Zeit, als er sechzehn oder siebzehn und noch an der High School in Oak Park, Illinois war, und in einer Zeitung eine Anzeige für Boxunterricht fand. Hemingway brannte darauf, boxen zu können, daher bezahlte er den Beitrag und schrieb sich ein. Es habe sich, sagte er, nach einem guten Geschäft angehört, denn zu den Trainern gehörten mehrere der besten Boxer des Mittelwestens – Jack Blackburn, Harry Greb, Sammy Langford und andere. Hemingway wußte nicht, daß das ein alter Trick war: Die Studenten zahlten die Gebühr im voraus und wurden schon beim ersten Training k.o. geschlagen. Nur die wenigsten kamen jemals zur zweiten Stunde.

So lief Hemingways erstes Training seiner eigenen Aussage zufolge: Er wurde von einem örtlichen Profi namens Young A'Hearn auf die Bretter geschickt. (Ich hatte Young A'Hearn selbst einmal als Sparringspartner, Herr Direktor,

aber da war er ein dicker alter Mann, fast fünfundvierzig, der von Ring zu Ring zog und sich für ein paar Vierteldollarmünzen oder einen Drink als Sparringspartner anbot.)
Wie auch immer, Hemingway überraschte die Schwindler, indem er am nächsten Samstag zur zweiten Trainingsstunde erschien. Diesmal verpaßte ihm der Kämpe, der ihn »trainierte« – ein Mann namens Morty Hellnick – einen Schlag in den Magen, als die Glocke schon ertönt war. Der junge Hemingway hat eine Woche lang gekotzt. In der nächsten Stunde versetzte ihm Hellnick absichtlich einen Tiefschlag. »Mein linkes Ei ist angeschwollen, bis es fast so groß wie meine Faust war«, sagte der Schriftsteller zu mir. Aber er ging am darauffolgenden Samstag wieder hin.

Wesentlich ist, Herr Direktor, der Junge hat sein Boxtraining trotz aller Widrigkeiten beendet. Er dürfte der einzige »Student« sein, der den Lehrgang je abgeschlossen hatte. Er kam immer wieder.

Ich weiß nicht genau, wer oder was Mr. Ernest Hemingway ist, Herr Direktor, oder warum Sie mich hierher geschickt haben, um ihm nachzuspionieren und ihn zu verraten – möglicherweise, um ihn zu töten –, aber ich habe das Gefühl, ich sollte Sie warnen, dieser Mann gibt nicht so leicht auf oder läßt sich einschüchtern oder wegscheuchen. Welchen Zweck Sie mit ihm verfolgen, lassen Sie sich gesagt sein, daß dieser Mann störrisch und zäh, an Schmerzen gewöhnt und erstaunlich hartnäckig ist.

Das ist das Ende meiner Beobachtungen und Analyse.

Ich saß an der Schreibmaschine im Gästehaus der *finca* und las mein Memo an Hoover noch mal durch. Natürlich hatte ich nicht die Absicht, es irgend jemandem zu schicken, und ich hätte es gar nicht geschrieben, hätte ich nicht den größten Teil der Nacht mit düsteren Gedanken dagesessen und Whiskey getrunken, aber es verschafft mir eine gewisse klammheimliche Freude, die Worte bei Tageslicht zu lesen – besonders den Teil, daß der Direktor nur mit memmenhaften Untergebenen trainierte, die sich nicht trauten, ihm einen Schlag in seine Bulldoggenfresse zu verpassen. In der kurzen Zeit, ehe ich die Blätter anzündete und in den großen Aschenbecher legte, fragte ich mich, ob das die Freiheit war, die Hemingway empfand, wenn er beim Schreiben Lügen erfand, statt sich an Fakten zu halten. Wahrscheinlich nicht – ich hatte in diesem Bericht nichts gefunden.

Ich steckte den richtigen zweiseitigen Bericht in einen Umschlag, verstaute die .38er unter einer weiten Jacke im Hosenbund und ging ins Hauptgebäude, bevor ich nach Havanna fuhr, um mich mit Delgado zu treffen.

Nach dem langen, grauen Regen des Vortages war es ein wunderschöner Sonntag – kühler, blauer Himmel, konstante Passatwinde aus Nordosten. Die Königspalmen raschelten, als ich am Pool vorbei zum Haus ging. Unten am Hügel konnte ich die Rufe von Gigis Stars hören, die gegen das andere Team spielten, das nur Los Muchachos hieß. Einer der *muchachos* fehlte, aber niemand hatte nach Santiago gefragt. Einer von den anderen Jungs hatte seinen Platz auf dem Feld eingenommen, und das Spiel ging weiter.

Wir hatten den Jungen tags zuvor begraben, Samstag, an dem Tag, als wir ihn gefunden hatten, in einem schlichten Kiefernsarg in einem Grab an einer entlegenen Stelle des Friedhofs zwischen dem alten Viadukt und den Schornsteinen des Elektrizitätswerks von Havanna. Hemingway und ich waren als einzige anwesend, abgesehen von dem grauhaarigen alten Totengräber, den wir bestochen hatten, damit er einen Kiefernsarg aus der städtischen Leichenhalle besorgte und uns eine Grabstelle zuwies. Nicht einmal Octavio, der Negerjunge, der Santiago gefunden hatte und sein Freund gewesen war, kam zu der hastig einberufenen Trauerfeier am Grab.

Als der Totengräber, Hemingway und ich den kleinen Sarg in das

Schlammloch hinuntergelassen hatten, folgte eine peinliche Stille. Der alte Totengräber trat zurück und nahm den Hut ab. Regen lief ihm über den kahlen Schädel und den dürren Hals hinunter. Hemingway hatte eine alte Angelmütze auf – die er nicht abnahm –, von deren langem Schirm der Regen tropfte. Er sah mich an. Ich hatte nichts zu sagen.

Der Schriftsteller trat an den Rand des Grabes. »Dieser Junge hätte nicht sterben müssen«, sagte er so leise, daß man seine Worte im Prasseln des Regens auf dem umliegenden Laub kaum hören konnte. »Und er hätte nicht sterben sollen.« Hemingway sah mich an. »Ich habe Santiago in unser ...« Er sah über die Schulter zu dem Totengräber, der den Blick seiner Triefaugen fest auf den schlammigen Boden gerichtet hatte. »Ich habe Santiago in unser Team aufgenommen« fuhr Hemingway fort, »weil jedesmal, wenn ich zum Floridita fuhr, bevor ich zur Botschaft ging, sich eine Schar Jungs um das Auto drängte und um Geld bettelte, sie baten mich, mir die Schuhe polieren zu lassen, oder sie ließen mich wissen, daß sie eine Schwester hätten, die zu meiner Verfügung stehen würde. Sie waren Straßenjungs, Streuner, Ausgestoßene. Ihre Eltern hatten sie verstoßen oder waren an Tuberkulose gestorben oder hatten sich zu Tode gesoffen. Der kleine Santiago war einer dieser Jungs, aber er hat mir nie die Hand hingestreckt oder gefragt, ob er meine Schuhe wienern darf. Er sagte nie ein Wort. Er blieb im Hintergrund, bis sich der Lincoln in Bewegung setzte, und dann – wenn die anderen Jungs zurückblieben oder zu ihren Bettelposten an den Straßenecken zurückkehrten – lief Santiago neben dem Auto her, unermüdlich, ohne um etwas zu bitten, ohne mich je anzusehen, bis ich die Botschaft erreichte oder wir auf die Hauptstraße abbogen.«

Hemingway verstummte und sah zu den hohen Schornsteinen des Elektrizitätswerks von Havanna hinauf. »Ich hasse diese verdammten Schlote«, sagte er im selben Tonfall, mit dem er die Grabrede gehalten hatte, wenn es denn eine Grabrede war. »Wenn der Wind von den Bergen herüberweht, stänkern sie die ganze Stadt voll.« Er sah wieder in das Grab.

»Ruhe in Frieden, kleiner Santiago Lopez. Wir wissen nicht, woher du gekommen bist oder wohin du gegangen bist. Aber wir wissen, du bist dorthin gegangen, wohin alle Menschen gehen, und eines Tages werden wir dir dorthin folgen.«

Hemingway sah mich wieder an, als wäre ihm plötzlich peinlich, was er sagte. Aber er fuhr fort, indem er erst mich fixierte und dann wieder das kleine Grab. »Vor ein paar Monaten, Santiago, hat mich John, einer meiner Söhne, mein Bumby, nach dem Sterben gefragt. Er sagte, er hätte keine Angst davor, in den Krieg zu ziehen, aber er hatte Angst, er könnte Angst vor dem Sterben bekommen. Ich erzählte Bumby davon, wie ich verwundet wurde und welche Angst ich hatte – ich konnte nicht schlafen ohne Nachttischlampe, so sehr fürchtete ich mich davor, unerwartet zu sterben –, aber ich erzählte ihm auch von einem sehr tapferen Freund von mir namens Chink Smith, der mir etwas von Shakespeare zitiert hatte. Das hat mir so gut gefallen, daß ich es ihn habe aufschreiben lassen. Es stammt aus dem zweiten Teil von *Heinrich der Vierte*, und ich habe es auswendig gelernt und seither nie mehr vergessen; ich trage es wie eine unsichtbare Christophorusmedaille.

›Meiner Treu, es ist mir einerlei; ein Mann kann nur einmal sterben, wir schulden Gott einen Tod... und sei es, wie es will, wer in diesem Jahr stirbt, ist für das nächste quitt.‹

Du bist quitt für das nächste, Santiago Lopez. Und du warst ein tapferer Mann, ganz gleich, in welchem Alter du gewesen bist, als du Gott seine Schuld beglichen hast.«

Hemingway trat zurück. Der alte Totengräber räusperte sich. »Nein, *Señor*«, sagte er auf spanisch. »Es müssen Worte aus der Bibel gesprochen werden, bevor wir Erde auf dieses Kind schütten.«

»Tatsächlich?« fragte Hemingway beinahe amüsiert. »Wird *Señor* Shakespeare nicht genügen?«

»Nein, *Señor*«, sagte der alte Mann. »Die Bibel ist notwendig.«

Hemingway zuckte die Achseln. »Wenn es *necesario* ist«, sagte er. Er hob einen Klumpen Erde... Schlamm... und hielt ihn über das Grab des Jungen.

»Dann also aus dem Prediger Salomo: ›Ein Geschlecht vergeht, das andere kommt; die Erde aber bleibt immer bestehen... Die Sonne geht auf und geht unter und läuft an ihren Ort, daß sie dort wieder aufgehe.‹« Er ließ den Lehmklumpen auf den kleinen Sarg fallen, wich zurück und sah den alten Mann an, der auf seiner Schaufel lehnte. »Ist jetzt alles in Ordnung?«

»Sí, Señor.«

Als wir durch Regen und abendliches Halbdunkel zurückfuhren, sagte Hemingway: »Nennen Sie mir den Grund, warum ich Lieutenant Maldonado nicht zur Strecke bringen sollte?«

»Weil er es möglicherweise gar nicht getan hat«, sagte ich.

Hemingway sah mich finster an. »Wer könnte es sonst gewesen sein? Sie haben mir letzte Woche gesagt, daß Agent zweiundzwanzig *Caballo Loco* gefolgt ist.«

»Nennen Sie ihn nicht so.«

»Caballo Loco?«

»Agent zweiundzwanzig.«

»Wer außer Maldonado könnte es getan haben?« wollte der Schriftsteller wissen.

Ich wandte mich von der regenüberströmten Windschutzscheibe ab. »Ich habe Santiago gesagt, daß er ihm während unserer Abwesenheit nicht folgen soll... und auch keinem anderen. Ich glaube nicht, daß er es getan hätte, nachdem ich ihm den Befehl gegeben hatte, es nicht zu tun.«

»Aber er muß *irgend jemanden* observiert haben«, sagte Hemingway.

Ich schüttelte den Kopf. »Die Straße, an der Octavio ihn gefunden hat, führt zu den Schuppen, in denen er wohnte, als seine Mutter noch am Leben war. Der Neger hat gesagt, daß Santiago dort manchmal zum Schlafen hingegangen ist, wenn es ihm in der Stadt zu verrückt zuging.«

Hemingway fuhr mehrere Minuten schweigend weiter. »Lucas«, sagte er schließlich, »wer hätte den Jungen noch töten können?«

»Das sage ich Ihnen später«, antwortete ich.

»Sagen Sie es mir jetzt oder vergessen Sie das verdammte Später«, sagte der Schriftsteller. »Sagen Sie mir, wer Sie sind, für wen Sie arbeiten und wer Ihrer Meinung nach den Jungen getötet haben könnte, oder steigen Sie sofort aus dem Scheißauto aus und lassen Sie sich nie wieder auf der *finca* blicken.«

Ich zögerte. Wenn ich Hemingway sagte, was er wissen wollte, würde ich nicht mehr für FBI oder SIS arbeiten. Die Scheibenwischer glitten auf der Windschutzscheibe hin und her. Der schwere Regen auf dem straff gespannten Dach des Kabrios hörte sich an wie der Regen auf dem Sarg des Jungen. Mir wurde klar, daß ich schon längst nicht mehr für FBI oder SIS arbeitete.

»Ich habe für das FBI gearbeitet«, sagte ich. »J. Edgar Hoover hat mich hierher geschickt, um Sie auszuspionieren und ihm über einen Kontaktmann Bericht zu erstatten.«

Hemingway fuhr an den Straßenrand. Lastwagen fuhren an uns vorbei, Wasserfontänen spritzten auf. Er drehte sich zur Seite und sah mich an, während ich weitersprach.

Ich erzählte ihm von Delgado. Ich erzählte ihm alles über Teddy Schlegel und Inga Arvad und Helga Sonnemann und über Johann Siegfried Becker. Ich schilderte die Geldübergabe von Abwehr und FBI an Lieutenant Maldonado und seinen Vorgesetzten, Juanito den Zeugen Jehovas. Ich erzählte ihm von meiner Begegnung mit Commander Fleming vom BSC auf dem Weg nach Kuba und mit Wallace Beta Phillips vom OSS nach meiner Ankunft. Ich erzählte ihm von dem Gewehrschuß während des Feuerwerksangriffs auf die Party seines Nachbarn Steinhart und von dem zweiten Funkspruch, den ich auf unserem Abstecher zu der Touristenhöhle abgefangen hatte.

»Was steht in dem zweiten?« wollte Hemingway mit tonloser Stimme wissen.

»Ich weiß nicht«, sagte ich. »Der ist in einem numerischen Code, den ich noch nie vorher gesehen habe. Ich glaube nicht, daß wir ihn entschlüsseln sollten.«

»Wollen Sie damit sagen, daß wir den ersten Funkspruch … den, wonach zwei Agenten nächsten Donnerstag an Land gehen … mithören und entschlüsseln *sollten?*«

»Ich glaube, ja«, sagte ich.

»Warum?«

»Ich weiß nicht.«

Hemingway sah zwischen den peitschenden Scheibenwischern hinaus. »Sie umkreisen uns alle – das FBI, möglicherweise ONI, Ihre britische Gruppe … wie lautete deren Anfangsbuchstabe?«

»BSC«, sagte ich. »Ich glaube ja.«

»OSS«, fuhr Hemingway fort. »Der deutsche Geheimdienst …«

»Beide Organisationen, glaube ich«, sagte ich. »Abwehr und RSHA AMT VI.«

»Davon habe ich keinen blassen Schimmer«, sagte der Schriftsteller. »Ich wußte nicht einmal, daß es zwei deutsche Geheimdienstorganisationen gibt.«

»Ich weiß«, sagte ich. »Sie wissen wirklich keinen Deut über das alles.«

Er sah mich böse an. »Aber Sie schon?«

»Ja«, sagte ich.

»Warum erzählen Sie mir das alles jetzt?« wollte Hemingway wissen. »Und warum, zum Henker, sollte ich *ein Wort* von dem glauben, was Sie sagen, da alles, was Sie mir bis jetzt erzählt haben, gelogen war?«

Ich beantwortete nur seine erste Frage. »Ich erzähle es Ihnen, weil sie den Jungen getötet haben«, sagte ich. »Und weil sie uns für etwas einspannen, das ich nicht verstehe.«

»*Wer* hat den Jungen getötet?«

»Es könnte Maldonado gewesen sein«, sagte ich. »Wenn Santiago unvorsichtig war und der Lieutenant wußte, daß er verfolgt wird, könnte *Caballo Loco* gewartet haben, bis wir fort sind, um dem Jungen dann zu einer dieser Hütten zu folgen und ihm dort die Kehle durchzuschneiden.«

»Wer noch?« wollte der Schriftsteller wissen.

»Delgado könnte es getan haben.«

»Ein FBI-Agent?« Hemingways Stimme klang verächtlich. »Ich dachte, daß ihr verdammten Drückeberger vor dem Militär nur auf andere Drückeberger schießt.«

»Delgado… ist ein spezieller Fall«, sagte ich. »Wenn er der ist, für den ich ihn halte, hat er schon andere Menschen getötet. Und ich bin nicht mehr sicher, für wen er arbeitet.«

»Sie glauben, er könnte zu den Krauts übergelaufen sein?«

»Möglich«, sagte ich. »Das deutsche Spionagenetz in dieser Hemisphäre ist keinen Scheißdreck wert, aber sie haben eine Menge Geld. Sie könnten einen Söldner wie Delgado kaufen.«

»Wer könnte es sonst noch gewesen sein, Lucas? Wer hätte dem Jungen das antun können?«

Ich zuckte die Achseln. »Schlegel, aber der scheint mir nicht der Typ zu sein. Schlegel könnte einen der Deutschen oder einen aus Havanna, der mit den Deutschen sympathisiert, bezahlt haben, damit er es tut. Helga Sonnemann könnte es getan haben –«

»Helga?«

Ich schilderte ihm weitere Einzelheiten aus der Akte der Frau.

»Himmel Herrgott«, murmelte Hemingway. »Kennt denn jeder Hitler und seine Kumpane persönlich?«

»Sogar Ihre Gäste«, sagte ich.

»Meine Gäste?«

»Ingrid Bergman ist ihm begegnet«, sagte ich. »Wissen Sie nicht mehr? Und die Dietrich wurde vom deutschen Geheimdienst gefragt, ob sie nicht für sie arbeiten möchte.«

»Und sie hat ihnen gesagt, daß sie sich verpissen sollen.«

»Sagt sie.«

Hemingway bleckt die Zähne. »Ich mag Sie nicht, Lucas. Ich mag Sie wirklich nicht.«

Ich sagte nichts.

Nach einem Augenblick des Schweigens – selbst der Regen hatte aufgehört – sagte er: »Nennen Sie mir einen guten Grund, warum ich einen verlogenen Dreckskerl wie Sie nicht hier und jetzt aus dem Auto kicken und erschießen sollte, sollten Sie jemals wieder in die Nähe der *finca* und meiner Kinder kommen?«

»Ich nenne Ihnen einen«, sagte ich. »Hier tut sich etwas Kompliziertes auf. Jemand *möchte*, daß Sie die beiden Agenten stellen, die am dreizehnten an Land gehen sollen.«

»Warum?«

»Ich weiß nicht«, sagte ich. »Aber hier läuft ein komplexes Spiel ab, und Ihre lächerliche Gaunerbande wird als Bauer benutzt. Ich glaube, Sie brauchen meine Hilfe.«

»Damit Sie alles J. Edgar Hoover melden können?«

»Das ist vorbei«, sagte ich sachlich. »Ich werde weiter Berichte schreiben, aber es wird nichts Wichtiges an das Bureau gehen, bis ich dahinter gekommen bin, was hier läuft.«

»Und Sie glauben, daß es gefährlich ist?«

»Ja.«

»Für Gigi und Mouse, oder nur für Sie und mich?«

Ich zögerte. »Ich glaube, daß momentan jeder in Ihrer Umgebung in Gefahr ist.«

Hemingway rieb sich das Kinn. »Das FBI würde tatsächlich einen amerikanischen Staatsbürger und dessen Familie töten? Seine Freunde?«

»Ich weiß nicht«, sagte ich. »Hoover zieht es vor, Leute durch Indiskretion, Andeutungen, Erpressungen und den IRS zu ruinieren. Aber wir wissen nicht einmal mit Sicherheit, daß die Gefahr vom Bureau ausgeht. Irgendwie sind die Briten darin verwickelt, das OSS und beide deutschen Geheimdienstorganisationen.«

»*Estamos copados*«, sagte Hemingway. »Wir sind umzingelt.« Ich wußte, daß ihm dieser Ausdruck gefiel, aber diesmal klang seine Stimme ernst.

»Ja«, sagte ich.

Er steuerte den Lincoln wieder auf die Straße und fuhr mit mir zurück zur Finca Vigía.

Ich ging ins Hauptgebäude, ehe ich zu meinem Treffen mit Delgado fuhr. Hemingway war im Wohnzimmer und saß auf dem geblümten Sessel neben dem Servierwagen mit Flaschen und Gläsern. Er hatte eine große schwarze Katze auf dem Schoß, acht oder zehn weitere lagen in der Nähe auf dem Teppich. Ich sah, daß er mindestens eine Dose Lachs und zwei kleine Dosen Sardinen aufgemacht hatte. Hemingway hielt ein Glas, dessen Inhalt nach Gin pur aussah, auf dem Knie. Seinem starren Blick und der benommenen Miene konnte ich entnehmen, daß er sehr betrunken war.

»Ah, *Señor* Lucas«, sagte er. »Habe ich Sie schon offiziell mit meinem besten Freund bekannt gemacht, *los gatos?*«

»Nein«, sagte ich.

»Diese dunkle Schönheit ist Boissy D'Anglas«, sagte Hemingway und streichelte den Hinterkopf der schnurrenden Katze.

»Friendless kennen Sie ja schon. Diese kleinere hier heißt Friendless' Bruder, obwohl sie eigentlich eine Sie ist. Das ist Tester, und die magere dort ist Testers Junges, eine Wunderkatze. Die Pummelige am Rand des Teppichs ist Wolfer, daneben Good Will, den wir nach Nelson Rockefeller genannt haben, unserem geschätzten Botschafter des guten Willens für diese armselige, vergessene Schar unbedeutender Länder südlich der großen und mächtigen Estados Unidos.

Friendless trinkt schon den ganzen Morgen Milch und Whiskey mit mir zusammen, Lucas, aber er hat jetzt genug und wird Ihnen keine Kunststücke vorführen. Katzen führen für niemanden Kunststücke vor, Lucas. Wußten Sie das? Sie machen nur, was sie wollen, aber sie trinken Milch und Whiskey mit einem, wenn sie einen lieben und Lust dazu haben. Oh, und das ist Dillinger, der natürlich nach dem toten Gangster mit dem großen Schwanz getauft wurde. Ich glaube, dieser Name hat ihn größenwahnsinnig gemacht, aber jetzt nicht mehr... Marty hat Dillinger und alle anderen Kater kastrieren lassen, als wir auf unserer ersten U-Boot-Patrouille waren. Haben Sie das gewußt, *Señor* Lucas, *Señor* Spion Lucas, *Señor* Informant Lucas?«

Ich habe euren Krach gehört, dachte ich. *Ich habe gehört, wie du sie angeschrien hast, und sie dich.* Ich sagte nichts.

Hemingway grinste. »Miststück.« Er kraulte Boissys Hals. »Du nicht, Baby. Ich habe ihr heute eine Kabeldepesche geschickt, Lucas. Marty. Wußte nicht, wo zum Teufel sie gerade steckt, daher habe ich Kopien nach Haiti, Puerto Rico, Saint Thomas, Saint Barts, Antigua, Bimini und alle anderen Anlaufstellen ihrer verdammten Reiseroute geschickt. Wollen Sie wissen, was in der verdammten Depesche stand?«

Ich wartete.

»Darin stand: BIST DU KRIEGSBERICHTERSTATTERIN ODER MEINE FRAU IN MEINEM BETT?« Hemingway nickte, als wäre er zufrieden mit sich, setzte die schwarze Katze behutsam auf den Teppich und stand vorsichtig auf, um sich noch einmal drei Fingerbreit Gin einzuschenken. »Möchten Sie einen Drink, Special Agent Lucas?«

»Nein«, sagte ich.

»Eingebildetes Miststück«, sagte der Schriftsteller. »Nennt Operation Friendless Quatsch und dummes Zeug. Sie sagt, wir holen uns alle einen runter. Sagt, ich hätte seit *Wem die Stunde schlägt* kein Wort mehr geschrieben, das lesenswert gewesen wäre. Miststück, habe ich gesagt. Sie werden meine Bücher noch lesen, wenn dich schon längst die Würmer gefressen haben, habe ich gesagt.« Er setzte sich, trank einen Schluck und sah mich blinzelnd an. »Wollen Sie etwas, Lucas?«

»Ich fahre in die Stadt«, sagte ich. »Ich nehme den Wagen.«

Hemingway zuckte die Achseln. »Wollen Sie ganz sicher keinen Drink?« fragte er.

Ich schüttelte den Kopf.

»Wenn Sie keinen guten Gin mit mir trinken wollen«, sagte er liebenswürdig, »könnte ich Ihnen etwas kalten Tee bringen lassen. Oder Sie könnten einen Eimer Rotz leer trinken und anschließend einem toten Nigger den Eiter aus dem Ohr lutschen.« Er lächelte wieder und zeigte auf den Tisch mit Alkoholflaschen, Eiskübeln und Gläsern.

»Nein, danke«, sagte ich und ging aus dem Wohnzimmer, zur Tür hinaus, über die Terrasse und zu dem Auto, das in der Einfahrt parkte.

Auf dem Weg in die Stadt versuchte ich, das bevorstehende Treffen und die mögliche Konfrontation mit Delgado nicht zum tausendstenmal zu üben, und dachte an Maria.

Ich hatte der Hure natürlich nichts vom Tod des Jungen erzählt, aber Maria schien den ganzen vergangenen Abend gespürt zu haben, daß etwas nicht stimmte, war ruhig gewesen und hatte mein Bedürfnis, allein zu sein, respektiert. Als ich zu schlafen versucht hatte, hatte sie sich auf die Pritsche neben meiner gelegt, mit der Hand mein Bett berührt, aber nicht mich, und mich angesehen, während ich zur Decke starrte. Als ich aufstand, um ins Gästehaus zu gehen und an meinem idiotischen Memo für J. Edgar Hoover zu arbeiten, hatte sie meine Segelturnschuhe und mein Jeanshemd aufgehoben, mir beides wortlos gebracht und mich mit traurigen Augen angesehen. Da hatte ich mir einen Moment vorgestellt, wie es wäre, ein ganz normaler Mensch zu sein, der seine Traurigkeit mit jemand anderem teilte und über alles sprach, was ihn bis ins Mark beschäftigte. Diese Gedanken hatte ich in der Nacht zuvor mit Whiskey und meinem Phantasiememo für den Direktor verdrängt, und jetzt verdrängte ich ihn wieder, als ich von der Straße aus die beiden Schornsteine des Elektrizitätswerks von Havanna sehen konnte.

Die .38er lag auf dem Sitz neben mir. Es war unbequem, mit ihr hinten im Hosenbund zu fahren. Ich hatte eine Kugel in der Kammer unter dem Hahn geladen, die ich normalerweise frei ließ, und ein halbes Dutzend zusätzliche Patronen in die Jackentasche gesteckt. Das war mit ziemlicher Sicherheit eine alberne Geste: Wenn Delgado und ich heute etwas zu klären hatten, würde es mit Sicherheit geklärt sein, bevor ich nachladen mußte. Aber andererseits ist es immer besser, Ersatzmunition dabeizuhaben und sie nicht zu brauchen, als … usw., usw.

Ich parkte den Wagen in der Altstadt von Havanna und machte mich auf den Weg die sechs Blocks entlang bis zu dem sicheren Haus. Ich sollte genau zum vereinbarten Zeitpunkt eintreffen.

Wallace Beta Phillips hatte natürlich völlig richtig gelegen mit seiner Vermutung, was sich in jener Nacht in der Calle Simón Bolívar in Veracruz, Mexiko, zugetragen hatte. Die beiden Agenten der Abwehr waren neunzig Minuten vor dem anvisierten Termin dort gewesen und hatten sich im vorderen Zimmer verschanzt, um mir einen Hinterhalt zu legen. Zu dem Zeitpunkt war ich schon dort gewesen und hatte mich seit fast zwei Stunden in einem Schrank in der Diele versteckt gehabt. Phillips hatte erwähnt, einer der Nachbarn hätte ein Kind gesehen, das »einen Stein an die Haustür« geworfen hatte, ehe die Schießerei begann. Das war kein Kind gewesen, sondern ein dreiundfünfzigjähriger trunksüchtiger Liliputaner namens El Gigante, dem ich einhundertfünfzig Pesos bezahlt hatte, damit er den Stein warf und dann wie der Teufel davon lief.

Heute würde ich nicht früher dasein.

Die .38er drückte in meinen Rücken, aber so, wie ich sie verstaut hatte, dürfte Delgado nicht merken, daß sie da war, wenn er mich nicht abtastete. Die Jacke war weit, und ich hatte oft geübt, wie ich darunter griff und die Waffe zückte. Es war keine besonders gute Stelle für eine Waffe, die man zücken und mit der man schießen wollte, aber ein Schulter- oder Gürtelhalfter wäre zu auffällig gewesen, ebenso, die Waffe, wie es sonst meiner Angewohnheit entsprach, über der linken Tasche in den Hosenbund zu stecken. Ich wünschte mir, ich hätte die .357er statt der .38er mitgebracht, falls ich durch die alten Wände oder Türen des sicheren Hauses schießen mußte, aber eine größere Waffe war zu schwierig zu verstecken.

Wenn ich Delgado wäre und Special Agent Joe Lucas als mögliche Bedrohung eliminieren wollte, wo würde ich warten? Wahrscheinlich draußen oder in einer der baufälligen Hütten oder verfallenen Mietshäuser entlang der schmalen Straße. Aber es bestand immer die Gefahr, daß Special Agent Lucas sich dem sicheren Haus durch die Gasse oder auf einem anderen Weg nähern würde. *Wo im Haus?* In dem kleinen Raum neben dem großen Zimmer, dem ohne Fenster. Vielleicht lag er im Dunkeln auf dem Boden, hatte die Hintertür verbarrikadiert, damit niemand dort hereinkommen konnte, und wartete, bis sich die Silhouette von Lucas in der Tür abzeichnete. Vielleicht wartete er noch eine oder zwei Sekunden, bis Lucas den großen Raum betreten hatte, in dem er sich nur hinter dem kleinen Tisch verstecken konnte und die Mauer hinter ihm ein Hindernis für die Kugel bot und das Geräusch der Schüsse dämpfte. Dann konnte er einfach gehen und die Leiche als Futter für die Ratten liegen lassen.

Die Tür des sicheren Hauses stand einen Spalt offen. Die dunklen Fenster hatten keine Scheiben. Ich widerstand dem Drang, nach der .38er in meinem Gürtel zu greifen, ging auf die verfallene Veranda hinauf und zur Tür hinein.

Delgado schaute von seinem üblichen Platz auf der anderen Seite des Tisches auf. Er saß breitbeinig auf dem Stuhl und hatte das Kinn auf den Rücken der rechten Hand gestützt, die auf der Rückenlehne lag. Mir war aufgefallen, daß er Linkshänder war. Die linke Hand hatte er an der Seite, wo ich sie nicht sehen konnte. Statt des üblichen weißen Panamaanzugs trug er heute ein gestärktes weißes *guayabera*. Seine Haut wirkte braungebrannter, das Haar heller als sonst.

Ich legte den Umschlag auf den Tisch, blieb stehen und behielt den anderen Mann im Auge, als er die linke Hand ins trübe Licht hob.

Wie immer riß Delgado den Umschlag auf und las den Bericht. »Sie scherzen«, sagte er schließlich.

Ich stand bequem, Beine leicht gespreizt, linke Hand in der linken Tasche, rechter Arm locker an der Seite.

»Eine verdammte Touristenhöhle? Kinder, die Bierflaschen finden? Schweine, die auf einer untergehenden Sandbank Selbstmord begehen? Das ist alles?«

»Es war ein Auftrag des ONI«, sagte ich. »Sie haben uns geschickt.«

Delgado schnaubte. »ONI.« Er warf die zwei Seiten auf den Tisch. Er ließ die linke Hand unter den Tisch sinken, während er mich mit einem stechenden, gleichmütigen Blick ansah.

»Sie haben die *Kreuz des Südens* bei dem ganzen Herumschippern nicht gesehen?«

»Nein«, sagte ich. »Aber sie liegt wieder im Hafen von Havanna. Sie haben einen Dockplatz in der Casablanca-Werft.«

»Und Sie haben keinen Funkverkehr von Schiff zu Schiff oder von Schiff an Land auffangen können?« fragte Delgado.

Ich schüttelte den Kopf und achtete genauestens auf seine Reaktion. Delgado konnte äußerst schnell sein, wenn er wollte. Wenn er sich bewegte, würde ich auf den Körper schießen müssen ... ein Kopfschuß wäre zu riskant. Ich wußte nicht, wo seine Waffe sein konnte – er hätte sie unter dem Tisch festkleben können, so daß sie schon auf mich zielte, in dem Fall wäre ich im Eimer –, aber davon abgesehen spielte es keine große Rolle, wie schnell einer von uns war, sondern wie treffsicher, wenn die Schießerei begann. Ich hatte Hohlmantelgeschosse geladen und die Spitzen der Kugeln mit dem Messer eingeritzt. Wenn nur eine davon Fleisch traf, wäre die Diskussion damit beendet. Aber natürlich würde Delgado dasselbe getan haben.

Er hob hastig die linke Hand. Ich zuckte nicht zusammen und bewegte die rechte Hand nicht.

Er warf eine Schwarzweißfotografie auf den Tisch. »Kennen Sie diesen Mann, Lucas?«

»Ja«, sagte ich mit betont desinteressierter Stimme. »Ich habe seine Akte gesehen. Johann Siegfried Becker. SD: Was ist mit ihm?«

»Er ist nicht mehr in Brasilien«, sagte Delgado und sah mich an.

»Ich weiß«, sagte ich. »Im aktuellen Gefahrenreport des SIS vom Mai stand, daß er in Berlin ist.«

Delgado schüttelte langsam den Kopf. »Er hält sich in Havanna auf.« Nach einem Moment meinte er: »Wollen Sie nicht fragen, warum?«

»Hat es etwas mit meinem Job hier zu tun?« fragte ich.

»Kein bißchen«, entgegnete Delgado. »Was heißen soll, Sie *erledigen* keinen richtigen Job hier, oder?«

Zwei Jungs rannten draußen über den Rasen. Ich beobachtete sie, ohne das Gesicht von Delgado abzuwenden. Ich war beim Eintreten nach links gegangen, so daß mein Rücken nicht zu der offenen Tür zeigte. Ich hatte keine Ahnung, wie viele Leute für und mit Delgado arbeiteten. Einer mochte auf der anderen Straßenseite in dem leerstehenden Mietshaus warten, bis ich wieder hinausging, und er konnte das Zielfernrohr seines Gewehrs auf eine Stelle gerichtet haben, die ich auf dem Rückweg die Straße entlang passieren mußte. Nun, dagegen konnte ich nichts anderes tun, als mich darauf zu konzentrieren, daß sich meine Nackenhärchen nicht aufrichteten.

»Becker ist hier, weil sein Spionagenetz in Brasilien zerschlagen wird«, sagte Delgado. »Der Obersturmführer ist nicht sicher, ob er in diesen Hexenkessel zurückkehren soll. Er hat Verhandlungen mit … äh … hiesigen Repräsentanten aufgenommen, um entweder überzulaufen oder auf beiden Straßenseiten zu arbeiten.«

»Warum erzählen Sie mir das?« fragte ich.

Delgado rieb sich die Oberlippe. Schweiß lief ihm über die Wangen und tropfte von seinem Kinn. Es war sehr heiß in dem kleinen Raum. »Ich erzähle es Ihnen, Lucas, weil wir nicht möchten, daß Sie in einer *bodega* mit Herrn Becker zusammenstoßen und ihm die Rübe wegpusten oder ihn den lokalen Behörden übergeben, bis wir unsere Verhandlungen abgeschlossen haben.«

»Wir?« fragte ich.

»Ich«, sagte Delgado.

»Na gut«, sagte ich. »Noch etwas?«

»Von mir nicht.«

Ich ging zur Tür, ohne ihm ganz den Rücken zuzudrehen.

»Lucas?« Seine linke Hand war wieder unter der Tischkante verschwunden. Da ich halb im Sonnenlicht stand, hatte ich Schwierigkeiten, ihn im halbdunklen Inneren richtig zu sehen. »Das mit dem Jungen tut mir leid«, sagte er.

Ich griff mit der Hand hinter mich, als wollte ich mich kratzen. »Wissen Sie, wer es getan hat?« fragte ich.

»Natürlich nicht«, sagte Delgado. »Ich habe nur von der Beerdigung gehört und zwei und zwei zusammengezählt. Sie sollten Ihrem Schriftstellerfreund sagen, daß er keine Kinder in seine Spionagespiele hineinziehen soll.«

»Sie haben keine Ahnung, wer Santiago getötet hat?« sagte ich und sah ihm in die Augen.

Delgado krümmmte die Lippen zu einem geheuchelten Lächeln. »War sein Name Santiago?«

Als ich zurückkam, schien das Gelände der *finca* verlassen zu sein. Dann fiel mir ein, daß die Diener an diesem Abend frei hatten und Winston Guest und Patchi Ibarlucia mit den Jungs zum Essen ins El Pacífico wollten.

Ich klopfte, bekam keine Antwort und betrat das Hauptgebäude.

Hemingway saß da, wo ich ihn zurückgelassen hatte, in dem häßlichen Blumensessel mitten im Zimmer, links der Servierwagen mit den Getränken, aber jetzt waren alle Katzen fort. Statt Boissy D'Anglas auf dem Schoß hatte er die Mannlicher .256 zwischen den Beinen, die Mündung unter dem Kinn. Der Kolben der Waffe war auf den grob gewobenen Teppich gestützt. Hemingways Füße waren bloß, den großen Zeh hatte er im Abzugsbügel und leicht auf den Abzug gepreßt.

»Sie kommen gerade rechtzeitig, Joe«, sagte Hemingway. »Ich habe auf Sie gewartet. Ich muß Ihnen etwas Wichtiges zeigen.«

21

Ich stand fünfzehn Schritte von Hemingway entfernt und sah ihm zu, wie er die Mündung der Mannlicher unters Kinn drückte. Ich wußte nicht, ob die Waffe geladen war. Mir gefiel nicht, daß der Schriftsteller mich »Joe« genannt hatte. Wenn wir unter uns waren, nannte er mich nie beim Vornamen.

»*Estamos copados*«, sagte Hemingway. »Und was machen wir, wenn wir umzingelt sind, Joe.« Er legte beide Hände an den Lauf und neigte ihn vorwärts, während er mit dem großen Zeh fester auf den Abzug drückte. Hemingway trug nur ein fleckiges blaues Hemd und schmutzige Khakihosen.

Ich sagte nichts.

»In den Mund, Joe«, sagte er. »Der Gaumen ist die weichste Stelle des Kopfes.« Er näherte die Mündung bis auf wenige Zentimeter seinem offenem Mund und drückte den Abzug mit dem großen Zeh. Der Hammer schlug mit einem leeren Klick auf. Hemingway hob den Kopf und lächelte. Mir war klar, daß das eine Art von Herausforderung war.

»Das ist völliger Quatsch«, hatte ich gesagt.

Hemingway bewegte sich außerordentlich vorsichtig, als er das Gewehr an die Armlehne des Sessels lehnte und aufstand. Er mochte ziemlich betrunken sein, hielt aber mühelos das Gleichgewicht, während er die Finger spreizte. »Was haben Sie gesagt, Joe?«

»Das ist völliger Quatsch«, sagte ich. »Und selbst wenn nicht, nur ein *maricón* würde sich den Lauf einer Schußwaffe in den Mund stecken.«

»Würden Sie das wiederholen, Joe?« sagte Hemingway mit sorgfältiger Aussprache.

»Sie haben mich schon verstanden«, sagte ich.

Hemingway nickte, ging zur Hintertür und winkte mich hinaus. Ich folgte ihm.

Er blieb am Pool stehen, zog sein schmutziges Hemd aus und legte es sorgsam über die Rückenlehne eines Metallstuhls. »Sie sollten Ihr Hemd ausziehen« sagte Hemingway auf spanisch. »Ich habe vor, eine Menge von Ihrem Blut zu vergießen.«

Ich schüttelte den Kopf. »Ich will das nicht«, sagte ich.

»Scheiß drauf, was Sie wollen«, sagte Hemingway. »Und scheiß auf Sie.« Auf spanisch fügte er mit einem ausgeprägten kubanischen Akzent hinzu: »Ich scheiß auf Ihre Hurenmutter.«

»Ich will das nicht«, wiederholte ich.

Hemingway schüttelte den Kopf, als müßte er ihn klären, kam rasch näher und zielte mit einem linken Haken auf mein Gesicht. Ich duckte mich, hob die Fäuste und tänzelte nach rechts, da ich davon ausging, daß die Sehkraft seines linken Auges schwächer war als die seines rechten. Hemingway schlug wieder zu. Ich wehrte ab.

Seine ersten Schläge waren – genau wie kubanische Beschimpfungen – lediglich Provokation. Mir wurde sofort klar, daß er, wie ich, auf Deckung achtete. Der Auftakt eines Kampfes zwischen zwei Leuten, die auf ihre Deckung achten, kann todlangweilig sein.

Ich lächelte ihn an. »*Piropos, Señor?*«, sagte ich affektiert. Dann, sachlich: »*Pendejo. Puta. Maricón. Bujarón.*«

Da stürmte Hemingway auf mich zu. In den zwei Sekunden, bevor der Kampf richtig losging, wurde mir klar, daß ich ihn mühelos töten könnte, aber keine Ahnung hatte, ob ich ihn bei einem Faustkampf besiegen konnte.

Er zielte mit einem soliden Haken auf meinen Mund. Ich blockte ihn ab, da rammte er mir einen harten rechten Haken in den Magen. Ich tänzelte rückwärts, aber seine geballte Faust traf mich dennoch an den Rippen, so daß mir die Luft wegblieb. Hemingway ließ einen linken und einen rechten Haken über meine Deckung hinweg folgen, die mir die Wangenknochen hätte brechen sollen, aber statt dessen an meinem Schädel abprallten.

Hemingway hatte einen ungeheuer harten Schlag. Das ist natürlich ein Vorteil, aber einer, der Amateurkämpfern, die sich zu sehr auf einen K.o. in der ersten Minute des Kampfes verlassen, zum Nachteil gereichen kann. Sie vergessen, daß sie manchmal auf Distanz gehen müssen.

Hemingway kam näher, packte mein Hemd mit der linken Hand und zielte wieder mit einem rechten Haken nach mir. Ich fing den

Schlag mit der Schulter ab, duckte mich tief und schlug ihm dreimal in den Magen.

Er atmete mit einem deutlichen *wusch* aus, näherte sich mir, zog mich fest an sich und stützte sich auf mich, während er wieder Luft holte, versuchte aber gleichzeitig, mich zu treffen. Sein Bauch war weich, aber er war auf die Schläge vorbereitet gewesen und ging nicht zu Boden. Er wollte mich an den Haaren ziehen, aber die waren so kurz, daß er nicht viel zu fassen bekam. Er trieb mich zur Wand der *finca* zurück und benützte dabei seine Masse und sein größeres Gewicht, um mich über die Veranda zu schieben. Ich grub mein Kinn in seine Schulter, drückte mich fest an ihn und ließ ihm keine Möglichkeit, mich zu treffen, außer auf dem Rücken. Seine Nierenhaken taten dennoch teuflisch weh. Ich schnellte zurück, weil mir klarwurde, daß er allein mit seinem Körpergewicht Schaden anrichten konnte, wenn er mich erst einmal gegen die rauhe Wand gedrängt hatte, verpaßte ihm einen Kinnhaken und stieß ihn weg, als sein Kopf nach hinten geschleudert wurde.

Hemingway schüttelte sich den Schweiß aus den Augen und spuckte Blut. Ich verpaßte ihm mit einer schnellen Rückhand einen Schlag ins Gesicht, hörte ihn knurren und konnte einen guten rechten Haken landen, als er auf mich losstürmte.

Er ging nicht zu Boden. Ich war außer Übung, aber nicht *so* außer Übung. Mit dem Haken – der ihn zwar nicht am Kiefer, sondern seitlich am Kopf getroffen hatte – hatte ich früher kräftigere Männer außer Gefecht gesetzt. Beim Schlag gegen Hemingways Kopf war mir gewesen, als hätte ich einen Amboß getroffen.

Er kam wieder näher, packte meine Arme, bewegte die Daumen blitzschnell, drückte damit auf die Innenseite meiner Ellbogen zwischen den Oberarmmuskeln und den Unterarmen und versuchte, die Sehnen am Ansatz meines Bizeps zu quetschen. Ich hob das Knie, aber er drehte sich schnell genug zur Seite, daß der Tritt ihn an der Hüfte traf, nicht in den Hoden. Ich kickte wieder, er ließ meine Arme los, und ich traf ihn zweimal mit der Linken am rechten Ohr, als er zurückwich. Sein Ohr schwoll sofort an, aber ich spürte, daß er mit den Daumen einigen Schaden angerichtet hatte – mein linker Arm war fast taub, der rechte kribbelte, als wäre er eingeschlafen. Der Hurensohn hatte seine Tricks als Junge in Chicago gut gelernt.

Inzwischen atmete Hemingway schwer, als wir einander erneut umkreisten und uns Richtung Pool bewegten. Er stieß gegen einen Metallstuhl und kickte ihn aus dem Weg. In dem Moment stürzte ich mich mit einer Kombination auf ihn, aber er wehrte beide Schläge ab und traf mich über dem linken Auge, als ich zurückweichen wollte. Ich schüttelte das Blut aus meinem Auge. Die Braue schwoll sofort an, aber nicht so schnell, daß das Auge vor Ende der Schlägerei zugeschwollen wäre.

Hemingway stürzte sich wieder keuchend auf mich. Ich konnte den Gin in seinem Atem und in seinem Schweiß riechen.

Er schlug mit der Rechten tief und fest zu und hätte meine Eier zu Klump gehauen, wenn ich nicht rückwärts und hoch gesprungen wäre. Der Hieb traf mich an der Innenseite des Schenkels, und ich spürte, wie mein rechtes Bein taub wurde, während mir Hemingway gleichzeitig mit der linken Faust so fest gegen die rechte Schläfe schlug, daß ich herumwirbelte.

Ein paar Sekunden sah ich nur rote Pünktchen und hörte nichts anderes als das Rauschen des Blutes in meinem Kopf. Aber ich blieb auf den Beinen, vollendete meine Drehung und führte einen rechten Schwinger in die Richtung aus, von wo ich den Ansturm des größeren Mannes erwartete.

Ich verschätzte mich um Zentimeter, konnte aber dennoch mit der Faust seine bloße Brust treffen. Durch das Rauschen in meinem Kopf hörte sich der Treffer an wie ein Vorschlaghammer in einem Schlachthaus.

Ich tänzelte rückwärts, wartete auf den nächsten Angriff Hemingways, hob die Fäuste zur Deckung, kickte den umgestürzten Stuhl beiseite, schüttelte den Kopf, damit ich wieder klar sehen konnte, und hoffte, daß ich nicht rückwärts in den Swimmingpool fallen würde. Mehrere Sekunden erfolgte kein neuer Angriff, und in der Zwischenzeit klang das schlimmste Rauschen ab und mein Sehvermögen kehrte zurück.

Hemingway hatte sich nach vorne gebeugt und erbrach sich auf die Fliesen der Veranda. Sein rechtes Ohr war schrecklich geschwollen – es sah aus wie eine Traube roter Beeren –, er hatte Blut und Erbrochenes im Bart, und sein rechtes Auge war von einem Schlag, an den ich mich nicht erinnern konnte, fast zugeschwollen. Ich ließ die Deckung halb sinken, stolperte ein paar Schritte näher und machte den Mund auf, um einen Waffenstillstand vorzuschlagen.

Hemingway, der immer noch würgte, holte zu einem rechten Schwinger aus, der mir den Kopf von den Schultern getrennt hätte, hätte ich mich nicht weggeduckt. Ich blieb unten, watschelte im Entengang und schlug ihm zweimal in den Magen.

Der Schriftsteller taumelte heran, packte mein Hemd, als wollte er sich stützen, zog mich hoch, riß die Hand in die Höhe und gab mir einen Kinnhaken.

Ich spürte, wie ein Backenzahn splitterte, als mein Kopf nach hinten geschleudert wurde. Ich wollte zurückweichen, aber Hemingway klammerte sich mit der linken Hand an mir fest und hieb mir die rechte immer wieder in die Rippen. Er schnappte mit seinen großen Zähnen und versuchte, mir ins Ohr und in den Hals zu beißen. Ich hörte, wie mein Hemd an der Vorderseite riß, als ich ruckartig zurückwich und ihn mit zwei kurzen, heftigen linken Geraden auf dem Wangenknochen traf. Er ließ seine Deckung sinken, worauf ich einen perfekten Haken in den Solarplexus folgen ließ und mich im letzten Moment noch darauf besann, die Wucht etwas zurückzunehmen, um ihn nicht zu töten.

Er klappte zusammen und drehte sich weg, ging aber immer noch nicht zu Boden. Einen Moment später stolperte er beim Zurückweichen über den Metallstuhl und fiel auf die Steinplatten.

Ich ging näher zu ihm, wischte mir Blut aus dem linken Auge und wartete.

Hemingway richtete sich langsam auf die Knie auf, dann stützte er sich auf einem Knie ab und erhob sich. Sein rechtes Ohr war geschwollen und blutete. Das Fleisch um seinen rechten Wangenknochen herum war purpurn. Das linke Auge war inzwischen vollständig zugeschwollen, sein Mund und der kurze Bart blutüberströmt, sein Brusthaar mit Blut und Erbrochenem verklebt. Hemingway grinste mich mit blutigen Zähnen an, stolperte vorwärts, hob wieder die Arme und ballte die Fäuste.

Ich packte seine Arme, zog ihn in den Schwitzkasten und drückte ihm das Kinn in die Schulter, damit er mich nicht treten oder wegstoßen konnte. »Unentschieden«, keuchte ich.

»Von … wegen«, röchelte der Schriftsteller und schlug mir eine schwache Linke in die Rippen.

Ich stieß ihn weg, schwang eine harte Rechte nach seinem blutigen Kinn, verfehlte ihn und sank auf ein Knie.

Hemingway traf mich so fest mit der Faust seitlich am Kopf, daß Fünkchen vor meinen Augen tanzten, dann setzte er sich neben mich auf die Platten der Veranda.

»Nehmen... Sie... den... *maricón* zurück?« keuchte Hemingway.

»Nein«, sagte ich. Ich tastete zwischen meinen geschwollenen Lippen und dem Zahnfleisch, bis ich den Zahnsplitter gefunden hatte. Ich riß ihn los und spie ihn aus. »Der Teufel soll Sie holen«, sagte ich. »Und das *maricón*-Pferd, auf dem Sie hergeritten sind.«

Hemingway lachte, hörte auf zu lachen, hielt sich die Rippen, spuckte Blut und lachte vorsichtiger. *»Muy buena pelea«*, sagte er.

Ich wollte den Kopf schütteln, ließ es aber hastig sein, als die Terrasse anfing, sich zu drehen, »Es gibt... keinen... guten Kampf«, sagte ich nach Luft ringend. »Verdammte Verschwendung von Zeit... und Energie.« Ich rieb mir wieder den Mund. »Und Zähnen.«

Ich betrachtete meine Hände. Die Knöchel waren geschwollen und zerkratzt. Sie fühlten sich an, als wäre jemand mit einem kleinen Auto darüber gefahren.

Hemingway rollte sich auf die Knie und kam zu mir gekrochen. Ich ging ebenfalls auf die Knie, erwartete ihn und hob die Arme so langsam, als würden Bleigewichte an meinen Handgelenken hängen. *Dieser Hurensohn ist dreiundvierzig verdammte Jahre alt*, dachte ich. *Wie hat er gekämpft, als er in meinem Alter war?*

Hemingway legte linkisch die Arme um mich. Ich wartete auf Schläge und Tritte, dann wurde mir klar, daß er mir mit geschwollenen Händen den Rücken tätschelte. Er sagte etwas, aber ich konnte ihn durch das neuerliche Rauschen in meinem Kopf kaum verstehen.

»... rein, Joe. Marty hat ein Steak in der Gefriertruhe«, sagte er. »Gute Flasche Tavel auf Eis.«

»Sie haben Hunger?« fragte ich, während wir einander auf die Füße halfen und uns aneinander lehnten, um uns zu stützen. Auf den meisten Platten beim Pool waren Blutspritzer, und der Abendwind wehte lange, blaue Fetzen davon, die, wie mir klarwurde, einmal mein Hemd gewesen waren.

»Ja, ich habe Hunger«, sagte Hemingway und führte mich zur Tür. »Warum auch nicht? Mein Magen ist leer.«

In dieser Nacht war Maria noch fürsorglicher als am Abend zuvor. »Armer, armer José«, murmelte sie und legte mir kühle, feuchte Handtücher auf Gesicht, Hände und Rippen, um die Schwellungen zu lindern. »Ich habe so etwas schon bei meinen Brüdern gesehen. Hat der andere Mann gelitten?«

»Schrecklich«, sagte ich und zuckte leicht zusammen, als sie mit dem kühlen Handtuch meine wunden Rippen berührte. Ich lag auf dem Rücken und trug nur meine Unterhose. Maria hatte lediglich ihr dünnes Baumwollhemd an. Die Flamme der Laterne war gedämpft.

»Gibt es etwas an dir, das nicht weht tut, mein José?« flüsterte sie.

»Nur eines«, sagte ich.

»Zeig«, flüsterte Maria.

Ich zeigte es ihr, ohne darauf zu zeigen.

»Bist du sicher, daß er nicht weh tut?« flüsterte sie. »Er sieht ganz rot und entzündet aus.«

»Sei still«, sagte ich und zog sie auf mich. Ganz vorsichtig.

»Wir werden uns wegen deines schlimmen Mundes nicht auf die Lippen küssen«, flüsterte sie. »Aber anderswo kann ich küssen, ja?«

»Ja«, sagte ich.

»Wir müssen dafür sorgen, daß die Schwellung zurückgeht, nicht wahr?«

»Sei still«, sagte ich.

Gegen Morgen schliefen wir ein.

Am nächsten Tag waren die Jungs fort, zusammen mit Guest, Ibarlucia und Sinsky auf der *Pilar* zum Fischen gefahren. Hemingway und ich schlurften auf der *finca* herum wie zwei Achtzigjährige, die ein Zugunglück überlebt hatten. Wir beschlossen, daß wir Nahrung brauchten und stimmten darin überein, daß diese Nahrung flüssiger Natur zu sein hatte.

Nachdem Hemingway die zweite Flasche Gin aufgemacht hatte, schlossen wir die Türen ab und kamen zum Geschäft. Der Eßzimmertisch war wenig später mit nautischen Karten übersät. Karte Nummer 2682 war diejenige, die wir brauchten. Der Legende am unteren Rand der Karte zufolge waren diese Gewässer 1930 und 1931 von der U. S. S. *Nakomis* kartographiert worden.

»Längengrad sechsundsiebzig Grad, achtundvierzig Minuten, dreißig Sekunden«, sagte Hemingway, warf einen Blick auf die entschlüsselte Nachricht und sah wieder auf die Karte. »Breitengrad einundzwanzig Grad, fünfundzwanzig Minuten.« Er zeigte mit einem geschwollenen Finger auf die Karte. »Das ist Punta Roma«, womit er bestätigte, was wir schon auf der Karte der *Pilar* gesehen hatten.

Ich studierte die Karten wieder. Point Roma lag weit weg an der Nordküste von Kuba, nicht allzuweit von der Stelle entfernt, wo wir die Touristenhöhle untersucht hatten. Es lag jenseits der großen Inselgruppe – Sabinal, Guajaba, Romano –, wo die *Kreuz des Südens* ihre Manöver durchgeführt und die *Pilar* so viele fruchtlose Tage verbracht hatte, und südöstlich der großen Bahía de Nuevitas.

»Eine gute Stelle für eine Landung«, sagte Hemingway. »Wir haben hier einen weitgehend gottverlassenen Küstenstreifen. Zwischen Nuevitas und Puerto Madre liegt nicht viel. Die Manatíbucht hat einen schwierigen Kanal, der fünf und sechs Faden tief ist, aber der größte Teil davon ist verschlickt, seit die Raffinerie Manatí im Südwesten der Bucht zugemacht hat, und es stehen nur ein paar Hütten in der ganzen Gegend. An der Küste ist gar nichts.« Er strich mit dem Finger im Kreis um den Zugang zur Bahía Manatí. »Sie sehen, warum diese Route für U-Boote so verlockend ist.«

Ich überprüfte die Faden-Angaben. Das Gebiet unmittelbar an der Küste reichte von sechs bis acht Faden, aber fünfzig Meter weiter draußen fiel das Schelf auf hundertundfünfundneunzig Faden ab, dann auf zweihundertfünfundzwanzig. Ein U-Boot konnte sich Point Roma und Point Jesus am schmalen Zugang zu der Bucht problemlos bis auf zweihundert Meter nähern, ohne Sandbänke oder ein Riff fürchten zu müssen.

»Sie können das alte Manatíwerk vom Eingang der Bucht sehen«, sagte Hemingway. »Sie können es bei Tag als Orientierungspunkt durch das Periskop anvisieren und nach Einbruch der Dunkelheit kleine Boote zu den Koordinaten schicken.«

Ich nickte und strich über ein Y von Eisenbahngleisen auf halber Höhe der Buchtgrenze, zwischen der Raffinerie und dem Zugang zur Bucht. »Führen die zu den Zuckerrohrfeldern?«

»Früher ja. Auf der kürzeren Strecke wurde das Zuckerrohr zu den Preßhütten und den alten Stegen dort transportiert. Heute ist alles stillgelegt.«

»Und *Doce Apostoles?«* fragte ich und zeigte auf eine Gruppe Pünktchen gegenüber den stillgelegten Gleisen auf der anderen Seite des Meeresarms.

»Die zwölf Apostel sind große Felsformationen«, sagte Hemingway. »An ihrem Fuß waren auch Arbeiterhütten, aber die sind längst zugewachsen.« Er fuhr mit der Hand Richtung Nordwesten, ein kurzes Stück an der Küste entlang. »Sehen Sie, gleich hinter Point Roma und dem verlassenen Leuchtturm dort, Enseñada Herradura.«

Ich nickte. Der Meeresarm war breit und seicht, der Karte zufolge drei Viertel Faden. »Sie glauben nicht, daß sie da reinkommen werden, oder?« fragte ich.

»Nein«, sagte Hemingway. »Nicht nötig. Ich glaube, sie kommen mit einem Schlauchboot direkt am alten Leuchtturm bei Point Roma an Land. Da sind keine Felsen oder Klippen, und es gibt auch keine Mangroven oder anderen Mist. Aber wir könnten mit einem kleinen Boot zur Enseñada Herradura fahren und es dort in den Mangroven verstecken.«

»Kleines Boot«, sagte ich. »Die *Tin Kid?*«

Hemingway schüttelte den Kopf. »Ich möchte das Dingi bei der *Pilar* lassen. Wir sollten die *Pilar* nicht in derart seichtes Gewässer bringen, besonders bei Ostwind, und ich glaube sowieso nicht, daß wir sie verstecken könnten. Wir müssen etwas anderes besorgen.«

»Ein Schlauchboot?« fragte ich. »Oder leihen wir uns ein Skiff?«

Der Schriftsteller kratzte sich die Kinnstoppeln und verzog das Gesicht. »Ich kann etwas Schnelleres besorgen, mit dem wir eine Pfütze überqueren könnten. Tom Shevlin ist reich und hat ein wunderschönes, sechs Meter langes Schnellboot in Cojímar liegen. Er schuldet mir einen Gefallen und hat mir erlaubt, das Boot zu nehmen, wenn ich es brauche. Ich glaube, er hat es *Lorraine* genannt, nach seiner Frau. Shevlin kann wegen der Benzinknappheit nicht damit fahren.«

»Schnell?« fragte ich.

»Klar«, sagte Hemingway. »Hundertfünfundzwanzig-PS-Motor – fast doppelt so stark wie der der *Pilar*, bei nicht einmal dem halben Gewicht, das er bewegen muß. Kaum Tiefgang. Extra-große Treibstofftanks.«

»Hört sich an, als wäre während der Prohibitionszeit Fusel damit nach Norden transportiert worden«, sagte ich.

»Genau«, antwortete Hemingway. Er zeigte wieder auf die Karte. »Sehen Sie, wie bequem es für die sein wird. Kommenden Donnerstag prüft das U-Boot bei Tag das Terrain und kommt nach Einbruch der Dunkelheit bis unmittelbar an den Rand der Bahía Manatí. Wieviel Uhr hieß es in dem Funkspruch?«

»Elf Uhr nachts«, sagte ich.

Der Schriftsteller nickte. »Mondsichel, aber die geht am dreizehnten erst nach Mitternacht auf. Sie kommen bei Point Roma ans Ufer und folgen den alten Zuckerrohrstraßen und Schienen bis zu der verlassenen Raffinerie an der Südwestkurve der Bucht. Von dort nehmen sie einfach die alte Route, die von der Fabrik bis zur zwölf Meilen weiter landeinwärts gelegenen Stadt Manatí verlief. Jemand holt sie in Manatí ab, und dann ist es eine Spazierfahrt auf der Landstraße, durch Rincón und Sao Guásima bis zur Hauptstraße, dann rechts Richtung Havanna und zum amerikanischen Luftwaffenstützpunkt bei Camagüey oder links nach Guantánamo.« Er sah mich an. »Dreiundzwanzig-null-null Uhr am Donnerstag, den dreizehnten, wenn wir Begrüßungskommando spielen wollen. Was meinen Sie, wann sollten wir dort sein, Lucas? Vor Sonnenuntergang am dreizehnten?«

Ich dachte an die Calle Simón Bolívar in Veracruz. Jemand hatte dort gewartet. Ich wußte, auch dort würde jemand auf uns warten.

»Lange vor Sonnenuntergang am dreizehnten«, sagte ich. »Vor Mittag.«

»Das muß ein verdammter Witz sein.«

»Das ist mein verdammter Ernst«, sagte ich.

Hemingway seufzte und rieb sich den kurzen Bart. Er verzog erneut das Gesicht und sah seine geschwollenen Finger an. »Na gut. Aufbruch übermorgen. Wie sollen wir es anpacken? Sollten die Kinder und die *Pilar* hier bleiben?«

»Das glaube ich nicht«, sagte ich. »Machen wir einen großen Zirkus um unseren Aufbruch am Mittwochmorgen. Die Jungs, unsere übliche Besatzung, ich, einfach alle. Irgendwo an der Küste setzen Sie mich ab, ich kehre nach Cojímar zurück, um Shevlins Schnellboot zu holen, dann treffen wir uns Mittwoch in der Nacht am Stützpunkt auf Cayo Confites. In derselben Nacht brechen wir noch zur Bahía Manatí auf.«

»Gregorio, Patchi, Wolfer und den anderen wird es nicht gefallen, wenn sie dort bleiben müssen«, sagte Hemingway.

Ich sah ihn an.

»Ja«, sagte er. »Zu dumm.« Er strich mit der Hand durch sein Haar. »Es gibt so viel zu tun zwischen jetzt und dann. Wir müssen die *sombreros científicos* und ein paar der *niños* von der *Pilar* mitnehmen, wenn wir aufbrechen.«

Ich wußte, daß er nicht von seinen Kindern sprach. Hemingway hatte Fuentes befohlen, spezielle Lederfutterale mit ölgetränktem Futter aus Schafswolle für die Thompson-Maschinenpistolen zu machen. Wenn die Besatzung der Pilar im Einsatz war, hingen diese Futterale an Gurten von der Reling der Außenbrücke und anderswo. Ibarlucia hatte bemerkt, daß die schwingenden Gewehrbeutel wie schaukelnde Wiegen aussahen. Daher bekamen die automatischen Waffen den Spitznamen »kleine Kinder.« In solchen Augenblicken, in denen Hemingway so niedlich war, verspürte ich den heftigsten Wunsch, ihm eine reinzuhauen.

Ich betrachtete meine geschwollenen Hände und vergaß es.

Der Schriftsteller rollte die Karte zusammen. »Also verstecken wir beide uns in den Mangrovenwurzeln oder zwischen den Felsen, wie auch immer, die deutschen Agenten kreuzen um dreiundzwanzig Uhr auf... und was dann? «

»Das werden wir am dreizehnten um dreiundzwanzig Uhr sehen«, sagte ich.

Hemingway warf mir einen mürrischen Blick zu. Ich wertete das als Wink mit dem Zaunpfahl, mich zurückzuziehen, und ging ins Gästehaus, um ein paar Sachen der Gaunerbande zu erledigen.

Meine größte Sorge galt dem zweiten kodierten Funkspruch, den ich abgefangen hatte. Ich hatte Hemingway die Wahrheit gesagt, als ich ihm erzählte, daß der Spruch in einem anderen Code war, den ich nicht entziffern konnte, aber die Einzelheiten hatte ich ihm nicht erklärt.

Die Sendung bestand aus Gruppen von fünf Buchstaben, genau wie der Büchercode, – *g-f-i-e-n/w-w-w-s-y/d-y-y-q-q/t-e-o-i-o/w-q-e-w-x* und so weiter. Das Problem war, daß es sich *nicht* um den Büchercode handelte. Es war keine Seitenzahl angegeben. Es gab keine Schlüsselwörter oder ersten Sätze.

Da ich schon Funksprüche von der Abwehr und SD AMT VI gesehen hatte, vermutete ich, daß es sich um einen Funkspruch des SD handelte. Der Nachrichtendienst der Nazis liebte – im Gegensatz zum Geheimdienst der Armee – Zahlencodes für schnelle und sichere Funksprüche. Ein solcher Code basierte auf einer Zahlenfolge, etwa sechs oder sieben Ziffern lang, die der sendende Agent willkürlich auswählte. Diese Folge nannte er der Person oder den Personen, die seine Funknachricht erhielten. Die Zahlen sagten der Empfangsstation, wie viele Buchstaben des Alphabets aufwärts oder abwärts sie zählen mußten, um die eigentlichen Buchstaben zu finden.

Wäre die willkürlich gewählte Zahl zum Beispiel 632914 gewesen, dann wäre der erste Buchstabe der Sendung – *g* – sechs Buchstaben vorwärts oder rückwärts im Alphabet – *w* oder *k*. Der zweite gesendete Buchstabe – *f* – wäre drei Buchstaben vor oder zurück – *i* oder *c* – und so weiter.

Eine anständige Dechiffrierabteilung konnte so einen Code knacken, wenn sie genügend Zeit und Computer hatten. »Computer« waren Menschen – normalerweise Frauen –, die in den Zifferndepartments der Entschlüsselungsgruppen arbeiteten und verschiedene mögliche Ziffern eingaben, Tausende oder Zehntausende oder Millionen von Kombinationen studierten und nach Wiederholungen, wahrscheinlicher Buchstabenhäufigkeit und so weiter suchten. Aber mit eingestreuten Leerstellen, falschen Übertragungsgruppen und anderen einfachen Kniffs konnte es eine monatelange, unendlich mühsame Arbeit sein, selbst einen so einfachen Code zu entschlüsseln. Und ich war nie gut in Arithmetik gewesen.

An diesem Code beschäftigte mich am meisten meine feste Überzeugung, daß wir die anderen, nach den Büchern kodierten Funksprüche hatten entschlüsseln *sollen*. Die ganze Operation war zu einfach gewesen – die Entdeckung von Kohlers Notizbuch, die beiden Referenzbücher auf der *Kreuz des Südens*, die späteren Funksprüche, die im selben Code waren. Jemand wollte uns alles über das Rendezvous bei Point Roma wissen lassen. Aber derselbe Jemand wollte *nicht*, daß wir den anderen Funkspruch lasen.

Das beschäftigte mich. Ich glaubte nicht an Intuition oder übersinnliche Fähigkeiten – nicht einmal an den »sechsten Sinn«, den Geheimagenten angeblich mit der Zeit entwickelten –, aber meine

Ausbildung und Erfahrung warnten mich auf der Ebene des Unterbewußtseins, daß dieser zahlenverschlüsselte Code etwas Schlechtes bedeutete.

Angesichts meiner Verdachtsmomente gegen Delgado konnte ich ihm den abgefangenen Funkspruch nicht geben und ihn bitten, daß er ihn zur Entschlüsselung in die Labors von FBI/SIS schickte. Es war ebenfalls undenkbar, daß ich in das Büro des FBI in Havanna schlenderte, dem befehlshabenden Special Agent Leddy meine Mission erklärte und Hilfe von ihm erwartete, ohne den Zorn von J. Edgar Hoover auf mich zu ziehen, weil ich vom Dienstweg abgewichen war und eine Tarnung hatte auffliegen lassen. Außerdem konnte es Monate dauern, selbst einen simplen Zahlencode zu knacken, und soviel Zeit hatten wir nicht.

Ich hatte mir eine holprige, aber wirksame Abkürzung für das Entschlüsselungsproblem überlegt, als die Agenten 03 und 11 im Gästehaus vorstellig wurden.

Agent 11 war der betagte Page im Hotel Ambos Mundos. Agent 03 war der »Schwarze Priester«, Hemingways Freund Pater Don Andrés. Ich war gewöhnt, den Priester bei Hemingways Sonntagnachmittagspartys zu sehen, zu denen Don Andrés für gewöhnlich ein knallrotes Freizeithemd trug. Heute aber hatte er seine schwarze Soutane mit dem römischen Kragen an. Darin sah er älter und weitaus feierlicher aus.

»Wir sind gekommen, um Don Ernesto zu sagen, daß der reiche Mann vom Boot, *Señor* Shell, in einer Stunde abreist«, sagte Pater Andrés. Der Page nickte heftig.

»Sind Sie ganz sicher?« fragte ich auf spanisch und sah beide Männer an, damit sie es bestätigten.

Der Page sagte: »Ja, *Señor* Lucas. *Señor* Alvarez an der Rezeption hat *Señor* Shells Flugreservierung für drei Uhr bestätigt. *Señor* Shell hat gebeten, daß ihm um dreizehn Uhr dreißig ein Wagen zur Verfügung steht, der ihn zum Flughafen bringt.«

Ich nickte. Teddy Shell – Theodor Schlegel – hatte den größten Teil des vergangenen Monats an Land verbracht und war von einem Hotel zum nächsten gezogen. Er hatte sich seit mehr als zwei Wochen nicht mehr mit Lieutenant Maldonado getroffen und hielt sich nur an Bord der *Kreuz des Südens* auf, wenn die Jacht ihre gelegentlichen Abstecher zur Küste machte.

»Welches Ziel hat er?« fragte ich.

»Rio de Janeiro«, sagte der Schwarze Priester. Hemingway hatte mir diesen Spitznamen kürzlich erklärt. Er war keine Erfindung des Schriftstellers, sondern war ihm gegeben worden, nachdem die Kirche Pater Don Andrés als Strafe für sein früheres Verhalten, einschließlich seiner Jahre als Maschinengewehrschütze im Spanischen Bürgerkrieg, eine Gemeinde im schlimmsten und ärmsten Viertel von Havanna zugeteilt hatte. Die meisten Mitglieder von Pater Andrés' Gemeinde stammten aus den untersten Schichten der kubanischen Gesellschaft – mit anderen Worten, sie waren Neger –, und daher kam der Spitzname Schwarzer Priester.

»Sind Sie ganz sicher?« fragte ich. Ich wußte, daß der einzige Flug vom Flughafen José Martí um fünfzehn Uhr nach Rio ging.

Der Page sah beleidigt drein. »Ja *Señor* Lucas. Ich habe das Ticket selbst gesehen.«

»Hin und zurück oder einfach?« fragte ich.

»Einfach, *Señor*«, antwortete der Page.

»Wir glauben, daß er die Flatter macht«, sagte Pater Don Andrés. »Don Ernesto sollte das wissen.«

»Das finde ich auch«, antwortete ich. »Ich werde es ihm sagen. Danke für Ihren Eifer, meine Herren.«

»Ist es wichtig?« fragte der Page und grinste durch seine Zahnlücken.

»Ja, es könnte wichtig sein«, sagte ich.

Der Priester sah unbehaglich drein. »Sollten wir Ernesto nicht persönlich Meldung machen?«

»Ich werde es ihm sagen, Pater«, versicherte ich. »Ich verspreche es Ihnen. Im Augenblick ruht der Schriftsteller. Er hatte heute morgen schlimme Kopfschmerzen.«

Der Priester und der Page wechselten wissende Blicke. »Sollen wir *Señor* Teddy Shell zum Flughafen folgen?« fragte Pater Don Andrés.

Ich schüttelte den Kopf. »Darum werden wir uns kümmern. Nochmals danke für Ihre professionelle Vorgehensweise.«

Als sie gegangen waren, ging ich um den Swimmingpool herum, am verfallenen Tennisplatz vorbei, zu der kleinen Garage. Juan, der Chauffeur, wusch den Lincoln vor der Garage und sah mich argwöhnisch an, als ich näher kam. Juan benahm sich manchmal, als wäre er in Gedanken, und er wirkte, als fühle er sich nicht recht wohl und ich glaube, er mochte mich nicht besonders.

»Kann ich Ihnen helfen, *Señor* Lucas?« Die Worte waren korrekt, aber sein Tonfall ein wenig dreist und herausfordernd. Das Personal der *finca* war sich nie ganz sicher, wie sie mich behandeln sollten; ich war etwas mehr als die Dienstboten, aber definitiv weniger als ein Ehrengast. Außerdem stimmte man darin überein, daß ich derjenige war, der eine Hure in den Haushalt der *finca* gebracht hatte. Die Diener schienen Maria zu mögen, aber ich vermute, sie kreideten mir an, daß ich die Aura des Hauses besudelt hatte.

»Ich suche nur nach etwas«, sagte ich und betrat den halbdunklen kleinen Schuppen. In der Garage herrschte der tröstliche Geruch, den alle Garagen haben.

Juan legte den Schwamm weg und blieb an der offenen Tür stehen. »*Señor* Hemingway wünscht nicht, daß außer ihm und mir jemand seine Werkzeuge anfaßt, *Señor* Lucas.«

»Ja«, sagte ich, machte den metallenen Werkzeugkasten auf und durchwühlte den Inhalt.

»*Señor* Hemingway ist sehr streng, was diese Regel angeht, *Señor* Lucas.«

»Natürlich«, sagte ich. Ich wählte eine Rolle graues Isolierband und einen großen, etwa zwanzig Zentimeter langen flachen Schraubenzieher aus. Ich klappte den Werkzeugkasten zu und sah mich auf der Holzoberfläche der Werkbank um. Da standen Farbdosen, staubige Holzstöckchen, Kaffeedosen voller Nägel... ah, ja. Ich hob die kleine Dose Schmierfett hoch und sah unter den Deckel. Etwa ein Drittel war noch darin. Das würde genügen. Ich hob ein dreißig Zentimeter langes Stück Bleirohr auf und steckte es in die Gesäßtasche.

»*Señor* Hemingway ist *äußerst* streng, daß es außer ihm und mir niemandem gestattet ist...« fuhr der Chauffeur fort und vergaß in seiner wachsenden Erregung die Regeln der Syntax.

»Juan«, sagte ich streng.

Der kleine Mann blinzelte. »Ja, *Señor?*«

»Haben Sie eine Uniformjacke und eine Mütze, die Sie tragen, wenn Sie *Señor* Hemingway und seine Gäste bei offiziellen Anlässen fahren?«

Juan sah mich blinzelnd an. »Ja, *Señor*... aber er bittet mich selten...«

»Gehen Sie sie holen«, sagte ich gerade streng genug, keinen Widerspruch zu dulden, aber nicht so streng, den Mann vor den Kopf zu stoßen.

Juan blinzelte und sah den nassen Lincoln an. Er war gewaschen, aber noch nicht poliert. »Aber *Señor* Lucas, ich muß –«

»Holen Sie Uniform und Mütze« sagte ich bestimmt. »Jetzt gleich, bitte.«

Juan nickte und lief davon. Sein Haus lag bergab in der Gruppe von Hütten mit Blechdächern, die das Dorf San Francisco de Paula bildeten.

Ein paar Minuten später war er mit beiden Gegenständen wieder da. Mütze und Jackett rochen nach Mottenkugeln. Wie erwartet war mir die Jacke zu klein, aber die Mütze paßte. Ich nahm die Mütze. »Das Auto muß in zwanzig Minuten abgetrocknet und gewachst sein.«

»Ja, *Señor* Lucas.«

Ich ging zur Hütte Klasse A. Das Haus war leer. Maria half in der *finca* beim Putzen. Ich holte die .357er Magnum aus dem Versteck, überprüfte die Kammern und schob die Waffe in den Hosenbund. Dann ging ich zu der Wäscheleine, an der mein dunkles Jackett hing – Maria hatte es frisch gebügelt – und zog es an. Dunkle Hosen, Jackett und Mütze sahen mehr oder weniger wie eine Uniform aus.

Als ich mit den Schlüsseln zurückkehrte, glänzte das Auto. Ich hatte eine Flasche Whiskey aus dem Haus geholt und trug sie in einer braunen Papiertüte zusammen mit Schraubenzieher, Rohr, Klebeband und Schmierfettdose. Juan stand neben dem Fahrzeug und sah seine Mütze sehnsüchtig an.

»*Señor* Hemingway schläft«, sagte ich. »Wecken Sie ihn nicht auf, aber wenn er aufwacht, dann sagen Sie ihm, daß ich mir das Auto kurze Zeit ausgeliehen habe.«

»Ja, *Señor* Lucas. aber …«

Ich fuhr die Einfahrt hinunter und zum Tor hinaus.

Ich sah nicht wie ein Chauffeur aus: Mein Gesicht und die Hände waren geschwollen und voller Blutergüsse, und auch wenn meine Haut nach den Monaten in der Sonne noch dunkler geworden war, sah ich nicht gerade wie ein Kubaner aus. Aber ich verließ mich darauf, daß Schlegel einem bloßen Fahrer keine Beachtung schenken oder sich von dem gemeinsamen Abendessen auf der *finca* an mich erinnern würde. Schlegel war der Typ, der sich Domestiken niemals genauer ansah.

Ich fuhr durch das Gewimmel von San Francisco de Paula, unter dem riesigen Lorbeerbaum hindurch, der die geamte Straße überragte, und auf dem Kopfsteinpflaster der alten Hauptstraße bergab. Ich fuhr an dem Café namens El Brillante mit dem primitiven Wandgemälde vorbei, das einen enormen funkelnden Diamanten zeigte, und dann die lange Schräge hinab zu den Vororten von Havanna.

Erinnerungen an die gestrige Schlägerei mit dem Schriftsteller machten mir mehr zu schaffen als die schmerzenden Knöchel und geschwollenen Lippen. Eine Schlägerei war im Leben das beste Beispiel für echte Dummheit. Ich hatte Hemingway zu dem Kampf provoziert, weil ich den Gesichtsausdruck wiedererkannt hatte, als ich ins Wohnzimmer gekommen war und mit ansehen mußte, wie er in die Mündung der Mannlicher sah. Denselben Ausdruck hatte ich anderthalb Jahre zuvor bei dem ehemaligen KKVD-Chef Walter Krivitsky in einem Zimmer im Hotel Bellevue in Washington, D. C., gesehen.

»*Estamos copados*«, pflegte Hemingway zu sagen. »Wir sind umzingelt.« Ich glaube, er liebte den Klang des Spanischen. Dasselbe hatte ich Walter Krivitsky am Abend des 9. Februar 1941 gesagt, als ich bei ihm in seinem Zimmer im Hotel Bellevue saß. Der kleine Mann war schlau und zäh und seit vier Jahren auf einer Flucht, in deren Verlauf er seinen eigenen russischen Geheimdienst, GPU-Attentäter, die Spionagenetze der Abwehr in Europa und Amerika, Agenten des Office of Naval Intelligence und Verhörexperten des FBI an der Nase herumgeführt hatte. Aber Zähigkeit und Klugheit helfen einem nur begrenzt weiter, wenn der Gegner unerbittlich ist.

In Krivitskys Augen war Lebensmüdigkeit zu erkennen gewesen, und in Hemingways Augen hatte sich derselbe Ausdruck von Belagerung widergespiegelt. *Estamos copados*.

Am Ende hatte sich Krivitsky mit der Bitte um Hilfe an mich gewandt. »Ich bin nicht hier, um Ihnen zu helfen«, sagte ich. »Ich bin hier, um dafür zu sorgen, daß die Deutschen Sie nicht schnappen und verhören, bevor sie Sie töten.«

»Aber das FBI wird doch gewiß –«

»Sie haben dem FBI gesagt, was Sie wissen«, sagte ich zu dem ehemaligen russischen Agenten. »Alles, was Sie über die Sowjets *und* die Deutschen wußten. Das FBI braucht Sie nicht mehr. Niemand braucht Sie.«

Krivitsky hatte die schmutzigen Wände seines Hotelzimmers angesehen und leise gelacht. »Wissen Sie, ich hatte mir eine Waffe besorgt. In Virginia. Aber ich habe sie aus dem Zugfenster geworfen.«

Ich hatte die .38er aus meinem Schulterhalfter genommen und dem kleinen Mann mit den buschigen Brauen gegeben.

Krivitsky hatte sich vergewissert, daß sie geladen war, und die Pistole locker so in der rechten Hand gehalten, daß der Lauf ungefähr in meine Richtung zeigte. »Ich könnte Sie töten, Special Agent Lucas.«

»Klar«, sagte ich. »Aber Hans Wesemann und die anderen werden dann immer noch da draußen sein. Sie werden warten, wenn Sie am Morgen versuchen, hier rauszugehen.«

Krivitsky hatte genickt und einen großen Schluck aus der Wodkaflasche auf dem Nachttisch getrunken. Hans Wesemann gehörte zu einer Todesschwadron, deren einzige Aufgabe in der Ermordung eines Mannes bestand: Walter Krivitsky. Krivitsky wußte, wenn erst einmal eine Todesschwadron auf ein Opfer angesetzt war, hatte dieses Opfer selten eine Überlebenschance.

Wir redeten bis tief in die Nacht. Das Thema war Hoffnungslosigkeit. *Estamos copados*.

Letztendlich hatte sich Krivitsky natürlich selbst mit der .38er erschossen, die er sich an die rechte Schläfe hielt, statt sie in den Mund zu stecken. Hemingway hatte recht, der Gaumen war weicher und es war sicherer, die Kugel dort anzusetzen – mehr als ein Selbstmordopfer war zum sabbernden Idioten geworden, weil die Kugel vom Schädel abgeprallt war und nur einen Teil des Gehirns weggepustet hatte, nicht das ganze. Aber die Kugel der .38er hatte Walter Krivitskys Angst vor Verfolgern höchst erfolgreich ein Ende gemacht.

Am Morgen, bevor wir die nautischen Karten studiert hatten, hatte Hemingway mir das Manuskript gezeigt, das er gerade vollendet hatte. Ich warf einen Blick darauf. Es war das Vorwort für die Anthologie *Men at War*. Es war fast fünfzig Manuskriptseiten lang. Mich überraschte, wie schlecht Hemingways Rechtschreibung war – zum Beispiel verwechselte er häufig *wieder* und *wider* und machte andere simple Rechtschreibfehler, für die ich gefeuert worden wäre, hätte ich einen derartigen Bericht für das FBI abgeliefert –, und ich war überrascht von den zahlreichen handschriftlichen Einschüben, Ergänzungen und Verbesserungen.

»Lesen Sie es«, sagte Hemingway.

Ich las das Essay, in dem Hemingway dafür eintrat, daß die Anthologie einen patriotischen Dienst leisten konnte, indem sie die amerikanische Jugend mit der wahren Natur des Krieges während der gesamten Menschheitsgeschichte vertraut machte. Er erzählte, wie er in jedem Juli, am Jahrestag seiner Verwundung bei Fosalta di Piave, dieselbe Geschichte las – Frederick Mannings *The Middle Part of Fortune; or, Her Privates We*. Das ist »das beste und edelste Buch über Männer im Krieg«, schrieb er, und der Grund, weswegen er es las, war stets derselbe – sich daran zu erinnern, wie es wirklich war, damit er sich niemals selbst belügen würde. Das sei der Zweck dieser Anthologie, schrieb er, zu zeigen, wie der Krieg wirklich war, und nicht, wie er sein sollte.

Aber der Ausdruck in Hemingways Augen am vergangenen Morgen hatte mir gezeigt, daß er immer noch davon träumte, wie der Krieg sein sollte – Don Quichottsche Kämpfe zwischen der *Pilar* und einem deutschen U-Boot auf hoher See –, und nicht, wie er wirklich war, mit einem toten Kind mit durchgeschnittener Kehle in einem Straßengraben.

Krivitsky hatte die Realität begriffen. *Estamos copados*. Er hatte lang am Rand des Abgrunds gelebt, genau wie ich es bei Hemingway spürte. Walter Krivitsky hatte nicht mehr gebraucht als etwas Wodka, eine nächtliche Unterhaltung und eine geliehene .38er.

Haben Sie mich deshalb hierher geschickt Hoover? dache ich, als ich zum Hotel Ambos Mundos fuhr. *Soll es sich bei Hemingway genau so abspielen? Ist das meine Rolle in alledem – soll ich mit Hemingway trinken und reden, bis es Zeit ist, ihm die Waffe in die Hand zu drücken?*

Theodor Schlegel erkannte mich nicht wieder. Einen Moment glaubte ich, er würde den schwarzen Lincoln erkennen, aber Taxis und Mietwagen aller Marken und Fabrikate bestimmen das Straßenbild Kubas, daher ließ er sich nach einem flüchtigen Blick auf dem Rücksitz nieder, während sich die Pagen beeilten, seine beiden Koffer im Kofferraum zu verstauen. Er gab kein Trinkgeld, sagte nur

»*Aeroporto*« und nickte mir zu, daß ich losfahren sollte. Das viele Schwarzgeld der Abwehr, und er hatte nicht einmal ein paar Cent für die Hotelpagen übrig.

Schlegel las die Zeitung, während ich durch die Stadt fuhr. Er ließ das Blatt auch nicht sinken, als ich in die Sackgasse unmittelbar am Stadtrand einbog. Er sah erst auf, als ich anhielt.

»Warum halten Sie –« begann er in schlechtem Spanisch und verstummte, als er die Mündung der .357er sah, die auf sein Gesicht zielte.

»Steigen Sie aus«, sagte ich.

Schlegel stand mit großen Augen neben dem Lincoln. Er hob die Hände.

»Hände runter«, sagte ich, während ich den Kofferraum öffnete, seine Taschen herausnahm und mit einer Hand an den Straßenrand warf, derweil ich mit der anderen die Pistole hielt.

Schlegel betrachtete seine Taschen, dann erstaunt die Umgebung. Ich hatte nur zehn Meter von der Stelle entfernt gehalten, an der wir Santiagos Leiche gefunden hatten. Die Augen des pummeligen Abwehr-Agenten drückten wachsende Angst aus, aber keine Betroffenheit, weil er die Stelle wiedererkannt hätte. Das beantwortete eine meiner Fragen.

»Ich kenne Sie«, sagte Schlegel plötzlich mit einer Art von Erleichterung in der bebenden Stimme. »Sie waren bei der –«

»Seien Sie still«, sagte ich. »Umdrehen.« Ich tastete ihn ab. Er hatte keine Waffe bei sich. »Nehmen Sie Ihre Taschen und gehen Sie direkt zu dieser Hütte dort.«

»Was haben Sie –«

»Ruhe!« sagte ich auf portugiesisch und rammte ihm den Lauf der .357er gerade fest genug in den Nacken, daß ein roter Kratzer und ein paar Blutstropfen zurück blieben. »*Gehen Sie*«, fuhr ich ihn auf deutsch an. »*Schnell!*«

Wir gingen zur ersten Hütte. Schlegel atmete keuchend, während er seine schweren Koffer bergauf trug. Es war niemand in der Nähe. Insekten summten in dem dichten Unterholz hinter den Hütten. Das Haus war vor einigen Jahren ausgebrannt, nur die verkohlten Wände standen noch, es gab kein Dach mehr.

»*Hinlegen*«, bellte ich, als wir in den Mauern des Gebäudes standen. Schlegel ließ die Koffer fallen. Mir fiel auf, daß er sich vorsichtig bewegte und versuchte, keinen Ruß oder Kohlenstaub auf seinen weißen Anzug zu bekommen. In der windgeschützten Ruine war es sehr heiß.

»Hören Sie«, sagte Schlegel auf englisch. »Ich erinnere mich, daß Sie ein anständiger Kerl waren. Es besteht absolut kein Grund, diese Pistole auf mich zu richten. Wenn Sie Geld wollen, bin ich bereit –«

Seine Stimme klang selbstbewußter, auch wenn sie immer noch leicht bebte. Er wollte sich gerade umdrehen, als ich ihm mit dem Bleirohr, das ich mit Isolierband umwickelt hatte, einen Schlag auf den Kopf versetzte.

Es dauerte fast zehn Minuten, bis Schlegel das Bewußtsein wieder erlangte; ich machte mir schon Sorgen, ob ich zu fest zugeschlagen hatte, als er stöhnte und sich regte. Ich hatte die Zeit genutzt, seine Taschen zu durchsuchen: Kleidung, Unterwäsche, Rasierzeug, acht Krawatten, ein Terminkalender ohne erkennbaren Code oder Verschlüsselungen und ein Ordner mit Unterlagen im Zusammenhang mit seinem Job bei der Companhia de Acos Marathon in Rio. Darüber hinaus eine Luger 9 Millimeter und sechsundzwanzigtausend Dollar in nagelneuen Hundertdollarscheinen ganz unten in dem größten Koffer.

Schlegel stöhnte und versuchte, sich zu bewegen. Ich stand seitlich hinter ihm und behielt ihn im Auge. Er regte sich wieder. Ich sah, wie er die Augen aufschlug und weit aufriß, als er sich erinnerte, was passiert war, wo er sich befand und wie ihm geschah.

Sich auf Letzteres einen Reim zu machen fiel ihm vielleicht am schwersten. Vor ihm, in seinem Gesichtsfeld, lagen seine offenen Koffer – die Luger und das Geld auf den durchwühlten Kleidungsstücken eines Koffers –, sein weißes Jackett, die Hose, blaues Hemd, weiße Schuhe und rote Krawatte ordentlich zusammengelegt auf dem zweiten Kleiderstapel. Ich sah zu, wie Schlegel versuchte, an sich hinabzuschauen, und feststellen mußte, daß seine Hände auf dem Rücken gefesselt waren und er nur Unterhemd, Boxershorts und schwarze Socken trug. Dann stöhnte er, als ihm klarwurde, daß er auf ein Ölfaß geschnallt war. Das Stöhnen wurde durch das Isolierband gedämpft, das ich ihm über den Mund geklebt hatte.

Ich ging näher, stemmte einen Fuß auf die Rückseite seiner

Schenkel und stieß ihn an, so daß er mit dem rostigen Faß ein Stück vorwärts rollte. Sein Gesicht lief rot an, als ihm das Blut aufgrund der Schwerkraft in den Kopf stieg. Ich nahm einen doppelten Streifen Isolierband und klebte ihn über die Augen des Deutschen, ehe er den Kopf wegdrehen konnte. Der Mann stöhnte durch das Klebeband auf dem Mund, dann rollte ich ihn wieder zurück, bis er mit den Zehen den Boden berühren und leichter atmen konnte.

»Schlegel, hören Sie mir zu«, sagte ich in schnellem Deutsch. »Was Sie in den nächsten Minuten sagen, wird darüber entscheiden, ob Sie leben oder sterben. Also geben Sie gut acht. Sagen Sie nur die Wahrheit. Verschweigen Sie nichts. Haben Sie mich verstanden?«

Schlegel versuchte zu sprechen, dann nickte er.

»Sehr gut«, sagte ich und riß ihm das Isolierband vom Mund. Schlegel schrie auf und verstummte, als ich ihm die Klinge meines Messers seitlich an den Hals preßte.

»Ihr Name«, bellte ich. Es war mir schon längst zur inneren Gewißheit geworden, daß Deutsch die beste Sprache der Welt für ein Verhör war.

»Theodore Shell«, sagte Schlegel auf englisch. »Ich bin technischer Berater der Marathon Steel Company mit Hauptsitz in Rio de Janeiro, Brasilien, und einer Zweigstelle in São … Ah! Aufhören! Lassen Sie das! Nicht!«

Ich schnitt ihm mit dem Messer das Unterhemd auf ganzer Länge durch, dann schob ich die scharfe Klinge in den elastischen Bund seiner Unterhose und schnitt auch diese weg. Dabei wurde hier und da Blut vergossen.

»Ihr Name«, sagte ich wieder.

Schlegel keuchte jetzt vor Angst. Er wand sich auf dem Ölfaß und vesuchte, mit den schwarzen Socken Halt auf dem Boden zu finden. Sein Gesicht hatte sich noch tiefer verfärbt.

»Theodor Schlegel«, flüsterte er.

»Wie lautet Ihr Codename?«

Schlegel leckte sich die Lippen. »Was meinen Sie damit? Ich habe keinen –«

Ich zog die Messerklinge über seine Pobacken. Schlegel kreischte.

»Sie können schreien, soviel Sie wollen«, sagte ich. »Niemand wird Sie hören. Aber jedesmal, wenn Sie schreien, werden Sie bestraft.«

Das Plärren hörte auf.

»Ihr Codename?«

»Salama.«

»Arbeiten Sie für die Abwehr oder AMT VI?«

Der übergewichtige Mann zögerte. Ich nahm das Messer in die linke Hand, hob mit der rechten den Schraubenzieher auf und tauchte das Metallende in die Schmierfettdose.

»Wer sind Sie?« flüsterte Schlegel. »Was wollen Sie? Bezahlt Sie dieser Schriftsteller? Ich kann Ihnen mehr bezahlen. Sie haben das Geld gesehen... Ahh! Himmel! O Gott! Acchh! Heiliger Jesus Christus.«

»Ruhe«, sagte ich. Als er bis auf das Keuchen verstummt war, fuhr ich fort: »Abwehr oder AMT VI?«

»Abwehr«, sagte Schlegel. »Bitte machen Sie das mit dem Messer nicht noch mal. Ich zahle Ihnen jede Summe –«

»Ruhe!« Ich holte Luft. In seiner Angst hatte Schlegel auf das Ölfaß und seine Beine uriniert. »Erzählen Sie mir von Alfredo«, sagte ich.

»Alfredo?« sagte Schlegel. »Nein, warten Sie! Warten Sie! Aufhören!« Ja... ich hatte den Codenamen vergessen. Alfredo ist Albrecht Engels. In Brasilien.«

»Sein Sender?«

»Wir nennen ihn ›Bolívar‹.«

»Benutzen Sie ihn?«

»Nein... nein! Das stimmt. Letztes Jahr habe ich zwanzig Contos... tausend Dollar... von meinem eigenen Geld bezahlt, um unseren Sender in Gávea aufzubauen.«

»Name des Funkers?« schnappte ich.

»Georg Kappner war der erste. Er wurde vor einem Jahr in die Vereinigten Staaten geschickt. Rolf Trautmann ist mein derzeitiger Funker.«

War, dachte ich. Trautmann war vor fast vier Monaten bei der Aktion von FBI und brasilianischer Polizei festgenommen worden, als Schlegel sich an Bord der *Kreuz des Südens* aufhielt.

»Was hat Obersturmführer Becker mit Ihrer derzeitigen Mission zu tun?« fragte ich.

Ich spürte, wie Schlegel erstarrte. So große Angst er hatte, vor Becker schien er noch mehr zu haben. »Wer?« begann er. Dann kreischte er: »Nein... *das können Sie nicht machen!* Mutter Got... aufhören! Hören Sie auf! Ich sage es Ihnen! Nein! Gütiger Himmel, hören Sie auf!«

Ich zog die Spitze des Schraubenziehers heraus und wischte sie im Gras ab. »Becker«, sagte ich.

»Er hat mit uns in Brasilien gearbeitet«, keuchte der Deutsche. Seine Beine zitterten. Tränen flossen unter dem Klebeband heraus und bebten auf seinen Wangen und dem Kiefer.

»Gehört er zur Abwehr oder SD?« fragte ich. Bis jetzt hatte ich keine Fragen gestellt, deren Antworten ich nicht gekannt hätte.

»SD«, keuchte Schlegel. »AMT VI.«

»Ist er Ihr Vorgesetzter bei diesem Unternehmen?« fragte ich und drückte Schlegel das Messer an die Wirbelsäule.

»Ja, ja, ja.«

»Beschreiben Sie die Mission«, sagte ich sachlich. »Ziele. Zweck. Zeitablauf. Beteiligte Agenten. Statusbericht.«

»Ich weiß nicht... Ja, nein! Aufhören! Bitte!«

Ich wartete bis der Mann aufhörte zu schluchzen.

»Operation Rabe«, stöhnte er. »Gemeinsame Mission von Abwehr/SD. Von Admiral Canaris und Major Schellenberg genehmigt.«

»Ziele?«

»Infiltration des Viking Fund. Nutzung von –«

»Infiltration?« fragte ich. »Der Viking Fund weiß nichts von Ihren Zielen?«

»Nein, sie... Oh, aufhören! Himmel! Nein! Es stimmt! Das Boot wurde für sie gekauft. Wir haben... ich habe... Geld in die Stiftung einbezahlt. Aber sie denken, sie wissen nicht... Jesus Christus, ich sage die Wahrheit.«

»Weiter.«

»Wir benützen die Funkausrüstung der *Kreuz des Südens*, um mit U-Booten und Hamburg Verbindung aufzunehmen«, keuchte Schlegel.

»Ziele«, sagte ich wieder.

Schlegel schüttelte den Kopf. »Die kenne ich nicht. Becker hat nicht... Ahhh!«

Diesmal dauerte der Schrei fast eine Minute lang an. Ich sah über die Schulter zu der offenen Tür. Es gab keine Garantie, daß niemand in Hörweite war, aber ich verließ mich darauf, daß der ausgeprägte Sinn fürs Überleben der Kubaner gewährleistete, daß wir nicht gestört wurden.

»Wahrheit!« sagte Schlegel, der ganz unverhohlen weinte.

»Obersturmführer Becker hat sie mir nicht mitgeteilt. Wir haben der kubanischen Staatspolizei viel Geld bezahlt, aber ich weiß nicht, wofür das Geld ist.«

»Wer nimmt es für die kubanische Staatspolizei in Empfang?« fragte ich.

»Lieutenant Maldonado«, sagte Schlegel, der auf dem Ölfaß am ganzen Körper zitterte. »Er übergibt es seinem Vorgesetzten, der als Juan der Zeuge Jehovas bekannt ist. Der wiederum bezahlt General Valdes.«

»Wofür ist das Geld?«

»Ich weiß nicht.« Schlegel krümmte ängstlich den Körper, aber ich machte keine Bewegung.

»Wie können Sie das nicht wissen, mein Freund?«

»Ich schwöre es Ihnen! Ich schwöre es bei der Seele meiner Mutter! Obersturmführer Becker hat mich nicht ins Vertrauen gezogen.«

»Nennen Sie mir alle anderen Agenten«, sagte ich und strich mit der Messerklinge einen Moment über seinen Rücken, bevor ich das Messer in die linke Hand nahm und wieder nach dem Schraubenzieher griff.

Schlegel schüttelte den Kopf. »Ich kenne nur Becker, den derzeitigen Funker auf dem Boot... Schmidt... ein Sturmführer der SS, sehr dumm... aber sonst niemanden... Warten Sie! Aufhören! Bitte, nein! Aufhören!«

Ich hörte noch ein paar Sekunden nicht auf. Bis dahin war Schlegel überzeugt, daß ein Messer seine Innereien aufgeschlitzt hatte, aber außer seinem Stolz hatte nichts wirklich Schaden genommen. Der Schraubenzieher bestand aus kaltem Stahl, war aber bestens geschmiert. Ich dachte an Hemingways Vorwort zu *Men at War.* Der Schriftsteller prahlte damit, daß er wußte, »wie der Krieg wirklich war und nicht, wie er sein sollte.« Er hatte keine Ahnung.

»Wer noch?« fragte ich. Ich wollte es hinter mich bringen. »Sie haben Agenten eingesetzt, um nach der verschwundenen Hure zu suchen. Wen?«

Schlegel schüttelte den Kopf so heftig, daß mich Schweiß und Tränen in einem Meter Entfernung trafen. »Wirklich, ich sage Ihnen die Wahrheit. Ich kenne sonst niemanden. Wir haben Falangisten benützt ... Sympathisanten ... um nach dem Mädchen zu suchen. Wir haben sie nicht gefunden. Wir haben keine echten Agenten eingesetzt. Aber es kommen welche an Land ... einer soll am dreizehnten eintreffen ... Nein! Aufhören!«

»Welchen Zweck hat die Landung der Agenten?« fragte ich.

»Ich weiß es nicht. Ich schwöre es. Es sind Männer der Abwehr. Zwei. Sie sollen von einem U-Boot an einem bestimmten Punkt der kubanischen Küste abgesetzt werden. Wo, weiß ich nicht.«

»Warum?« Ich erwartete keine Antwort auf diese Frage.

»Um sich mit dem FBI zu treffen«, keuchte Schlegel. Ich hätte um ein Haar Messer und Schraubenzieher fallen lassen. »Weiter«, brachte ich nach einem Augenblick heraus.

Schlegel schüttelte immer noch den Kopf. »Ich hab es durch Zufall herausgefunden. Ich schwöre es. Obersturmführer Becker hat es mir nicht gesagt. Ich weiß es von der kubanischen ... Lieutenant Maldonado ... er sagte, daß sich Herr Becker mit dem FBI treffen wird und es zu weiteren Kontakten kommen soll, wenn ein Unterseeboot weitere Agenten an Land abgesetzt hat.«

»Wer vom FBI?« fragte ich.

»Das weiß ich nicht. Ich schwöre es Ihnen. Ich weiß es nicht. Bitte lassen Sie mich gehen. Ich flehe Sie an als Mann. Als Christenmenschen.«

»Welchen Zweck hat das Rendezvous mit dem FBI?« fragte ich.

»Bitte. Ich flehe Sie an. Ich habe eine Frau. Ich bin ein guter Mann. Sie dürfen nicht ... Aufhören! O gütiger Heiland! *Scheiße!* Hören Sie auf!«

»Der Zweck?«

»Das dürfte ich gar nicht wissen ... aber ich weiß etwas ... und es gab Gerüchte in Rio ... Becker hat es indirekt erwähnt ...« Schlegel keuchte und stammelte, einen Satz auf deutsch, einen Satzteil in Portugiesisch, Worte in Englisch. Ich wartete geduldig.

»Es gibt einen Kontakt zwischen der Abwehr und dem FBI«, keuchte er. »Gerüchte darüber kursieren schon seit einem Jahr.«

»Und die Landung hat etwas mit diesem Kontakt zu tun?« fragte ich

»Ich glaube ja... ich weiß nicht... möglich... ich halte es für wahrscheinlich. Becker sagte, daß es eine sehr wichtige Operation ist. Daß die Zukunft des Reiches davon abhängt. Oh, bitte, lassen Sie mich gehen.«

»Wer hat den Jungen getötet?« fragte ich.

»Jungen? Was für einen Jungen?« sagte Schlegel voller Entsetzen, weil er die Frage nicht beantworten konnte. »Bitte, welcher Junge?« Er wußte eindeutig nichts über Santiagos Tod.

»Nennen Sie mir Agenten, abgesehen von dem Funker und Becker«, sagte ich.

Schlegel wollte den Kopf schütteln. »Warten Sie... warten Sie! Nein, warten Sie! Warten Sie! Aufhören! Es gibt noch zwei andere auf Kuba.«

»Wer?« sagte ich. Ich mußte mich zusammennehmen, um mich bei der Hitze und dem Gestank in der ausgebrannten Hütte nicht zu übergeben. »Wo?«

»Ich weiß nicht. Sie sind eine Todesschwadron. Das Team ist ausgebildet, um –«

»Namen«, sagte ich.

»Ich kenne keine Namen. Ehrlich.«

»Ist Helga Sonnemann eine Agentin?«

»Ich weiß nicht –«

Schlegel schrie und hörte nicht mehr auf. Als er wieder durchatmen konnte, sagte er: »Ich schwöre bei allem, was mir heilig ist, und bei meinem Glauben an den Führer, ich kenne ihre Namen nicht. Ich weiß nicht, ob Sonnemann eine Agentin oder einfach nur eine reiche dumme Pute ist. Ich weiß, daß ein Mitglied der Todesschwadron Hemingways Gruppe nahesteht. Becker bekommt ständig Informationen von diesem Agenten darüber, was seine Amateurorganisation treibt.«

»Wie lautet der Codename dieses Agenten?«

»Panama.«

»Und der Codename des anderen?«

»Kolumbien.«

»Todesschwadron«, sagte ich. »Sind Sie sicher, daß es nur zwei sind?«

»Zwei. Ganz sicher. Zwei. Becker bekommt Meldungen von zweien.«

»Männlich oder weiblich?«

»Weiß ich nicht. Ich schwöre Ihnen, ich weiß es nicht.«

»Wen werden sie töten?« fragte ich leise.

Schlegel schüttelte den Kopf so heftig, daß Schweiß in die Asche und auf die ausgebrannten Balken spritzte. Das graue Band über seinen Augen schlug Falten, als er die Stirn runzelte. »Ich weiß es nicht. Ich glaube nicht, daß der Funkspruch schon gesendet wurde, der den Befehl enthielt, daß sie ihre ... ihre Mission beenden.«

Da hatten wir es. Das war der Grund für das alles. Ich sagte: »Geben Sie mir die Ziffern für den zahlenkodierten Funkspruch.«

»Ich weiß nicht ... Herrgott! Aufhören! Bitte! Nein!«

Schließlich ebbten die Schreie ab. Ich sagte: »Wenn Sie ein schlechtes Gedächtnis haben, dann haben Sie sie irgendwo aufgeschrieben. Wenn Sie weiterleben wollen, Herr Schlegel, sollten Sie sie in den nächsten zehn Sekunden für mich finden.«

»Nein, ich kann nicht ... Warten Sie! Aufhören! Ja! In meinem Terminkalender! Auf der drittletzten Seite. Dort stehen eine Reihe von Telefonnummern.«

Ich holte das Buch und schlug die Seite auf. Neben einer Liste von Geschäftsleuten aus Rio standen Telefonnummern. Brasilien benutzte ein System mit sieben Ziffern.

»Die fünfte Nummer von oben«, keuchte Schlegel. »Ich mußte sie aufschreiben, damit ich sie nicht vergesse.«

»Zwei-neun-fünf«, sagte ich. »Eins-vier-eins-drei?« Schlegels verkrampfte Muskeln verrieten mir, daß das nicht alles war.

»Ich werde herausfinden, ob das richtig ist«, sagte ich leise. »Sie kommen erst von hier weg, wenn ich es weiß. Und wenn es nicht stimmt ...«

Da brach Schlegels Körper zusammen, anders kann ich es nicht beschreiben. Es war, als wäre jede Luft aus dem Mann entwichen und er einfach erschlafft und zu einer formlosen Qualle auf dem Ölfaß geworden. Ich schäme mich, zu gestehen, daß ich so etwas schon früher gesehen habe.

»Es ist die Zahl«, sagte er und schluchzte laut. »Nur umgekehrt.«

Ich ließ den Schraubenzieher in die Asche fallen, ging zu ihm, hob das Messer und schnitt das Isolierband durch, mit dem seine

Hände gefesselt waren. Ich riß das Band von seinen roten und geschwollenen Augen ab.

Ich hob die Luger auf und steckte sie in meine Jackentasche. Als ich an der Tür stand und zu der Stelle sah, an der der kleine Santiago ermordet worden war, sagte ich: »Säubern Sie sich. Ziehen Sie sich an. Packen Sie Ihre Koffer wieder.«

Zehn Minuten später folgte ich ihm zu dem Auto zurück. Schlegel ging wie ein alter Mann, er zitterte immer noch am ganzen Körper. Ich hatte vorgehabt, ein letztesmal von dem Bleirohr Gebrauch zu machen, Whiskey über ihn zu schütten und einem Jungen ein paar Dollar zu bezahlen, damit er meinem »unpäßlichen Freund« half, sein Flugzeug nach Rio zu bekommen. Aber für einen Tag war ich schlau genug gewesen. Zu schlau. Und der dicke kleine Teddy Schlegel hatte genug durchgemacht. Ich wußte, er würde mich ohne zu zögern umbringen, wenn er die Chance dazu bekam, aber heute nicht. Und auch nicht so bald.

Ich fuhr ihn zum Flughafen. Er saß während der ganzen Fahrt mit hängenden Schultern und gesenktem Kopf. Als wir angekommen waren, holte ich die Taschen aus dem Kofferraum und stellte sie an den Bordstein. Die sechsundzwanzigtausend Dollar hatte ich nicht angerührt.

Schlegel stand zitternd auf dem Bürgersteig und hielt den Blick noch immer gesenkt.

»Natürlich werden andere Sie beobachten, bis Sie in das Flugzeug gestiegen sind«, sagte ich leise. »Wenn Sie hier jemanden anrufen oder mit jemandem sprechen, werden diese anderen Sie ergreifen und wieder zu mir bringen. Haben Sie verstanden?«

Schlegel nickte. Er schaute immer noch nach unten, und nun zitterten auch seine Beine sichtlich.

»Steigen Sie in Ihr Flugzeug«, sagte ich. »Fliegen Sie nach Rio. Kehren Sie *nie wieder* nach Kuba zurück. Wenn Sie mit keinem über diesen Zwischenfall sprechen, werde ich auch mit keinem darüber sprechen. Niemand muß erfahren, daß Sie mit uns geredet haben.«

Schlegel nickte. Seine Finger zitterten. Ich werde nie verstehen, warum manche Leute für die Geheimdiensttätigkeit ausgesucht werden. Warum wir selbst damit weitermachen, werde ich auch nie verstehen.

»Gehen Sie heim«, sagte ich, stieg in das Auto ein und fuhr weg.

Auf der Hauptstraße nach San Francisco de Paula machte ich die Whiskeyflasche auf, die ich als Teil der inszenierten Geschichte über Schlegels Anzug hatte kippen wollen. Statt dessen trank ich den größten Teil davon aus, bis ich durch das Tor der *finca* fuhr.

»*Estamos copados*«, sagte ich. Im Gegensatz zu Hemingway gefiel mir der Klang dieser Worte überhaupt nicht.

22

Wir hatten Santiagos Leichnam am Samstag, den 8. August gefunden. Am 9. August war es zu dem idiotischen Kampf zwischen Hemingway und mir gekommen. Am Montag, den 10. August hatte ich Schlegel zum Flughafen gefahren. Am Dienstag, den 11. August kam Lieutenant Maldonado auf die *finca* und stattete uns einen Besuch ab, am Tag bevor wir mit der *Pilar* in See stechen wollten, um die Agenten abzufangen, die am 13. August an Land gehen sollten.

Hemingway hatte fast den ganzen Morgen damit verbracht, Proviant für das Boot zu besorgen. Er hatte beschlossen, daß die Besatzung neben Gregory und Patrick nur aus Winston Guest, Patchi Ibarlucia, dem genesenden Don Saxon als Funker und seinem unvermeidlichen Maat Gregorio Fuentes bestehen sollte. Die *Kreuz des Südens* hatte die Schiffswerft Casablanca verlassen und war zu einem kurzen Ausflug in die Gegend um Key Paraíso aufgebrochen. Bei Sonnenuntergang sollte sie wieder zurück sein, und Hemingway hatte die Vorbereitungen auf der *Pilar* abgeschlossen und sie losgeschickt, um die Jacht zu beschatten. In seiner Abwesenheit hatte er Wolfer zum stellvertretenden Kapitän ernannt. Don Saxon, der Soldat der Marine, fuhr an diesem Nachmittag mit, um das Funkgerät zu bedienen. Hemingway blieb daheim, um die *niños* zu reinigen und zu ölen und die Karten für die Fahrt zur Bahía Manatí zu studieren. Er hatte Tom Shevlin gekabelt, erneut die Erlaubnis bekommen, einen Ausflug mit dem Schnellboot des Millionärs zu machen, und wir hatten vor, am Abend nach Cojímar zu fahren, um die *Pilar* auf dem Rückweg zu treffen und die *Lorraine* für ihr Abenteuer vorzubereiten.

»Tom sagt, es gibt zwei lange Geheimkammern hinter dem Motorengehäuse«, sagte Hemingway. »Überbleibsel aus den Zeiten des

Rumschmuggels. Wir können die *niños*, die Granaten und eine der BARs dort verstauen.«

»Sie nehmen eine BAR mit?« fragte ich. »Warum?«

»Falls wir gegen das U-Boot kämpfen müssen«, sagte der Schriftsteller.

»Falls wir gegen das U-Boot kämpfen müssen«, sagte ich, »sind wir im Arsch.«

Mit Schlegels Schlüssel hatte es mich am Montag nachmittag nur ein paar Minuten gekostet, die nummerncodierte Nachricht zu entschlüsseln, die ich bei unserem letzten Ausflug aufgefangen hatte. Zuerst kopierte ich den Funkspruch so, wie ich ihn empfangen hatte:

g-f-i-e-n/w-u-w-s-y/d-y-r-q-q/t-e-o-i-o/w-q-e-w-x/d-t-u-w-p/c-m-b-x-x

Dann schrieb ich die Ziffernfolge wiederholt über den Funkspruch:

3 1 4 1 5 9 2 3 1 4 1 5 9 2 3 1 4 1 5 9 2 3 1 4 1 5 9 2
3 1 4 1

q f i e n w u w s y d y r q q t e o i o w q e w x d t u w
p c m b

Ich hatte vergessen, Schlegel zu fragen, in welcher Richtung der Code funktionierte – aufwärts oder abwärts –, aber es gab nur zwei Möglichkeiten, und nach einer Minute war mir klar, daß bei der Verschlüsselung vor der Sendung die Buchstaben entsprechend der Zahl darüber aufwärts verschoben wurden, was bedeutete, daß ich bei der Entschlüsselung dieselbe Zahl von Buchstaben *abwärts* gehen mußte. Ging ich von *g* drei Buchstaben zurück, kam ich auf *n*, von *f* ein Buchstabe zurück und ich kam auf *e*, von *i* vier Buchstaben zurück ergab wieder ein *e*, und so weiter. Die beiden letzten *x* ließ ich als Lückenfüller weg.

Nun lautete die Botschaft:

NEEDINSTRUCTIONSANDFUNDSCOLUMBIA –
BRAUCHEANWEISUNGENUNDGELDKOLUMBIEN

Dafür also hatte Schlegel seine Behandlung erdulden müssen und ich hatte ein weiteres Stück Ehrgefühl in meinem Leben aufgegeben.

Aber etwas sagte sie mir doch. Erstens, wenn man Schlegel Glauben schenken wollte – und ich war überzeugt, er hatte mir alles gesagt, was er wußte –, dann wurde diese Botschaft über den Funker an Bord der *Kreuz des Südens* nach Hamburg weitergeleitet. Darüber hinaus wußten der Kapitän und die Besatzung der Jacht wahrscheinlich nicht, daß diese Funksprüche über Kurzwelle gesendet wurden. Außerdem bestätigte sie Schlegels Aussage, daß sich zwei Attentäter des SD auf Kuba aufhielten – Kolumbien und der mit dem Codenamen Panama. Kolumbien, Panamas Partner, bat um Anweisungen und Geld.

Wer konnte Panama sein? Wer stand der Gaunerbande nahe genug, daß er zuverlässige Informationen über sie weitergeben konnte? Winston Guest? Dr. Herrera Sotolongo hatte gesagt, daß er den Sportsmann für einen britischen Agenten hielt. Wenn schon britischer Agent, warum nicht Doppelagent für die Deutschen? Aber ich konnte mir schwer vorstellen, daß der impulsive, liebenswürdige Wolfer ein ausgebildeter Attentäter des SD sein sollte. Dr. Herrera Sotolongo selbst weigerte sich, Hemingways Bande beizutreten, wußte aber genug über das Tun der Gaunerbande, daß er als Informant in Frage kam. Wer noch? Einer der Basken? Sinsky oder Patchi oder Roberto Herrera? Der Schwarze Priester? Einer von Hemingways Dienern, der vor langer Zeit eingeschleust worden war und die ganze Zeit als Schläfer auf seine Stunde gewartet hatte? Ich hatte schon Seltsameres erlebt.

Natürlich mußte es niemand aus Hemingways unmittelbarer Umgebung sein. Er hatte mehr als zwanzig Agenten in seiner Gaunerbande, und es gab innerhalb der Gruppe keinerlei Sicherheitsvorkehrungen. Jeder der Hotelpagen oder Kellner oder Hafenarbeiter oder Zechkumpane von Hemingway, die er für sein albernes Unternehmen eingespannt hatte, konnte der Attentäter sein.

Es war denkbar, daß es sich bei Panama um Lieutenant Maldonado handelte, der Geld von den Deutschen bekam und es möglicherweise nutzte, um einen von Hemingways Amateuren zu bestechen. Auf diese Weise konnte Panama aktuelle Informationen an Becker weiterleiten, ohne den tagtäglichen Einsätzen der Gaunerbande zu nahe zu kommen. Und wir wußten, daß Maldonado ein Killer war. Er hätte seine Dienst gut und gerne den Deutschen anbieten und eine Ausbildung in der Vorgehensweise ihrer Todesschwadronen erhalten haben können.

Aber Maldonado war kein Arier. Und der SD war eigen darin, wen er zu seinen kaltblütigen Attentätern machte.

Kolumbien konnte Hauptsturmführer Becker selbst sein. Aber Schlegel hatte gesagt, daß Becker Informationen von *beiden* Mitgliedern der Todesschwadron bekam. Wenn der pummelige Agent der Abwehr recht hatte, schien es logischer zu sein, daß unser Freund Johann Siegfried Becker der für die Operation Rabe verantwortliche Agent auf Kuba war und Kolumbien jemand anders, möglicherweise sogar jemand, den ich noch nicht gesehen und von dem ich noch nie etwas gehört hatte.

Zwei Attentäter von RSHA SD AMT VI, die auf Anweisungen, auf ihren Einsatz warteten, die auf den Befehl aus Hamburg oder Berlin warteten, um ihre Zielperson oder Zielpersonen zu töten.

Wer war ihre Zielperson?

Bis jetzt hatten wir zwei Tote: Kohler, den ersten Funker der *Kreuz des Südens*, und den armen Santiago. Beiden war die Kehle durchgeschnitten worden. Es schien wahrscheinlich, daß Maldonado Kohler getötet hatte, und der Junge war dem Lieutenant wenige Tage vor seiner Ermordung gefolgt. Vielleicht war der SD in diesem Fall von seiner Vorliebe für arische Killer abgewichen.

Zuletzt gab es noch einen Grund, warum – hoffte ich – Schlegels Tortur nicht umsonst gewesen war. Wenn der Mann der Abwehr Becker nach seiner Ankunft in Rio nicht kabelte – und es gab mehrere gute Gründe dafür, daß Schlegel nicht besonders erpicht darauf war, die Umstände seines Verhörs oder die Tatsache preiszugeben, daß er eine Todesschwadron des SD verraten hatte –, glaubten Becker und seine Todesschwadron weiterhin, daß ihr Zahlenkode sicher war. Zumindest ein paar Tage lang würde es uns vielleicht gelingen, weiter ihren heimlichen Funkverkehr abzuhören.

Und ein paar Tage, dachte ich, *müßten uns eigentlich genügen*.

Als ich mit meinen Überlegungen so weit gekommen war, kam

Maria ins Gästehaus gestürmt. Sie hatte die Augen vor Angst weit aufgerissen, und ihre Stimme bebte so sehr, daß ich sie kaum verstehen konnte.

»José, José, er ist hier. Er ist mich holen gekommen. Er ist hier, um mich zu töten!«

»Beruhige dich«, sagte ich, hielt sie an den Schultern und schüttelte sie, damit sie aufhörte, die Augen zu verdrehen und zu schnauben wie ein erschrockenes Pferd. »Wer ist hier?«

»Lieutenant Maldonado«, keuchte das Mädchen. »*Caballo Loco*. Er ist im Haupthaus. Er ist gekommen, um mich mitzunehmen!«

Ich hatte mir angewöhnt, die .38er im Gürtel zu tragen. Ich wollte Maria eine Waffe geben, wenn ich ins Hauptgebäude ging, aber andererseits wollte ich Maldonado nicht unbewaffnet gegenübertreten. Ich ging ins Gästehaus und holte Schlegels Luger aus dem Nachttisch.

Ich zog Maria ins Bad des Gästezimmers, hielt ihr die Pistole hin, rammte das Magazin mit den 9-Millimeter-Patronen hinein, lud eine in die Kammer und entsicherte die Waffe. »Rühr dich nicht von der Stelle«, sagte ich. Schließ die Tür ab. Wenn Maldonado oder jemand anderes, der Böses im Schilde führt, hier eindringen will, drück einfach ab. Aber vergewissere dich erst, daß es nicht ich bin oder Hemingway, bevor du schießt.«

Maria weinte leise. »José, ich kann damit nicht umgehen.«

»Einfach zielen und abdrücken, wenn du weißt, daß es ein Bösewicht ist. Aber sei verdammt sicher, daß es ein Bösewicht ist.«

Ich ging hinaus und wartete, bis sie die Tür abgeschlossen hatte. Dann machte ich mich auf den Weg zum Hauptgebäude.

Ich hatte Hemingway noch nie so wütend gesehen, nicht einmal am Tag unserer Schlägerei. Der Schriftsteller stand an der Tür, versperrte Maldonado und drei weiteren uniformierten Schurken der kubanischen Polizei den Zutritt zum Haus, war kreidebleich, hatte die Lippen zu dünnen Linien zusammengepreßt und die Hände so fest zu Fäusten geballt, daß ich das Gesicht verzog, als ich sah, wie die zerkratzten Knöchel purpurn und weiß anliefen.

»*Señor* Hemingway«, sagte der Lieutenant, warf mir einen Blick zu, als ich hinter den Schriftsteller trat, und beachtete mich dann nicht mehr, »wir bedauern, daß diese Störung notwendig ist –«

»Es wird keine Störung geben«, schnappte Hemingway. »Sie werden dieses Haus nicht betreten.«

»Bedauerlicherweise müssen wir das, Don Ernesto«, sagte Maldonado. »Es ist eine Angelegenheit von großer Bedeutung für die Polizei. Eine junge Frau, die die Hauptverdächtige in einem Mordfall ist, der kürzlich begangen wurde, wurde in dieser Gegend gesehen, und wir durchsuchen alle Häuser, in denen sie möglicherweise –«

»Dieses Haus werden Sie nicht durchsuchen«, sagte Hemingway.

Der Streit grenzte an eine Farce. Der Lieutenant sprach Englisch, was seine drei Handlanger offenbar nicht verstanden. Hemingway sprach förmliches Spanisch. Jedesmal, wenn er nein zu *Caballo Loco* sagte, zogen seine drei Untergebenen die Brauen ein wenig höher vor Betroffenheit und Überraschung.

Ich hatte vergessen, wie groß Maldonado war. Der Kubaner mußte einen Meter zweiundneunzig groß sein, mit einer Physis, die nur aus langen Knochen und Knorpeln zu bestehen schien. Die Größe seiner Gesichtszüge wirkte stark übertrieben – langes Kinn, buschige Brauen, Wangenknochen, die Schatten auf die unteren Wangenpartien warfen –, und selbst der Schnurrbart wirkte ausgeprägter als bei einem normalen Mann. Maldonado trug häufig Zivil, aber heute nachmittag hatte er eine Uniform angezogen und hakte beim Sprechen die Daumen in den schwarzen Gürtel des Pistolenhalfters. Der Lieutenant reagierte ganz entspannt, fast amüsiert auf die Konfrontation, was Hemingway nur um so mehr auf die Palme zu treiben schien.

Der Schriftsteller trug dasselbe schmutzige Hemd und die Shorts, die er am Abend unserer Schlägerei angehabt hatte, aber heute steckte eine .22er Übungspistole mit langem Lauf in seinem breiten Gürtel. Maldonado schien die Waffe nicht zu bemerken, aber seine drei Handlanger konnten die Blicke nicht davon abwenden. Ich hatte Angst, das freche Auftreten und perfekte Englisch des Lieutenants könnten Hemingway derart provozieren, daß es gleich hier, vor der Tür der *finca*, zu einer Schießerei kommen würde. Ich beschloß, daß ich Maldonado mit der .38er zur Strecke bringen und mich dann erst seinen Handlangern zuwenden würde, sollte es soweit kommen. Irgendwie glaubte ich nicht, daß Hemingways kleine .22er den großen Kubaner aufhalten konnte, bevor es ihm gelang, den .44er Colt aus dem Halfter zu ziehen und den Schriftsteller damit bis ins Eßzimmer zu pusten.

Das ist Irrsinn, dachte ich. Und eine beschissene Art, für einen ausgebildeten Agenten des SIS zu sterben – eine Schießerei mit der kubanischen Staatspolizei.

»*Señor* Hemingway«, sagte Maldonado, »wir werden die Durchsuchung so schnell und unauffällig wie möglich durchführen –«

»Nein, das werden Sie nicht«, sagte Hemingway auf spanisch. »Es wird keine Durchsuchung geben. Dieses Haus und Grundstück sind amerikanischer Besitz ... amerikanischer Grund und Boden.«

Daraufhin schaute Maldonado ihn erstaunt an. »Das ist gewiß ein Scherz, *Señor.*«

»Es ist mein völliger Ernst, Lieutenant.« Ein Blick in Hemingways Gesicht hätte jeden von der Wahrheit dieser Aussage überzeugt.

»Aber ich bin sicher, daß nach internationalem Recht nur die Botschaft der Vereinigten Staaten und bestimmte Militärstützpunkte wie Guantánamo und Camagüey auf der Insel Kuba als amerikanischer Grund und Boden betrachtet werden würden, *Señor*«, sagte der Lieutenant in ruhigem Tonfall.

»Quatsch«, sagte Hemingway auf englisch und wechselte wieder ins Spanische. »Ich bin Bürger der Vereinigten Staaten von Amerika. Dies ist mein Heim und Grundbesitz. Und der wird durch die Gesetze der Vereinigten Staaten von Amerika geschützt.«

»Aber *Señor,* sicher ist die kubanische Souveränität in dieser Frage –«

»Scheiß auf die kubanische Souveränität«, sagte Hemingway. Er behielt Maldonados Augen sehr genau im Blick, als würde er an die alte Schützenmaxime glauben, daß einem die Augen verrieten, wann der Gegner seine Waffe zückte.

Hemingways letzte Bemerkung erboste die drei Handlanger. Sie legten die Hände auf die Waffen an ihren Gürteln. Ich fragte mich, ob Hemingway ihnen allen in die Augen sehen wollte. Ich selbst hielt den Blick auf Maldonados rechte Hand gerichtet, die vor dem Halfter auf dem Gürtel ruhte.

Der Lieutenant lächelte. Er hatte große, ebenmäßige Zähne. »Ich verstehe, daß Sie aufgebracht sind, *Señor* Hemingway. Wir wollen Ihnen nicht zu nahe treten, aber unsere Pflicht erfordert –«

»Sie treten mir aber zu nahe, Lieutenant. Dies ist amerikanischer Besitz, und jedes unbefugte Betreten würde eine Invasion auf amerikanischem Boden bedeuten, und zwar zu einer Zeit, in der sich mein Land im Krieg befindet.«

Maldonado hob die rechte Hand und kratzte sich am Kinn, als würde er nach einem Weg suchen, vernünftig mit diesem *gringo* zu reden. »Aber wenn alle ausländischen Mitbürger auf Kuba behaupten würden, daß ihre Grundstücke Besitz der jeweiligen Nation sind, *Señor*, dann…«

»Ich spreche nicht für die anderen«, fauchte Hemingway. »Aber ich bin ein amerikanischer Bürger, der im Zusammenhang mit dem Krieg an wissenschaftlichen Projekten arbeitet, und zwar mit ausdrücklicher Genehmigung von Botschafter Spruille Braden von der Botschaft der Vereinigten Staaten, von Oberst Hayne D. Boyden vom Marine Corps der Vereinigten Staaten und von Oberst John W. Thomason Jr., dem Chef des Marinegeheimdienstes für Südamerika. Jedes unbefugte Betreten dieses Hauses wird als kriegerische Tat betrachtet werden.«

Lieutenant Maldonado schien nicht zu wissen, wie er mit diesem eindrucksvoll unlogischen Standpunkt umgehen sollte. Seine drei Handlanger ließen die Hände an den Waffen und warteten auf ein Zeichen ihres Anführers.

»Mir ist bewußt, daß wir in komplizierten Zeiten leben, *Señor* Hemingway, und auch wenn unsere Pflicht, nach dieser mutmaßlichen Mörderin zu suchen, eindeutig und unbestreitbar ist«, sagte Maldonado, »wünschen wir nicht, Ihre Ruhe zu stören oder das Feingefühl eines so prominenten Bewohners und Freundes der Republik Kuba zu verletzen. Daher werden wir Ihrer Bitte entsprechen, Ihr Haus nicht zu betreten, wenn Sie uns Ihr Wort geben, daß die Frau, die wir suchen, nicht hier ist; dann werden wir unsere Suche auf das umliegende Gelände und die Nebengebäude beschränken.«

Die Handlanger verfolgten diesen endlosen englischen Wortschwall ihres Vorgesetzten mit großen Augen.

»Ich gebe Ihnen mein Wort darauf, nur eines ist gewiß, daß Ihre Männer als unbefugte Eindringlinge erschossen werden, wenn sie noch einmal einen Fuß auf dieses Gelände setzen«, sagte Hemingway und sah Maldonado direkt an.

Eine ganze Weile schwiegen beide Männer und schauten sich unverwandt an. Es roch nach Schweiß.

Maldonado verbeugte sich leicht. »Nun gut, *Señor.* Wir verstehen Ihre Gefühle und respektieren Ihren Wunsch nach Privatsphäre in diesen unruhigen Zeiten. Wenn Sie eine junge Frau wie die sehen, die wir suchen, oder von einer hören, benachrichtigen Sie mich bitte in –«

»Guten Tag, meine Herren«, sagte Hemingway, der zum erstenmal Englisch sprach, wich zurück und schlug ihnen die Tür vor der Nase zu.

Maldonado lächelte, wandte sich ab und nickte seinen Handlangern zu, daß sie ihm zu dem grünen Chevrolet folgen sollten, der in der Einfahrt parkte.

Hemingway schloß die Tür ab, trat ans Fenster und sah ihnen nach, als sie wegfuhren. Ich wollte etwas Heiteres sagen, um die Situation zu entkrampfen, aber dann bemerkte ich Hemingways Blässe und seine geballten Fäuste und überlegte es mir anders. Ich hegte nicht den geringsten Zweifel, daß der Schriftsteller die kleine .22er gezückt und losgeballert hätte, wenn Maldonado mit seinem großen Fuß über die Schwelle getreten wäre.

»Dieser Schwanzlutscher war es«, flüsterte Hemingway. »Ich bin sicher, daß er Santiago getötet hat.«

Ich sagte nichts.

»Ich habe Xenophobia ins Gästehaus geschickt«, sagte er und sah mich zum erstenmal an. »Danke, daß Sie gekommen sind.«

Ich zuckte die Achseln.

»Ist das eine Pistole in Ihrem Gürtel«, fragte Hemingway, »oder freuen Sie sich nur, mich zu sehen?«

Ich zog das Jackett weit genug zurück, daß er die .38er sehen konnte.

»Immer seltsamer und seltsamer, Special Agent Lucas«, sagte Hemingway. Er ging zu seinem Getränketisch bei dem Blumensessel und machte sich einen Tom Collins. »Drink, Special Agent Lucas?«

»Nein, danke«, sagte ich. »Ich werde Maria sagen, daß sie weg sind.«

Hemingway trank einen Schluck und sah zu dem Gemälde an der Wand. »Ich schätze, ich darf sie nicht mehr so nennen.«

»Wie?« fragte ich.

»Xenophobia«, sagte Hemingway. »Das Mädchen hat richtige Feinde. Sie wollen sie tatsächlich töten.«

Ich nickte und ging am Pool vorbei zum Gästehaus.

Im Schlafzimmer rief ich Marias Namen einmal, wollte klopfen, hielt inne, stellte mich seitlich neben die Tür und klopfte.

Die 9-Millimeter-Parabellumkugel kam in Kopfhöhe durch die Tür, durchschlug dicht über dem Bett die Wand und durchbohrte auf dem Weg zum Haupthaus wahrscheinlich eine der Königspalmen.

»Gottverdammt, Maria!« brüllte ich.

»Oh, José, José«, rief die Hure, riß die Tür auf und warf sich in meine Arme.

Ich nahm ihr die Luger aus der Hand und sicherte die Waffe, bevor ich sie an meine Brust sinken ließ. Ich spürte den Wunsch, sie einmal quer durch das Zimmer zu prügeln. Es war eines, bei einer absurden Schießerei mit kubanischen Staatspolizisten zu sterben, aber etwas ganz anderes, aus Versehen von einer kubanischen Hure erschossen zu werden. Ich war nicht sicher, was meine alten Freunde beim Bureau mehr amüsiert hätte.

Ich erzählte ihr, was Hemingway zu ihnen gesagt hatte und daß *Caballo Loco* und seine kleinen *locos* für heute abgezogen waren, und wahrscheinlich für immer.

»Nein, José, nein, nein!« schrie sie und zerknautschte meine Hemdenbrust zu einer feuchten Masse. »Sie werden wiederkommen. Sie kommen zurück. Sie werden mich holen kommen. Morgen gehst du fort, und *Señor* Hemingway und die Kleinen und die stinkenden Matrosen und alle anderen, fort auf *Señor* Hemingways Boot, und dann wird niemand mehr hiersein und auf mich aufpassen, außer Ramón, dem Koch, der verrückt ist, und Juan, dem Chauffeur, der mit mir ins Bett gehen will, mich aber sonst nicht leiden kann, und dann wird *Caballo Loco* zurückkommen und mich vergewaltigen und für etwas töten, das ich nicht getan habe, das *Caballo Loco* selbst getan hat, und du wirst wiederkommen, aber ich werde nicht in der Hütte auf dich warten, so wie jede Nacht, und du wirst dich fragen: Wo ist Maria?, aber Maria wird tot und kalt sein und –«

»Maria«, sagte ich leise und drückte ihren Arm. »Maria, Liebling, sei verdammt noch mal still.«

Sie sah mich betroffen an.

»Ich werde mit *Señor* Hemingway reden«, sagte ich leise. »Er wird dich mit uns auf das Boot mitnehmen.«

»Ah, José!« rief die Hure und umarmte mich so fest, daß meine geschundenen Rippen fast nachgaben.

Der Rest des Nachmittags verlief geschäftig und aufschlußreich. Hemingway bat Maria zum Essen ins Haupthaus; die junge Hure nahm die Einladung heftig errötend an und lief nach Klasse A, um sich ihr bestes Kleid anzuziehen. Sie war aufgebracht, als ich ihr sagte, daß ich nicht bei dem Essen dabeisein würde – Hemingway hatte mich nicht eingeladen –, aber erfreut, als ich erklärte, ich würde ihre Sachen in dieselbe Reisetasche packen wie meine. Bevor sie bergauf zum Essen ging, legte Maria ihre wenigen geborgten Kleidungsstücke, ihre Haarbürste, die bescheidenen Schminkutensilien und ihr extra Paar Sandalen zurecht. Als sie weg war, packte ich alles sorgfältig ein, dann durchsuchte ich das kleine Kästchen, in dem sie ihre Habseligkeiten aufbewahrte. Es war nichts Wichtiges mehr darin.

Danach schlenderte ich fast eine Stunde über das Anwesen – überprüfte den »Totenbrunnen« auf dem Hügel, die alten Nebengebäude hinter dem verwahrlosten Tennisplatz, den Schuppen, in dem das Zubehör für den Swimmingpool aufbewahrt wurde, die Garage und den Geräteschuppen hinter der Garage, und danach kehrte ich nach Klasse A zurück, wo ich durch die Molkerei lief und auf die Scheunen kletterte. Lieutenant Maldonado und seine Jungs waren nirgends zu sehen. Aber unter schimmligem Heu in der hinteren Ecke der Scheune fand ich ein langes, in Segeltuch gewickeltes Päckchen. Ich hatte es mitgebracht, als ich nach Cojímar gegangen war, um nach der *Lorraine* zu sehen und sie mit Vorräten zu beladen. Wir hatten vorgehabt, das später am Abend zu machen, wenn die *Pilar* zurückkehrte, aber Hemingway hatte entschieden, daß es besser wäre, wenn ich mit dem Schnellboot hinausfuhr, solange es noch hell war, und es an einer privaten Anlegestelle in der alten Hafenstadt Guanabo zu lassen, etwa zehn Meilen entfernt von der Küste.

Juan fuhr mich nach Cojímar, da er danach nach Guanabo fahren und mich abholen mußte. Der Fahrer war mürrisch und schweigsam, was mir nicht unrecht war, da ich eigene Gründe hatte, zu schweigen. Es war eine besinnliche Fahrt. Als wir Shevlins privaten Bootssteg erreicht hatten, bat ich Juan, es sich im Schatten des Autos bequem zu machen, während ich die Sachen vom Rücksitz und aus dem Kofferraum holte und das Boot damit belud.

Die *Lorraine* war ein schönes Boot, ein sechseinhalb Meter langes Motorboot, aus Mahagoni und Chrom handgearbeitet, mit Ledersitzen im Cockpit und anderen teuren Materialien, Ende der zwanziger Jahre von Dodge Boat Works in den Staaten angefertigt, als die Baukunst bei kleinen Booten ihren Höhepunkt erreicht hatte. Glücklicherweise hatte Shevlin fast alle mechanischen Teile durch modernere ersetzt, der V-8-Motor von Lycoming war erst zwei Jahre alt und so sauber, wie ein Motor nur sein konnte, der Steuermechanismus war modernisiert worden, der Rumpf erst vor kurzem von Muscheln gereinigt, am Armaturenbrett befand sich ein nagelneuer magnetischer Kompaß, und neben die Windschutzscheibe war ein starker Suchscheinwerfer montiert worden. Shevlin hatte das Boot zum Komfort seiner Passagiere umbauen lassen, indem das Motorgehäuse weiter nach achtern gerückt worden war, und er aus den beiden Cockpits einen geräumigen, ledergefütterten Raum gemacht hatte.

Niemand außer Juan sah mich das Auto ausladen. Zusätzlich zu dem Segeltuchpäckchen hievte ich schwere Kisten mit Lebensmitteln heraus, sechs Fünfzehn-Liter-Kanister mit Trinkwasser, drei große Kisten Handgranaten – die Hemingway stur »Eier« nannte – und zwei Thompson-Maschinenpistolen in ihren Futteralen aus Schafswolle und Leder. Hemingway hatte darauf bestanden, ein Dutzend Ersatzmagazine für die *niños* mitzunehmen, die ich pflichtschuldig an Bord brachte und verstaute. Ich ließ alles in dem Geheimfach steuerbord achtern verschwinden, von dem Shevlin uns erzählt hatte. Wenn man nicht wußte, daß die lange Klappe hinter den Cockpitkissen da war, würde man sie nie finden.

In das Backbordfach lud ich zwei der *sombreros científicos* von der *Pilar,* zwei grüne Planen, eine braune Plane, dreißig Meter Wäscheleine, mehrere zusammengerollte Seekarten in Pappkartonrollen, Segeltuchjacken, zusätzliche Bootsschuhe und andere Kleidungsstücke. Außerdem verstaute ich einen Erste-Hilfe-Kasten des Militärs, ein separates Bündel Chirurgenmasken, meine .357er Magnum und sechzig Schuß Munition in einem wasserdichten Beutel, einen Karton Schokoriegel von Hershey, zwei Flaschen Insektenmittel, zwei Ferngläser von der *finca*, zwei starke Taschenlampen, eine kleine Leica, zwei Jagdmesser, zwei Segeltuchtaschen mit Tragegurten und eine mit Flit-Insektenmittel gefüllte Spraydose.

Ich ging zum Steg und band zwei breite Dielen als Laufsteg zur *Lorraine* hinunter fest, dann bat ich Juan, mir zu helfen, die beiden Zweihundert-Liter-Fässer Benzin in das Cockpit zu rollen. Der Chauffeur murrte, half mir aber, die Fässer an den Achtersteven zu rollen, ohne das Mahagoni zu zerkratzen oder die Lederkissen zu beschmutzen. Juan ging zum Auto zurück und rauchte eine Zigarette, während ich die Fässer festzurrte und mich vergewisserte, daß sie nicht verrutschen würden, was da auch immer kommen mochte. Die schweren Benzinfässer ruinierten das perfekte Gleichgewicht des kleinen Boots, so daß es nun mit dem Heck zu tief lag, aber dagegen ließ sich nichts machen.

Als ich mich vergewissert hatte, daß alles verladen und gesichert war, winkte ich Juan, nahm Shevlins silbernen Schlüssel aus der Tasche und ließ das Schnellboot mit einem befriedigenden Aufheulen des 125-PS-Motors von Lycoming an. Ich ließ es im Leerlauf tuckern, löste Bug- und Heckleinen selbst und machte es mir in dem bequemen Ledersitz gemütlich, drehte das wunderschön verzierte Auto-Steuerrad von Duesenberg hart nach backbord und fuhr durch den abendlichen Verkehr von heimkehrenden Fischern, die das Schnellboot mit einer Mischung aus Mißfallen und Neid ansahen.

Als ich die Felsen des Wellenbrechers hinter mir gelassen hatte, gab ich Schub, bis die Tachonadel unmittelbar unter der roten Linie stand. Das Boot schnellte sofort in die Höhe und pflügte durch die Reihen kleiner Wellen wie eine Gewehrkugel durch weiche Baumwolle. Man hörte das Aufschlagen des Rumpfes, aber keinerlei beunruhigende Schwingung. Ich nahm etwas Gas weg, ließ das Boot aber weiter mit aus dem Wasser ragendem Bug dahinfliegen. Nach dem heißen, schwülen, fast windstillen Tag an Land tat der kühle Luftzug gut. Ich hatte eine grenzenlose Menge Treibstoff zur Verfügung, wurde mir klar, ich hätte den ganzen Tag mit fünfunddreißig Knoten auf dem Meer herumschippern können, so wie jetzt. Ich nahm Gas weg, bis der wundervolle Bug wieder im Wasser lag und ging auf Ostkurs an der Küste entlang.

Die Hügel und Felder um Hemingways Finca Vigía herum waren

trocken, staubig und weitgehend baumfrei, wo keine Haine angepflanzt worden waren, aber dieser Küstenabschnitt östlich von Cojímar sah aus einer halben Meile Entfernung wie ein tropisches Paradies aus: Ein langer Streifen weißer Strände, auf den Kuppen der Sanddünen lag das Sonnenlicht und warf Schatten auf die Seetrauben und die anderen Sträucher; Kokospalmen, deren Blätter im Wind raschelten, leuchteten golden und grün im Licht des Sonnenuntergangs. Es gab keinen richtigen Hafen in Guanabo, aber eine wunderschöne Bucht, in der sich die Häuser der Altstadt unter Palmen am Scheitelpunkt der Kurve drängten und sich Reihen weißer Bungalows unter den Bäumen an den Enden erstreckten. Die Häuser waren in den zwanziger und dreißiger Jahren gebaut worden, um mit der zunehmenden Zahl von Touristen aus *Norteamericano* fertig zu werden, aber jetzt blätterte ihre Farbe ab, und die meisten standen traurig und vernagelt da und warteten auf das Ende des Krieges.

Ich zurrte das Boot am östlichen Ende der Bucht fest. Die *Lorraine* hatte eine Segeltuchplane, mit der man das Cockpit abdecken konnte, ich brauchte allerdings eine ganze Weile, bis ich dahinterkam, wie man sie mit den Myriaden Chromschnallen und elastischen Schlaufen richtig spannte. Hemingway kannte den alten Mann, dem die Pier und der Schuppen mit Angelausrüstung dahinter gehörten, und der alte Bursche versicherte mir, daß das Schnellboot da sein würde, wenn wir es am nächsten Tag brauchten. Ich bestellte ihm Grüße von *Señor* Hemingway und gab ihm eine Dollarnote. Juan und der Lincoln trafen schließlich ebenfalls ein, wir fuhren in tiefem Schweigen zur *finca* zurück, das nur vom Grollen des in der Dämmerung aufziehenden Gewitters unterbrochen wurde.

Maria wartete aufgeregt auf mich, aufgeregt wegen des morgigen Abenteuers, am aufgeregtesten aber wegen ihres langen Essens und der Unterhaltung mit *Señor* Hemingway. Der Schriftsteller war gerade aufgebrochen, um sich mit seinen Jungs und Kumpels in Cojímar zu treffen, daher nahmen Maria und ich einen leichten Imbiß in Klasse A zu uns und sahen dem Wetterleuchten im Westen zu. Trotz ihrer Aufregung gestand sie, sie hätte immer noch große Angst, daß Maldonado zurückkehren könnte und zuckte jedesmal zusammen, wenn es donnerte. Als das Geschirr gespült und die Laternen angezündet waren, ging sie zur Tür.

»Wohin gehst du, Maria?«

»Meinen Abendspaziergang machen, José.«

»Hast du keine Angst vor *Caballo Loco?*«

Sie lächelte mich an, warf aber nervöse Blicke in den dunklen Innenhof.

»Außerdem«, sagte ich, »haben wir nichts Besseres zu tun, als spazierengehen? Wir werden vielleicht mehrere Tage nicht mehr allein sein.«

Daraufhin wurden Marias Augen groß. Im Bett ging die Initiative immer von ihr aus. »José«, flüsterte sie.

Ich ging zu ihr, machte die Tür zu und trug sie zu unseren Betten, die nebeneinander standen.

23

Die Bootsfahrt begann fröhlich, wie ein Familienausflug an einem sonnigen Tag. Bevor dieser Tag zu Ende war, sollte einer aus unserer Gruppe tot im Meer liegen und ich emsig damit beschäftigt sein, einem toten Mann Kugeln aus der Wirbelsäule zu klauben.

Hemingway brachte die *Pilar* am Mittwochmorgen kurz nach Sonnenaufgang auf den Weg. Alle Besatzungsmitglieder außer mir waren bester Laune – und da Maria und Hemingways beide Jungs an Bord waren, hatte die Fahrt etwas von einem Wochenendausflug. Dieser Eindruck wurde verstärkt durch die Schar von Fischern und Kumpels, die am Pier aufkreuzten, um der *Pilar* zum Abschied zu winken. Zu der Gruppe gehörten Roberto Herrera, sein Bruder, Dr. Herrera Sotolongo, Sinsky der Seefahrer, Fernando Mesa und die anderen ehemaligen Besatzungsmitglieder, die daheim bleiben mußten, des weiteren Don Andrés, der Schwarze Priester, und eine Gruppe Stammgäste von Cojímar, die im La Terreza Bloody Marys zum Frühstück tranken.

Maria liebte das Boot, hatte aber Todesangst vor dem Meer. Sie gestand »Papa«, daß sie nicht schwimmen konnte, daß ihr jüngster Bruder bei der Arbeit auf einem Fischerboot im Hafen von Santiago ertrunken war und sie am liebsten genau in der Mitte der *Pilar* sitzen und viele Gebete zur Jungfrau Maria sprechen würde, damit wir gutes Wetter für die Reise bekamen.

»Ja, Tochter«, sagte Hemingway, »du betest, und ich werde das Barometer im Auge behalten. Wir wollen gutes Wetter für unsere Reise.«

Draußen auf See kümmerten sich Patrick und Gregory um die junge Hure – ich glaube nicht, daß sie eine Ahnung hatten, woher Maria stammte oder welche Geschichte sie hinter sich hatten, sie war nur »eine weitere hübsche Freundin von Papa« – und sie begannen einen regelrechten Wettstreit, ihr die Vorzüge des Bootes, der Bootsausleger, der Angelausrüstung an Bord und ihrer eigenen Speerfischausrüstung zu erklären. Ihr Spanisch war stellenweise unzureichend, aber vereinzelte Grammatik- und Syntaxfehler machten sie durch ihre offensichtliche Begeisterung wieder wett.

»Wenn wir Cayo Confites erreicht haben«, hörte ich Patrick zu ihr sagen, »werde ich dich mit zum Speerfischen nehmen.«

»Aber ich kann nicht schwimmen«, sagte Maria.

Patrick lachte, und mir wurde klar, daß der Junge – genau wie sein jüngerer Bruder – wahrscheinlich verknallt war. »Unsinn«, sagte er, »das Wasser ist so salzig dort, und die Wellen laufen so flach innerhalb des Riffs, daß du gar nicht untergehen kannst. Du mußt nur diese Maske aufsetzen und das Gesicht ins Wasser tauchen.«

»Du könntest eine Schwimmweste anziehen, wenn du möchtest«, sagte Gregory, der sich trotz der finsteren Miene seines Bruders und der eindeutigen Signale, sich zu verpissen, in die Unterhaltung einmischte. »Auch wenn man damit schwerer herumschwimmen kann«, fuhr der kleinere Junge fort, der sich in Marias Gegenwart offensichtlich auch sehr wohl fühlte.

»Gibt es keine Haie?« fragte die junge Frau.

»Oh, doch, Dutzende in der Gegend«, sagte Gregory strahlend, »aber sie kommen selten über das Riff vor Cayo Confites, und dann nur rechts. Außerdem werde ich da sein, um dich zu beschützen.«

»Mit Knurrfischen am Gürtel seiner Badehose«, sagte Patrick, »um die Haie anzulocken.«

Gregory sah seinen älteren Bruder böse an, aber Maria lächelte nur und sagte: »Und gibt es keine Barrakudas?«

»Barrakudas machen uns nie Probleme«, sagte Patrick, der wieder die Oberhand über das Gespräch gewann. »Die greifen nur an, wenn das Wasser sehr trübe oder aufgewühlt ist. Oder wenn sie einen nur flüchtig sehen und aus Versehen angreifen. Aber wir gehen nicht Speerfischen, wenn das Wasser so aufgewühlt ist.«

»Barrakudas sind echt neugierig«, fügte Gregory hinzu, »und sie schwimmen andauernd um einen herum, bleiben aber immer ein Stück entfernt. Sie greifen uns niemals an.«

»Es sei denn, man schwimmt mit toten Fischen an der Leine«, sagte Patrick, der seinen kleineren Bruder immer noch aufzog. »Oder am Gürtel. Aber wer wäre dumm genug, sich blutende Fische an den Gürtel zu hängen?«

Gregory betrachtete ihn gar nicht. »Aber du kannst zwischen Mouse und mir schwimmen, Maria. Auf diese Weise wird kein Fisch dir etwas tun.«

Die junge Hure lachte und schüttelte ihr dunkles Haar. »Danke, danke euch beiden. Aber ich gehe nicht schwimmen; ich werde den ganzen Tag auf der Insel bleiben und euch beim Fischen zusehen und sie für euch kochen, wenn ihr sie nach Hause bringt.«

»Es ist keine Insel«, sagte Patrick, der offenbar immer noch sauer auf seinen Bruder und wütend war, weil Maria nicht mit ihm schwimmen wollte. »Es ist ein kleiner Fliegenschiß von einer Sandbank.« »Fliegenschiß« hatte er auf englisch gesagt.

Maria nickte und lächelte ihm zu.

Die *Pilar* wartete unmittelbar vor der Bucht von Guanabo, während Hemingway mich mit der *Tin Kid* zum Steg brachte. Der kleine Außenbordmotor stotterte und knatterte, lief aber weiter, während das kleine Boot durch die kleinen Wellen pflügte und dann über das klare Wasser der Bucht zu schweben schien.

»Sie haben gestern vergessen, das einzuladen«, sagte der Schriftsteller und klopfte auf einen länglichen Gegenstand, der in zwei Regenmäntel eingewickelt war.

»Ich zog ein Ende des einen Regenmantels weg. Eine der beiden BARs. Hemingway stieß mit dem Fuß gegen eine Munitionskiste. Ich nickte und fand mich damit ab, die schweren Waffen mit uns herumzuschleppen.

»Sie werden vor uns auf Confites sein, wenn das Wetter nicht beschissen ist«, sagte Hemingway. »Passen Sie nur auf, daß Sie sich nicht allein bei Point Roma auf die Lauer legen.«

»Nein«, sagte ich.

Hemingway sah blinzelnd zur *Pilar* zurück, deren grüne Farbe glänzte, als sich das größere Boot außerhalb der Bucht auf und ab bewegte. Die Jungs zeigten Maria, wie man im Heckstuhl angelte. »Ich würde mich wohler fühlen, wenn Sie Xenophobia mit der *Lorraine* mitnehmen würden.«

»Habe ich ihr angeboten«, sagte ich. »Sie hat zuviel Angst vor dem Wasser, um in so ein kleines Boot zu steigen. Und ich dachte, Sie wollten sie nicht mehr Xenophobia nennen.«

Hemingway zuckte die Achseln. Wir legten am Steg an, wo der alte Mann liebenswürdig mit Hemingway plauderte, während ich die Plane von dem Schnellboot entfernte, die BAR sicherte, die ich in den Regenmantel eingewickelt ließ, die Kiste Munition verstaute, Schläuche und Pumpe für die Ersatzkanister mit Treibstoff nochmals überprüfte und die Heckleine löste.

Hemingway hob die Schlinge der Bugleine hoch und sah auf mich herab. Er trug ein altes afrikanisches Safarihemd, das er an den Ärmeln hochgekrempelt und vorne fast nicht zugeknöpft hatte. Schweiß glänzte auf seinen Unterarmen und im Brusthaar. Er war sehr braungebrannt.

»Was haben Sie dem Mädchen über die Reise erzählt?« fragte er.

»Nichts. Ich sagte nur, daß sie mit uns kommen kann.«

Der Schriftsteller nickte. »Ich habe zwei große Zelte auf der *Pilar*. Gregorio wird sie aufbauen, wenn wir Confites erreicht haben, dann kann sie mit den Jungs dort bleiben, während Wolfer und die anderen ihren … wissenschaftlichen Angelegenheiten nachgehen.«

Ich nickte und sah wieder zur *Pilar* zurück. Die Plane um die Außenbrücke, die bis in Hüfthöhe reichte, war hochgezogen worden, mittschiffs hingen zwei lange Bretter, auf denen in fünfundzwanzig Zentimeter hohen Buchstaben NATURKUNDLICHES MUSEUM stand.

»Halten Sie Saxon wach«, sagte ich. Der Marine hatte die Angewohnheit, in dem stickigen Funkraum einzuschlafen, und ich wollte nicht, daß er mögliche Funksprüche verpaßte.

»Ja.« Hemingway sah blinzelnd nach Osten. Es war immer noch ein wunderschöner Morgen. »Wir bringen sie morgen früh auf den Weg – Wolfer und die anderen –, auf U-Boot-Patrouille nordwestlich von Confites. Wir wollen nicht, daß sie das echte U-Boot abfangen.«

Ich lächelte über diesen Gedanken.

Hemingway warf mir die zusammengerollte Bugleine zu. »Machen Sie Tommys Boot nicht kaputt, Lucas«, sagte er und ging zur *Tin Kid* zurück.

Ich steuerte die Lorraine mit mäßiger Geschwindigkeit aus der Bucht und schwenkte den Bug gleich außerhalb nach Osten. Hemingway hatte den halben Weg zur *Pilar* zurückgelegt. Patrick und Gregory und Maria winkten mir vom Heck des größeren Bootes zu, als ich das Gas etwas durchdrückte und die *Lorraine* in die Höhe ging. Sie sahen aus wie drei glückliche, sonnengebräunte Kinder auf einer Vergnügungsfahrt.

Der kubanische Lieutenant und seine Männer freuten sich, daß sie am Abend Gesellschaft haben würden, und waren schockiert, daß eine Frau ihre Insel besuchte. Alle Männer verschwanden in ihren Hütten, während Fuentes und wir anderen die alten Safarizelte aufbauten, und als die Soldaten zurück kamen, trugen sie immer noch Fetzen, aber jetzt ihre besten und saubersten Fetzen. Maria war liebenswürdig und unterhielt sich in fließendem kubanischen Spanisch mit ihnen, während wir Kisten mit Lebensmitteln und Kochutensilien an Land brachten.

Der Lieutenant hatte in der vergangenen Woche keinerlei Feindaktivität und nur wenige Boote gesehen. Von Guantánamo hatten sie einen Funkspruch empfangen, wonach eine Patrouille aus Camagüey drei Tage zuvor ein feindliches U-Boot vor der Westküste von Bimini in ein Gefecht verwickelt hatte, woraufhin der Lieutenant seine Männer in Alarmbereitschaft und Cayo Confites in Gefechtsstatus versetzt hatte, aber sie hatten keine feindlichen Boote gesehen. Hemingway dankte dem Lieutenant und seinen Männern für ihre Sorgfalt und lud sie zu unserem Abendessen ein.

Als die Sonne untergegangen war, und der Wind die schlimmsten Moskitoschwärme nach Westen geweht hatte, entfachte Fuentes ein großes Lagerfeuer aus Treibholz und grillte große Steaks. Es gab gebackene Kartoffeln und frischen Salat für jeden, und diesmal hatte Wolfer das Bier nicht vergessen. Der Maat hatte einen Limonenkuchen zum Dessert gebacken und danach wurden die Whiskeyflaschen an jeden herumgereicht, einschließlich der Jungs und Marias. Die Kubaner legten sich gegen Mitternacht hin, aber wir anderen saßen noch rund eine Stunde an Treibholzbalken gelehnt, sahen zu, wie Fünkchen von dem Lagerfeuer in die Höhe zu den Sternbildern stoben und unterhielten uns über U-Boote und den Krieg. Wenn wir Englisch sprachen, verstand Maria nichts, aber sie lächelte unablässig und schien sich prächtig zu amüsieren.

»Ich möchte«, sagte Hemingway an Wolfer und Patchi gewandt, »daß ihr morgen mit der *Pilar* Richtung Megano de Casigua fahrt. Haltet die Augen nach U-Boot-Aktivität offen und sorgt dafür, daß Saxon nach U-Booten horcht, die mit dem Festland oder der *Kreuz des Südens* Verbindung aufnehmen. Heute hat er nur ein paar deutsche Brocken von den Wolfsrudeln im Norden aufgeschnappt.«

»Ich dachte, wir würden die Jacht auf der Fahrt hierher sehen«, sagte Winston Guest. »Als sie zuletzt gesehen wurde, hatte sie diesen Kurs gesetzt.«

»Vielleicht seht ihr sie morgen«, sagte Hemingway. »Wenn ja, steht es euch frei, sie zu beschatten.«

»Und wenn *Señorita* Helga an Bord ist?« fragte Ibarlucia und hob die Whiskeyflasche zu einem Toast.

»Kannst du sie meinetwegen für mich mitficken«, sagte Hemingway. Dann zuckte er wie ein ertappter Schuljunge zusammen und sah zu Maria, aber offenbar gehörte dieser elementare Ausdruck ihres Gewerbes nicht zu ihrem englischen Wortschatz.

»Wie auch immer«, fuhr der Schriftsteller fort, »Lucas und ich werden mit Shevlins kleinem Liebling über Puerto de Nuevitas und über Cayo Sabinal hinaus fahren, einige Flüsse und Meerarme dort untersuchen, das Gebiet kartographieren und nach möglichen Stellen für Nachschubbasen Ausschau halten.«

Fuentes rieb sich das Kinn. »Mich überrascht, daß *Señor* Shevlin sein wunderschönes Boot für so etwas ausgeliehen hat.«

»Tom ist in der Hooligan Navy«, sagte Hemingway. »Er möchte, daß er seinen Teil dazu beiträgt. Und die *Lorraine* ihren.« Er sah Winston Guest über das niedergebrannte Lagerfeuer hinweg an. »Wolfer, achten Sie darauf, daß Maria und die Jungs alles haben, damit sie morgen etwas Speerfischen und sich die Zeit vertreiben können.«

Guest nickte. »Ich lasse ihnen die *Tin Kid* zum Fischen hier«, sagte er. »Der Lieutenant hat versprochen, daß er auf die Jungs aufpaßt, bis wir morgen abend wieder hier sind.«

»Lucas und ich werden irgendwo bei Puerto Tarafa biwakieren«, log der Schriftsteller. »Und wir sehen uns am Freitag morgen. Brechen Sie nicht zur Patrouille auf, bevor wir zurückkommen.«

Wenn wir zurückkommen, dachte er.

Wir brachen vor Sonnenaufgang auf. Hemingway sah nach seinen Jungs, die in einem Zelt schliefen, dann ruderte er mit der *Tin Kid* zu der Stelle, wo die *Pilar* und die *Lorraine* vor Anker lagen. Der Morgen war windig und kühler als die meisten in diesem Sommer. Fuentes hatte am vergangenen Abend ein großes Aufhebens um die *Pilar* gemacht und einen Bug- und zwei Heckanker gesetzt, bevor wir ihm versicherten, daß sie mit der morgendlichen Flut auslaufen würde, aber die *Lorraine* schwankte und zerrte an ihrem einzigen Ankertau wie ein Hund, der es kaum erwarten kann, von der Leine gelassen zu werden.

Hemingway setzte sich ans Steuer und brachte uns hinaus. Er trug dasselbe Safarihemd wie am Tag zuvor und eine Mütze mit einem langem Schirm, der ihm tief ins Gesicht reichte. Er drehte den Motor nicht auf, weil er die Jungs nicht wecken wollte. Als wir die *Pilar* passierten, trat Fuentes an Deck und salutierte seinem Boss mit zwei Fingern. Hemingway erwiderte den Salut, und dann hatten wir das Riff hinter uns gelassen, und der Motor heulte stärker auf, während wir durch die Wellen rasten.

Der Schriftsteller sah auf den Kompaß, setzte unseren Kurs auf einhundert Grad fest und ließ die Hand auf dem Duesenberg-Steuerrad liegen. »Haben wir alles?« fragte er.

»Ja.« Ich war am Abend zuvor auf der *Lorraine* gewesen, als die anderen zu Abend gegessen hatten. Die Liste war komplett.

»Nein, haben wir nicht«, sagte Hemingway.

»Nicht?«

Er sah zum Heck, griff in seine Safarijacke, holte zwei kurze, breite Korken heraus und warf mir einen zu. Ich betrachtete den Korken mit hochgezogenen Brauen.

»Arschlochkorken«, sagte er, drehte sich herum und betrachtete den Sonnenaufgang ein kleines Stück nördlich unseres eingeschlagenen Kurses. Unsere Richtung führte östlich am Archipelago de Camagüey vorbei, und wir hielten uns am Rand des Golfstroms, gerade in Sichtweite des Landes. Wind und Wellen blieben akzeptabel, aber die Sonne brach durch die Wolkenfetzen, und die Hitze des Tages kehrte mit aller Macht zurück. Kurz bevor wir nach Südosten zur Bahía Manatí und Point Roma steuerten, holte ich das Fernglas aus der wasserdichten Hülle und suchte den nördlichen Horizont ab.

»Wonach halten Sie Ausschau, Lucas?«

»Cayo Cerdo Perdido.«

Hemingway kicherte. »Die Richtung stimmt, aber der Zeitpunkt nicht. Ist gerade Flut. Die Insel des verlorenen Schweins müßte gerade unter Wasser sein. Das ist ein fieses kleines Riff.«

»Ja«, sagte ich. Das wollte ich bestätigen.

Hemingway schwenkte den Bug auf Steuerkurs 160, woraufhin die achterliche See gegen unsere Backbord- und Heckseite schlug. Mit weniger Geschwindigkeit hätte das Schnellboot ekelerregend geschwankt, aber der Schriftsteller gab gerade genug Gas, daß wir durch die Wellen schnitten, ohne zuviel Treibstoff zu vergeuden.

Als wir das Blau des Golfstroms verließen, sah ich nach Norden zurück. Irgendwo da draußen drängten sich Dutzende Männer unter Periskoptiefe in einem langen, feuchten, tropfenden Tank, der nach Schweiß und Dieselöl und Kohl und alten Socken roch. Sie waren da unten in der Dunkelheit, schon seit Wochen, in ihren Knochen und ihren Schädeln pochte der unablässige Rhythmus der Motoren und Kolben, die ihr Boot antrieben, ihre Haut juckte nach zu vielen Tagen ohne zu baden oder rasieren, ihre Ohren hatten sich an das Ächzen und Stöhnen des Stahlrumpfes unter Druck gewöhnt. Sie verbrachten ihre Tage in der kalten Dunkelheit der Tiefen und kamen nur nachts an die Oberfläche, um ihre Batterien aufzuladen und etwas frische Luft zu tanken. Nur der Kapitän und möglicherweise der Erste Offizier genossen das Privileg, durch das Periskop zu schauen, wenn sie ihre Position anhand landschaftlicher Merkmale auf dem Festland bestimmten oder sich ihrer Beute näherten; die restlichen Männer lauschten und warteten schweigend auf Befehle – um auf Gefechtsstation zu gehen, Torpedos abzufeuern –, und dann warteten sie weiter auf die unmißverständlichen Geräusche von Explosionen und dem Rumpf eines Handelsschiffes, das unter dem Druck zerbrach, wenn es sank. Und dann warteten sie auf die Explosion der Ladung, die möglicherweise sie selbst versenkte.

Ein Scheißleben.

Wenn der abgefangene Funkspruch echt gewesen war, bereiteten sich gerade zwei dieser Männer, die da draußen in der Tiefe saßen, darauf vor, an Land zu kommen. Waren sie nervös an ihrem letzten Tag auf dem U-Boot – überprüften sie ihre Karten und Codeworte und Ausrüstung ein letztes Mal, während sie Zivilkleidung anzogen und immer wieder ihre Pistolen einölten? Natürlich waren sie nervös. Aber wahrscheinlich brannten sie auch darauf, der Dunkelheit und dem Gestank des Boots zu entkommen und zu tun, wofür sie ausgebildet worden waren.

Wofür waren sie ausgebildet worden? Teddy Schlegel hatte offenbar nichts über ihren Auftrag gewußt. Ein Treffen mit dem FBI? Das war fast unglaublich.

»Da ist der Point«, sagte Hemingway. »Holen Sie die *niños* heraus.«

Wir waren uns einig gewesen, daß wir die gesamte Gegend absuchen wollten, bevor wir uns einen Aussichtspunkt und ein Versteck suchten. Das bedeutete, daß wir in die Manatíbucht hineinfahren und auch die Points und die Küste überprüfen mußten. Wenn dies eine Falle war, dann sollte sie wahrscheinlich bei Tage zuschnappen, wenn wir eintrafen. Ich ging zu den verborgenen Stauräumen und holte die beiden Thompson-Maschinengewehre und einen Segeltuchbeutel Ersatzmagazine heraus. Das Metall der Waffen fühlte sich unter der Berührung ölig an.

»Und ein paar Eier«, sagte Hemingway vom Steuerrad.

Ich machte eine Kiste mit Handgranaten auf. Sie waren grau, schwer und fühlten sich kalt an, als ich vier davon in die Tasche zu den Ersatzmagazinen legte.

»Halten Sie die *niños* von der salzigen Gischt fern«, sagte Hemingway. Er steuerte die *Lorraine* rasch von Nordosten herein.

Ich legte die Maschinenpistolen zwischen die Sitze, unter das Armaturenbrett aus Chrom und Mahagoni, wo sie vor der Gischt geschützt waren, und suchte die Küstenlinie mit dem Fernglas ab. Wenn man lange genug Karten studiert hat, kommt es einem oft so vor, als kannte man einen Ort bereits, wenn man dann tatsächlich hinkommt. Aber ich hatte diese Punkte der Bucht noch nie gesehen. Bei unseren bisherigen Ausflügen an der Küste entlang waren wir zu weit draußen auf See gewesen, um Einzelheiten zu erkennen. Nun nahm die Wirklichkeit Gestalt an. Sie war so, wie die Karten angedeutet hatten.

Der Eingang zur Bahía Mantaí war breiter als ich gedacht hätte – etwa vierzig Meter von einem Punkt zum anderen. Point Jesus, auf der Ostseite, ragte weiter ins Meer hinaus als Point Roma, auf der Westseite des Meeresarms, aber ich konnte sehen, warum Point Roma für das Leuchtsignal ausgewählt worden war: Die Klippen auf der Seite von Point Roma waren höher, erhoben sich rund zehn Meter über Meereshöhe, im Gegensatz zu den drei- bis dreieinhalb Meter hohen Klippen auf der Seite von Point Jesus. Ich konnte die verhaltene Krümmung der Enseñada Herradura westlich von Point Roma sehen, die langgezogene Kurve eines Meeresarms, die zwischen Mangroven und Sümpfen verschwand. Der Rest der Küstenlinie hier war zerklüftet, Felsen und Riffe umgaben Point Jesus, westlich der Enseñada Herradura gab es weitere Untiefen und Felsblöcke. Der natürliche Strand war spärlich, aber unter dem Leuchtsignal von Point Roma konnte man einen hübschen Sandstreifen erkennen.

Ich studierte den Leuchtturm durch das Fernglas. Das Metall war rostig, hier und da ganz durchgefressen, und wurde offensichtlich nicht gewartet, aber das echte Problem war, daß jemand die Linsen und die Lichtanlage gestohlen hatte. Es schien, als würde das Lichtsignal schon lange nicht mehr funktionieren. Wenn ich über den verfallenen Leuchtturm hinaussah, konnte ich im Osten und im Westen verwahrloste Zuckerrohrfelder erkennen, die sich auf der Klippe bis zum Horizont erstreckten. Die Landschaft war kein richtiger Dschungel; ich konnte ein paar Sträucher und Palmen über dem Mangrovendickicht erkennen, aber der größte Teil des Landes war für den Zuckerrohranbau urbar gemacht worden, ehe es wieder verwilderte. Abgesehen von dem defekten Leuchtturm war das einzige Anzeichen von Zivilisation, das man vom Meer aus erkennen konnte, der Schornstein von Manatí, der auf der Westseite der Bucht über dem Zuckerrohr aufragte.

»Ich fahre rein, damit wir uns in der Bucht umsehen können«, sagte Hemingway leise. »Bereiten Sie sich darauf vor, mit einer Stange auf den Bug rauszuklettern, wenn die Kanäle nicht gekennzeichnet sind. Und nehmen Sie Ihr *niño* mit.«

Ich nickte, hob die Waffe und hängte mir das Fernglas um den Hals. Die Maschinenpistole auf meinem Schoß kam mir ein wenig albern vor; natürlich war ich in Quantico wie auch in Camp X an diesen Waffen ausgebildet worden, aber ich hatte die sogenannten

Tommy-Gewehre nie richtig leiden können. Sie hatten eine geringe Reichweite und eine noch geringere Treffsicherheit. Im Grunde genommen waren sie nichts weiter als Pistolen mit einer erstaunlich hohen Schußzahl; ganz nützlich, um etwas aus großer Nähe niederzumähen. Gut, um in Filmen herumzuballern, aber nicht so gut wie ein ordentliches Gewehr für größere Entfernungen oder eine Pistole, mit der man vertraut war, für den Nahkampf.

Brandung brach sich auf den Felsen im Osten und auf dem Riff im Westen, als wir bremsten und in den Mittelkanal tuckerten. Jenseits des Eingangs kennzeichneten mehrere Pfähle – teils nichts weiter als abgestorbene, in den Schlick von Sandbänken gesteckte Äste – den Verlauf des schmalen Kanals. Einige Pfähle fehlten ganz offensichtlich, andere waren gekippt, so daß ihre Spitzen gerade unter die Wasseroberfläche reichten.

Hemingway bremste die *Lorraine* bis fast zum Leerlauf herunter und hielt sich in der Mitte des Kanals, während ich die Points und Klippen und Zuckerrohrfelder auf beiden Seiten nach Spuren von Bewegung oder dem Funkeln von Sonnenlicht auf Metall oder Glas absuchte. Nichts ist so undurchdringlich für das Auge wie ein Zuckerrohrfeld.

Wir schwenkten leicht nach links, als der Meeresarm sich etwas nach Osten krümmte, ehe er erneut nach Süden bog. Wir hatten das so geplant – kurz nach der Flut einzutreffen, um etwa den Zustand vorzufinden, der heute nacht um elf herrschen würde –, aber dennoch konnten wir sehen, wo der Kanal nach jahrelanger Vernachlässigung verschlickt war. Der Weg vor uns war vergleichsweise frei, und ich mußte nicht einmal mit einem Stahlseil oder einer Stange auf den Bug kriechen, aber hinter uns hatte der Außenbordmotor das Wasser zu einer schlammigen Brühe ausgewirbelt, die die Farbe von Kaffee mit zuviel Milch hatte.

»Wirbeln wir Schlamm auf?« fragte Hemingway mit gepreßter Stimme.

»Nur von der Steuerbordsandbank. Bis wir da durch sind, sollten Sie sie vielleicht hart backbord halten.«

Hemingway klopfte auf die Karte, die er auf das Armaturenbrett gelegt hatte. »Hier steht acht Faden, sechs bis hier, fünf an der Biegung des Kanals. Ich wette, wir haben hier keine zwei Faden. Und es ist hier nur drei Meter breit. Jenseits liegen nur Schlammbänke.«

»Ja.« *Doce Apostoles* kamen an einem Punkt links von uns in Sicht. Die Küstenklippen lagen hier in der Manatíbucht hinter uns, und die Zuckerrohrfelder und Mangroven reichten bis unmittelbar ans Wasser heran, aber ein kleiner Hügel verlief von der Bucht weg, wo man die zwölf Felsen durch das Grün sehen konnte, und unterhalb der Felsen wurden ein halbes Dutzend halbverfallene Hütten von Ranken und Unkraut überwuchert. Ein Labyrinth uralter Pfade verlief am Ufer entlang und hinunter zu einem Steg, aber die Pfade schienen in jüngster Zeit nicht benutzt worden zu sein, und der Steg war ins Meer gestürzt.

Ich beobachtete die schwarzen Fenster der Hütten und entsicherte die Thompson.

»Da sind die Wege und der Schober«, sagte Hemingway leise.

Die Bucht wurde breiter. Ich konnte sehen, daß das Ende etwa eine Meile südwestlich lag und ein tiefer Meeresarm südöstlich der *Doce Apostoles* sich bis außer Sichtweite erstreckte. In der Mitte, der Bucht, direkt vor uns, lag eine einzige Insel mit Bäumen. Steuerbord, wo Hemingway hinsah, wurde das grüne Dickicht der verwilderten Zuckerrohrfelder von zwei Öffnungen unterbrochen, an denen rostige Schienen in die Felder führten. An den südlichen Gleisen ragte der gemauerte Schornstein neun oder zehn Meter hoch auf. Dort lagen mehrere Backsteingebäude der ehemaligen Raffinerie Manatí, zwei Stege ragten in die Bucht hinein, wo der Weg aufhörte, aber die Glasscheiben der Gebäude waren zerbrochen, ein Steg war eingestürzt, der andere führte in Wasser, das keine dreißig Zentimter mehr tief war, und die Feldwege am Ufer entlang waren zugewachsen.

»Scheiße«, sagte Hemingway. »Laut Karte sollten wir hier fünf Faden haben. Tatsächlich haben wir weniger als einen. Gehen Sie mit der Stange raus.«

Ich warf die Thompson über meine Schulter und kletterte mit einer langen Stange auf den Bug hinaus. »Das war eine Schlickbank«, sagte ich. »Voraus haben wir fast einen Faden.«

Der Motor grollte, wir fuhren weiter und wirbelten hinter uns Schlamm auf. Die kleine Insel, die auf unserer Karte als »Cayo Largo« eingezeichnet war, erhob sich vor uns aus dem Wasser. Ein weiterer Hügel ragte etwa doppelt so hoch wie die Zwölf Apostel rechts an der Küstenlinie über dem Zuckerrohr auf. Dahinter konnte man am südöstlichen Rand der Bucht weitere Ruinen erkennen.

»Das ist das Hauptwerk der Raffinerie Manatí«, sagte Hemingway leise, während wir die kleine Insel langsam umrundeten. Es standen ein paar Hütten auf der Insel, aber die waren fast vollständig von Bäumen und Ranken zugewuchert worden. Ich drehte den Kopf wie der Pilot eines Kampfbombers und versuchte, die Backsteingebäude am Ufer, das Gelände rund um den Schober, die alte Werkshalle und die Häuser auf der Insel nach Bewegungen abzusuchen. Plötzlich gab es eine Explosion aus Lärm und Farben, als zwanzig oder dreißig Flamingos von einer Sandbank am Meeresarm in die Höhe stoben. Ich gebe zu, daß ich die Thompson in die Richtung herumriß, nur um sie verlegen wieder sinken zu lassen. Die Vögel flatterten lärmend an der Südwestkurve der Bucht entlang und landeten auf einem anderen Sandstreifen, der auf der Karte als »Estero San Joaquin« eingzeichnet war.

»*Cocos*«, sagte Hemingway, machte den Motor aus und ließ das Boot mit der schwachen Strömung treiben.

Ich sah zu dem Hügel, auf den er zeigte. Etwa ein Dutzend der Riesenstörche, die er meinte, flatterten über die Lagune zwischen den verfallenden Stegen beim Schober und der Hügelkuppe. Nicht weit entfernt wateten zwei rosafarbene Löffelreiher geziert über eine der wenigen Schlammbänke, die auch bei Flut noch über die Wasseroberfläche ragten.

Der größte Teil der Bucht lag vor uns, aber er war überwiegend selbst für den minimalen Tiefgang der *Lorraine* zu verschlickt. »Ich wette, da haben wir größtenteils keine zwanzig Zentimeter Wasser«, sagte Hemingway und bewegte die geschwollenen Finger in einem Kreis, der die gesamte Breite der Bucht einschloß.

»Nein«, stimmte ich zu. »Aber ein Gummiboot könnte es schaffen.«

»Ja. Und sie könnten in der Nacht herkommen und direkt zum Steg oder zu der alten Straße da drüben fahren, aber ich glaube immer noch nicht, daß sie das tun werden.«

»Warum nicht? Dort ist es abgeschiedener.«

»Stimmt«, sagte Hemingway, »und ich glaube, das ist einer der Gründe, weshalb sie nicht bis ganz in die Bucht kommen werden. Ich glaube, sie werden in Sichtweite des U-Boots bleiben wollen –

sie durch Taschenlampensignale oder so etwas wissen lassen, daß sie erfolgreich gelandet sind.«

Ich nickte. Hemingsways Ansicht entsprang reiner Intuition, aber meine Erfahrung sagte mir, daß er recht hatte.

»Außerdem«, fuhr Hemingway fort, »sollen sie eine Stunde vor Mondaufgang ankommen und es wäre eine Tortur, den ersten Abschnitt des Kanals im Dunkeln zurückzulegen, auch wenn ihr Boot nur fünfzehn bis zwanzig Zentimeter Tiefgang hat.«

Ich setzte mich auf das brennend heiße Holz des Bugs und hielt die lange Stange und die Maschinenpistole auf den Knien. »Sehe ich auch so«, sagte ich. »Point Roma scheint die Stelle zu sein. Sollen wir hinfahren und ein Plätzchen suchen, an dem wir mit der *Lorraine* vor Anker gehen können?« Obwohl wir erst Mittag hatten und eine milde Brise wehte, schwebten ganze Schwärme Moskitos und Sandfliegen auf uns zu.

»Ja«, antwortete Hemingway. »Sehen wir zu, daß wir hier wegkommen.«

Wir brauchten etwas mehr als eine Stunde, um eine Stelle zu finden, an der wir die *Lorraine* an einer sumpfigen Innenkurve an der Enseñada Herradura verstecken, das Gelände über dem Leuchtturm von Point Roma sondieren und anschließend unsere Ausrüstung dorthin schaffen konnten. Das beste Versteck für das Boot war in der Mangrovenlagune unmittelbar westlich des Point, die naturgemäß aus einem Chaos von Schlamm und Moskitoschwärmen bestand. Es wäre klüger gewesen, unsere Ausrüstung auf dem Sand des Point zu deponieren und das Boot danach zu verstecken, aber wir hatten es beide eilig, die *Lorraine* in ihr Versteck zu bringen und weiterzumachen, und daher mußten wir den Weg bergab durch Dickichte, Insekten und Schlamm letztendlich zweimal zurücklegen.

Die Entscheidung, wo wir uns verstecken sollten, war Schwerstarbeit. Natürlich wollten wir den Point sehen, aber auch einen freien Blick auf den Meeresarm haben, falls die deutschen Agenten unseren Erwartungen zuwider handelten und direkt in die Bahía Manatí fuhren. Außerdem wollten wir freien Blick aufs Meer und brauchten eine gute Rückzugsmöglichkeit, falls wir unsere Position verändern oder einfach eine Flucht zum Schnellboot antreten mußten. Und nicht zuletzt brauchten wir eine Deckung.

Das war ein Test für Hemingways militärisches Gespür, und ich war beeindruckt von seiner Entscheidung. Es gab eine perfekte Stelle nahe der Hügelkuppe – unmittelbar am Rand des umliegenden Zuckerrohrfeldes, im Schatten eines niedrigen Baums, und mit einem Zweihundertsiebzig-Grad-Rundblick auf den Leuchtturm, den Meeresarm, den nördlichen Teil der Manatíbucht und selbst auf die Enseñada hinter uns. Es führte sogar ein alter Pfad zu dieser hochgelegenen Stelle, der im Norden bis zum Sandstrand und im Süden bis zur alten Straße zur Raffinerie lief, was es einfacher machte, unsere Ausrüstung hochzuschleppen. Hemingway deutete sofort darauf und sagte: »Zu offensichtlich. Wir schauen weiter unten am Hügel nach.«

Er hatte recht. Ein Aspekt dieses tödlichen Spiels, den wir nicht vergessen durften, war der, daß möglicherweise *davon ausgegangen wurde*, daß wir da waren. Es war schwer zu verstehen, weshalb uns einer der beiden deutschen Nachrichtendienste eine Falle stellen sollte, aber wenn eine Falle gestellt wurde, gab es von unserer Seite keinen Grund, es ihnen leichter zu machen.

Hemingway entschied sich für eine Stelle etwa ein Drittel hangabwärts und westlich des Point. Es gab keine richtigen Dünen an diesem Küstenabschnitt, aber Erosion hatte zahllose Wasserrinnen in die Oberfläche der niedrigeren Klippen gegraben, und Hemingway entschied sich für eine dieser Rinnen am Grat des Hangs, die zwischen der Spitze der Bucht und dem Meeresarm verlief, an dem wir das Boot versteckt hatten. Die Schlucht war an der Nordseite – der Meerseite – schmal und steil, aber auf dem südwestlichen Abschnitt, am Rand des Zuckerrohrfeldes, breiter und mit Bäumen und Sträuchern bewachsen. Vom höchsten Punkt dieser Rinne konnten wir den Leuchtturm, den Weg, der auf der höchsten Stelle des Grats verlief, die sandige Stelle des Meeresarms und einen breiten Streifen des offenen Meeres sehen. Von der Rinne konnten wir gut geschützt zur Spitze des Grats laufen, um die Bucht und die Straße zur alten Raffinerie einzusehen, und wenn wir etwas auf der alten Straße oder den alten Eisenbahnschienen hinter uns entdeckten, konnten wir uns entweder unsere Rinne hinunter zurückziehen, oder in das Zuckerrohrfeld und von dort aus zurück zum Schnellboot.

Es war heiß. Wir schleppten zwei Planen hoch und spannten sie über den schmalen Graben, banden sie an Wurzeln und Felsen fest, vertäuten sie, damit sie auch bei starkem Wind nicht flattern würden, ließen sie durchhängen, damit sie wie ein Teil der Rinne wirkten, und streuten Erde und Zweige als Tarnung darauf. Aus dreißig Schritt Entfernung war unser Versteck bei Tage so gut wie nicht zu erkennen. Nachts müßte es uns auch vor allen anderen verbergen, die über den Grat kommen mochten.

Die Sandfliegen waren mörderisch – ihre Stiche schwollen sofort an –, aber Hemingway sprühte das ganze Gebiet um unseren abgedeckten Schützengraben herum mit Flit aus und gab dann mir die Dose mit dem Insektenschutz. Der Schriftsteller hatte nicht darauf bestanden, daß wir die BAR auf den Hügel schleppten – sie war zu klobig und ließ sich nur schwer tragen, falls wir unsere Stellung in der Nacht aufgeben und zum Boot laufen mußten –, aber er *hatte* darauf bestanden, daß wir das lange Gewehr aus seiner Hülle holten und einen Munitionsgürtel umbanden, bevor wir die *Lorraine* verlassen hatten. Ich glaube, er hatte sich darauf vorbereiten wollen, daß wir uns den Weg aus einer Falle freischießen mußten, falls es erforderlich wurde.

Zusammen mit den Planen, den Thompson-Maschinenpistolen, einem Beutel mit Granaten, einer Tasche mit Ersatzmagazinen, dem Fernglas, der Dose Flit, Messern und persönlicher Ausrüstung, den Sombreros, dem Erste-Hilfe-Kästchen und Pistolen samt Halftern für uns beide hatten wir auch eine kleine Kühltasche mit Bier und Sandwiches den Sandhang zu unserem Versteck hinaufgeschleppt. Am frühen Nachmittag machten wir eine Essenspause – für mich Sandwiches mit Corned Beef, für Hemingway Sandwiches mit Rührei und rohen Zwiebeln, alles zusammen mit kaltem Bier hinuntergespült. Ich mußte lächeln, als ich daran dachte, wie Direktor Hoover reagieren würde, wenn er erfuhr, daß einer seiner Agenten mitten in einer Observierung Bier trank. Dann verschwand mein Lächeln, als mir klar wurde, daß ich mit ziemlicher Sicherheit keinen Job mehr in Mr. Hoovers Bureau hatte.

Den ganzen langen Nachmittag und frühen Abend lagen wir in unserer Felsrinne, hielten abwechselnd mit dem Fernglas auf dem Ozean Ausschau und versuchten, wegen der Sandfliegen- und Moskitostiche nicht zu schreien. Ab und zu lief einer von uns zum Gipfel des Grats hinauf und überprüfte die Bucht, die *Doce Apostoles*, die alte Straße und die alte Raffinerie nach Anzeichen von Bewegung. Aber die meiste Zeit lagen wir einfach nur herum.

Anfangs flüsterten wir, wenn wir uns unterhalten wollten, aber bald wurde uns klar, daß wir bei der Brandung von Point Jesus, den Wellen, die gegen die niedrigeren Klippen von Point Roma tosten und dem Wind in den Zuckerrohrfeldern hinter uns, mit normaler Stimme sprechen konnten, ohne daß uns jemand in drei Metern Entfernung gehört hätte.

Am späten Abend, als die Sonne hinter der Felsenspitze von Point Brava im Westen untergegangen war und das Meer sich in der Dunkelheit lauter anhörte, kam es mir vor, als würden wir uns schon seit einer Woche oder länger dort verstecken. Wir hatten abwechselnd geschlafen, damit wir in der Nacht wach sein würden, aber ich glaube nicht, daß Hemingway auch nur zehn Minuten schlief. Der Schriftsteller war bester Laune und ließ keine Anzeichen von Nervosität erkennen. Seine Stimme klang unbekümmert, sein Benehmen war entspannt, sein Humor unerschütterlich.

»Bevor wir aufgebrochen sind, habe ich von Marty gehört«, sagte er. »Sie hat eine Kabeldepesche von Baseterre auf Saint Kitts geschickt. Ihre drei Neger hatten das Abenteuer schließlich satt, und sie ist auf dieser Insel gestrandet. Die Depesche war natürlich zensiert, aber ich hatte den Eindruck, als wäre sie von Insel zu Insel gesegelt, um deutsche U-Boote und Abenteuer zu suchen.«

»Hat sie etwas gefunden?«

»Marty findet immer ein Abenteuer«, sagte Hemingway grinsend. »Sie überlegt, ob sie als nächstes nach Paramaribo weiterreisen soll.«

»Paramaribo?« sagte ich.

»Das liegt in Holländisch Guayana«, sagte Hemingway und rieb sich den Schweiß aus den Augen. Ich bemerkte, wie geschwollen sein Ohr war und hatte deswegen ein schlechtes Gewissen.

»Ich weiß, wo Paramaribo ist. Warum will sie dorthin?«

»Quién sabe?« sagte Hemingway. »Marthas Vorstellung von einem Abenteuer ist, irgendwohin zu fahren, weit weg, wo es möglichst unkomfortabel ist und dann einfach alles auf sich zukommen zu lassen, während sie ununterbrochen darüber stöhnt und jammert. Dann schreibt sie einen brillanten Essay, über den jeder lacht. Wenn sie überlebt.«

»Machen Sie sich Sorgen um sie?« fragte ich. Ich versuchte, mir vorzustellen, wie mir zumute wäre, wenn ich die Verantwortung für eine Lebensgefährtin tragen würde, die in Dschungeln und von U-Booten verseuchten Gewässern herumschipperte, wo ich nichts tun konnte, um ihr zu helfen, wenn etwas schiefging. Ich versuchte mir vorzustellen, überhaupt für eine Frau verantwortlich zu sein.

Hemingway zuckte die Achseln. »Marty kann auf sich selbst aufpassen. Möchten Sie noch ein Bier?« Er stemmte mit dem Griff seines Messers den Kronkorken von einer neuen Flasche.

»Nein. Ich denke, ich sollte wenigstens etwas nüchtern sein, wenn das deutsche U-Boot ankommt.«

»Warum?« fragte Hemingway. Nach einer Weile, als die Schatten zu echter Dunkelheit zusammenwuchsen, sagte er: »Wolfer hat vielleicht einiges über Marty zu Ihnen gesagt. Böse Sachen.«

Ich hob das Fernglas, um zum spärlich erleuchteten Horizont zu schauen und sagte nichts.

»Wolfer ist eifersüchtig«, sagte der Schriftsteller.

Ich fand, das war eine sonderbare Bemerkung. Ich ließ das Fernglas sinken und horchte, wie der Nachtwind in dem Zuckerrrohr rauschte.

»Glauben Sie nichts allzu Drastisches, das Winston gesagt haben könnte«, fuhr Hemingway fort. »Marty ist eine sehr begabte Schriftstellerin. Das ist das Problem.«

»Was?« fragte ich.

Hemingway rülpste leise und schob die Maschinenpistole von sich. »Daß sie begabt ist«, sagte er sachlich. »Zumindest beim Schreiben bin ich aber begabter. Es gibt keine schlimmere Hölle auf Erden, als sich ständig einem Genie gegenüberzusehen, dem man selbst nicht das Wasser reichen kann. Das weiß ich. Ich habe es selbst schon erlebt.«

Er schwieg mehrere Minuten. Er hatte es so leise gesagt, so sachlich, daß mir klarwurde, erstens prahlte er nicht, und zweitens hatte er mit ziemlicher Sicherheit recht.

»Was werden Sie als nächstes schreiben?« fragte ich und konnte selbst kaum fassen, daß ich diese Frage stellte. Aber ich war neugierig.

Hemingway schien ebenfalls überrascht zu sein. »Das interessiert Sie? *Sie?* Den ewig Unbelesenen?«

Ich sah wieder durch das Fernglas. Der Horizont war eine vage Linie. In der Dunkelheit schien die Brandung sehr laut zu sein. Ich sah auf die Uhr. Es war 21:28 Uhr.

»Entschuldigung«, sagte Hemingway. Es war das einzige Mal, daß er sich je bei mir entschuldigte. »Ich weiß nicht, was ich als nächstes schreiben werde, Lucas. Eines Tages, nach dem Krieg, schreibe ich vielleicht über dieses Tohuwabohu hier.« Ich merkte, wie er mich in der Dunkelheit ansah. »Sie werden auch darin vorkommen. Aber ich werde Ihre schlimmsten Eigenschaften mit den schlimmsten Eigenschaften von Saxon kombinieren. Sie werden nicht nur den Fußpilz haben, sondern auch Ihren beschissenen Charakter. Alle werden Sie hassen.«

»Warum machen Sie das?« fragte ich leise. Die Brise wehte ein paar Moskitos von meinem Gesicht weg. Die Brandungslinie leuchtete in der späten Dämmerung.

»Was machen?«

»Geschichten schreiben, statt über wahre Dinge zu schreiben.«

Hemingway schüttelte den Kopf. »Es ist schwer, ein guter Schriftsteller zu sein, Lucas, wenn man die Welt liebt, in der man lebt, und wenn man bestimmte Leute liebt. Und es ist noch schwerer, wenn man so viele Orte liebt. Man kann nicht einfach alles Äußere verinnerlichen, das ist Fotografie. Man muß es machen wie Cézanne, aus dem eigenen Inneren heraus. Das ist Kunst. Man muß es aus dem eigenen Inneren heraus machen. Haben Sie verstanden?«

»Nein«, sagte ich.

Hemingway seufzte leise und nickte. »Es ist, als würde man Menschen zuhören, Lucas. Wenn deren Erfahrungen lebendig sind, werden sie zu einem Teil von einem selbst, ob die Geschichten Quatsch sind oder nicht. Spielt keine Rolle. Nach einer Weile werden deren Erlebnisse lebendiger als Ihre eigenen. Dann mischt man alles zusammen. Man erfindet etwas aus der eigenen Lebensgeschichte und der aller anderen. Und nach einer Weile spielt es keine Rolle mehr, was was ist... was die eigenen Geschichten sind und was die der anderen, was wahr und was Quatsch ist. Dann ist alles wahr. Es ist das Land, wissen Sie, und das Wetter. Alle, die man kennt. Aber man muß vermeiden, damit anzugeben... alles vorzuführen, was man weiß, als würde man gefangene Soldaten durch das Capitol führen... das haben Joyce und so viele getan, und darum sind sie gescheitert.« Er sah mich mit einem stechenden Blick an. »Joyce ist ein Mann, keine Frau.«

»Ich weiß«, sagte ich. »Ich erinnere mich, daß ich das Buch auf Ihrem Regal gesehen habe.«

»Sie haben ein gutes Gedächtnis, Lucas.«

»Stimmt.«

»Sie könnten ein guter Schriftsteller sein.«

Ich lachte. »Ich könnte niemals so lügen«, sagte ich und merkte erst, was ich gesagt hatte, als es schon heraus war.

Hemingway lachte ebenfalls. »Sie sind der größte Lügner, der mir je untergekommen ist, Lucas. Sie erzählen Lügen so natürlich wie ein Baby an der Mutterbrust saugt. Bei Ihnen ist das instinktiv. Ich weiß es. Ich habe meine Erfahrungen an der Brust.«

Ich sagte nichts.

»Der Trick bei der Literatur ist so etwas wie der Trick, ein Boot zu beladen, ohne daß es seine Seetüchtigkeit verliert«, sagte er. »Es gibt tausend ungreifbare Dinge, die man in jeden Satz hineinpacken muß. Das meiste sollte nicht sichtbar sein, nur angedeutet werden. Haben Sie jemals ein Zen-Aquarell gesehen, Lucas?«

»Nein.«

»Dann werden Sie nicht verstehen, wenn ich sage, daß ein Zen-Künstler einen Falken malt, indem er einfach ein Fleckchen blauen Himmel malt, ohne Falken.«

»Nein«, stimmte ich zu, obwohl es ein Teil von mir durchaus verstand.

Hemingway zeigte zum Meer. »Wie das gottverdammte U-Boot, das momentan da draußen ist. Wenn wir das Periskop sehen, wissen wir, daß der ganze Rest da unten ist... der Turm, die Torpedos, der Maschinenraum mit seinen Skalen und Röhren, die pflichtbewußten Deutschen, die ihr Sauerkraut essen... aber wir müssen das alles nicht *sehen*, um zu wissen, daß es da ist, wir müssen nur das verdammte Periskop sehen. Ein guter Satz oder Abschnitt ist genau so. Haben Sie es jetzt verstanden?«

»Nein«, sagte ich.

Der Schriftsteller seufzte. »Als ich letztes Jahr mit Marty in Tschungking war, lief ich einem jungen Lieutenant der Marine namens Bill Lederer über den Weg. Es gab fast nichts zu trinken in diesem gottverlassenen Dreckloch von einem Land, außer Reiswein mit toten Schlangen und Vögeln darin, aber wir fanden heraus, daß Lederer bei einer chinesischen Auktion zwei Kisten Whiskey gekauft hatte. Der Dummkopf hatte noch nicht einmal eine aufgemacht... er sollte versetzt werden und wollte alles für den großen Ringelpietz aufheben. Ich sagte ihm, den Whiskey nicht zu trinken, wäre, als würde er ein hübsches Mädchen nicht vögeln, wenn er die Möglichkeit dazu hat, aber er bestand darauf, den Whiskey für einen besonderen Tag aufzuheben. Können Sie mir bis jetzt folgen, Lucas?«

»Ja.« Ich betrachtete weiter die Brandung.

»Ich wollte diesen Whiskey«, sagte Hemingway. »Ich war durstig. Ich bot ihm richtiges Geld... Dollars... viele, aber Lederer wollte ihn nicht verkaufen. Schließlich sagte ich in meiner Verzweiflung: ›Ich gebe Ihnen was Sie wollen für ein halbes Dutzend Flaschen.‹ Lederer kratzte sich am Kopf und sagte: ›Okay, ich gebe Ihnen sechs Flaschen für sechs Lektionen, wie man Schriftsteller wird.‹ Nun gut. Nach jeder Lektion gibt Lederer mir eine Flasche. Bei der letzten Lektion sage ich: ›Bill, bevor Sie über Menschen schreiben können, müssen Sie ein zivilisierter Mann sein.‹ ›Was ist ein zivilisierter Mann?‹ sagte Lederer. ›Um zivilisiert zu sein‹, antworte ich ihm, ›müssen Sie zwei Dinge haben – Mitgefühl und die Gabe, alles zu nehmen, wie es kommt. Lachen Sie niemals über einen Mann, der Pech gehabt hat. Und wenn Sie selbst Pech haben, kämpfen Sie nicht dagegen. Nehmen Sie es, wie es kommt – lassen Sie sich treiben und wieder zurückrollen.‹ So, wie ich auf Ihre Enthüllungen reagiert habe, Lucas. Ist Ihnen klar, worauf ich hinaus will?«

»Keine Ahnung«, sagte ich.

»Spielt auch keine Rolle«, sagte Hemingway. »Aber die Wahrheit ist, ich habe Ihnen mehr Tips gegeben, wie man gut schreibt, als Lieutenant Lederer. Und mein letzter Rat für ihn war der wichtigste.«

»Und der wäre?«

»Ich habe ihm gesagt, daß er nach Hause gehen und seinen Whiskey wegschütten soll«, sagte der Schriftsteller und grinste, daß ich seine Zähne im Sternenlicht leuchten sehen konnte. »Die Schlitzaugen hatten ihm zwei Kisten lauwarmen Tee verkauft.«

Wir schwiegen ein paar Minuten. Als Wind aufkam, bewegte sich die Plane über uns kaum, aber das trockene Zuckerrohr klapperte wie Sterne in einer Blechdose.

»Wie auch immer, der verdammte Trick besteht darin, wahrer als wahr zu schreiben«, sagte Hemingway schließlich. »Und darum schreibe ich Belletristik und keine Sachbücher.« Er hob das Fernglas und sah über das dunkle Meer.

Ich wußte, das Gespräch war beendet, blieb aber hartnäckig. »Die Bücher leben länger als Sie, nicht?« fragte ich. »Länger als der Schriftsteller, meine ich.«

Hemingway ließ das Fernglas sinken und sah mich an. »Ja, Lucas. Vielleicht sehen Sie den Falken und das U-Boot doch. Die Bücher halten länger. Wenn sie gut sind. Und ein Schriftsteller verbringt sein Leben allein und sieht sich jeden gottverdammten Tag der Ewigkeit oder dem Vergessen gegenüber. Vielleicht verstehen Sie es.« Er hob das Fernglas wieder. »Erzählen Sie mir alles noch einmal. Alles über dieses Betrügen und Gegenbetrügen. Erzählen Sie mir alles, was Sie mir sagen können und noch nicht gesagt haben.«

Ich erzählte ihm alles, außer den Einzelheiten von Schlegels Verhör und von dem Päckchen auf der Scheune der Molkerei.

»Sie glauben also, der erste Funkspruch diente dazu, uns herzulocken?« fragte er.

»Ja.«

»Aber nicht nur uns beide. Wahrscheinlich haben sie gedacht, wir würden mit der *Pilar* und allen anderen kommen.«

»Wahrscheinlich«, sagte ich. »Aber ich denke nicht, daß das das Entscheidende ist.«

»Was ist das Entscheidende, Lucas?«

»Daß Sie und ich hier sind.«

»Warum?«

Ich schüttelte den Kopf. »Dahinter bin ich noch nicht gekommen. Schlegel sagte, daß das FBI in der Operation mit drinhängt, aber er muß nur Delgado meinen. Ich kann nicht glauben, daß sich Hoover mit den Deutschen eingelassen hat. Das ergibt keinen Sinn.«

»Warum nicht?« fragte Hemingway. »Was fürchtet Hoover am meisten? Nazis?«

»Nein«, sagte ich.

»Kommunisten?«

»Nein. Am meisten Angst hat er davor, die Macht zu verlieren …

die Kontrolle über das Bureau, oder daß der Einfluß des Bureau schwinden könnte. Ein kommunistischer Umsturz käme erst an zweiter Stelle auf Mr. Hoovers Liste von Ängsten.«

»Und wie würde dieses Schlamassel auf Kuba zu den Ängsten von Mr. Hoover passen?« frage Hemingsway. »Von Angst lassen sich die Leute besser motivieren als von allen anderen Gefühlen. Habe ich jedenfalls festgestellt.«

Darüber dachte ich eine Weile nach.

Das Schlauchboot kam um exakt dreiundzwanzig-null-null durch die Brandung – auf die Sekunde genau um elf Uhr. Dann sahen wir die beiden dunklen Gestalten, die das Boot durch die leuchtende Gischt auf den schmalen Sandstreifen zogen, der im Sternenlicht schimmerte, und danach öffneten die beiden Gestalten eine Kiste oder Truhe, holten eine abgeschirmte Laterne heraus und sandten Leuchtsignale auf das schwarze Meer hinaus.

Zehn Sekunden später folgte als Antwort ein fast unmerklicher Lichtblitz von einem Turm oder Periskop mehrere hundert Meter draußen – zwei Punkte, zwei Striche, ein Punkt. Danach wieder Dunkelheit und das Geräusch der Brandung.

Hemingway und ich beobachteten, wie die beiden Agenten die Luft aus ihrem Boot ließen, es zur erstbesten Felsrinne schleiften – drei Rinnen östlich von uns – und es mit lautem Schaufeln und leisen deutschen Flüchen vergruben. Dann gingen die beiden Agenten bergauf zur Kuppe und dem einzelnen Baum, der so ein perfektes Versteck für uns gewesen zu sein schien.

Der Schriftsteller und ich krochen aus unserer Deckung und knieten im Gestrüpp, um den beiden Deutschen zuzusehen, wie sie keine siebzig Meter von uns entfernt den Hügel erklommen. Brandung und Wind übertönten ihre Unterhaltung größtenteils, aber weil sie Rückenwind hatten, konnten wir ein paar deutsche Worte aufschnappen. Nur ihre Köpfe und Schultern waren im Sternenlicht über den Sträuchern zu sehen, und dann verschwanden auch sie, als sie das Dunkel unter dem großen Baum erreichten.

Hemingway kam mit den Lippen ganz nahe an mein linkes Ohr. »Wir müssen ihnen folgen.«

Ich nickte.

Plötzlich blinkte ihre Signallaterne wieder zweimal. Dreißig Meter rechts von uns auf der Hügelkuppe, von Zuckerrohr und Sträuchern fast verborgen, blinkte einmal ein anderes – kleineres – Licht.

»Scheiße«, flüsterte Hemingway.

Wir krochen bergauf, die Schlingen der Thompsons um die Unterarme gewickelt, aber die Waffen voraus gerichtet.

Dann fingen ohne Vorwarnung die Schüsse an.

24

Das Feuer kam nicht von dort, wo wir die zweite Laterne gesehen hatten, sondern von da, wo die beiden deutschen Infiltranten zuletzt gewesen waren. Ich vergrub das Gesicht in dem sandigen Hang, da ich davon ausging, daß die beiden Agenten uns gesehen oder gehört hatten und auf uns schossen. Offenbar war Hemingway zur selben Schlußfolgerung gekommen, denn nachdem er sich bei den ersten vier Schüssen geduckt hatte, hob er die Thompson und bereitete sich offenbar darauf vor, das Feuer mit der Maschinenpistole zu erwidern.

»Nicht!« flüsterte ich. »Ich glaube nicht, daß sie auf uns schießen.«

Die Schüsse waren verstummt. Ein kurzes, lautes Stöhnen ertönte aus der Dunkelheit unter dem Baum auf der Kuppe, danach herrschte wieder Stille. Die Brandung toste und verschmolz mit dem Pochen des Pulses in meinen Ohren. Die Mondsichel war noch nicht aufgegangen, und ich versuchte, mich an meine Ausbildung für nächtliche Kampfhandlungen bei sehr spärlicher Beleuchtung zu erinnern – ich versuchte, Bewegungen aus den Augenwinkeln wahrzunehmen und nutzte mein peripheres Gesichtsfeld statt des direkten, um herauszufinden, wo sich mein Gegner befand. Nichts.

Hemingway lag nervös und verkrampft an meiner Seite, aber das Gewehrfeuer schien ihn nicht aus der Fassung gebracht zu haben. Er beugte sich näher zu mir und flüsterte: »Warum glauben Sie, daß sie nicht auf uns geschossen haben?«

»Keine Kugeln, die über uns hinweg gepfiffen sind«, flüsterte ich zurück. »Keine Treffer im Gebüsch über uns.«

»Im Dunkeln schießen die Leute immer zu hoch«, flüsterte der Schriftsteller, der sich immer noch an den Hang preßte und den Kopf hastig von rechts nach links drehte.

»Ja.«

»Haben Sie die Waffe erkannt, mit der geschossen wurde?« flüsterte Hemingway.

»Pistole oder Maschinengewehr auf Einzelschuß«, flüsterte ich. »Luger. Möglicherweise Schmeisser. Hat sich nach neun Millimeter angehört.«

Hemingway nickte im Dunkeln. »Sie könnten von rechts auf uns vorrücken. Durch das Zuckerrohrfeld.«

»Wir würden sie hören«, flüsterte ich. »Hier sind wir gut aufgehoben.« Im Augenblick waren wir hier sicher. Obwohl der Schütze sich auf dem höhergelegenen Terrain aufhielt, konnte sich uns weder jemand von links nähern, von der fünf Meter hohen Klippe, ohne zuviel Lärm zu machen, noch von rechts, ohne in dem Zuckerrohrfeld zu rascheln. Auf dem Hang zwischen uns und dem Grat wuchsen Pfefferbüsche und Zwergeichen; Hemingway und ich hatten beide Wege gefunden, um bei Tage hinaufzuklettern, aber bei Nacht war es unmöglich, zu uns heruntergeprescht zu kommen, ohne Lärm zu machen.

Es sei denn, der da oben hätte den Hang genauestens erforscht und wußte nun genau, wo er im Dunkeln kriechen mußte.

Oder es kamen andere hinter uns von der sumpfigen Bucht herauf, während wir hier lagen und uns voll und ganz auf die Hügelkuppe konzentrierten.

»Ich geh rauf«, flüsterte ich.

Hemingway packte mich fest am Arm. »Ich komme mit.«

Ich beugte mich zu ihm und flüsterte fast unhörbar. »Einer von uns sollte nach rechts vorrücken, wo die zweite Laterne aufgeleuchtet hat. Der andere sollte versuchen, sich dem Baum zu nähern … und nachsehen, ob die beiden Männer noch dort sind.« Ich wußte, in der Dunkelheit war es gefährlich, uns zu trennen – möglicherweise schossen wir am Ende noch gegenseitig auf uns –, aber bei dem Gedanken, daß noch jemand rechts von uns da draußen war, richteten sich meine Nackenhärchen auf.

»Ich gehe zum Baum«, flüsterte der Schrifsteller. »Nehmen Sie Ihre Taschenlampe mit. Wir wollen nicht aufeinander schießen.«

Wir hatten dicke Quadrate aus rotem Flanellstoff genommen und über unsere Taschenlampen gewickelt, so daß nur ein schwaches rötliches Leuchten nach außen drang. Das sollte unser Erkennungssignal sein.

»Wir treffen uns wieder hier, sobald wir das Terrain sondiert haben«, flüsterte Hemingway. »Viel Glück.« Er robbte unter den tief hängenden Eichenzweigen und den Wurzeln nach oben.

Ich kroch nach rechts, über den Rand unserer Rinne hinaus und bis zu den Zuckerrohrfeldern, ehe ich den Hang zur Hügelkuppe hinauf erklomm. Abgesehen von Wind im Zuckerrohr, der Brandung und meinem gedämpften Atmen, als ich mich auf Händen und Knien vorwärts bewegte und nicht vergaß, den Hintern unten zu halten, war nichts mehr zu hören. Der Mond würde jeden Moment aufgehen.

Ich merkte erst, daß ich die Kuppe erreicht hatte, als ich aus den dicken Pfefferbüschen kroch und einen grasbewachsenen, aber festgetretenen Pfad unter mir spürte. Links von mir verlief der Pfad auf dem Grat bis zu dem hohen Baum. Rechts führte er in einer Kurve um die Mauer des Zuckerrohrs herum und auf dem Kamm Richtung Osten hinab bis zur Straße in der Bucht, die zu den Gleisen und der leerstehenden Raffinerie ging. Ich huschte den Pfad entlang, duckte mich hinter einer niedrigen Eiche und hob langsam und vorsichtig den Kopf.

Weder in der einen noch der anderen Richtung eine Bewegung. Ich konnte Hemingway, der sich dem Baum näherte, in fünfzig Schritt Entfernung nicht hören. Ich sah in die Bucht hinunter. Dunkles Wasser und das Rascheln von Königspalmen am anderen Ufer, unter den *Doce Apostoles*. Ich mußte mich fast exakt an der Stelle befinden, an der die zweite Laterne aufgeleuchtet hatte, konnte aber in der Dunkelheit weder eine Spur noch einen Anhaltspunkt erkennen. Ich vermutete, wer immer hier gewesen war, hatte sich wieder nach Süden verzogen, den Pfad zur Bucht, den Gleisen und der Raffinerie hinunter.

Möglicherweise warteten sie aber auch hinter den niedrigen Zwergeichen an der Wegbiegung.

Ich hängte mir die Thompson über den Kopf, den Lauf an meinem linken Arm hinunter, zog die .357er Magnum aus dem Halfter, entsicherte sie und legte den Daumen auf den Hahn. Ich bewegte mich geduckt und nur in kurzen Sprints nach Süden den Pfad entlang, hüpfte von einer Seite auf die andere, ging in Deckung und machte ab und zu keuchend Pause, um zu horchen. Kein Laut, abgesehen vom Rascheln des Zuckerrohrs und der zunehmend weiter entfernten Brandung.

Am Hang befand sich ein kahles Stück Weg, das ich geduckt sprintend und hakenschlagend zurücklegte, während ich die ganze Zeit mit verkrampften Bauchmuskeln auf den Schuß wartete. Es kam keiner. Unten angelangt verharrte ich zwanzig Sekunden, bis sich mein Atem wieder beruhigt hatte, dann trat ich auf die alte Straße, die hier an der Küste entlang verlief. Wenn Hemingway jetzt in Schwierigkeiten geriet, würde ich ein paar Minuten brauchen, bis ich den Hügel hinauf und auf dem Grat entlang zu ihm laufen konnte. Und höchstwahrscheinlich würde ich direkt in einen Hinterhalt laufen.

Das ist nicht klug, Joe, dachte ich. Dann ging ich auf der alten Straße nach Süden. Als in der Raffinerie noch gearbeitet worden war, war dies vermutlich ein glatter Schotterweg gewesen, aber nun wuchsen Gras und Ranken hüfthoch in der Mitte, und nur zwei vage ausgefahrene Spuren waren noch zu sehen. Ich lief geduckt und versuchte, meine Schultern auf Höhe des Grates zu halten, hielt die Pistole aber erhoben und bereit. Meine Instinkte sagten mir, daß jemand in dieser Dunkelheit und dem hohen Gras möglicherweise ein Messer einsetzen würde.

Jemand bewegte sich rund hundert Meter vor mir, genau an der Stelle, an der die Wand aus Zuckerrohrstauden von der Lücke unterbrochen wurde, durch die die alten Gleise führten. Ich ließ mich auf den Bauch fallen und hob die Pistole mit beiden Händen. Ich wußte, die Gestalt war außer Schußweite, aber ich wartete auf eine weitere Bewegung. Nichts. Ich zählte bis sechzig, stand auf und sprintete in die Richtung, sprang in unregelmäßigen Abständen von einer Fahrrinne in die andere und spürte, wie das hohe Gras gegen meine Beine und Ellbogen peitschte.

Am Ende des ersten stillgelegten Gleises hielt sich niemand auf der Straße auf. Die rostigen Schienen, die in das Zuckerrohrfeld hineinverliefen, machten etwa fünfzig Meter entfernt eine Biegung. Das Zuckerrohr war so hoch und dunkel da drinnen, daß es wie in einem Eisenbahntunnel ausah. Weit vorne und links konnte ich die beiden verfallenen Stege in die Bucht ragen sehen. Beide waren menschenleer.

Die gottverdammte Mondsichel ging auf. Da sich meine Augen an das spärliche Sternenlicht gewöhnt hatte, kam es mir vor, als hätte jemand plötzlich einen Schweinwerfer über der Bucht und dem Hügel eingeschaltet. Ich hielt mich links, im Schatten des hohen Grases, und schlich zu einer Stelle, von der aus ich den Schornstein und die Stege sehen konnte.

Etwa hundertzwanzig Meter entfernt standen zwei verlassene Backsteingebäude, bei denen das verarbeitete Zuckerrohr einst auf flache Barken verladen worden war. Die zerbrochenen Fensterscheiben und das Dach boten Heckenschützen perfekte Verstecke. Ich lag im Gras des Weges auf dem Bauch und überlegte, welche Möglichkeiten ich hatte. Die Straße machte hier eine Biegung um den Hang herum, zu den Gebäuden, dem Hügel dahinter und der eigentlichen Raffinerie, die eine Viertelmeile hinter den Stegen lag. Wenn ich mich nicht hinter diesen ersten Gebäuden durch Dschungel und Zuckerrohr kämpfen wollte, mußte ich mit dem Mond im Rücken auf der Straße an ihnen vorbei. Selbst kriechend wäre ich für jeden im ersten Stock oder auf dem Dach der Gebäude eine perfekte Zielscheibe. Ich hatte das Thompson und die Magnum… die mir beide noch siebzig oder achtzig Meter weiter einen Scheißdreck nützen würden. Jemand, der mit einem Gewehr mit Zielfernrohr am Schornstein stand, würde mich sehen, sobald ich um diese Biegung des Hügels kam.

Wenn nicht die beiden Eindringlinge geschossen hatten, mußten heute nacht noch mindestens zwei weitere Leute hier draußen sein – der mit der Laterne und derjenige, der das Feuer eröffnet hatte. Es hatte sich nach einer Luger oder Schmeisser angehört, aber Gott allein wußte, welche anderen Waffen sie noch bei sich trugen. Oder wie viele Männer sich noch da draußen herumtrieben.

Es wurde Zeit, ein Feigling zu sein.

Ich drehte mich um und kroch auf dem Bauch davon, bis ich um die Kurve war und Gebäude und Stege nicht mehr sehen konnte. Dann rannte ich in geduckter Haltung den Weg zurück, den ich gekommen war.

Auf dem Grat herrschte immer noch Stille. Ich konnte einfach weiter kriechen und nachsehen, ob Hemingway das Gelände untersucht hatte, von dem die Schüsse gekommen waren, beschloß aber, vorher zu unserem Unterschlupf zurückzugehen. Ich kroch am Rand des Zuckerrohrfelds entlang, bis ich zu der knorrigen Eiche kam, die mein Wegweiser gewesen war, dann ging ich – bergab zu unserer Rinne. Zehn Meter entfernt erhob ich mich gerade weit genug, daß ich die verhüllte Taschenlampe heben und einmal ganz kurz damit leuchten konnte. Dann ließ ich mich in das Gestrüpp zurückfallen und wartete mit gezückter Pistole. Endlose fünfzehn Sekunden später leuchtete einmal kurz ein trüber roter Kreis in der Rinne auf. Ich steckte die Magnum ein und kroch weiter.

»Sie sind beide tot«, flüsterte Hemingway. Er trank aus einer silbernen Whiskeyflasche. »Die Deutschen, die an Land gekommen sind«, sagte er. »Beide liegen tot unter dem Baum. Ich glaube, in den Rücken geschossen.«

»Noch jemand da?«

Er schüttelte den Kopf. »Ich habe den Osthang bis runter zur Straße in der Bucht abgesucht. Bin auf beiden Seiten des Grats durch die Büsche gekrochen. Dann habe ich alles diesseits des Hügels bis zur *Lorraine* abgesucht. Es ist niemand hier.« Er trank noch einen Schluck. Mir bot er nichts an.

Ich erzählte ihm von der Gestalt, die ich bei den Schienen gesehen hatte, und meiner Entscheidung, wieder umzukehren.

Hemingway nickte nur. »Wir können bei Tage nachsehen.«

»Das wäre für Heckenschützen noch besser«, sagte ich.

»Nein«, widersprach Hemingway. »Bis dahin werden sie längst fort sein. Sie haben getan, weshalb sie gekommen sind.«

»Die beiden Männer töten, die gelandet sind«, sagte ich.

»Ja.«

»Aber warum?« fragte ich, wohl wissend, daß ich nur laut dachte. »Warum sollte die Todesschwadron ... wenn sie es war ... ihre eigenen Agenten töten?«

»Sie sind der Profi«, sagte Hemingway und steckte die Flasche wieder in die Tasche seines Safarihemds. »Sagen Sie es mir.«

Wir schwiegen eine Weile. Ich sagte: »Was können Sie mir über die Toten sagen?«

Hemingway zuckte die Achseln. »Ich bin nicht zu ihnen runtergekrochen. Möglicherweise sind sie mit Bomben gespickt. Zwei Tote. Männer. Beide in deutschen Armeeuniformen. Einer lag im Mondlicht. Jung. Ein Junge. Etwas Ausrüstung und Zeug lag um sie herum… die Laterne, mit der sie das Signal gegeben haben, eine Kuriertasche, ein paar andere Sachen.«

»Uniformen?« fragte ich überrascht. Geheimagenten, die mit dem Schlauchboot in Feindesland abgesetzt wurden, trugen eigentlich keine Uniformen.

»Ja. Infanterie der Wehrmacht, glaube ich. Ich habe keine Rangabzeichen oder Divisionswappen oder so was gesehen… wahrscheinlich entfernt… aber beide sind definitiv in Uniform. Einer liegt mit dem Gesicht nach oben… der im Mondlicht… und ich konnte deutlich diese verfluchte *Gott mit uns*-Gürtelschnalle sehen, die sie so gerne tragen. Der andere, Gesicht nach unten, trug eine dieser weichen Wollmützen der deutschen Infanterie.«

»Sind Sie sicher, daß beide tot waren?« fragte ich.

Hemingway warf mir einen Blick zu. »Die Krabben tun sich schon an ihnen gütlich, Lucas.«

»Okay, sobald es hell wird, sehen wir es uns an.«

»Das sind noch fünf verdammte Stunden«, sagte Hemingway.

Ich sagte nichts. Plötzlich war ich sehr müde.

»Wir müssen das Gelände sichern«, sagte Hemingway. »Da oben Wache halten, damit niemand zurück kommt und die Toten ausplündert.«

»Zwei-Stunden-Wachen?« sagte ich. »Ich übernehme die erste.« Ich holte mir ein Feldbesteck und einen Löffel aus der Ausrüstung und kletterte die Rinne hinauf. Hemingway hielt mich am Knöchel fest, um mich aufzuhalten.

»Lucas? Ich habe schon viele Tote gesehen. Im Ersten Weltkrieg. Als Reporter in der Türkei, in Griechenland und Spanien. Jede Menge Tote. Und ich habe Menschen sterben sehen… in der Stierkampfarena oder auf dem Schlachtfeld.«

»Ach ja?« Ein seltsamer Zeitpunkt, um damit zu prahlen.

Hemingways Stimmlage veränderte sich und wurde zu dem Tonfall, den ich als Junge im Beichtstuhl gehabt hatte. »Aber ich habe nie einen Menschen getötet, Lucas. Nicht persönlich. Nicht von Angesicht zu Angesicht. Überhaupt nicht, daß ich wüßte.«

Gut, dachte ich. *Ich hoffe, nur, das ändert nichts an heute nacht oder morgen*. Ich sagte: »Ja, gut«, und kletterte den Hang hinauf.

Um fünf Uhr war es hell genug, die Toten einer Untersuchung zu unterziehen.

Hemingway hatte recht gehabt, was die meisten Einzelheiten betraf. Zwei sehr junge Männer – einer blond, einer mit braunen Locken –, beide in Uniform, beide in den Rücken geschossen, beide mausetot. Die Krabben waren vom Strand heraufgekommen und emsig bei der Arbeit, als wir im Morgengrauen eintrafen. Ein paar machten sich davon, aber einige waren so sehr mit den Gesichtern der Jungen beschäftigt, daß sie keine Anstalten trafen, sich zu entfernen. Hemingway hatte die Pistole gezückt und zielte auf eine der größeren Krabben, die mit erhobenen Klauen nicht weichen wollte, aber ich berührte den Schriftsteller am Handgelenk, zeigte auf mein Ohr, um auf den Lärm hinzuweisen, und prügelte die Krabbe mit einem Stock den halben Weg bis zum Meer zurück.

Wir gingen bei den Toten in die Hocke, Hemingway auf einem Knie, das Gras und die Kammlinie im Blick, während ich die Leichen untersuchte. Es waren keine Granaten an ihnen verzurrt – keine Bombenfallen.

Jungs. Damit hatte er recht gehabt. Keiner der Männer war älter als zwanzig gewesen. Der Blonde auf dem Rücken schien etwa in Patricks Alter zu sein. Die Krabben hatten seine Augen gefressen und die Stupsnase und mädchenhaften Lippen bearbeitet. Der Geruch war sehr stark, und die Leichenstarre hatte längst eingesetzt.

Beide Männer hatten Schüsse in den Rücken erhalten, und zwar offenbar von jemandem, der sich auf dem Osthang versteckt gehabt hatte. Es mußte auf relativ kurze Distanz passiert sein – wahrscheinlich keine sechs Meter Entfernung.

»Wir müssen nach den Kugeln suchen«, sagte ich.

Hemingway nickte und ging den Osthang hinab, behielt die Linie des Grats im Auge, suchte aber gleichzeitig den Boden ab. Ein paar Minuten später kam er zurück. »Der Sand ist an mehreren Stellen aufgewirbelt worden. Stiefelabdrücke, aber nicht zu identifizieren. Keine Patronenhülsen.«

»Unser Killer ist ordentlich«, sagte ich leise. Ich hatte den braunhaarigen Jungen auf den Rücken gedreht und durchsuchte seine Taschen. Nichts. Hemingway hatte recht gehabt, was die Uniformen anbetraf: Wehrmacht, aber ohne Rangabzeichen oder Wappen der Einheit. Sehr merkwürdig.

Jeder Mann hatte zwei Schüsse abbekommen, einen ins untere Rückgrat, einen in den Oberkörper. Der Lungenschuß des blonden Mannes war oben an der Brust wieder herausgekommen und hatte eine immense Schweinerei angerichtet und eine Öffnung für die Krabben geschaffen, aber in dem anderen Mann steckten beide Kugeln noch. Ich drehte ihn auf das Gesicht zurück und durchsuchte seine Hosentaschen. Nichts. Dasselbe galt für den blonden Jungen. Sie trugen dicke Wollhosen. Diese Männer würden heute im eigenen Saft kochen, wenn sie am Leben wären und sich noch nicht umgezogen hätten.

»Meinen Sie, die wollten sich umziehen, nachdem sie hier ihre Kontaktperson getroffen haben?« fragte Hemingway, der meine Gedanken zu lesen schien.

»Wahrscheinlich.« Jeder Mann hatte eine Luger bei sich. Die des blonden Jungen steckte noch im Halfter; der braune Lockenkopf hatte seine gezückt gehabt, bevor er erschossen wurde, und nun lag sie dreißig Zentimeter von seinen gespreizten Fingern entfernt im Gras. Ich untersuchte die Waffen. Mit keiner war geschossen worden.

Der größte Teil der Ausrüstung, die sie fallengelassen hatten, rechtfertigte keine eingehendere Untersuchung: die zerbrochene Laterne; ein Klappspaten; ein Munitionskarton voll mit Kompassen, Kochgeschirr und einer Leuchtkugelpistole; ein Rucksack mit Ponchos und zwei Paar schwarzen Straßenschuhen; zwei Bajonetts der Wehrmacht in ihren Scheiden; einige zusammengerollte Karten der Gegend, auf denen Point Roma und die unmittelbare Umgebung mit Wachsmalstift markiert waren. Aber eine Tasche aus Sackleinen war schwer und geschmeidig. Ich ließ Hemingway die Messingschnalle öffnen und die Tasche durchsuchen. Er zog ein Dokument nach dem anderen aus kleineren wasserdichten Beuteln in der Tasche.

»Allmächtiger Christus«, flüsterte der Schriftsteller. Er zeigte mir eine Seite. Es war die Kopie einer Seekarte von Frenchman's Bay, Maine, die den Kurs des U-Boots U-1230 durch die Bucht zeigte, Morgen- und Nachmittagsstopps waren deutlich markiert, seinen Höhepunkt fand das Ganze in dem Gekritzel, das die Stelle kennzeichnete, an der zwei Agenten der Abwehr in der Nacht an einem Ort namens Peck's Point am Crab Tree Neck nördlich von Mount Desert Island an Land gehen sollten.

»Warten Sie noch einen Moment«, sagte ich. »Ich möchte ganz sicher gehen, daß wirklich keine Patronenhülsen hier herumliegen.«

Es war eine Erleichterung, uns auf der windabgewandten Seite der Toten zu bewegen, als wir in immer größeren Kreisen, deren Mittelpunkt die beiden Männer bildeten, auf Händen und Knien herumkrochen. Wir gingen bis hinunter zu dem Sandstreifen unterhalb der Klippen im Norden, zu der Bucht im Osten und unserem eigenen Versteck im Westen. Hemingway hatte recht gehabt. Etwa achtzehn Schritte entfernt am Osthang fanden sich an einer abgelegenen Stelle unmittelbar unterhalb des Grats Spuren im Sand; dort hatte der Schütze seine Tat vollbracht. Eine Person. Stiefelabdrücke, aber keine deutlichen. Keine Hülsen.

»Na gut«, sagte ich, als wir in den Schatten und den Gestank unter dem Baum zurück gingen. »Wir untersuchen den Rest der Tasche gleich. Ich glaube, darum ging es bei dieser Landung. Aber ich muß noch etwas sehen.« Ich drehte den toten blonden Jungen auf das Gesicht. Seine Arme waren so steif, daß ich mir vorkam, als würde ich eine Schaufensterpuppe umdrehen. Die Eintrittswunden unter dem Hemd und dicht unterhalb des Gürtels seiner Wollhose sahen bei weitem nicht so dramatisch aus wie die Austrittswunden auf der Brust. Ich zog das graue Wollhemd und das klamme Unterhemd des Jungen hoch, machte den Gürtel auf, zog ihn heraus, gab ihn Hemingway und streifte die Hosen hinunter, so daß der obere Teil der Pobacken frei lag. Der Junge war sehr blaß, davon abgesehen, wo sich im Verlauf der Nacht das Blut am Rücken und den Pobacken gestaut hatte. Dort war die Haut so verfärbt, daß sie fast schwarz aussah.

Ich zog mein eigenes Hemd aus.

»Was, zum Teufel, machen Sie da, Lucas?« zischte Hemingway.

»Einen Moment noch«, sagte ich. Ich klappte mein Taschenmesser auf, holte den Löffel heraus, den ich von dem Feldbesteck mitgebracht hatte, und schnitt in den Rücken des Jungen. Gase hatten den Leichnam schon sichtlich aufgebläht, noch ehe die Sonne auf ihn schien, und die Haut war so straff gespannt wie ein Trommelfell. Ich wußte, die Kugel mußte von der Eintrittsstelle dicht über dem Steißbein aufwärts gewandert sein, aber trotzdem mußte ich eine Menge schneiden, bis ich die Kugel fand, die im dritten

Rückenwirbel steckte. Dann mußte ich richtig stochern und bohren – ich machte die Spitze meines Messers stumpf, die scharf wie ein Skalpell gewesen war, und brach einmal fast den Löffel ab –, bis es mir gelang, das plattgedrückte Geschoß herauszustemmen.

Ich wischte mein Messer und die Hände im Gras ab, warf den verbogenen Löffel weg, wischte die Kugel an meinem Taschentuch ab und hielt sie ins Licht. Die Spitze der Patrone war von den Knochen plattgedrückt worden, aber die schwarze Nase war noch deutlich zu sehen, ebenso die kurze Kerbung am Ansatz. Ich war froh. Ich wollte nicht in der oberen Brusthöhle des Jungen herumstochern, bis ich eine andere Patrone gefunden hatte.

Ich zeigte sie Hemingway. Er betrachtete mich mit starrem Blick. »Wer *sind* Sie, Lucas?«

Ich antwortete nicht. »Neun Millimeter«, sagte ich, während ich mein Hemd anzog.

»Luger?» fragte der Schriftsteller.

Ich schüttelte den Kopf. »Schwarze Spitze. Von einer Schmeisser-Maschinenpistole.«

Hemingway kniff die Augen zusammen und sah die Patrone an. »Aber der Killer hat nicht vollautomatisch geschoßen.«

»Nein. Einzelschüsse. Sehr gründlich. Jeweils eine in die untere Wirbelsäule. Jeweils eine in den Rücken. Er hat sich Zeit gelassen.«

»Eine gräßliche Stelle, um einen Menschen zu erschießen«, sagte Hemingway leise, wie zu sich selbst. »Warum nicht in den Kopf?«

»Es war Nacht.« Ich wickelte die Patrone in mein Taschentuch und steckte das Taschentuch in die Hosentasche zurück. »Sehen wir uns diese Dokumente an.«

»Na gut«, sagte Hemingway. »Aber stellen wir uns erst gegen den Wind.«

Die Sonne ging auf, während wir die Dokumente studierten. Das erste war die Kopie des Kurses von U-1230 in Frenchman's Bay.

»Das kann nicht echt sein, oder?« fragte Hemingway.

»Warum nicht?«

»Es muß sich um … wie sagt man in Spionagekreisen? Desinformation handeln. Es besteht absolut kein Grund, daß zwei deutsche Agenten bei einer Infiltration solche Informationen bei sich haben, oder?«

»Keiner«, stimmte ich zu. »Es sei denn, ihre Mission hätte darin

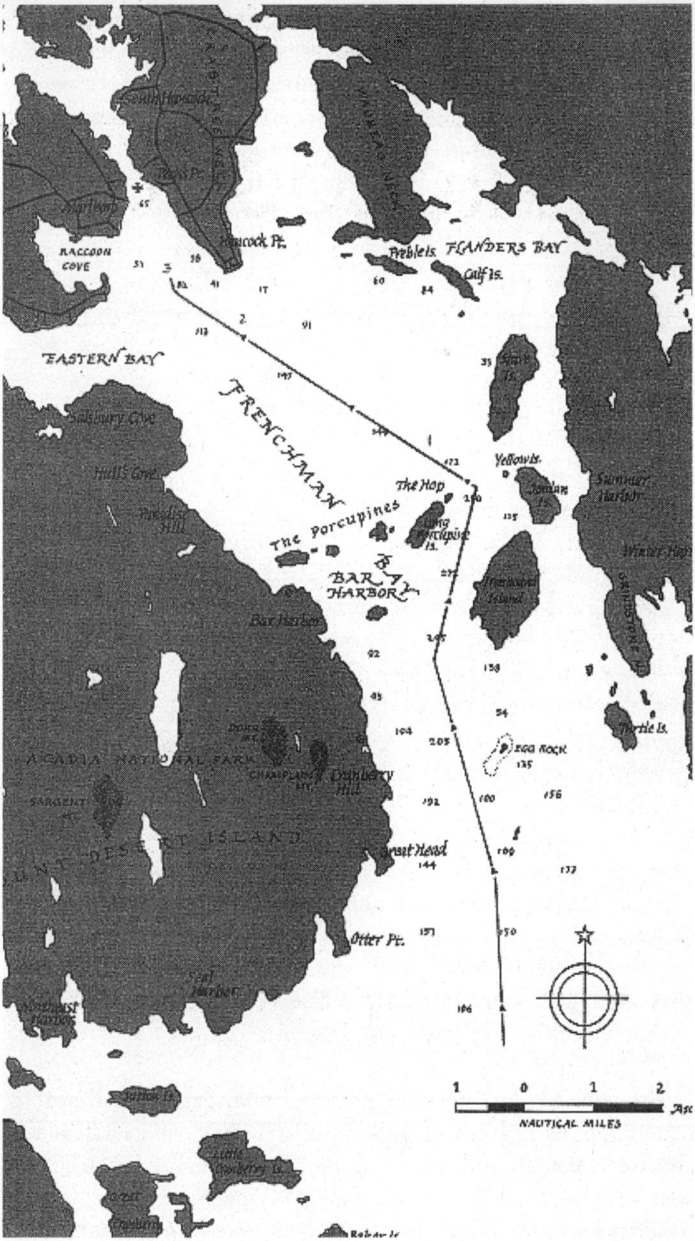

RACCOON COVE
EASTERN BAY
FRENCHMAN BAY
FLANDERS BAY
Hancock Pt.
Calf Is.
The Hop
The Porcupines
Long Porcupine Is.
BAR HARBOR
Bar Harbor
Yellow Is.
EGG ROCK
ACADIA NATIONAL PARK
MOUNT DESERT ISLAND
Great Head
Otter Pt.
Turtle Is.
NAUTICAL MILES

bestanden, dieses Zeug jemandem zu übergeben. Sehen Sie, auf diesem Blatt ist kein Datum für eine Landung angegeben. Wenn sie noch nicht stattgefunden hat, wäre es möglich, daß diese Kopie nur ein Köder ist… daß sie einen Preis für Datum und Uhrzeit aushandeln.«

Die nächste Kopie war noch rätselhafter:

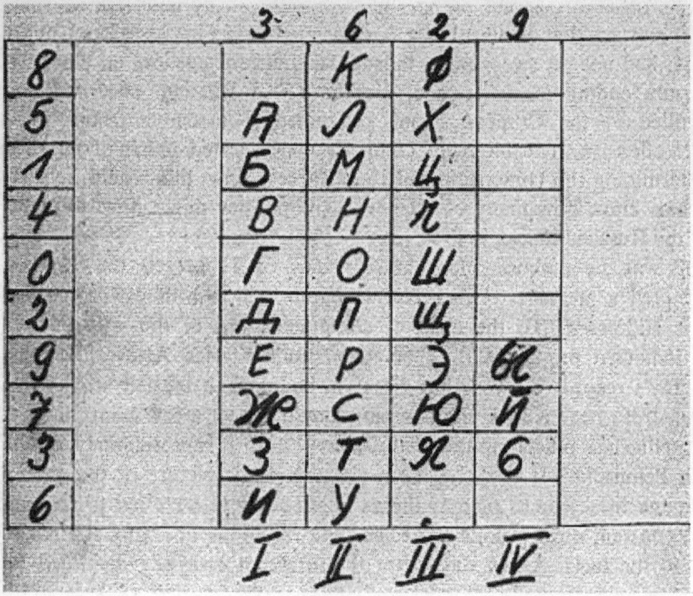

		3	6	2	9	
8			К	Ф		
5		А	Л	Х		
1		Б	М	Ц		
4		В	Н	Ч		
0		Г	О	Ш		
2		Д	П	Щ		
9		Е	Р	Э	Ы	
7		Ж	С	Ю	Й	
3		З	Т	Я	6	
6		И	У			
		I	II	III	IV	

»Ein Code?« fragte Hemingway.

»Sieht aus, als hätten die Deutschen versucht, einen russischen Code zu knacken«, sagte ich. »Hier unten steht das Datum 5. März 1942. Noch nicht lange her. Das hier ist von der deutschen Armeegruppe Nord und scheint ein abgefangener Funkspruch der sowjetischen hundertzweiundzwanzigsten bewaffneten Brigade zu sein.«

»Ist es wichtig?« fragte Hemingway.

»Woher, zum Teufel, soll ich das wissen?«

Das nächste Dokument stammte ebenfalls von der Ostfront.

»Eine Übersetzung?« sagte Hemingway. »Ich meine, ich kann ein bißchen Deutsch lesen…, Leningrad Front – Oberstes Führungs-Netz? Aber was bedeuten die Zahlen? Kilohertz sind Funkfrequenzen, richtig?«

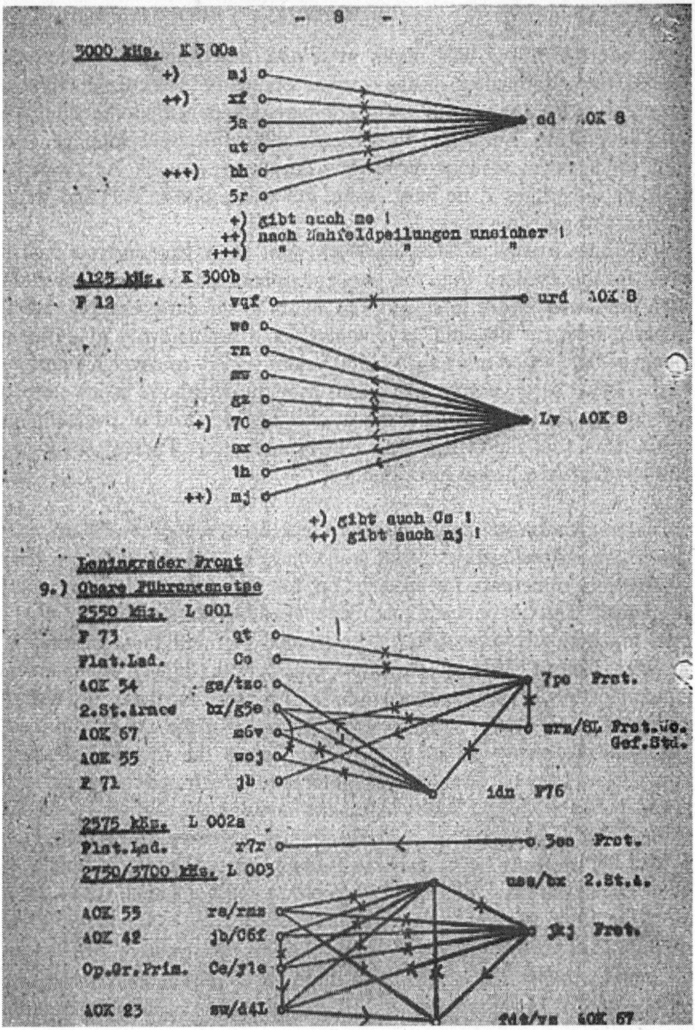

»Richtig«, sagte ich. »Sieht nach jüngster deutscher Funkaufklärung im sowjetischen Kommunikationsnetz aus. Dies ist ein Netz mit der Bezeichnung K300a, das auf 3000 Kilohertz sendet. Die Deutschen kartografieren einen Sender mit der Kennung *ed*, der zur russischen Achten Armee zu gehören scheint. Dieses andere Netz mit der Bezeichnung L001 sendet auf 2550 Kilohertz. Das Dia-

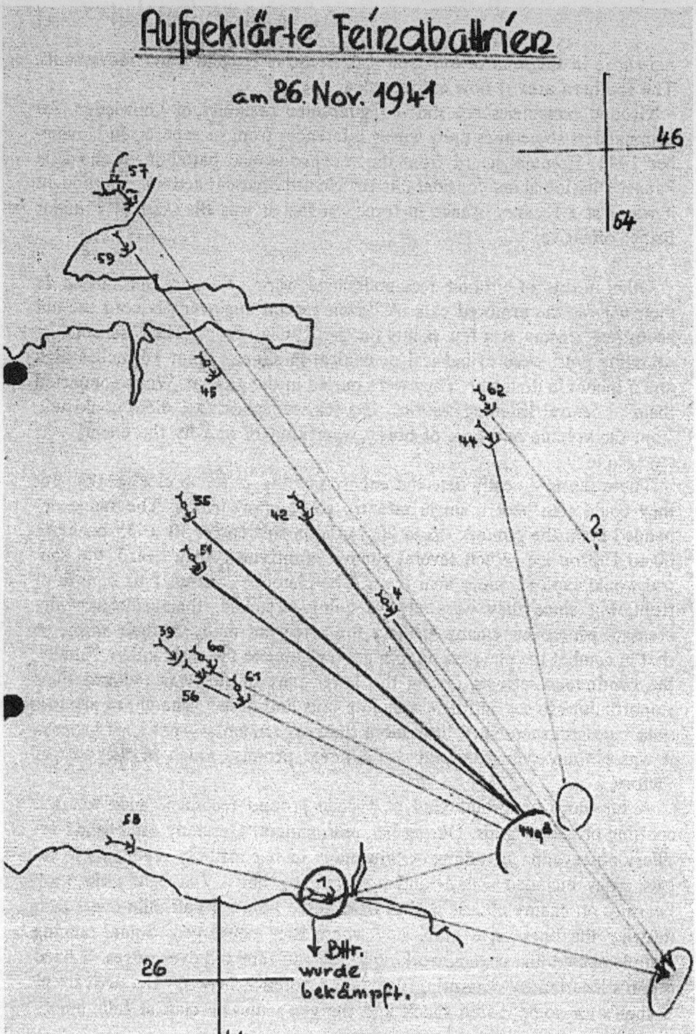

gramm zeigt, wer mit wem zwischen den Sendern, den Leuten an der Front und den vorgezogenen Gefechtsposten kommuniziert hat. Ich glaube, der Gefechtsposten ist der mit ›8L‹ gekennzeichnete Knoten. Die Anmerkungen hier rechts scheinen Sender zu sein, die sowohl zur Fünften Armee der Sowjets gehören, als auch zu etwas, das

›2.St.A.‹ genannt wird, was meines Erachtens die Abkürzung für den sogenannten Zweiten Stoßtrupp der Sowjetarmee ist.«

»Für wen ist das bestimmt?« fragte Hemingway.

»Ich habe keine Ahnung.«

»Würde den Geheimdienst der USA dieses Material über die Sowjets interessieren? Immerhin sind sie unsere Verbündeten.«

»Ich weiß nicht, ob der amerikanische militärische Abschirmdienst daran interessiert ist«, antwortete ich wahrheitsgemäß. »Schon möglich. Nach einer Weile wird das Sammeln von Geheimdienstinformationen zum Selbstzweck. Es kommt nicht mehr so sehr darauf an, bei *wem* wir spionieren können, sondern *daß* wir spionieren können.«

Hemingway kratzte Sand aus seinem kurzen Bart. »Für einen Agenten sind Sie verdammt zynisch, Lucas.«

»Das ist unerheblich«, sagte ich. »Schauen Sie, diese Kopie sieht nach der Krim aus.«

»Aufgeklärte Feindbatterien«, las Hemingway.

»Letzter November«, sagte ich. »Wahrscheinlich während der Schlacht südlich von Sewastopol.«

»Das sind deutsche Geheimdiensterkenntnisse über sowjetische Stellungen während der Schlacht?«

»Hm«, sagte ich. »Ich glaube, das nennt man eine Schall-und-Licht-Reichweiten-Batteriekarte. Sie haben alle russischen Geschütz- und Batteriepositionen eingezeichnet, einschließlich dieser hier, die mit der Karikatur eines Schiffes gekennzeichnet ist. Sieht aus, als würden sie diese eine Stellung bombardieren.«

»Abgesehen von der Karte der Frenchman's Bay sind das alles Informationen über die Sowjets«, sagte Hemingway.

Ich nahm ein weiteres Dokument aus seiner wasserdichten Tasche und zeigte es dem Schriftsteller.

»Das ist keine Kopie«, sagte ich. »Es ist eine Seite, die aus einem Notizbuch gerissen wurde.«

»Und?«

»Das sind echte Geheimdienstdaten der Abwehr.«

»Was bedeutet das?«

Ich betrachtete das Schriftstück einen Moment. »Ich glaube, das ist nur eine Liste von Zeichen, die von verschiedenen sowjetischen Fabriken auf Panzer gemalt wurden. Vermutlich versucht die

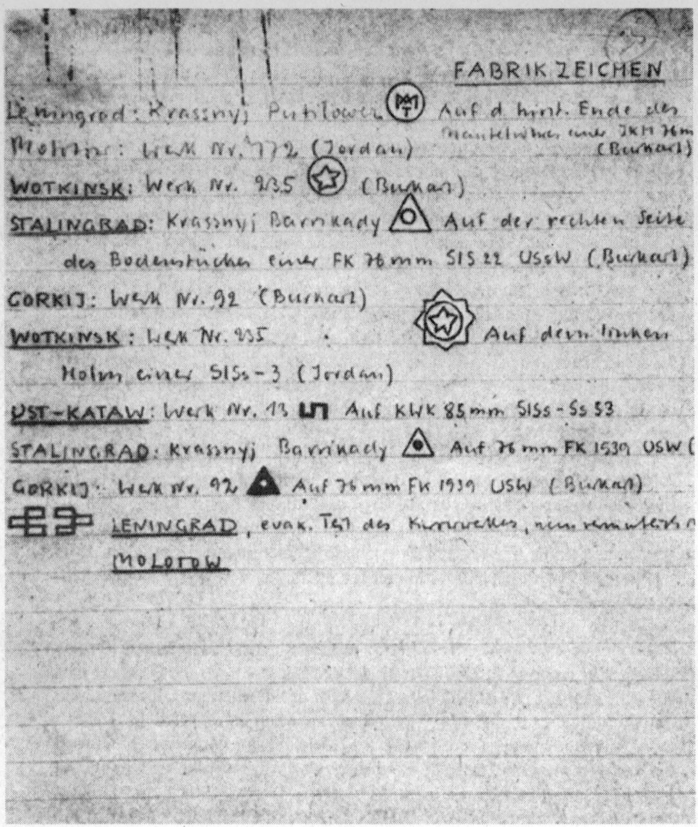
FABRIKZEICHEN

Leningrad: Krassnyj Putilowez Auf d. hint. Ende des Mantelrohres einer 76 mm (Burkart)

Molotow: Werk Nr. 172 (Jordan)

WOTKINSK: Werk Nr. 235 (Burkart)

STALINGRAD: Krassnyj Barrikady Auf der rechten Seite des Bodenstückes einer FK 76 mm SIS 22 usw (Burkart)

GORKIJ: Werk Nr. 92 (Burkart)

WOTKINSK: Werk Nr. 235 Auf dem linken Holm einer SISs-3 (Jordan)

UST-KATAW: Werk Nr. 13 Auf KWK 85 mm SISs-Ss 53

STALINGRAD: Krassnyj Barrikady Auf 76 mm FK 1939 usw (

GORKIJ: Werk Nr. 92 Auf 76 mm FK 1939 usw (Burkart)

LENINGRAD, evak. Teil des Kirowwerkes, nun vereinigt m. MOLOTOW

Abwehr auf diese Weise, die russische Panzerproduktion zu schätzen.«

»Ist das wichtig?«

»Ich weiß nicht, ob es die Daten selbst sind«, sagte ich. »Aber wie sie präsentiert werden schon.«

»Was meinen Sie damit, Lucas?« Plötzlich schaute der Schriftsteller über die Schulter zum Grat unter dem Baum. Von dort war ein Geräusch zu hören gewesen. »Die Krabben kommen mit Macht zurück«, sagte er und lehnt sich auf dem sandigen Hang zurück. »Was meinen Sie damit, wie sie präsentiert werden ist wichtig?«

»Das ist ein echtes Originalmaterial der Abwehr«, sagte ich. Das

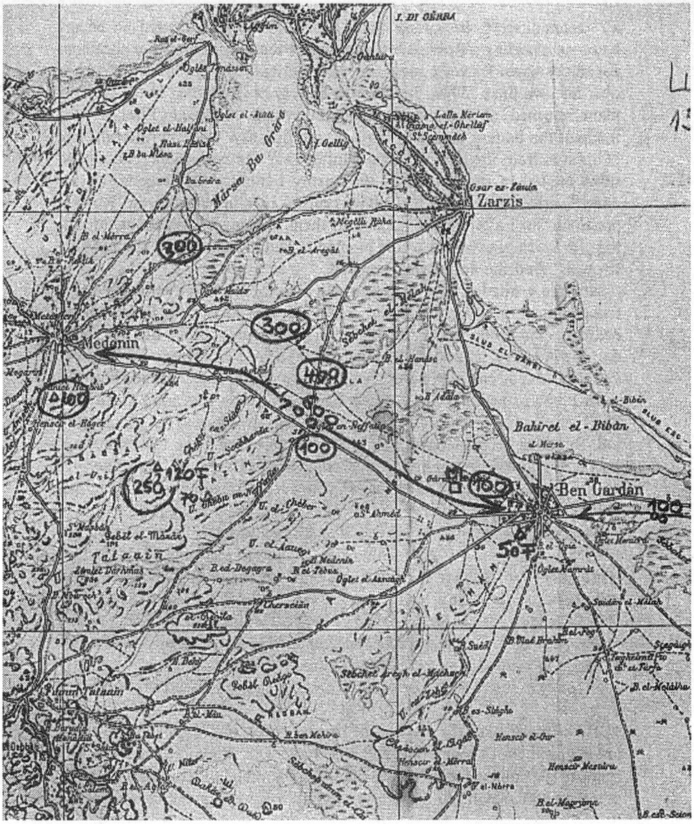

würde dem amerikanischen oder britischen Geheimdienst mehr darüber verraten, wie der deutsche Geheimdienst seine Arbeit macht, als über die russischen Panzer.«

Hemingway nickte. »Also gibt nicht nur jemand Informationen über die Russen preis. Deutsche Quellen werden verraten.«

»Ja«, sagte ich. »Und wenn Sie glauben, das sind nur Geheimdiensterkenntnisse von der Ostfront, dann sehen Sie sich das hier an.«

Das nächste Dokument zeigte Erkenntnisse einer deutschen Luftaufklärungsmission über Nordafrika. Über die Schlacht in der Wüste östlich von Ben Gardan hatten die Zeitungen vor nicht einmal sechs Wochen berichtet.

Die Sonne stach inzwischen vom Himmel. Der Gestank des Todes war fast überwältigend. Es erinnerte mich daran, wozu das Gekritzel auf einer Karte geführt hatte – daß britische und deutsche Soldaten in der Wüstensonne verfaulten.

»Das kann ich lesen«, sagte Hemingway. »Fünfzig Panzer südlich von Ben Gardan. Hundert Fahrzeuge parken am Westrand der Stadt. Hundert Fahrzeuge der Alliierten fahren auf der Straße östlich der Stadt in beide Richtungen, und sechshundert fahren auf der Straße westlich davon. Aber welchen Nutzen hat eine zwei Monate alte Situationskarte?«

»Keine Ahnung«, sagte ich.

»Und was ist dann damit?« Hemingway gab mir den Durchschlag einer maschinengeschriebenen Seite.

»Scheiße«, sagte ich. Ich kannte die Bedeutung dieses Formulars. »Das ist ein vom FBI oder der Armee der Vereinigten Staaten oder dem Marinegeheimdienst abgefangener Funkspruch eines deutschen Spionagesenders, der nach Hamburg sendet«, sagte ich. »Fünfter April. Das ist ein Buchcode der Abwehr, der auf 14 560 Kilohertz gesendet wurde. Die Empfangsstation der Abwehr antwortet auf 14 385 Kilohertz. Sehen Sie, wo der Funker etwa auf halbem Weg einen Fehler gemacht und eine Reihe Punkte eingeschoben hat... Es hier... um seinen Fehler zu kennzeichnen? Danach hat er dann die korrekte Gruppe gesendet.«

»Können Sie das lesen?«

»Nein.«

»Warum haben Sie ›Scheiße‹ gesagt?« Hemingway sah mich im grellen Morgenlicht stirnrunzelnd an.

»Der einzige Grund, warum das in dem ganzen Paket ist, wäre, um demjenigen, der es bekommen sollte, zu zeigen, daß die Abwehr einen Informanten beim FBI oder dem amerikanischen Militärgeheimdienst hat.«

»Scheiße«, sagte Hemingway.

Exakt, dachte ich. *Der fünfte April dieses Jahres, das war zu der Zeit, als Inga Arvad ihren Flirt mit dem jungen Fähnrich Jack Kennedy vom Marinegeheimdienst in Charleston hatte und kurz bevor die* Kreuz des Südens *ausgelaufen ist. Der Sohn von Botschafter Joseph P. Kennedy.* »Echt Scheiße«, sagte ich und wischte mir Schweiß und Sand aus den Augen. »Was ist?« fragte ich.

```
SECONDARY MONITORING UNIT SA-2
NORTH CHARLESTON, S. C.

UNIT CASE # SA-2-7-111446          WASHINGTON CASE # 56
            N. CHARLESTON, S. C.
DATE        : APRIL 5, 1942
OBSERVER    : F. STEWART JONES

CALL        : STATION CALLING "AOR" AND STATION ANSWERING TO "
FREQUENCY   : 14,550 & 14,560 KCS. AND 14,385 KCS., (MEASURED)
EMISSION    : A-1
BEARING     : NONE
RECORDING   : NONE                  (PAGE5)

GMT
1713      (14,385 KC.) VVV OK OM GA GA K  VVV VVV VVV RR OK
          K  VVV VVV VVV VVV VVV - RRR QTC OK GA GA K
1714      (14,560 KC.) VVV VVVV - QSA0 PSE QSV K K
1715      (14,385 KC.)VVV VVV VVV VVV VVV VVV VVV VVV VVV VV
          VVV VVV VVV VVV OK OK OK VVV VVV VVV
1716     (14,500 KC.) RPT RPT RPT
1716      (14,385 KC.) OK QTC OK GA K VVV GA GA OK OK QTC OK
1718      (14,560 KC.) - - SRI RPT ALL KA - YENOV (GROUP MI
          ERILJ EOSRI PHEBR ENELE TIUNO ITACQ GYOFB EEEE GYG
          XHMAY QTXNE INUDR TISHI MYYSN TXLXC FSL   HQRIX
1722      LRXFX YOEYE QAUNE CERXA SEION          AR CODE OF 5 O
1722      (14,385 KC.) VVV VVV VVV VVV VVV VVV VVV VVV VVV V
          OK OK GA GA K
1722      (14,560 KC.) R GLAD GLAD NW KA KA DYRE DYRE ILIC I
          SUA SUA ILL ILL - - GLDTG GLDTG TTELR TTESR XTSRI
          IPEIN IPEBB TXAEX TXAEX GRLUD GRLWB ECZMO ECZMS OR
          ORABB FTNLH FTNLN SRREI SNREI FSIKE FBIKE SOIEU SO
```

Hemingway kicherte, während er einen dicken Stapel Papier betrachtete. Ich konnte die deutsche Frakturschrift auf dem Umschlag sehen und sogar den doppelten Blitz erkennen, mit dem Schreibmaschinen im Dritten Reich das Zeichen der SS darstellten.

»Oh, nichts«, sagte Hemingway, der immer noch kicherte. »Nur eine sorgfältig getippte, absolut vollständige Liste der Posten und Personalverteilung jeder Unterabteilung der Hamburger Abwehr, datiert auf den 1. April 1942. Wollen Sie wissen, wie viele Spionageabwehroffiziere sie dort haben? Sechsundzwanzig. Vier Unteroffiziere. Fünfzehn zivile Angestellte. Einen Wartungsmonteur für die Funkanlage auf Honorarbasis. Zwanzig Funker. Zweiundsiebzig

Funkangestellte. Einen Fotografen. Einen Unteroffizier für das Transportwesen… Ich schätze, das ist ein Chauffeur. Zwei Fahrradkuriere… Mein Gott, Lucas.«

Ich nickte. »Verstauen Sie alles wieder. Wir nehmen es mit.«

»Da haben Sie verdammt recht, wir nehmen es mit. Wir bringen das so schnell wie möglich zu Botschafter Braden und den anderen… wenn möglich heute nacht noch.«

»Nein«, sagte ich mit Nachdruck. »Das werden wir nicht.«

Hemingway sah mich an.

»Wir holen die Kamera«, sagte ich. »Wir müssen die beiden toten Männer, den Plunder ringsum und die Kugel fotografieren. Dann müssen wir ihr Schlauchboot ausgraben und fotografieren. Dann müssen wir alles wieder vergraben. Und danach müssen wir sie begraben.«

»Wir müssen den Leuten vom Marinegeheimdienst Meldung machen«, sagte Hemingway.

»Nein«, wiederholte ich. »Das werden wir nicht.«

Hemingway widersprach nicht. Er wartete. Einen Moment herrschte Windstille, und der Gestank vom Hügel war beinahe überwältigend.

»Ich sage Ihnen, wann wir mit der *Lorraine* in See stechen«, sagte ich.

Hemingway nickte nur einmal mit dem Kopf und ging los, um die Kamera und den anderen Klappspaten zu holen.

25

Die *Pilar* lag sicher vor Anker, der größte Teil der Besatzung und die Jungs saßen beim zweiten Frühstück um ein Lagerfeuer, als Hemingway und ich Cayo Confites erreichten.

Wir hatten die wunderschöne *Lorraine* auf der rasanten Rückfahrt zu dem Inselchen fast zuschanden gefahren. Wir flogen die ganze Zeit auf der Wasseroberfläche dahin, wirbelten Gischt auf, zogen eine lange Kielwasserspur hinter uns her, und es schien, als würden wir vor Satan persönlich fliehen. Tom Shevlins wunderbares Schnellboot schluckte den gesamten Inhalt des Treibstofftanks und auch den größten Teil der Ersatzfässer, bis wir die Insel vor uns sahen. Als ich Hemingway auf den Treibstoffverbrauch aufmerksam machte, sagte er nur: »Drauf geschissen... die Kubaner auf Confites haben noch welchen für uns.«

Der Schriftsteller ließ mich auf der Rückfahrt ans Steuer. Als wir die Enseñada Herradura langsam verließen, mit großer Sorgfalt durch eine Lücke im Riff steuerten und Point Roma hinter uns zurückbleiben sahen, nachdem wir mit dem kleinen Boot beschleunigt hatten, saß Hemingway auf der ledergepolsterten Rückbank, hielt die geladene BAR auf den Knien und hatte den Beutel mit Splittergranaten neben sich stehen. Ich fragte ihn nicht, vermutete aber, er hoffte, das U-Boot von gestern nacht würde aus dem Golfstrom auftauchen wie ein Meeresungeheuer aus kalten Tiefen. Dieses Bild war das i-Tüpfelchen meiner Ansicht über Hemingway in jenem Sommer – der müde und bärtige Ritter, der hoffte, daß sein Drache auftauchte.

Wir sahen kein U-Boot während unserer halsbrecherischen Rückfahrt.

Die Jungs und Männer an dem morgendlichen Lagerfeuer begrüßten uns.

»Wie war der Ausflug, Papa?« fragte Patrick.

»Haben Sie eine Nachschubbasis gefunden?« fragte Gregory.

»Haben Sie Unterseeboote gesehen?« fragte Guest.

»Wir haben fliegende Fische gesehen, aber keine Deutschen«, sagte Gregory.

»Haben Sie und Lucas etwas Wichtiges gefunden?« wollte Ibarlucia wissen.

»Wir sind froh, daß du wieder da bist, Papa«, sagte Gregory.

Hemingway saß auf einem Holzklotz, nahm eine Blechtasse dampfenden Kaffee von Guest und sagte: »Nichts Interessantes, Jungs. Lucas und ich haben im Kanal hinter Cayo Sabinal herumgestochert und ein paar Meeresarme untersucht, die in Sackgassen endeten. Gestern nacht haben wir auf dem Strand geschlafen. Jede Menge Mücken.«

»Wo ist Maria?« fragte ich.

Ibarlucia zeigte zur *Pilar*, die zwanzig Meter vom Ufer entfernt vor Anker lag. »Don Saxon wurde gestern nacht richtig krank. Erbrechen, Diarrhoe, die ganze Enchilada. Er wollte am Funkgerät bleiben, aber schließlich hat ihn Gregorio in das große Bett in der vorderen Kabine gesteckt, und Maria ist gestern nacht bei ihm geblieben.« Der Jai-Alai-Spieler warf mir einen Blick zu. »Ich meine, sie hat sich um ihn gekümmert. Er war echt krank.«

»Wie geht es ihm heute morgen?« fragte ich.

»Er schläft«, sagte Winston Guest. »Gregorio und Maria kamen vor zwei Stunden mit der *Tin Kid* her, um mit uns zu frühstücken. Sie ist allein zurückgerudert, um nach Saxon zu sehen.« Der Sportler schüttelte anerkennend den Kopf. »Das kleine Mädchen hat schreckliche Angst vor dem Wasser, hat aber das kleine Boot wie ein Soldat gesteuert. Wenn ich mal krank werde, möchte ich sie als Krankenschwester.«

»Ich glaube, ich gehe ihr guten Morgen sagen«, meinte ich.

»Sie dürfen das Dingi bald wieder herbringen«, sagte Patrick. »Wir wollten ihr das Riff zeigen, wo wir gestern Speerfischen waren.«

Ich nickte, ging zum Strand, zog das sandige Hemd, Hosen und Schuhe aus und watete nur in der Unterhose ins Wasser. Das Wasser der Lagune war schon warm, aber nach Hitze, Blut, Sand und Schweiß der langen Nacht und des Morgens tat es gut. Ich schwamm zur *Pilar* hinaus.

Maria war überrascht, mich fast nackt und tropfnaß vor sich stehen zu sehen. »José! Sie stellte ihre Kaffeetasse ab, sprang die letzte Stufe von der Kombüse herauf und legte die Arme um mich. Dann errötete sie, wich zurück, warf einen schüchternen Blick auf meine Unterhose, die an mir klebte, sah über die Schulter zur vorderen Kabine und sagte: »Señor Saxon schläft, und das kleine Boot ist hier, wenn du –«

Ich strich ihr über das Haar. »Ich bin gekommen, um dich zu einem Picknick einzuladen, Maria.«

Ihre Augen wurden groß und aufgeregt wie die eines jungen Mädchens. »Ein Picknick, José? Aber wir haben gerade gefrühstückt und...«

Ich lächelte. »Schon gut. Es dauert eine Weile, um zu der Stelle zu gelangen, die ich dir zeigen möchte. Wir werden dort ein zeitiges Mittagessen einnehmen. Such etwas in der Kombüse zusammen, ich hole meine Tasche und ziehe mich an.« Sie lächelte und umarmte mich wieder, und ich gab ihr einen Klaps auf den Po, als sie wieder in die Kombüse ging.

In dem engen Raum, in dem wir unsere Taschen aufbewahrten, zog ich mir saubere Shorts, ein fadenscheiniges Jeanshemd und meine Extra-Paar Segeltuchschuhe an. Dann ging ich zu der großen vorderen Kabine und schüttelte den schnarchenden Marine wach. »Geht es Ihnen besser?« fragte ich.

»Ich… fühle… mich… schrecklich«, sagte Saxon, der mich ansah und mit den trockenen Lippen schmatzte. »Verkatert. Kopfschmerzen.«

»Maria hat sich gestern nacht um Sie gekümmert?«

»Ja, sie –« Der große Funker verstummte und sah mich blinzelnd an. »Kommen Sie nicht auf falsche Gedanken, Lucas. Ich hab mir die Därme rausgekotzt. Wußte kaum, wo ich war. Sie hat nichts weiter getan, als –«

»Ja, ja«, sagte ich. »Haben Sie während der gestrigen Patrouille kodierte Nachrichten aufgefangen?«

»Nnein-nnn«, antwortete der Marine und hielt sich den Kopf mit zwei riesigen Händen. »Aber einer kam, als wir uns gestern nacht hingelegt hatten. Spät. Muß fast Mitternacht gewesen sein.«

»Und Sie konnten ihn empfangen, obwohl Sie so krank waren?«

»Ja. Ich saß im Klo auf dem Boden, hatte einen Eimer zwischen den Knien und die Kopfhörer auf. Hemingway hat immer wieder betont, wie wichtig es wäre, daß mir gestern nacht nichts entgeht.«

»Haben Sie ihn aufgeschrieben?«

Saxon sah mich mit zusammengekniffenen Augen an. »Logisch. Es ist der einzige Eintrag auf Seite sechsundzwanzig des Funklogs. Konnte natürlich nichts verstehen. Dieser verfluchte neue Code.«

Ich klopfte ihm auf die Schulter und ging in den winzigen Funkraum. Das »Funklog« – ein abgegriffener Spiralblock – endete mit Notizen zum Funkverkehr zwichen einem britischen Zerstörer und einem panamesischen Frachtschiff. Seite sechsundzwanzig fehlte. Ich ging zurück und schüttelte Saxon wieder wach.

»Sind Sie sicher, daß Sie es aufgeschrieben haben? Seite sechsundzwanzig ist nicht da.«

»Ja. Ich bin sicher. Ich meine, ich glaube es… ich erinnere mich, daß ich während meiner Übelkeit etwas in das Notizbuch gekritzelt habe, aber *diese* Seite habe ich nicht rausgerissen. Ich glaube es jedenfalls nicht. Verdammt.«

»Machen Sie sich keine Gedanken«, sagte ich. »Sie erinnern sich nicht an irgendwelche Gruppen, oder?«

Saxon schüttelte langsam den Kopf. Seine Kopfhaut unter dem Bürstenschnitt hatte einen schlimmen Sonnenbrand. »Nur, daß es Fünfergruppen waren. Zwölf oder dreizehn Gruppen, glaube ich. Nicht viele Wiederholungen.«

»Okay, übrigens hat der Empfänger kein Trägersignal.«

»Verdammt und zugenäht«, sagte Saxon. »Dieses hühnerfickende, arschleckende, schwanzlutschende Scheißding von fotzenleckender Niggerscheiße ist mir gestern den ganzen verdammten Scheißtag über andauernd ausgefallen. Gottverfluchte Eiterbeulenfurzscheiße aus Marinerestbeständen.«

»Schon gut«, sagte ich und dachte: *Versuch nie, mit einem Marine zu reden, der einen Kater hat.*

Maria packte immer noch den Picknickkorb, als ich mit der *Tin Kid* zum Ufer fuhr und von Fuentes zur *Lorraine* bringen ließ. Die Kubaner halfen uns beim Auftanken der Ersatzkanister, und Maria wartete schon, als ich zur *Pilar* zurück tuckerte.

»*Señor* Saxon schläft«, sagte sie, als sie vorsichtig über die Schandeckel des Schnellboots stieg und den Picknickkorb in die Mitte der Rückbank stellte. Sie trug ein frisches, blaukariertes Kleid.

»Gut«, sagte ich, stieß uns von Hemingways größerem Boot ab und steuerte zu der Öffnung im Riff. Patrick und Gregory riefen vom Ufer herüber, da ihnen Marias Aufbruch offenbar mißfiel, aber ich winkte den Jungs nur zu.

»Können wir das wirklich machen, José?« fragte die junge Frau. »An so einem Tag einfach alle zurücklassen?«

Ich streckte meine Hand aus, und sie kam zum Passagiersitz, um sie zu halten. »Jawohl«, sagte ich, »können wir. Ich habe *Señor* Hemingway gesagt, daß ich mir den Tag freinehme. Das habe ich mir verdient. Außerdem bricht die *Pilar* erst viel später auf. Wir werden rechtzeitig wieder zurück sein.« Sie hielt weiter meine Hand, während ich die *Lorraine* auf das offene Meer hinaus steuerte und dann Gas gab, bis die Tachonadel zwei Striche unter der roten Marke stand.

Maria reagierte in dem kleinen Boot immer noch nervös, aber nach etwa einer halben Stunde schien sie sich zu entspannen. Obwohl sie einen hellroten Schal um den Kopf geschlungen hatte, wurde ihr schwarzes Haar vom Fahrtwind nach hinten geweht, und auf den feinen Härchen ihres rechten Arms, den sie auf dem Schandeckel liegen hatte, sammelten sich Wassertröpfchen. Es war ein wunderschöner Tag; die Morgensonne stieg weiter am Himmel empor, und wir brausten durch den leichten Wellengang weiter nach Osten.

»Müssen wir so weit weg für unser Picknick?« fragte Maria, die zum südlichen Horizont sah, wo die Hauptinsel kaum mehr als ein flacher Dunststreifen war.

»Nicht so weit«, sagte ich und nahm Schub zurück. Dies war ein Gebiet mit gefährlichen Riffen, auch wenn wir nur eine Stunde vom Höchststand der Flut entfernt waren. »Da«, sagte ich und zeigte nach Nordosten.

Die kleine Insel maß nur sechs Meter im Durchmesser und ragte rund zwanzig Zentimeter aus dem Wasser; Wellen des Golfstroms spülten an ihren Kiesstrand.

Maria sah mich an, als würde ich zugeben, daß ich einen Witz gemacht hatte, als ich das Schnellboot vorsichtig hinsteuerte und den Buganker nur fünf Meter vom Strand entfernt auswarf. »José, das ist so flach und uneben ... so viele Steine im Sand.«

»Das ist die Spitze eines Riffs, das bei Ebbe frei liegt«, sagte ich. »Es wird in ...« Ich sah auf die Uhr. »... etwa einer Stunde wieder verschwunden sein. Wir sollten besser unsere Picknicksachen da rüberbringen und schnell essen.«

Maria war offensichtlich enttäuscht und schmollte. »Ich würde lieber im Boot essen, José, wenn es dir nichts ausmacht. Das Wasser hier macht mich nervös. Ich kann nicht gut schwimmen, weißt du?«

Ich zuckte die Achseln. »Wie du willst, Mädchen.«

Sie holte dick mit Roastbeef und Rettich belegte Sandwiches – meine Leibspeise –, kalten Kartoffelsalat und mehrere Flaschen Bier. Das Bier hatte sie in ein nasses Handtuch gewickelt, damit es kühl blieb. Sie hatte sogar hohe Gläser mitgebracht und schenkte das Bier mit einem gewissen Zeremoniell ein.

Ich hob das Glas, um auf ihr Wohl zu trinken, stellte es behutsam auf das Tischtuch, das sie auf dem Motorgehäuse hinter uns ausgebreitet hatte – ich wollte nicht, daß ein Ring auf Shevlins Mahagoni zurückblieb – und sagte leise auf deutsch: »Was hast du Saxon gestern nacht gegeben, damit er krank wurde?«

Maria sah mich verständnislos an. Auf Spanisch antwortete sie: »Was hast du gesagt, José? Ich habe *Señor* Saxons Namen verstanden, aber… warum sprichst du so mit mir? Ist das Deutsch?«

»Nicht wichtig«, sagte ich immer noch auf deutsch. »Ich nehme an, du hast die Seite aus dem Funklog nicht behalten?«

Sie sah mich an und schien besorgt zu sein, aber nur darüber, daß ich in einer fremden Sprache mit ihr redete, die sie nicht verstand. Dann lächelte sie plötzlich strahlend.»Du nimmst mich auf den Arm, José«, sagte sie auf spanisch. »Sagst du süße Sachen zu mir?«

Ich lächelte und fuhr auf englisch fort. »Ich sagte, daß ich dich wahrscheinlich töten muß, wenn du nicht sofort mit mir redest, Miststück. Ich werde dich möglicherweise sowieso für das töten, was du dem kleinen Santiago angetan hast, aber deine einzige Chance ist, mit dem Quatsch aufzuhören und zu reden. Hast du heute morgen eine Nachricht abgesetzt, ehe du das Funkgerät kaputt gemacht hast?«

Maria sah mich nach wie vor an, lächelte unsicher, war aber eindeutig nicht ängstlich, nur verwirrt.

»Na gut«, sagte ich auf deutsch. »Komm nach achtern. Ich habe ein paar hübsche Geschenke, die ich dir zeigen muß.«

Sie schien die Aufforderung erst zu verstehen, als ich mich über den Sitz schwang und in den hinteren Teil des Cockpits ging. Sie lächelte immer noch, als sie meine Hand nahm, zwischen Konsole und Sitz trat und vorsichtig zur Rückbank trippelte.

Ich machte das Geheimfach auf und holte den Krummdolch heraus, den ich einem der toten deutschen Jungs abgenommen hatte. »Kennst du das, Maria?« fragte ich auf spanisch.

Sie lächelte sofort und war offensichtlich erleichtert, daß ich wieder eine Sprache wählte, die sie verstehen konnte. »*Sí*«, sagte sie. »Das ist ein Messer zum Zuckerrohrschneiden. Es wird von den Männern auf den Zuckerrohrfeldern benutzt.«

»Ausgezeichnet«, sagte ich auf spanisch. »Das weißt du… aber den Ausdruck ›Zwischen mir und dem Meer‹ hast du nicht gekannt. Den hättest du kennen müssen, Maria. Ich hätte schon damals dahinterkommen müssen. Jedes kleine Mädchen, das nahe der kubanischen Küste aufwächst, hätte Erwachsene diesen Ausdruck gebrauchen hören müssen. Bist du Spanierin oder Deutsche mit spanischen Vorfahren? Der Dialekt ist übrigens exzellent.«

Maria sah mich mit großen Augen an. »Was sagst du da, José? Ich –«

»Wenn du mich noch einmal José nennst«, sagte ich, »muß ich dich eher früher als später erschießen.« Ich holte die .357er Magnum aus dem Geheimfach und hielt sie mit der Mündung beiläufig in ihre Richtung.

»*Sprich!*« fuhr ich sie an.

Maria riß den Kopf zurück, als hätte ich sie geschlagen. Ich hatte die Schauspielerei satt – ihre und meine – und schlug sie. Einmal. Ziemlich fest. Sie fiel auf die Polsterkissen und rutschte auf das Deck. Mit dem Kopf am Schandeckel hob sie die Finger zur Wange und sah mich an. Das tückische gekrümmte Zuckerrohrmesser lag da, wo ich es hingelegt hatte, mitten auf der Rückbank, ein kleines Stück näher bei ihr als bei mir. Ich hatte die .357er immer noch in der Hand.

»Na gut«, sagte ich in Englisch, »sprechen wir es durch, und dann verbesserst du die Fehler. Du bist eine Hälfte von Beckers Todesschwadron. Panama. Das bist du immer gewesen. Du bist vor einem Monat nach Kuba gebracht worden. Wenn ich dein Dorf besuchen würde – wie heißt es gleich? Palmarito, in der Nähe von La Prueba, in der Nähe von Santiago de Cuba? –, würde ich wahrscheinlich feststellen, daß keiner je von einer Familie Marquéz gehört hat ... schon gar nicht von einer Familie Marquéz, deren Tochter weggelaufen ist, nachdem ihr Bruder sie vergewaltigt hat. Oder gab es dort eine Maria Marquez, die du ermordet hast?«

Maria hielt sich weiter die gerötete Wange mit der Hand und sah mich an, als hätte ich mich in eine Giftschlange verwandelt.

»Na gut«, sagte ich und wechselte wieder ins Deutsche über. »Martin Kohler, der arme, arme Abwehr-Funker von der *Kreuz des Südens* kommt wie vereinbart zu dem Rendezvous mit dir im Hurenhaus. Oder war er vielleicht dort, um sich mit Lieutenant Maldonado zu treffen? Spielt keine Rolle. Du hast gewartet, bis der kubanische Polizist fort war, dann hast du Kohler die Kehle durchgeschnitten ... dich im Bad eingeschlossen und geschrien. Sehr schlau, Maria. Hemingway und ich finden das Codebuch, das wir finden sollen, und du hast Zugang zur *finca*. Gott im Himmel, ich war so ein verblendeter Pißkopf.«

Maria schloß kurz die Augen, lächelte aber nicht über mein *Pißkopf*.

»Du warst natürlich schon auf der *finca*«, fuhr ich fort. »In der ersten Nacht, die ich dort verbracht habe, als wir auf Steinharts Grundstück Cowboy und Indianer gespielt haben und du auf uns geschossen hast. Aber auf wen hast du geschossen, Maria? Hemingway? Das ergibt keinen Sinn. Mich? Das ergibt auch keinen Sinn, da deine Leute mich dort haben wollten, damit ich dem Amateur Hemingway bei seinem Unfug helfend zur Seite stehen konnte. *Jemand* mußte ja die Funksprüche für ihn entschlüsseln und ihn bei allen Unternehmungen am Leben halten. *Jemand* mußte ihm helfen, zur rechten Zeit am rechten Ort zu sein, damit wir als euer Kurier fungieren und das hier weiterleiten konnten...«

Ich holte die deutsche Kuriertasche hervor und warf sie auf das lange Lederpolster neben das Zuckerrohrmesser. Maria sah es an, wie ein Verirrter in der Wüste eine Tasse Wasser ansehen würde.

»Maria, du solltest besser dein Kleid runterziehen«, sagte ich beiläufig auf deutsch. »Wenn du so mit angezogenen Knien da sitzt, kann ich dein Höschen und dein Schamhaar sehen.«

Die Frau errötete noch mehr und zog ihr Kleid glatt. Dann hörte sie auf und sah mich an, und zum erstenmal sah ich Haß in ihren Augen.

»Schon gut«, sagte ich auf spanisch. »Du warst sehr gut. War einfach nur ein schlechter Tag.«

Sie stand auf, setzte sich in die hintere Ecke der Bank und ignorierte das Messer und die Kuriertasche zwischen uns hartnäckig. »*Señor* Lucas«, sagte sie langsam in ihrem kubanischen Spanisch. »Sie haben falsche Vorstellungen von mir, ich schwöre es Ihnen bei der Seele meiner Mutter. Ich verstehe nur ein wenig Deutsch und Englisch... ich habe es im Haus der Madame gelernt, wo ich –«

»Sei still«, sagte ich sachlich. »Auf *wen* hast du in der Nacht in der *finca* geschossen? War es nur ein Teil des Drehbuchs, damit ich das Interesse nicht verliere? Oder gab es jemanden in der Gruppe, den du warnen... oder gar töten wolltest? Einen anderen Agenten? Vielleicht einen britischen Winston Guest?«

Ihre Augen verrieten mir nichts.

Ich zuckte die Achseln. »Du bist also in der Nähe geblieben, hast Informationen gesammelt, wo immer du nur konntest, und hast sie Obersturmführer Becker weitergeleitet... Becker war doch dein Vorgesetzter, oder nicht?«

Sie sagte nichts. Ihr Gesicht hätte aus Elfenbein geschnitzt sein können. Kein Muskel zuckte.

»Na gut«, sagte ich. »Dann hast du den kleinen Santiago getötet. Wahrscheinlich mit demselben Messer, mit dem du Kohler in dem Hurenhaus erledigt hast. Du kannst gut mit Messern umgehen, Mädchen.«

Sie sah das Messer nicht an, auch nicht die .357, die ich locker auf dem Schoß hielt.

»Es kam ein bißchen zu passend, als Lieutenant Maldonado nach den vielen Wochen nach dir suchen kam«, sagte ich leise auf englisch. »Um die Hälfte zu schlau, wie die Briten zu sagen pflegen. Aber es hat funktioniert … du bist auf diesen Ausflug mitgenommen worden. Und was nun, Mädchen? Du warst deinem Ziel so nahe … wenn Hemingway dein Ziel ist.« Ich betrachtete die Muskeln um ihre Augen, aber sie verrieten mir immer noch nichts. »Natürlich ist er es«, fuhr ich fort. »Und ich wahrscheinlich auch. Aber wann? Und warum? Nachdem wir dieses Zeug übergeben haben …« Ich klopfte auf das Segeltuch der Kuriertasche. »Sind wir ein Ärgernis, wenn wir unsere Rolle bei der Übergabe gespielt haben? Und warum hat Kolumbien … dein Partner in der Todesschwadron … gestern nacht diese beiden armen deutschen Jungs getötet? Hätte man nicht einfach Maßnahmen treffen können, daß sie die Dokumente irgendwo verlieren, wo wir sie finden konnten?«

Maria schlug die Hände über die Augen, als würde sie gleich in Tränen ausbrechen.

»Nein, vermutlich nicht«, sagte ich. »Diese Jungs bekamen ihre Befehle von Admiral Canaris und dem Militär«, sagte ich. »Die Abwehr hat keine Ahnung, oder, Maria? Ich glaube, sie führt einen Einsatz in Kuba durch, aber du und Becker und Himmler und der verstorbene Heydrich und dein Partner der Todesschwadron einen anderen. Einen, der die Abwehr verrät. Aber an wen verrät … und wofür, Maria?«

Sie schluchzte leise. »José … *Señor* Lucas … bitte glauben Sie mir. Ich verstehe fast nichts von dem, was Sie mir sagen. Ich weiß nicht, was Sie –«

»Verdammt, sei still«, sagte ich. Ich griff in das Geheimfach und holte das Segeltuchbündel heraus, das ich in der Nacht von unserem Aufbruch aus dem Stroh auf der Scheune geholt hatte. Ich packte die Remington .30-06 aus und ließ sie auf das Deck fallen. Das Vergrößerungszielfernrohr schlug einen Splitter aus dem Mahagoni. »Es war dumm, so etwas in so unmittelbarer Nähe aufzuheben«, sagte ich rauh auf deutsch, mit bayerischem Dialekt. »Aber es hätte sein können, daß du es noch mal brauchst, nicht? Sind das deine Spezialitäten, Messer und Gewehr? Ich weiß, du bist Vertrauensperson und hast die Lizenz zum Töten, aber bist du eine dieser Superagentinnen, vor denen die Jungs im Bureau solche Angst haben?«

»José…« begann die Frau.

Ich versetzte ihr einen festen Schlag mit dem Handrücken. Ihr Kopf wurde nach hinten geschleudert, aber diesmal rutschte sie nicht vom Polster. Und sie hob auch nicht die Hände, um ihre rote Wange zu berühren und das Blut vom Mundwinkel zu wischen.

»Ich habe dir gesagt, ich werde dich töten, wenn du mich noch einmal José nennst«, sagte ich sehr leise. »Diesmal meine ich es ernst.«

Sie nickte langsam.

»Sag mir, wer das andere Mitglied der Todesschwadron ist«, fuhr ich sie an. »Delgado? Wer?«

Die junge Frau, die ich monatelang Maria genannt hatte, lächelte verhalten. Sie sagte nichts.

»Weißt du, wie ich Teddy Schlegel zum Reden gebracht habe?« fragte ich auf deutsch. Ich nahm einen langen Schraubenzieher aus dem Werkzeugkasten im Achtergeheimfach und ließ ihn neben dem Messer auf das Polster fallen. »Bei einer Frau hat man doch mehr Möglichkeiten«, sagte ich und fletschte die Zähne zu einem Grinsen.

Hätte der Haß in einem Blick töten können, ich wäre in diesem Moment gestorben.

»Du wirst reden«, sagte ich. »Und du wirst mir die Einzelheiten der Operation verraten. Zieh dein Kleid aus.«

Sie riß die Augen auf. »Was?« sagte sie auf spanisch.

Ich packte sie an beiden Handgelenken und zog sie auf die Füße. Ich steckte die .357er in den Gürtel, hielt ihre Handgelenke mit der linken Hand fest, packte mit der rechten das Vorderteil ihres Kleides und riß es bis ganz nach unten durch, so daß die weißen Knöpfe davonflogen und neben der leeren .30-06er Remington auf den Boden kullerten. Ich ließ eines ihrer Handgelenke los und riß ihr das Kleid in Fetzen vom Leib. Die Fetzen warf ich über Bord.

Maria versuchte, sich mit der freien Hand an mir festzukrallen. Ich warf sie auf das Polster am hinteren Ende der Heckbank. Mir war immer aufgefallen, wie weiß und – für eine angebliche Hure – keusch ihre Büstenhalter und Höschen waren. Der weiße Baumwollstoff strahlte in der Morgensonne. Ihre Brüste über dem Mieder sahen schwer, weiß und verletzlich aus, wie sie so halb über dem Schandeckel lag, und die Innenseiten ihrer Schenkel waren blaß.

»Nun gut«, sagte ich, drehte mich um und kramte wieder tief in dem Geheimfach. »Eines muß ich dir noch zeigen, und dann –,

Sie war schnell – schneller als ich jemals erwartete hätte. Ich hatte kaum Zeit, herumzuwirbeln und ihr rechtes Handgelenk zu packen, als sie das Zuckerrohrmesser in einem Bogen schwang, mit dem sie mir die Nieren hätte herausschneiden können. Hätte sie einen geraden Dolch gehabt und nicht diesen in Form einer Sense, wäre es um mich geschehen gewesen.

Sie war auch stärker als ich erwartet hatte. Die Nächte, in denen wir uns auf den Betten und dem Boden der Hütte herumgewälzt hatten – als ich die Kraft in ihren Schenkeln und Oberarmen spürte, wenn sie mich fester an sich und tiefer in sich zog –, hätten mich warnen müssen. Es wäre ihr fast gelungen, ihr Messer aus meinem Griff zu entreißen, während sie mit der Linken die .357er Magnum aus meinem Gürtel zu ziehen versuchte.

Ich rang ihr mit beiden Händen das Messer aus der Hand. Es rutschte über das ohnehin bereits übersäte Deck, aber Maria schaffte es, die Pistole herauszuziehen. Sie sprang in die Ecke des Cockpits zurück und richtete sie auf mein Gesicht, bevor ich mir die Waffe zurückholen konnte. Sie hielt die Pistole mit ausgestreckten Armen in beiden Händen, den Finger am Abzug. Ich konnte die Strecke zu ihr unmöglich überwinden, ehe sie abdrücken konnte.

»Maria«, sagte ich mit bebender Stimme. »Wie immer dein Name lauten mag... wir können uns hier einigen. Niemand weiß etwas, außer dir und mir, und ich werde nicht –«

»Schwachsinniger!« fauchte sie und drückte ab. Der Hahn fiel auf die leere Kammer. Mir blieb eine Sekunde, um zu handeln, bevor sie wieder abdrücken konnte, aber ich bewegte mich nicht. Der Hahn fiel wieder herunter und klickte trocken. Ein drittes Mal.

»Ich war mir sicher«, sagte ich auf englisch, »mußte es aber ohne jeden Zweifel wissen.« Ich ging zu ihr und nahm ihr die leere Pistole ab.

Sie stieß mir den Ellbogen in den Magen und sprang zu dem Zuckerrohrmesser auf dem Deck.

Nach Luft ringend packte ich sie an der Taille und zog sie zurück. Wir fielen beide auf die gepolsterte Bank, und das Schnellboot schwankte leicht. Maria versuchte, mir ihre Krallen in die Augen zu bohren, aber ich vergrub das Gesicht zwischen ihren Schulterblättern, so daß sie mir mit den Nägeln nur den Hals blutig kratzte. Ich schleuderte sie wieder in die hintere Ecke und stand auf.

Maria schnellte so flink wie der sprichwörtliche geölte Blitz in die Höhe und nahm eine professionelle Kämpferhaltung ein. Ihr rechter Arm war angewinkelt und starr, die Finger gerade wie ein Keil und durch den abgewinkelten Daumen verstärkt. Sie machte einen halben Schritt und schlug nach meinem Magen – ein Schlag der unter die Rippen führen und das Herz quetschen sollte.

Ich parierte ihren Schlag mit dem linken Unterarm und gab ihr einen Kinnhaken. Sie fiel wie ein nasser Sack auf das Deck und stieß sich den Kopf so fest an dem verchromten Schandeckel an, daß es wie ein Pistolenschuß knallte. Dort blieb sie hingestreckt liegen, Beine gespreizt, Schweiß zwischen den Brüsten und im Schritt ihrer keuschen weißen Unterhose; ihre Lider flatterten. Ich hielt ihre Handgelenke fest und versetzte ihr leichte Schläge auf die Wange, damit sie wieder zu sich kam. Ich hatte nicht fest genug zugeschlagen, um sie zu töten oder lange außer Gefecht zu setzen, aber der Schlag auf den Kopf war schlimm gewesen. Auf dem Schandeckel war Blut.

Sie schlug bebend die Lider auf.

»Ich nehme nicht an, daß du die Seite aus dem Funklog behalten hast«, sagte ich. »Dazu bist du zu klug. Aber wir können ja einmal nachsehen.« Ich hob sie mit einem Arm hoch und zog ihr Mieder und Unterhose aus. Kein zusammengefaltetes Blatt. Ich hatte es nicht anders erwartet. Ein Teil meines Verstandes beobachtete alles wie ein desinteressierter Schiedsrichter und versuchte kritisch zu entscheiden, ob mir das Spaß machte. Ich glaube nicht, daß es so war. Mir war zumute, als müßte ich mich jeden Moment über den Bootsrand erbrechen.

»Okay«, sagte ich. »Zeit für unser Picknick.« Ich hob sie vom Deck hoch und warf sie aus dem Boot.

Das Wasser brachte sie wieder zu sich, und sie ruderte mit den Armen, um wieder ins Boot zu gelangen. Ich hob den Fischgaffel und hielt sie auf Distanz. Sie machte kehrt und planschte die sechs Meter zu der schwindenden Insel, wo sie sich auf das freie Riff und den Sand hochzog, soweit beides noch aus dem Wasser ragte. Salzwasser tropfte von ihren Haaren auf Brüste und Knie; sie drehte sich um und sah mich finster an.

Ich verstaute den Gaffel, das .30-06er Gewehr, das Zuckerrohrmesser, die Kuriertasche und die .357er, lichtete den Anker und warf die Reste unseres Picknicks über Bord. Ich warf ihr eine volle Feldflasche zu, die sie mit einer Hand am Gurt fing.

Ich ließ den Motor an und drehte das Boot nach Westen. »Ich fahre nach Confites zurück«, rief ich ihr zu. »Um etwas Jod auf die Kratzer an meinem Hals zu tun. In etwa fünfundreißig Minuten kommt die Flut. Dann wird das Riff unter Wasser und die Strömung stark sein, aber wenn du die Füße im Sand eingräbst und eine Nische in den Korallen findest, kannst du dich vielleicht festhalten.«

»José!« rief die Frau auf der Sandbank. »Ich kann wirklich nicht schwimmen!«

»Das spielt keine große Rolle«, sagte ich. »Es sind etwa fünfundzwanzig Meilen bis Cayo Confites.« Ich zeigte nach Süden. »Etwa zwanzig zur Hauptinsel oder dem Archipel von Camagüey. Die Flut wäre günstig für dich, aber es gibt jede Menge Haie. Und natürlich gibt es nur wenige Stellen, an denen dich das Riff nicht in Fetzen reißen würde.«

»Lucas!« kreischte die junge Frau.

»Denk darüber nach«, sagte ich. »Denk an meine Fragen. Vielleicht komme ich zurück, während du im Wasser strampelst. Deine Fahrkarte besteht nur aus ein paar Antworten. Möchtest du jetzt gleich reden?«

Sie drehte mir den Rücken zu und verfolgte, wie die Wellen ein Stück mehr von ihrer Insel fraßen. Wer auch immer sie war, feindliche Agentin und skrupellose Mörderin, sie hatte einen wundervollen Rücken und Po.

Ich drückte das Gaspedal durch, und die *Lorraine* schoß nach Westen. Ich schaute erst mit dem Fernglas zurück, als ich schon zwei

Meilen entfernt war. Cayo Cerdo Perdido war bereits nicht mehr zu sehen, mußte aber noch über Wasser sein, da ich den weißen Streifen von Marias Körper vor dem Blau des Himmels und dem dunkleren Blau des Golfstroms sehen konnte. Ich glaube, sie schaute in meine Richtung.

Die *Pilar* wartete unmittelbar hinter dem Horizont an exakt der freien Stelle auf der Karte, die wir als Treffpunkt vereinbart hatten. Nur Hemingway war an Bord. Er kam von der Außenbrücke herunter und warf eine Enterleiter zwischen sein grün-schwarzes Schiff und das Schnellboot, das daneben auf und ab hüpfte.

»Hat sie Ihnen irgend etwas gesagt?« fragte er, zurrte die *Lorraine* mit seinem Gaffel an einen Pflock und hielt sie fest.

»Sie hat mich Schwachsinniger genannt«, sagte ich.

Hemingway war nicht amüsiert, und ich wohl auch nicht.

»Heute denken alle, wir sind verrückt«, sagte er und sah Richtung Cayo Confites zurück.

Ich nickte und kratzte mich an der Wange. Ohne es zu wollen, ließ ich mir auf diesem Ausflug selbst einen Bart stehen. Ich sah auf die Uhr. Mein Bauch tat weh von dem heftigen Ellbogenstoß. Vielleicht schmerzte er auch nur von sich aus.

»Was jetzt?« fragte Hemingway.

»Ich werde sie nicht noch mehr schlagen oder foltern«, sagte ich mit einer Stimme, die sich selbst für mich wie tot anhörte. »Ich fahre zurück, wenn ihr das Wasser bis zu den Knöpfen reicht, aber wenn sie dann nicht redet, müssen wir sie mit nach Havanna nehmen.«

»Und was dann mit ihr anfangen? Sie Maldonado und der Staatspolizei übergeben? Ihrem Freund Delgado?«

»Ich werde sie einfach dem Büro Havanna des FBI übergeben«, sagte ich. »Leddy und den anderen wird es nicht gefallen, und wir werden wahrscheinlich nie erfahren, worum es bei dieser Operation Rabe genau ging, aber sie werden sie und Becker verhaften. Vielleicht sagt Becker ihnen, wer noch mit drin steckt und welche Pläne sie haben.«

»Vielleicht auch nicht«, sagte der Schriftsteller und sah mich stirnrunzelnd an, während wir auf dem blauen Meer auf und ab tanzten. »Vielleicht wissen Ihre Kumpels vom Bureau auch schon ganz genau, worum es geht. Und vielleicht wird ihnen Xenophobia von den toten Agenten von letzter Nacht und den Dokumenten erzählen, und vielleicht müssen wir die Kopien und Seiten dem FBI übergeben, damit wir nicht selbst als Verräter erschossen werden, und vielleicht wird doch alles so laufen, wie sie es geplant hatten.«

Ich sah wieder auf die Uhr. »Vielleicht«, sagte ich. »Aber eines steht mit Sicherheit fest... wenn ich nicht in den nächsten paar Minuten nach Cayo Cerdo Perdido zurückfahre, wird diese ganze Diskussion rein akademisch sein. Wir werden keine Gefangene mehr haben, die wir übergeben können.«

Ich ließ den Motor wieder an, als Hemingway das Boot abstieß und die Enterleiter einholte. »He!« rief ich über das Brausen des Golfstroms zu ihm hinauf. »Der Name... Xenophobia... das war ein Scherz für Sie, oder nicht? Sie haben ihr nie getraut oder geglaubt, richtig? Von Anfang an nicht.«

»Natürlich nicht«, sagte Hemingway und ging auf seine Außenbrücke zurück.

Zwanzig Minuten später kehrte ich zur *Pilar* zurück. Cayo Confites lag immer noch im Westen hinter dem Horizont. Hemingway nahm Schub weg und sah finster zu mir herunter, als ich meinen Motor ausmachte, kam aber nicht die Leiter seiner Außenbrücke herunter.

»Wo, zum Teufel, ist sie, Lucas? Was haben Sie mit ihr gemacht?« Er musterte das offene Cockpit des Schnellboots, als hätte ich sie unter den Polstern versteckt.

»Ich habe gar nichts mit ihr gemacht«, sagte ich. »Sie war fort, als ich wieder dort ankam.«

»Fort?« fragte er begriffsstutzig, sah nach Osten und schirmte die Augen ab, als könnte er sie dort schwimmen sehen.

»Ach du Scheiße«, sagte der Schriftsteller, nahm den Sombrero ab und wischte sich mit dem Unterarm über den Mund.

»Ich habe mehrere Abstecher nach Süden gemacht, zwischen der Insel und der Hauptinsel, aber nichts gefunden.« Meine Stimme hörte sich wieder seltsam an. »Sie muß versucht haben zu schwimmen.«

»Ich dachte, sie konnte nicht schwimmen«, rief er von seinem Hochsitz herunter.

Ich sah böse zu ihm auf und antwortete nicht.

»Vielleicht hat ein Hai sie einfach vom Riff geholt«, schlug er vor.

Ich trank etwas Wasser aus der Feldflasche, die ich eine halbe Meile südlich von der Insel schwimmend gefunden hatte. Ich wünschte, ich hätte etwas Whiskey an Bord gehabt.

»Glauben Sie, das U-Boot von gestern nacht könnte sie an Bord genommen haben?« fragte Hemingway.

Ich dachte darüber nach. Es hatte sein gerüttelt Maß an Humor. Der U-Boot-Kapitän konnte natürlich nicht wissen, daß es sich um eine deutsche Agentin handelte, wenn er das nackte Mädchen, das scheinbar zwanzig Meilen vom Land entfernt auf dem Wasser stand, durch sein Periskop sah. Wenn sie von einem U-Boot an Bord genommen worden war, dessen Besatzung mehrere Monate nicht mehr an Land gewesen war, dann würde das, was gerade mit ihr passierte, alles übersteigen, was ich mir hätte einfallen lassen können, um sie zum Reden zu bringen. Natürlich hätte sie ihre Situation und Identität in fließendem Deutsch erklären können, aber ich glaube nicht, daß das an den Folgen etwas geändert hätte.

»Nicht die geringste Chance«, sagte ich. »Entweder sie ist geschwommen, oder sie wurde von einer Welle von der Sandbank gerissen und ist ertrunken.«

Hemingway schaute nach Osten und nickte. »Bevor ich ging, sagte Saxon, daß er nach dem Funkgerät gesehen hat.«

»Und?«

»Sie hat eine der Röhren kaputt gemacht. Er hat keinen Ersatz, daher können wir weder senden noch empfangen, bis wir zurück sind und eine andere Scheißvakuumröhre bestellt haben.«

Ich sagte nichts. Die Wellen und der Anblick der *Pilar* erfüllten mich durch und durch mit Übelkeit. Aber mir war auch schon vorher übel gewesen.

»Na gut«, rief ich zu ihm hinauf, »wir holen die Jungs und ihre Freunde und fahren heim.«

»Was sollen wir sagen, ist aus Miss Maria geworden?«

»Wir sagen ihnen, sie hat Heimweh bekommen, daher habe ich sie zur Hauptinsel gefahren, damit sie in ihr Dorf zurückkehren kann«, sagte ich. Ich schaute nach Südosten. Palmarito, in der Nähe von La Prueba, lag in dieser Richtung.

»Wir werden keine Chance mehr bekommen, uns ungestört zu

unterhalten«, sagte Hemingway. Er hatte den ausgebeulten Sombrero wieder aufgesetzt, winzige Rauten aus Sonnenlicht erhellten sein Gesicht. »Was passiert, wenn wir zurückkehren, aber die Kuriertasche nicht wie geplant übergeben?«

Ich trank wieder aus der Feldflasche, schraubte sie zu und hängte sie über den Fahrersitz. Ich wischte mir den Mund ab. Das Sonnenlicht auf den Wellenkämmen und dem Chrom machte mich schwindlig. »Wenn wir unseren Teil nicht erfüllen, werden sie entweder ihre Operation abblasen und verschwinden, oder …«

»Oder?« rief Hemingway.

»Oder das andere Mitglied der Todesschwadron auf uns ansetzen.«

»Auf *mich*, meinen Sie«, sagte Hemingway.

Ich zuckte die Achseln.

»Können wir nichts tun, um ihnen zuvorzukommen?« fragte er. »Vielleicht selbst diesen verdammten Obersturmführer Becker jagen?«

»Wir können es versuchen«, sagte ich. »Aber ich vermute, daß Becker untergetaucht ist. Er wird seine Agenten wissen lassen, was sie zu tun haben, und im nächsten Boot nach Brasilien oder Deutschland sitzen. Vielleicht ist er schon weg.«

»Glauben Sie, er war der mit den Laternen gestern nacht? Ich glaube, unsere toten deutschen Jungs haben den Mann gesehen, bevor er sie in seinem Versteck getötet hat. Sie dachten, sie wären in Sicherheit. Glauben Sie, daß Becker der Judas gewesen ist?«

»Ja. Möglich. Woher, zum Teufel, soll ich das wissen?«

»Werden Sie nicht empfindlich, Lucas.« Er sah wieder nach Osten. »Irgendwie ist das ärgerlich.«

»Was?«

Der große Mann stand mit gespreizten Beinen da, um sich gegen das Schaukeln der *Pilar* zu stemmen, und grinste zu mir herunter. »Jetzt müssen wir diese Verschwindibusinsel auf unseren Karten neu taufen. Wie hört sich Cayo Puta Perdida an?«

Ich schüttelte den Kopf, ließ den Motor an und richtete den Bug auf Nord-Nordwest aus.

26

Mir war nie klar gewesen, warum man sie sichere Häuser nannte. In sicheren Häusern spielten sich einige höchst unsichere Dinge ab.

Ich traf pünktlich ein und ging ohne Vorsicht oder Umschweife hinein. Delgado saß auf seinem üblichen Stuhl gegenüber vom Tisch, wie üblich breitbeinig und verkehrt herum; das übliche verächtliche Lächeln umspielte seine Lippen. Er sah braungebrannt und gelangweilt aus. Sein weißer Fedora lag auf dem Tisch, gleich daneben stand eine Flasche mexikanisches Bier. Von Zeit zu Zeit trank er einen Schluck Bier. Mir bot er keines an. Ich setzte mich und legte beide Hände auf die Tischplatte.

»Und? Hat Ihnen Ihre Kreuzfahrt gefallen?« Seine Stimme klang so amüsiert und sarkastisch wie immer.

»Klar.«

»Neuerdings nehmen Sie Frauen und Kinder mit«, sagte Delgado, der mit seinen blassen Augen durch mich hindurchsah. »Tut Hemingway nicht mal mehr so, als würde er das Benzin der Steuerzahler im Dienste der Regierung verschwenden?«

Ich zuckte die Achseln.

Delgado seufzte und stellte die Flasche auf den Tisch zurück. »Na gut, wo ist der Bericht?«

Ich streckte die leeren Hände aus. »Nichts zu berichten«, sagte ich. »Nichts gesehen. Nichts gefunden. Sogar das Funkgerät ist kaputt gegangen, also auch nichts gehört.«

Delgado sah mich lächelnd an. »Wie ist es denn kaputt gegangen?«

»Ungeschickter Marine«, sagte ich. »Dann langweilten sich die Leute, bekamen Sonnenbrand und wurden krank, also sind wir nach Hause gefahren.«

»Ohne Bericht?«

»Ohne Bericht.«

Delgado schüttelte langsam den Kopf. »Lucas, Lucas, Lucas.«

Ich wartete.

Delgado trank den letzten Schluck Bier. Es schien warm zu sein. Er rülpste. »Nun«, sagte er leise, »ich muß Ihnen nicht sagen, was für eine Enttäuschung diese Mission ... und Sie ... für Mr. Ladd und Direktor Hoover und die anderen sind.«

Ich sagte nichts.

Delgado zeigte mit dem Daumen. »Hat es einen bestimmten Grund, daß Sie diese .357er mit sich herumschleppen?«

»Havanna ist eine gefährliche Stadt«, antwortete ich.

Delgado nickte. »Wollen Sie Ihre Tarnung bei Hemingway auffliegen lassen, oder ist es Ihnen neuerdings scheißegal?«

»Es ist Hemingway scheißegal«, sagte ich. »Ihm ist egal, wie ich bin oder wer der Feind ist. Er hat seine Gaunerbande satt, und er hat es satt, Phantom-U-Boote zu jagen.«

»Wir auch«, sagte Delgado mit ausdruckslosem, kaltem Blick.

»Wer ist wir?« fragte ich und erwiderte den Blick.

»Das Bureau«, sagte Delgado. »Ihre Arbeitgeber. Die Leute, die Ihr Gehalt bezahlen.«

»Die Steuerzahler haben die Gaunerbande satt?« fragte ich.

Delgado lächelte nicht. Besser gesagt, sein schiefes Halb-Grinsen veränderte sich nicht. »Ihnen ist klar, Lucas, daß es nur noch eine Frage von Tagen ist, bis man Sie von diesem Einsatz abzieht und nach Washington beordert, um Rechenschaft abzulegen?«

Ich zuckte die Achseln. »Soll mir recht sein.«

»Wenn es vorbei ist, wird es Ihnen nicht mehr recht sein«, sagte Delgado, dessen Stimme endlich einmal eine andere Botschaft als Sarkasmus transportierte. Drohung. Er seufzte wieder und stand auf. Mir fiel zum fünfzigsten Mal auf, daß er seine Waffe manchmal in einem Schulterhalfter unter dem linken Arm trug, und manchmal in einem Halfter am Gürtel, auf der linken Seite, genau wie ich. Ich fragte mich, auf welche Weise er entschied, wie er sich anziehen würde, wenn er morgens aufstand.

»Okay«, sagte er und lächelte breit. »Ich glaube, das war's für uns hier unten, Lucas. Die ganze Sache war von Anfang an Quatsch, und Sie haben einen noch größeren Quatsch daraus gemacht. Eine völlige Zeitverschwendung für mich und das Bureau. Ich fliege heute oder morgen zurück, um persönlich Bericht abzulegen. Ich bin sicher, Sie werden über die regulären Kanäle von Mr. Ladd oder dem Direktor hören.«

Ich nickte und betrachtete seine Hände. Er streckte eine aus.

»Keine Verstimmungen, Lucas? Was immer auch passiert.«

Ich schüttelte die Hand.

Delgado ließ die leere Flasche auf dem Tisch stehen, ging zur Tür und sah blinzelnd ins gleißende Sonnenlicht hinaus. »Ich hoffe, mein nächster Einsatz ist an einem kühlen Ort.«

»Ja«, sagte ich.

Er wollte gehen, hielt inne, lehnte sich mit einer Hand am Türrahmen wieder herein. »He, wie geht es Ihrer kleinen Hure? Ich habe sie gar nicht gesehen, als ihr Jungs gestern abend angelegt habt.«

Ich lächelte höflich. »Ihr geht es gut. Sie war unter Deck und hat geschlafen.«

»Scheint tief zu schlafen, wenn sie bei dem ganzen Poltern und Herumbrüllen nicht wach geworden ist.«

»Ja«, sagte ich.

Delgado setzte den weißen Hut auf, klappte die Krempe herunter und klopfte mit einem Finger als Salut dagegen. »Viel Glück mit Ihrem nächsten Auftrag, Lucas.« Dann ging er hinaus.

»Ja«, sagte ich zu dem leeren sicheren Haus.

Am Sonntag, dem 16. August, veranstaltete Hemingway, wohl wissend, daß er wahrscheinlich die Zielperson eines gewissenlosen Attentäters des Sicherheitsdienstes sein konnte, eine seiner Wochenend-Pool-Partys. Die meisten der üblichen Verdächtigen waren da – Botschafter Braden nebst seiner reizenden Frau und zwei Töchtern; Bob Joyce und seine Frau Jane; Mr. und Mrs. Ellis Briggs und ihre beiden Kinder; Winston Guest, der einen teuren Blazer trug und mit Pomade in seinem gekämmten Haar ein völlig anderer Mensch war; Patchi, Sinsky; das Känguruh; der Schwarze Priester; ein paar Basken und Sportlerfreunde des Schriftstellers; die Brüder Herrera; einige Schützenfreunde aus dem Club de Cazadoeres Cuban, wie etwa Rodrigo Diáz, Mungo Peréz und Cucu Kohly; Patrick und Gregory und ein halbes Dutzend ihrer Baseballfreunde – und sogar Helga Sonnemann ließ sich sehen und verkündete, daß die *Kreuz des Südens* ihre Arbeit in diesen Gewässern getan habe und bereit sei, nach Peru aufzubrechen.

Ich hatte keine Zeit für die Party, was auch gar nichts ausmachte, da ich nicht eingeladen war. Am vergangenen Abend war ich Delgado bis zu seinem Hotel gefolgt, hatte die ganze Nacht auf der anderen Straßenseite gewartet und hatte ihn am Morgen bis zum Flughafen beschattet. Er nahm den Flug um elf Uhr nach Miami. Die Frau am Schalter versicherte mir, daß er ein Ticket für den Anschlußflug nach Washington, D. C. gekauft hatte.

Das besagte natürlich gar nichts. Wenn er der andere Attentäter der Todesschwadron war, hätte er seine Abreise für mich inszenieren können. Oder er konnte ein Doppelagent sein, aber genau wie Schlegel das Land verlassen. Oder er konnte der loyale FBI-Agent sein, der zu sein er vorgab, der ins Justizministerium ging, um den erfolgreichen Abschluß seiner Mission zu melden, Becker zum Überlaufen zu bewegen, und gleichzeitig mein Scheitern zu schildern.

Es machte mir Sorgen, daß ich nicht bei Hemingway war, aber ich hatte Delgado an die erste Stelle auf meiner Gefahrenliste gesetzt. Der Schriftsteller war so emsig damit beschäftigt, seine sonntägliche Soirée vorzubereiten, daß er gar nicht bemerkte, wie ich die Agenten der Gaunerbande – jedenfalls die, die bei der Party nicht seinen Whiskey tranken – durch Hecken und Blumenbeete kommen und gehen ließ wie Wühlmäuse.

Lieutenant Maldonado war meine zweitgrößte Sorge, aber er war in den vergangenen Tagen in Havanna gesehen worden, und ich hatte ein paar der Kellner und Hafenarbeiter aus der Stadt angewiesen, den Polizisten im Auge zu behalten. Ich postierte Jungs in San Francisco de Paula, die über Land zur *finca* gelaufen kommen und uns warnen sollten, falls Maldonado mit seinem Auto auf der Hauptstraße gesichtet wurde. Die ganzen restlichen Agenten der Gaunerbande ließ ich in der Altstadt von Havanna, in Cojímar, auf dem Hafengelände, in der Küstenregion und wo immer Leute lebten oder herumhingen, die mit den Deutschen sympathisierten, nach Obersturmführer Siegfried Becker Ausschau halten. Ich zahlte zwei der besten jungen Agenten fünfundzwanzig Dollar – ein Vermögen –, damit sie am Flughafen blieben und meldeten, wenn Delgado zurückkehrte. Sie wurden wiederholt ermahnt, sich nicht von ihm sehen zu lassen, aber auf der *finca* anzurufen oder mit Motorrädern hinzufahren, sollten sie ihn ausfindig machen.

Schließlich befahl ich Don Saxon, zusammen mit mir rund um die Uhr in Schichten am Funkgerät an Bord der *Pilar* zu sitzen. Das verdroß ihn so sehr, daß er fast offen rebellierte, und für mich war es eine unglaubliche Belastung, da man von der *finca* aus fast ebenso lange nach Cojímar brauchte wie nach Havanna, aber ich hatte keine andere Wahl. Die einzige moderne Funkausrüstung, die uns an diesem Teil der kubanischen Küste zur Verfügung stand, befand sich auf Hemingways Boot.

Das Risiko war groß, daß wir in Cojímar dennoch keine Funksprüche empfangen würden, aber die *Kreuz des Südens* lag ein Stück entfernt im Hafen von Havanna, uns lagen Meldungen über Sichtungen von U-Booten bis in die Nähe von Key Paraíso vor, und ich hatte eine Ahnung, als würde Kolumbien Nachrichten über hiesige Funksprüche bekommen. Außerdem hatte ich keine andere Wahl.

Am Montag, dem 17. August, herrschte den ganzen Tag ein Übermaß an Normalität. Lieutenant Maldonado ging seinen Polizeiangelegenheiten nach; Obersturmführer Becker blieb weiterhin abwesend oder unsichtbar; von Delgado sah und hörte man nichts; niemand versuchte, Hemingway oder seine Jungs beim Schützenwettbewerb Ende des Sommers im Club de Cazadoeres zu erschießen; das Funkgerät zischte und knisterte den ganzen Nachmittag und übertrug kodierte Meldungen der Marine, die uns nichts sagten, und ab und zu empfingen wir von atmosphärischem Knistern überlagerte Brocken deutscher Sprache vom echten U-Boot-Krieg viele Hunderte Meilen im Norden.

Am Dienstag, den 18. August, wurde ich plötzlich hellwach, als die vertrauten Piepser einer Kurzwellenübertragung in meinem Kopfhörer ertönten. Ich machte mir schon Notizen, noch ehe ich richtig wach war. Eine Minute später studierte ich im Licht der Taschenlampe meine Notizen, gab mir Mühe, Saxons Schnarchen in der vorderen Kabine nicht zu hören, und stellte fest, daß es sich um einen Buch-Kode handelte, der auf Seite 198 von *Geopolitik* basierte. Das Signal war stark und kam wahrscheinlich aus einer Entfernung von nicht einmal zwanzig Meilen. Meine Eingebung sagte mir, daß es von einem leistungsstarken Sender in der Nähe von Havanna gesendet wurde, oder von einem Boot ganz in der Nähe.

Ich brauchte nur ein paar Minuten, um das Gitter zu schwärzen und zu übersetzen.

OPERATION RABE ABGEBLASEN WIEDERHOLE ABGEBLASEN

Aber das war der geknackte Buch-Code. Wir *sollten* wissen, was mit dieser Kodierung gesendet wurde. Zwanzig Minuten später kam ein weiteres starkes Signal durch, offenbar über denselben hiesigen Sender. Aber diesmal in dem numerischen Code, den ich aus Schlegel herausgepreßt hatte. Es dauerte viel länger, diesen Funkspruch aufzuzeichnen, zu entschlüsseln und aus dem Deutschen zu übersetzen:

> KOLUMBIENAN U296UNDADLHAMBURG
> 29AUGUSTBRITSC122BRICHTNYHAFENAUF
> 3SEPTBRITHX229BRICHTNYAUF
> SC122[51SCHIFFE13REIHEN]
> HX229[38SCHIFFE11REIHEN]
> PUNKTALPHASC122STEUERN67DDANN59DNORD40DOST
> PUNKTALPHAHX229STEUERN58DDANN41DNORD29DOST

Das waren Geheimdienstinformationen, die von Kuba an ein Unterseeboot in der Karibik und nach Hamburg gesendet wurden. Am 29. August sollte ein britischer Konvoi – SC122 – mit einundfünfzig Schiffen, die IN DREIZEHN Reihen fuhren, aus dem Hafen von New York auslaufen. Ähnliche Informationen wurden über den britischen Konvoi XH229 übermittelt, der am 3. September mit 38 Schiffen aufbrechen sollte. Die Daten der letzten beiden Zeilen waren exakte Navigationsdaten für den Konvoi am Punkt Alpha, der den Wolfsrudeln der deutschen U-Boote offensichtlich bekannt war.

Agent Kolumbien hielt sich noch auf Kuba auf und übermittelte jetzt entscheidende Informationen an die wartenden U-Boote.

Kurz nach drei Uhr kam eine noch längere Nachricht von Kolumbien durch, die mit dem »sicheren« Zahlencode verschlüsselt war und an das RSHA in Hamburg und Berlin ging:

> PRIORITÄT. HABEN FRÜHERE BERICHTE ÜBER BEVORSTEHENDE LANDUNG DER ALLIIERTEN IN FRANKREICH BESTÄTIGT. ART DER OPERATION: BESCHRÄNKT AUF STÄRKE EINER DIVISION. KEINE WIEDERHOLE KEINE VOLLSTÄNDIGE INVASION. ZIEL: DIEPPE UND WEHRMACHT HQ BEI QUIBERVILLE. TRUPPE 2. KANADISCHE DIVISION. COMMANDER GENERAL CRERAR. CODENAME: OPERATION RUTTER. DATUM DER OPERATION: WAR FÜR MITTSOMMERTAG GE-

PLANT. WEGEN WETTER VERSCHOBEN. JETZT AUF ZEITRAUM 19.–21. AUGUST ANGESETZT. MIT AFUS IN GB VIA FUNK ABGLEICHEN. NACH BESTÄTIGUNG WEHRMACHT INFORMIEREN. ZU IHRER INFORMATION PANAMA VERSCHWUNDEN. NICHT WIEDERHOLEN NICHT ABWEHR INFORMIEREN. KOLUMBIEN.

Ich konnte nur den Notizblock anstarren und mir den kalten Schweiß von der Stirn wischen. »Mit AFUs in GB via Funk abgleichen« mußte bedeuten, daß sie andere Agenten mit geheimen Sendern und Funkgeräten in Großbritannien hatten und den militärischen Funkverkehr der Briten überwachten. Was wiederum bedeutete, daß die Deutschen zumindest einen Teil des Codes der britischen Armee und Marine geknackt hatten.

Kurz nach vier Uhr kam Saxon, um mich abzulösen. Ich sagte ihm, daß er weiterschlafen sollte. Um 4:52 traf folgende Nachricht leise, aber deutlich auf deutscher Kurzwelle über ein U-Boot irgendwo in der Karibik herein:

KONTROLLE AN KOLUMBIEN. OKM SAGT RN SIGNALE ERWÄHNEN SEIT MAI OPERATION JUBILEE. WAS WISSEN SIE ÜBER JUBILEE?

Das bestätigte meinen Verdacht. »OKM« stand für Oberkommando der Marine. »RN« konnte die Royal Navy sein. Die Nazis hatten den Code der Royal Navy definitiv geknackt. Um 5:22 Uhr empfing ich folgendes klar und deutlich und offenbar von einem Sender, der nur wenige Meilen von der *Pilar* entfernt war:

JUBILEE DEFINITIV TARNNAME FÜR OPERATION RUTTER. SCHLACHTORDNUNG IN NÄCHSTER SENDUNG. ERWARTE BEFEHLE. KOLUMBIEN.

Zwanzig Minuten später empfing ich erneut eine weitere, kürzere Nachricht im Zahlencode des SD:

GUTE ARBEIT KOLUMBIEN. SOBALD INFORMATIONEN VORLIEGEN WEITER MELDEN. TEIL EINS VON OPERATION RABE ABGESCHLOSSEN. SIE WERDEN ERMÄCHTIGT, GOETHE ZU TÖTEN. VIEL GLÜCK UND HEIL HITLER.

»Erklären Sie es mir noch einmal«, bat Hemingway später am Dienstagmorgen. »Warum glauben Sie, daß die mich töten wollen?«

»Goethe«, sagte ich. »Das ist das Codewort für ›Schriftsteller‹ von jemandem, der zu faul war, sich einen anderen auszudenken… und Sie sind der einzige Schriftsteller in diesem ganzen Schlamassel, den ich kenne.«

»Marty ist Schriftstellerin«, sagte Hemingway. »Und ihr Mädchenname fängt mit einem G an.«

»Und sie ist wohlbehalten in… wo?« fragte ich. »Holländisch Guayana?«

»Warum sollten sie einen derart offensichtlichen Code verwenden?« knurrte Hemingway.

Ich schüttelte den Kopf. »Sie vergessen… dies war ihr einmaliger Zahlencode des SD AMT VI. Schlegel hat noch nicht zugegeben, daß er ihn ausgeplaudert hat. Schlegel wurde wahrscheinlich in dem Moment festgenommen, als er brasilianischen Boden betreten hat. Möglicherweise hatte er inzwischen schon einen fairen Prozeß und ist hingerichtet worden.«

Hemingway nickte skeptisch.

»Außerdem«, sagte ich, »werden wir in ein paar Tagen wissen, ob die Informationen über den bevorstehenden britisch-kanadischen Sturm auf Dieppe zutreffend sind.«

»Wenn ja«, sagte Hemingway und faßte sich an sein geschwollenes Ohr, »wird es ein elendes Gemetzel.«

»Ja«, sagte ich. »Aber wichtiger ist, wir werden erfahren, ob sie wirklich nicht wissen, daß dieser Code geknackt wurde. Sie würden niemals riskieren, daß wir das FBI, OSS oder ONI übergeben, wenn es stimmt.«

»*Werden* wir es FBI, OSS oder ONI übergeben?« fragte Hemingway.

Ich schüttelte wieder den Kopf. »Ich glaube nicht, daß das etwas nützen würde. Wenn die angegebenen Daten der Invasion stimmen, bleiben uns nur höchstens drei Tage, um zu versuchen, den Feldzug zu verhindern. Etwas derart Großes läßt sich nicht so schnell stoppen.«

»Aber wenn die Kanadier an Land gehen und die Wehrmacht weiß, daß sie kommen und auf sie wartet…« sagte Hemingway, verstummte und richtete den Blick auf etwas, das sich nicht im Wohnzimmer der *finca* befand.

Ich nickte. »Das ist ein ständiges Problem mit solchen Aktionen. Im Augenblick lassen es britische und amerikanische Militärstrategen mit Sicherheit geschehen, daß Schiffe versenkt oder sogar Schlachten verloren werden, statt preiszugeben, daß sie deutsche oder japanische Codes geknackt haben. Da gehe ich jede Wette ein. Langfristig macht sich das bezahlt.«

»Nicht für die armen kanadischen Burschen, die an der Küste bei Dieppe zu Hackfleisch verarbeitet werden«, fauchte Hemingway.

»Nein«, sagte ich leise.

Hemingway schüttelte heftig den Kopf. »Ihr Metier stinkt zum Himmel, Lucas. Es stinkt nach Tod und Verwesung und den Lügen alter Männer.«

»Ja«, sagte ich.

Er seufzte und setzte sich auf seinen Blumensessel. Die große schwarze Katze namens Boissy sprang auf seinen Schoß und betrachtete mich argwöhnisch. Hemingway hatte einen Tom Colins getrunken, als er hereinkam, aber jetzt war das Eis geschmolzen. Er trank das Glas in kleinen Schlucken leer, während er den Hals der großen Katze kraulte. »Und was machen wir, Lucas? Wie stellen wir sicher, daß keine Gefahr für Gigi und Mouse besteht?«

»Wer immer der zweite Agent der Todesschwadron ist«, sagte ich, »er ist ein Profi. Ich glaube nicht, daß die Jungs in Gefahr sind.«

»Wie beruhigend«, entgegnete der Schrifsteller sarkastisch. »Er ist ein Profi, daher bin ich am Ende als einziger tot. Es sei denn, er beschließt, die gesamte *finca* mit einer Bombe in die Luft zu sprengen, während die Jungs dort schlafen.«

»Nein«, sagte ich. »Ich glaube, es soll wie ein Unfall aussehen. Nur Sie. Ein Unfall.«

»Warum?« herrschte mich Hemingway mit rauher Stimme an.

»Ich bin nicht sicher«, sagte ich. »Es gehört zu ihrer Operation Rabe … ich verstehe noch nicht alles. Aber in der Nachricht heißt es, daß Teil eins der Operation abgeschlossen ist. Offenbar werden Sie für Teil zwei nicht mehr gebraucht.«

»Großartig«, sagte Hemingway. »Hören Sie, ich hatte vor, Ende der Woche mit der *Pilar* zum Archipel von Camagüey aufzubrechen, um die *Kreuz des Südens* zu beschatten, wenn sie losfährt. Helga hat mir gesagt, daß der Kapitän die Jacht um die Spitze von Südamerika steuern möchte statt durch den Kanal, und sie einen Zwischenstop in Kingston machen wollen. Wolfer und ich haben eine Theorie, wo diese U-Boote auftanken. Wir vergewissern uns, daß die Jacht die kubanischen Gewässer tatsächlich verlassen hat, und dann wollen wir um die Ostspitze der Insel herum, steuern Haiti an, gehen in Kingston vor Anker und kommen um das westliche Ende von Kuba herum wieder zurück. Wir wären ein oder zwei Wochen lang weg. Sollte ich das absagen?«

Ich dachte einen Moment nach. »Nein, es wäre vielleicht das beste.«

»Mit diesen Schildern des amerikanischen Naturkundemuseums sind wir ziemlich auffällig«, überlegte Hemingway. »Ein Nazi-U-Boot könnte kommen und uns versenken. Vielleicht mache ich es dem SD damit nur leichter, mich auszuschalten.«

»Glaube ich nicht«, sagte ich. »Dieser Funkverkehr findet zwischen Kolumbien und Hamburg und Kolumbien und einem Agenten des SD auf einem deutschen Boot statt. Ich bezweifle, ob ein normaler deutscher Skipper eine Ahnung hat, wer Sie sind oder was Operation Rabe ist. Sie wären so sicher wie jedes andere kleine Boot in diesen Gewässern auch.«

Hemingway schaute grimmig drein. »Ich habe am Sonntag mit Bob Joyce und einigen der Jungs vom Marinenachrichtendienst gesprochen. Ist alles streng geheim, aber sie gehen davon aus, daß dieses Jahr über fünfzehnhundert Handelsschiffe der Alliierten versenkt werden. Bei dem Tempo, das die Deutschen vorlegen, werden sie allein diesen und nächsten Monat zwischen siebzig und achtzig Schiffe in der Karibik versenken ... zwischen zwei- und dreihundert bis Jahresende allein in der Karibik. Wenn ich mir vorstelle, daß Marty in diesem Gemetzel herumsegelt.« Er sah mich wieder an. »Meinen Sie, ich sollte die Jungs mitnehmen?«

»Was hätten Sie vorgesehen, wenn nicht?«

»Sie sollten auf der *finca* bleiben. Das Personal wäre hier, und Jane Joyce wollte ab und zu nach ihnen sehen.«

Ich rieb mir die Wange. Ich hatte eine oder zwei Stunden geschlafen, bevor ich von Cojímar hierher gefahren war, aber ich war hundemüde. Die vergangenen Tage und Nächte verschwammen in meiner Erinnerung. *Könnte das alles auf eine potentielle Geiselnahme hinauslaufen?* Ich konnte es nicht mit Sichereit ausschließen. »Es wäre am besten, Sie würden sie mitnehmen«, sagte ich.

»Na gut«, sagte Hemingway. Er packte mich am Handgelenk. »Was *wollen* diese Leute, Lucas? Abgesehen von meinem Tod?«

Ich wartete, bis er mich losgelassen hatte. »Sie wollen, daß wir die Dokumente weiterleiten, die wir den toten Deutschen abgenommen haben«, sagte ich. »Dessen bin ich ganz sicher.«

»Und solange wir das nicht machen, bin ich nicht in Gefahr?«

»Ich bin nicht sicher«, antwortete ich. »Ich vermute, die haben so oder so vor, Sie zu töten.«

»Warum?« wollte der Schriftsteller wissen. Seine Stimme klang kein bißchen weinerlich, nur neugierig.

Ich schüttelte wieder den Kopf.

Hemingway setzte die schwarze Katze vorsichtig auf dem Boden ab und tappte in seinen Sandalen ins Bad. Ehe er das Zimmer verließ, sah er mich über die Schulter an. »Für einen Geheimagenten, Lucas, wissen Sie nicht gerade viel.«

Ich nickte.

Ich brauchte entweder einen anderen Funker oder mußte mich selbst verdoppeln. Den ganzen langen, heißen Dienstag über trafen Meldungen der Gaunerbande ein – Lieutenant Maldonados Umtriebe in Havanna, immer noch nichts über Becker, keine Spur von Delgado am Flughafen oder in den Hotels –, und ich versuchte, noch ein paar Mützen Schlaf zu bekommen, bevor ich zur Spätschicht am Funkgerät auf die *Pilar* zurückkehrte. Ich wollte Hemingway nicht allein lassen. Der Schriftsteller trug die kleine .22er Pistole im Gürtel, wenn er auf dem Gelände der *finca* spazierenging, aber sonst schien ihn die Todesgefahr zumindest äußerlich nicht mit Besorgnis zu erfüllen. Am Abend zog er ein sauberes Hemd und lange Hosen an und ging mit Freunden ins Floridita, etwas zu trinken.

Sie werden es wie einen Unfall aussehen lassen, sagte ich mir immer wieder. Und dafür wollen sie wahrscheinlich Abgeschiedenheit. Aber dann dachte ich an den Verkehr in Havanna, und wie einfach es wäre, mit einem Auto aus einer Gasse oder Seitenstraße heraus zu beschleunigen und Kolumbiens Auftrag zu erledigen.

Vorher wollen sie die Dokumente, sagte ich mir auch immer wieder.

Wir hatten nicht gewagt, sie auf der *finca* zu verstecken, daher trug ich die deutsche Kuriertasche in einem Leinenbeutel bei mir, den ich mir über die Schulter warf. Nachts lag sie zu meinen Füßen im Funkraum der *Pilar.* Das war nicht besonders raffiniert, aber ich wußte immerhin, wer sie wollte, würde sich erst an mich ranmachen müssen, bevor er sich um Hemingway kümmerte.

Was in deinem momentanen Zustand kein besonders großes Problem für sie wäre. Ich war erschöpft. Ich brachte Tabletten mit, die seit Jahren zu meiner Ausrüstung gehörten, und warf welche ein, wenn ich zu müde wurde, mich auf die Kopfhörer zu konzentrieren.

Den einzigen Funkspruch am 18. August fingen wir ab, als Don Saxon am frühen Nachmittag Dienst hatte. Er schickte Fuentes mit der Niederschrift des Funkspruchs zur *finca.* Sie war im Zahlencode des SD. Ich ging ins Gästehaus und entschlüsselte sie. Vierzehn Zeilen nannten Einzelheiten über die Schlachtordnung der kanadischen Truppen, die auf dem Weg nach Dieppe waren. Die Nachricht begann damit, daß die kleine Flotte bereits aufgebrochen war und die Invasion unmittelbar bevorstand.

Am Mittwoch, den neunzehnten, brachte Radio Havanna die Meldung, daß ein Angriff der Briten auf die Küstenstadt Dieppe begonnen hatte. Sechs Strände sollten von vereinten alliierten Streitkräften besetzt worden sein. Der Sprecher war ganz außer sich vor Aufregung – vielleicht war dies der Anfang der lang erwarteten zweiten Front! Einzelheiten waren spärlich, aber man sagte, daß die Invasion im größeren Umfang stattfinden sollte – Transportschiffe und Landungsboote hätten mit Unterstützung durch Kampfflieger der Royal Air Force Tausende Kanadier abgesetzt.

Aber am nächsten Tag, dem 20. August, konnten nicht einmal mehr die zensierten Nachrichten verbergen, daß die versuchsweise Invasion ein Desaster gewesen war. Die meisten Soldaten waren in Gefangenschaft geraten oder getötet worden. Die Transportschiffe waren ausgebombt worden, gestrandet oder geflohen. Die Flieger der RAF waren von Flugzeugen der Luftwaffe zurückgeschlagen worden, die man vor dem Sturm zu Stützpunkten in der Umgebung verlegt gehabt hatte. Die sechs Strände waren immer noch von Leichen der Kanadier übersät. Die Nazis prahlten, daß die *Festung Europa* uneinnehmbar wäre und forderten die Briten und Amerikaner unverhohlen auf, es noch einmal zu versuchen.

»Ich schätze, das würden Sie eine Bestätigung nennen«, sagte Hemingway an diesem Nachmittag. Wir saßen alle im Gästehaus. Patrick und Gregory planschten und kreischten draußen im Pool. »Ihr Kolumbien muß mit seiner Meldung von Montagnacht schwer Eindruck beim SD AMT VI gemacht haben.« Hemingway sah mir in die Augen. »Aber wohin führt das alles, Joe? Wer ist der deutsche Agent auf Kuba, der diese hochkarätigen Geheimdienstinformationen über die Briten sammelt?«

»Gute Frage«, sagte ich.

In dieser Nacht wachte ich kurz nach ein Uhr an Bord der *Pilar* auf, weil das Piepsen eines Codes in den Kopfhörern erklang. Ich hatte so fest geschlafen, daß ich die ersten fünf Codegruppen nicht mitbekommen hatte, aber der Sender wiederholte seine Funksprüche jeweils dreimal in Abständen von dreißig Minuten.

Es war der alte Buch-Code, diesmal auf Basis der Anthologie deutscher Literatur. Diesmal folgte kein weiterer Funkspruch im sichtbaren Zahlencode des SD. Nach der dritten Wiederholung schaltete ich die Zwanzig-Watt-Glühbirne über dem Tisch ein und schaute wieder in das abgegriffene Funklogbuch.

> KOLUMBIEN RENDEZVOUS MIT PANAMA 0240 UHR 22 AUGUST WO DER BLASSE TOD IM SCHATTEN DER JUSTITIA HÜTTEN UND PALÄSTE VON KÖNIGEN GLEICHERMASSEN BETRITT.

Es war heiß und schwül in der winzigen Funkkabine – die Luft, die träge durch das winzige Bullauge wehte, stank nach Dieseltreibstoff, toten Fischen und dem Abwasser heißer Sommertage und -nächte –, aber ich fröstelte, als ich die Nachricht immer wieder las.

Ich glaubte keine Sekunde daran, daß Panama – Maria – sich um 2.40 Uhr am nächsten Morgen mit Kolumbien treffen sollte, aber der Treffpunkt wäre ganz sicher geeignet dafür gewesen. Kolumbien war offenbar zur Überzeugung gekommen, daß Hemingway und ich Maria getötet hatten. Möglicherweise vermutete er inzwischen auch, daß wir den Zahlencode des SD geknackt hatten. Wie auch immer, ich sollte seine Nachricht nun so pflichtschuldig wie die vorherigen zu dem Schriftsteller bringen, und so, wie wir während der fatalen Landung der beiden deutschen Agenten anwesend gewesen waren, sollten wir auch bei jenem schicksalsträchtigen

»Treffen« zugegen sein. Nur sollten diesmal keine Deutschen sterben.

An diesem Freitagmorgen hatte ich Streit mit Hemingway. Ich hatte ihm nichts von dem Funkspruch gesagt. Wir waren im Floridita und frühstückten hartgekochte Eier und Daiquiris. Der einzige andere Gast war ein alter Mann, der am anderen Ende der Bar auf einem Hocker schlief.

»Hören Sie«, sagte der Schriftsteller, »die *Kreuz des Südens* sticht Sonntag früh in See. Warum sollten wir heute nacht nicht mit der *Pilar* hinausfahren?«

»Ich habe so ein Gefühl«, sagte ich sehr leise. »Ich halte es für das beste, wenn Sie die Jungs über das Wochenende hier wegbringen würden.«

Hemingway salzte sein Ei und legte die Stirn in Falten. Im Lauf des Sommers war sein Bart dicht und symmetrisch gewachsen, aber wo der Bart aufhörte, hatte er einen Hautausschlag von der Sonne. Sein geschwollenes Ohr sah besser aus. »Lucas, wenn Sie ein Spielchen vorhaben ...«

»Na, na«, sagte ich. »Ich möchte die Gaunerbande nur ein paar Tage in Schwung halten, ohne daß ich mir über Ihre und meine Sicherheit den Kopf zerbrechen muß. Es wird einfacher sein, in Deckung zu bleiben, wenn Sie und die Jungs und Ihre Kumpels aus dem Weg sind.«

Der Schriftsteller schien nicht überzeugt zu sein.

»Sie können nach Key Paraíso oder Confites fahren und darauf warten, bis die Jacht in See sticht«, sagte ich. »Sonnemann hat Ihnen gesagt, daß sie um die Ostseite der Insel segelt ...«

»Vielleicht ist sie nicht die beste Informationsquelle«, knurrte Hemingway.

»Und? Sie können sie immer noch einholen, bevor sie Kingston erreichen, selbst wenn sie nach Westen segeln. Ich lasse Ihre Agenten auf Beobachtungsposten, und wir informieren Sie über die reguläre Frequenz der Marine oder rufen Guantánamo an und lassen Lieutenant Commander Boyle mit dem großen Sender Verbindung mit Ihnen aufnehmen.«

»Und Sie bleiben einfach eine oder zwei Wochen hier?« fragte Hemingway.

Ich rieb mir die Augen. »Ich brauche den Urlaub.«

Hemingway lachte. »Das kann man wohl sagen, Lucas. Sie sehen beschissen aus.«

»*Gracias*.«

»*No hay de qué!*« Er aß den Rest seines hartgekochten Eis und griff nach einem anderen. »Was machen Sie, wenn Sie hier Hilfe brauchen?«

»Dasselbe«, sagte ich. »Ich rufe Sie über das Funkgerät in Cojímar oder lasse Bob Joyce einen Funkspruch über Guantánamo weiterleiten.«

»Codiert?« Diese Code-Spielchen schienen Hemingway zu faszinieren.

Ich schüttelte den Kopf. »Saxon kann nicht gut mit richtigen Codes umgehen. Wir müssen einfach einen persönlichen Code vereinbaren, den nur Sie verstehen können.«

»Zum Beispiel?«

»Oh«, sagte ich, »wenn ich hier Hilfe brauche, dann sage ich, daß sich die Katzen einsam fühlen und gefüttert werden müssen. Wenn wir uns anderswo treffen müssen, dann sage ich, daß wir uns, zum Beispiel, treffen sollten, wo die Kubaner die Flagge hissen.«

»Cayo Confites.«

»Ja«, sagte ich. »Aber Sie haben viel zu tun, wenn Sie heute nacht noch auslaufen wollen. Sie müssen sich an die Arbeit machen.«

»Warum heute nacht?« fragte Hemingway. »Warum nach Einbruch der Dunkelheit segeln?«

Ich trank den Rest meines Daiquiris. »Ich möchte bis morgen niemanden wissen lassen, daß Sie weg sind«, sagte ich. »Ich muß heute noch einige Dinge erledigen.«

»Dinge, von denen Sie mir nichts erzählen wollen?«

»Dinge, von denen ich Ihnen später erzählen will«, sagte ich.

Hemingway bestellte zwei weitere Drinks und noch einen Korb hartgekochter Eier. »Okay«, sagte er. »Ich trommle Wolfer und die anderen noch heute zusammen und sorge dafür, daß wir nach Einbruch der Dunkelheit auslaufen. Wir warten vor Confites auf die *Kreuz des Südens*. Der größte Teil von Ausrüstung und Proviant sind an Bord, daher wird es kein Problem sein, heute noch in See zu stechen. Aber es gefällt mir nicht.«

»Sie brechen nur einen Tag früher auf«, sagte ich.

Der Schriftsteller schüttelte den Kopf. »Die ganze Sache gefällt mir nicht«, sagte er. »Irgendwas stinkt hier. Ich habe das Gefühl, daß wir einander nicht wiedersehen, Lucas... daß einer von uns bald tot sein wird, vielleicht auch wir beide.«

Ich hatte den neuen Daiquiri erhoben und verharrte in der Bewegung. »Es ist schrecklich, so etwas zu sagen«, meinte ich leise.

Plötzlich grinste Hemingway. Er stieß mit seinem Glas an meines. *»Estamos copados, amigo«* sagte er. »Der Teufel soll sie holen. Der Teufel soll sie alle holen.«

Ich stieß mit ihm an und trank.

27

Der Cementerio de Cristóbal Colón ist einer der größten Friedhöfe der Welt. »Friedhof Columbus« beansprucht das Äquivalent von rund einem Dutzend Blocks der Stadt ein gutes Stück südwestlich des Hoteldistrikts und trennt die Stadtteile Vedado und Nuevo Vedado. In dieser Nacht gelangte ich dorthin, indem ich um den Hafen herum fuhr, mich südlich der Altstadt von Havanna hielt und dann am Castillo del Principe vorbei nach Westen abbog.

Der Friedhof war um 1860 angelegt worden, als die regulären Katakomben der Kirche in Havanna knapp geworden waren. Hemingway hatte mir gesagt, daß eine Ausschreibung um die Anlage des Friedhofs stattgefunden hatte, die ein junger Spanier namens Calixto de Loira y Cardosa gewann. Der Architekt hatte den riesigen Friedhof nach mittelalterlichem Muster angelegt, wobei ineinander verbundene Wege und Kreuzungen die Toten nach Status und sozialer Herkunft trennen sollten. Der Friedhof, westlich der Altstadt von Havanna gelegen, deren Straßen und Gäßchen kaum breit genug für Ochsenkarren waren, wirkte wie eine Verlängerung der Stadt der Lebenden in die Stadt der Toten. Hemingway hatte mir gesagt, nach Fertigstellung des Entwurfs und der ursprünglichen Friedhofsanlage war Calixto de Loira y Cardosa im Alter von zweiunddreißig Jahren tot umgefallen und zum ersten Bewohner der Anlage geworden. Die Geschichte schien den Schriftsteller zu amüsieren.

Am Haupteingang des Cementerio de Colón stand die in Stein

gemeißelte Inschrift DER BLASSE TOD BETRITT HÜTTEN UND PALÄSTE VON KÖNIGEN GLEICHERMASSEN.

Das Treffen sollte um 2:40 Uhr stattfinden. Ich parkte Hemingways Lincoln in einer Seitenstraße und näherte mich kurz nach ein Uhr morgens einem der Osteingänge. Die Tore des Friedhofs waren alle geschlossen und abgesperrt, aber ich fand eine Stelle, an der ein Baum dicht am schmiedeeisernen Zaun wuchs, kletterte hinüber und sprang auf der anderen Seite ins Gras. Ich trug eine dunkle Jacke, eine dunkle Hose und einen Fedora, den ich tief ins Gesicht gezogen hatte. Die .357er steckte griffbereit in einem Halfter an der Hüfte, das Messer in der Hosentasche und eine der starken Taschenlampen von der *Pilar* in der Jackentasche. Über die rechte Schulter hatte ich dreißig Meter Seil geschlungen, ebenfalls von der *Pilar*. Ich war noch nicht sicher, wofür ich das Seil brauchen könnte – um einen Gefangenen zu fesseln, eine Art Falle aufzubauen, einen Zaun zu erklettern –, aber es schien ein guter Einfall zu sein, es mitzunehmen.

Monate zuvor schon hatte mir Hemingway erzählt, wie bizarr der Friedhof war – wie die bedeutenden Familien Havannas fast achtzig Jahre lang gewetteifert hatten, um noch eindrucksvollere Grabmale und Monumente dort zu errichten –, aber ich war nicht auf die morbide Architektur vorbereitet, die sich Block für Block vor mir auftat. Ich hielt mich abseits der stummen, menschenleeren Straßen, die den Friedhof wie ein Gitter durchzogen, und schlich lautlos die schmaleren Gänge und Trampelpfade zwischen den Gräbern entlang. Im Mondlicht wirkte der ganze Friedhof wie ein Wald aus Stein – gekreuzigte Christusfiguren starrten gequält auf mich herab, kunstvolle griechische Tempel mit Fresken und polierten Säulen, Engeln und Seraphim und Cherubim erhoben sich über den Gräbern wie kreisende Geier, Madonnen, deren ausgestreckte Finger in der Finsternis wie Revolver aussahen, ragten aus der Dunkelheit wie Frauen in Leichentüchern, gotische Mausoleen mit schmiedeeisernen Toren warfen pechschwarze Schatten auf meinen Weg, überall Urnen, Hunderte dorische Säulen spendeten wartenden Attentätern Schatten, und die Nacht war allerorten durchdrungen vom Gestank welkender Blumen.

An diesem Nachmittag hatte ich eines der hiesigen Touristikbüros aufgesucht und mir eine billige Karte des Friedhofs gekauft. Die konsultierte ich nun im Mondschein, weil ich nicht einmal eine Sekunde meine Taschenlampe einschalten wollte. Das war genau die Art von Situation, in die Agenten des SIS aufgrund ihrer Ausbildung niemals geraten sollten: ein Treffpunkt, der mit Sicherheit eine Falle war, auf Feindesland, ohne zu wissen, wie viele Gegner da sein würden, und die ganze Initiative von der Gegenseite ausgehen lassen.

Scheiß drauf, dachte ich, legte die Karte wieder zusammen und ging weiter. Ich fand die Statue eines Mannes im Maßstab eins zu eins, der auf dem Rücken lag und dem ein Hund, ebenfalls eins zu eins, zu Füßen lag. Dahinter stand ein fast anderthalb Meter großer Springer und hielt Wache über einer Steinplatte, unter der die sterblichen Überreste eines der größten Schachspieler Kubas ruhten. Gut, das hatte ich auf der Karte gefunden … nur noch ein paar hundert Meter bis zum Monument der Medizinstudenten. Ich passierte einen dunklen Monolithen und stellte fest, daß es ein Grabschmuck in Form eines Dominosteins mit zwei Dreiern darauf war. Der Legende der Karte hatte ich entnehmen können, daß die Frau, die hier begraben lag, eine fanatische Dominospielerin war, die einem Schlaganfall zum Opfer fiel, als es ihr bei einem wichtigen Spiel nicht gelang, eine doppelte Drei zu ziehen. Ich wandte mich nach links. Eine kurze Strecke nach dem Grab der Dominospielerin lag ein Grab, das buchstäblich unter Blumen begraben war. Das war das Grab von Amelia Gouyre de la Hoz. Es hatte Hemingway großes Vergnügen bereitet, mir ihre Geschichte zu erzählen. Sie war 1901 begraben worden, ihr Kind in einem separaten Grab zu ihren Füßen; Jahre später hatten sie sie aus irgendeinem Grund exhumiert und das Skelett des Kindes in ihren Armen gefunden. Die Kubaner liebten solche Geschichten. Hemingway ebenfalls. Frauen aus dem ganzen Land unternahmen Pilgerfahrten zu dieser Grabstätte – daher die Berge von Blumen. Es roch wie in sämtlichen Bestattungsunternehmen, die ich je von innen gesehen hatte.

Das Monument der Medizinstudenten lag im ältesten Bereich des Friedhofs. Dort trafen mehrere breite Wege aufeinander. 1871 wurden acht junge Kubaner hingerichtet, weil sie das Grab eines spanischen Journalisten geschändet hatten, der zu Lebzeiten Kritik an der aufstrebenden Unabhängigkeitsbewegung geäußert hatte. Über dem Grab ragte die Statue der Justitia auf, aber sie trug keine Augenbinde, um alle gleich zu behandeln, und ihre Waagschale war definitiv auf eine Seite geneigt. »Wo der blasse Tod im Schatten der Justitia Hütten und Paläste von Königen gleichermaßen betritt«, hatte es in dem Funkspruch geheißen.

Es war jetzt 1:40 Uhr. Ich hatte eine verdammte Ewigkeit gebraucht, dieses Grab zu finden, und jetzt brauchte ich noch länger, um ein Versteck zu suchen.

Am Fußweg vom Monument der Medizinstudenten lag ein Mausoleum, das wie eine Miniaturausgabe des Taj Mahal aussah und zehn bis zwölf Meter hoch sein mußte. Das Ding hatte Nischen, Engel und Monsterfratzen an allen Ecken, weitere standen auf den beiden versetzten Vordächern Wache, und ein Engel in weitem Gewand hielt auf dem moscheeähnlichen Kuppeldach Wacht. Wenn ich an der Ecke hinaufklettern und auf das erste Vordach gelangen konnte, konnte ich mich hinter den Zinnen der Brüstung verstecken und auf das Monument der Medizinstudenten hinab schauen, die einsame Straße nebst der breiten Kreuzung überblicken und die vielen schmalen Pfade und Wege auf der Stecke zum Monument im Auge behalten. Wenn der oder die Attentäter zuschlugen, würde ich natürlich siebeneinhalb Meter über ihnen sein und zwar auf sie schießen, sie aber nicht verfolgen können … andererseits konnte mir hier das Seil zupaß kommen. Ich konnte es um eine der Statuen an den Ecken werfen und in zehn Sekunden daran hinaufrutschen. Ich beglückwünschte mich zu meiner klugen Entscheidung, ging zur Schattenseite des monströsen Mausoleums und kletterte hinauf.

Es dauerte zehn Minuten, und ich zerriß mir das Knie meiner Hose, aber schließlich konnte ich mich über die Marmorbrüstung ziehen. Der Sims war drei Meter breit und endete an der Mauer, die zur Kuppel hinaufführte und im Mondschein schimmerte. Über mir ragten weitere Engel und Heilige mit ausgestreckten Armen auf. Die Brüstung hatte nicht die Höhe wie bei Festungen – es waren nur rund neunzig Zentimeter von der Oberkante des Marmorgeländers bis zum prosaischeren Asphalt und Schotter des Dachs –, aber ich konnte mich ducken und zwischen den Schnörkeln der verzierten Säulen hindurch sehen. Falls erforderlich konnte ich in geduckter Haltung um das ganze Dach herum schleichen und in alle Richtungen sehen.

Ich band meine Schlinge um die zwei Meter große Statue an der südöstlichen Ecke und entrollte das Seil an der Wand, so daß es nicht zu sehen war. Dann kniete ich an der südlichen Brustwehr nieder und beobachtete das offene Gelände um das Monument der Medizinstudenten herum. Hunderte Statuen aus Marmor und Granit schienen wie eine blasse Armee der Toten zu mir aufzuschauen. Von Norden zog ein Sturm auf. Der Mond leuchtete immer noch hell, aber hin und wieder zuckten Blitze und grollte Donner über Havanna. Es war 2:00 Uhr.

Gerade als ich um 2:32 Uhr auf die Armbanduhr schaute, hörte ich ein leises Geräusch hinter mir. Ich wollte mich umdrehen, aber in dem Moment berührte etwas Kaltes und Rundes meinen Nacken.

»Keine Bewegung, *Señor* Lucas«, sagte Lieutenant Maldonado.

Gute Arbeit, Joe, dachte ich. Es hätte der letzte Gedanke sein sollen, der mir durch den Kopf ging, bevor das Geschoß Kaliber .44 aus Maldonados Pistole mit den Elfenbeingriffen folgte. Es war mir gelungen, auf das Dach zu klettern, auf dem der kubanische Staatspolizist Stellung bezogen hatte, die Rückseite dieses Dachs nicht zu überprüfen und zuletzt seine Schritte auf dem Dach nicht zu hören, weil es mittlerweile fast ununterbrochen donnerte. *Was für ein Pfusch.* Immer noch keine Kugel. Worauf wartete er?

»Keine Bewegung«, flüsterte Maldonado wieder. Ich konnte das Klicken hören, als er den Hahn des Colt spannte, und den Knoblauchatem des Mannes riechen. Er drückte die Mündung der Waffe tiefer in die weiche Stelle am Nacken, während er mich mit der linken Hand abtastete, mir die Taschenlampe und die .357er abnahm und beides über das Dach davonschubste. Offenbar fand er das Messer zu klein, um sich deswegen Sorgen zu machen. Ich betrachtete jede Sekunde, die er nicht schoß, als Strafe für meine Dummheit.

Maldonado wich zurück. Ich konnte die Mündung nicht mehr im Nacken spüren, wußte aber, daß der .44er immer noch genau auf meinen Hinterkopf zielte. »Drehen Sie sich ganz langsam um und setzen Sie sich auf Ihre Hände, *Señor* Special Agent Lucas.«

Ich leistete seinem Befehl Folge und hielt die Hände auf das rauhe Dach gepreßt. Maldonado hatte keine Uniform an; er trug einen ähnlichen Anzug mit Hut wie ich, allerdings eine Krawatte zu dem dunkelblauen Hemd. Kubaner fühlten sich in zwangloser

Kleidung nie wohl, war mir aufgefallen. Hemingway schockierte sie immer mit seinen Shorts und schmutzigen Hemden.

Denk nach, Joe, denk nach! Ich zwang mein träges Gehirn, sich auf etwas anderes als die schwindelerregende Erleichterung darüber zu konzentrieren, daß mich der große Polizist nicht auf der Stelle exekutiert hatte. Mir fiel auf, daß er in Strümpfen hinter mir herum lief. Er mußte die Schuhe auf der anderen Seite der Kuppel gelassen haben, damit er sich noch lautloser an mich heranschleichen konnte. Die Mühe hätte er sich sparen können – der Donner grollte inzwischen so laut, daß es schien, als hätten die Kanonen von Schloß El Morro auf der anderen Seite der Bucht, die »Zwölf Apostel« genannt wurden, mit dem Bombardement der Stadt begonnen. Der Mond spendete noch etwas Licht, aber die Wolken schoben sich immer schneller davor.

Maldonado hatte sich geduckt und war auf die Knie gesunken – vielleicht, damit er über die Brüstung hinter mir schauen konnte, ohne vom Boden aus sichtbar zu sein. Vielleicht war es auch bequemer für ihn, mich aus einer knienden statt einer stehenden Haltung heraus zu erschießen.

Konzentriere dich. Er hat keinen Grund dafür, daß er dich am Leben läßt. Er trägt keine Schuhe – möglicherweise ein Vorteil, wenn du mit ihm kämpfst.

Ein anderer Teil meines Verstandes dachte: *Du sitzt auf den Händen, während er diesen großen Colt direkt auf dein Gesicht richtet. Du wirst nicht einmal in seine Nähe kommen, um mit ihm zu kämpfen.*

Sei still! Ich zwang mich zu denken, während mein Körper wie immer reagierte, wenn eine Feuerwaffe auf mich gerichtet war: Mein Hodensack zog sich zusammen, meine Haut kribbelte, und ich verspürte den übermächtigen Wunsch, mich hinter etwas zu verstecken – irgend etwas. Ich schüttelte diese Reaktion im Geiste ab. Für so etwas war jetzt keine Zeit.

»Sind Sie allein, *Señor* Special Agent Lucas?« zischte der Polizist. Nur sein langer Kiefer und die weißen Zähne waren im Schatten unter dem breiten Hut zu sehen. »Sind Sie ganz alleine gekommen?«

»Nein«, sagte ich. »Hemingway und die anderen sind da unten.«

Das Mondlicht spiegelte sich deutlicher auf den Zähnen, als Maldonado grinste. »Sie lügen, *Señor*. Mir wurde gesagt, daß Sie alleine kommen würden, und so ist es.«

Er hat nur mich erwartet. Gerade hatte ich meinen Herzschlag unter Kontrolle gebracht, und nun raste er wieder los. »Sie sind nicht Kolumbien«, sagte ich.

»Wer?« fragte Maldonado desinteressiert.

Ich lächelte. »Natürlich sind Sie nicht Kolumbien«, sagte ich. »Sie sind nur ein dummer bohnenfressender Kanacke, der Befehle und Schmiergelder entgegennimmt. Das macht ihr *pendejos* doch immer.«

Das Grinsen verschwand, dann kam es noch breiter wieder zum Vorschein. »Sie versuchen, mich wütend zu machen, Special Agent Lucas. Warum? Möchten Sie schneller sterben? Keine Bange ... es wird nicht mehr lange dauern.«

Ich zuckte die Achseln ... jedenfalls versuchte ich es. Es ist nicht leicht, wenn man auf seinen eigenen Händen sitzt. »Verraten Sie mir wenigstens, wer Ihnen befohlen hat, das zu tun«, sagte ich und ließ meine Stimme leicht beben. Was mir nicht besonders schwer fiel. »War es Delgado? Becker?«

»Ich werde Ihnen gar nichts sagen, schweinefickender Nordamerikaner«, sagte der Lieutenant, aber selbst im schwachen Mondschein hatte ich seine Mundwinkel zucken sehen, als ich Beckers Namen genannt hatte. *Also Becker.*

»Schweinefickend?« fragte ich und fügte nach einer kurzen Pause hinzu: »Worauf wartest du, Verrücktes Pferd?«

»Nennen Sie mich nicht so«, sagte der Lieutenant. »Sonst wird es schmerzhafter als nötig für Sie.« Donner grollte. Ich konnte keine Meile entfernt im Nordosten Blitze über den flachen Gebäuden der Altstadt von Havanna zucken sehen.

Vorteile? fragte ich und zwang mich zu einer kalten, leidenschaftslosen Analyse. *Nicht viele. Eine Kugel aus einem .44er wird auf diese Entfernung mit Sicherheit das Ende jeder Diskussion bedeuten, und er kann bequem zweimal abdrücken, bis ich die fünf Schritte überwinden kann, die uns voneinander trennen. Trotzdem ist er zu nahe. Und er ist auf einem Knie – das wird ihm zum Nachteil gereichen, sollte sich die Lage schnell ändern. Und er ist daran gewöhnt, Betrunkene, Teenager, Feiglinge und Amateure einzuschüchtern.*

Und in welche Kategorie fällst du? fragte ein anderer Teil meines Verstandes. Ich war enttäuscht von mir. Nicht zum erstenmal in meinem Leben und meiner Laufbahn fragte ich mich, wie viele Millionen und Abermillionen Menschen mit einem angewiderten O

Scheiße! über ihre eigene Dummheit als letztem Gedanken gestorben waren. Ich vermutete, daß ihre Reihe bis in die Zeit der Höhlenmenschen zurückreichte.

Ich verfolgte, wie der Sturm näher kam. Er war hinter Maldonado. Er konnte den Donner hören, aber nicht sehen, wie nahe Blitzschläge und Regenschauer kamen. Ich schaute zu der dunklen Kuppel hinter seinem Rücken. Keine Blitzableiter zu sehen. Vielleicht würde ihn der Blitz treffen, bevor er mich erschoß.

Darauf laufen deine Chancen letztendlich hinaus, Joe. Ich spürte, wie sich Steine in meine Handflächen bohrten. Ich krümmte die Finger beider Hände um Schottersteine. Es tat weh, so auf den gekrümmten Fingern zu sitzen, und in ein paar Minuten würden mir die Hände einschlafen, aber ich mußte mir ohnehin keine Gedanken mehr machen, was in ein paar Minuten sein würde.

Ohne mich auch nur für den Bruchteil einer Sekunde aus den Augen zu lassen, hob Maldonado die linke Hand und sah auf die Uhr. *Darauf warten wir. Das Treffen um 2:40 Uhr.*

Dieser Zeitpunkt mußte gewiß schon verstrichen sein. Vielleicht hatte Maldonado die Anweisung bekommen, noch ein paar Minuten zu warten, um ganz sicherzugehen, daß niemand bei mir war, bevor er mich tötete. Da wurde mir klar, daß er wahrscheinlich ein Gewehr auf der anderen Seite der Wand um die Kuppel herum stehen hatte. Er hatte hier oben mit dem Gewehr gewartet, hatte mich kommen und dieses Versteck auswählen gesehen und war zur anderen Seite des Dachs zurückgewichen, während ich grunzend und schwitzend an der Seite des Mausoleums hinaufgeklettert war. Das mußte den Kubaner ohne Ende amüsiert haben.

»Was für ein Gewehr haben Sie mitgebracht?« fragte ich im Plauderton auf spanisch.

Die Frage schien ihn zu überraschen. Er runzelte einen Moment die Stirn und versuchte offenbar zu überlegen, ob mir eine Antwort einen gewissen Vorteil verschaffen würde. Er schien zu dem Ergebnis zu kommen, daß dem nicht so war. »Eine Remington dreißig-null-sechs mit sechsfach verstärkendem Zielfernrohr«, sagte er. »Im Mondschein genau das Richtige.«

»Himmel«, sagte ich und zwang mich zu kichern. »Verteilt das AMT VI die wie Geschwerkschaftsausweise? Genau so eines habe ich Panama abgenommen, bevor ich sie getötet habe.«

Keine Reaktion. Entweder war Maldonado ein brillanter Schauspieler, oder er kannte ihren Codenamen nicht. Ich glaubte nicht, daß er schauspielerte. »Ich meine Maria«, sagte ich. »Ich habe ihr Gewehr gefunden, bevor ich sie ertränkt habe.«

Diesmal reagierte er. Er kniff die Lippen zusammen, und ich konnte sehen, wie er den Finger am Abzug spannte. »Sie haben Maria getötet?« Der Sturm übertönte seine Worte fast. Vielleicht wartete er darauf – wenn das Gewitter direkt über uns war, würde man keinen Schuß hören können.

»Natürlich habe ich sie getötet«, sagte ich lachend. »Warum sollte ich das verlogene Flittchen am Leben lassen?«

Ich hatte gehofft, ich könnte ihn zu einer Tat hinreißen, ohne daß er mich gleich erschoß, aber seine einzige Reaktion bestand wieder aus einem Lächeln. »Tatsächlich, warum?« sagte Lieutenant Maldonado. »Sie war eine mordlüsterne kleine Fotze. Ich habe *Señor* Becker immer gesagt, jemand sollte diese Frau mit Benzin übergießen und anzünden.« Er sah wieder auf die Uhr und lächelte breit. »Ich nehme Sie fest, *Señor* Special Agent Joseph Lucas.« Er nahm den Daumen vom Hahn des Colts.

»Weswegen?« fragte ich hastig, da ich ein Gespräch einer .44er Kugel in den Kopf vorzog. Ich konnte die Wand des Regens sehen, die wie ein schwarzer Vorhang über die Dächer der Altstadt von Havanna wanderte. Das Mondlicht war verschwunden und den zuckenden Blitzen jenseits der Nord- und Ostgrenze des Friedhofs gewichen. Der Lärm war laut genug, daß Maldonado mich mit einer Kanone hätte töten können, ohne daß es jemand auf der Straße draußen hören konnte.

»Wegen des Mordes an *Señor* Ernest Hemingway«, sagte der Lieutenant mit einem breiten Grinsen. Es war ein endgültiges Todesurteil.

»Möchten Sie die Dokumente nicht?« fragte ich rasch, während mir das Herz bis zum Hals schlug. »Hat Becker Ihnen nicht gesagt, daß Sie die deutschen Dokumente holen sollen?«

Maldonado hielt inne. Mir war klar, daß er mit dem Finger schon fast den erforderlichen Druck auf den Abzug des Colts ausübte. »Hemingway hat die Dokumente«, sagte er schließlich, und das letzte Wort ging im Donnern eines Blitzes unter, der nur hundert Meter entfernt eingeschlagen hatte.

Ich schüttelte den Kopf und bereitete mich darauf vor, über den anstehenden Regen hinwegzubrüllen. Das konnte er nicht wissen. Wir hatten erst entschieden, daß Hemingway die Kuriertasche behalten sollte, als er bereit war, heute abend mit der *Pilar* auszulaufen. Es schien uns sicherer zu sein, als daß ich sie eine ganze Woche mit durch die Stadt schleppte. »Nein!« sagte ich. »Sie sind in meinem Wagen. Becker wird extra dafür bezahlen!«

Als er jetzt den Kopf ein wenig zurücklegte, konnte ich seine Augen sehen. Lieutenant Maldonado war ein gemeiner und kräftiger Mann, aber nicht besonders intelligent. Er brauchte vier oder fünf Sekunden, bis ihm klarwurde, daß er tatsächlich mehr Geld aus dem Obersturmführer herauspressen konnte, wenn er die Dokumente fand, daß er mich aber nicht lebend brauchte, wenn sie sich tatsächlich in meinem Auto befanden. Er würde mich einfach erschießen, das Auto suchen und die Dokumente an sich nehmen.

Maldonado lächelte und zielte sorgfältig mit der Pistole – tiefer, auf mein Herz.

Der Blitz schlug nicht in die Kuppel ein. Er mußte die Statue der Justitia über dem Monument der Medizinstudenten getroffen haben. Das war besser – der Blitzschlag war hinter mir und blendete Maldonado eine oder zwei Sekunden, während der Donnerschlag wie eine Explosion in dem Mausoleum unter uns hallte.

Ich warf mich nach links, landete heftig auf der Schulter und rollte mich auf Maldonado zu. Er schoß, aber die Kugel fauchte über meine rechte Schulter hinweg und sprengte ein Stück der Marmorbalustrade hinter mir ab. Er schoß erneut, aber ich sprang bereits auf die Füße, und die Kugel verfehlte meinen Schritt um fünf Zentimeter und versengte mir die Innenseite des Schenkels. Maldonado richtete sich gerade zu voller Größe auf, als ich ihm die beiden Hände voll Kies ins Gesicht warf. Die dritte Kugel fräste eine Vertiefung in mein Ohrläppchen.

Ich umklammerte sein rechtes Handgelenk mit beiden Händen und drückte die Pistole nach hinten und unten, während ich ihm gleichzeitig die langen Beine unter ihm wegtrat. Wir fielen beide hin, aber ich achtete darauf, daß ich auf dem Polzisten landete. Die Luft entwich aus ihm wie eine Wolke mit Knoblauchgeschmack.

Maldonado fauchte und versuchte, mit der linken Hand mein

Gesicht zu zerkratzen. Ich achtete nicht darauf, brach ihm das rechte Handgelenk und schubste die Waffe über das Dach. Meine .357er lag jetzt näher als sein Colt.

Der Kubaner schrie, warf sich zur Seite und stieß mich gegen die Marmorwand unten an der Kuppel. Er schrie wieder, fluchte auf spanisch, rappelte sich auf die Füße und hielt sich das gebrochene Gelenk. Ich machte zwei Schritte vorwärts, stellte mir im Geiste vor, daß ich einen Ball vierzig Meter über das Spielfeld kicken mußte und trat dem großen Mann so fest in die Eier, daß er buchstäblich die Bodenhaftung verlor. Zwei Blitze schlugen im Umkreis der Kuppel ein – einer hinter uns und einer in das hohe Kreuz in der Hand der Marmorstatue eines Heiligen unter uns. Die zweifache Explosion des Donners übertönte Maldonados Schmerzensschrei fast, aber nicht ganz, als er zusammensackte wie ein zwei Meter großes Akkordeon. Sein Hut rollte über das Dach.

Keuchend hob ich die .357er Magnum auf und steckte sie wieder ins Halfter, wobei ich Lieutenant Maldonado im Auge behielt. Vielleicht hatte er eine kleine Pistole oder ein Messer im Ärmel. Mir war klar, daß er sie im linken Ärmel haben mußte, wenn sie ihm etwas nützen sollten. Seine rechte Hand stand am Gelenk in einem unnatürlichen Winkel nach hinten ab, und er versuchte, das Gelenk zu halten, während er sich nach dem Tritt in die Hoden noch in stummen Qualen auf dem Dach wälzte.

Ich ließ das Klappmesser aufschnappen, kam näher, setzte dem Polizisten ein Knie auf den vorstehenden Adamsapfel und drückte ihn mit meinem ganzen Gewicht auf das Dach. Der Regen prasselte auf uns herab, als ich mich vornüber beugte und die Klinge dicht unter seinem rechten Auge ansetzte. Die rasiermesserscharfe Spitze des Messers schnitt in die Haut unmittelbar über dem Augapfel.

»Raus mit der Sprache«, sagte ich. »Wer ist losgefahren, um Hemingway zu töten?«

Maldonado machte den Mund auf, hatte aber offensichtlich zu große Angst, sein Auge zu verlieren, wenn er den Kiefer bewegte, um zu sprechen. Ich linderte den Druck des Messers ein klein wenig und hob das Knie, damit ich ihm sofort die Kehle durchschneiden konnte, wenn er sich zu wehren begann.

Er wehrte sich nicht. Er keuchte und stöhnte.

»Still«, sagte ich und schnitt einen Hautfetzen zwischen seinem

Ohr und dem Mundwinkel weg. »Wer ist Hemingway töten gegangen?«

Maldonado schrie. Der schlimmste Teil des Gewitters war schon über den Friedhof hinweg gezogen, aber immer noch hallte Donner über das Gelände. Er schüttelte heftig den Kopf.

»Wer ist das andere Mitglied der Todesschwadron? Wie viele sind es?«

Maldonado stöhnte.

»Sagen Sie es mir«, befahl ich und hob die Klinge an sein rechtes Auge.

»Ich weiß es nicht, *Señor*. Ich schwöre es. Ich schwöre es Ihnen. Ich weiß es nicht. Ich schwöre es. Ich sollte auf Sie warten … Becker sagte, daß Sie heute nacht alleine kommen würden … ich sollte zehn Minuten warten, bis ich sicher war, und Sie dann töten … wenn uns jemand entdeckte, sollte ich sagen, daß Sie erschossen wurden, als Sie sich der Festnahme widersetzten. Wenn uns niemand hörte, sollte ich Ihren Leichnam morgen zu einer bestimmten Stelle an der Küste schaffen.«

»Welcher Stelle?«

»Nur eine Stelle weit im Osten. Nuevitas.«

Nuevitas lag unter dem *Archipiélago de Camagüey*, wo Hemingway bei Cayo Confites wartete.

»Wer hat das angeordnet?«

»Becker.«

»Persönlich?«

»Nein, nein … Bitte nicht so fest … das Messer zerschneidet mir den Augenwinkel …«

»Persönlich?«

»Nein!« sagte Maldonado. »Telefonat. Ferngespräch. Von sehr weit entfernt.«

»Von Kuba?«

»Ich weiß nicht, *Señor*. Ich schwöre es Ihnen.«

»Gehört Delgado auch dazu?«

»Wer ist … Delgado?« keuchte Maldonado, der offensichtlich nach einer Schwachstelle suchte, so wie ich vor wenigen Minuten. Die Hände hatte er immer noch an den Seiten. Ich kniete mich fester auf seinen Hals und preßte das Messer so fest an die Innenseite seines Auges, daß noch mehr Blut floß.

»Wenn Sie nur einen Finger bewegen«, sagte ich, »hebe ich Ihr Auge mit der Messerspitze wie eine Traube heraus.«

Maldonado nickte fast unmerklich und preßte die Hände fest auf das Dach.

Ich beschrieb ihm Delgado mit einem Satz.

Maldonado nickte wieder. »Ich habe diesen Mann kennengelernt. Es war bei einer Geldübergabe.«

»Für Sie?«

»Ja … und die kubanische Staatspolizei.«

»Warum?«

Der Lieutenant schüttelte zaghaft den Kopf. »Wir haben … Kontakte hergestellt. Für Sicherheit gesorgt.«

»Für wen? Aus welchem Grund?«

»Damit die *gringos* und die Deutschen sich heimlich treffen konnten.«

»Welche *gringos?* Welche Deutschen? Becker?«

»Und andere. Ich weiß nicht, wer oder warum. Ich schwöre bei Gott … Nein, nein, *Señor!*«

Mir wurde klar, daß das zu nichts führte. »Wann soll Hemingway getötet werden?« fragte ich. Der Regen tropfte mir von Nase und Kinn auf Maldonados Gesicht.

»Ich weiß nicht –« begann der Lieutenant und schrie auf, als ich mich ihm mit meinem ganzen Gewicht auf seine Brust kniete. »Heute!« schrie er und hob die Hände, um nach mir zu schlagen. »Irgendwann heute! Samstag!«

Ich ging von dem Mann herunter, ging seinen Colt und meine Taschenlampe aufheben und drehte ihm dabei zwei Sekunden den Rücken zu, während ich aus dem Augenwinkel auf eine Bewegung achtete.

Er bewegte sich tatsächlich, aber nicht, um eine Pistole oder ein Messer hervorzuholen. Maldonado sprang auf die Füße, sprang zur Dachkante und packte mein Seil, um sich über die Mauer zu schwingen, während ich mich auf ein Knie fallen ließ und die .357er in Anschlag brachte.

Er hatte sein gebrochenes Handgelenk vergessen. Er schrie einmal auf, als er den Halt verlor, und noch einmal einen Moment bevor er weiter unten auf etwas Solides stürzte. Ich ging zur Brüstung und sah hinunter. Maldonado war nur rund siebeneinhalb Meter abgestürzt, aber mit dem Oberkörper auf einer erhabenen Marmortafel gelandet, seine Füße aber waren gegen eine große Urne geprallt. Ein Bein stand in einem gräßlichen Winkel ab.

Ich ging zur Rückseite der Kuppel, fand Maldonados .30-06er gleich neben einer offenen Tür in der Mauer und nahm sie mit, als ich eine schmale Treppe hinunter ins dunkle Innere des Mausoleums ging. Mit Hilfe der Taschenlampe fand ich die Tür an der Südseite. Die Metalltür quietschte laut, als ich hinausging. Der Mond schien wieder schwach, obwohl es immer noch regnete. Maldonado war verschwunden.

Als ich ihn fand, kroch er den schmalen Fußweg um die nördliche Seite des Mausoleums herum entlang. Er stemmte sich mit den Ellbogen und dem linken Knie vorwärts. Seine rechte Hand war nutzlos, und es sah aus, als hätte das rechte Bein eine komplizierte Fraktur erlitten. *Etwas* Scharfkantiges und Weißes hatte den dunklen Stoff seiner Hose durchbohrt und ragte über dem Knie heraus. Als er mich hinter sich kommen hörte, drehte er sich stöhnend auf den Rücken, tastete nach seinem Gürtel und brachte eine kleine Pistole zum Vorschein, die im Regen schimmerte. Eine Beretta Kaliber .25.

Ich nahm ihm die kleine Waffe ab und riß die .357er aus dem Halfter, stellte mich vier Schritte von ihm entfernt hin und zielte auf seinen Kopf. Ich hob die linke Hand, um mein Gesicht vor Knochensplittern und Hirnmasse zu schützen. Maldonado hob nicht die Hand, zuckte zusammen oder wandte sich ab, aber ich konnte seine sämtlichen Zähne sehen, als er mit verkrampftem Kiefer auf die Kugel wartete.

»Scheiße«, sagte ich leise. Ich ging zu ihm und schwang den Kolben mit einer ausholenden Bewegung, die den Kopf des Polizisten auf den kalten Stein aufschlagen ließ. Ich prüfte seinen Puls. Schwach und schnell, aber vorhanden. Dann packte ich ihn am Kragen, schleifte ihn in das Mausoleum zurück und legte ihn zwischen zwei Sarkophagen auf den Boden. In einer Jackentasche hatte er einen großen Messingschlüssel. Die Tür und das schmiedeeiserne Tor des Mausoleums ließen sich natürlich beide von außen abschließen; ich sperrte sie beide ab und warf den Schlüssel weit in das Gelände hinein, ehe ich den Friedhof in einem schmerzhaften Laufschritt verließ.

Als ich bei Hemingways Lincoln ankam, sah ich auf die Uhr. 3:28. Herrgott, die Zeit verging echt im Schneckentempo, wenn man seinen Spaß hatte.

Ich überschritt jede innerstädtische und landesweite Geschwindigkeitsbegrenzung bei meiner Todesfahrt nach Cojímar. Es regnete immer noch – der Mond war wieder verschwunden –, die Straßen waren glatt und gefährlich. Wenigstens herrschte so gut wie kein Verkehr. Ich stellte mir mein Gespräch mit einem kubanischen Polizisten vor, wenn ich mit meiner .357er am Gürtel, dem .44er Colt und der dazugehörigen Remington eines kubanischen Staatspolizisten auf dem Rücksitz und mit Blut auf dem Jackett und am Ohr wegen Geschwindigkeitsüberschreitung angehalten wurde. *Na und*, dachte ich mir endlich, *ich gebe ihm zehn amerikanische Dollar und fahre weiter. Schließlich sind wir auf Kuba.*

Die Abreise von Cojímar vor sieben Stunden war das genaue Gegenteil unseres tumultartigen Abschieds eine Woche früher gewesen. Niemand war anwesend, abgesehen von ein paar desinteressierten Fischern. Hemingway hatte Wolfer, Don Saxon, Fuentes, Sinsky, Roberto Herrera und die Jungs zu seinen Begleitern erkoren. Patchi Ibarlucia hatte mitkommen wollen, mußte aber an einem Jai-Alai-Turnier teilnehmen. Alle – selbst die Jungs – wirkten niedergeschlagen und ernst bei dem abendlichen Abschied.

»Was machen Sie, wenn Sie mich brauchen und über Funk nicht erreichen können?« fragte Hemingway, als ich ihm die Heckleine in die Hand drückte. »Oder wenn ich nach Cojímar oder Guantánamo funke, daß ich etwas gefunden habe und Sie da draußen brauche?«

Ich zeigte über den Hafen, wo Shevlins Schnellboot vor Anker lag. »Ich nehme die *Lorraine*, wenn wir sie immer noch benutzen dürfen.«

»Eigentlich sollten Sie nicht, nachdem Sie diese Riesenschramme ins Deck geschlagen haben«, sagte Hemingway, warf mir aber die Schlüssel zu.

Ich mußte einen Moment nachdenken, bis mir der winzige Splitter einfiel, den ich ins Mahagoniholz gemacht hatte, als mir Marias Gewehr heruntergefallen war.

»Sie ist immer noch ausgerüstet«, sagte der Schriftsteller, »und wir haben zwei neue Ersatzkanister an Bord gebracht. Wenn Sie sie benutzen müssen, seien Sie vorsichtig. Tom ist Millionär, aber manchmal kann er verdammt geizig sein. Ich bezweifle, daß er versichert ist.«

Ich nickte. Dann beschlossen wir, daß Hemingway die Kuriertasche behalten sollte. Ich gab sie ihm, als Fuentes das Boot schon vom Dock abstieß.

»Viel Glück, Lucas«, sagte der Schriftsteller und beugte sich herüber, um mir die Hand zu schütteln.

Ich steuerte kurz vor 4:00 Uhr die Docks von Cojímar an. Auf einigen Booten brannte Licht, da die Fischer sich schon zum Auslaufen vorbereiteten. Die *Lorraine* lag nicht an ihrem Ankerplatz.

Ich lehnte mich über das Steuerrad und rieb mir die schmerzende Stirn. *Was hast du erwartet, Joe? Kolumbien ist dir die ganze Zeit einen Schritt voraus gewesen. Wahrscheinlich hat er das Boot gestohlen, während du auf dem Weg zu dem Treffen beim Friedhof warst.*

Was bedeutet, daß er keinen nennenswerten Vorsprung hat.

Ich sah mich im Hafen um. Es lagen keine anderen Schnellboote in Cojímar vor Anker, nur langsame Fischerboote, Dingis, Skiffs, ein paar lecke Schlauchboote, ein paar Ruderboote, zwei Kanus und eine Zwölf-Meter-Jacht, die vor einer Woche, von Bimini kommend, mit Motorschaden und einem quengelnden Besitzer aus Kalifornien in den Hafen getuckert war.

Die Lorraine *ist schnell. Sie wird schneller als die* Pilar *dort sein, wo Kolumbien seinen Hinterhalt plant. Ich brauche ein schnelles Boot, wenn ich auch nur bis Mittag dort unten sein will.*

Wo dort unten? Nuevitas? Ich beschloß, diese Frage zu beantworten, wenn ich ein Schnellboot gefunden hatte.

Ich fuhr so schnell in die Stadt zurück, wie ich vor einer halben Stunde hindurchgerast war. Einige gute Boote lagen an den städtischen Piers vor Anker, und es sollte mir gelingen, eines davon kurzzuschließen, aber die Besitzer guter Boote sahen diese Möglichkeit normalerweise voraus und nahmen eines oder mehrere wichtige Motorteile mit, wenn sie den Hafenbereich verließen – etwa so, wie man selbst die Verteilerkappe abnahm, wenn man in einer zwielichtigen Gegend parkte.

Aber ein wunderschönes Boot lag nicht an den Docks vor Anker. Die *Kreuz des Südens* lag weit draußen im Hafen vor Anker, und alles war an Bord, abgesehen vom letzten Proviant für die lange Reise durch den Kanal und an der Westküste von Südamerika hinab. Laut den aktuellen Meldungen der Gaunerbande vom Freitagnachmittag sollte sie am Montagvormittag aufbrechen. Sie waren einen Tag aufgehalten worden, weil ihr neuer Funker vermißt wurde und in den üblichen Bars und Hurenhäusern nicht aufzufinden war. Unseren Berichten zufolge verhörten sie diesmal Kubaner und Amerikaner. Die Jacht hatte offenbar ein Problem damit, ihr Funkpersonal zu behalten. Hemingway und ich hatten uns darüber unterhalten und entschieden, daß der einzige deutsche Agent an Bord das Land wahrscheinlich verlassen hatte, genau wie Schlegel und Becker vor ihm.

Ich parkte am städtischen Pier, kletterte über den Maschendrahtzaun, fand ein Ruderboot, das mir zusagte, warf meine diversen Bündel hinein und ruderte durch den Hafen zu der riesigen Jacht. Selbst bei Nacht sah sie weiß und wunderschön aus, Scheinwerfer am Bug und achtern strahlten den Rumpf und die Gangways an. Mir fiel auf, daß das Ruderboot leckte, daher legte ich meine Tasche und die Remington auf die Ruderbänke und warf die karierte Decke aus dem Lincoln darüber. Ich sang beim Rudern lauthals auf spanisch.

Es war vielleicht nicht ganz unproblematisch, die *Kreuz des Südens* mit ihren fast hundertsechzehn kräftigen Matrosen und Offizieren, den mehr als dreißig Wissenschaftlern und mutmaßlichen schweren Maschinengewehren und Flinten an Bord zu entführen. Aber ich hatte strenggenommen auch nicht vor, die *Kreuz des Südens* zu entführen.

Ich mußte besonders laut singen, um die dösenden Wachen in dem Chris-Craft-Schnellboot aufzuwecken, das zwischen der Jacht und dem Ufer vor Anker lag. Die beiden Männer in dem Wachboot hatten sich der Länge nach ausgestreckt – einer auf der Bank im vorderen, einer auf der Bank im hinteren Cockpit –, beide schnarchten so laut, daß ich sie trotz meines betrunken grölenden Gesangs hören konnte. Ich war auf zehn Meter an sie herangekommen, bis der Mann im vorderen Cockpit hochschnellte und den Suchscheinwerfer auf mich richtete.

»He, *amigos*, laßt das sein!« rief ich nuschelnd in kubanischem Spanisch. »Das tut mir in den Augen weh.« Ich ruderte ungelenk weiter.

»Umdrehen«, sagte der erste Wachmann, der vorne, in einem gräßlichen Spanisch mit *Norteamericano*-Akzent. »Dies ist Sperrgebiet.« Er hörte sich verschlafen an. Auch sein Partner war jetzt aufgewacht, rieb sich die Augen mit den Knöcheln und sah mich an. Sie sahen beide einen einzelnen Mann im Ruderboot. Der Mann hatte stoppelige Wangen unter einem tief ins Gesicht gezogenen Hut, sein Anzug war zerknittert und fleckig. Er hatte ein blutiges Ohr und war eindeutig betrunken. Und sein Boot war leck.

»Sperrgebiet?« rief ich erstaunt. »Das ist der Hafen von Havanna... der Hafen der Hauptstadt meiner Nation und meines Volkes. Wie kann der Sperrgebiet sein? Ich muß zum Fischerboot meines Vetters, ehe er ohne mich aufbricht.« Ich fuchtelte weiter mit den Rudern und näherte mich unverdrossen dem Schnellboot, aber wie eine Krabbe.

Der Wachmann schüttelte den Kopf. »Bleib weg«, rief er. »Halt dich mindestens zweihundert Meter von dem großen, weißen Boot fern. Das Fischerboot deines Vetters ist nicht hier...«

Ich nickte, schirmte aber weiter die Augen vor ihrem Scheinwerfer ab. Die wenigen Sterne, die zwischen den Gewitterwolken zu sehen gewesen waren, waren verschwunden, der Himmel wurde trotz des anhaltenden Nieselregens immer heller. »Was hast du gesagt, wo ist das Boot meines Vetters?« rief ich, rutschte an den Ruderpinnen aus und wäre um ein Haar auf die vordere Bank gestürzt. Beide Wachen hatten Thompson-Maschinenpistolen über den Schultern hängen, aber keiner hatte die Waffe in eine Lage geschoben, daß er rasch an sie rankommen konnte.

»Gottverdammt!« rief der Mann am Heck und griff nach einem Gaffel, um mich fernzuhalten, da das Ruderboot unablässig ihrem schönen Sechs-Meter-Schnellboot entgegen schwankte.

»Keine Bewegung«, sagte ich auf englisch, riß die Magnum hoch und zielte sorgfältig. »Schaltet das verdammte Licht aus.«

Der vordere Wachmann schaltete den Scheinwerfer aus. Im plötzlichen Halbdunkel konnte ich sehen, daß sich beide darauf vorbereiteten zu handeln.

»Ihr seid beide tot, bevor ihr auch nur den Hahn spannen könnt«, sagte ich, spannte selbst den Hahn der .357er und schwenkte die Mündung unbekümmert von einem Ziel zum nächsten. Das Ruderboot stieß gegen ihr Schnellboot. »Du, vorne, lehn dich auf die Windschutzscheibe. Mit beiden Händen. Ganz recht. Du … beug dich über das Heck. Ein bißchen weiter hinaus. So ist es gut.«

Ich warf meine Ausrüstung hinüber und sprang in das kleine Achtercockpit. Der Mann am Heck machte eine dumme Bewegung, und ich schlug ihn nieder, noch während er sich umdrehte. Der Wachmann, der an der Windschutzscheibe lehnte, drehte den Kopf. »Eine Bewegung«, sagte ich, »und ich werde nicht nur den Kolben benutzen«, sagte ich leise.

Er schüttelte den Kopf.

Ich nahm die Maschinenpistolen, legte sie auf die Kissen im Heck und hielt die Magnum ruhig, während der Wachmann, der bei Bewußtsein war, meinen Anweisungen folgte und seinen Kumpel über den Schandeckel in das Ruderboot zerrte. Der andere Mann stöhnte.

Ich stieß sie mit dem Gaffel ab und holte den kleinen Anker mit der linken Hand ein, während ich die Pistole mit der rechten auf den Mann gerichtet hielt, der mehr bei Bewußtsein war.

Der Mann trug einen engen Pullover, der den Oberkörper eines Bodybuilders erkennen ließ. Er versuchte eindeutig, das Gesicht zu wahren und durchforstete sein Gedächtnis nach einer Zeile aus einem Film, mit der er zeigen konnte, daß er keine Angst hatte. »Damit werden Sie nie und nimmer durchkommen«, sagte er.

Ich lachte und ließ den Motor an, sah auf die Tankanzeige – drei Viertel voll – und sagte: »Bin ich schon.« Dann schoß ich zweimal in das kleine Ruderboot.

Beide Männer zuckten zusammen. Die angeritzten .357er-Kugeln rissen eindrucksvolle Löcher in das verrottete Holz des Ruderboots.

Das Schnellboot war wunderschön und teuer – zwei Motoren, sechs Meter lang, ein Chris-Craft, dessen vorderes Cockpit nur durch die Mahagoniverkleidung hinter der vorderen Bank abgeteilt wurde. Das kleine Achtercockpit lag hinter dem knapp zwei Meter langen, mahagoniverkleideten Motorengehäuse mit seinen Chromverstrebungen. Ich hatte das Boot schon studiert, als Hemingway und ich es zum erstenmal bei unserer Patrouille gesehen hatten. Es war neu gebaut – 1938 oder 1939 – und mit zwei Chris-Craft Herkules-Motoren mit sechs Zylindern und hunderteinunddreißig PS ausgestattet, einer Standard-KBL, der andere KBO – O für »opposite rotation«. Die Propeller drehten sich an den Außenseiten, der backbord nach links und der steuerbord nach rechts, wodurch hohe Geschwindigkeiten erreicht und das jeweilige Drehmoment ausgeglichen wurden. Das machte das Boot auch bei Höchstgeschwindigkeit erstaunlich wendig, und es konnte sogar innerhalb seiner eigenen Länge wenden.

»Ihr könnt schwimmen, wenn ihr wollt«, rief ich über das Brummen der beiden Motoren hinweg, »aber wahrscheinlich wißt ihr, daß die Haie vor der Dämmerung gern in das Hafenbecken kommen, um die Fische rings um die Abwasserrohre der Stadt zu fressen. Und auf der Jacht lassen sie vielleicht nicht rechtzeitig eine Leiter herunter. Ich an eurer Stelle würde schnellstens zur Pier rudern.«

Ich gab Gas und steuerte auf die Hafenausfahrt zu. Ich warf nur einen Blick zurück, bevor ich den Wellenbrecher erreichte. Es regnete wieder heftig, aber ich konnte die Lichter mittschiffs der *Kreuz des Südens* angehen sehen. Das Ruderboot näherte sich der Pier, wobei der Bodybuildertyp wie von Sinnen ruderte, während der andere Mann mit bloßen Händen paddelte.

28

Angesichts des Sturms, der immer schlimmer wurde, und der rapide fallenden Tachonadel war ich nicht sicher, ob ich auch nur Cayo Confites erreichen würde. Ich hielt die Geschwindigkeit zwar so hoch wie möglich, aber ohne zu riskieren, daß mir auf halbem Weg der Sprit ausging oder ich den Bug aus den hohen Wellen riß, die gegen das Schnellboot brandeten. Eine zweite Sturmfront war von Nordosten aufgezogen; zwanzig Minuten, nachdem ich den Hafen von Havanna hinter mir gelassen hatte, war ich naß bis auf die Haut. Den größten Teil der Fahrt mußte ich am Steuerrad stehen, mich abstützen und mit einer Hand an der Windschutzscheibe festhalten, während ich durch Gischt und Regen preschte und im Kielwasser einen Regenschleier zurückließ, der auf der rasenden Fahrt nach Südosten um mich geweht wurde.

Inzwischen mußte die gesamte kubanische Küstenwache über den tollkühnen Banditen informiert worden sein, der mitten im Hafen von Havanna mit dem Chris-Craft friedlicher amerikanischer

Wissenschaftler auf und davon war. Die kubanische Küstenwache war dafür bekannt, daß sie mit Maschinengewehren auf unbewaffnete jüdische Flüchtlinge aus Europa schoß, die versuchten, sich in der Nacht an Land zu schleichen; auf einen nachweislichen Banditen würden sie ihre riesigen Waffen Kaliber .50 mit dem größten Vergnügen abfeuern.

Gegen zehn Uhr sah ich zwei Boote der Küstenwache – jedes grau und weiß und etwa neun Meter lang – nach Western steuern, um mir den Weg abzuschneiden. Ich schwenkte nach Norden und hängte sie in einem schweren, böigen Sturm ab, der das Schnellboot fast zum Kentern brachte. Wieder Treibstoff und Zeit verloren. Sobald ich konnte, wandte ich mich wieder nach Südosten und gab Gas. Bei dem heftigen Auf und Ab taten meine zahlreichen Blutergüsse um so mehr weh, und ich bekam die schlimmsten Kopfschmerzen aller Zeiten.

Ich erreichte Cayo Confites gegen 13:45 Uhr. Die Treibstoffanzeige stand während der letzten zehn Seemeilen auf Null, und es gab keinen Reservetank. Ich fuhr eine Kurve, um in den kleinen Hafen einzulaufen, und war einen Moment lang froh, daß ich keine Spur von der *Pilar* erblickte. Dann sah ich die Zelte, das gelöschte Lagerfeuer und die Männer, die sich beim Wachlokal aufhielten, und meine Hochstimmung war dahin.

Die Motoren stotterten und gingen aus, als ich die Öffnung im Riff passierte. Der Lieutenant der kubanischen Armee und seine Männer hielten Schlagbolzengewehre, die noch aus dem spanisch-amerikanischen Krieg übrig zu sein schienen, und Guest, Herrera und Fuentes waren mit ihren *niños* zum Strand gekommen, bevor jemand zum Fernglas griff.

»Es ist Lucas!« schrie Winston Guest und winkte den Kubanern, damit sie die Flinten sinken ließen. Als ich ein Ruder nahm und mühsam in die Lagune ruderte – nur der sturmbedingte starke Seegang ermöglichte mir überhaupt, das Boot zu bewegen –, kamen Sinsky, Saxon und die beiden Jungs aus den Zelten und liefen zu den anderen.

»Wo ist Papa?« fragte Patrick.

»Was ist mit der *Lorraine* passiert?« brüllte Guest, der ins Wasser gewatet kam, den Bug des Chris-Craft packte und mir half, es auf den Kiesstrand der Insel zu ziehen. »Wo ist Ernest?«

Ich sprang hinaus und watete an Land, während sie mein Schnellboot sicherten. Es nieselte immer noch, ich war durchnäßt vom Meerwasser und schlotterte vor Kälte. Nach dem stundenlangen Schwanken des Schnellboots wollten mich meine Beine nicht mehr tragen. Als ich zu sprechen versuchte, kam nur Zähneklappern heraus.

Sinsky brachte mir eine Decke aus dem Zelt, Fuentes eine Tasse dampfenden Kaffee. Die kubanischen Soldaten und die Besatzung der *Pilar* scharten sich um mich.

»Was ist passiert, Lucas?« fragte der kleine Gregory. »Wo ist Papa?«

»Was meinst du?« brachte ich heraus. »Woher soll ich das wissen?«

Murmeln wurde laut. Saxon ging ins Zelt und kam mit einem zusammengeknüllten Stück Papier zurück. Ich sah, daß es eine Seite aus dem Funklog war.

»Das kam gegen ein Uhr dreißig heute nacht klar und deutlich im Morsecode auf der Frequenz der Marine herein«, sagte der Soldat.

> HEMINGWAY – MÜSSEN UNS UNBEDINGT IN DER NÄHE DER BUCHT TREFFEN, WO WIR DIE EUROPÄISCHEN SACHEN VERGRABEN HABEN. BIN ENDLICH HINTER ALLES GEKOMMEN. BRINGEN SIE DIE DOKUMENTE MIT. ALLES WIRD GUT. JUNGS JETZT IN SICHERHEIT. KOMMEN SIE ALLEIN. ICH WARTE AUF DER LORRAINE – LUCAS

»Sie haben es nicht geschickt«, sagte Guest. Es war keine Frage.

Ich schüttelte den Kopf und setzte mich auf einen Campingstuhl. *Kolumbien ist immer einen Schritt voraus.* Jetzt würde er Hemingway und die Dokumente der Kuriere auf einen Streich bekommen. »Wann ist er aufgebrochen?« fragte ich.

»Etwa fünfzehn Minuten nachdem wir die Nachricht empfangen hatten«, sagte Sinsky.

Ich sah sie an. Ich sagte nichts, aber mein Blick sprach Bände. *Und Sie haben ihn alleine gehen lassen?* Das schienen sie verstanden zu haben. Herrera sagte: »Er meinte, Sie beide hätten ein Treffen vereinbart und er müßte alleine gehen.«

Winston Guest sagte: »Scheiße, o Scheiße, o Scheiße.« Er setzte sich in den Sand. Ich dachte, der große Mann würde anfangen zu weinen.

»Wo ist Papa?« fragte Gregory. Niemand antwortete.

Ich stand auf und ließ die Decke fallen. »Gregorio«, sagte ich, »würden Sie mir bitte eine Thermoskanne Kaffee und ein paar Sandwiches machen? Und das beste Fernglas mitgeben, das Sie haben. Wolfer, Sinsky, Roberto, ich brauche Ihre Hilfe beim Auftanken des Schnellboots. Lieutenant, habe ich Ihre Erlaubnis, die Tanks zu füllen und mindestens ein zusätzliches Faß mitzunehmen?«

»Selbstverständlich.«

»Patrick«, sagte ich, »Gregory. Würdet ihr zu den Zelten laufen und mir Ersatzmagazine für die *niños* holen, die euer Papa hier gelassen hat? Und zwei der Granaten aus der grünen Munitionskiste? Seid vorsichtig, wenn ihr sie heruntertragt… die Bolzen sollten drinnen bleiben. Danke.«

»Wir kommen mit Ihnen«, sagte Winston Guest in einem Tonfall, der keinen Widerspruch duldete.

»Nein«, antwortete ich in einem Tonfall, der jede weitere Diskussion im Keim erstickte. »Auf gar keinen Fall.«

Es regnete immer noch, als ich den defekten Leuchtturm von Point Roma sah. Ich hatte mir die Zeit genommen, die Remington zu zerlegen und einzuölen, während die anderen das Schnellboot auftankten. Sinsky hatte die beiden salzwassergetränkten Thompsons aus dem Boot geholt und mir seine gegeben – frisch eingeölt und mit einem Ersatzmagazin. Die Jungs brachten einen wasserdichten Beutel mit sechs zusätzlichen Magazinen und zwei Granaten; Fuentes gab mir Essen, Kaffee und das Fernglas in einem anderen wasserdichten Beutel.

Als wir das Ersatzfaß Treibstoff im Cockpit achtern festzurrten, kam der kubanische Lieutenant näher. »*Señor* Lucas«, sagte er mit Bedauern in der Stimme, »wir haben soeben erfahren, daß ein Boot, auf das diese Beschreibung paßt, im Hafen gestohlen wurde. Wir haben Anweisung, den Banditen festzunehmen oder zu erschießen, sobald wir ihn sehen.«

Ich nickte und sah dem kleinwüchsigen Lieutenant in die Augen. »Haben Sie ihn gesehen, Lieutenant?«

Der Kubaner seufzte und breitete die Arme aus. »Bedauerlicherweise nein, *Señor* Lucas. Aber ich werde die Männer den ganzen restlichen Tag und die Nacht nach ihm Ausschau halten lassen.«

»Das ist klug, Lieutenant. Ich danke Ihnen.«

»Für das Benzin, *Señor?* Das wurde für *Señor* Hemingway hierher gebracht.«

»Ich danke Ihnen für alles«, sagte ich und hielt ihm die Hand hin. Der Lieutenant schüttelte sie fest.

»Gehen Sie mit Gott, *Señor* Lucas.«

Ich dachte über meine Entscheidung nach, die anderen Männer zurückzulassen, als ich nach Süden Richtung Hauptinsel fuhr. Vielleicht zog ich nur eine Schau ab... Saxon, Fuentes und Sinsky wußten auf jeden Fall, wie man kämpfte, Herrera und Guest hätten ohne zu zögern ihr Leben für »Ernesto« gegeben. Sechs bewaffnete Männer waren besser als einer, wenn es Schwierigkeiten gab.

Aber ich wußte, daß das nicht stimmte. Zu sechst hätten wir uns in dem Schnellboot nur im Weg gestanden, und bei dem Gedanken, daß wir alle gleichzeitig mit Maschinenpistolen herumballerten, wurde mir schwarz vor Augen. Das wäre das Chaos. Niemand von der Besatzung der *Pilar,* Saxon ausgenommen, besaß Disziplin und Erfahrung im Gefecht, somit konnte man sich im Notfall auf keinen verlassen, und nicht einmal Saxon war bereit, von mir Befehle entgegenzunehmen. Sie hatten geschmollt und mich böse angesehen, aber sie hatten mich alleine gehen lassen, als ich ihnen klar gemacht hatte, daß Papas Leben in größerer Gefahr war, wenn wir alle hinter ihm her stolperten. Ich deutete an, daß er wahrscheinlich aufkreuzen würde, während ich nach ihm suchte, und es schon von daher besser wäre, wenn sie auf der Insel blieben, wie er es ihnen befohlen hatte.

»Bitte sagen Sie Papa, daß er zurückkommen soll, Lucas«, sagte Patrick und sah mir mit dem Ernst und Eifer eines Mannes in die Augen.

Ich nickte und berührte die Schulter des Jungen nicht etwa herablassend, sondern wie ein Mann einen anderen in einem ernsten Augenblick berühren würde.

In der Enseñada Herradura oder nördlich und südlich an der Küste war keine Spur von der *Pilar* zu sehen. Hemingways Boot war zu groß, um es wie die *Lorraine* in den Mangrovensümpfen zu verstecken, aber ich ging trotzdem vor dem Riff vor Anker und suchte mit dem Fernglas jedes nur erdenkliche Versteck ab. Kein Boot.

Der Regen hatte nachgelassen, als ich mich der Hauptinsel näherte, aber die Brandung donnerte nördlich von Point Brava über das Riff, und unterhalb von Point Jesus und östlich davon gegen die Felsen. Es war ein jämmerlicher Tag. Die hohen Wellen hatten den Streifen Sandstrand überspült und fraßen an der niedrigen Klippe beim Leuchtturm, wo die beiden deutschen Jungs begraben lagen. Als ich durch die hohe Gischt steuerte und mich am Steuerrad abmühte, damit ich in die Zufahrt zur Bucht manövrieren konnte, hüllte mich trotz Gegenwind und der regenklaren Luft der Gestank von Verwesung ein. Die Krabben oder etwas Größeres mußten gegraben haben.

Dann hatte ich den Gestank und den Meeresarm hinter mir gelassen und steuerte hart backbord, um in dem schmalen Kanal zu bleiben. Die Eisenbahnschienen, der leerstehende Schuppen und die eingestürzten Stege tauchten rechts von mir auf. Links wurden die *Doce Apostoles* sichtbar. Ich ging vom Gas, wirbelte Schlamm auf, lockerte die Thompson an ihrem Gurt und behielt die Hand an Magazin und Abzugsschleife. In Schloß Morror über Havanna waren die zwölf Apostel Kanonen; hier waren sie nur große Felsen und ein paar leerstehende Schuppen. Aber mir kam es vor, als wären die Felsen und schwarzen Fenster Visiere auf Gewehren, durch die ich beobachtet wurde, als ich vorüberfuhr.

Da war die *Pilar* – sie lag ein kleines Stück westlich der kleinen Insel vor Anker, die auf den Karten der Nokomis als Cayo Largo eingezeichnet gewesen war –, etwa sechzig Meter von der Westküste entfernt, gerade gegenüber von einem karstigen Hügel, der die verfallenen Gebäude der Eisenbahnlinie von der südöstlichen Biegung der Bucht trennte, wo das alte Fabrikgebäude inmitten von Ranken und Zuckerrohrfeldern stand.

Ich ließ den Motor im Leerlauf drehen, während ich Hemingways Boot durch das Fernglas betrachtete. Nichts bewegte sich. Ich bekam eine Gänsehaut, während ich auf einen Gewehrschuß vom Ufer wartete, aber es passierte nichts. Die *Pilar* wurde nur vom Buganker festgehalten, und als sich das grün-schwarze Boot leicht mit der Strömung im Wind bewegte, konnte ich sehen, daß die *Lorraine* dahinter vertäut war. Shevlins Schnellboot schien ebenfalls leer zu sein.

Ich öffnete die Halterungen der Windschutzscheibe und klappte sie flach auf den Bug des Schnellboots der *Kreuz des Südens*. Dann ließ ich mich auf der vorderen Bank auf ein Knie nieder, holte die Remington aus dem wasserdichten Futteral, das Guest mir gegeben hatte, lud eine Patrone in die Kammer, wickelte mir die Schlinge um den linken Arm und richtete das Zielfernrohr mit seiner sechsfachen Vergrößerung auf beide Boote. Die Vergrößerung war nicht so gut wie bei dem Fernglas, aber ich konnte immer noch sehen, daß sich nichts bewegte.

Seltsam. Wenn Kolumbien sich an Bord der Lorraine *befand, als Hemingway eintraf, mußte der Agent entweder an Land geschwommen sein, ein anderes Boot mußte ihn abgeholt haben, oder er hielt sich noch an Bord der* Pilar *auf.*

Abgesehen von Leinenvorhängen an der Steuerbordseite des Cockpits unter der Außenbrücke und kleinerer Glasfenster neben den Vorhängen, besaß die *Pilar* eine Windschutzscheibe aus Glas, die man an der Vorderseite des Cockpits aufklappen konnte, drei rechteckige Bullaugenabdeckklappen an der höhergelegenen vorderen Kabine – die alle drei geschlossen waren –, eine Lukenöffnung auf halber Strecke des Hauptaufbaus und eine Schiebetür am vorderen Ende des Kabinenaufbaus, wo die letzten zweieinhalb Meter des Bugs anfingen. Sie alle suchte ich genau ab, während die *Pilar* sich sacht vor Anker wiegte. Die Schandeckel lagen tief am Heck, aber trotzdem so hoch, daß ich nicht erkennen konnte, ob jemand an Deck lag. Als sich beide Boote zu mir drehten – die *Pilar* rotierte aufgrund der Strömung um ihren Buganker, die *Lorraine* war an einem Pflock an der Steuerbordseite von Hemingways Boot festgezurrt –, konnte ich sehen, daß sich niemand im Cockpit am Steuer der Pilar aufhielt und alle Sitze von Shevlins Schnellboot frei waren.

Minuten vergingen. Moskitos flogen summend um meinen Kopf, landeten auf meinem Gesicht und dem Hals und fingen an zu saugen. Ich blieb in der Schützenhaltung, und auch wenn das Zielfernrohr leicht mit dem Boot schwankte, konnte ich einen Schuß abfeuern, sollte es erforderlich sein. Ich trug die Straßenschuhe, die zerrissene Hose und das blaue Hemd, die Kleidung, die ich am Vortag angehabt hatte. Das Jackett lag auf der Rückbank des vorderen Cockpits. Die .357er hatte ich in dem leicht zugänglichen Halfter am Gürtel, die Thompson über den Rücken gehängt. Weitere

Minuten vergingen. Ich drehte den Kopf nur, um das Ufer rechts und links im Auge zu behalten und ab und an einen Blick hinter mich zu werfen. Keine Bewegung. Keine anderen Boote.

Ich kam zur Überzeugung, daß Hemingway verwundet war, auf dem Deck seines Bootes lag und verblutete, während ich hier kniete, durch mein Zielfernrohr sah und wertvolle Sekunden verstreichen und ihn sterben ließ. *Tu etwas!* verlangte meine Phantasie. *Irgend etwas!*

Ich schaltete meine Phantasie ab, behielt die Schützenhaltung bei, dachte daran, die Augenlider auf und zu zu klappen und normal zu atmen und mich nur zu bewegen, wenn ich den Blutkreislauf in meinen Armen und Beinen wieder in Gang bringen mußte. Ich konnte über der straff gespannten Schlinge des Gewehrs meine Uhr sehen, die auf dem Kopf stand. Zehn Minuten vergingen. Achtzehn. Dreiundzwanzig. Es fing wieder an zu regnen. Einige der Moskitos zogen ab. Andere nahmen ihren Platz ein.

Plötzlich rannte eine Gestalt aus dem Cockpit der *Pilar* und sprang in die *Lorraine*. Als der Mann das Seil des Schnellboots löste, war ich sicher, daß er nicht Hemingway war – zu schlank, zu klein, glattrasiert. Er hatte keinen Hut auf und trug braune Hosen, ein graues Hemd und die deutsche Kuriertasche über der Schulter. In der rechten Hand hielt er eine Schmeisser-Maschinenpistole. Ich schoß in dem Moment, als er den Motor der *Lorraine* anließ. Sein linker Arm zuckte, die Windschutzscheibe vor ihm barst in tausend Scherben, aber aufgrund der Bewegung aller drei Boote und des plötzlichen Wolkenbruchs konnte ich nicht erkennen, ob ich getroffen hatte.

Die *Lorraine* fuhr mit aufheulendem Motor davon und verschwand hinter Cayo Largo. Ich stand in meinem Schnellboot, stützte mich auf das Scharnier der umgeklappten Windschutzscheibe, hielt nach weiteren Anzeichen von Bewegung auf der *Pilar* Ausschau und wartete, bis die *Lorraine* um die Ostseite der kleinen Insel kam. Kolumbien – wenn er es denn war – kam auf jener Seite der Bucht nicht weiter: Das Wasser war im größten Teil der breiten, schlammigen Untiefen dort keine dreißig Zentimeter tief.

Zehn Sekunden später kam die *Lorraine* heulend um die Insel herum und näherte sich durch verschlickte Sandbänke und Schlamm dem tiefen Kanal dahinter. Der Mann stand am Steuerrad, lenkte mit dem linken Arm, obwohl ich davon ausgegangen war, daß ich ihn dort getroffen hatte, und feuerte mit der Maschinenpistole in der rechten Hand auf mich. Ich sah die weißen Rauchwölkchen und spürte, wie das Schnellboot der *Kreuz des Südens* leicht unter mehreren Treffern vibrierte, hatte aber keine Zeit, darauf zu achten, da ich versuchte, fest auf dem schwanken Boot zu stehen und zu schießen. Ich lud eine zweite Patrone, feuerte wieder, lud die nächste, feuerte wieder.

Mein erster Schuß zertrümmerte den Scheinwerfer neben dem Arm des Mannes. Der zweite Schuß ging fehl. Der dritte Schuß schleuderte den Mann hinter dem Sitz auf das Deck.

Die *Lorraine* sauste mit aufgedrehtem Gas vorbei. Ich rammte das Gaspendal des Chris-Craft nach vorne und beschrieb einen engen Bogen damit, ohne die *Pilar* aus den Augen zu lassen. Es wäre der perfekte Hinterhalt für einen Heckenschützen, um mich wegzupusten. Nichts.

Ich konnte den Mann im grauen Hemd auf dem Deck zappeln sehen wie einen großen grauen Fisch, während die *Lorraine* weiter schnurgerade den schmalen Kanal zwischen den halb versunkenen Markierungsstäben entlang raste. Er war verwundet, versuchte aber, auf die Füße und ans Steuer zu kommen. Ich drückte beide Gashebel durch und fuhr im Slalom von einer Seite auf die andere, während ich versuchte, über den hoch aufragenden Bug meines eigenen Bootes zu sehen und Ausweichmanöver zu fahren, als er seine Maschinenpistole fand und wieder zu schießen anfing. Eine Kugel zertrümmerte die rechte Windschutzscheibe. Eine andere zerfetzte Lederpolster und Füllmasse des Sitzes neben mir. Zwei oder drei schlugen in das Zweihundert-Liter-Benzinfaß hinter mir ein, und ich konnte sofort den Gestank von Benzin riechen, das sich ins hintere Cockpit ergoß. Nichts explodierte oder fing Feuer.

Die *Lorraine* schien den Weg aus dem Hafen alleine zu kennen und näherte sich mit fünfunddreißig Knoten dem Meeresarm. Aber ich kam ihr langsam näher, wirbelte Schlick auf, als ich den Schlammbänken rechts von mir zu nahe kam – wenn ich bei der Geschwindigkeit auf eine richtige Sandbank traf, würde ich in hohem Bogen über die Windschutzscheibe fliegen. Ich ließ die Remington fallen, hob die Thompson und feuerte das gesamte Magazin ins Cockpit der *Lorraine*, als ich mich ihrer Steuerbordseite näherte.

Der Mann zuckte und tanzte wie eine schlecht geführte Marionette und klappte am Schandeckel steuerbord zusammen. Ich zog das leere Magazin heraus, rammte ein neues hinein und feuerte wieder, hörte aber auf, als ich sah, daß beide Boote auf die linke Uferseite zurasten.

Ich rammte den Steuerbordpropeller in den Rückwärtsgang und drehte hart nach steuerbord; Wasser spritzte bis an den schmalen Uferstreifen, als ich Schlammbänke und Ufer knapp verfehlte. Die *Lorraine* schoß weiter mit heulendem Motor vorwärts, als wäre sie fest entschlossen, auf der Suche nach dem offenen Meer einfach über den schmalen Streifen felsigen Lands hinwegzusausen.

Ich schlitterte mit meinem eigenen Boot über zwei Schlammbänke und wäre fast hinausgeworfen worden, ehe ich beide Gashebel wieder nach vorne drückte und wieder in den schmalen Kanal gelangte, Bug Richtung Eingang der Bucht. Ich nahm das Gas weg und drehte mich gerade noch rechtzeitig um, um zu sehen, wie die *Lorraine* an den Felsen und auf den Schlammbänken zerschellte.

Der Bug von Shevlins wunderschönem Schnellboot wurde zertrümmert und flog als Regen aus Glas, Chrom, Mahagoni und Draht durch die Luft, während der Rumpf – der zersplittert und geborsten war, aber immer noch von dem heulenden Motor angetrieben wurde – weiter über Untiefen, Steine, Felsen, Ranken und Strand raste, ehe er an der Felsklippe, an der wir die Deutschen begraben hatten, in tausend Teile zerschellte. Hier und da loderten Flammen auf, aber es erfolgte keine größere Explosion. Es roch nach Benzin.

Der Mann war zwanzig Meter weit geschleudert worden und nahe des mittleren Kanals mit dem Gesicht nach unten im Wasser gelandet. Er trieb mit ausgebreiteten Armen und Beinen, und das Blut seiner Wunden vermischte sich mit den Schlieren des Schlamms.

Ich wendete das Chris-Craft und näherte mich ihm sehr langsam und mit erhobener, schußbereiter Maschinenpistole. Nach drei Minuten hatte er sich immer noch nicht bewegt, davon abgesehen, daß er im Kielwasser der *Lorraine* auf und ab tanzte. Die Kuriertasche war davongeflogen, ich konnte Dokumente in den Bäumen, auf den Sandbänken und im Hauptkanal untergehen sehen. *Und tschüs*. Als ich mit meinem Boot nahe genug war, konnte ich erkennen, daß die Wirbelsäule des Mannes weiß aus den Fetzen seines zerrissenen Hemdes und seiner aufgeplatzten Haut ragte.

Ich legte die Maschinenpistole auf den Sitz, nahm den Gaffel und versuchte, ihn an den Haken zu bekommen und umzudrehen.

Er hatte keine schwerwiegenden Gesichtsverletzungen, sah aber mit seinem herunterhängenden Kiefer völlig überrascht aus. So mußte es für die meisten von uns sein. Ich streckte die Arme aus, packte ihn am Hemd und den Haaren und zog ihn an Bord. Wasser und Blut strömten über das polierte Deck des Schnellboots und flossen gurgelnd ins Speigatt.

Ich kannte diesen Mann nicht. Er hatte ein schmales, blasses Gesicht; leichte Stoppeln; kurzes, drahtiges Haar und hellblaue Augen, die bereits milchig wurden. Die Kugeln der Thompson hatten ihn quer über Brust und Unterarm erwischt. An der Innenseite seines Armes konnte man den Streifschuß der ersten Kugel aus der Remington sehen, eine größere Wunde an der Seite ließ erkennen, wo die zweite Kugel ihn umgeworfen hatte. Die Wucht des Aufpralls hatte ihm fast den rechten Arm abgerissen.

Ich durchsuchte seine Taschen. Erstaunlicherweise war seine Brieftasche nicht herausgeschleudert worden. Eine kleine, durchnäßte Karte ohne Foto wies ihn als Kurt Friedrich Daufeldt aus, Major der SS, Offizier des Reichssicherheitshauptamts, Sicherheitsdienst, AMT VI. Ein zweites, getipptes Schriftstück mit dem doppelten Blitz der SS als Briefkopf enthielt den schlichten Hinweis, daß Major Daufeldt diffizile und wichtige Arbeit für das Dritte Reich erledigte und ihm jede erdenkliche Höflichkeit und Unterstützung durch alle Mitglieder der Streitkräfte, des Sicherheitsapparates und des Geheimdienstes des Dritten Reiches zuteil werden sollte. Heil Hitler! Das Dokument war von Reichsführer Heinrich Himmler unterschrieben, Reinhard Heydrich, dem Chef der Sicherheitspolizei, sowie Major Walter Schellenberg, Chef des RSHA VI.

Nun, das war's dann. Ich steckte mir den Ausweis und den durchnäßten Brief in die Tasche und sah dem toten Fremden ins Gesicht. »Hallo, Kolumbien«, sagte ich. Ich bezweifelte, daß es viele Agenten dieses Dienstgrads und mit einem Empfehlungsschreiben der drei mächtigsten Männer des SD auf Kuba gab. Einer war zwischenzeitlich ermordet worden, aber die Befugnis, die dieser Brief dem Toten einräumte, war dennoch fast beispiellos. Was immer Operation Rabe gewesen war, sie war wichtig und von den höchsten

Stellen der Nazi-Hierarchie genehmigt worden. Ich bezweifelte, ob er Karte und Brief bei seiner verdeckten Tätigkeit hier mit sich herumgetragen hatte, aber vielleicht hatte er heute abend aufbrechen wollen, nachdem er mit Hemingway fertig war, und wollte seine Freibriefe mitnehmen. »Leben Sie wohl, Kolumbien«, sagte ich. »Herr Major Daufeldt. Auf Wiedersehen.«

Der Tote sagte nichts. Der Regen hatte nachgelassen, aber ein leichtes Nieseln fiel auf das leblose Gesicht.

Ich schaltete den Motor ab und begutachtete den Schaden an dem Chris-Craft. Das Zweihundert-Liter-Faß hatte drei Löcher, Benzin floß überall hin. Das war nicht gut. Es war reines Glück, daß die Lachen und Dämpfe nicht Feuer gegangen hatten – entweder durch den Aufprall der Kugeln oder den heißen Motor vor dem Achtercockpit. Das Schnellboot hatte ein kleines Fach, in dem ich so lange suchte, bis ich ein paar Lappen, einen kleinen Eimer und eine Rolle Klebeband gefunden hatte. Ich verschloß die Löcher so gut es ging mit dem Klebeband, drehte das Faß herum, bis die Löcher himmelwärts zeigten, zurrte es wieder fest und wischte das verschüttete Benzin mit den Lappen auf, die ich anschließend über Bord warf. Ich zog dem Toten das Hemd aus und nahm den restlichen Treibstoff so gut es ging damit auf, dann tauchte ich den Eimer ins Meer und wusch die Polster und das Deck, bis der Benzingestank nachließ. Ich überprüfte den Kielraum, stellte fest, daß nicht viel Benzin hineingelaufen war und die Dämpfe darin nicht so schlimm waren, dann ließ ich die kleine Lenzpumpe an, um ihn leerzupumpen. Das Schnellboot explodierte nicht.

Beeil dich! brüllte mein Unterbewußtsein immer wieder. *Hemingway könnte verletzt sein oder im Sterben liegen.* Allerdings würde ihm auch nicht helfen, wenn ich das Boot nur wenige hundert Meter entfernt in die Luft jagte.

Als der Kielraum leer war und alle Benzindämpfe sich verflüchtigt hatten, kroch ich vorwärts, zerrte Major Daufeldts Leichnam über das Motorgehäuse und quetschte ihn zu dem Benzinfaß auf das Deck des Achtercockpits. Dann wischte ich das Blut auf dem Deck des vorderen Cockpits auf.

Als ich wieder Fahrt machte, beobachtete ich die *Pilar* durch das Fernglas. Immer noch keine Bewegung. Aber ich hatte auch vor Major Daufeldts überstürztem Aufbruch keine gesehen.

Ich steuerte nach Westen und näherte mich langsam dem Heck von Hemingways Boot, wobei ich die .357er schußbereit hielt und sorgfältig Schlickstellen und Sandbänken auswich. Aus diesem Winkel konnte ich ins Cockpit und den dunklen Eingang zur vorderen Kabine sehen. Nichts. Als ich sechs Meter entfernt war, konnte ich das Deck des Aufbaus fast bis zum Heck einsehen, wenn ich mich aufrecht stellte.

Dort lag jemand mit dem Gesicht nach unten. Ich sah die kurzen Hosen, den tonnenförmigen Oberkörper unter einem T-Shirt mit abgeschnittenen Ärmeln, den Stiernacken, das kurze Haar, den Bart. Es war Hemingway. Hinterkopf und Schläfe waren blutig, die dickliche Flüssigkeit floß hierhin und dorthin, wenn sich die *Pilar* mit den Wellen auf und ab bewegte. Er schien nicht zu atmen.

»Oh, gottverdammt«, flüsterte ich bei mir, während ich das Chris-Craft zur Steuerbordseite der *Pilar* lenkte, bis es gegen das größere Boot stieß. Keine Bewegung und kein Laut aus der vorderen Kabine. Die Segeltuchplane an der Seite war hochgezogen, die Windschutzscheibe auf der linken Seite, über dem Steuerrad, heruntergeklappt. Hemingway mochte unterwegs gewesen sein, als der Schuß fiel, aber *jemand* hatte den Buganker geworfen.

Kolumbien... Daufeldt... erschoß den Schriftsteller vom Ufer, in der Nähe des Stegs, dann fuhr er mit der *Lorraine* hierher und warf den Buganker der *Pilar* aus.

Vielleicht. Ich band die Leine steuerbord achtern am Pflock fest, an dem die *Lorraine* vertäut gewesen war, wartete, bis sich die Wellenbewegung angeglichen hatte und sprang mit der Magnum in der rechten und einer Granate in der linken Hand an Bord, wobei ich die Treppe zur vorderen Kabine und die Luke am oberen Aufbau, hinter der heruntergeklappten Windschutzscheibe, im Auge behielt.

Ich riskierte einen Blick auf Hemingway. Jede Menge Blut, und ein Stück der Kopfhaut war über und hinter dem Ohr vom Schädel gelöst worden. Aufgrund der Bewegung des Boots konnte ich nicht erkennen, ob er atmete. Das geschwollene Ohr, das ich ihm verpaßt hatte, war mit dem Blut der Kopfwunde bedeckt. Ich hatte erneut ein schlechtes Gewissen wegen dieser Schlägerei.

Ich drehte mich zum Cockpit und dem dunklen Eingang um, als gerade eine Pistole aus der vorderen Luke herausgestreckt wurde.

Ich hob die .357er, aber es war zu spät. Drei kurze, abgehackte Laute ertönten, und ich spürte zwei solide Treffer an der rechten Brust und dann – als ich schon zusammenbrach und immer noch versuchte, die .357er in Anschlag zu bringen – einen weiteren knallenden Laut und einen schlimmeren Schlag an der linken Seite.

Ich ließ Pistole und Granate fallen, stürzte auf die Heckkissen und von dort über das Heck, das Hemingway extra hatte tiefer legen lassen, damit er Fische besser einholen konnte. Ich hörte in weiter Ferne ein Platschen, als ich ins Wasser fiel. Ich weiß nicht, ob die Dunkelheit, die mich verschlang, Bewußtlosigkeit oder einfach nur das schwarze Wasser war, auf dessen schlammigen Grund ich sank.

29

»Verdammt, Lucas, sterben Sie mir nicht. Sterben Sie mir jetzt nicht weg.«

Jemand schlug mir ins Gesicht. Fest. Die Schmerzen der Schläge waren nichts im Vergleich mit den glühenden Schürhaken, die mir meine Brust und den rechten Arm versengten und vollkommen unbedeutend neben dem lodernden Feuer, das in meinem linken Brustkasten brannte, aber sie verhinderten, daß ich in die gemütliche Dunkelheit von Tod und Ertrinken zurücksank. Ich kämpfte mich den ganzen restlichen Weg zurück und schlug die Augen auf.

Delgado lächelte und lehnte sich zurück. »Gut«, sagte er. »Sie können in einer Minute sterben. Aber vorher möchte ich noch ein paar Fragen beantwortet haben.« Er saß auf einem Campinghocker aus Segeltuch ohne Rückenlehne, den er mitten ins Cockpit der *Pilar* gestellt hatte. Hemingway lag immer noch links von uns auf dem Deck, das Gesicht in einer Blutlache. Die Lache war jetzt größer. Delgado trug schmutzige weiße Hosen, Bootsschuhe und sein Unterhemd. Seine Arme und Schultern waren braungebrannt und muskulös. Er hatte Hemingways .22er Pistole in der Hand und klopfte sich mit dem langen Lauf auf das Knie, während er zusah, wie ich den Kopf hob und mein Blick klarer wurde.

Ich schleppte mich zu ihm, damit ich ihn packen konnte, ehe es ihm gelang, die Pistole zu heben. Ich zuckte mit dem Kopf und mir wurde schwarz vor Augen, als mich die Schmerzen übermannten. Man hatte mir die Arme auf den Rücken gebunden, ich konnte Metall in die Handgelenke schneiden spüren. Meine Gedanken waren träge, als müßten sie durch zähen Schlamm schwimmen, aber allmählich wurde mir klar, daß ich auf der Bank an der Steuerbordseite des Cockpits saß und Delgado mich dort mit Handschellen an der kurzen Zierstange aus Messing unter dem Schandeckel festgebunden hatte. Wasser lief aus meiner Kleidung und quoll aus den Schuhen. Ich betrachtete das Wasser, das an mir herunterfloß, nur mit mäßigem Interesse, das auch nicht zunahm, als ich feststellte, daß der größte Teil des Wassers rot war. Ich blutete stark. Delgado mußte mich sofort, nachdem er auf mich geschossen hatte, aus dem Wasser gezogen und geschlagen haben.

Jetzt schlug er mich wieder, diesmal mit dem Lauf der .22er an die Schläfe. Ich versuchte, wieder klar zu sehen und mir aufmerksam anzuhören, was er zu sagen hatte.

»... sind die Dokumente, Lucas? Die Dokumente der Abwehr? Sagen Sie mir, wo sie sind, dann lasse ich Sie wieder schlafen. Ich verspreche es.«

Ich versuchte zu sprechen. Ich mußte mir das Gesicht angeschlagen haben, als ich über Bord ging, denn meine Lippen waren geschwollen. Vielleicht hatte Delgado mich auch länger geschlagen, als ich gedacht hatte. Ich versuchte es wieder.

»... in ... der ... Bucht«, sagte ich. »Daufeldt ... hatte sie.«

Delgado kicherte und zog den nassen Ausweis des Majors der SS und Himmlers Brief aus der Hosentasche. »Nein, hatte er nicht, Lucas. Und ich bin Daufeldt. Und ein Grund, weshalb ich Sie rausgezogen habe, ist der, daß ich das hier heute nacht brauche. Und jetzt brauche ich die Dokumente der Abwehr. Wo hat Hemingway sie versteckt?«

Ich schüttelte den Kopf. Dadurch nahmen die Schmerzen in meinem rechten Arm und der linken Seite zu, brachten die tanzenden schwarzen Pünktchen zurück. »In der ... Bucht und ... am ... Strand. Als die ...*Lorraine*... gestrandet ist.«

Delgado schlug mich mit der Hand. »Konzentrieren Sie sich, Lucas. Hemingway hatte die Kuriertasche, sonst hätte ich ihn nicht getötet. Aber die Papiere darin waren ein beschissenes Manuskript, nicht die Dokumente der Abwehr. Kruger hatte nicht die echten Dokumente dabei, als er geflohen ist. Wo sind sie?«

Ich wendete alle Energie auf, um den Kopf zu heben und Delgado anzusehen. »Wer … ist Kruger?«

Delgado schürzte die Lippen. »Feldwebel Kruger. Mein teurer, loyaler SS-Funker von der *Kreuz des Südens*. Sie haben ihn gerade aus der Bucht gefischt, Lucas. Also, wo hat Hemingway die verdammten Dokumente?«

Ich schüttelte den Kopf und ließ ihn wieder sinken. »Major … Daufeldt. Dokumente.«

Delgado packte mich am Haar und zog den Kopf höher, während er sich näher zu mir beugte. »Hören Sie, Lucas, *ich* bin Major Daufeldt. Wir brauchten eine Ablenkung, als Sie eintrafen. Ich überredete den armen, feigen Feldwebel Kruger, die Schmeißer zu schnappen und mit der *Lorraine* einen Fluchtversuch zu unternehmen. Ich ging davon aus, daß Sie ihn töten würden. Die Papiere gehören mir. Aber wo *sind* die Dokumente?«

»Ist Hemingway … am Leben?« brachte ich heraus.

Delgado sah beiläufig über die Schulter. Fliegen kreisten um Hemingways blutigen Kopf, und die Blutlache ging ihm mittlerweile bis zu den Schultern. »Ich weiß nicht«, sagte Delgado. »Ist mir auch egal. Wenn er noch lebt, dann nicht mehr lange.« Er sah mich an und lächelte. »Er hatte einen Unfall mit dem Boot. Stieß sich den Kopf, als er mit der *Pilar* auf eine Sandbank fuhr. Ich habe den Gaffel benutzt, aber es hätte jede scharfe Kante auf dem Boot sein können. Ich wische Blut und Haare von dem Gaffel, wenn ich ihn über Bord werfe. Dann steuere ich dieses Boot auf eine Sandbank. Wenn sein Leichnam ein paar Stunden im Wasser gelegen hat, werden sie nicht mehr viel über seine Verletzung herausfinden können.«

Ich setzte mich so gerade auf, wie ich konnte, und versuchte die Hände in den Handschellen zu bewegen. Delgado hatte die Handschellen so fest geschlossen, daß sie den gesamten Blutkreislauf abschnitten. Ich konnte die Finger weder spüren noch bewegen. Vielleicht war auch der Blutverlust daran schuld … daß ich kein Gefühl mehr in den Händen habe. Das Blut hatte mein Hemd, Hose, Schuhe und das Lederpolster der Sitzbank durchtränkt. Ich versuchte, mich zu konzentrieren – nicht nur auf Delgado, sondern auf meinen eigenen Körper. Ich erinnerte mich an drei Treffer: einen im Arm, einen an Brust oder Schulter rechts oben, den dritten – und schlimmsten – an der linken Seite. Ich sah nach unten. Zerrissenes, nasses Hemd, viel Blut. Das sagte mir wenig. Er hatte mit der .22er geschossen. Das machte mir Hoffnung. Aber die Schmerzen, das Blut und die zunehmende Schwäche waren schlechte Zeichen. Eine oder mehrere der kleinen Kugeln hätten etwas Lebenswichtiges treffen können.

»Hören Sie mir zu, Lucas?«

Ich konzentrierte mich wieder auf ihn. »Wie?« fragte ich.

»Was?«

»Wie haben Sie Hemingway erwischt?«

Delgado seufzte. »Soll das die Stelle in dem Film sein, an der ich Ihnen alles sage, bevor Sie sterben? Oder, noch besser, bevor Sie entkommen?«

Ich spürte, wie die Handschellen meine Gelenke aufschürften und wußte, an ein Entkommen war nicht zu denken. Selbst wenn ich die Hände freibekommen hätte, wäre ich zu schwer verletzt und geschwächt gewesen, um etwas damit anzufangen. Ich überlegte, ob ich die Beine in einem Kampf mit Delgado einsetzen sollte, aber als ich sie nur wenige Zentimeter bewegt hatte, wurde mir klar, daß ich fast gar keine Kraft mehr darin hatte. Ich konnte sie vielleicht um seine Mitte schlingen und ein paar Sekunden zudrücken, aber ich konnte ihn nicht im Klammergriff behalten, und er mußte nichts weiter tun, als die .22er nehmen und mich erschießen. Ich beschloß, das bißchen Kraft aufzusparen, das ich noch hatte, und auf eine Gelegenheit zu warten. *Eine Gelegenheit wofür, Joe?* Die Stimme in meinem Kopf hörte sich müde und zynisch an. Ich sah Delgado an und kämpfte darum, bei Bewußtsein zu bleiben.

»Na gut«, meinte er. »Wie wäre es, wenn ich Ihnen sage, wie ich Hemingway erwischt habe, und dann sagen Sie mir, wo er die Dokumente der Abwehr versteckt haben könnte.«

Obwohl er wissen mußte, daß er alle Trümpfe in den Händen hielt und mir gar nichts erzählen mußte, nickte ich. In meinem benommenen Verstand setzte sich die Vorstellung fest, daß Delgados Überheblichkeit meine einzige Chance sein konnte. Trotz seiner sarkastischen Bemerkung, daß dies der Teil des Films sein sollte, in dem er mir alles erzählte, konnte ich sehen, daß er sich, wie die meisten Filmhelden, danach sehnte, genau das zu tun. Vielleicht traf

Hemingways Bemerkung, daß Fiktionen – selbst Kino-Fiktionen – doch wahrhaftiger als das Leben waren, ja doch zu.

»Wir haben die *Lorraine* in der Nähe der Insel treiben lassen«, sagte Delgado, dessen Lippen immer noch zu diesem nervtötenden Halb-Lächeln verzogen waren. »Feldwebel Kruger war an Bord, Gesicht nach unten im Cockpit, scheinbar verletzt und bewußtlos. Da trug er Ihr grünes Hemd, Lucas.«

Mein Gesichtsausdruck mußte sich verändert haben, denn Delgado kicherte. »Elsa hat es uns besorgt.«

»Elsa?«

Delgado schüttelte den Kopf wie ein Erwachsener, der es mit einem sehr dummen Kind zu tun hat. »Maria. Unwichtig. Vielleicht können Sie mir später verraten, wie Sie sie getötet haben, aber das ist jetzt nicht wichtig. Möchten Sie den Rest Ihrer Gutenachtgeschichte hören?«

Ich wartete.

»Während Ihr Schriftsteller Ihren Namen rief und die *Lorraine* vertäute«, sagte Delgado, »schwamm ich von der Insel her, stellte mich mit der Schmeisser hinter ihn und nahm ihm die .22er ab, und das war's dann.« Er schüttelte wieder den Kopf. »Aber der dumme kleine Pisser mußte kämpfen. Versuchte, die Schmeisser zu schnappen. Ich hätte ihn natürlich erschießen oder mit bloßen Händen töten können – das war der ursprüngliche Plan, es sollte so aussehen, als hätten Sie ihn getötet –, aber bis Lieutenant Maldonado Ihren Leichnam in Nuevitas ablieferte, mußten wir es so aussehen lassen, als *könnte* es ein Unfall gewesen sein. Der Feldwebel hielt Hemingway fest, und ich schlug dem Schriftsteller mit dem Gaffel den Hinterkopf weg. Sie müssen wissen, wir glaubten, daß er die Dokumente der Abwehr bei sich im Cockpit hatte, weil wir die Kuriertasche gesehen haben. Aber es war nur ein idiotisches Manuskript über zwei Leute, die in Frankreich ficken. Also ließ ich Kruger Ihren Kumpel beobachten und zusehen, wie er verblutete, während ich das Boot durchsuchte. Und dann trafen Sie ein, Lucas, und kamen, um ihn zu retten. Und ich fand es ziemlich heldenhaft, den armen Feldwebel Kruger mit meiner Schmeißer loszuschicken, während ich nur mit Hemingways kleiner Spielzeugpistole bewaffnet hier auf Sie wartete. Ich wollte nur drei Kugeln in Sie pumpen, um Sie zu Fall zu bringen, damit ich meine Ausweispapiere wieder an mich nehmen und etwas über die Dokumente herausfinden konnte, aber mindestens eine Schußverletzung ist wahrscheinlich tödlich, weil Sie sich gedreht haben. Tut mir leid. Ende der Geschichte. Wo sind die Dokumente?«

Ich schüttelte den Kopf. Ich glaubte, daß Wind aufgekommen war und in den Palmen auf der nahegelegenen Insel rauschte, aber mir wurde klar, daß das Geräusch nur ein Rauschen in meinen Ohren war. »Erzählen Sie mir … mehr«, sagte ich mit hohler Stimme. »Ich … verstehe nicht. Die Dokumente. Becker. Die toten deutschen Soldaten. Operation Rabe. Warum? Was sollte das alles? Ich verstehe es nicht.«

Delgado nickte liebenswürdig. »Ich bin sicher, daß Sie das nicht verstehen, Lucas. Das ist ein Grund, warum Sie ausgewählt wurden. Klug … aber nicht *zu* klug. Aber ich fürchte, wir haben keine Zeit mehr für ein Schwätzchen, und selbst wenn, würde ich Ihnen keinen Ton sagen.« Er hob die .22er und richtete sie auf eine Stelle zwischen meinen Augen. »Wo sind die Dokumente der Abwehr?«

»Hol Sie der Teufel«, sagte ich. Und wartete.

Delgado kniff die Lippen ein wenig mehr zusammen. »Harter Bursche«, sagte er und zuckte die Achseln. »Ich tue Ihnen nicht gern weh, Joey, aber ich brauche die Unterlagen der Abwehr jetzt wirklich. Wo sie herkommen, gibt es noch mehr. Die andere Seite ist schon mit ihrer ersten Lieferung durchgekommen, und nun, wo die Pipeline offen ist, werde ich später weitere Informationen der Abwehr hineinschaufeln. Nach Point Roma vertrauen sie uns. Wir werden sie glücklich machen.«

»Wen glücklich machen?« fragte ich belämmert und dachte: *Nur genug Kraft in den Beinen, um sie einmal zu benutzen … jetzt wäre ein guter Zeitpunkt, Joe.* Aber Delgado war mit seinem Segeltuchstuhl ein Stück zurückgerutscht und außer Reichweite.

Er schüttelte den Kopf. »Tut mir leid, Lucas. Keine Zeit mehr. Leben Sie wohl, Junge.«

Der schwarze Kreis der .22er-Mündung nahm meine gesamte Aufmerksamkeit in Anspruch, aber ich sah die Bewegung aus dem Augenwinkel, als Hemingway sich auf die Knie stemmte und dann stöhnend versuchte, sich aufzurichten.

Delgado ließ die .22er sinken und drehte sich halb auf seinem Stuhl um. »O Scheiße«, sagte er müde. Dann stand er auf und sah geduldig mit an, wie Hemingway aufstand und wie betrunken auf dem blutigen Deck seiner geliebten *Pilar* herumschwankte. Das Gesicht des Schriftstellers war so weiß wie das der einsamen Wolke, die hinter ihm am Himmel schwebte. Während Delgado ihm zusah, wie er aufstand, hoffte ich – zum zweitenmal –, daß die Überheblichkeit des Mannes stärker als sein unmittelbarer Instinkt zu töten sein würde.

»Meinen Glückwunsch«, sagte Delgado und wich einen Schritt vor der blassen Erscheinung zurück. »Sie sind ein zäher Hurensohn. Dieser Schlag hätte die meisten Männer getötet.«

Er ist zu weit von Delgado entfernt, dachte ich, und nun schlug mein Herz so schnell, daß ich befürchtete, ich würde nur um so schneller verbluten. Meine linke Seite fühlte sich an, als würde sich ein ganzer Sturzbach von Blut daraus ergießen. *Er ist zu weit entfernt. Und es spielt auch keine Rolle, weil Delgado ihn selbst an Hemingways besten Tagen mit bloßen Händen töten könnte.*

Delgado seufzte. »Ich schätze, damit sind wir wieder bei Plan eins. Schriftsteller tot neben dem Doppelagenten aufgefunden, der ihn erschossen hat.« Er hob die .22er und richtete sie auf Hemingways breite Brust.

Ich schnellte mit dem ganzen Körper auf das Polster zurück, ohne auf die enormen Schmerzen zu achten, die durch mich hindurchrasten, stieß so fest ich konnte mit meinen Füßen zu und erwischte Delgado dicht oberhalb des Ansatzes der Wirbelsäule. Der Agent stolperte vorwärts und fing sich wieder, aber es gelang Hemingway, grunzend, die Arme um ihn zu schlingen wie ein Bär.

»Vergiß es«, sagte Delgado lachend und befreite sich, indem er Hemingways linken Arm mit einem Handkantenschlag auf die Innenseite des Bizeps beiseite stieß. Delgado riß die Pistole hoch und hielt sie unter Hemingways Kiefer.

Der Schriftsteller grunzte wieder, packte Delgados rechten Arm mit beiden Händen und drückte die Mündung der Pistole weg. Delgado hätte die freie linke Hand für einen Nierenhaken benutzen können, oder einfach, um Hemingway in die Knie zu zwingen, erkannte aber sofort, daß der Schriftsteller den Lauf der Pistole in seine Richtung drückte, daher beschloß er statt dessen, mit der freien Hand sein eigenes Handgelenk zu umklammern und eine zusätzliche Hebelwirkung einzusetzen, um die Mündung von sich fernzuhalten. Die Pistole verharrte aufrecht zwischen ihnen, der Lauf zeigte in den wenigen Zentimetern, die die schwitzenden Gesichter der Männer voneinander entfernt waren, himmelwärts.

Ich krümmte mich wieder, kämpfte gegen das Schwindelgefühl und bereitete mich darauf vor, Delgado zu treten, sollten sie wieder näher kommen, aber obwohl die beiden Männer einen gräßlichen und linkischen Tanz durch das gesamte Cockpit aufführten, kamen sie nicht näher.

Delgado besaß eindeutig das weitaus größere Geschick im Nahkampf, hatte aber keine Hand frei und mußte sich mit beiden Beinen abstützen, und Hemingway benutzte die ganze immense Masse seines Oberkörpers, um den Agenten aus dem Gleichgewicht zu bringen. Hemingway kämpfte um sein Leben. Delgado wartete nur auf seine Chance zu schießen. Der entscheidende Faktor war, daß Delgado den Finger am Abzug hatte, Hemingway dagegen Delgados Handgelenk mit beiden Händen festhalten mußte. Wohin die Mündung auch immer zeigte, nur Delgado würde entscheiden wann er abdrücken wollte.

Die beiden großen Männer stolperten im Kreis herum, prallten an der mit Segeltuch verhängten Seite der Brücke ab, stießen gegen das Steuerrad, taumelten gegen den Backbordschandeckel und schlurften wieder in die Mitte des Cockpits. Hemingway drückte die Mündung in die Richtung von Delgados Gesicht, aber das änderte nichts an der Tatsache, daß der Finger des Agenten im Abzugsbügel blieb. Sie stolperten weiter, und nun wanderte die Mündung in die Richtung von Hemingways Gesicht.

Bevor Delgado schießen konnte, preßte Hemingway den Kopf auf die rechte Schulter, aus der Schußlinie heraus, grunzte und drängte wieder vorwärts. Der Lauf zeigte senkrecht nach oben. Beide Männer stießen krachend gegen die Leiter zur Außenbrücke. Delgado wechselte blitzschnell den Griff, hielt die Pistole der zusätzlichen Hebelwirkung wegen mit der linken Hand und drückte die Mündung wieder in die Richtung von Hemingways Gesicht.

Der Schriftsteller schlug Delgado ins Gesicht, nahm die Hände weg und ging in dem Sekundenbruchteil, den er brauchte, um mit den Händen umzugreifen, das Risiko ein, eine Kugel ins Gesicht zu bekommen. Danach torkelten sie wieder gemeinsam herum, und ihre Schuhe quietschten und rutschten auf dem blutigen Deck, aber jetzt hatte Hemingway die rechte Hand auf dem Zylinder der Pistole und den Zeigefinger ungeschickt unter den Abzugsbügel geschoben, direkt auf Delgados Finger.

Delgado rammte Hemingway das Knie in die Eier. Der Schriftsteller stöhnte, ließ aber nicht los und kämpfte immer noch, auch nachdem Delgado die Sekunde genutzt hatte, um die linke Hand weiter am Lauf hinaufzuschieben und ihn herunterzudrücken, bis die Mündung sich direkt unter Hemingways Kinn befand. Der Schriftsteller verdrehte die Augen, um nach unten zu sehen. Er konnte den Lauf nicht wegdrücken. Keuchend stieß ihm Delgado, dessen Halb-Lächeln breiter wurde, die Mündung in das weiche Fleisch unter Hemingways Kiefer, spannte den Hahn und drückte ab.

Hemingway hatte schon bevor Delgado abdrückte mit der Hand die endlosen zwei Zentimeter an der Oberseite der Pistole entlang getastet. Jetzt schnalzte der Hahn herunter und zerquetschte das letzte Gelenk von Hemingways kleinem Finger, da der Schriftsteller Fleisch und Fingernagel zwischen Hahn und Schlagbolzen hielt.

Delgado riß Hemingway die Haut vom Finger, als der Agent die Pistole wieder zurückzog und aus Hemingways Griff befreite, und die beiden drehten sich, wären um ein Haar gegeneinander gefallen, richteten sich wieder auf und stießen erneut gegen die Leiter. Sie waren sechs Schritte entfernt. Ich kam nicht an sie heran, um einen weiteren Tritt zu landen. Ich spürte, wie meine Kraft zusammen mit dem Blut aus meinem Körper entwich, und dann wurden meine Beine weich wie Butter.

Delgado hatte den Hahn für einen zweiten Schuß gespannt, dabei aber versehentlich den Lauf auf sich selbst gerichtet. Nun packte Hemingway den Lauf mit der Linken und hielt ihn in dieser Stellung fest. Delgado befreite seine Hand und plazierte sie höher am Lauf, aber der Schriftsteller hatte die Finger bereits fest darum geklammert und gab nicht nach. Ich mußte an Jungs denken, die die Seiten für ein Baseballspiel bestimmten und mit den Händen immer höher am Baseballschläger hinaufgriffen, bis kein Platz mehr für die Finger war.

Ich konnte den Lauf der .22er nicht mehr sehen, nur Delgados Hand über der von Hemingway, ihre rechten Hände etwas tiefer, Delgados Finger am Abzug und Hemingways Finger auf dem von Delgado.

Hemingway zeigte sämtliche Zähne. Die Sehnen an seinem blutigen Hals zeichneten sich in aller Deutlichkeit ab. Die Mündung glitt unter Delgados Kinn und wurde unbarmherzig in das weiche Fleisch gedrückt.

Delgado bog sich weiter zurück, als ich jemals für möglich gehalten hätte, stieß aber mit dem Hinterkopf an eine Sprosse der Leiter zur Außenbrücke, die verhinderte, daß er noch weiter zurückweichen konnte. Hemingway drückte den Lauf noch höher, tief in das weiche Fleisch unter Delgados Kiefer.

Da schrie Delgado – lautlos –, nicht vor Angst, sondern wie ein Fallschirmspringer, der sich bereit macht, aus der Luke eines Transportflugzeugs in Wind und Dunkelheit zu springen. Beide Männer quetschten weiter jedes Quentchen Kraft aus sich heraus.

Hemingway drückte Delgados Finger auf den Abzug.

Schwarze Pünktchen tanzten schon seit einiger Zeit vor meinen Augen, aber nun wuchsen sie zusammen und nahmen mir einen Moment ganz die Sicht. Als ich wieder sehen konnte, hatte Hemingway die Pistole fallen lassen und stand schwankend über Delgado, der zusammengesackt an der Leiter lag. Durch die häßliche Platzwunde an Hemingways Kopfhaut schien es, als hätte der Schriftsteller einen Schuß in den Kopf bekommen, nicht Delgado. Ich sah keine Austrittswunde auf Delgados Schädel. Den heftigen Blutungen aus Delgados Augen, Ohren und Nase sowie der blutigen Masse unter dem Kiefer nach zu urteilen, schien die .22er Kugel durch den weichen Gaumen eingedrungen und als Querschläger im Inneren des Schädels hin und her geprallt zu sein.

Hemingway betrachtete den Leichnam, dann sah er mich mit einem Ausdruck an, den ich nie vergessen werde. Es war weder Triumph noch Bedauern, auch nicht Schock allein oder Mordlust – ich kann den Ausdruck nur als den desinteressierten Blick eines hochintelligenten Beobachters beschreiben. Hemingway nahm die gesamte Szene in sich auf. Nicht nur, was er sah, sondern auch die Gerüche, das leichte Schwanken der *Pilar*, die sanfte Nachmittagsbrise, die plötzlichen Schreie der Möwen über der Bucht, sogar seine eigenen Schmerzen und Reaktionen.

Dann richtete Hemingway den Blick auf mich und kam näher. Die tanzenden schwarzen Punkte verschmolzen wieder, und ich spürte, wie ich rutschte, als wären meine blutigen Handgelenke aus den Handschellen geglitten und ich wäre frei ... frei, in die schmerzlose Dunkelheit hinabzurutschen, frei, von alledem hier davonzuschweben, endlich frei, mich auszuruhen.

Ich kam nur durch feste Schläge – schon wieder – und eine herrische Stimme wieder zu mir, Hemingways klare Tenorstimme, die sagte: »Verdammt, Lucas, sterben Sie mir nicht weg. Sterben Sie mir nicht weg, Sohn.«

Ich gab mir größte Mühe zu gehorchen.

30

Es waren wahrscheinlich die Brüder Herrera, die mir das Leben retteten. Roberto Herrera besaß nicht das medizinische Geschick seines älteren Bruders, wußte aber genug, um mich am Leben zu halten, bis wir Cojímar erreichten, wo Dr. José Luis Herrera Sotolongo mit einem befreundeten Arzt wartete. Und es war auch Ernest Hemingway, der mich am Leben hielt.

Ich erinnere mich an Bruchstücke der Ereignisse nach Delgados Tod. Hemingway erinnerte mich später daran, daß sein erster Gedanke gewesen war, das Chris-Craft zu übernehmen – wir wären damit viel schneller nach Cayo Confites und Cojímar gekommen als mit der *Pilar*. Aber nachdem er den Erste-Hilfe-Kasten geholt und meine Wunden desinfiziert und Druckverbände angelegt hatte, verlor ich ein paar Minuten das Bewußtsein und kam erst wieder zu mir, als er mich in das Schnellboot heben wollte.

»Nein, nein«, murmelte ich. »Das Boot ist ... gestohlen.«

»Das weiß ich«, schnappte Hemingway. »Es gehört zur *Kreuz des Südens*. Spielt keine Rolle.«

»Doch«, sagte ich. »Die kubanische Küstenwache sucht danach. Möglicherweise schießen sie zuerst und stellen später Fragen.«

Hemingway hielt inne. Er wußte, wie schießwütig die kubanische Küstenwache war. »Sie sind ein Bundesagent«, sagte er schließlich. »FBI und wieheißtesnochgleich, SIS. Sie haben das Boot im Polizeieinsatz gestohlen.«

Ich schüttelte den Kopf. »Nicht ... mehr. Kein Agent. Muß ins Gefängnis.« Ich erzählte ihm von meinem nächtlichen Zusammentreffen mit Lieutenant Maldonado.

Hemingway hatte mich wieder auf die Polster gelegt und sich gesetzt. Er faßte sich an den Kopf. Er hatte sich lange Binden um den Kopf gewickelt, aber der weiße Verband war schon wieder blutgetränkt. Es mußte höllisch weh tun. »Ja«, sagte er. »Das könnte ein Problem werden, wenn wir Sie mit dem gestohlenen Chris-Craft ins Krankenhaus zurückbringen. Die Leute von der *Kreuz des Südens* könnten Anklage erheben, und auch wenn Maldonado tot ist, sein Boss –Juanito der Zeuge Jehovas – wird wahrscheinlich wissen, daß er losgeschickt wurde, um Sie zu töten.«

Ich schüttelte wieder den Kopf, was einen Schneesturm tanzender schwarzer Punkte auslöste. »Kein Krankenhaus.«

Hemingway nickte. »Wenn wir die *Pilar* nehmen, können wir einen Funkspruch durchgeben und dafür sorgen, daß Dr. Herrera Sotolongo auf uns wartet. Wir könnten sogar in Nuevitas oder einem anderen Hafen anlegen und einen Arzt bereithaben.«

»Hat Delgado das Funkgerät nicht zerstört?« fragte ich. Ich begnügte mich damit, vollkommen reglos auf dem Polster der Steuerbordbank zu liegen und zuzusehen, wie der Himmel aufklarte. Alle Wolken hatten sich verzogen. Der Sturm war vorbei.

»Nein«, sagte der Schriftsteller. »Habe ich gerade überprüft. Er muß es versucht und festgestellt haben, daß es nicht funktioniert.«

»Kaputt?« brachte ich heraus, und meine Gedanken glitten wieder davon. Plötzlich fiel mir ein, daß mir Hemingway eine Morphiumampulle aus dem Erste-Hilfe-Kasten gespritzt hatte. Kein Wunder, daß ich mich so benommen und träge fühlte.

Er wollte den Kopf schütteln, stöhnte leise und sagte: »Nein. Ich habe ein paar Röhren rausgenommen und versteckt. Ich brauchte den Platz.«

Ich sah ihn mit zusammengekniffenen Augen an. Entweder hatte der Seegang hier in der Bucht stark zugenommen, oder mir wurde schwindeliger. »Platz?«

Hemingway hielt einen Stapel Papiere in einem Umschlag hoch. »Die Dokumente der Abwehr. Ich dachte, ich verstecke sie besser irgendwo, bevor ich in die Manatíbucht einfahre, um Sie zu holen. Ein Glück.« Er berührte den blutgetränkten Verband um seinen Kopf. »Na gut«, sagte er schließlich. »Wir nehmen die *Pilar*.«

»Fotografien«, sagte ich. »Bilder. Und wir müssen die Leichen wegschaffen.«

»Diese Bucht wird zu einem gottverdammten Nazifriedhof«, knurrte Hemingway.

Ich erinnere mich dunkel, wie sich der Schriftsteller an seine trostlose Aufgabe machte und die beiden Toten aufbahrte, mit der Leica von allen Seiten fotografierte, das Chris-Craft fotografierte und danach jeden Toten in ein Cockpit des Schnellbootes setzte, das Boot abstieß, mit der *Pilar* zurück setzte und mit meiner .357er vier Schüsse in das Benzinfaß abfeuerte. Der Benzingestank brachte mich wieder ein wenig zu Bewußtsein, als das hintere Cockpit des wunderschönen Schnellboots sich wieder mit Benzin füllte, dann steuerte Hemingway die *Pilar* ein Stück näher hin, zündete mit einem Streichholz einen benzingetränkten Fetzen an, in dem ich vage mein altes grünes Hemd erkannte, und warf das brennende Geschoß auf das Boot.

Über dem Heck des Chris-Craft stieg ein pilzförmiger Feuerball auf, der einen Teil der Farbe an der Steuerbordseite der *Pilar* versengte. Hemingway war oben auf der Außenbrücke, wo er das Gesicht vor der Hitze abschirmte, beide Gashebel herunterdrückte und mit der *Pilar* beschleunigte, aber darauf achtete, daß er in dem schmalen Kanal blieb, der von Cayo Largo wegführte. Ich richtete mich lange genug auf, um einen Blick zurückwerfen zu können. Das reichte. Das Schnellboot war von Flammen eingehüllt, ebenso die sitzenden Leichen von Delgado – *Major Daufeldt,* verbesserte ich mich – im vorderen und Feldwebel Kruger im hinteren Cockpit. Wir waren etwa sechzig Meter entfernt, als der Haupttank und der Rest des Reservefasses explodierten und Trümmer und brennende Mahagonistücke und versengte Chromteile über der gesamten Bucht herunterregneten. Einige Königspalmen auf der Insel fingen Feuer, aber sie waren nach den jüngsten Regenfällen so feucht, daß die Flammen schnell erloschen und nur verkohlte Palmwedel im Wind der Feuerbrunst raschelten. Ein paar heiße Trümmer landeten auf dem Deck der *Pilar,* aber ich war zu schwach, um aufzustehen und sie über Bord zu werfen, und Hemingway zu sehr damit beschäftigt, auf der Außenbrücke zu steuern. Sie schwelten weiter, bis wir die Bucht – wo es am Point nach toten Deutschen stank – und die Lücke im Riff hinter uns gelassen hatten, und uns in nordwestlicher Richtung dem tiefen Wasser des Golfs näherten.

Hemingway kam die blutige Leiter herunter, hob mit dem blutigen Gaffel die brennenden Trümmer vom Deck und warf sie über Bord, löschte einen kleinen Schwelbrand in der Segeltuchplane mit einem Feuerlöscher, den er in der Kombüse aufbewahrte, und kam zurück, um nach mir zu sehen. Nach dem Sturm herrschte immer noch ein rauher Seegang, und ich konnte die Schmerzen spüren, die das Schwanken des Schiffes mir verursachte, aber aufgrund des Morphium-Wunders spürte ich sie nur wie aus weiter Ferne. Ich bemerkte am Rande, wie blaß und zittrig Hemingway immer noch war, und mir wurde klar, die Kopfverletzung mußte ihm solche Schmerzen bereiten, daß er selbst Morphium hätte vertragen können. Aber er konnte keines benutzen – er mußte uns nach Hause bringen.

»Lucas«, sagte er und berührte mich an der unverletzten Schulter, »ich habe Confites gefunkt, daß wir einen Unfall hatten und sie den ganz großen Medizinschrank bereithalten sollen. Roberto kennt sich gut mit so etwas aus. Er wird wissen, was zu tun ist.«

Ich machte die Augen zu und nickte.

»... diese verfluchten Dokumente«, hörte ich Hemingway sagen. Mir wurde klar, daß er die Papiere der Abwehr in Händen halten mußte, »wissen Sie, was wir für Delgado damit anfangen sollten? Worum ging die ganze Sache?«

»Keine Ahnung«, murmelte ich. »Aber... ich habe eine Theorie.«

Ich spürte, wie Hemingway jenseits meiner geschlossenen Lider wartete, während die *Pilar* schwankend nach Westen fuhr.

»Erzähle ich Ihnen«, sagte ich. »Erzähle ich Ihnen... falls ich überlebe.«

»Dann überleben Sie«, sagte der Schriftsteller. »Ich will es wissen.«

Die Operationen wurden still und leise im Haus von Dr. Herrera Sotolongo auf einem Hügel nicht weit von der *finca* entfernt vorgenommen. Delgados erster Schuß aus der .22er Pistole hatte ein sauberes kleines Loch durch das Fleisch meines rechten Arms gerissen und war ausgetreten, ohne größeren Schaden anzurichten oder wichtige Muskeln oder Arterien zu durchtrennen. Die zweite Kugel hatte mich oben an der rechten Schulter getroffen, das Schlüsselbein gestreift und war dicht über dem rechten Schulterblatt in der Haut stecken geblieben. Dr. Herrera Sotolongo und sein Freund, Dr.

Alvarez, sagten später, sie hätten die Kugel fast mit bloßen Fingern entfernen können. Auf dem Weg der Kugel durch den Körper war es zu inneren Blutungen gekommen, aber sie waren nicht lebensgefährlich.

Die dritte Kugel hatte echten Schaden angerichtet. Sie war auf meiner linken Seite eingedrungen, Richtung Herz, hatte eine Rippe gestreift, war dadurch gerade weit genug abgelenkt worden, daß sie nur ein Stück aus meiner Lunge herausriß, nicht das Herz traf und war einen Millimeter von der Wirbelsäule entfernt stecken geblieben. »Ziemlich eindrucksvoll für eine Kugel Kaliber zweiundzwanzig«, hatte Dr. Herrera Sotolongo später gesagt. »Wenn der Mann mit der Schmeisser geschossen hätte, die Sie erwähnt haben… nun…«

»Er hat die Schmeisser gern mit Hohlmantelgeschossen mit eingeritzten Spitzen geladen«, sagte ich.

Dr. Herrera Sotolongo hatte sich das Kinn gerieben. »Dann würden wir dieses Gespräch definitiv nicht mehr führen, *Señor* Lucas. Und jetzt legen Sie sich hin und schlafen Sie.«

Ich schlief lang und ausgiebig. Drei Tage nach der Operation wurde ich aus dem Haus des guten Doktors ins Gästehaus der *finca* verlegt. Dort nahm ich weiter Tabletten, bekam weiter meine Spritzen und schlief weiterhin viel. Der Chirurg wie auch der Doktor kamen regelmäßig vorbei, um ihre Arbeit zu begutachten und kopfschüttelnd zu bemerken, wie geringfügig die Schäden gewesen waren, wenn man an das viele Metall in meinem Körper dachte.

Hemingway hatte ebenfalls ein paar Tage Bettruhe verordnet bekommen, nachdem sein Freund die Platzwunde am Kopf genäht hatte. Der Doktor wiederholte Delgados Feststellung. »Sie sind ein zäher Hund, Ernesto. Und das sage ich voll Respekt und Zuneigung.«

»Ja«, stimmte Hemingway zu, der im Morgenmantel auf meiner Bettkante saß. Wir drei – der Schriftsteller, der Doktor und der Ex-Spion – hielten ein »medizinisches Trankopfer« mit Gin pur ab. »Ich habe andauernd Gehirnerschütterungen. Schon seit ich ein junger Mann war. Als Bumby ein Baby war, ist mir in Paris ein Scheißoberlicht auf den Kopf gefallen. Habe eine Woche lang doppelt gesehen. Seither habe ich eine Menge Rempler abbekommen, meistens auf den Kopf. Der schlimmste Unfall, den ich je hatte, war

1930, als ich nach Billings fuhr und unser Auto in den Straßengraben gesetzt habe. Ihr rechter Arm hält keinem Vergleich mit meinem nach dem Unfall stand, Lucas. Die Innenseite meines Arms sah wie der Teil eines Elchs aus, den man als ungenießbar wegwerfen muß, wenn man ihn ausweidet. So etwa wie Ihr Brustkasten auf der linken Seite, als ich ihn auf der *Pilar* desinfiziert habe.«

»Großartig«, sagte ich. »Können wir das Thema wechseln? Wie geht es Mrs. Hemingway?«

Hemingway zuckte die Achseln. »Eine kurze Nachricht lag für mich bereit. Sie hat Paramaribo in Surinam gesehen. Dort gibt es nichts weiter als Sandmilben, Hitzeschläge und gelangweilte GIs, schreibt sie. Sie hat sich die Sehenswürdigkeiten in Holländisch Guayana angesehen und die Strafkolonie von Französisch Guayana und überlegt, ob sie nach Hause kommen soll, aber dann hat sie eine Karte der Region gekauft und es sich anders überlegt.«

»Was auf der Karte hat den Sinneswandel herbeigeführt, Ernesto?« fragte Dr. Herrera Sotolongo.

»Nichts«, sagte Hemingway. »Sie schreibt, daß die Karte so gut wie leer ist, abgesehen von der Hauptstadt, ein paar Siedlungen an der Küste und mehreren Flüssen. Der größte Fluß – der Saramcoca – windet sich von Paramaribo durch grüne und weiße Flächen. Das Grüne ist der Dschungel, schreibt sie. Das Weiße das Unbekannte. Der Fluß ist ein blauer Streifen, der durch Grün und Weiß bis zu einem Kreuz führt, wo, wie Marty vermutet, der Reisende begraben liegt, der es am weitesten geschafft hat. Nach diesem Kreuz, sagt sie, ist nicht einmal der Fluß mehr erforscht... nur eine Linie blauer Pünktchen kennzeichnet den Lauf, wo das verdammte Ding vermutet wird. Sie hat einen dortigen Neger namens Harold angeheuert, damit er sie flußaufwärts zu der Stelle bringt, wo blaue Pünktchen sich durch weiße Flächen erstrecken.«

Dr. Herrera Sotolongo seufzte. »Ich fürchte, es gibt so viele Krankheiten dort. Alle haben Malaria und die Ruhr, aber es ist auch ein schlimmes Land für Dengue, auch Dandyfieber genannt. Sehr, sehr schmerzhaft. Wie Malaria kommt es viele Jahre lang immer wieder.«

Hemingway nickte müde. »Marty wird es sich holen. Sie holt sich früher oder später alles. Sie nimmt keine Moskitonetze, trinkt das jeweilige Wasser, nimmt die einheimischen Spezialitäten zu sich und fragt sich dann, warum, zum Teufel, sie krank wird. Ich fürchte, ich hole mir überhaupt nichts.« Er berührte zaghaft seinen professionellen Kopfverband. »Außer Gehirnerschütterungen«, fügte er hinzu.

Dr. Herrera Sotolongo hielt sein Glas Gin hoch. »Auf *Señora* Gellhorn, Mrs. Hemingway«, sagte er als Trinkspruch.

Wir hoben alle unsere Gläser.

»Auf *Señora* Gellhorn, Mrs. Hemingway«, sagte Hemingway und kippte seinen Gin mit einem einzigen Schluck.

Natürlich wollten alle wissen, was passiert war. Nur Gregorio Fuentes stellte nie eine Frage wegen unserer Verletzungen, des verschwundenen Chris-Crafts, der Zerstörung der *Lorraine* und der geheimnisvollen Funkbotschaft, mit der unser Treffen vereinbart worden war. Offenbar war der zähe kleine Kubaner davon überzeugt, daß sein Boss ihm alles erzählen würde, wenn er wollte, daß er es erfuhr. Die anderen von der Besatzung und auf der *finca* bestürmten uns mit Fragen. »Alles streng vertraulich«, hatte Hemingway am ersten Tag geknurrt und bei dieser Antwort blieb er. Die anderen – auch die beiden Jungs – wurden zu strengstem Stillschweigen über alles vergattert, besonders das Chris-Craft, woraufhin sie zwar murrten, aber gehorchten.

»Was, zum Teufel, soll ich Tom Shevlin sagen, wenn er wieder zurück ist?« fragte Hemingway in der letzten Augustwoche. »Wenn er mich für das Schnellboot bezahlen läßt, bin ich im Arsch. Ich wünschte, wir könnten der Marine oder dem FBI die Rechnung schicken.«

Wir hatten uns überlegt, ob wir Braden oder Oberst Thomason alles erzählen sollten, aber dann entschieden, keinen einzuweihen. Das Rätsel um Operation Rabe und die Dokumente der Abwehr beschäftigte uns immer noch. »Vergattern Sie Shevlin zu Stillschweigen und erzählen Sie ihm alles«, schlug ich vor. »Vielleicht ist er stolz darauf, daß er seinem Land dienen konnte.«

»Sie meinen, vielleicht bedauert er, daß er nur ein umgebautes Sechs-Meter-Schnellboot hatte, um es für sein Land zu geben?«

»Vielleicht«, sagte ich ohne rechte Überzeugung.

Hemingway hielt sich den Kopf. »Scheiße, das schöne Boot. Erinnern Sie sich, wie das Buglicht in die Krümmung des Bugs integriert war? Und die kleine geschnitzte Meerjungfrau als Galionsfigur? Und die Instrumente, die alle vom selben Designer entworfen worden waren, der in den zwanziger Jahren diese wunderschönen Gar-Wood-Boote ausgestattet hat? Und das Duesenberg-Steuerrad und –«

»Es reicht«, sagte ich. »Mir wird ein wenig übel.«

Hemingway nickte, hielt sich aber weiterhin den Kopf. »Nun, Tom ist ein großzügiger Mann und Patriot. Und wenn wir ihn nicht überzeugen können, uns auf dieser Basis zu vergeben, werden wir ihn wohl einfach erschießen müssen.«

Am Montag, den 31. August, saß ich aufrecht im Gästehaus im Bett und aß etwas kalte Suppe, als Hemingway hereinkam und sagte: »Sie haben zwei Besucher.«

Ich muß völlig verdutzt ausgesehen haben.

»Ein todschicker Brite und ein Zwerg im Zweihundert-Dollar-Anzug«, sagte der Schriftsteller. »Und ich habe ihnen gesagt, daß sie mit Ihnen reden dürfen, aber nur unter der Bedingung, daß ich bei dem Gespräch dabei sein werde.«

»Mir recht«, sagte ich und stellte das Tablett auf den Nachttisch.

Man machte sich bekannt, zusätzliche Stühle wurden geholt, und Hemingway gab einem der Diener Anweisung, Whiskey für alle zu bringen. Wir plauderten, bis die Getränke kamen und der Diener wieder gegangen war. Ich bemerkte, wie Hemingway den todschicken Briten und den Zwerg im Zweihundert-Dollar-Anzug prüfend ansah und konnte erkennen, daß Commander Ian Fleming und Wallace Beta Phillips dasselbe mit dem Schriftsteller machten. Der Brite und der Zwerg schienen zufrieden mit dem zu sein, was sie sahen und hörten; Hemingway schien seine Zweifel zu haben.

»Wir sind so froh, daß Sie alles überlebt haben, mein Junge«, sagte Fleming zum drittenmal. Das Thema meiner Verletzungen hing mir allmählich zum Hals heraus.

»Können wir uns jetzt darüber unterhalten, wie es zu diesen Verletzungen und allem anderen gekommen ist?« fragte ich.

Fleming und Phillips sahen zu Hemingway.

»Schon gut«, sagte Hemingway in strengem Tonfall. »Ich gehöre zur Familie. Außerdem habe ich selbst ein paar ordentliche Blutergüsse abgekommen.« Er berührte seinen immer noch verbundenen Kopf. »Ich wüßte auch gern, warum.«

Die Besucher sahen einander an und nickten. Es war ein heißer Tag, ich schwitzte in meinem Pyjama. Hemingway trug ein weites *guayabera*, kurze Hosen und Sandalen, schwitzte aber dennoch heftig. Ian Fleming transpirierte höflich-dezent in einem Tropenwollblazer, bei dem der Akzent aber mehr auf Wolle als auf Tropen zu liegen schien. Nur Wallace Beta Phillips schien es nicht warm zu sein. Der kleine Mann sah in seinem maßgeschneiderten Anzug so gelassen und entspannt aus, als würden trockene einundzwanzig Grad in dem Zimmer herrschen, und nicht schwüle zweiunddreißig.

Ich beschloß, die Gäste abermals vorzustellen, damit Hemingway einen besseren Begriff von den Grundregeln bekam. »Ian arbeitet für die Jungs vom britischen MI6«, sagte ich. »Er hat in dieser Hemisphäre einige Arbeit für William Stephensons BSC getan.«

Der Brite mit dem langen Gesicht nickte höflich in Hemingways Richtung und zündete sich eine Zigarette an. Hemingway betrachtete das affektierte lange Mundstück stirnrunzelnd.

»Mr. Phillips hat in dieser Hemisphäre mit dem Office of Naval Intelligence zusammengearbeitet«, sagte ich, »aber jetzt ist er bei Bill Donovans COI.«

»Jetzt OSS, Joseph«, sagte Phillips leise.

»Ja. Mein Fehler. Aber ich dachte, Sie hätten eine Stelle in London angetreten, Mr. Phillips.«

»Das habe ich an sich auch«, entgegnete der kleine Mann. Ich stellte fest, daß sein Lächeln genau den gegenteiligen Effekt von dem Delgados hatte – es entspannte mich und weckte den Wunsch in mir, Phillips zu mögen. Wenn Delgado gelächelt hatte, hatte ich ihn stets umbringen wollen.

Das hat Hemingway dir abgenommen. Ich schüttelte den Kopf – die Schmerzmittel machten mich um diese Tageszeit immer ein wenig benommen.

»Ich bin zurückgekommen, um mit Ihnen zu plaudern«, fuhr Phillips fort. Er nickte in Hemingways Richtung. »Mit Ihnen beiden.«

»Dann erzählen Sie uns alles«, sagte Hemingway. »Oder müssen Sie wissen, was letzte Woche passiert ist?«

Ian Fleming nahm das lange Mundstück aus dem Mund und

klopfte die Asche in den Aschenbecher neben meinem Essenstablett. »Wir haben eine ziemlich genaue Vorstellung davon, würden aber mit größtem Vergnügen die Einzelheiten vom Dahinscheiden Major Daufeldts hören«

Hemingway sah mich an. Ich nickte. Er erzählte es ihnen kurz und bündig.

»Und Lieutenant Maldonado?« fragte Wallace Beta Phillips.

Ich schilderte unser Zusammentreffen auf dem Cementerio de Colón.

»Aber der Lieutenant hat überlebt?« fragte Fleming.

Ich nickte. Die Gaunerbande hatte uns emsig Informationen zu dieser Frage gebracht. »Ein paar Frauen, die Blumen zum Grab von Amelia Goyre de la Hoz brachten, hörten ihn am nächsten Tag in dem Mausoleum schreien. Sie haben Maldonado ins Krankenhaus von Havanna gebracht, konnten sein Bein retten und stellten ihn rund um die Uhr unter Bewachung.«

»Warum?« fragte Mr. Phillips.

»Um ihn die Geschichte erzählen zu hören«, sagte Hemingway. »Der Lieutenant überraschte zehn verbrecherische Falangisten, die versuchten, das Monument der Medizinstudenten zu entweihen. Er konnte sie in die Flucht schlagen, aber die kubanische Staatspolizei fürchtet Vergeltungsmaßnahmen. Maldonado ist diese Woche der Held in Havanna... zumindest für alle, die ihn nicht kennen.«

»Glauben Sie, er wird auf Rache aus sein, alter Junge?« fragte Fleming und sah mich an.

»Ich glaube nicht«, sagte ich. »Maldonado war ein Laufbursche bei alledem, kein wichtiger Spieler. Er hat sein Geld vom FBI und dem SD bekommen. Er hat nur bei einer unbedeutenderen Aufgabe versagt. Es gibt keinen Grund, warum er der Sache weiter nachgehen sollte. Außerdem sagt man, daß er noch einige Monate auf Krücken gehen wird.«

»Nun gut«, sagte Hemingway. »Lassen Sie uns einige Erklärungen hören. Lucas hat gesagt, er versteht das meiste davon, weigert sich aber zu reden.«

Ich rückte das Kissen hinter mir zurecht. »Ich dachte mir, daß wir diese Konferenz abhalten würden«, sagte ich. »Es wäre einfacher, wenn jemand anders die Wissenslücken schließen könnte.«

Ian Fleming sah überrascht aus. »Sie haben uns erwartet?«

»Zumindest Mr. Phillips«, sagte ich. »Allerdings dachte ich, daß jemand von Ihrer Gruppe hiersein würde, Ian. Immerhin waren es Ihre Geheimnisse, die gehandelt wurden.«

»Was für Geheimnisse?« fragte Hemingway. »Sie meinen die britischen Konvois und Dieppe?«

Mr. Phillips legte die Fingerspitzen aneinander und lächelte wieder. »Warum schildern Sie uns nicht Ihre Hypothese, Joseph? Wir werden ergänzen, was wir wissen, wenn es angemessen ist.«

»Na gut«, sagte ich. Ich trank einen Schluck Wasser aus dem Glas auf dem Tablett. Draußen raschelten die Palmen im warmen Passatwind. Ich konnte die Hortensien in Gellhorns Garten riechen. »Okay, ich denke, es hat sich ungefähr folgendermaßen abgespielt.

Der SD hat offensichtlich irgendeine Art von Abmachung mit der amerikanischen Spionageabwehr getroffen ... mit ziemlicher Sicherheit mit dem FBI, wahrscheinlich mit Mr. Hoover persönlich. An der Oberfläche lief diese gemeinsame Operation von Abwehr und SD in Brasilien, Mexiko und Kuba ab. Teddy Schlegel und andere Agenten der Abwehr, einschließlich der armen Soldaten, die am Strand getötet wurden, hatten keine Ahnung, worum es wirklich ging.«

»Und das wäre?« fragte Ian Fleming, der das Mundstück in der Hand hielt und verhalten lächelte.

»Das wäre, daß der SD – Becker, Maria, Delgado, Kruger und ihre Vorgesetzten – das gesamte Netz der Abwehr in dieser Hemisphäre, und wahrscheinlich auch in Europa, verkauften.«

Hemingway berührte seinen Verband. Sein Bart war jetzt länger. »Eine Spionageorganisation der Nazis verkauft die andere?« sagte er. »Das ergibt keinen Sinn. Sie kämpfen gegen *uns*.«

»Mr. Phillips«, sagte ich, »Sie können das wahrscheinlich besser erklären als ich.«

Der kahle Mann klopfte mit den Fingerspitzen aneinander und nickte. »Eigentlich, Mr. Hemingway, hat der SD die Vereinigten Staaten und ihre diversen Spionage- und Spionageabwehrorganisationen auf seiner Liste der Feinde mit ziemlicher Sicherheit weit nach unten gesetzt.«

»Sie meinen, Großbritannien und die Sowjetunion kommen vorher?« fragte Hemingway.

»Sie haben im internationalen Plan eine größere Priorität, ja«, stimmte Phillips zu, »aber der größte Feind des Sicherheitsdienstes ist ... die Abwehr.« Er machte eine Pause und trank einen Schluck Whiskey. »Ich bin sicher, Mr. Hemingway, Joseph hat Ihnen erklärt, daß der Geheimdienst SD AMT VI eine Unterabteilung des RSHA der Nazis ist, derselben Organisation, zu der die Gestapo und die SS gehören und die in diesem Augenblick im gesamten besetzten Europa Konzentrations- und Vernichtungslager errichtet und verwaltet.«

»Himmler«, sagte Hemingway.

Mr. Phillips nickte wieder. »Reichsführer Heinrich Himmler. Heute möglicherweise die schlimmste Bestie Mensch, die auf diesem Planeten lebt.«

Hemingway zog unter der Krone seines Verbandes leicht die dunklen Brauen hoch. »Schlimmer als Adolf Hitler?«

Ian Fleming klopfte Asche ab und beugte sich vor. »Adolf Hitler träumt Alpträume, Mr. Hemingway. Reichsführer Himmler setzt diese Alpträume für den Führer in die Wirklichkeit um.«

»Wir haben zuverlässige Informationen«, sagte Mr. Phillips, »daß Juden in Vernichtungslager gebracht werden ... keine Konzentrationslager, müssen Sie wissen, sondern von der SS geleitete riesige Institutionen, die keinem anderen Zweck als der Ausrottung der jüdischen Rasse dienen ... in Zahlen, die die zivilisierte Welt nicht glauben wird.«

Hemingway sah interessiert und angewidert aus. »Aber was hat das mit Delgado, Maria, der Gaunerbande und mir zu tun?«

»Nach außen hin«, sagte Mr. Phillips, »kamen Admiral Canaris vom militärischen Nachrichtendienst der Abwehr, Reichsführer Himmler vom RSHA der Nazis und der verstorbene Generalleutnant Reinhard Heydrich vom SD prima miteinander aus und arbeiteten im Namen der Zukunft des tausendjährigen Reiches auch zusammen. Insgeheim aber verabscheute Canaris diese speziellen Nazis, und Himmler und Heydrich hatten schon einige Zeit geplant, Canaris' Organisation und seinen Ruf zu vernichten.«

»Indem sie alle Informationen der Abwehr an das FBI weiterleiteten«, sagte ich. »Davor hat der hiesige Strohmann des SD – Becker – das Netz der Abwehr in Brasilien und Südamerika zerstört. Dann sorgten er und Delgado dafür, daß die geheimen Dokumente der Abwehr durch uns an das FBI weitergeleitet werden konnten. Oder zumindest durch uns an Delgado und dann zu Hoover.«

Hemingway schüttelte den Kopf. »Das ergibt keinen Sinn. Wenn Delgado schon einen Draht zu Hoover hatte ... für ihn arbeitete, um Himmels willen ... dann brauchte er die Gaunerbande oder uns nicht als Zwischenstation für diese Dokumente.«

»Aber gewiß doch, alter Junge«, sagte Fleming und kicherte in sich hinein. »Der Bursche, den Sie als Delgado kennen, hatte bereits Vorkehrungen getroffen, die Informationen über die kubanische Staatspolizei weiterzuleiten, und als Sie vergangenes Frühjahr mit Ihrem Vorschlag der Gaunerbande daher kamen, wurde allen – Delgado, J. Edgar Hoover, Heydrich, Oberst Walter Schellenberg, dem Leiter vom AMT VI, Himmler selbst – sofort klar, wie perfekt das war. Ein Amateurspionagering, der Kontakt mit allen wichtigen US-Geheimdiensten hat, vom Botschafter der USA höchstpersönlich genehmigt wurde ... und nur neunzig Meilen vom Festland entfernt. Der perfekte Sündenbock.«

»Sündenbock«, sagte Hemingway nachdenklich. »Das bedeutet, daß wir – die Gaunerbande, Lucas, ich – den Schwarzen Peter zugeschoben bekommen hätten, falls etwas schiefging.«

»Genau«, sagte Mr. Phillips. »Soweit wir sagen können, war J. Edgar Hoover entsetzt wegen seines Versagens in der Affäre Popov letzten Winter. Das FBI besaß stichhaltige Beweise dafür, daß die Japaner Pearl Harbor bombardieren wollten und zwar schon *Wochen* vor dem tatsächlichen Angriff, aber Hoover und seine Leute hatten den Ball fallen lassen. Das hat William Donovan bestätigt. Hoover hatte schreckliche Angst, Präsident Roosevelt könnte davon erfahren und den Einfluß des FBI bei Geheimdienstaktivitäten beschneiden oder, in seinen schlimmsten Alpträumen, ihn als Direktor des FBI ablösen.«

»Mr. Hoover würde lieber sterben«, sagte ich leise.

»Genau«, sagte Mr. Phillips. »Und darum beschloß er, sich auf den Plan einzulassen, den Major Daufeldt ... Ihr Delgado ... ihm unterbreitete. Den Plan des SD. Himmlers Plan.«

Ich hob eine Hand wie ein Schuljunge. »Aber wer genau ist ... war ... Delgado? Ich meine, ich weiß, er war Kurt Friedrich Daufeldt, Major der SS, aber wer *war* er?«

Ian Fleming drückte seine Zigarette aus und nahm sie aus dem langen, schwarzen Mundstück. Sein Ausdruck und Tonfall waren ernster als sonst. »Soweit wir das sagen können, mein lieber Junge, war Daufeldt der tüchtigste Geheimagent, den die Deutschen überhaupt zu bieten hatten.« Er lächelte dem Schriftsteller an seiner Seite matt zu. »Was nicht viel heißen muß, Mr. Hemingway. Die Nazis sind ausgesprochen inkompetent vor Ort oder im Sammeln und Analysieren von Geheimdienstmaterial.«

»Was ein weiterer Grund ist, weshalb Himmler und die anderen Leiter des SD keine Skrupel hatten, Operationen der Abwehr zu verraten«, sagte Mr. Phillips. »Die meisten dieser Operationen waren und sind Desaster. Im Einsatzbereich des Ostens sind sie ein wenig kompetenter, verließen sich aber darauf, daß Direktor Hoover die Informationen der Abwehr über die Russen niemals mit den Russen *selbst* teilen würde.«

»Warum wollte er sie dann?« fragte Hemingway. Er lächelte über seine eigene Frage. »Er will sich einen Vorsprung gegenüber den Kommunisten sichern, nicht?«

»Exakt«, sagte Mr. Phillips.

»Ich glaube, Mr. Hoover fürchtet sich viel mehr vor den Kommunisten als vor den Japsen und Nazis«, sagte ich.

»Dieser Krieg ist ein kleines Ärgernis für unseren Freund Edgar«, sagte Fleming. »Er möchte ihn wirklich aus dem Weg haben, damit er mit seinem *richtigen* Krieg anfangen kann.«

»Gegen die Sowjets«, sagte Hemingway.

Ian Fleming entblößte seine schiefen, verfärbten Zähne zu einem breiten Grinsen. »Gegen die gesamte Internationale Kommunistische Verschwörung.«

Ich hob wieder die Hand. »Entschuldigung, aber niemand hat meine Frage beantwortet. Wer *war* Delgado?«

»Ja«, sagte Mr. Phillips. »Wahrhaftig, wer? Sie werden sich erinnern, Joseph, daß ich Ihnen gegenüber vor einigen Wochen andeutete, Mr. Delgado könnte der sagenumwitterte Agent D sein? Der Mann, der John Dillinger, Baby Face Nelson und einige andere nationale Peinlichkeiten tatsächlich erschossen hat? Eine Art *spezieller* Special Agent für Mr. Hoover?«

»War er es?« fragte ich.

»Wir sind davon überzeugt«, antwortete der kahle Mann. »Wir haben nicht die geringste Ahnung, wie sein richtiger Name lautete.

Als er Direktor Hoover 1933 auffiel, war Delgado als Jerry »Dutch« Fredericks bekannt, ein Gauner und FBI-Informant aus Philadelphia. Aber wir glauben inzwischen, daß er in Wahrheit gar nicht aus Philadelphia kam, sondern schon damals von Himmler in die USA eingeschleust worden war.«

»Da müßte er noch jung gewesen sein«, sagte ich.

»Sechsundzwanzig, als Direktor Hoover ihn für seine... äh... speziellen Einsätze anheuerte. Ihr Special Agent D sprach Englisch, Deutsch und Spanisch und war in allen Kulturen zu Hause, fühlte sich aber auch in der Kultur des sogenannten Mob und des amerikanischen Untergrunds der Kriminellen heimisch. 1937 ging Mr. Fredericks – aufgrund der internen Aufmerksamkeit im Bureau nach dem Tod von Dillinger und anderen – nach Spanien, wo er für die Faschisten arbeitete und zum erstenmal den Namen Delgado benützte. Wir haben Beweise, daß er sich 1939 in Berlin aufhielt und dort als Major Kurt Friedrich Daufeldt bekannt war. Wie ich schon sagte, ist unklar, ob das sein richtiger Name war oder nicht.«

»Vielbeschäftigter Mann«, sagte Hemingway.

»Durchaus«, stimmte Mr. Phillips zu. »Wir waren natürlich besorgt, als Delgado/Fredericks/Daufeldt dieses Frühjahr auf Kuba auftauchte. Ich sollte besser sagen, Mr. Stephenson, Commander Fleming, MI6 und die BSC waren besorgt. Sie gaben uns Hinweise auf die Anwesenheit und die Aktivitäten unseres Freundes Delgado.« Er nickte in Ian Flemings Richtung.

Der britische Agent lächelte. »Wir waren uns nicht sicher, was Daufeldt und Becker im Schilde führten, müssen Sie wissen, aber wir gingen davon aus, daß es nicht zum Wohle unserer Seite sein würde.«

»Und das war es auch nicht«, sagte ich. »Es handelte sich um geheime Informationen über *britische* Konvois und Truppenbewegungen, die Direktor Hoover ihnen verkauft hatte.«

Hemingway sah mich an, dann die beiden anderen Männer, dann wieder mich. »Das FBI hat *britische* Geheimnisse im Tausch gegen Dokumente der Abwehr verkauft?«

»Natürlich, alter Junge«, antwortete Fleming mit einem belegten Lachen. »Sie glauben doch nicht, daß der Direktor des Federal Bureau of Investigation seine Informanten bezahlte, indem er *amerikanische* Geheimnisse preisgab, oder? Großer Gott, Mann, der Bursche ist ein verdammter *Patriot*.«

Hemingway verschränkte stirnrunzelnd die Arme. »Das ist kaum zu glauben. Und warum wollte Hoover *mich* töten?«

»Delgado wollte uns beide töten«, sagte ich und spürte, wie die Wirkung der Schmerzmittel nachließ. Was mir das an Denkvermögen brachte, wurde durch die Ablenkung, für die die Schmerzen in meiner Seite und am Rücken sorgten, wieder wett gemacht. »Aber ich glaube nicht, daß Hoover das Todesurteil über uns gefällt hatte.«

»Das ist an sich auch nicht sein Stil«, murmelte Ian Fleming. »Sie beiden haben als Frontmänner gedient... als kollektive Sündenböcke, sollte der Austausch der geheimen Informationen entdeckt werden... aber ich vermute, daß Edgar sich scheute, einen von Ihnen oder gar beide zu töten. Es wäre mehr sein Stil gewesen, Sie beide vor einen Senatsausschuß zu zerren, der kommunistische Infiltration untersucht, und Sie zu diskreditieren oder ins Gefängnis werfen zu lassen.«

»Einen derartigen Hexenjagd-Ausschuß gibt es nicht«, sagte Hemingway.

»Es wird einen geben, guter Freund. Es wird einen geben.«

»Der SD hat entschieden, daß wir sterben mußten«, sagte ich. »Himmler und Hoover konnten einander vertrauen, weil ihrer beiden Position und Macht davon abhing, die Übereinkunft geheimzuhalten. Aber wir wußten zuviel. Wenn wir die Dokumente der Abwehr bekommen und über Delgado an Hoover weitergeleitet hätten, wäre unsere Rolle als Handlanger erledigt gewesen.«

»Aber wir haben sie *nicht* weitergeleitet«, sagte Hemingway, der die Arme immer noch verschränkt hatte. Er schaute finster drein.

»Nein, das haben wir nicht. Aber das spielte keine große Rolle mehr. Wir waren zur richtigen Zeit am richtigen Ort gewesen. Delgado konnte im Zweifelsfall den größten Teil der Abwehr-Information rekonstruieren. Und die kubanische Staatspolizei konnte auch nach unserem Ausscheiden als Pipeline fungieren. Es mußte einfach nur so *aussehen*, als wären wir schuldig, sollte es je zu einer Untersuchung kommen.«

Mr. Phillips stellte sein leeres Glas hin. »Und es hätte *mit Sicherheit* ausgesehen, als ob Sie schuldig wären, wenn man Sie beide tot aufgefunden hätte, jeder offenbar von der Hand des anderen gestorben und mit den beiden deutschen Jungs, die in der Nähe begraben liegen. Besonders nach Josephs brutalem Angriff auf einen rechtschaffenen Lieutenant der kubanischen Polizei.«

»Also war es definitiv Delgado, der die beiden deutschen Jungs am Strand erschossen hatte?« fragte Hemingway.

»Oh, fast ohne jeden Zweifel.« Fleming lächelte. »Einige unserer Jungs folgten Delgado und Becker an jenem Abend von Havanna bis zu der Stadt Manatí, verloren sie aber an der stillgelegten Eisenbahnlinie zur Manatíbucht. Ich gehe davon aus, den beiden jungen deutschen Soldaten wurde gesagt, sie sollten auf Obersturmführer Becker warten, und es sieht so aus, als hätte sich der besagte Herr ihnen im Licht der Taschenlampe gezeigt, damit sie sich in Sicherheit wiegten, bevor Delgado sie wenige Sekunden später mit seiner vielbeschäftigten Schmeisser niederschoß. Das war die beste Methode, um sicherzustellen, daß die Dokumente auch in Ihre Hände fielen, klar?«

Ich bewegte mich ein wenig, um es mir bequemer zu machen. Es half nichts. »Da wir gerade dabei sind, alle offenen Fragen zu klären«, sagte ich. »Was ist mit Maria? Wer war sie?«

»Eine Agentin des SD, mein Junge«, sagte Ian Fleming, der dabei seine Zigarette paffte. »Eine Hälfte der sogenannten Todesschwadron, deren Aufgabe darin bestand, Sie und Mr. Hemingway aus dem Weg zu schaffen, nachdem Sie Ihre Rolle in dem Szenario gespielt hatten.«

»Gottverdammt, das *weiß* ich, Ian«, sagte ich und spürte, wie die Schmerzen an meinen Nerven zehrten. »Ich meine, wer *war* sie?«

Mr. Phillips kreuzte die Beine übereinander und strich mit den Fingern über die perfekte Bügelfalte seiner Hose. »Das ist möglicherweise der verwirrendste Teil daran, Joseph. Wir wissen schlicht und einfach nicht, wer sie war. Möglicherweise eine deutsche Staatsbürgerin, die in Spanien aufgewachsen ist. Oder eine exzellente Linguistin. Sehr erfolgreich im verdeckten Einsatz. Sie ist der Alptraum eines jeden Spionageabwehrdirektors.«

»War«, sagte ich. »Es sei denn, Sie wissen etwas darüber, ob sie lebend von Cayo Puta Perdida entkommen konnte, das ich nicht weiß.«

»Cayo *was?*« fragte Ian Fleming, der schockiert aussah.

Mr. Phillips schüttelte den Kopf. »Tut mir leid. Keine diesbezüglichen Informationen. Natürlich haben wir viel zu wenig OSS-

Agenten auf der Insel, und sie sind alle überarbeitet. Wir werden aber ganz bestimmt genau aufpassen, ob die Dame irgendwann einmal wieder auftaucht.«

»Delgado hat sie ›Elsa‹ genannt«, sagte ich.

»Ahh«, sagte Mr. Phillips und holte ein kleines, in Leder gebundenes Notizbuch aus der Tasche seines Jacketts. Er schraubte einen silbernen Füller auf und machte sich einen Vermerk.

»Und was ist mit den Dokumenten der Abwehr?« fragte ich.

Mr. Phillips lächelte. »Mr. Donovan und sein OSS würden Sie mit dem größten Vergnügen davon befreien, Joseph. Natürlich würden wir sie nie und nimmer Mr. Hoover und dem FBI weiterleiten ... es sei denn, wir wären dazu gezwungen, sollte der Direktor jemals wieder versuchen, unsere Organisation zu vernichten, was er in den zurückliegenden Monaten mit so großem Eifer angestrebt hat. Und wir hätten gerne Fotografien der toten deutschen Kuriere, von Delgados und Krugers Leichen und ... wenn es nicht zuviel Umstände macht ... beglaubigte, datierte und versiegelte Aussagen von Ihnen beiden, in denen Sie die Ereignisse schildern, die Sie erlebt und beobachtet haben.«

Ich sah Hemingway an. Der Schriftsteller nickte. »Na gut«, sagte ich. Ich mußte trotz der Schmerzen im Arm, Schulter, Rücken und Seite lächeln. »Sie nehmen den Direktor in die Zange, nicht wahr?«

Wallace Beta Phillips erwiderte mein Lächeln. »Ja, aber da Sicherheit und Interessen der Vereinigten Staaten an erster Stelle stehen«, sagte er, »dürfte es am besten sein, wenn der OSS künftig die Auslandsspionage betreibt. Und es wäre sicher auch besser, wenn der Direktor einer so mächtigen Organisation wie dem FBI ... äh ... diskret überprüft und seiner Machtbefugnis ein gewisser Ausgleich gegenübergestellt wird.«

Ich dachte einen Moment darüber nach. Ich konnte nicht widersprechen.

»Ja, ja, ja«, sagte Fleming, drückte seine zweite Zigarette aus, trank seinen letzten Schluck Whiskey und erweckte ganz generell den Eindruck als wäre er zum Aufbruch bereit. »Sieht so aus, als hätten wir damit alles hinreichend gelöst. Alle Rätsel und Lösungen sind vorhanden und aufgeklärt.«

»Bis auf eines«, sagte Hemingway.

Beide Besucher warteten gespannt.

»Was, zum Teufel, sollen Lucas und ich jetzt machen?« fragte der Schriftsteller und sah finster unter seinem Verband hervor. »Joe hat keinen Job mehr. Verdammt, er hat nicht einmal mehr ein Land, in das er heimkehren kann. Ich kann mir nicht vorstellen, daß Hoover keine Mittel und Wege finden würde, Lucas das Leben zur Hölle zu machen, sollte er versuchen, seinen Job zu behalten oder in die Staaten zurückzukehren. Stellen Sie sich die Probleme mit der internen Revision vor.«

Ian Fleming runzelte die Stirn. »Nun, ja, das stimmt ...«

»Und was ist mit *mir?*« fuhr Hemingway fort. »Die Steuerbehörde frißt mich auch so schon bei lebendigem Leibe auf. Und wenn das, was Sie über Hoovers bevorzugte Vorgehensweise sagen, tatsächlich stimmt, wird er mir vorwerfen, daß ich Kommunist bin, sobald der Krieg zu Ende ist und die Russen nicht mehr unsere Verbündeten sind. Verdammt, er sammelt vielleicht jetzt schon Informationen über mich.«

Ich sah Fleming und Phillips in die Augen. Wir hatten alle Hemingways Akte gesehen. Die frühesten Dokumente waren zehn Jahre alt.

»Ausgezeichnete Punkte, über die es nachzudenken gilt, Mr. Hemingway«, sagte Mr. Phillips, »aber ich kann Ihnen versichern, daß Mr. Donovan und einige andere von uns in ... äh ... einflußreichen Positionen beim OSS nicht zulassen werden, daß Direktor Hoover seinen Spleen an Ihnen auslebt. Auch das ist ein Grund, die Aussagen für uns vorzubereiten.«

»Und immerhin sind Sie ein international angesehener Schriftsteller«, flötete Ian Fleming. »Hoover selbst sehnt sich nach Ruhm, fürchtet dessen Macht aber bei anderen.«

»Und Ihr Hauptwohnsitz ist auf Kuba«, sagte ich zu Hemingway. »Das sollte ihm zu denken geben, sollte er je eine Deckungslücke sehen.«

»Keine Bange«, sagte Mr. Phillips. »Wie Joseph es vor ein paar Minuten so treffend ausgedrückt hat, wir haben Direktor Hoover in der Zange. Und unsere Organisation wird alles in ihrer Macht Stehende tun, damit er auch da bleibt. Tatsächlich ist es so, Mr. Hemingway, sollten Sie je eine Gefälligkeit brauchen ...«

Hemingway sah den kleinen Mann nur an. Nach längerer Zeit

sagte der Schriftsteller: »Ja, das hört sich alles gut und schön an. Aber sobald meine Frau herausgefunden hat, was sich hinter dem kleinen Kreuz auf der weißen Karte befindet, werde ich fragen, ob sie nach Washington fliegt, um mit ihrer Freundin Eleanor zu Abend zu essen und die alte Dame zu fragen, ob man diesen speziellen Hund nicht an die kurze Leine nehmen kann.«

»Kreuz auf der weißen Karte?« sagte Fleming und sah von Hemingway zu mir, als hätten wir plötzlich angefangen, verschlüsselt zu senden. »Alte Dame? Welcher spezielle Hund?«

»Vergessen Sie es, Ian.« Mr. Phillips kicherte. »Ich werde es Ihnen auf der Rückfahrt zum Flughafen erklären.«

Alle außer mir standen zum Abschied auf. Ich schaute zu ihnen auf und wünschte mir, es wäre Zeit für meine Schmerzmittel.

»Joseph?« sagte Mr. Phillips. »Darf ich Ihnen den wahren Grund verraten, weshalb wir heute hierher gekommen sind?«

»Klar«, sagte ich. Ich dachte darüber nach, ob es stimmte, was Hemingway gerade gesagt hatte, daß ich nie wieder in die Vereinigten Staaten zurückkehren oder einen Job bei der Spionageabwehr annehmen konnte. Das war kein neuer Gedanke. Ich wußte es seit dem Tag, an dem ich beschlossen hatte, Hemingway alles zu erzählen und für ihn zu arbeiten, statt für meine wahren Herren und Meister – aber es machte mich trauriger als der Morphiumkater und die Schmerzen, die ich hatte.

»Mr. Donovan ist äußerst beeindruckt von Ihrer ... äh ... Genialität in dieser ganzen Angelegenheit, Joseph. Er würde sich gerne mit Ihnen treffen und über Möglichkeiten einer zukünftigen Zusammenarbeit mit Ihnen unterhalten.«

»Irgendwo außer Landes«, sagte ich verdrossen.

»Nun, ja«, antwortete Mr. Phillips lächelnd. »Aber da tut unsere Organisation nun mal ihre Arbeit, oder nicht? Halten Sie es für möglich, daß Sie in zwei Wochen nach Bermuda fliegen können? Natürlich nur, wenn es Ihre Genesung zuläßt.«

»Klar«, sagte ich wieder. »Warum Bermuda?« Das war britisches Hoheitsgebiet.

»Eigentlich, mein lieber Junge«, sagte Fleming, »wurde vereinbart, daß Mr. Donovan nach Bermuda kommt, weil Mr. Stephenson ebenfalls gerne Gesellschaft hätte, mit Ihnen zu sprechen, bevor Sie sich entscheiden, das Angebot des OSS anzunehmen. Es ist etwas bequemer für William… unseren William… auf britischem Territorium zu bleiben, bis Direktor Hoover seine momentane Verstimmung überwunden hat, wenn Sie verstehen, was ich damit sagen will.«

»Mr. Stephenson?« fragte ich belemmert. »Er möchte mit mir reden?«

»Die Möglichkeiten sind recht aufregend, alter Junge«, sagte Fleming. »Und nach dem Krieg, wenn Adolf und Toja und Benito und alle anderen Mißgeburten in die… wie der Ausdruck des heutigen Tages wohl lautet… Zange genommen wurden, wird es andere Herausforderungen geben. Und Großbritannien könnte ein angenehmer Aufenthaltsort für einen jungen Amerikaner mit gutem Gehalt sein.«

»Für den MI6 arbeiten?« fragte ich und fand selbst, daß ich mich fassungslos und begriffsstutzig anhörte.

Mr. Phillips lächelte und zupfte Fleming am Ärmel. »Sie müssen sich heute nicht entscheiden, Joseph. Kommen Sie uns in zwei Wochen auf Bermuda besuchen… oder sobald Sie reisefähig sind. Mr. Donovan freut sich darauf, Sie kennenzulernen.«

Hemingway begleitete sie zur Einfahrt. Ich saß im Bett, unter meinen Verbänden juckte es, ich war halb wahnsinnig vor Schmerzen und schüttelte über das alles den Kopf. *Für den Scheiß-MI6 arbeiten?* Ein paar Minuten später kam Hemingway mit meinen Schmerztabletten zurück.

»Sie sollten die nicht mit Alkohol nehmen, wissen Sie?« sagte er.

»Ich weiß«, sagte ich.

Er gab mir zwei Tabletten und ein frisches Glas Whiskey. Für sich selbst hatte er auch ein Glas mitgebracht. Als ich die Tabletten geschluckt hatte, hob er das Glas. *»Estamos copados«*, sagte er als Trinkspruch. »Aber in der Zwischenzeit – möge Verwirrung über unsere Feinde kommen!«

»Möge Verwirrung über unsere Feinde kommen«, sagte ich. Und trank.

31

An meinem letzten Tag mit Hemingway auf See konnten wir endlich ein U-Boot aus seinem Versteck scheuchen.

Heute, so viele Jahre später, ist es schwer, sich zu erinnern, wie jung und zäh und belastbar man in seiner Jugend gewesen ist. Aber ich *war* jung und zäh. Meine Genesung schritt schnell voran, auch wenn es in jenem ungewöhnlich heißen August und September 1942 gelegentlich zu Rückfällen kam. Jeden Morgen brachte Hemingway mehrere Zeitungen in das Gästehaus, dann tranken wir zusammen Kaffee und lasen – Hemingway in dem bequemen Gästesessel, ich meistens im Bett, aber Anfang September konnte ich schon eine oder zwei Stunden aufrecht auf einem Stuhl sitzen.

Die Berichte aus dem Krieg blieben niederschmetternd. Feldmarschall Rommel eröffnete den Monat mit einem neuen Angriff gegen die britischen Streitkräfte in Ägypten. Hemingways alter Feind in Spanien, General Franco, entließ das Kabinett und übernahm als faschistischer Diktator die Alleinherrschaft über das Land, womit der Sturz Europas in die lange Nacht der Tyrannei fast vollständig war. Die Deutschen begannen ihren Angriff auf Stalingrad – Staffeln von Stuka-Bombern, Tausende Panzer und Hunderttausende Infanteristen –, und die russischen Linien wichen fast sofort zurück oder wurden durchbrochen. Es schien nur eine Frage der Zeit zu sein, bis Stalingrad und damit die gesamte Sowjetunion fiel. In den Vereinigten Staaten warnte die Baruch-Kommission vor einem »vollständigen militärischen und zivilen Zusammenbruch« wegen der Gummiverknappung, weil die Japaner sämtliche Gummiplantagen im Südpazifik und in Asien besetzt hatten. Was den Seekrieg anbetraf, wurde bekannt, daß die Deutschen bereits mehr als fünf Millionen Tonnen Schiffe der Alliierten versenkt hatten, daß ihre U-Boote im Schnitt etwa alle vier Stunden eines unserer Schiffe versenkten und sie ihre U-Boote schneller bauten als die Marine und Luftwaffe der Alliierten sie versenken konnten. Bis Ende des Jahres sollten mehr als vierhundert deutsche U-Boote im Atlanik im Einsatz sein.

Patrick mußte in der zweiten Septemberwoche abreisen und nach New Millford, Connecticut, fliegen, wo er ein katholisches Knabeninternat namens Canterbury besuchte. Angesichts der Kriegsberichte, des Tiefpunktes nach den aufregenden Ereignissen des Sommers, Hemingways anhaltenden Kopfschmerzen und dem Eindruck, daß sich seine Familie auf Zeit allmählich in alle Winde zerstreute, fühlte sich der Schriftsteller offensichtlich depressiv. Die Jungs und Männer, die sich auf der *finca* aufhielten, ließen sich offenbar von der Stimmung des Schriftstellers anstecken, und so war das Haus in der ersten Septemberwoche ein denkbar ungünstiger Platz, um sich von Schußverletzungen zu erholen. Wie immer war es Hemingway selbst, der versuchte, die allgemeine Stimmungslage zu verbessern – zuerst, indem er Baseballturniere im Club de Cazadores organisierte, wobei er darauf bestand, selbst mehrere Würfe zu versuchen, und dann, indem er die Operation Friendless Abschiedskreuzfahrt anberaumte, bei der er mit allen vier Tage mit der *Pilar* die Küste hinunter fahren und Cayo Confites ansteuern wollte, damit sich die Jungs von den Kubanern dort verabschieden konnten, um danach den Rückweg an der Küste entlang zu einem Angelausflug zu gestalten.

Dr. Herrera Sotolongo hielt es nicht für ratsam, daß ich an diesem Ausflug teilnahm – allein der Seegang könnte meine Nähte aufreißen, behauptete er –, aber ich machte ihm klar, daß auch ich in der nächsten Woche abreisen würde und nichts auf der Welt mich davon abhalten konnte, bei dieser letzten Fahrt dabeizusein.

Wir verließen Cojímar am Morgen des 6. Septembers, einem Sonntag, in aller Frühe. Ich bestand darauf, alleine die Gangway hinauf zu gehen, muß aber zugeben, ich war so erschöpft, als ich mich auf dem Boot befand, daß ich mich mit Freuden setzte. Hemingway bestand nicht nur darauf, daß ich während der Reise die breite Pritsche in der vorderen Kabine bekam, er hatte sogar einen der gepolsterten Plüschsessel aus dem Wohnzimmer der *finca* mitgenommen, den er und die Jungs geschickt mit Seilen im Cockpit festbanden, und zwar am selben Messinggeländer, an dem ich zwei Wochen zuvor mit Handschellen gefesselt gewesen war, so daß ich mich zurücklehnen und die Füße auf die Bank an der Seite legen konnte, ohne Angst haben zu müssen, wegzurutschen. Es war peinlich, derart verhätschelt zu werden, aber ich ertrug es wie ein Mann.

Das Wetter war die ganzen vier Tage wunderschön. Abgesehen von den Jungs und mir hatte Hemingway Wolfer, Sinsky, Patchi, Roberto Herrera, seinen unvermeidlichen Maat Gregorio Fuentes und Robertos Bruder, Dr. Herrera Sotolongo, mitgenommen, um sicherzustellen, daß ich nicht starb und allen den Ausflug verdarb. Guest, der immer noch versuchte, seinen Fehler vom Sommer auszumerzen, hatte so viele Bierkästen an Bord gebracht, daß selbst die Geheimfächer randvoll mit Flaschen und Dosen waren. Um den Eindruck von Ferien noch zu verstärken, hatten Hemingway, Fuentes und Ibarlucia die ganze Woche daran gearbeitet, eine Explosionseinrichtung zum Versenken von U-Booten zu bauen, die sie lediglich als »die Bombe« bezeichneten. Die Bombe bestand aus einem Kern aus Schießpulver, das von mehreren Granaten gezündet wurde; alles zusammen befand sich in einer Metallhülle mit kleinen Handgriffen, und das ganze Ding sah aus wie ein winziger Mülleimer. Laut Hemingway konnte – und würde – die Bombe den Turm jedes U-Bootes zerfetzen, das in Reichweite kam. Natürlich war die »Reichweite« ein relativer Begriff. Nach mehreren Übungswürfen, bei denen Steine und Sand als Ersatz für Granaten und Schießpulver dienten, stellte sich heraus, daß selbst Athleten wie Guest und Ibarlucia die Bombe an guten Tagen mit Rückenwind nur etwa zwölf Meter weit werfen konnten.

»Prima, kein Problem«, knurrte Hemingway. »Wir nähern uns dem U-Boot so weit, daß sie keine Torpedos oder das Deckgeschütz gegen uns einsetzen können, und diese Entfernung wird dann perfekt sein.« Aber an den Tagen vor unserem Aufbruch zur Abschiedsreise konnte man Hemingway und die Jungs auf dem Feld unterhalb der *finca* sehen, wo sie an verschiedenen Varianten einer riesigen Schleuder aus großen Ästen und alten Röhren arbeiteten, um die Reichweite der Bombe zu vergrößern.

Am ersten Tag der Reise unterbrach Fuentes unser Essen mit Rufen »Fisch, Papa! Fisch auf der Steuerbordseite!« Hemingway hatte auf der Außenbrücke an einem Sandwich gekaut, warf das Sandwich aber über Bord und kam die Leiter heruntergerutscht, noch während der riesige Fisch mit der Schnauze den Köder vom Bootsausleger schnappte. Der Schriftsteller gab sofort Leine, und die Angelschnur summte in einer hohen Tonlage, während sie in den blauen Wassern des Golfstroms verschwand; Hemingway sang dazu: »Ein Schimpanse, zwei Schimpansen, drei Schimpansen …« bis er das Monster bei »fünfzehn Schimpansen« hart am Haken hatte.

Er kämpfte nur achtzehn Minuten mit dem Fisch, aber es waren aufregende achtzehn Minuten. Wir feuerten ihn alle an, und Dr. Herrera Sotolongo mußte mich daran erinnern, daß ich mich zurücklehnte und beruhigte, bevor meine sämtlichen Verletzungen und Nähte wieder aufplatzten. Der Schwertfisch wog dreihundert Kilo, und ich sah zu, wie Fuentes ein paar Filets aus der enormen Fischmasse herausschnitt und den Rest als Köder über Bord warf. Zwölf Minuten später schrie Fuentes erneut »Fisch, Fisch!« Hemingway war wieder als erster bei der Angelrute, und diesmal zählte er nur »fünf Schimpansen«, bis er den Fisch am Haken hatte.

Dieser Kampf dauerte viel länger, und der Schwertfisch durchbrach die Wasseroberfläche hundertmal mit erstaunlichen Sprüngen, bei denen wir alle mit offenen Mündern die Schönheit und Kraft des großen Fischs und seinen Überlebenswillen bewunderten. Als Hemingway den riesigen Schwertfisch schließlich eingeholt hatte, befahl er Fuentes, den Haken zu lösen.

Gregory, Patrick, Guest, Ibarlucia und Dr. Herrera Sotolongo erhoben brüllend Einwände, aber der Schriftsteller blieb unerschütterlich. Während Fuentes sich bemühte, den Haken zu lösen, baten die Jungs, den Schwertfisch wenigstens so lange an Bord zu ziehen, bis ein Foto gemacht war. »Ich muß in drei Tagen abreisen, Papa«, sagte Patrick, der fast, aber nicht ganz wimmerte. »Ich möchte etwas, damit ich mich an ihn erinnern kann.«

Hemingway legte seinem Sohn die große Hand auf die Schulter. »Du wirst dich daran erinnern, Mouse. Wir alle. Wir werden uns immer an diese Sprünge erinnern. Solche Schönheit läßt sich nicht auf einem Foto einfangen. Ich lasse ihn lieber frei und gebe ihm das Leben zurück, damit er es genießen kann, statt ihn auf einer körnigen Fotografie ›unsterblich‹ zu machen. Die besten Dinge im Leben lassen sich nicht festhalten. Wir können etwas nur dadurch unsterblich machen, daß wir es uns einprägen, wenn es passiert.«

Patrick hatte zustimmend genickt, war aber noch Stunden, nachdem der große Fisch fortgeschwommen war, schweigsam und mürrisch. »Das Foto hätte sich prima an der Wand meines Zimmers gemacht«, murmelte er, als wir an diesem Abend Schwertfischsteaks aßen. Hemingway schenkte der Bemerkung keine Beachtung und gab ihm den Kartoffelsalat.

Am zweiten Tag ging die *Pilar* neben einem achtzehn Meter langen Wal-Hai längsseits, der an der Oberfläche auszuruhen schien und die riesigen Augen verdrehte, als die *Pilar* sich ihm näherte, aber keine Spur von Angst oder dem Wunsch erkennen ließ, schnell das Weite zu suchen – auch dann nicht, als Fuentes ihm mit einem Ruder in die Seite stieß.

»Herrgott«, sagte der erste Maat, »dieses Ding ist riesig.«

»Ja«, antwortete Hemingway. »Fast ein Drittel der Größe des U-Boots, das wir auf diesem Ausflug finden werden.«

In dieser Nacht gingen wir bei Cayo Confites vor Anker. Hemingway und seine Jungs schliefen in Schlafsäcken auf dem Deck über meiner linken Kabine, und ich konnte durch die offene Luke lange hören, wie sie sich über die Sterne und Sternbilder unterhielten, bevor ich einschlief. Der Schriftsteller hatte Patrick im vergangenen Winter ein teures Teleskop gekauft, und nun zeigte ihm der ältere Junge den Polarstern, Orion und einige andere Sternbilder.

Der nächste Tag fing schlecht an, weil Hemingway die *Pilar* irgendwo westlich von Cayo Confites auf Grund auflaufen ließ. Er setzte sofort zurück, aber das Geräusch war schrecklich, und alle waren übler Laune, als sie die Zwölf-Meter-Jacht untersuchten, Luken öffneten und Dielenabdeckungen in die Höhe zogen, um nachzusehen, ob der Rumpf bei dem Aufprall leck geschlagen war. Alles war trocken. Ich beobachtete Hemingways Gesicht bei alledem und sah den elenden Ausdruck. Der kleine Gregory hatte Anfang des Sommers einmal gesagt: »Ich glaube, Papa liebt die *Pilar* am meisten auf der Welt, nach uns natürlich und dann seine Katzen und dann Martha.«

Danach besserte sich die Lage, als Hemingway alle vom Frühstück an Deck rief: »An Deck, *amigos!* Sieht aus wie ein Schoner auf einem Riff!«

Der Schoner war nicht auf dem Riff aufgelaufen, sondern lag unmittelbar dahinter vor Anker. Es war die *Margarita* aus Havanna, und Hemingway war eng mit dem Bruder des Kapitäns befreundet. Die Besatzung fischte mit Netzen über dem Riff. Der Schriftsteller brachte sofort die Jungs an Bord, stellte sie dem Skipper vor und vereinbarte, daß Patrick und Gregory den ganzen Tag der Besatzung helfen durften, während sie mit einem langen, von drei flachen Ruderbooten gezogenen Netz über das gesamte Riff fuhren. Wir anderen angelten auf der *Pilar* und beoachteten den ganzen Nachmittag das rege Treiben, wenn Männer und Jungs sich abmühten, das riesige Netz hochzuholen, wobei die Jungs ab und zu tauchen mußten, um es von Vorsprüngen an den Korallen zu befreien. Als das Netz endlich eingeholt war, wimmelte das Wasser rund um das Riff von fliehenden Schildkröten und Haien, während gefangene Makrelen, Schnappbarsche, Grashechte, Barrakudas und kleine Seglerfische in der kühlen Abendluft zappelten.

Der Kapitän der *Margarita* lud die Besatzung der *Pilar* zum Abendessen ein, und es gingen alle hin, außer Dr. Herrera Sotolongo und mir. Der Doktor hatte die Angewohnheit, früh ins Bett zu gehen – ungewöhnlich für jemanden auf Kuba –, und ich war erschöpft, obwohl ich den Aktivitäten des Tages nur zugesehen hatte. Als ich in jener Nacht einschlief, hörte ich das Gelächter vor dem Schoner und zahlreiche Trinksprüche in Hemingways korrektem, aber gespreizten Spanisch.

Am nächsten Morgen befanden wir uns auf dem Heimweg, als Winston Guest von der Außenbrücke rief: »U-Boot! U-Boot!«

Hemingway und seine Söhne waren innerhalb von fünf Sekunden auf der Außenbrücke, alle anderen an Deck und reckten die Hälse.

»Wo?« fragte der Schriftsteller. Er hatte ein zerrissenes T-Shirt und kurze Hosen an und die Mütze mit dem langen Schirm auf. Den Kopfverband mußte er nicht mehr tragen, aber als ich vom Achterdeck aufschaute, konnte ich die kahle Stelle sehen, wo der Doktor die Kopfhaut genäht hatte.

»Zehn Punkte vom Steuerbordbug entfernt, näher kommend«, sagte Guest, der sich bemühte, mit einer beherrschten, militärischen Stimme zu sprechen, die aber dennoch leicht vor Aufregung bebte. »Ungefähre Entfernung neunhundert Meter. Es ist gerade an die Oberfläche gekommen.«

Hemingway hob das Fernglas ein paar Sekunden, ließ es wieder sinken. »Gefechtsstationen«, sagte er mit ruhiger Stimme. »Keine Eile«, fügte er hinzu. »Normale Bewegungen. Patrick, du angelst weiter. Hol ein, was immer du am Haken hast. Nicht zu dem U-Boot sehen.«

»Ich habe einen Barrakuda am Haken, Papa, aber –«

»Kümmere dich um den Fisch, Mouse«, sagte Hemingway. »Gigi, geh nach vorne und hol deine Lee-Enfield drei-null-drei. Gregorio, warum verteilst du nicht die *niños* und prüfst dann den Ölstand des kleineren Bootes? Patchi, Roberto, würdet ihr bitte nach unten gehen und die Tasche mit den Granaten und die Bombe holen?«

Alle versuchten, sich unauffällig zu benehmen, aber kaum war Gregory verschwunden, konnten wir ihn herumrennen und herumstolpern hören; er schnappte sich die alte Mannlicher seiner Mutter und die Lee-Enfield seines Bruders und verschüttete Patronen unten auf dem Deck, so eilig hatte er es, die Waffen zu laden.

»Ich gehe nach unten und hole meine Arzttasche«, sagte Dr. Herrera Sotolongo.

»Jesus Christus!« sagte Winston Guest, dem der Kiefer herunterklappte, als er das Fernglas vor die Augen hielt. »Es ist so groß wie ein Schlachtschiff. Ein verdammter Flugzeugträger.«

Ich hatte mich aus meinem festgebundenen Sessel gequält und beugte mich über den vorderen Schandeckel, wobei ich so tat, als würde ich Patrick zusehen, wie er den Barrakuda einholte, während ich gleichzeitig über das diamantene Funkeln der Morgensonne auf den flachen Wellen blinzelte, um das U-Boot zu sehen. Es sah *wirklich* riesig aus. Wasser floß vom Wabenmuster des Aufbaus und stürzte als weiße Gischt vom Turm herab. Auch ohne Fernglas konnte ich die Hülle über dem riesigen Deckgeschütz sehen.

»Lucas«, rief Hemingway leise, »warum setzen Sie sich nicht wieder? Die Deutschen *müssen* umdrehen und uns entern, wenn sie einen dürren Burschen in einem Blumensessel auf dem Achterdeck sehen. Sogar Nazis würde der Anblick neugierig machen. Versucht alle, gelassen auszusehen. Wir wissen nicht, wie stark ihre Ferngläser sind.«

Hemingway drückte den Gashebel vorwärts und ließ Wolfer ans Steuer, während er die Leiter hinabrutschte und Roberto und Patchi half, die Bombe durch das Cockpit und auf die Außenbrücke zu tragen. Fuentes brachte die Maschinenpistolen herauf und hängte sie an den Gurten ihrer Futterale am Geländer der Außenbrücke auf. Der Bug zeigte nun in die ungefähre Richtung des U-Boots, die Segeltuchplane war um den Aufbau der Brücke gespannt, die Bombe würde für einen Beobachter auf dem U-Boot nicht zu sehen sein, und wenn sie noch so starke Ferngläser hatten. Der Schriftsteller und Fuentes machten sich an der Höllenmaschine zu schaffen, brachten Zündschüre an und zogen Bolzen oder so etwas. Plötzlich sah ich vor mir, wie die Bombe die *Pilar* mitsamt uns allen aus Versehen ins Jenseits beförderte.

»Mein Gott«, sagte Guest, der das U-Boot wieder durch das zwölffach verstärkende Fernglas betrachtete. »Es *ist* groß.«

»Aber es wird nicht größer«, sagte Hemingway, nahm das Fernglas und betrachtete das U-Boot selbst eine Weile. »Wolfer«, sagte er und gab Guest das Fernglas, »wir kommen nicht *näher*. Es *entfernt* sich von uns.« Hemingway sprach mit beherrschter Stimme, aber ich konnte die unterschwellige Wut hören. »Es *entfernt* sich nicht nur, es *entkommt*.« Er beugte sich über den hinteren Rand der Außenbrücke und rief zu Fuentes hinunter, der die Lukenabdeckung aufgemacht hatte und sich am Motor zu schaffen machte. »Gottverdammt, Gregorio, können wir nicht mehr Tempo herausholen?«

Der kleine Mann hielt die Hände hoch. »Sie macht zwölf Knoten, Ernesto. Mehr ist nicht drin mit so vielen Leuten und dem ganzen Reservetreibstoff an Bord.«

»Dann müssen wir vielleicht ein paar von den Leuten über Bord werfen«, fauchte Hemingway. Er nahm das Fernglas wieder an sich. Inzwischen versuchte niemand mehr an Bord, sich normal zu verhalten. Patrick und Gregory standen am Bug. Patrick mit seiner steinalten Lee-Enfield an Steuerbord, sein kleiner Bruder mit der Mannlicher Schoenauer auf dem Backbordsteg. Beide Jungs waren naß von der Gischt und hatten die Zähne gebleckt, wie Wölfe.

»Gottverdammt«, sagte Hemingway leise. »Es entfernt sich geradewegs von uns. Entfernung muß bei etwa fünfzehnhundert Meter liegen.« Plötzlich lachte der Schriftsteller und drehte sich zu Ibarlucia um. »Patchi, kannst du die Bombe fünfzehnhundert Meter weit werfen?«

Der Jai-Alai-Spieler entblößte die ebenmäßigen Zähne zu einem breiten Grinsen. »Geben Sie den Befehl, Papa, dann versuche ich es.«

Hemingway schlug seinem Freund auf die Schulter. Alle entspannten sich. Das U-Boot entfernte sich weiter von uns, Kurs Nord-Nordwest, und sein weißes Kielwasser bildete die einzige Unterbrechung des morgendlich glatten Meeres.

Wie auf Kommando fingen alle auf dem Boot – ich eingeschlossen – in einem Schwall spanischer und englischer Schimpfworte an zu fluchen. Ibarlucia war auf den Bug hinuntergesprungen und stand dort mit gespreizten Beinen und geballten Fäusten und schrie: »Kommt zurück und kämpft, ihr feigen Hurensöhne!«

Fünf Minuten später war das U-Boot nur noch ein kleiner Punkt am nordwestlichen Horizont. Acht Minuten später war es nicht mehr zu sehen.

»Lucas«, sagte Hemingway und kam von der Außenbrücke herunter, »wenn Sie wollen, kommen Sie mit mir runter. Wir melden unsere Beobachtung und geben die letzte Position, Kurs und Geschwindigkeit durch. Vielleicht ist ein amerikanischer Zerstörer in diesen Gewässern unterwegs, oder sie können uns ein Flugzeug von Camagüey schicken.«

Ich ging mit ihm nach unten, um die Nachricht durchzugeben. Als wir die Botschaft gesendet und zehn Minuten später wiederholt hatten, sagte Hemingway leise: »Ich wollte sowieso nicht so nahe ran. Nicht mit Gigi und Mouse an Bord.«

Ich sah ihn an. In dem heißen, engen Raum schwitzten wir beide. Wir konnten hören, wie sich die Tonlage des Motors veränderte, als Fuentes Gas weg nahm und uns auf unseren ursprünglichen Kurs brachte.

»Ich wette, ein Großteil der Besatzung des U-Boots waren auch noch Jungs«, sagte Hemingway. »Scheiße, es ist so abgedroschen, über den Krieg zu sprechen. Sherman hat alles gesagt. Krieg ist notwendig... manchmal. Vielleicht. Aber ich habe meine Zweifel, Lucas. Ich habe meine Zweifel.«

Plötzlich stürmten die beiden Jungs die Treppe herunter, fragten sich, ob das U-Boot zurückkommen konnte, hofften, daß es wiederkommen würde, und wollten wissen, ob sie sich beim nächstenmal anders verhalten sollten.

Hemingway legte den Jungs in der Kombüse die Arme um die Schultern. »Ihr habt beide genau richtig gehandelt«, sagte er. »Goldrichtig.« Plötzlich schwoll seine Stimme an, und er ahmte einen Priester oder Rundfunksprecher oder FDR nach. »Was mich betrifft, meine Freunde, jemand anders wird für mich an den Stränden und auf den Hügeln und in den Hurenhäusern kämpfen müssen. Der siebte Dezember, ein Tag, dessen man in Schande gedenken wird, wird von jüngeren Männern gerächt werden. Verdammt, mach mir einen Gin Tonic, Gig, ja? Wir fahren nach Hause.«

32

Am Freitag, dem 11. September, reiste Patrick zur Schule ab. Gregory war startbereit, um seine Mutter zu besuchen und von dort am Montag, den 14. September zur Schule zu gehen. Ich flog am Samstag, den 12. September nach Bermuda.

»Meine Jungs brechen alle auf«, sagte Hemingway mißmutig am Donnerstag abend, als wir nach Cojímar zurückkehrten und mit der *Pilar* zum letztenmal vor Anker gingen.

Ich sah den Schriftsteller nur an.

Dr. Herrera Sotolongo und Dr. Alvarez, der Chirurg, kamen beide am Freitag abend, um mich zu untersuchen. Sie empfahlen beide weitere vierzehn Tage Ruhe, bevor ich eine Reise unternahm. Ich sagte, ich würde am nächsten Tag reisen. Beide Ärzte wünschten mir Glück und versicherten mir, daß mein Tod ihr Gewissen nicht belasten würde.

Hemingway bot mir an, mich am Samstag morgen zum Flughafen zu fahren. »Juan fährt auf den Hügeln nicht im Leerlauf«, erklärte er. »Er vergeudet mein Benzin.«

Die Fahrt zum Flughafen José Marti dauerte nicht lange, aber Hemingway redete fast ununterbrochen.

»Tom Shevlin ist wieder in der Stadt«, sagte er.

»Oh-oh.«

»Nein, alles in Ordnung. Wie sich herausstellte, war die *Lorraine* doch versichert. Er hat sich nicht besonders aufgeregt. Er sagte, daß er sich scheiden läßt und das Boot wahrscheinlich sowieso hätte umtaufen müssen.«

»Das ist gut«, sagte ich. »Glaube ich.«

Wir fuhren einige Minuten schweigend.

»Ich habe beschlossen, die Gaunerbande nicht mehr weiter zu betreiben«, sagte er plötzlich.

»Sie beenden die Operation?« Das schien mir vernünftig zu sein. Der Amateurspionagering hatte seinen Zweck als Blitzableiter erfüllt.

Hemingway sah mich am Steuer des Lincoln böse an. »Nein, verdammt, ich beende sie nicht. Daran hatte ich nie gedacht. Ich möchte einfach nur mehr Zeit für Operation Friendless haben.«

»Unterseeboote jagen«, sagte ich.

»Unterseeboote *fangen*«, sagte der Schriftsteller. »Unterseeboote *versenken*.«

»Und wer wird die Gaunerbande leiten?« Ich verspürte einen Anflug von Hoffnung, aber auch Übelkeit bei dem Gedanken, daß er mich bitten würde, zu bleiben und die Leitung zu übernehmen. Gott, was war ich beliebt – nahmen nicht Bill Donovan und William Stephenson den weiten Weg nach Bermuda auf sich, um sich mit mir zu treffen? Und jetzt das. Alles zu vermasseln und mich dreimal anschießen zu lassen, wurde mir klar, war ein großartiger Karriereschachzug gewesen.

»Ich habe beschlossen, meinen Freund Gustavo Durán zu bitten, hierherzukommen und die Leitung zu übernehmen«, sagte Hemingway. »Ich habe Ihnen von Gustavo erzählt. Ich habe Bob Joyce in der Botschaft gesagt, daß ich einen echten Profi als Leiter der Organisation brauche.«

Hemingway *hatte* mir von Durán erzählt. Der ehemalige Oberstleutnant Gustavo Durán hatte den Schriftsteller vor langer Zeit in Paris kennengelernt, als Durán Musikstudent, Kunstkritiker und Komponist gewesen war. Als Hemingway im Frühjahr 1937 nach Spanien gegangen war, hatte Durán die neunundsechzigste Division bei Torréjon de Ardoz und Loeches befehligt, östlich von Madrid. Die beiden hatten ihre Freundschaft erneuert, und Hemingways Bewunderung für den zum Soldaten gewandelten Künstler hatte fast das Stadium von Heldenverehrung erreicht. Hemingway hatte mir gesagt, daß man in einem der Helden von *Wem die Stunde schlägt* unschwer Gustavo Durán erkennen konnte. Nach Ingrid Bergmans Besuch im Mai hatte Hemingway geschildert, wie er sich abgerackert hatte, um Durán einen Job als fachlichen Berater für die Verfilmung seines Buchs zu verschaffen, aber der Regisseur – Sam Wood – hatte eine Heidenangst vor der roten Gefahr und sich geweigert, den Spanier einzustellen, obwohl Durán nie in der kommunistischen Partei gewesen war. Hemingway hatte Durán – der gerade schlechte Zeiten durchmachte – statt dessen einen Scheck über tausend Dollar geschickt. Der Schriftsteller schilderte mir, wie der Scheck postwendend zurückgeschickt worden war.

Da spürte ich einen schmerzhaften Stich von der Wunde an meiner Seite. Erst später wurde mir klar, daß er gar nichts mit der Wunde zu tun hatte.

»Gustavo ist perfekt«, fuhr Hemingway fort. »Ich habe schon alles mit Ellis Briggs und Botschafter Braden geklärt, und Bob Joyce hat einen vertraulichen Brief an das Innenministerium geschrieben. Ich habe auf Geheimhaltung bestanden, weil wir auf keinen Fall wollen, daß J. Edgar Adolf Hoover etwas davon erfährt.«

»Nein«, sagte ich.

»Gustavo hält sich momentan in New Hampshire auf und möchte amerikanischer Staatsbürger werden. Joyces Brief und einige andere Sachen, die ich angekurbelt habe, sollten dieses Problem beseitigen. Ich habe ihm erst gestern gekabelt, bin aber ziemlich sicher, daß er das Angebot annehmen wird. Er hat großartige Geheimdienstarbeit in Spanien geleistet. Er sollte bis Anfang November hier sein, und seine Frau könnte später nachkommen. Ich gebe ihm das Gästehaus. Er kann die Organisation von dort leiten, und sie können beide dort wohnen.«

»Großartige Idee«, sagte ich.

»Ja«, meinte Hemingway. Wir sprachen kein Wort mehr, bis wir am Flughafen waren.

Hemingway bestand darauf, meine Tasche zu tragen und sämtliche Formalitäten der Abreise für mich zu erledigen. Wir gingen auf den Asphalt hinaus, wo die silberne DC-4 wartete, deren wenige Passagiere an der Rampe Schlange standen.

»Mann, Scheiße, Lucas«, sagte er und hielt mir die Hand hin.

Ich ging zu der Maschine und hatte die Steuerbordturbine erreicht, als Hemingway mir etwas nachrief.

»Was?« fragte ich.

»Ich sagte, Sie müssen eines Tages wieder nach Kuba kommen, Lucas.«

»Warum?«

»Rückspiel!« rief er über den Lärm der Motoren.

Ich blieb stehen und formte mit den Händen einen Trichter. »Warum? Möchten Sie Ihren Titel zurück?«

»Von wegen«, rief der Schriftsteller und grinste durch seinen Bart. »Ich habe ihn nie verloren.«

Ich nickte und ging die Rampe hinauf. Es dauerte einen Moment, bis ich der Stewardeß meinen Flugschein gegeben und den Gurt der

Tasche auf der Schulter zurecht gerückt hatte, dann drehte ich mich um, damit ich zum Abschied winken konnte. Hemingway war in die Schalterhalle zurückgegangen. Und ich konnte ihn in der Menschenmenge nicht erkennen. Ich sah ihn nie wieder.

33

Ich habe die wenigen Gespräche aufgezeichnet, die ich mit Ernest Hemingway über das Schreiben geführt habe. An das auf der Klippe über Point Roma, als wir auf die deutschen Infiltranten warteten, erinnere ich mich am besten, aber auch das Gespräch auf der *Pilar* an seinem dreiundvierzigsten Geburtstag fällt mir gelegentlich ein. Aber nun kommt mir ein weiteres Gespräch in den Sinn. Da unterhielt er sich mit Dr. Herrera Sotolongo am Pool der *finca*. Ich saß zufällig in der Nähe und konnte mithören.

Der Doktor fragte Hemingway, woher ein Schriftsteller wußte, wann er ein Buch beenden mußte.

»So sehr man das verdammte Ding beenden möchte«, antwortete Hemingway, »ein Teil von einem möchte es nie beenden. Man will sich nicht von den Figuren verabschieden. Man möchte nicht, daß die Stimme im Kopf aufhört, in der speziellen Sprache und dem Dialekt dieses Buches zu reden. Es ist, als würde ein Freund sterben.«

»Ich glaube, ich verstehe«, sagte der Doktor zweifelnd.

»Erinnern Sie sich, als ich mich weigerte, mir die Haare schneiden zu lassen, bis ich *Wem die Stunde schlägt* beendet hatte.«

»Ja«, sagte der Doktor. »Sie haben mit dem langen Haar schrecklich ausgesehen.«

»Nun, ich hatte das verdammte Buch am dreizehnten Juli fertig, hörte aber nicht auf zu schreiben, als das Buch fertig war. Ich arbeitete über meinen Geburtstag hinaus, schrieb zwei Kapitel als eine Art Epilog, schilderte Karkovs Treffen mit General Golz nach der vermasselten Offensive bei Segovia, wie die beiden nach Madrid zurückfuhren, dann ein ganzes Kapitel über Andres, der Pilar und Pablos verlassenes Lager besuchte, wie Andres die gesprengte Brükke in der Schlucht betrachtete ... diesen ganzen Mist.«

»Warum ist es Mist, Ernesto?« fragte Dr. Herrera Sotolongo. »War es nicht interessant?«

»Es war nicht nötig«, antwortete der Schriftsteller und trank seinen Tom Colins. »Aber ich habe das Manuskript im heißesten Sommer der Schöpfungsgeschichte nach New York gebracht und im Hotel Barclay daran gearbeitet, in dem ich mir vorkam wie eine Ölsardine in der Dose, und ich habe jeden Tag zweihundert Seiten durch einen Jungen, den ich als Kurier angeheuert hatte, zu Scribner's bringen lassen. Gustavo Durán besuchte mich mit Bonte, seiner neuen Braut, und ich ließ ihn die Druckfahnen lesen, um sicher zu sein, daß die Akzente der spanischen Worte an den richtigen Stellen waren und meine Grammatik stimmte.«

»Und stimmte sie?« fragte der Doktor, der sich amüsiert anhörte.

»Überwiegend«, knurrte Hemingway. »Aber mir war wichtig, daß Max, meinem Lektor, das ganze Ding gefiel, einschließlich der Kapitel des Epilogs, die ich nie hätte schreiben sollen. Wie immer sagte Perkins, daß ihm alles gefiel, und hob sich seine Kritik auf, bis ich mich vom Schreiben erholt hatte. Ende August baten sie mich bei Scribner's, eine Szene herauszunehmen, in der sich Robert Jordan einen abwichst –«

»Abwichst?« fragte Dr. Herrera Sotolongo.

»Masturbiert.« Hemingway grinste. »Onaniert. Wie auch immer, Max hat kein Wort über den sinnlosen Epilog gesagt. Als schließlich alles geregelt war, wurde mir klar, daß Perkins mir seine üblichen unterschwelligen Botschaften schickte. ›Ich mag die letzten Kapitel, weil ich natürlich neugierig bin, was weiter passiert, Ernest‹, sagte Max, ›aber eigentlich ist das Buch da zu Ende, wo Jordan auf den Kiefernadeln liegt und auf den Tod wartet, wie Sie ihn achtundsechzig Stunden vorher zu Beginn des ersten Kapitels hinlegten. Das ist eine wunderbare Symmetrie, Ernest. Ein perfekter Kreis.‹

›Na gut, Max‹, sagte ich. ›Lassen Sie die beiden letzten Kapitel weg.‹«

»Also sind Epiloge nicht gut?« fragte der Doktor.

Hemingway hatte sich am Bart gekratzt und den Jungs zugesehen, die im Pool planschten. »Sie sind wie das Leben, José Luis«, sagte er dann. »Das Leben geht einfach weiter, bis man stirbt ... ein verdammtes Ding nach dem anderen. Romane haben eine Form. Sie haben ein Gleichgewicht und eine Komposition, die dem wahren Leben fehlt. Romane wissen, wann sie aufhören müssen.«

Ich sah, wie der Doktor zustimmend nickte, glaube aber nicht, daß er es verstanden hatte.

Als ich beschloß, diesen Bericht zu schreiben, wußte ich, daß Hemingway in jener Nacht bei Point Roma recht gehabt hatte, daß eine gute Geschichte so sein mußte, als würde man das Periskop eines U-Bootes sehen. In späteren Jahren wurde Hemingway immer so zitiert, daß ein Roman wie ein Eisberg war – sieben Achtel davon sollten unsichtbar sein. Ich *wußte*, daß das der beste Weg war, unsere kleine Geschichte zu schreiben, aber ich wußte auch, als Schriftsteller würde ich nie gut genug sein, sie so zu erzählen. Ich würde nie ein Zen-Künstler sein, der eine blaue Schliere auf die Leinwand malt, um einen Falken darzustellen. Ich konnte eine Geschichte nur auf die eine Weise erzählen, die Hemingway in jener Nacht bei Point Roma kritisiert hatte – alle Fakten und Einzelheiten aufzählen, sie durch das Buch marschieren lassen wie Kriegsgefangene durch die Hauptstadt und den Leser die wichtigen Details von den überflüssigen trennen lassen.

Daher dieser linkische Epilog.

Wie Hemingway vorhergesagt hatte, steckte sich Martha Gellhorn auf dem Weg zu dem blaugepunkteten Fluß hinter Surinam tatsächlich mit Dengue an. Das Dandyfieber war so schlimm und schmerzhaft, daß Gellhorns Beine sie nicht trugen, als sie am letzten Tag in Paramaribo von ihrem Stuhl aufstehen wollte, so daß sie stürzte und sich das Handgelenk brach. Sie bemerkte es kaum und wickelte nur etwas Klebeband um die Bruchstelle, bevor sie aus der Dschungelhölle floh.

Dennoch flog sie, als sie die Kabeldepesche ihres Mannes erhielt, sofort nach Washington, D. C. und ging zum Abendessen ins Weiße Haus. Die Tatsache, daß Gellhorns Zusammentreffen mit dem Präsidenten und dessen Frau dazu beitrug, Hemingway vor dem Zorn von J. Edgar Hoover zu schützen, wird durch die nachfolgenden Aktennotizen belegt, die ich damals nicht zu sehen bekam und die mir erst kürzlich – fünfundfünfzig Jahre später – aufgrund des »Freedom of Information Act« zugänglich waren.

VERTRAULICHES MEMO
VON FBI-DIREKTOR J. EDGAR HOOVER
AN FBI-AGENT LEDDY
17. DEZEMBER 1942

Alle Informationen, die Sie darüber haben könnten, wie unzuverlässig Ernest Hemingway als Informant ist, sollen diskret Botschafter Braden zur Kenntnis gebracht werden. Diesbezüglich sollte daran erinnert werden, daß Hemingways Informationen über das Betanken von Unterseebooten in den Gewässern der Karibik geliefert hat, die sich als unzutreffend erwiesen. Ich wünsche mir, daß Sie mich schon im Frühstadium über die Ergebnisse Ihrer Gespräche mit Botschafter Braden zum Thema Ernest Hemingway und seiner Helfer und Aktivitäten informieren.

VERTRAULICHES MEMO
VON FBI-AGENT M. LADD
AN FBI-DIREKTOR J. EDGAR HOOVER
17. DEZEMBER 1942

Hemingway wurde vorgeworfen, mit den Kommunisten zu sympathisieren, aber wie uns mitgeteilt wurde, hat er stets mit Nachdruck bestritten, dem Kommunismus zugeneigt zu sein oder Sympathie für ihn zu empfinden. Hemingway soll ein persönlicher Freund von Botschafter Braden sein und genießt angeblich das uneingeschränkte Vertrauen des Botschafters.

Botschafter Braden ist, wie Sie sich erinnern werden, ein sehr impulsiver Mensch und hat angeblich schon seit geraumer Zeit ein »Ohr auf der Schiene«, was mutmaßliche Bestechlichkeit und Korruption seitens bestimmter kubanischer Beamter betrifft.

Agent Leddy (Büro Havanna) hat mitgeteilt, daß Hemingway seine Aktivitäten ausgeweitet hat und er und seine Informanten nun verschiedene Arten von Informationen über subversive Aktivitäten genereller Art zusammentragen.

Mr. Leddy hat mitgeteilt, daß ihn Hemingways Aktivitäten mit großer Sorge erfüllen und sie zweifellos höchst peinlich werden könnten, wenn nichts getan wird, sie zu unterbinden.
Mr. Leddy hat mitgeteilt, daß Hemingway offenbar persönlich motivierte Ermittlungen in Kreisen kubanischer Beamter in enger Verbindung zur kubanischen Regierung durchführt, darunter befindet sich General Benitez Valdes, Chef der kubanischen Staatspolizei; daß er, Agent Leddy, »sicher ist, daß die Kubaner mit der Zeit etwas darüber herausfinden werden, wenn Hemingway weitermacht, was zu schwerwiegenden Problemen führen könnte.«
Mr. Leddy ließ durchblicken, daß er den Botschafter darauf hinweisen könne, daß er, Agent Leddy, keine Berichte Hemingways über Korruption in der kubanischen Regierung überprüft habe; daß er der Meinung sei, Agenten des Bureau sollten sich nicht in derartige Ermittlungen einschalten, da es keinerlei rechtliche Grundlage dafür gibt und es sich um eine Angelegenheit handelt, die die Kubaner alleine regeln sollten und es sich generell um etwas handelt, das, sollte es fortgesetzt werden, dazu führen könnte, daß wir alle »mit Kind und Kegel« aus Kuba hinausgeworfen werden.
Agent Leddy ließ durchblicken, daß er den Botschafter auf die extreme Gefahr aufmerksam machen könne, die es mit sich bringt, einem Informanten wie Hemingway den Freifahrtschein zu geben, derart Ärger zu machen, zu dem es zweifellos kommen wird, sollte die Situation andauern. Mr. Leddy sagte, daß er der Meinung sei, obwohl Botschafter Braden Hemingway offenbar mag und großes Vertrauen in ihn setzt, kann er die Situation mit dem Botschafter dahingehend bereinigen, daß Hemingways Arbeit als Informant vollkommen eingestellt wird.
Mr. Leddy meinte, er könne den Botschafter darauf hinweisen, daß Hemingway nicht nur als bloßer Informant tätig ist; daß er seine Aktivitäten tatsächlich zu einer Ermittlungsorganisation ausbaut, die keiner irgendwie gearteten Kontrolle unterliegt.

VERTRAULICHES MEMO
VON FBI-DIREKTOR J. EDGAR HOOVER
AN AGENTEN TAMM UND LADD
19. DEZEMBER 1942

Betreffend den Einsatz von Ernest Hemingway durch den Botschafter der Vereinigten Staaten auf Kuba: Selbstverständlich ist mir die Unerwünschtheit einer derartigen Verbindung oder Beziehung durchaus bewußt. Hemingway ist, meiner Einschätzung zufolge, der letzte Mensch, den man in dieser Eigenschaft einsetzen würde. Sein Urteilsvermögen ist nicht das beste, und wenn sein Alkoholkonsum derselbe ist wie vor einigen Jahren, ist er zumindest fragwürdig. Indessen finde ich nicht, daß wir in dieser Frage etwas unternehmen sollten, noch bin ich der Meinung, unser Repräsentant in Havanna sollte beim Botschafter dagegen vorgehen. Der Botschafter ist für seine Hitzköpfigkeit bekannt, und ich hege keinerlei Zweifel, daß er Hemingway auf der Stelle von den vom FBI vorgebrachten Einwänden erzählen würde. Hemingway hat keine besonders hohe Meinung vom FBI und würde zweifelsohne eine Schmutzkampagne starten. Sie werden sich erinnern, daß bei meiner jüngsten Konferenz mit dem Präsidenten, der Präsident andeutete, daß ihm über eine gemeinsame Bekannte (Martha Gellhorn) eine Nachricht überbracht worden sei, und Hemingway darauf bestand, daß den kubanischen Behörden anderthalb Millionen Dollar zuerkannt werden sollten, damit sie sich um ihre internen Angelegenheiten kümmern können.
Ich sehe nicht, daß dieses eine Frage ist, die unsere Beziehung direkt betrifft, solange Hemingway nicht unmittelbar an uns Meldung macht oder wir persönlich mit ihm zu tun haben. Was er dem Botschafter übergibt und der Botschafter an uns weiterleitet, können wir hingegen akzeptieren, ohne daß es unschicklich wäre.

VERTRAULICHES MEMO
VON FBI-AGENT LEDDY (BÜRO HAVANNA)
AN FBI-DIREKTOR J. EDGAR HOOVER
21. APRIL 1943

Dem Schriftsteller wurde im vertraulichen Gespräch von einem Angestellten der Botschaft mitgeteilt, daß Hemingways Organisation aufgelöst und ihre Arbeit zum 1. April 1943 beendet wurde. Dies wurde vom amerikanischen Botschafter angeordnet, ohne Repräsentanten des Federal Bureau of Investigation zu konsultieren oder informieren. Ein vollständiger Bericht über die Aktivitäten von Mr. Hemingway und die von ihm geleitete Organisation wird gerade vorbereitet und wird dem Bureau in naher Zukunft übergeben werden.

VERTRAULICHES MEMO
VON FBI-AGENT M. LADD
AN FBI-DIREKTOR J. EDGAR HOOVER
27. APRIL 1943

Mr. Hemingway wurde mit zahlreichen Organisationen der sogenannten kommunistischen Front in Verbindung gebracht und unterstützte aktiv die Sache der Loyalisten in Spanien. Trotz Hemingways Aktivitäten wurden keinerlei Informationen gesammelt, die ihn eindeutig mit der kommunistischen Partei in Verbindung bringen oder darauf hinweisen würde, daß er Mitglied ist oder war. Sein Verhalten deutet jedoch darauf hin, daß seine Ansichten »liberal« sind und er kommunistischen politischen Philosophien wohlwollend gegenüberstehen könnte. Im Augenblick soll er angeblich eine streng geheime Mission für die Marine durchführen. Man sagt, daß das Marineministerium in diesem Zusammenhang die Kosten für den Einsatz von Hemingways Boot übernimmt und ihn mit Waffen und Karten des kubanischen Hoheitsgebiets ausrüstet. Das Bureau hat keine Ermittlungen über Hemingway an-

> gestellt, aber sein Name wurde in Verbindung mit anderen Ermittlungen des Bureau genannt, und verschiedene Daten zu seiner Person wurden von einer Anzahl von Quellen freiwillig zur Verfügung gestellt.

Ende 1944 bat Gellhorn Hemingway schließlich um die Scheidung. Sie war 1943, diesem langen Jahr seiner Abwesenheit, in dessen Verlauf er mit der *Pilar* Jagd auf Unterseeboote machte, mit ihm auf der *finca* geblieben, und auch noch bis in das Jahr 1944 hinein. Als er ihr schrieb, während sie sich in London aufhielt, beschwerte sich Hemingway darüber, daß es auf der *finca* so einsam wie in der Hölle wäre. Als sie zurückkehrte, stritten sie angeblich immer erbitterter miteinander, wogegen ihre Versöhnungen immer flauer ausfielen. Zwei Jahre hatte Gellhorn Hemingway aufgefordert, mit seinen »Kriegsspielen« aufzuhören und als Berichterstatter daran teilzunehmen, aber ihr Mann war störrisch mit seinem Boot, seinen Freunden, seinen Katzen und seiner *finca* auf Kuba geblieben. Als er sie im März 1944 endlich beim Wort nahm, tat er es auf eine Art und Weise, die sie ihm nicht so schnell vergessen oder verzeihen würde. Jede Zeitschrift in Amerika hätte Ernest Hemingway dafür bezahlt, daß er ihr Korrespondent wurde. Er erbot sich, für *Colliers* zu schreiben, Gellhorns Zeitschrift. Da sie damals nur *einem* Korrespondenten Gehalt und Flug bezahlen konnten, wurde Hemingway als erster nach Europa geschickt. Als Gellhorn sagte, daß sie ihn als freie Journalistin begleiten würde, log Hemingway und behauptete, daß sie keine Frauen auf Militärflügen zuließen. Später erfuhr Gellhorn, daß die Schauspielerin Gertrude Lawrence während des ganzen Flugs neben Hemingway saß.

Hemingway flog am 17. Mai nach London, scherzte mit Miss Lawrence wegen der frischen Eier, die sie für ihre britischen Freunde dabei hatte und plante ein Pfannkuchenfrühstück für alle, sobald sie in England eintrafen. Er erzählte allen, daß er immer noch wütend auf seine Frau sei, weil sie sich nicht von ihrer Lieblingskatze verabschiedet hatte, als sie die *finca* verließ. Martha Gellhorn war am 13. Mai per Schiff aufgebrochen – als einziger Passagier eines Schiffs, dessen gesamte Fracht aus Dynamit bestand. Der Konvoi mußte während der gefährlichen zwölftägigen Überfahrt schwere Verluste hinnehmen.

Freunde waren nicht völlig überrascht, als sie schließlich die Nachricht von ihrer Trennung und Scheidung erfuhren.

Ingrid Bergmann und Gary Cooper waren die Stars der Verfilmung von *Wem die Stunde schlägt*, und der Film hatte am 10. Juli 1943 Premiere. Der Film war wunderschön anzusehen – genau wie Bergmann mit ihrem kurzen Haar –, aber Publikum und Kritiker fanden ihn gleichermaßen zu langatmig und zu lang. In Wahrheit sprang zwischen Cooper und Bergmann kein Funke über. Der Film, an den sich die Leute Jahre später erinnerten, war der hastig heruntergeschriebene, billige Film mit der konfusen Handlung, den sie gedreht hatte, während sie nervös darauf wartete, ob sie in *Wem die Stunde schlägt* mitspielen würde. Der Film hieß *Casablanca*.

Gustavo Durán kam nach Kuba und leitete die Gaunerbande, bis sie im April 1943 in beiderseitigem Einvernehmen aufgelöst wurde, aber er und seine Frau hatten häufig Streit mit Hemingway und Gellhorn, daher zogen die Duráns bald aus dem Gästehaus aus und ins Hotel Ambos Mundos. Mitte 1943 arbeitete Gustavo Durán als Geheimdienstoffizier für Botschafter Braden, und die Duráns waren die Lieblinge der Gesellschaft in Havanna.

Nach dem Krieg wurde sowohl Durán wie auch Botschafter Braden vorgeworfen, daß sie Kommunisten wären, und man zerrte sie vor das Komitee für unamerikanische Umtriebe. »Der wahre Linke ist Hemingway«, verkündete Gustavo Durán vor dme Senat. »Und ich habe Botschafter Braden in Hemingsways Haus kennengelernt.«

Spruille Braden, der am Boden zerstört war, daß man ihm nach so vielen Jahren im Dienste der Regierung den Vorwurf der Untreue machte, sagte ebenfalls aus, daß Hemingway der amerikanische Kommunist auf Kuba war. Danach flog Braden schnurstracks nach Havanna und bat Hemingway um Verzeihung. »Er sagte, daß es ihm leid tat, daß er lügen mußte, um seinen Job zu behalten –, kam mit allen möglichen Entschuldigungen daher und schien es ernst zu meinen«, sagte Hemingway später Dr. Herrera Sotolongo. »Also habe ich ihm vergeben.«

Bob Joyce, Hemingways Verbindungsmann bei der Botschaft, kündigte und trat etwa acht Monate nach mir eine Stelle beim OSS an. Ein Jahr später sah ich Joyce in Europa, aber wir saßen im Heck eines dunklen Dakota-Flugzeugs und warteten mit rußgeschwärzten Gesichtern darauf, in die Nacht über Osteuropa zu springen, und ich glaube nicht, daß er mich erkannte.

Gregory oder Patrick Hemingway sah ich nie wieder. Gigi wurde ein angesehener Arzt wie sein Großvater. Patrick versuchte sich als Großwildjäger in Afrika, kehrte aber in die Vereinigten Staaten zurück, wo er zum Umweltschützer wurde.

Seltsamerweise war es John, der älteste Sohn – der »Bumby«, den ich auf Kuba nie kennengelernt hatte –, dem ich im Januar 1945 in Hammelburg in Deutschland über den Weg lief.

John H. Hemingway war im Juli 1944 in die Dienste des OSS getreten. Drei Monate später landete Bumby mit dem Fallschirm im französischen Le Bosquét d'Orb, fünfzig Kilometer nördlich von Montpellier. Seine Aufgabe bestand darin, die dortigen Partisanen in der Kunst zu unterrichten, wie man feindliche Stellungen infiltrierte. Ende Oktober befand er sich am hellichten Tag zusammen mit einem Captain der US-Armee und einem französischen Partisanen auf einer Aufklärungsmission im Rhônetal, als sie von einer Einheit der Alpenjäger angegriffen wurden. Der Franzose bekam einen Bauchschuß ab und starb; Bumby und Captain Justin Green wurden verwundet. Während des Verhörs durch den österreichischen Offizier, der das Kommando über die Alpenjäger hatte, stellte der Offizier fest, daß er Ernest, Hadley und den zwei Jahre alten Bumby 1925 in Schrüns kennengelernt hatte. Der Offizier beendete das Verhör und ließ den verwundeten, blutenden, einundzwanzigjährigen Hemingway in ein Krankenhaus im Elsaß bringen, bevor er verblutete.

Mein Team wurde in das Kriegsgefangenenlager bei Hammelburg geschickt, um den Gefangenen bei der Flucht zu helfen. Der junge John Hemingway konnte in dieser Nacht entkommen, wurde aber vier Tage später wieder gefangengenommen und nach Stalag Luft III bei Nürnberg gebracht. Sein Vater mußte sich mit der Meldung begnügen, daß Bumby vermißt wurde, bis man den jungen Mann im Frühjahr 1945 befreite. Zu dem Zeitpunkt hatte er mehr als sechs Monate in verschiedenen Kriegsgefangenenlagern verbracht, in denen es jedesmal weniger zu essen gab als im vorherigen. Im Juni 1945 flog er nach Kuba, um seinen Vater und seine Brüder wiederzusehen und die neue Braut seines Vaters, Mary Welsh, kennenzulernen.

Lieutenant Maldonado nahm seine Arbeit bei der kubanischen Staatspolizei wieder auf, hinkte aber den Rest seines Lebens. Ein paar Jahre bevor Hemingway Kuba für immer den Rücken kehrte, war Maldonado auf Patrouille in der Nähe der *finca* und soll angeblich Black dog, Hemingways damaliges Lieblingstier, getötet haben; er prügelte den Hund mit dem Kolben seines Gewehrs zu Tode.

In den letzten Tagen von Batista war Maldonado berühmt wegen seiner Macht und Brutalität; er fuhr mit einem Willys-Jeep durch die Provinzen und erschoß praktisch wahllos Leute. Aber er hatte sich für den falschen Diktator entschieden. 1959 wurde *Caballo Loco* von der Revolutionsregierung als letzter von Batistas loyalen Offizieren, denen der Prozeß gemacht wurde, verhaftet. Alle waren sicher, daß der Mörder hingerichtet werden würde, und während der öffentlichen Verhandlung weinte Maldonado unaufhörlich, bis sein blasser, pockennarbiger Attaché sagte: »He, Freund, hör auf, wie eine verdammte Hure zu flennen. Du hast die Morde begangen, und ich auch.«

Der Attaché wurde gehängt. Unerklärlicherweise wurde Maldeonado lediglich zu dreißig Jahren Gefängnis verurteilt. Es kam buchstäblich zu Aufständen, bei denen die Kubaner verlangten, daß die Revolutionsregierung eine neue Verhandlung ansetzte und Maldonado zum Tode verurteilte. Aber in dieser Woche befahl Fidel Castro, daß keine des Mordes angeklagten Offiziere von Batista mehr hingerichtet werden sollten.

Da hielt sich Hemingway noch auf Kuba auf und sagte in der Woche zu einem Freund: »Er wird an Altersschwäche sterben, verdammt. So wird es kommen. Zum Wohl der Stadt und des ganzen Landes wäre es am besten, wenn er tot und begraben wäre.« Angeblich soll Hemingway freiwillig angeboten haben, den Abzug zu drücken.

Marlene Dietrich bemühte sich, wahrscheinlich weil sie gebürtige Deutsche war, von allen Berühmtheiten Hollywoods am nachdrücklichsten darum, die amerikanischen GIs während des Krieges zu unterhalten. 1943 eröffnete sie in Hollywood eine USO-Canteen für Soldaten, die nach Übersee eingeschifft wurden. Es war der einzige Ort der Welt, wo GIs berühmte Filmstars sehen konnten, die Kaffee kochten, Doughnuts backten und Töpfe und Pfannen spülten. Die Dietrich bestand stets darauf, die Töpfe und Pfannen zu spülen.

1944 und 1945 ging sie mit den fahrenden USO-Shows nach Übersee, und es gab kaum einen Entertainer, den die Soldaten mehr liebten. Hauptsächlich, glaube ich, ihrer Beine wegen. Und ihrer Stimme. Und der Sexualität, die die Frau wie eine Weihrauchwolke umgab. Selbst in einer nebligen Nacht hatte ein GI, der die Dietrich aus fünfzig Metern Entfernung singen und tanzen sah, nie den Eindruck, als würde er ein Mädchen von nebenan vor sich sehen.

Ich sah sie einmal in Frankreich auftreten, bin aber sicher, daß sie mich nicht bemerkt oder erkannt hat. Davon abgesehen, daß siebenhundert Soldaten und Einheimische anwesend waren, trug ich die Kleidung eines französischen Bauern und hatte einen dichten Vollbart.

Die Dietrich feierte die Befreiung von Paris mit Hemingway, indem sie mit ihm das Ritz »befreien« ging und den besten Champagner aus dem Keller des Hotels trank. Sie machte nie ein Hehl aus ihrer Liebe und Loyalität zu dem Schriftsteller und war am Boden zerstört, als er sich 1961 erschoß.

In späteren Jahren verschwand Winston Guest weitgehend von der Bildfläche. 1961, dem Jahr, in dem Hemingway starb, war Guest Inhaber von Guest Aerovias de Mexico, S. A., der kleinsten von drei internationalen mexikanischen Fluggesellschaften. In dem Jahrzehnt nutzten wir die Fluggesellschaft ausgiebig für verdeckte Einsätze der CIA.

Nach der Revolution auf Kuba weigerte sich Sinsky – Juan Dunabeitia –, der Firma Ward Line der Handelsmarine, für die er arbeitete, in die Vereinigten Staaten zu folgen. Er kehrte nach Spanien zurück, wo er ein Geschäft für Schiffsausrüstung eröffnete und schließlich starb.

Gregorio Fuentes feierte im Juli 1997 seinen hundertsten Geburtstag auf Kuba.

Als ich in den sechziger Jahren in Berlin stationiert war, hörte ich

Gerüchte über eine russische Agentin Ende dreißig, die aus dem alten Nazi-Spionagenetz von Reinhard Gehlen angeworben worden sein sollte. Gehlen hatte im Krieg die tüchtigste und kompetenteste deutsche Organisation geleitet.

Für mich waren diese Gerüchte besonders interessant, weil die Agentin Elsa Halder hieß, eine entfernte Kusine des verstorbenen Erwin Rommel war, ganz und gar nicht arisch aussah – dunkles Haar, dunkle Augen, dunkler Teint –, daß sie als Tochter einer deutschen Diplomatenfamilie aufgewachsen war, die fast während der gesamten dreißiger Jahre in Spanien gelebt hatte, und – von größtem Interesse für mich – daß sie 1936 bei den Olympischen Spielen für die Deutschen eine Bronzemedaille im Schwimmen geholt hatte. Ihre Spezialität waren lange Strecken gewesen.

Ich kümmerte mich nie intensiv um ihre Identität oder ihren Aufenthaltsort und lief ihr in meinen Einsatzgebieten nie über den Weg.

Reichsführer Heinrich Himmler ließ nicht ab von seinem Streben nach uneingeschränkter Macht unter den Geheimdienstorganisationen der Nazis und des Dritten Reiches. Wir beim OSS waren sicher, daß Himmler nicht nur stellvertretender Führer werden, sondern Hitler ablösen sollte, wenn die Zeit gekommen war. Bei dem Gedanken lief es uns kalt über den Rücken, und er sorgte dafür, daß wir gewissenhaft arbeiteten.

Das ganze Jahr 1943 hindurch suchten Himmler und seine Kollegen vom RSHA SD AMT VI nach Möglichkeiten, Admiral Canaris und seine Abwehr zu diskreditieren. Im Januar 1943 ernannte Himmler Ernst Kaltenbrunner zum Chef des RSHA, und Kaltenbrunners erste Amtshandlung war, daß er Oberst Walter Schellenberg – Himmlers und Heydrichs Mitverantwortlicher für die Operation Rabe auf Kuba – zum Leiter von AMT VI ernannte. Kaltenbrunners und Schellenbergs oberstes Ziel war, die Abwehr zu vernichten.

Sie bekamen ihre Chance im Januar 1944. Nach komplizierten Machenschaften des SD lief ein Mitglied der Abwehr in Istanbul, ein Dr. Erich Vermehren, zu den Briten über. Am 10. Februar bestätigten die Briten – unter Anleitung von William Stephenson und Ian Fleming vom MI6 – den Seitenwechsel Vermehrens.

Hitler rastete aus. Zwei Tage später unterzeichnete der Führer einen Erlaß, der die Abwehr als unabhängige Organisation abschaffte, zur untergeordneten Dienststelle des RSHA machte und Heinrich Himmler die völlige Kontrolle über alle ausländischen Geheimdienstaktivitäten gab. Canaris wurde mit sofortiger Wirkung des Amtes enthoben, das er neun Jahre lang inne gehabt hatte.

Ende 1944, nach dem mißglückten Attentat auf Hitler, verhaftete Schellenberg persönlich Admiral Canaris, dessen einziges Verbrechen darin bestanden haben mochte, daß er von dem Attentat wußte und Hitler nicht warnte. Der einstige Geheimdienstchef wurde in eine Fleischfarbrik gebracht und, nachdem man ihm die Hände mit Draht gefesselt hatte, angeblich an einem Fleischhaken aufgehängt. Die Hinrichtung aller Verschwörer wurde gefilmt, und Adolf Hitler verbrachte angeblich seine Abende damit, sich diesen Film immer wieder anzusehen.

Theodor Schlegel war im Sommer 1942 unmittelbar nach seiner Ankunft in Brasilien verhaftet worden. Delgado und Becker hatten dafür gesorgt, daß das gesamte Netz der Abwehr in Südamerika zerschlagen und durch eigene Spionagenetze des SD ersetzt wurde. Schlegel und sechs Kollegen wurden im Oktober dieses Jahres vor das brasilianische Tribunal de Seguranca Nacional gebracht. Schlegel wurde zu vierzehn Jahren Gefängnis verurteilt.

Obersturmführer Johann Siegfried Becker mußte am Tag, nachdem Delgado die beiden Deutschen bei Point Roma ermordet hatte, nach Brasilien fliehen, aber Becker entzog sich der Verhaftung noch zweieinhalb Jahre, richtete Spionagenetze des SD als Nachfolger der verratenen Abwehr-Organisationen ein, schuf generell Unfrieden, ohne echte Resultate zu erzielen, und wurde im April 1945 verhaftet, nur wenige Wochen vor dem Zusammenbruch des Dritten Reiches und dem Selbstmord seines Führers.

J. Edgar Hoover starb am Dienstag, dem 2. Mai 1972, eine nationale Ikone, wenn auch nicht unbedingt mehr ein Nationalheld.

Ich war in diesem Jahr sechzig Jahre alt und arbeitete als Chef der Zweigstelle der CIA in Kalkutta. Nur einer alternder Staatsdiener, der von der Pensionierung träumte. Ich war seit vierzig Jahren nicht mehr in den Vereinigten Staaten gewesen.

Als ich mitten in der Nacht über die abhörsichere Leitung von Hoovers Tod erfuhr, ging ich zu einem anderen Telefon und rief einen alten Freund von mir in Langley, Virginia, an. Mein Freund rief einen Maulwurf an, den wir schon vor langer Zeit ins Bureau eingeschleust hatten, der wiederum dafür sorgte, daß dem neuen Direktor des FBI, L. Patrick Gray, ein Brief zugestellt wurde. Dieser Brief wurde über das Büro des Generalbundesanwalts geschleust, damit ihn gewisse alte Kumpels von Hoover nicht abfangen konnten. Der Brief trug den Vermerk »PERSÖNLICH – NUR AN ADRESSATEN ÜBERGEBEN.« L. Patrick Gray las den Brief am 4. Mai 1972.

Der Brief begann: »Sofort nach Bekanntwerden von Hoovers Tod tätigte Clyde Tolson einen Anruf von Hoovers Wohnhaus zum Hauptquartier des FBI, wahrscheinlich zu J. P. Mohr, und veranlaßte, daß alle vertraulichen Akten aus Hoovers Büro entfernt wurden. Um 11:00 Uhr waren alle in Tolsons Haus geschafft worden. Es ist unbekannt, ob sich die Akten noch dort befinden. Wesentlich ist, J. P. Mohr hat Sie belogen, als er behauptete, daß solche Akten nicht existieren – es gibt sie. Und man hält noch mehr systematisch vor Ihnen geheim.«

Direktor L. Patrick Gray schickte den Brief unverzüglich zur Analyse ins Labor des FBI. Das Labor meldete nur, daß verschiedene Schreibmaschinen benutzt worden waren: eine Smith Corona mit der Type »Elite« für den Umschlag; eine IBM mit der Type »Pica« für den Brief; weder der Umschlag noch der Brief selbst hatten ein Wasserzeichen, und bei dem Brief handelte es sich um eine Reproduktion, ein Produkt direkter elektrostatischer Prozesse, nicht indirekter, wie beim Fotokopieren.

Miss Gandy, die in den vergangenen fünfzig Jahren Hoovers Privatsekretärin gewesen war, hatte einhundertvierundsechzig private Akten in Umzugskartons verpackt, die zuerst in Clyde Tolsons Haus gebracht wurden, und schließlich in den Keller von J. Edgar Hoovers Haus, Thirtieth Palace, NW. Von dort verschwanden sie spurlos.

Mein Freund aus Langley rief mich am 21. Juni 1972 wieder in Kalkutta an. Sie würden den Namen meines Freundes kennen. Er war berühmt dafür, Maulwürfe innerhalb der CIA zu enttarnen. Er haßte Maulwürfe der Sowjets, verabscheute Maulwürfe des FBI aber ebensosehr. Manche nannten ihn paranoid. Er war in den alten

Zeiten des OSS ein Freund von Bill Donovan gewesen und hatte jahrelang mit mir in der Sonderabteilung gearbeitet, die mit den Briten und Israelis zu tun hatte. Wir hatten beide mit Kim Philby gegessen, bevor der Doppelagent nach Moskau geflohen war. Wir hatten uns beide geschworen, so einen Fehler nicht noch einmal zu machen.

»Ich habe sie«, sagte mein Freund in dieser Nacht über die sichere Leitung.

»Alle?« fragte ich.

»Alle«, sagte mein Freund. »Sie sind am vereinbarten Platz eingelagert.«

Einen Moment lang sagte ich nichts. Nach all den Jahren konnte ich nun nach Hause gehen, wenn ich wollte.

»Sie sind eine interessante Lektüre«, sagte mein Freund in jener Nacht. »Wenn wir sie veröffentlichen würden, würde in Washington nichts mehr so wie früher sein.«

»Nirgendwo würde es mehr so wie früher sein«, sagte ich.

»Wir telefonieren bald wieder einmal«, sagte mein Freund.

»Ja.«

Und ich legte den Hörer behutsam auf.

34

Ich kehrte 1972 nicht in die Vereinigten Staaten zurück, auch nicht 1977, als ich pensioniert wurde.

Ich kam vor vier Tagen nach Hause; fast auf den Tag genau sechsundfünfzig Jahre nachdem ich das Land verlassen hatte und von Miami nach Havanna geflogen war, um einen Mann namens Ernest Hemingway zu treffen.

Niemand hat vor, ein alter Mann zu werden, die meisten Freunde unterwegs sterben zu sehen, aber das war mein Schicksal. Ich bin fast sechsundachtzig Jahre alt. Als junger Mann war ich viermal angeschossen worden, überlebte zwei schwere Autounfälle und einen dramatischen Flugzeugabsturz, trieb vier Tage und Nächte in der Bucht von Bengalen im Meer und wanderte einmal mitten im Winter durch den Himalaja. Ich überlebte alles. Reines Glück. Die meisten Dinge sind reines Glück.

Und mein Glück hielt an bis vor zehn Monaten. Ich ließ mich von meinem Chauffeur nach Madrid zu einer meiner regelmäßigen halbjährlichen Untersuchungen fahren; mein Arzt, der schon mit zweiundsechzig alt wirkte, schimpfte immer mit mir, wenn ich zu ihm kam. »Wie lange ist es her, daß selbst spanische Ärzte Hausbesuche gemacht haben?« scherzte ich immer.

Aber an diesem Tag im letzten August wurde nicht gescherzt. Er erklärte mir die medizinischen Ausdrücke und den nüchternen Sachverhalt. »Wenn Sie jünger wären«, sagte er mit echt traurigem Blick, »würden wir einen chirurgischen Eingriff versuchen. Aber mit fünfundachtzig ...«

Ich hatte dem Arzt auf die Schulter geklopf. »Könnte es ein Jahr dauern?« fragte ich. Hemingway hatte mir einmal gesagt, daß es ein Jahr brauchte, um ein Buch zu schreiben.

»Ich fürchte, kein Jahr, mein teurer Freund« antwortete der Doktor.

»Dann neun Monate?« fragte ich. Mein Buch sollte kein Geniestreich werden, wie Hemingways Bücher, daher konnte ich es mit Sicherheit in neun Monaten schreiben. Neun Monate hörten sich nach einer fruchtbaren Zeitspanne an.

»Möglicherweise neun Monate«, sagte mein Arzt.

Auf dem Weg nach Hause ließ ich meinen Fahrer am Abend vor dem Schreibwarengeschäft halten, damit ich mehr Papier für meinen Laserdrucker kaufen konnte.

1961, als ich von Hemingways Tod hörte, beschloß ich, über die paar Monate zu schreiben, die ich im Sommer 1942 mit ihm verbracht hatte. Letzte Woche vollendete ich die erste Fassung dieses Buches – fast siebenunddreißig Jahre, nachdem ich dieses Versprechen abgegeben hatte. Ich weiß, ich sollte es noch mehrmals überarbeiten, sollte es aufpolieren, aber ich fürchte, das wird nicht möglich sein. In gewisser Weise kommt es mir vor, als würde ich die Zunft verraten, und das freut mich.

Ich fing wirklich erst nach dem Zweiten Weltkrieg an, Literatur zu lesen. Ich begann mit Homer und brauchte ein Jahrzehnt, um mich nur durch Charles Dickens und Dostojewski zu arbeiten. Ein Buch von Hemingway las ich erst 1974. Ich begann *Fiesta* in der Woche, in der Nixon von seinem Amt zurücktrat.

Ich erkenne die Schwächen von Hemingways ihrer sich selbst bewußten Prosa und die seiner sich noch stärker selbstbewußten philosophischen Ansätze. Manchmal haben die Kritiker recht, besonders bei seinen späteren Büchern wie *Über den Fluß und in die Wälder:* Hemingways Stil wird zu einer Parodie von Hemingways Stil.

Aber, ahh ... wenn er gut war. Dann findet man tatsächlich das Genie, von dem er in jener Nacht auf dem Sandhügel über dem Leuchtturm von Point Roma gesprochen hat.

In seinen Kurzgeschichten höre ich die Stimme von Ernest Hemingway am deutlichsten. In seinen Kurzgeschichten sah ich zum erstenmal den Falken in einem Klecks blauen Himmels. Da konnte ich zum erstenmal ... nicht einmal ein Periskop erkennen ... sondern die zarteste Andeutung des Kielwassers eines Periskops im Blau des Golfstroms, und sofort konnte ich das U-Boot sehen und hören und riechen, den Schweiß seiner Besatzung und die Angst von zwei Jungs, die darauf warteten, an Land zu gehen, um zu sterben.

In den vergangenen neun Monaten bedaure ich nur, daß es schwerfällt zu lesen, wenn man zehn bis zwölf Stunden täglich geschrieben hat. Ich frage mich, wie echte Schriftsteller damit fertig werden. Ich erinnere mich, daß Hemingway Tag und Nacht gelesen hat – am Pool, bei den Mahlzeiten, an Bord der *Pilar.* Vielleicht hatte er keinen derartigen Termindruck.

Die Vereinigten Staaten von Amerika haben sich vollkommen verändert. Nichts ist mehr so, wie ich es in Erinnerung habe.

Natürlich ist alles irgendwie vertraut, schließlich gibt es Zeitschriften, Zeitungen, Fernsehen, CNN, tausend Filme auf Video und Laserdisk und – neuerdings – das Internet. Aber das Land ist vollkommen verändert.

Ich rief einen meiner Freunde an, die noch bei der Organisation arbeiten – ein junger Mann, den ich in meinen letzten aktiven Jahren mit ausgebildet habe, heute eines der dienstältesten Mitglieder der Fima –, und bat ihn um einen letzten Gefallen. Er zögerte, aber am Ende bekam ich das Päckchen mit Federal Express zugestellt: den Paß, abgenutzt und oft gestempelt, mein Foto unter einem anderen Namen; die Kreditkarten, darunter eine goldene American Express Card; Führerschein, Sozialversicherungskarte und anderen Brieftaschenplunder, sogar einen Angelschein. Mein Freund hatte Sinn für Humor. Aber er kannte mich und wußte, daß ich während meines kurzen Aufenthaltes nichts Böses anrichten würde. Der Angelschein lief etwa zu der Zeit aus, als es auch für mein Leben zu erwarten war.

Ich kam über Toronto in das Land und beschloß perverserweise, nach Idaho zu fahren. Selbst zu fahren war eine hübsche Abwechslung – obwohl ich persönlich der Meinung bin, daß man kranke Fünfundachtzigjährige mit nur einem gesunden Auge nicht ans Steuer lassen sollte –, aber auf einem amerikanischen Interstate Highway zu fahren war wahrhaftig eine neue Erfahrung. So viel geräumiger und weniger befahren als eine Autobahn.

In Spearfish, South Dakota, kaufte ich eine Schußwaffe. Ich war gezwungen, zu warten, während sie überprüften, daß ich kein gesuchter Verbrecher war, aber es machte mir nichts aus, zu warten. Die Reise hatte mich müde gemacht und die Medikamente, die ich nahm, verschlimmerten die Müdigkeit nur. Sie ermöglichten mir aber auch, die Reise überhaupt zu machen. Die Medizin war sehr stark und nicht von der FDA oder einer anderen Behörde irgend einer Nation zugelassen, aber sie wirkte ausgezeichnet. Sie würde mich töten, wenn ich sie länger als einen Monat nehmen würde, aber das wird kein Problem sein.

Der Mann aus dem Waffengeschäft rief mich ein paar Tage später im Motel an und sagte mir, daß ich die Waffe abholen konnte. Der Name unter meinem Paßbild gehörte einem soliden, rechtschaffenen Bürger ohne Vorstrafen oder Akten über Gewalttätigkeit und Geisteskrankheiten.

Ich entschied mich für eine Sig Sauer .38, weil ich vorher noch nie eine besessen oder im Dienst benutzt hatte. Sie sieht klein und eckig und kompakt aus, wenn man sie mit den langen Waffen meiner Jugend vergleicht. Es sind zwei Jahrzehnte vergangen, seit ich zum letztenmal eine Handfeuerwaffe getragen habe.

Gestern traf ich in Ketchum ein. Die Stadt muß immens gewachsen sein, seit sich Hemingway hier im Winter 1959 ein Haus gekauft hat, aber sie hat immer noch die Atmosphäre eines Bergarbeiterstädtchens. Ich fand das Restaurant Christiana, in dem Hemingway darauf beharrt hatte, daß ihm Agenten des FBI folgten und seine Gäste gedrängt hatten, das Lokal zu verlassen, bevor sie zu

Ende gegessen hatten. Ganz in der Nähe bekam ich ein Zimmer in einem Motel und ging anschließend in ein Spirituosengeschäft. Ich kaufte eine Geschenkbox Chivas Regal mit zwei Scotchgläsern mit dem Chivas-Emblem darauf.

Das Haus, das er und seine Frau 1959 gekauft haben, ist noch da. Es ist ziemlich häßlich – ein zweistöckiges Chalet mit steilen Giebeldächern und Wänden aus rauhem Beton. Der Schotterweg ist seit Hemingways Zeit asphaltiert worden, und weitere Häuser wurden auf dem Hügel gebaut, auf dem nur Salbeibüsche gestanden haben dürften, als der Schriftsteller hier lebte, aber die Aussicht ist dieselbe – reihenweise hohe Berge im Norden und Süden, im Osten die S-Kurve des Big Wood River.

Gestern abend fuhr ich durch die Stadt, bevor ich zu meinem Hotel zurückkehrte, und fand eine entlegene Straße, kaum mehr als zwei ausgefahrene Spuren durch den Salbei, die ewig durch die Hochebene zu führen scheinen und im Dunst am Fuß der Berge verschwinden. Dorthin werde ich heute nachmittag fahren, nach meinem Besuch auf dem Friedhof. Ich habe meinen Laptop von Toshiba in dem gemieteten Taurus und werde nicht vergessen, diese ein oder zwei letzten Seiten auf Diskette zu speichern, bevor ich den Computer ausschalte und einen Spaziergang zwischen den Salbeisträuchern mache.

Hemingways Grab liegt zwischen zwei schönen Kiefern und bietet Ausblick auf die Sawtooth Mountains. Die Aussicht ist – besonders an einem warmen Frühlingstag wie diesem, wenn noch Schnee auf den höchsten Gipfeln liegt – wahrhaft atemberaubend. Drei Besucher hielten sich an dem Grab auf, und ich mußte fast eine halbe Stunde in dem Taurus warten, bis sie gingen. Ich hatte nicht daran gedacht, daß Hemingways Grab eine hiesige Touristenattraktion sein könnte.

Schließlich sind sie weg, und ich trage die Geschenkbox Chivas zu dem Grab. Ich habe meine Brille vergessen und kann die Inschrift auf dem Stein kaum entziffern, aber seinen Namen und Geburts- und Todesdatum sehe ich.

Trotz der warmen Sonne habe ich kalte Hände, daher fällt es mir schwer, die Plastikhülle von der Geschenkbox zu reißen.

Der Verschluß der Flasche macht mir ebenfalls Schwierigkeiten. Es ist beschissen, alt und krank zu sein.

Vor ein paar Minuten habe ich zwei Gläser mit bernsteinfarbener Flüssigkeit auf eine ebene Stelle auf dem Grabstein gestellt. In der Sonne sah der Whisky wie flüssiges Gold aus.

Ich habe Szenen in Filmen immer gehaßt, in denen ein Arschloch eine lange Rede am Grab hält. Das klingt niemals echt. Es ist billig. Ich wäre nicht einmal nach Ketchum gekommen, wenn ich nach Kuba gekonnt hätte ... vielleicht zur *finca*, die heute ein Museum ist, in dessen Garten die *Pilar* verrottet. Aber der Reise wäre ich sicher nicht gewachsen gewesen. Am meisten stinkt mir am Sterben, daß Castro mich überleben wird. Ich hoffe, nicht um viele Monate oder Jahre.

Ich hob das erste Glas. »Möge Verwirrung über unsere Feinde kommen«, sagte ich leise und trank den goldenen Whiskey in einem Zug.

Ich hob das zweite Glas. *»Estamos copados«*, sagte ich. *»Estamos copados, Papa.«*

Anmerkung des Autors

Die unglaubliche Geschichte von Ernest Hemingways Spionagetätigkeiten, U-Boot-Jagden und Abenteuern im Zweiten Weltkrieg in meinem neuen Roman *Fiesta in Havanna* ist – finde ich – noch unglaublicher, wenn man bedenkt, daß sie zu fünfundzwanzig Prozent wahr ist.

Vor einigen Jahren beschloß ich, eine fiktive Schilderung von Hemingways kubanischem Spionageabenteuer zu schreiben, als mir auffiel, wie lückenhaft dieses Jahr – Mai 1942 bis April 1943 – in den zahlreichen Biographien abgehandelt wird. Normalerweise liest sich die Erklärung etwa so: »Im ersten Jahr nach dem Kriegseintritt Amerikas blieb Ernest Hemingway auf Kuba, obwohl seine Frau und seine Freunde in den Krieg zogen, um zu kämpfen oder darüber zu berichten. In dieser Zeit rief Hemingway einen Spionageabwehrring ins Leben, den er Gaunerbande nannte und der sich aus alten Freunden aus dem Spanischen Bürgerkrieg, Barkeepern, Prostituierten, Rumschmugglern, Fischern, Priestern und anderen Freunden zusammensetzte. Darüber hinaus konnte er den amerikanischen Botschafter überzeugen, sein Boot, die *Pilar*, mit Waffen auszurüsten, um ein deutsches Unterseeboot an die Oberfläche zu locken und mit Granaten und Handfeuerwaffen zu versenken. Es gelang ihm nicht, ein deutsches U-Boot zu versenken, und seine Spionageorganisation wurde im April 1943 aufgelöst.«

Was die Biographien NICHT sagen ist, daß Hemingways Abenteuer immer noch in dem umfangreichen Dossier geheimgehalten werden, das das FBI seit den dreißiger Jahren über ihn angelegt hat. Wir WISSEN, daß das FBI in den Monaten, in denen der Schriftsteller die Gaunerbande leitete und seine Operation Friendless durchführte, höchst beunruhigt darüber war, was Hemingway über Spionageaktivitäten auf und um Kuba herausfand, genauer, was seine Agenten über Korruption in der kubanischen Regierung und der kubanischen Staatspolizei ans Licht brachten. Was die Biographen auch NICHT erklären – abgesehen von den jüngsten – ist die Tatsache, daß dieser Zeitraum die Grundlage für die galoppierende Paranoia in Hemingways letzten Lebensjahren ist – einer Zeit, als der Schriftsteller überzeugt davon war, daß das FBI ihn beobachten ließ. Die Wahrheit ist, Hemingway *wurde* vom FBI beobachtet.

In *Fiesta in Havanna* habe ich eine fiktive Sondierung des dunklen Kerns von all dem vorgenommen, was wir über die besagten Monate nicht wissen, aber was wir wissen, das ist erstaunlich genug. Hier einige Einzelheiten von *Fiesta in Havanna*, die auf exakten Tatsachen basieren:

J. Edgar Hoover und das FBI wußten von dem bevorstehenden Angriff der Japaner auf Pearl Harbor, handelten aber aufgrund von Zwistigkeiten mit rivalisierenden Geheimdienstorganisationen nicht entsprechend.

Hemingways Gaunerbande deckte ein Nest von Intrigen und Korruption auf Kuba auf.

Der junge Fleming, später Schöpfer von James Bond, war zur selben Zeit aktiv in der Spionage in den Vereinigten Staaten und Kanada tätig.

Hemingways Freundschaften mit Leuten wie Gary Cooper, Marlene Dietrich und Ingrid Bergman, die ein Leben lang hielten, wurden alle in dieser Zeit begründet.

Fast alle Spione und Geheimdienstorganisationen, die in *Fiesta in Havanna* geschildert werden, sind echte Menschen und Organisationen – so melodramatisch und absurd manche erscheinen mögen.

Alle FBI-Memos in *Fiesta in Havanna* sind echt und werden originalgetreu wiedergegeben.

Die Überwachung der sexuellen Aktivitäten zwischen dem jungen Marinelieutenant John F. Kennedy und einer mutmaßlichen deutschen Spionin, Inga Arvad, hat so stattgefunden, wie sie beschrieben wurde.

Die geheimen Mitschriften der elektronischen Überwachung und die Mitschnitte von Telefongesprächen wurden exakt so wiedergegeben, wie das FBI sie aufgezeichnet hat.

Die illegale Überwachung der First Lady Eleanor Roosevelt und des Vizepräsidenten der Vereinigten Staaten hat genau so stattgefunden.

Der New Yorker Viking Fund – eine gemeinnützige Organisation zur Erforschung von Ruinen der Inkas – existierte wirklich, und die Ermittlungen des FBI wegen Verbindungen zu den Nazis sind wahr.

Die Sechzig-Meter-Jacht *Kreuz des Südens*, die von einem deutschen Spion ausgerüstet und dem Viking Fund gestiftet wurde, war echt und unterstützte nach Überzeugung des FBI deutsche U-Boote.

Die erbitterten Rivalitäten zwischen J. Edgar Hoover und anderen Organisationen wie OSS und der britischen BSC – häufig auf Kosten von Erfolgen im Krieg – entsprechen der Wahrheit, einschließlich eines Vorfalls, bei dem Hoover Agenten des OSS verhaften ließ, weil sie in die spanische Botschaft in New York eingebrochen hatten.

Die Verschwörung von Himmler und Heydrich und den SS-Geheimdienstorganisationen der Nazis, um Admiral Canaris eine Falle zu stellen und ihn zu diskreditieren, hat tatsächlich so stattgefunden und führte dazu, daß Hitler die angesehene Abwehr auflöste. Canaris wurde schließlich gefoltert und hingerichtet.

Die Verschwörung des BSC, Heydrich von der SS zu töten, war echt und wurde in Camp X in Kanada geplant.

Camp X gab es wirklich.

Die Einzelheiten über Hemingways Operation Friendless und seine Versuche, deutsche U-Boote aufzubringen und zu versenken, indem er sein Boot als Forschungsschiff des amerikanischen Naturkundemuseums tarnte, basieren auf Tatsachen.

Die deutschen Spione in Südamerika, die in *Fiesta in Havanna* eine Rolle spielen, gab es wirklich, ihre Schicksale haben sich wie beschrieben abgespielt.

Die absurde Landung der Nazis auf Long Island, die an den Klamauk der Marx Brothers erinnert, sowie die Weigerung des FBI, ihnen zu glauben, als sie sich stellen wollten, hat sich so irrsinnig abgespielt, wie ich es in *Fiesta in Havanna* geschildert habe.

Hemingways Logbücher der U-Boot-Patrouillen der *Pilar* wurden wortwörtlich wiedergegeben.

Die große Mehrheit der Dialoge zwischen Hemingway und anderen historischen Figuren basieren auf tatsächlichen Beschreibungen, und *sämtliche* seiner Gespräche mit dem fiktiven Joe Lucas über das Schreiben, den Krieg, Literatur versus Sachbuch und so weiter, basieren weitgehend auf den Schriften von Ernest Hemingway.

Hemingways Verfolgung des deutschen U-Boots hat sich exakt so abgespielt, wie es in dem Roman beschrieben wurde.

Hemingways Spionageorganisation »Gaunerbande« wurde detailgetreu beschrieben.

Hemingways echte Angst vor dem FBI in seinen letzten Lebensjahren und die Einzelheiten über seinen Selbstmord entsprechen den Tatsachen – ebenso das weitgehend geheimgehaltene Interesse, welches das FBI nach wie vor an dem alternden Schriftsteller hatte. Diese neu ans Licht gebrachten Fakten werden durch spätere Interviews, neue biographische Informationen und neue Dokumente des FBI belegt, die durch den »Freedom of Information Act« freigegeben wurden.

Die Handlung von *Fiesta in Havanna* ist fiktiv, aber der Großteil der Einzelheiten, Figuren, Vorfälle, Dialoge und Ereignisse des Krieges entsprechen der Wahrheit. Es hat Spaß gemacht, diese Fakten, die sich fast erfunden anhören, mit der »wahrer als wahren« Seele der Dichtung zu verschmelzen, um dieses Buch zu schreiben, und ich hoffe, die Lektüre wird dem Leser Spaß machen.

Dan Simmons
Shrike Hill in Windwalker, Colorado